U0109606

作者簡介

關於他……這個人

他，很平凡，出生在一個平凡的家庭。

他，很認真，不論是求學或工作，都心無旁鶩、全力以赴。

他，很熱情，面對弱勢族群，總是毫不猶豫，即時的伸出援手。

或許，就是這平凡、認真、熱情的生活態度，促使他能踏實的面對學術工作，因為

平凡，讓他正視自己的生命價值；

認真，讓他發揮應有的潛力；

而熱情，卻迸發出他一次又一次的自我突破。　〔 綠茵 〕

提　要

　　漢魏六朝《爾雅注》，目前僅郭璞注尚流傳於世，其餘各家均已亡佚。郭璞注之所以能流傳至今，自是因為其內容相對出色，學術價值超越前人著作。然而從現存佚文來看，漢魏六朝《爾雅》相關著述的內容亦頗有可觀之處，因此自清代以來，即有不少學者投入《爾雅》佚注的輯佚工作。惟各家所輯，難免參差錯落，且迄至今日，仍沒有一部統整各家輯本的著作行世。有鑑於此，本書即以兩晉南北朝《爾雅》相關著述為輯校對象，除就清儒輯本所輯佚文進行全面的校勘與檢討，存是去非，校勘訂譌外，並廣泛蒐檢唐宋時期的古注、類書等著述，增補前人所未見的佚文，逐條進行考證，期使兩晉南北朝《爾雅》相關著述得以精於前人所輯的面貌展現，不僅可更深入地瞭解兩晉南北朝時期《爾雅》學發展概況，同時也有助於釐清當時漢字詞義的發展情形，及提供兩晉南北朝音韻研究之題材。

　　本書所輯《爾雅》相關著述，計有郭璞《爾雅音義》、《爾雅注》佚文、《爾雅圖》、《爾雅圖讚》，沈旋《集注爾雅》、施乾《爾雅音》、謝嶠《爾雅音》、顧野王《爾雅音》八種。輯佚工作永無止境，本書所輯必然有所闕漏疏失，爾後若有新輯或修訂，自當以後出者為準。

序　例

輯　考

1 、本書所輯各書，除匯集前賢輯錄之成果外，又有新增輯之佚文。各書佚文悉依今本《爾雅》編次爲序。

2 、每條佚文之前均先提列《爾雅》本文，必要時並附上今本郭璞注文。《爾雅》本文之前有二編碼：前一編碼（斜體）爲各書佚文之連續序號；後一編碼（正體）係以《爾雅》各篇爲單位，依次編碼，一個數碼通常代表一個詞條，但如相連的幾個詞條意義相近或關係密切，這些詞條仍列於同一數碼之下。

3 、《爾雅圖讚》各條佚文均定一標題，置於《爾雅》本文之前。

4 、佚文均以粗體字表示。惟郭璞《爾雅注》佚文，其部分文字仍見於今本者，則採一般字體，以資區別。

5 、佚文凡有異文者，一般均依據稱引該條佚文最完善的古籍輯錄，其餘異文則在案語中注明；如係稱引的古籍本身已有的譌字，且可考察其正字者，則逕予改正。

6 、輯佚務求資料之正確可靠，因此對於如《太平御覽》一類引錄《爾雅》舊注及音，但某些條文不出注者名氏的典籍，其中有個別音注雖可懷疑是郭璞佚文，爲求慎重起見，也不予輯錄。（詳見前言。）

7 、佚文之標點，爲輯校者所加。

8 、案語依例先說明佚文來源，再詳列與各家輯本的校勘結果，必要時進行逐字考證。

9 、各家《爾雅》文字異文因涉及各家對《爾雅》經義說解異同，因此均出案語說明。

10、郭璞《爾雅注》與《爾雅音義》都是兼釋音義的注本（宋本《爾雅》郭璞注有釋音之例五十八處），古籍引述時可能無法明確分辨究爲何書佚文，因此本書將郭璞《爾雅音義》與《爾雅注》佚文合併收輯，凡可確定屬《爾雅音義》的佚文，在佚文之末加注〔音〕；屬《爾雅注》的佚文，在佚文之末加注

〔注〕；存疑者再加注「？」。無法確認歸屬者一律不加注。陸德明《經典釋文》引郭璞音，亦難斷定其歸屬，因此也不加注。

11、本書輯郭璞《爾雅注》佚文，凡今本缺字無關釋義者，如「某謂」之「某」、「謂某某也」之「謂」、「即某某也」之「即」、「某某也」之「也」、「某某者也」之「者也」，因爲數眾多，概不收錄。

引　文

12、諸典籍稱引書名偶有異文，如「爾雅」或作「尒疋」，或作「爾疋」，或作「尒雅」，引述時悉予照錄。

13、引述前人論證文字，原文均採楷體。

14、引述原文有新式標點符號者，一仍其舊；無標點或僅有圈點句讀者，爲便讀者閱覽，一律加注新式標點，不另注明。引文中如須加注輯校者案語時，以〔　〕號區別。

15、引文原有注語者，以較小的字體表示，不另加注符號。

16、注釋引述原文出處時，一般只注明作者、書名、卷數及頁碼，以省篇幅。詳細出版資料請參見書末所載「參考文獻目錄」。但注釋中涉及版本校勘，必須注明版本者，仍予詳細說明。

聲韻分析

17、本書所輯佚文爲音切者，均與《廣韻》音系進行比較。爲便讀者考察，反切之下均括號說明聲紐韻部。韻部率依《廣韻》韻目，聲紐則從黃侃41聲類。

佚文編次比較表

18、各書之末附錄「各家輯錄某書與本書新定佚文編次比較表」，詳列清儒輯本與本書所輯佚文編次之比較。專輯一書之輯本，其佚文均依原輯次序編上連續序號；如有本書輯爲數條，舊輯本合爲一條者，則按舊輯本之次序，在序號後加-1、-2表示。合輯群書之輯本，因無法爲各條佚文編號，表中僅以「ˇ」號表示。舊輯本所輯佚文有增衍者，加注「＋」號；有缺脫者，加注「－」號。但其差異僅只一二字，未能成句者，一般不予注記。

19、各家所輯，偶有失檢，亦難免誤輯。專輯本誤輯而爲本書刪去的佚文，在比較表「刪除」欄中詳列佚文序號；合輯本誤輯者不注記。

20、凡爲各輯本誤輯而爲本書刪去的佚文，均在各章「各家輯錄某書而本書刪除之佚文」一節中，詳述刪去之理由。

參考文獻目錄

21、書末載「參考文獻目錄」，分為二部分：第一部分為專書（含學位論文），依賴永祥先生編訂之「中國圖書分類法」分類；同類之書，古籍按作者時代順序編排，民國以後出版品按出版先後順序編排。第二部分為論文，先依作者姓名筆畫多寡編排，若遇同一人之著作則依發表年月依序編排。

22、同一書籍遇有多種版本，其一為本書習用者，在「參考文獻目錄」該書書名之末加注「*」號以資區別，文中不再注明版本。

音切對照表

23、書末附「本書所輯各家音切與《經典釋文》、《廣韻》音切對照表」，詳列本書所輯各書音切之比較。同列表示同音。

24、《廣韻》一字數音，一般均予照錄。但某音切既與古注音讀差異甚大，其釋義也與該字所在的《爾雅》義訓無關者，則不收錄。

序跋匯編

25、書末附「序跋匯編」，匯集各家舊輯之序跋，以供讀者參閱。標點為輯校者所加。

前　言

一、研究旨趣

　　《爾雅》是我國現存時代最早的一部詞義訓詁專書，其成書年代約當戰國時期以後。〔註1〕它匯集了成書以前的解經材料，保存了當時的訓詁成果，雖然「詞義的訓釋多取自前人的故訓成說，從這個角度講，它多編纂之功，而少概括之力」，〔註2〕但不可否認它仍是一部瞭解周秦兩漢詞義發展的重要著作。張揖〈上廣雅表〉云：

> 夫《爾雅》之爲書也，文約而義固；其敶道也，精研而無誤，眞七經之檢度，學問之階路，儒林之楷素也。

郭璞〈爾雅序〉云：

> 夫《爾雅》者，所以通詁訓之指歸，敍詩人之興詠，摠絕代之離詞，辯同實而殊號者也。誠九流之津涉，六藝之鈐鍵，學覽者之潭奧，摛翰者之華苑也。若乃可以博物不惑，多識於鳥獸草木之名者，莫近於《爾雅》。

陸德明《經典釋文・序錄・註解傳述人・爾雅》云：

> 《爾雅》者，所以訓釋五經，辯章同異，實九流之通路，百氏之指南，多識鳥獸草木之名，博覽而不惑者也。

諸家之說均是極力推崇《爾雅》。此外，《漢書・藝文志》將《爾雅》收錄於〈六藝

〔註1〕有關《爾雅》成書的時代，據管錫華先生的歸納，主要有十二說，參見《爾雅研究》第一章第二節〈《爾雅》的名義、撰人和時代・《爾雅》的撰人和時代〉。管先生認爲：「綜合各方面來看，還是以成書於戰國，漢續有增補近於事實。」（《爾雅研究》，頁12。）又趙振鐸先生亦云：「這部書的編者眾說紛紜，早的可以上推到西周，晚的可以屬於兩漢。比較保守的說法是：它是戰國末年學者編纂的，漢以後可能有所增補，但是增補的分量不會很大。」（《訓詁學史略》，頁20。）今從其說。
〔註2〕陳紱《訓詁學基礎》，頁27。

略・孝經〉之末；〔註3〕《隋書・經籍志》收入〈經部・論語類〉；《唐書・經籍志》與《新唐書・藝文志》分別收入〈甲部經錄・詁訓類〉與〈小學類〉；此後的各種目錄，大抵均將《爾雅》收入經部小學類中，由此亦可知歷代學者均認為《爾雅》一書是研治經學者必讀的訓詁要籍。

《爾雅》雖然受到歷代學者的重視，然而以往的研究範圍往往側重在《爾雅》各條義訓的疏通證明，以及依據《爾雅》經注所發展出來的理論研究。直到清代以後，才逐漸有人開始注意《爾雅》古佚注的輯校。目前所存最早的《爾雅》注本，是晉代郭璞的《爾雅注》，其實早從漢朝開始，就有許多學者對《爾雅》進行注釋的工作。郭璞〈爾雅序〉云：

> 雖注者十餘，然猶未詳備，並多紛謬，有所漏略。

可見郭璞為《爾雅》作注時，已有十餘種《爾雅》古注行世。據郭璞自述，這些古注的內容既多紛謬，又有漏略，顯然不及郭《注》完善，因此自郭《注》問世以後，這些古注也逐漸亡佚不傳；即便是郭璞以後的南北朝《爾雅》音注，迄今也無一倖存者。然而，古注的開創之功卻不能輕易磨滅，古注所能反映的漢魏六朝時期《爾雅》詞義訓詁發展情況也應該盡力加以復原。胡樸安云：

> 研究《爾雅》者，固宜致力于郭《注》邢《疏》及清人之著述，而古注實不可忽視。〔註4〕

這是非常正確的意見。清代學者對此雖已有所體認，且在《爾雅》古注的輯佚工作上投入許多心力，只是清儒所累積的成果，仍有許多有待補苴之處。管錫華先生說：

> 對於清代《爾雅》古注的輯佚，我們今天仍有不少工作可做。第一，補輯各家所輯之未備者。今人所見書或有清各輯佚家所未能見到的，這些書中的佚文可采以補充。……第二，整理各家所輯，去其重複，校其異同，詳核原書，使古注各家，各成一帙。如果做了這兩項工作，那麼會更便於對《爾雅》及《爾雅》古注的研究。〔註5〕

〔註3〕將《爾雅》與《孝經》歸為一類的原因，清末陳玉澍曾提出說明：「《漢書・藝文志》六藝居首，以《易》、《書》、《詩》、《禮》、《樂》、《春秋》、《論語》、《孝經》為次，而《爾雅》三篇二十卷，與《五經雜議》十八篇，並列于《孝經》十一家五十九篇之中，不與《史籀》、《蒼頡》、《凡將》、《急就》列于小學十家四十五篇之內。其次于《五經雜議》之後者，《爾雅》所釋匪一經，與《雜議》同也。其列于《孝經》者，孔子曰：『弟子入則孝，出則弟，行有餘力則以學文』，文即樂正所教之《詩》、《書》、《禮》、《樂》，而《爾雅》為《詩》、《書》、《禮》、《樂》之鈐鍵，與《孝經》皆入學之初所宜誦肄。《爾雅》之列于《孝經》也，猶之《弟子職》之列于《孝經》也。」（《爾雅釋例・敘》）

〔註4〕胡樸安《中國訓詁學史》，頁 52。

〔註5〕管錫華《爾雅研究》，頁 237～238。

《爾雅》古注的輯佚，不僅可更深入地瞭解漢魏六朝時期《爾雅》學發展概況，同時也有助於釐清當時漢字詞義的發展情形，因此本課題實爲《爾雅》研究的一項基礎工作。本書就是基於這項理念，就兩晉南北朝時期的《爾雅》佚注進行輯校與考證。

二、前人的研究與本書的主要內容

（一）前人對於兩漢魏晉南北朝《爾雅》類著述的輯佚

兩漢魏晉南北朝的《爾雅》類著述，除郭璞《爾雅注》迄今尚存外，其餘均已亡佚。清乾嘉以後，樸學昌盛，多位學者著意於古佚書的輯佚，這些《爾雅》古注也在此時開始獲得學者重視，並展開佚文的蒐輯。總計有清一代，輯有《爾雅》古注佚文的輯本即有十餘種之多。〔註6〕這些輯本，無疑爲《爾雅》與《爾雅》古注的研究，提供更豐富的材料。然而，清人的輯佚工作，既受限於文獻材料所見不足，且輯佚方法亦未臻成熟，因此仍不免有些問題。僅以本書輯校的對象爲例，其最常見的失誤，有以下數種：

1、失　輯

清儒輯佚，多數規模宏大，收書既多，則所涉繁雜，又受到諸多條件的限制，因此所輯佚文難免有所缺漏。今就清儒所輯與本書輯佚成果進行比較，其數量比例表列如下：〔註7〕

佚籍＼輯本	郭璞《爾雅音義》《爾雅注》佚文		郭璞《爾雅圖》《爾雅圖讚》		沈旋《集注爾雅》		施乾《爾雅音》		謝嶠《爾雅音》		顧野王《爾雅音》	
	佚文數	百分比	佚文數	百分比	佚文數	百分比	佚文數	百分比	佚文數	百分比	佚文數	百分比
張溥	---		36	67.92	---		---		---		---	
余蕭客	9	1.37	6	11.32	2	2.82	5	5.15	5	3.82	5	4.95
王謨	---		45	84.91	---		---		---		---	
孫志祖	---		11	20.75	---		---		---		---	
嚴可均〔註8〕	78	11.85	45	84.91	7	9.86	5	5.15	8	6.11	7	6.93

〔註6〕有關清儒輯佚《爾雅》古注之概況，在盧國屏先生《清代爾雅學》第四章第二節〈清代爾雅著述考・輯佚〉中已列舉甚詳，本文不再贅舉。又管錫華先生《爾雅研究》第六章第二節〈《爾雅》的古今研究・《爾雅》的資料匯輯〉也針對余蕭客、臧庸、馬國翰、黃奭四家的輯佚概況進行更深入的解說，可參閱。

〔註7〕各輯本所輯佚文與本書相較，有一條分爲數條者，亦有數條合爲一條者。爲求統計數字能合理反映比例，本表「佚文數」欄位之數字，均與本書所輯佚文對勘，重新計數，誤輯者亦略去不計，因此表中所載並非輯本原輯條數。詳細統計數字請參閱第二、三章及第五至八章第一節。

〔註8〕本書所採用的嚴氏輯本，除《爾雅圖讚》有《爾雅一切註音》、《全晉文》、《觀古堂彙刻

錢熙祚	---		44	83.02	---		---		---		---	
董桂新	336	51.06	---		---		---		---		---	
馬國翰	363	55.17	48	90.57	57	80.28	79	81.44	116	88.55	61	60.4
黃奭	429	65.2	51	96.23	53	74.65	80	82.47	118	90.08	59	58.42
葉蕙心	245	37.23	49	92.45	2	2.82	3	3.09	3	2.29	8	7.92
王樹柟	211	32.07	---		---		---		---		---	
本書所輯	658		53		71		97		131		101	

2、誤　輯

　　清儒輯佚，有應屬甲書佚文而誤輯入乙書者，亦有本非佚文而誤輯入者。前者如陸德明《經典釋文・爾雅音義》出「畫」，注云：「郭音獲，謝胡卦反」，馬國翰誤將謝嶠音輯入施乾《爾雅音》；《釋文》出「尼」，注云：「本亦作昵，同。女乙反。謝羊而反，顧奴啓反，下同」，馬國翰誤將顧野王音輯入謝嶠《爾雅音》；《釋文》出「戠」，注云：「孫音箭」，葉蕙心誤將孫炎音輯為郭璞音。後者如《集韻》昔韻：「楈，《爾雅》『楈，枒』，木皮甲錯也，謝嶠說」，「木皮甲錯」四字是郭璞注語，黃奭誤輯入謝嶠《爾雅音》；邢昺《爾雅疏》云：「瘇、里音義同」，馬國翰誤將「瘇，里同」三字輯入郭璞《爾雅音義》；邵晉涵《爾雅正義》云：「《左傳疏》引李巡云：『鏝一名杇，塗工作具也。』郭云『泥鏝』，言用泥以鏝也」，葉蕙心誤將「言用泥以鏝也」句輯為郭璞《注》佚文；《釋文》出「薁」，注云：「字或作蔥，音餘」，馬國翰誤將陸德明「音餘」輯入謝嶠《爾雅音》；《集韻》霰韻：「騆，馬色，《爾雅》『青驪，騆』謝嶠讀」，馬國翰誤將「馬色」二字輯入謝嶠《爾雅音》。亦有兼俱前述二種失誤者，如《類篇》魚部：「鯿，貧悲切，魚名，《爾雅》『鱴鯦鰻鯷』施乾讀」，黃奭誤將施乾音「貧悲切」與《類篇》釋語「魚名」二字一併輯入沈旋《集注爾雅》。

　　凡屬誤輯之佚文，本書均逐條詳細說明辨析，可參見各章「各家輯錄某書而本書刪除之佚文」節。今將清儒誤輯之佚文數量統計如下表：

佚　籍	郭　璞《爾雅音義》《爾雅注》佚文	郭　璞《爾雅圖》《爾雅圖讚》〔註9〕	沈　旋《集注爾雅》	施　乾《爾雅音》	謝　嶠《爾雅音》	顧野王《爾雅音》	合計
佚文數	188	2	1	4	1		199

書》三種版本之外，其餘諸佚籍均僅《爾雅一切註音》一種。《爾雅圖讚》的數字係據嚴氏《全晉文》輯本統計；嚴氏《爾雅一切註音》僅輯錄郭璞《爾雅圖》及《爾雅圖讚》佚文 17 條，對勘本書所輯 53 條，約佔 32.08%。

〔註 9〕清儒輯郭璞《爾雅圖讚》常與《山海經圖讚》互混，可參閱第三章〈郭璞《爾雅圖》、《爾雅圖讚》輯考〉。本表只計入屬於《爾雅圖》和《爾雅圖讚》的部分。

3、失　校

清儒各輯本常見校勘不精的問題，主要有以下幾種類型：

（1）文字脫衍倒錯。如《釋文》引郭璞「覵」音「莫經反」，黃奭「經」譌作「経」；《釋文》引郭璞「柀」音「苦檠反」，葉蕙心「檠」譌作「樂」；《釋文》引郭璞「幠」音「火孤反」，馬國翰、葉蕙心「火」並譌作「大」；《藝文類聚》卷八十一〈藥香草部上・蘼蕪〉引郭璞〈贊〉：「蘼蕪善草，亂之虵床」，張溥「虵床」譌作「地牀」；《太平御覽》卷九百二十三〈羽族部十・斲木〉引《爾雅》：「鴷，斲木也」，下引郭璞注曰：「斲木虫，因名。今斲木有兩三種，在山中者大有赤色」，黃奭「虫」作「蟲」，「者大」二字互乙；孔穎達《毛詩・唐風・山有樞・正義》引郭璞曰：「栲似樗，色小而白，生山中，因名云。亦類漆樹。俗語曰：櫄樗栲漆，相似如一」，葉蕙心誤脫「一」字。

（2）沿襲古籍徵引而譌。如《釋文》引郭璞「佻」音「唐了反」，《通志堂經解》本《釋文》「唐」譌作「厝」，黃奭從其誤；玄應《一切經音義》卷三〈明度無極經第一卷〉「昆弟」注引郭璞曰：「謂兄後也，方俗異言耳」，「兄」應係「先」字之譌，嚴可均承其誤；玄應《一切經音義》卷十五〈僧祇律第二十卷〉「㮰棟」注引「《爾雅》：『梂謂之㮰』，郭璞曰：『即椽也，亦名㮰，亦名撩，音力道反』」，「撩」應係「橑」字之譌，黃奭承其誤。

（3）異文未校訂。此類以郭璞《圖讚》爲最多，郭璞《圖讚》常有多種古籍稱引而文字略異的現象，如《藝文類聚》卷八十一〈藥香草部上・蘼蕪〉引郭璞〈贊〉：「蘼蕪善草，亂之虵床。不隕其實，自列以芳。佞人似智，巧言如簧」，《太平御覽》卷九百八十三〈香部三・蘼蕪〉引郭璞〈讚〉作「蘪蕪善草，亂之虵床。不隕其貴，自別以芳」，《證類本草》卷七〈蘼蕪〉引郭璞〈贊〉作「蘼蕪香草，亂之蛇床。不隕其貴，自烈以芳」，《爾雅翼》卷二〈蘼蕪〉引郭璞〈贊〉作「蘼蕪善草，亂之蛇床。不隕其實，自別以芳」，四書所引俱不相同。凡此之類，清儒輯本均未詳細校訂。

以上所述各類失誤爲數甚多，且影響輯得佚文的眞實性，必須一一校訂。本書在所輯各條佚文案語中均詳列校勘結果。

（二）本書的主要內容

爲了使兩晉南北朝時期的《爾雅》古注佚文儘可能地完備，本書主要從事以下二項工作：

1、輯　補

本書首先就清儒輯本所輯佚文進行全面的校勘與檢討，存是去非，校勘訂誤；又以清儒輯本的成果為基礎，廣泛蒐檢唐宋時期的古注、類書等著述，增補前人所未見的佚文。若將《爾雅》古注佚文與《爾雅》文字異文綜合統計，本書所輯而未見於清儒輯本的條數概如下表：

佚　籍	郭璞《爾雅音義》《爾雅注》佚文	郭璞《爾雅圖》《爾雅圖讚》	沈旋《集注爾雅》	施乾《爾雅音》	謝嶠《爾雅音》	顧野王《爾雅音》	合計
佚文數	59	1	12	11	10	39	132

本書所輯，不僅較清儒詳備，且經逐條校勘之後，準確性也大為提高。惟古代典籍浩如煙海，雖竭力蒐逸，仍難免有所疏漏，有待往後繼續補充。

2、考　證

本書所輯的每條佚文，均加案語說明，並進行必要的考證。對於有疑義的佚文與義訓，均儘可能求其確論；若無法論定是非，則不勉強論說，並將前人的相關論證一一臚列，以便讀者參考。

三、未來的後續研究方向

本書的寫作重點，在於兩晉南北朝時期的《爾雅》著述佚文的輯佚與考校，而這只是整體研究構想的一部分。有些議題由於牽涉甚廣，篇幅過鉅，尚未在本書中實踐，仍有待來日繼續探索。這些議題大抵有三個部分：

（一）漢魏時期的《爾雅》類著述輯校

本書僅就兩晉南北朝時期的《爾雅》相關著述進行輯考。其實在郭璞之前的漢魏古注也有進行整理的必要，這些古注不僅有助於瞭解《爾雅》在郭璞之前的原始面貌，同時也能一窺漢魏時期訓詁發展概況。

（二）郭璞《爾雅注》與其他古注的比較

以今日所見漢魏《爾雅》古注佚文觀之，郭璞《爾雅注》實有不少承襲前注之處。郭璞〈爾雅序〉在說明其著書意旨時曾云「錯綜樊、孫」，邵晉涵釋云：

> 「錯綜樊、孫」者，郭氏兼用舍人、李巡之註，而於樊光、孫炎註用之較
> 多。〔註10〕

黃侃更提出具體例證說明：

> 郭序言「錯綜樊、孫」。實則郭多襲孫之舊，而不言所自。以今攷之：如

〔註10〕邵晉涵《爾雅正義》，《皇清經解》，卷504，頁6下。

以「閭明發行」釋「愷悌，發也」；以「絜者水多約絜」釋九河之絜；以「鉤盤者水曲為鉤流，盤桓不直前也」釋九河之盤；又釋蘆、薍為二草，以鵁老為一名；皆郭同孫之顯然可見者。然又時加駁議。如《釋詁》：「覭髳，茀離也」；注云：「孫叔然字別為義，非矣。」《釋蟲》：「莫貈，蟷蜋蛑。」注云：「孫叔然以方言說此義，亦不了。」皆加以非難。〔註11〕

黃氏又評郭注之失，一曰「襲舊而不明舉」，云：

> 郭注多同叔然，而今本稱引叔然者，不過數處；又或加以駁詰，一似叔然注皆無足取者。其視鄭氏注《周禮》，韋昭注《國語》，凡有發正皆明白言之者，有間矣。〔註12〕

其實郭璞《爾雅注》承襲前人舊注，不止樊光、孫炎注而已。在進行漢魏古注輯校的同時，可進一步針對郭璞《注》與漢魏古注的異同進行比較研究。

（三）音切的檢討

本書所輯諸書，存有不少語音材料。這些材料若能與其他同時代的語音資料相結合，將可為六朝語音的研究提供許多線索，有助釐清上古音至中古音的演變歷程，一如管錫華先生所言：

> 梁陳四家注已佚，就佚文來看，其主要價值是給《爾雅》注音，幫助研讀《爾雅》。……從語言學角度看，這些音切不僅對研究六朝語音有重要價值，對研究上古至中古語音的發展演變也有重要價值。〔註13〕

四、佚文輯錄校勘體例

（一）佚文摘錄方法

本書所輯古籍八種，佚文摘引自下列著述：

1、類書：《藝文類聚》、《北堂書鈔》、《初學記》、《太平御覽》、《續博物志》、《潛確居類書》、《群書類從》、《倭名類聚抄》。

2、字書及音義書：顧野王原本《玉篇》殘卷、陸德明《經典釋文》、顏師古《匡謬正俗》、玄應《一切經音義》、慧琳《一切經音義》、希麟《續一切經音義》、徐鍇《說文解字繫傳》、丁度《集韻》、司馬光《類篇》、陸佃《埤雅》。

3、群經義疏：孔穎達《尚書正義》、《毛詩正義》、《禮記正義》、《左傳正義》、賈公彥《周禮疏》、《儀禮疏》、徐彥《公羊疏》、邢昺《爾雅疏》。

〔註11〕黃侃〈爾雅略說〉，《黃侃論學雜著》，頁372。
〔註12〕同前注，頁375。
〔註13〕管錫華《爾雅研究》，頁186。

4、史籍及史注：酈道元《水經注》、司馬貞《史記索隱》、顏師古《漢書注》、李賢《後漢書注》、樂史《太平寰宇記》。

5、諸子：楊倞《荀子注》、殷敬順《列子釋文》。

6、其他：賈思勰《齊民要術》、杜臺卿《玉燭寶典》、瞿曇悉達《唐開元占經》、李善《文選注》、唐愼微《證類本草》、《道藏》本《山海經》。

除《經典釋文》、《集韻》、《類篇》等書所引的各家音讀，摘錄時在音切之上加注被音字外，其他佚文均直接自原書正文中摘錄，採用粗體字排印，並在案語中說明摘引書名及卷數。郭璞《爾雅注》佚文，其部分文字仍見於今本者，則採一般字體，以資區別。所據古籍版本請參見參考文獻目錄。

有關《太平御覽》引《爾雅》音注的問題必須特別提出說明。《太平御覽》引《爾雅》音讀約有以下五種形式：

1、明引郭璞音。如卷十七〈時序部二・歲〉引《爾雅》曰：「太歲……在壬曰玄黓」，下引「郭璞音翼」；「在午曰敦牂」下引「郭璞音子郎反」；「在申曰涒灘」下引「郭璞曰涒音湯昆反，灘音湯干反」。

2、音讀與郭璞注同出。如卷三百四十九〈兵部八十・箭上〉引《爾雅》曰：「骨鏃不剪羽謂之志」，下注云：「郭璞注曰：金鏃，今錍箭也。骨鏃，金〔案：應作「今」。〕骨鏃。不剪，謂以鳥羽自然淺狹，不復剪也。鏃音電。」又如卷三百五十八〈兵部八十九・鑣〉引《爾雅》曰：「鑣謂之鑣」，下注云：「郭璞曰：勒也。許揭切，又魚列切。」

3、音讀與某氏注同出，某氏注與郭璞注近同。如卷五十三〈地部十八・丘〉引《爾雅》曰：「丘一成爲敦丘」，下注云：「成猶重。《周禮》曰：『爲壇三成。』今江東呼地高堆者敦。舊音頓。」又如卷七十二〈地部三十七・藪〉引《爾雅》曰：「秦有楊紆」，下注云：「音謳。今在扶風汧縣西也」；「周有焦穫」下注云：「音牙。今扶風池縣陽〔案：「縣陽」二字誤乙。〕瓠中是也。」

4、音讀與某氏注同出，某氏注與郭璞注不同。如卷七十一〈地部三十六・漢水〉引《爾雅》曰：「漢水出尾下」，下注云：「漢，敷問切。汾陰有水口，知〔案：應作「如」。〕車輪，名爲漢。尾猶底也。」

5、僅見音讀，無注。如卷五十三〈地部十八・陵〉引《爾雅》曰：「東陵阢」，下有音「所陳切」；「北陵西隃鴈門是也」下有「音戍」二字。

按《御覽》引《爾雅》音讀形式，除第一種可確認係郭璞音外，其餘四種均無法斷定是何人所注，這是因爲《御覽》所引的音注常與郭璞音不合，例如：

1、陸德明《釋文》出「鑣」，注引郭音「魚謁反」（疑紐月韻）。《御覽》卷三百五

十八〈兵部八十九・鑱〉引《爾雅》曰：「鑱謂之鐵」，下引郭璞曰：「勒也。」注下有「許揭切，又魚列切」二音，「許揭」（曉紐薛韻）與「魚列」（疑紐薛韻）二音俱與郭璞音不合。

2、陸德明《釋文》出「馵」，注引郭音「式喻反」（審紐遇韻）。《御覽》卷八百九十三〈獸部五・馬一〉引《爾雅》曰：「膝上皆白，馵」，下注云：「馵，後左脚白，音注也。」「注」音（照紐遇韻）與郭璞音聲紐不同。

3、陸德明《釋文》出「虦」，注引郭音「昨閑反」（從紐山韻）。《御覽》卷九百一十二〈獸部二十四・猫〉引《爾雅》曰：「虎竊毛謂之虦猫」，「虦」下有音「土盞切」，「土」應係「士」字之譌。「士盞切」（牀紐產韻）與郭璞音不合。

4、陸德明《釋文》出「鵁」，注引郭音「五革反」（疑紐麥韻）。《御覽》卷九百二十五〈羽族部十二・鵁鶄〉引《爾雅》曰：「鵁，鶄」，下引郭璞注曰：「似鳧，脚高，毛冠，江東人家畜之以厭火災。」注下有「鵁音鵁肩反」五字。「鵁肩」（疑紐先韻）與郭璞音韻類不合。

5、陸德明《釋文》出「魧」，注云：「謝戶郎反，郭胡黨反。」《御覽》卷九百四十一〈鱗介部十三・貝〉引《爾雅》曰：「大者魧」，下注云：「《書大傳》曰：『大貝如車渠。』車渠謂車輞，即魧屬。魧，戶郎切。」是《御覽》所引雖與今本郭注相同，但注下之音係謝嶠音，與郭璞音不合。

6、陸德明《釋文》出「𧴪」，注引郭音「蹟」（牀紐麥韻）。鮑刻本《御覽》卷九百四十一〈鱗介部十三・貝〉引《爾雅》曰：「小者𧴪」，下注云：「今細具〔案：應作「貝」。〕，亦有紫色者，出日南。𧴪音積。」「積」音（精紐昔韻）與郭璞音不合。

7、陸德明《釋文》出「蜠」，注引郭音「匡軌反」（溪紐旨韻）。《御覽》卷九百四十一〈鱗介部十三・貝〉引《爾雅》曰：「蚆，博而蜠」，下注云：「蜠者中央廣，兩頭銳。蜠，逵、軌二音。」「逵」（群紐脂韻）、「軌」（見紐旨韻）二音俱與郭璞音略異。

8、陸德明《釋文》出「虉」，注云：「五歷反，郭音五革反。」《御覽》卷九百九十八〈百卉部五・綬〉引《爾雅》曰：「虉，綬」，下注云：「小草，有雜色，似綬。」注下有「虉，五歷切」四字。《御覽》之音係據陸德明《釋文》，與郭璞音不合。

其實《御覽》引《爾雅》經注之音，的確不能排除有依據郭璞之音者，但爲求愼重起見，除非《御覽》明言某音是郭璞所注，否則概不輯錄。

（二）佚文校勘方法

今日所見的各書佚文，均普遍存在文字脫譌增衍等現象，因此在輯佚的過程裏，每條佚文均進行必要的校勘工作。校勘工作約可分爲二部分：首先進行本校，即比較舊輯本的佚文，並查覈佚文所從出的古籍，古籍版本儘可能選取善本或經詳細校勘的點校本，必要時也參照其他版本。對於本校無法解決的問題，則再利用各種工具書、訓詁專著、古注等材料進行他校。凡是可以確定文字有譌誤者，均在原佚文中改正，並在案語中說明原委；若屬無法確認，必須存疑者，則仍從原文輯錄，案語中亦提出說明。異體字與今通行字體明顯不同者（如「怪」與「恠」、「韻」與「韵」），仍依異體字型摘錄；若僅是一二筆畫之別（如「況」與「况」、「回」與「囘」），則從今通行標準字體。

清儒輯佚時所使用的書籍版本可能與本書不同（例如《太平御覽》，本書採用《四部叢刊三編》景印宋刊本，係清儒輯佚時所不曾見到的版本），因此清儒輯佚成果也一律進行校勘，且在各條佚文案語中詳細說明異同。

各家《爾雅》文字與今通行本不同者，因涉及各家對《爾雅》經義說解異同，因此均出案語說明。

（三）佚文的拼合

古書轉引他書文句，常有脫落譌誤，甚至割裂分置的現象。對於某條佚文見於數種古籍轉引，其文字有參差錯落時，則視情況進行必要的拼合整理。例如陸德明《經典釋文·爾雅音義》引郭璞云：

> 徒駭今在成平縣。胡蘇在東莞縣。鬲津今皆爲縣，屬平原郡。周時齊桓公塞九河，并爲一，自鬲津以北，至徒駭二百餘里，渤海、東莞、成平、平原、河間、弓高以東，往往有其處焉。

孔穎達《毛詩·周頌·般·正義》引同段文字作：

> 徒駭今在成平縣。東光有胡蘇亭。鬲盤今皆爲縣，屬平原郡。渤海、東光、成平、河間、弓高以東，往往有其遺處焉。

按二書所引，雖以《釋文》較詳，然亦有脫譌之處；孔《疏》所引雖較簡略，卻可補正《釋文》之誤，二本實互有優劣。經逐字考索，正譌補缺之後，現將本條佚文拼合如下：

> 徒駭今在成平縣。胡蘇在東光縣，有胡蘇亭。鬲盤今皆爲縣，屬平原郡。周時齊桓公塞九河，并爲一，自鬲津以北，至徒駭二百餘里，渤海、東光、成平、平原、河間、弓高以東，往往有其遺處焉。〔註14〕

〔註14〕本例詳見第二章第二節郭璞《爾雅音義》、《爾雅注》佚文 12-27「九河」條案語。

（四）佚文次序的擬定

　　《爾雅》是現存於世的典籍，而本書所輯的八種《爾雅》相關佚籍，均沒有證據顯示其章節架構與《爾雅》不同，因此這些佚籍的佚文均參照《爾雅》本文的次序排列。具體的處理方式有二：

1、轉引者同時稱引《爾雅》本文與佚籍佚文。這類佚文通常可直接歸屬於某條義訓之下，少有例外，例如玄應《一切經音義》卷二〈大般涅槃經第二十四卷〉「怡懌」注引「《爾雅》：『怡，懌，樂也』，郭璞曰：『怡，心之樂也；懌，意解之樂也。』」所引郭璞語即輯入〈釋詁〉1-10「怡，懌，樂也」條下。

2、轉引者只稱引佚籍佚文，未同時引出《爾雅》本文。這類佚文數量不多，無法直接根據轉引資料確認其原屬義訓爲何，則依其意義判別，收入最有可能的《爾雅》義項之下，例如杜臺卿《玉燭寶典》卷二：「食心曰螟」，下引《尒雅》犍爲舍人、李巡二家注及《音義》曰：「即今子蚄也。」依義可歸爲〈釋蟲〉15-54「食苗心，螟」條佚文。

上編　郭璞《爾雅》著述佚籍輯考

第一章　郭璞的生平及與《爾雅》有關之著述

第一節　郭璞的生平

郭璞，字景純，河東聞喜（今山西省聞喜縣）人。生於西晉武帝咸寧二年（276），卒於東晉明帝太寧二年（324）。生平事蹟俱見《晉書》卷七十二本傳。《晉書》記載郭璞：

> 好經術，博學有高才，而訥於言論，詞賦爲中興之冠。好古文奇字，妙於陰陽算曆。……洞五行、天文、卜筮之術，攘災轉禍，通致無方，雖京房、管輅不能過也。

又云：

> 性輕易，不修威儀，嗜酒好色，時或過度。著作郎干寶常誡之曰：「此非適性之道也。」璞曰：「吾所受有本限，用之恒恐不得盡，卿乃憂酒色之爲患乎！」

由此概可知其爲人。

郭璞生於官宦之家，其父郭瑗，歷任尚書都令史、建平太守等職，以公方著稱。惠懷二帝之時，天下動蕩不安，戰亂四起，〔註1〕郭璞經由卜筮得知永嘉之亂將起，〔註2〕於是暗中聯合姻昵及交遊數十家避地東南，經由廬江（郡治在今安徽

〔註1〕晉惠帝在位（291～306）十六年間，有汝南王亮、楚王瑋、趙王倫、齊王冏、長沙王乂、成都王穎、河間王顒、東海王越等互相殘殺，史稱「八王之亂」。懷帝即位（307），未幾即發生「永嘉之亂」。

〔註2〕《晉書》記載了許多郭璞經由卜筮而準確預言的故事，但其中可能多少有些穿鑿附會的情況。沈榕秋先生云：「郭璞在政治上非常敏感，他很關心國家的命運，常能預見到一

舒城縣）過江，到宣城（郡治在今安徽南陵縣東青弋鎮），宣城太守殷祐引爲參軍；又爲王導所重，引參己軍事。當時司馬睿初鎮建鄴（307，晉永嘉元年；建鄴在今江蘇南京市），王導曾令郭璞卜筮，即預知司馬睿將得受命之符。不久之後，劉曜圍攻長安，晉愍帝糧絕出降，劉聰以愍帝爲光祿大夫，封懷安侯，西晉滅亡；司馬睿在王導等人的扶持下，在建康（即建鄴）稱晉王，改元建武，建立偏安一隅的東晉王朝（317）。此時郭璞又爲其卜筮，預言次年將於會稽人家井泥中獲得一鍾，爲受命既成之兆。次年（318）司馬睿稱帝，任命郭璞爲著作佐郎，後又升遷爲尚書郎。晉明帝初年（明帝即位於 323），郭璞因母喪辭去官職，未滿一年，又被王敦起用爲記室參軍。王敦意欲謀反，命郭璞卜筮，郭璞直言其謀反必敗，且壽命不長，因而被王敦殺害，享年四十九歲。王敦亂平（324），朝廷追贈郭璞爲弘農太守。

　　綜觀郭璞一生，由於他博學高才，又善於卜筮之事，因此頗得晉元帝與重臣王導的賞識。郭璞曾多次上書，建議晉元帝減輕人民的賦役及刑罰，可知他深切瞭解在戰亂頻仍的時代裏，百姓生活的艱困。郭璞南渡之後，在江東爲官的十餘年期間，較少受到戰亂的影響，也無羈旅之苦，生活應較爲安定。郭璞所撰述的大批著作，可能有不少就是在此一時期完成的。

第二節　郭璞所撰與《爾雅》有關之著述

　　郭璞一生著述不少。《晉書·郭璞傳》云：

> 璞撰前後筮驗六十餘事，名爲《洞林》。又抄京、費諸家要最，更撰《新林》十篇、《卜韵》一篇。注釋《爾雅》，別爲《音義》、《圖譜》。又注《三蒼》、《方言》、《穆天子傳》、《山海經》及《楚辭》、〈子虛〉、〈上林賦〉數十萬言，皆傳於世。所作詩賦誄頌亦數萬言。

此外，歷代史志所記載的郭璞著作爲數更多。只是郭璞才學廣受後人推崇，因此其中也不乏有後人依託的作品。今據諸史志之著錄，列表如下：

些社會的重大變故。不過，他不能直接說出自己的看法，因爲那是一個動輒得咎，是非很多的年代，《晉書》上說他平時“訥於言論”，並說他的很多預言都是根據卜筮得來的。其實，這很可能是他用的一種巧妙方法，因爲這既可以假借所謂天意表達他的看法，又可以避免禍殃。」（濮之珍《中國歷代語言學家評傳》，頁 97。）郭璞能預知河東將亂，可能也是假借卜筮之名。

分 類 〔註3〕		《隋書·經籍志》	《唐書·經籍志》	《新唐書·藝文志》	《宋史·藝文志》	丁國鈞《補晉書藝文志》〔註4〕	文廷式《補晉書藝文志》	存佚
經部	詩類	《毛詩拾遺》一卷郭璞撰				《毛詩拾遺》一卷	郭璞《毛詩拾遺》一卷〔註5〕	輯
	禮類					《夏小正注》〔註6〕	郭璞《夏小正注》〔註7〕	佚
	小學類	《爾雅》五卷郭璞注	《爾雅》三卷郭璞注	《爾雅》郭璞《注》一卷	《爾雅》三卷郭璞注	《爾雅注》五卷	郭璞《爾雅注》五卷	存
		梁有《爾雅音》二卷,孫炎、郭璞撰	《爾雅音義》一卷郭璞注	《音義》一卷		《爾雅音義》一卷〔註8〕	郭璞《爾雅音義》二卷	輯
		《爾雅圖》十卷郭璞撰	《爾雅圖》一卷郭璞注	又《圖》一卷		《爾雅圖》十卷〔註9〕	《爾雅圖》十卷	佚
		梁有《爾雅圖讚》二卷,郭璞撰,亡				《爾雅圖讚》二卷	《爾雅圖讚》二卷	輯
		《方言》十三卷漢揚雄撰,郭璞注				《方言注》十三卷	郭璞楊雄《方言注》十三卷	存
		《三蒼》三卷郭璞注	《三蒼》三卷李斯等撰,郭璞解	李斯等《三蒼》三卷郭璞解		《三蒼注》三卷	郭璞注《三蒼》三卷	輯
史部	正史類	梁有郭璞注〈子虛〉、〈上林賦〉一卷〔註10〕				《漢書注》〈子虛〉、〈上林賦注〉一卷	郭璞《漢書注》郭璞注〈子虛〉、〈上林賦〉一卷	殘
						《漢書音義》〔註11〕		佚
	地理類	《水經》三卷郭璞注	《水經》二卷郭璞撰	桑欽《水經》三卷一作郭璞撰		《水經注》三卷〔註12〕	郭璞注《水經》三卷	佚

〔註3〕諸史志分類方法不一,為便檢索,今悉依《四庫全書》之類目。已亡佚及《四庫》未收書則按其性質分類。個別分部不同者另注標示。

〔註4〕本欄書名後標注「*」號者,係著錄於丁氏《補晉書藝文志附錄·黜偽類》中,亦即丁氏以此類書籍為後世偽託之作。

〔註5〕文廷式《補晉志》在本書之後又著錄「郭璞《毛詩略》四卷」,恐誤。按《隋志》著錄「《毛詩拾遺》一卷」,下注云:「郭璞撰。梁又有《毛詩略》四卷,亡。」依《隋志》體例,《毛詩略》一書未必是郭璞所撰。丁辰云:「蓋謂《七錄》有此書,非指郭氏也。」(丁國鈞《補晉書藝文志》,頁3下。)其說可從。

〔註6〕丁辰云:「見葛洪《神仙傳》。」(丁國鈞《補晉書藝文志》,頁5中。)

〔註7〕文氏《補晉志》收入子部農家類。

〔註8〕丁辰云:「《七錄》作『《爾雅音》二卷』,蓋連孫炎一卷計之,《釋文·敘錄》亦作一卷。《通志》則作《爾雅音略》二卷,謬不足据。」(丁國鈞《補晉書藝文志》,頁9上。)

〔註9〕丁辰云:「兩《唐志》作一卷,《隋志》『十』字疑有訛誤。」(丁國鈞《補晉書藝文志》,頁9上。)

〔註10〕《隋志》及丁氏、文氏《補晉志》均收入集部總集類。按顏師古〈漢書敘例〉所列徵引諸家注釋名氏,有郭璞「止注〈相如傳〉序及游獵詩賦」云云,疑《隋志》所載〈子虛〉、〈上林賦·注〉與丁氏《補晉志》所錄《漢書注》為同書。

〔註11〕丁辰云:「見李善《文選注》。」(丁國鈞《補晉書藝文志》,頁11上。)

〔註12〕丁辰云:「《通典》謂璞注解《水經》,疏略多迂怪,今不存。近畢氏沅《山海經注》謂

部	類							狀態
史部	地理類						郭璞注《周王游行記》六卷〔註13〕	佚
	天文算法類						郭璞《星經》一卷	佚
子部	術數類	《周易新林》四卷郭璞撰《周易新林》九卷郭璞撰				《周易新林》四卷《周易新林》九卷	郭璞《周易新林》四卷	佚
		梁有《周易林》五卷，郭璞撰，亡				《周易林》五卷	《周易林》五卷或作《周易新林》九卷，疑並兩書數之也	佚
		《易洞林》三卷郭璞撰	《周易洞林解》三百卷，郭璞撰〔註14〕	郭璞《周易洞林解》三卷	郭璞《周易洞林》一卷	《易洞林》三卷	《易洞林》三卷	輯
		《易八卦命錄斗內圖》一卷郭璞撰				《易八卦命錄斗內圖》一卷	《易八卦命錄斗內圖》一卷	佚
		《易斗圖》一卷郭璞撰				《易斗圖》一卷	《易斗圖》一卷	佚
				郭璞《三命通照神白經》三卷		《三命通照神白經》三卷*	郭璞《三命通照神白經》三卷	佚
				郭璞《周易玄義經》一卷		《周易玄義經》一卷*	《周易玄義經》一卷〔註15〕	佚
				郭璞《葬書》一卷		《葬經》一卷*	郭璞《葬書》一卷	存
						《續葬經》一卷*		佚
						《易腦》一卷〔註16〕		佚
						《易立成林》二卷〔註17〕	《易立成林》二卷	佚
						《卜韻》一篇〔註18〕		佚
						《五行傳》〔註19〕		佚
子部	術數類					《周易括地林》一卷*	《周易括地林》一卷	佚
						《周易穿地林》一卷*	郭璞《周易穿地林》一卷	佚

此書《隋》、《唐》二志皆次在《山海經》末，當即〈海內中經〉文。所考致確，足袪群疑。」（丁國鈞《補晉書藝文志》，頁22上。）

〔註13〕文氏《補晉志》收入史部起居注類。

〔註14〕應作「三卷」，「百」字衍。

〔註15〕文氏據《宋志》，在本書之下又著錄《周易察微經》一卷、《周易鬼御算》一卷、《周易逆刺》一卷、《易鑑》三卷四書，按《宋志》此四書均不注作者名氏，未必是郭璞所著。

〔註16〕丁辰云：「見兩《唐志》，舊題郭氏，蓋亦璞書。」（丁國鈞《補晉書藝文志》，頁28中～下。）按丁氏之說無據，今暫存疑。

〔註17〕丁辰云：「見《隋志》，舊題郭氏，蓋亦璞書。」（丁國鈞《補晉書藝文志》，頁28下。）按丁氏之說無據，今暫存疑。文廷式云：「《隋志》題郭氏，蓋亦依託景純者，今並錄之。」（文廷式《補晉書藝文志》，頁56上。）

〔註18〕丁辰云：「見本書璞傳。《神仙傳》引作『卜緐』。」（丁國鈞《補晉書藝文志》，頁28下。）

〔註19〕丁辰云：「見本書琦傳。」（丁國鈞《補晉書藝文志》，頁28下。）

子部	術數類					《周易竅書》三卷*	郭璞《周易竅書》三卷	佚
						《撥沙成明經》一卷*	《撥沙成明經》一卷	佚
						《青囊經》一卷*		佚
						《青囊補注》*	郭璞《青囊補注》三卷	佚
						《元堂品訣》三卷*		佚
						《八仙山水經》一卷*	郭璞等《八仙山水經》一卷	佚
						《元經》十卷*	郭璞《玄經》十卷門弟子趙載注	存
							《郭璞讖》	佚
							郭璞《八五經》一卷	佚
							《地理碎金式》一卷	佚
							《玄堂品訣》三卷	佚
							《錦囊經》一卷	佚
							郭璞《玉照定眞經》一卷	存
	小說家類	《穆天子傳》六卷汲冢書，郭璞注〔註20〕	《穆天子傳》六卷郭璞撰	郭璞《穆天子傳》六卷		《穆天子傳注》六卷		存
		《山海經》二十三卷郭璞注〔註21〕	《山海經》十八卷郭璞撰	郭璞注《山海經》二十三卷	郭璞《山海經》十八卷	《山海經注》二十三卷〔註22〕	郭璞《山海經注》二十三卷	存
		《山海經圖讚》二卷郭璞注〔註23〕	《山海經圖讚》二卷郭璞撰	又《山海經圖讚》二卷	郭璞《山海經讚》二卷《山海圖經》十卷郭璞序，不著姓名	《山海經圖讚》二卷	《山海經圖讚》二卷	輯
				《山海經音》二卷〔註24〕		《山海經音》二卷		佚
	道家類						郭璞《老子經注》〔註25〕	佚
集部	楚辭類	《楚辭》三卷郭璞注	《楚詞》十卷郭璞撰	郭璞注《楚辭》十卷		《楚辭注》三卷	郭璞《楚辭注》二卷	佚
	別集類	晉弘農太守《郭璞集》十七卷梁十卷，錄一卷	《郭璞集》十卷	《郭璞集》十卷	《郭璞集》六卷	弘農太守《郭璞集》十卷，錄一卷	弘農太守《郭璞集》十卷，錄一卷	輯

〔註20〕《隋》、兩《唐志》及丁氏《補晉志》均收入史部起居注類。

〔註21〕《隋》、兩《唐志》及丁氏《補晉志》均收入史部地理類；文氏《補晉志》收入史部地志類；《宋志》收入子類五行類。

〔註22〕丁辰云：「《舊唐志》云十八卷，蓋据劉秀校定之十八篇，篇爲一卷也。」（丁國鈞《補晉書藝文志》，頁22上。）

〔註23〕《隋》、兩《唐志》、《宋志》及丁氏《補晉志》均收入史部地理類；文氏《補晉志》收入史部地志類。

〔註24〕《新唐志》及丁氏《補晉志》均收入史部地理類。

〔註25〕文廷式云：「《文選·上林賦·注》：『張揖曰：〔原注：此三字疑衍。〕郭璞《老子經注》曰：「虛無寥廓，與玄通靈，言其所乘氣之高，故能出飛鳥之上，而與神俱者也。」』按此條亦不似注《老子》，今姑存其目俟考。」（《補晉書藝文志》，頁49上。）

從上表可知郭璞著述具有兩大特色：其一是與卜筮有關的著作甚多，充分反映其善於卜筮的才華，也因此使後世僞託其名的作品以此類最多；其二是他爲許多種古代文獻進行注釋工作，今存於世的有《爾雅》、《方言》、《穆天子傳》、《山海經》等注；其餘雖已亡佚，但〈子虛〉、〈上林賦注〉仍散見顏師古《漢書注》，《三蒼注》亦有輯本。

此外，郭璞也留下不少文學創作，其中不乏廣爲後世傳誦的名篇。《隋》、兩《唐志》所著錄的《郭璞集》今已不傳，惟明代張溥輯《漢魏六朝百三名家集》有《郭弘農集》二卷，葉紹泰輯《增定漢魏六朝別解》亦有《郭弘農集》；清代嚴可均編《全晉文》卷一百二十至卷一百二十三均爲郭璞作品；又姚瑩、顧沅、潘錫恩等輯《乾坤正氣集》有《郭景純集》二卷，吳汝綸評選《漢魏六朝百三家集選》有《郭弘農集選》一卷。

郭璞著述與《爾雅》相關者，有《爾雅注》、《爾雅音義》、《爾雅圖》、《爾雅圖讚》四種。

一、《爾雅注》

郭璞《爾雅注》，《隋志》、鄭樵《通志・藝文略》著錄五卷，《唐志》、《宋志》及晁公武《郡齋讀書志》、陳振孫《直齋書錄解題》均作三卷，《新唐志》一卷。今存。其確實的寫作年代不詳，但從注文推斷，應是完成於郭璞南渡江東以後。〔註26〕

據郭璞〈爾雅序〉可知，在漢魏時期已有《爾雅注》十餘家，郭璞以十八年的時間研究《爾雅》，感到前代舊注「猶未詳備，並多紛謬，有所漏略」，於是決意「綴集異聞，會稡舊說，考方國之語，采謠俗之志，錯綜樊、孫，博關群言，剟其瑕礫，搴其蕭稂，事有隱滯，援據徵之，其所易了，闕而不論」，寫成《爾雅注》一書。此書是現存最早的一部《爾雅注》，由於郭璞爲學廣博多聞，尤精於注釋，因此自郭璞《爾雅注》行世，即爲歷代學者所推重，並導致其餘古注率皆亡佚。陸德明《經典釋文・序錄・註解傳述人・爾雅》云：

> 先儒多爲億必之說，乖蓋闕之義。唯郭景純洽聞強識，詳悉古今，作《爾雅注》，爲世所重。

邢昺〈爾雅疏敍〉云：

〔註26〕徐朝華先生云：「《爾雅》和《方言》兩書在內容上有共同之處，郭璞對兩書是同時進行研究的，他爲兩書作注也是互相証發的。《爾雅注》和《方言注》具體寫作年代不詳。從兩書中所舉方言以"江東"（長江下游南岸）爲最多，合計約有一百七十處來推斷，兩書都是郭璞於永嘉之亂渡江以後才完成的。」（吉常宏、王佩增編《中國古代語言學家評傳》，頁89～90。）此一推論應屬可信。

惟東晉郭景純用心幾二十年注解方畢，甚得六經之旨，頗詳百物之形，學
者祖焉，最爲稱首。

《四庫全書總目・經部・小學類・爾雅註疏》條下云：

璞時去漢未遠，……所見尚多古本，故所註多可據，後人雖迭爲補正，然
宏綱大旨，終不出其範圍。

觀此數語，大抵可窺知其書之學術地位與價值。黃侃曾評析郭《注》有五中二失：
其中者一曰「取證之豐」，二曰「說義之愼」，三曰「旁證《方言》」，四曰「多引
今語」，五曰「闕疑不妄」；其失者一曰「襲舊而不明舉」，二曰「不得其義，而望
文作訓」。〔註27〕李建國先生也評論郭璞《爾雅注》的特點主要有六個方面，其條
目爲：

（1）引《方言》以証《爾雅》。

（2）以今語釋《爾雅》。

（3）標明語言的通轉變化，郭注謂之"語轉"，"語之變轉"。

（4）揭示詞義發展變化的原理。

（5）取材豐富，注重實証。

（6）注文簡明扼要，態度謹愼。〔註28〕

管錫華先生綜合前人之說，從「注釋的內容」、「注釋的方式方法」、「郭注的價值」、
「郭注的不足」四個方面進行介紹，亦可參看。〔註29〕

二、《爾雅音義》

郭璞〈爾雅序〉自述其撰著《爾雅注》時，又「別爲《音》、《圖》，用祛未寤」；
《晉書・郭璞傳》亦云郭璞「注釋《爾雅》，別爲《音義》、《圖譜》」。可知郭璞除了
《爾雅注》之外，還有《爾雅音義》、《爾雅圖》等書各自成帙行世。

《爾雅音義》一書，兩《唐志》均著錄一卷，《隋志》作「梁有《爾雅音》二卷，
孫炎、郭璞撰」。《隋志》的「二卷」應係合計孫炎、郭璞二家著述而言，郭璞此書
實僅一卷。又《爾雅音》與《爾雅音義》同指一書，〔註30〕今依其佚文內容兼釋音
義來看，書名作「音義」可能較得其實。周祖謨先生云：

〔註27〕詳見黃侃〈爾雅略説〉，《黃侃論學雜著》，頁 374～375。

〔註28〕詳見李建國《漢語訓詁學史》，頁 69～71。

〔註29〕詳見管錫華《爾雅研究》，頁 174～183。

〔註30〕周祖謨先生云：「晉郭璞既作爾雅注，又別有爾雅音一卷，見陸德明經典釋文敘錄。釋
文爾雅音義內引及郭書，又稱爲『音義』。……據此，可知爾雅音也就是爾雅音義。」
（〈郭璞爾雅注與爾雅音義〉，《問學集》，頁 683。）

郭璞的爾雅音義不僅釋音，而且釋義，並評論舊注得失，間或也指出爾雅傳本的異文和或體。各家所引都稱爲「音義」，這可能就是原來的名稱。〔註31〕

此說應屬正確。《崇文總目》著錄「《爾雅音訓》二卷」，云：「不著撰人名氏，以孫炎、郭璞二家音訓爲尚狹，頗益增之。」鄭樵《通志・藝文略》亦有「《爾雅音略》二卷」，則又爲後人所作。從書目著錄判斷，郭璞《爾雅音》大約亡佚於北宋。

清人王樹柟編著《爾雅郭注佚存補訂》時，主張今本郭璞《注》曾經後人刪省。王氏在該書〈弁言〉中云：

> 今世所行郭《注》，證以他書，所引多從刪節，非足本也。據《禮記・禮器・疏》及《周禮・春官・疏》所引〈釋魚〉「神龜」「靈龜」諸條，知唐時已有二本行世，故孔、賈所據各有不同。《太平御覽》兩引〈釋魚〉「蜃，小者珧」之注，一與今本同，一與今本異。《本草》唐本注引〈釋草〉「苕，陵苕」，注云：「一名陵時，又名陵霄。」蘇頌《圖經》謂今《爾雅注》無「又名陵霄」句。蓋當時讀者刪繁就簡，以便省覽，如今時《五經》刪節之本，其後學者喜便畏難，節本盛行於世，人遂無復知郭《注》復有足本者。

又在〈釋言〉「愒，貪也」條下注云：

> 今本注文皆從刪省，唐時當有足本及刪本兩者並行於世，故見於唐人所引者與今本互有異同。如上文「謂發揚」、「謂寬緩」、「謂愛忥」之類，皆係刪省而無他引可證。以慧琳所引此注推之，〔案：〈釋言〉「愒，貪也」條郭注：「謂貪羨」，慧琳引作「愒謂貪羨也」。〕則「謂發揚」當作「越謂發揚也」，「謂寬緩」當作「宣謂寬緩也」，「謂愛忥」當作「懊謂愛忥也」，必如此詁釋，始知所解者爲何字。漢唐以來傳注皆如此。〔註32〕

其實王氏之說頗爲可疑。周祖謨先生曾撰文糾正：

> 郭璞爾雅注一直傳流到現在，而爾雅音義，自宋代以後就亡佚無存了。唐孔穎達毛詩正義和唐宋類書中引及郭璞爾雅注，文字有時與今本小異，然同者多，異者少。但也有在今本文字之外又多出幾句的，前人因此懷疑郭注或有佚落。王樹柟作爾雅郭注佚存訂補甚至於說今本郭璞注已經後人刪削，非郭氏原書。這種說法是否可信，一直懸而未決。
>
> 現在根據敦煌所出唐寫本爾雅注殘卷來看，今本與唐本很接近，除句尾多

〔註31〕周祖謨〈郭璞爾雅注與爾雅音義〉，《問學集》，頁685。
〔註32〕王樹柟《爾雅郭注佚存補訂》，卷4，頁14下～15上。

缺語氣詞「也」字以外，僅文字小有不同，並無刪削。那麼，何以前代載記所引有多出今本以外的文句呢？這自然會使人想到引書者在引注文之外又連及音義，因此與今本不同。……

前代書籍所引爾雅注文凡有溢出今本以外的，很可能都是采自音義。王樹枏之說不可信。〔註33〕

從本書所輯佚文來看，王氏顯然是將許多本屬《音義》的文字誤輯入郭《注》之中。若將郭《注》的佚文與今本相較，可發現大多數的差異都只是今本被刪去幾個不妨害釋義的文字而已。然而，這並不表示只要是不見於今本郭《注》的郭璞佚注，都是出自《音義》一書。事實上，今本郭《注》也有整句被刪削的情形，例如：

1、玄應《一切經音義》卷十四〈四分律第六卷〉「更貿」注引「《爾雅》云：『貿，賈，市，買也』，郭璞曰：『交易物爲貿。《詩》云「抱布貿絲」』是也。」今本〈釋言〉2-25「貿，賈，市也」條郭注作「《詩》曰：『抱布貿絲』」，脫「交易物爲貿」句。

2、《文選》卷一班固〈東都賦〉「逡巡降階」李善注引郭璞《爾雅注》曰：「逡巡，却去也。」今本〈釋言〉2-204「逡，退也」條郭注作「《外傳》曰：『已復於事而逡』」，李注所引，今本未見。

3、《唐開元占經》卷七十一〈流星占一‧流星名狀一〉引《爾雅》郭璞曰：「彴約，流星別名也。」今本〈釋天〉8-34「奔星爲彴約」條郭注僅存「流星」二字。

4、《齊民要術》卷十「承露」引「《爾雅》曰：『蔠葵，蘩露』，注曰：『承露也，大莖小葉，花紫黃色，實可食。』」今本〈釋草〉13-132「蔠葵，蘩露」條郭注作「承露也，大莖小葉，華紫黃色」，脫「實可食」句。

5、《玉燭寶典》卷六引「《尒雅》：『唐棣，移〔案：應作「移」，下同。〕』」，……郭璞注云：『今白移也，似白楊樹，江東呼爲夫移。』」今本〈釋木〉14-63「唐棣，移」條郭注作「似白楊，江東呼夫移」，脫「今白移也」句及「樹爲」二字。

換言之，王、周二氏的意見都有加以修正的必要。其實，郭璞《爾雅音義》與《爾雅注》佚文的分辨確實有其困難之處，凡此之類，在本書第二章所輯郭璞《爾雅音義》、《爾雅注》佚文各條案語中均有逐條的說明。

〔註33〕周祖謨〈郭璞爾雅注與爾雅音義〉，《問學集》，頁685～686。

三、《爾雅圖》

郭璞《爾雅圖》，《隋志》、鄭樵《通志·藝文略》著錄十卷，兩《唐志》作一卷。按書名推測，應是郭璞以圖繪的方式輔助釋義的著作，惟此書也已不傳，其亡佚的時間可能與《爾雅音》接近。陸德明《經典釋文》尚存《爾雅圖》佚文二條，由於文句形式與《爾雅圖讚》不同，推測應是附注在圖旁的說明文字。馬國翰、黃奭並將二條佚文輯入《爾雅圖讚》，恐非。

今傳世影宋本《爾雅音圖》一種，分上、中、下三卷，下卷又分為前、後二卷，因此實有四卷。卷上自〈釋詁〉至〈釋親〉，卷中自〈釋宮〉至〈釋水〉，卷下前自〈釋草〉至〈釋蟲〉，卷下後自〈釋魚〉至〈釋畜〉。各卷之首均題「郭璞註」三字。其內容係以郭璞《爾雅注》為綱，除上卷四篇無圖外，其餘各卷有圖者均刊於各篇之前；音注全為直音，穿插於被音字之下。其實此書除了《爾雅注》的部分是郭璞所撰，音、圖的作者都另有其人。清人曾燠在清嘉慶六年（1801）所撰〈爾雅圖重刊影宋本敍〉裏就已懷疑音是五代毋昭裔所作，圖是宋元人所繪：

> 蜀毋昭裔以釋智騫及陸元朗《釋文》一字有兩音或三音，後生疑於呼讀，擇其文義最明者為定，作《音略》三卷，見晁、陳二《志》及《玉海》。此本經文內有音，中、下卷有圖。其音則較之《釋文》所載郭音或音或用反語多不合，而附經為三卷，正是《音略》卷數，當為毋昭裔音。其圖則宋元人所繪，甚精致，疑必有所本，即非郭氏之舊，或亦江灌所為也。

馮蒸先生在其一系列針對《爾雅音圖》音注的研究論文中，也證實此書音注所反映的是宋初的北方官話音，其作者就是後蜀的河中龍門人毋昭裔。〔註34〕

四、《爾雅圖讚》

《隋志》著錄「梁有《爾雅圖讚》二卷，郭璞撰，亡」，兩《唐志》及鄭樵《通志·藝文略》均未著錄，然則此書亡佚時間甚早。從今存的佚文可知此書係就《爾雅》所見的具象事物進行形貌描繪或情感抒發，採四字一句，偶數句押韻的韻文形式，大多數為六句組成，偶有四句或八句者。

郭璞《山海經圖讚》的讚語形式與《爾雅圖讚》相同。

〔註34〕參見馮蒸〈《爾雅音圖》音注所反映的宋初零聲母〉、〈《爾雅音圖》音注所反映的宋代濁音清化〉、〈《爾雅音圖》音注所反映的宋代 k-／x-相混〉、〈《爾雅音圖》音注所反映的宋初四項韻母音變〉、〈《爾雅音圖》音注所反映的宋初濁上變去〉諸文。

第二章 郭璞《爾雅音義》、《爾雅注》佚文輯考

第一節 輯 本

歷來輯有郭璞《爾雅音義》或《爾雅注》佚文之輯本，計有專輯三種、合輯四種：

一、專 輯

（一）馬國翰《玉函山房輯佚書・爾雅音義》

馬國翰《玉函山房輯佚書》（本章以下簡稱「馬本」）據陸德明《經典釋文》、孔穎達《毛詩正義》、徐彥《公羊疏》、李賢《後漢書注》、邢昺《爾雅疏》、樂史《太平寰宇記》、丁度《集韻》、司馬光《類篇》等書，輯錄郭璞《爾雅音義》及《爾雅注》佚文計共 345 條。經重新排比後，馬氏所輯折合本書所輯 383 條，扣除誤輯 20 條（詳見本章第三節）後，實得 363 條，其中又有脫漏佚文者 15 條，衍增佚文者 33 條，脫衍並見者 1 條。對勘本書所輯 658 條（含佚文及郭本《爾雅》異文，下同），馬本所輯約佔 55.17%。

（二）黃奭《黃氏逸書考・爾雅郭璞音義》

黃奭《黃氏逸書考》（本章以下簡稱「黃本」）據郭璞《爾雅注》、《山海經汪》、賈思勰《齊民要術》、酈道元《水經注》、陸德明《經典釋文》、玄應《一切經音義》、孔穎達《尚書正義》、《毛詩正義》、《禮記正義》、《左傳正義》、顏師古《匡謬正俗》、賈公彥《儀禮疏》、徐彥《公羊疏》、司馬貞《史記索隱》、劉昭《續漢志注》、殷敬順《列子釋文》、李善《文選注》、徐鍇《說文繫傳》、邢昺《爾雅疏》、《太平御

覽》、樂史《太平寰宇記》、丁度《集韻》、陸佃《埤雅》、郝懿行《爾雅義疏》等書，輯錄郭璞《爾雅音義》及《爾雅注》佚文計共 474 條。經重新排比後，黃氏所輯折合本書所輯 569 條，扣除誤輯 140 條（詳見本章第三節）後，實得 429 條，其中又有脫漏佚文者 30 條，衍增佚文者 33 條。對勘本書所輯 658 條，黃本所輯約佔 65.2%。

（三）王樹枏《爾雅郭注佚存補訂》

王樹枏《爾雅郭注佚存補訂》（本章以下簡稱「王本」）是一部校補《爾雅》本文與郭璞注的著作。此書悉依《爾雅》原文次序，逐條考證，其論證雖頗詳盡，但將所輯郭璞《爾雅音義》佚文全與郭注相混，則不可取。周祖謨曾評論此書之利弊得失，甚得其要：

> 光緒年間，新城王樹枏作《爾雅郭注佚存訂補》一書，所見書籍已多，頗有發明。不過，原書中有些譌誤還沒有改正，並且把前代書中所引郭璞的《爾雅音義》誤與《爾雅注》混爲一談。所引各書也多未記明卷數，缺誤尚多。〔註1〕

王本輯錄郭璞《爾雅音義》及《爾雅注》佚文計共 211 條（與釋義無關者均不計；另有誤輯者 53 條，詳見本章第三節），其中脫漏佚文者 16 條，衍增佚文者 11 條。對勘本書所輯 658 條，王本所輯約佔 32.07%。〔註2〕

二、合 輯

（一）余蕭客《古經解鉤沉·爾雅》

余蕭客《古經解鉤沉》（本章以下簡稱「余本」）輯錄郭璞《爾雅音義》佚文計共 9 條，其中脫漏佚文者 2 條，衍增佚文者 1 條。余氏所輯，除釋音 5 條外，其餘 4 條均係《音義》佚文。對勘本書所輯 658 條，余本所輯約佔 1.37%。

（二）嚴可均《爾雅一切註音》

嚴可均《爾雅一切註音》（本章以下簡稱「嚴本」）輯錄郭璞《爾雅音義》及《爾雅注》佚文計共 85 條，扣除誤輯 7 條（詳見本章第三節）後，實得 78 條，其中脫漏佚文者 15 條，衍增佚文者 4 條，脫衍並見者 1 條。嚴氏所輯，以《音義》佚文較多，偶亦輯錄郭氏音讀。對勘本書所輯 658 條，嚴本所輯約佔 11.85%。

〔註1〕周祖謨《爾雅校箋·序》，頁 4。

〔註2〕本書所採用的前人輯校書籍，凡屬於《爾雅》研究專著者，在朱祖延主編《爾雅詁林敘錄·書目提要》中均有詳細介紹，此不複贅。

（三）董桂新《爾雅古注合存》

董桂新《爾雅古注合存》（本章以下簡稱「董本」）輯錄郭璞《爾雅音義》及《爾雅注》佚文計共 345 條，扣除誤輯 9 條（詳見本章第三節）後，實得 336 條，其中脫漏佚文者 96 條，衍增佚文者 2 條，脫衍並見者 1 條。董氏所輯，幾全爲《釋文》引郭璞音，且《釋文》所引有數音者，董氏必僅輯錄首音，餘皆不採；釋義文字除照錄今存郭注外，輯補甚少。對勘本書所輯 658 條，董本所輯約佔 51.06%。

（四）葉蕙心《爾雅古注斠》

葉蕙心《爾雅古注斠》（本章以下簡稱「葉本」）輯錄郭璞《爾雅音義》及《爾雅注》佚文計共 260 條，扣除誤輯 15 條（詳見本章第三節）後，實得 245 條，其中脫漏佚文者 37 條，衍增佚文者 9 條，脫衍並見者 2 條。葉氏所輯，以《釋文》引郭璞音爲主，釋義文字較少。對勘本書所輯 658 條，葉本所輯約佔 37.23%。

第二節 佚 文

〈釋詁〉

1. 1-3 釗，大也。

釗，陟孝反。

案：本條佚文輯自陸德明《經典釋文·爾雅音義》。

董本引同。余本「釗」作「劧」，「反」作「翻」。馬、黃、葉本「釗」亦作「劧」，餘同《釋文》。嚴、王本並未輯錄。

《釋文》出「劧」，注云：「郭陟孝反。顧野王都角反，《說文》云：『草大也。』孫都耗反。」（宋本《釋文》「大」譌作「犬」。）唐石經、宋本《爾雅》字亦作「劧」。按《說文》無「劧」字，段注本艸部有「釗」字，釋云：「艸大也。」段玉裁注云：

案各本篆作「茇」，訓同。《玉篇》、《廣韵》皆無「茇」字，「釗」之誤也。

後人檢釗字不得，則於艸部末綴「劧」篆，訓曰「艸木倒」，語不可通，

今更正。《爾雅釋文》、《廣韵》四覺皆引《說文》「釗，艸大也。」〔註3〕

是「劧」字本應从艸作「釗」，邵晉涵《正義》、郝懿行《義疏》均改作「釗」。〔註

〔註 3〕段玉裁《說文解字注》，第 1 篇下，頁 42 上。

〔註 4〕邵晉涵云：「釗者，《說文》云：『釗，艸大也。』……今本《說文》作『茇，艸大也』、『劧，艸木到』，後人所竄易也。」（《爾雅正義》，《皇清經解》，卷 504，頁 11 上。）

郝懿行云：「釗者，《釋文》引《說文》云『艸大也』。今《說文》本『釗』作『茇』，蓋形近誤衍『茇』字，而於『劧』下又妄加『艸木到』三字，並誤矣。」（《爾雅義疏》，《爾

4）盧文弨云：

> 案《說文》艸部：「䓈，艸大也」；竹部「箌」訓「艸木到」。據陸氏知今
> 本《說文》誤。然訓爲「艸大」，則字當從艸，今《爾雅》亦從竹，疑皆
> 誤。〔註5〕

今從其說改作「菿」。

《廣韻》「菿」字凡二見：一音「都導切」（端紐号韻），一音「竹角切」（知紐
覺韻）；又覺韻「菿」下有又音「陟孝切」（知紐效韻）。孫炎音「都耗反」，與「都
導」音同；郭璞音「陟孝反」，與覺韻又音切語全同；顧野王音「都角反」，與「竹
角」音同。

2. 1-3 昄，大也。

昄，方滿反。

案：本條佚文輯自陸德明《經典釋文‧爾雅音義》引孫、郭；又《毛詩音義‧
大雅‧卷阿》「昄」下引孫炎、郭璞音同。

董、馬、黃本引均同。余、嚴、葉、王本均未輯錄。

《廣韻》「昄」字凡三見：一音「博管切」（幫紐緩韻），一音「布綰切」（幫紐
潸韻），一音「扶板切」（奉紐潸韻）。郭璞音「方滿反」，與「博管」音同；沈旋音
「蒲板反」，與「扶板」音同；顧野王音「板」，與「布綰」音同。

3. 1-3 晊，大也。　　郭注：廓落、宇宙、穹隆、至極，亦為大也。

案：陸德明《經典釋文‧爾雅音義》出「晊」，注云：「本又作至，又作胵。」
唐石經、宋本《爾雅》字亦作「晊」。邢昺《疏》云：「郭氏讀晊爲至，故云『至極』，
是廓、宇、穹、晊亦爲大也。」是邢氏亦以爲《爾雅》字作「晊」，與《釋文》、唐
石經同。馬、黃本並引述邢《疏》「讀晊爲至」語。〔註6〕惟亦有主張「晊」是誤字，
郭本《爾雅》字作「至」者。王引之云：

> 《釋文》：「晊，舊音之日反，本又作至，又作胵。」家大人曰：作「至」
> 者是也。作「晊」者，涉上文「昄」字從日而誤。《說文》無「晊」字。
> 其作「胵」者，又「晊」之誤也。郭曰「至極亦爲大」，則郭本作「至」

雅廣雅方言釋名清疏四種合刊》，頁6上。）

〔註5〕盧文弨《經典釋文攷證‧爾雅音義上攷證》，頁1下。

〔註6〕周春云：「晊，郭讀爲至，故以極訓之。」（《爾雅補注》，卷1，頁3下。）王樹柟云：「《釋
文》據郭本爲正，則郭本作『晊』，而以『晊』爲『至』之假字，故注曰『至極』。其經
文或作『至』者，緣郭注誤改也。」（《爾雅郭注佚存補訂》，卷1，頁2上。）其說均
本邢《疏》。

明矣。高注《呂氏春秋・求人》篇及〈秦策〉並云「至，大也」，即用《爾雅》之訓。〔註7〕

他如郝懿行、江藩、阮元、葉蕙心、王樹枏等亦以爲郭璞本《爾雅》字作「至」。〔註8〕按《玉篇》至部「至」訓「極也」、「大也」，是「至」有大義，此說當亦可信。又嚴元照、尹桐陽等僅謂《爾雅》字本作「至」，未明云郭本如此。〔註9〕

4. 1-5 艁，至也。

艁，音屈。

案：本條佚文輯自陸德明《經典釋文・爾雅音義》。

董、馬、黃、葉本引均同。余、嚴、王本均未輯錄。

《釋文》出「艁」，注云：「郭音屈，孫云古屈字，顧子公反。」按段注本《說文》舟部：「艁，船箸沙不行也。从舟、𡲬聲，讀若莘。」段玉裁注云：

> 尸部：「屈，行不便也。」郭注《方言》云：「艁，古屈字。」按〈釋詁〉、
> 《方言》皆曰「艁，至也」，不行之義之引伸也。

又云「莘」音「與子紅爲雙聲，與屈亦雙聲，漢時語如是。」〔註10〕又尸部「屈」字注云：

> 郭云「艁，古屈字」，按謂古用艁，今用屈也。艁、屈雙聲。〔註11〕

〔註7〕王引之《經義述聞・爾雅釋詁・旺大也》，《皇清經解》，卷1205，頁3上。
〔註8〕郝懿行云：「《釋文》『旺本又作至』，蓋郭本即作『至』，故云『至極亦爲大』也。至者極也，極者中也，屋之中極至爲高大，故云至極亦大矣。」（《爾雅義疏》，《爾雅廣雅方言釋名清疏四種合刊》，頁6上。）江藩云：「案古無旺字。……《釋文》本又作至，即郭本也。注『至極亦爲大也』，郭作至不作旺，可見經文本作至矣。後人據《釋文》改爲旺，注中至字未及改耳。」（《爾雅小箋》，卷上，《續修四庫全書》，冊188，頁23上。）阮元云：「按作『郅』作『胵』作『旺』者，皆『至』之轉寫譌俗，漢魏人所爲也。」又云：「按郭所據之經本作『至』，而後人亂之，未可定耳。」（《爾雅挍勘記》，《皇清經解》，卷1031，頁5下。）各說均以郭本字作「至」，與王氏同。又葉蕙心云：「今本通作『旺』。《說文》無『旺』字，《釋文》云『本又作至，又作胵』，蓋『旺』乃『胵』之譌，『郅』乃『至』之借。郭注云『至極』，是郭已改從『至』字。」（《爾雅古注斠》，卷上，頁2上。）葉氏云郭璞改從「至」字，恐非。王樹枏云：「旺，《釋文》云『本又作至』，郭注云『至極亦爲大也』，是郭作『至』也。」（《爾雅說詩》，卷1，頁16上。）又與《補訂》之說（參前注）不同。
〔註9〕嚴元照云：「本當作『至』，經師遞增偏旁耳。」（《爾雅匡名》，卷1，《皇清經解續編》，卷496，頁4上。）尹桐陽云：「『旺』字本作『至』，鳥飛从高下至地也。引申爲極也、大也。」（《爾雅義證》，卷1，頁14下。）
〔註10〕段玉裁《說文解字注》，第8篇下，頁5。
〔註11〕段玉裁《說文解字注》，第8篇上，頁71。江藩云：「《說文》：『船箸不行也，讀若莘。』船箸不行，至之義也。『莘』與『屈』爲雙聲，故可通作『屈』。」（《爾雅小箋》，卷上，《續修四庫全書》，冊188，頁23上。）說與段氏同。

是「𦩿」、「屆」爲古今字。〔註12〕周春云：

> 𦩿，張參《五經文字》云邱戒翻，音揩去聲，與《廣韻》口箇翻音坷者相近。又
> 古入翻，音戛，即戒之入聲。又音滓。《爾雅》或作屆，音戒，至也。案𦩿字
> 今有𦩿、戒兩音，戒音本孫、郭，古屆字。𦩿音本顧。子公翻。邢《疏》因
> 注引「宋曰屆」，而正文無屆字，遂讀𦩿爲屆，復云𦩿古屆字，鄭夾漈從
> 之，與孫炎合。〔註13〕

又董瑞椿云：

> 案《詩・小雅・節南山》篇：「君子如屆」，鄭《箋》：「屆，至也。」孔
> 《疏》：「〈釋詁〉云：『屆，至也。』」《五經文字》舟部：「𦩿，《爾雅》
> 或作『屆』，音戒，至也。」是《爾雅》有作「屆」一本，高密見之，張
> 參、孔穎達輩亦見之。若非「𦩿」即古「屆」字，何由有作「屆」本耶？
> 《說文》凷之或體从鬼聲，土部凷，墣也；塊，或从鬼。鬼之古文从示聲，部
> 首鬼，人所歸爲鬼：魂，古文从示。而屆又从凷聲，是屆音古如示也。𦩿从宰
> 聲，宰从辛聲，辛之聲訓爲辠，辛部辛、部首皆云「辠也」。辠从自聲，而舟
> 部𦩿讀若𦩿，是𦩿音古如自也。如示、如自，斯屆、𦩿二字古音自近，
> 自得通叚。郭以屆音𦩿，孫以𦩿爲古屆字，皆深於古音者也。顧野王以
> 𦩿从㜎聲，㜎从兜聲，兜从凶聲，而音𦩿「子公反」。今攷屆从凷聲，凷
> 之聲訓爲墣，墣从菐聲，菐从丵聲，徐鉉音卝「居竦切」，是屆之古音固
> 亦可讀居竦切，與𦩿之今音子公反相近也。不深究造文時之音，而漫謂
> 凷、㜎聲隔，豈其然乎。〔註14〕

按《史記・司馬相如列傳》引〈大人賦〉：「糾蓼叫奡蹋以𦩿路兮」，《集解》引徐廣
曰：「𦩿音介，至也」；《索隱》引孫炎云：「𦩿，古界字也。」又《漢書・司馬相如
傳》引〈大人賦〉「𦩿」作「膉」，顏師古注云：「膉音屆。」《廣韻》怪韻「𦩿」、「介」、
「界」、「屆」四字同音「古拜切」，是「𦩿」字確有「屆」音之證。他如張宗泰、王
樹柟等，亦主張「𦩿」有「屆」音。〔註15〕

〔註12〕黃侃云：「『𦩿』與〈釋言〉之『屆』異體。」（《爾雅音訓》，頁12。）

〔註13〕周春《十三經音略》，卷9，頁4上。

〔註14〕董瑞椿《讀爾雅補記》，頁14。

〔註15〕張宗泰：「《玉篇》𦩿字雖有宗音，然此經注引《方言》宋曰屆，是𦩿屆通，孫音得之。
　　　　況《玉篇》亦有屆音，今本直言音宗，失之矣。又《釋文》本作𦩿，亦誤。」（《爾雅注
　　　　疏本正誤》，卷4，〈正音釋之誤〉，頁1上。）王樹柟云：「郭音經之『𦩿』爲『屆』，
　　　　而注文遂直改『屆』以明其音義，經注異文往往如此。郝氏懿行謂郭注『屆』爲誤字，
　　　　非也。」（《爾雅郭注佚存補訂》，卷1，頁2下。）

又周春、孔廣森、朱駿聲、龍啓瑞等均主張「艐」字無「屆」音，而以郭音爲非。〔註16〕洪頤煊據郭注主張郭本「艐」字本作「屆」，〔註17〕按《釋文》既云「郭音屆」，則郭本《爾雅》字必不作「屆」，洪說不可信。

《廣韻》「艐」字凡三見：一音「子紅切」（精紐東韻），一音「古拜切」（見紐怪韻），一音「口箇切」（溪紐箇韻）。郭璞音「屆」，與「古拜」音同；顧野王音「子公反」，與「子紅」音同。

5. 1-8 鮮，善也。

鮮，本或作尠。〔音〕

案：本條佚文輯自陸德明《經典釋文·爾雅音義》引郭《音義》。

董、馬、黃本引均同。余、嚴、王本均未輯錄。

《釋文》出「鮮」，注云：「本或作『尠』，沈云古斯字。郭《音義》云：『本或作尠』，非古斯字。按字書尠先奚反，亦訓善。」葉蕙心將「非古斯字」四字亦輯入郭璞《音義》，云：

> 鮮、善一聲之轉，鮮、斯亦聲近叚借。《詩·北山》云：「鮮我方將」，鄭《箋》云：「鮮，善也。」又《詩》：「鮮民之生」，《書》：「惠鮮鰥寡」，諸「鮮」字皆古「斯」字，若作「尠」爲不詞矣，郭《音義》故以爲非。〔註18〕

按陸氏係以郭云「本或作尠」與沈旋「古斯字」音義不同，故云郭本之「尠」「非古斯字」，葉氏以爲「非古斯字」四字是郭璞《音義》佚文，非。江藩云：

〔註16〕周春云：「艐，《釋文》音宗，不讀爲屆。《疏》因注引『宋曰屆』，而正文無屆字，遂讀艐爲屆，復云『艐，古屆字』，鄭從之，然終屬牽合。按《説文》云：『艐，船著不行也』，此亦有至義，則讀爲宗當無不可矣。」（《爾雅補注》，卷1，頁3下。）孔廣森云：「注『宋曰屆』，此本《方言》曰：『艐，宋語也。』郭葢以艐爲屆。孫炎云：『艐，古屆字。』司馬相如〈大人賦〉：『蹋以艐路』，徐廣亦音介。然艐之與屆，形聲弗類，當從顧野王音子公反爲是。」（《經學卮言》，《皇清經解》，卷713，頁19下。）朱駿聲云：「凷夌聲隔，屆義非屆音也，孫、郭失之。」（《説文通訓定聲》，豐部弟一，頁46下。）龍啓瑞云：「按《説文》：『艐，船著不行也，从舟夌聲』，子紅切，音與《釋文》引顧子公反相近。郭本孫炎竟音爲屆，亦誤也。艐屆葢古今字，義相似而音實不同。孔廣森氏謂艐格連文，即〈商頌〉所謂『艐假無言』者也。按中庸引此作奏假，假音格，艐與奏爲雙聲，益知子公切之爲正矣。」（《爾雅經注集證》，《皇清經解續編》，卷1186，頁1下～2上。）

〔註17〕洪頤煊云：「《詩·節南山·正義》引〈釋詁〉：『屆，至也。』張參《五經文字》：『艐，《爾雅》或作屆，音戒，至也。』郭璞注引《方言》『宋曰屆』，可證郭本作『屆』。」（《讀書叢錄》，卷8，頁1下。）

〔註18〕葉蕙心《爾雅古注斠》，卷上，頁2下。

誓，《説文》「悲聲也」，先稽切，義不同而音同。鮮、尠音同而義亦同，
皆可通叚也。〔註19〕

嚴元照云：

「尠」當从是作「尟」，與「鮮」通。〔註20〕

又參見第五章第二節沈旋《集注爾雅》「鮮，善也」條案語。

6. 1-8 綝，善也。

綝，勑淫反。

案：本條佚文輯自陸德明《經典釋文・爾雅音義》。

董、馬、黃、葉本引均同。余、嚴、王本均未輯錄。

《廣韻》「綝」音「丑林切」（徹紐侵韻），與郭璞此音同；《釋文》陸德明音「勑
金反」，亦同。

7. 1-10 怡，懌，樂也。　郭注：皆見《詩》。

怡，心之樂也；懌，意解之樂也。

案：玄應《一切經音義》卷二〈大般涅槃經第二十四卷〉「怡懌」注、卷十三〈佛
滅度後金棺葬送經〉「欣懌」注、慧琳《一切經音義》卷二十六引雲公〈大般涅槃經
第二十四卷〉「怡懌」注皆引「《爾雅》：『怡，懌，樂也』，郭璞曰：『怡，心之樂也；
懌，意解之樂也。』」又玄應《音義》卷一〈大方等大集經第十五卷〉「怡懌」注引
「《爾雅》：『怡，懌，樂也』，《註》曰：『怡，心之樂也；懌，意解之樂也』」，未云
誰氏之注；又卷八〈維摩詰經下卷〉「悅懌」注云：「《爾雅》：『悅，懌，樂也』，謂
意解之樂也。」

董、葉本並輯錄本條，惟皆以爲係舊注之文。臧鏞堂《爾雅漢注》、黃奭輯《眾
家注》亦輯錄本條，並注云：「按〔《一切經音義》〕卷二、卷十三作郭注義，誤。」
黃奭又輯入郭璞《音義》，注云：「案此似舍人、李巡語義，非郭注。」余、嚴、
馬本均未輯錄。邵晉涵《正義》、郝懿行《義疏》亦以本條佚文爲舊注之文，李曾
白云：

唐釋元應《一切經音義》一「怡懌」注引《尒疋注》曰：「怡，心之樂也；
懌，意解之樂也。」今郭注無此語，邵氏《正義》、郝氏《義疏》均引爲
《尒疋》舊注。又《一切經音義》二「怡懌」注云：「尒疋：『怡，懌，樂
也』，郭璞曰：『怡，心之樂也。懌，意解之樂也。』」蓋誤呂舊注爲郭璞

〔註19〕江藩《爾雅小箋》，卷上，《續修四庫全書》，冊188，頁23上。
〔註20〕嚴元照《爾雅匡名》，卷1，《皇清經解續編》，卷496，頁6下。

語。〔註21〕

惟王樹柟仍輯入今本郭注「皆見《詩》」句之下；董瑞椿亦以本條爲郭注佚文，云：

> 玄應《經音義》一〈大方等大集經十五〉「怡懌」下引但作「注曰」，不作
> 郭璞曰，黃氏奭《爾雅古義》因竟收此文在《眾家注》上，以作郭注義爲
> 誤，非是。

又云：

> 郭注此條元以「皆見《詩》」指「悅欣」以下十字，而「怡懌」二字則別
> 有注釋也。自邢昺作《疏》時，此注已有佚，於是求《詩》中「怡」字不
> 可見，強以「夷」通之，殊失郭注之旨。〔註22〕

今從其說，仍以本條爲郭璞所注。惟此語究屬郭璞《音義》或《注》之佚文，實難
遽定，今暫存疑。

8. 1-11 從，自也。　郭注：自猶從也。

自猶從也，**從自意也**。〔注〕

　　案：玄應《一切經音義》卷十〈地持論第九卷〉「率意」注引「《爾雅》云：『率，
循，自也』，郭璞曰：『自猶從也，從自意也。』」今本郭注脫「從自意也」四字，據
補。

9. 1-13 戛，常也。

戛，苦八反。

　　案：本條佚文輯自陸德明《經典釋文・爾雅音義》。

　　董、馬、黃、葉本引均同。余、嚴、王本均未輯錄。

郝懿行云：

> 戛者，《書》：「不率大戛」，《正義》曰：「戛猶楷也，言爲楷模之常，故戛
> 爲常也。」按戛、楷一聲之轉，其義相近。又戛之言槷也，槷所以爲平也，
> 平、常義亦相近。《文選・海賦・注》云：「戛猶槷也。」槷、戛亦一聲之
> 轉。〔註23〕

章炳麟亦云：

> 古字戛、楷雙聲，《爾雅釋文》：「戛，郭苦八反。」楷，《廣韵》苦駭切。而相通借。
> 〈皋陶謨〉「戛擊」，〈明堂位〉作「揩擊」，是戛與皆聲字通。……今人言楷書，皆知

〔註21〕李曾白《尒疋舊注攷證》，卷上，頁2。
〔註22〕董瑞椿《讀爾雅補記》，頁20下。
〔註23〕郝懿行《爾雅義疏》，《爾雅廣雅方言釋名清疏四種合刊》，頁12下。

其義爲楷法；楷本作戞，則鮮知者。揚州猶謂木模搉麵成餅者曰麵戞子，

作苦八反，合口呼之。〔註24〕

說皆可從。

《廣韻》「戞」音「古黠切」（見紐黠韻），與《釋文》陸德明音「居黠反」同；《集韻》黠韻、《類篇》戈部「戞」字並有「丘八」、「訖黠」二音，「丘八」與郭璞音「苦八反」同（溪紐黠韻）。〔註25〕「苦八」與「古黠」聲紐略異。

10. 1-17 謔浪笑敖，戲謔也。　　郭注：謂調戲也。

謂相調戲也。〔注〕

案：玄應《一切經音義》卷十九〈佛本行集經第五十八卷〉「嘲謔」注引「《爾雅》：『謔浪笑敖』，郭璞曰：『謔，相啁戲也。』」慧琳《一切經音義》卷十三〈大寶積經第四十七卷〉「調謔」注引「《爾雅》：『戲謔也』，郭璞曰：『相啁戲也。』」又卷十五〈大寶積經第一百九卷〉「調謔」注引郭璞注《爾雅》云：「相嘲戲也。」又卷四十四〈觀察諸法行經第四卷〉「調戲」注引郭註《爾雅》云：「戲謂相調戲也。」又卷六十三〈根本說一切有部律攝第十一卷〉「戲謔」注引郭注《尒雅》：「謂相啁謔也。」又卷九十一〈續高僧傳卷第五〉「言謔」注引郭註《爾雅》：「謔，相戲調也。」又卷一百〈止觀門論上卷〉「戲謔」注引郭注《尒雅》云：「謂相啁戲也。」原本《玉篇》卷九言部「謔」字注引「《尒雅》：『謔浪，戲謔也』，郭璞曰：『謂相啁戲也。』」以上所引郭注均有「相」字。王樹柟云：

今本脫「相」字，據補。「啁」、「調」古通，據《釋文》則陸氏所據本作「調」。〔註26〕

又玄應《一切經音義》卷二十二〈瑜伽師地論第四卷〉「談謔」注云：「《爾雅》：『戲謔也』，謂相調戲也，謔亦喜樂也。」慧琳《一切經音義》卷四十九〈菩提資糧論第二卷〉「談謔」注云：「《尒雅》：『戲謔也』，謂相調謔也。」所引當亦郭注。

希麟《續一切經音義》卷三〈新大方廣佛花嚴經卷第十九〉「嬉戲」注引郭注《爾雅》云：「謂調戲也。」又卷十〈護法沙門法琳別傳卷上〉「戲譚」注引郭注云：「謂調戲也。」是希麟所見郭璞注本已脫「相」字。

11. 1-20 妃，媲也。

媲，音譬。

〔註24〕章炳麟《新方言》，卷2，〈釋言〉，頁27上。
〔註25〕竺家寧先生云：「《廣韻》江韻『椌，苦江切』，東韻『椌，苦紅切，又丘江切』，丘江切即苦江切之音，故『苦、丘』同聲類。」（《聲韻學》，頁227。）
〔註26〕王樹柟《爾雅郭注佚存補訂》，卷1，頁6下。

案：本條佚文輯自陸德明《經典釋文・爾雅音義》；又《毛詩音義・大雅・皇矣・傳》「媲」下引郭璞音同。

董、馬、黃、葉本引均同。余、嚴、王本均未輯錄。

《廣韻》「媲」音「匹詣切」（滂紐霽韻），與《釋文》陸德明音「普計反」同。郭音「譬」，《廣韻》歸入寘韻。按「計」字於三國時期屬脂部，至晉宋北魏時期轉入祭部；〔註27〕「譬」字於三國晉時期則屬支部。〔註28〕魏晉時期，有些支部字「略有變化。簡單來說，在魏晉的作品中『系』『遞』二字都與祭部字一起押韻。」〔註29〕郭璞以「譬」音「媲」，可能表示「譬」字也屬於這一類。

12. 1-22 頠，靜也。

頠，五果反。

案：本條佚文輯自陸德明《經典釋文・爾雅音義》引孫、郭。《通志堂經解》本《釋文》「果」作「鬼」。

馬本引同。董、黃、葉本「果」均作「鬼」；臧鏞堂《爾雅漢注》輯孫炎音亦作「五鬼反」。余、嚴、王本均未輯錄。

「五果」、「五鬼」二音，究以何者為是？歷來學者之意見概可歸納為三種：

一、應作「五果反」。盧文弨、阮元、黃侃等均主張此說。〔註30〕吳承仕云：

> 頠屬支部，果屬歌部，音多通轉，則宋本近是。然《類篇》「頠」字僅列「五委」「五賄」二切，是司馬光等所見《釋文》作「五鬼反」，不作「五果反」。〔註31〕

考吳氏之意，亦以「五果反」為是；惟吳氏據《類篇》推論司馬光等所見《釋文》已作「五鬼反」，其說恐不可信。黃侃云：

> 「五委」與「魚毀」同，「五賄」與「五罪」同，《類篇》亦無與「五鬼」

〔註27〕周祖謨《魏晉南北朝韻部之演變》，頁104、146。周氏又云：「東漢脂部包括脂（夷）微（衣）皆（懷）咍（開）灰（回）齊（妻）六類字，三國時期和東漢大體相同，只是齊類字的去聲，如『惠繼戾翳』之類和皆類字的去聲『屆』字已轉入祭部。」（同書，頁10。）
〔註28〕同前注，頁169。
〔註29〕同前注，頁16。
〔註30〕盧文弨云：「『果』舊作『鬼』，今從宋本正。」（《經典釋文攷證・爾雅音義上攷證》，頁2上。）阮元云：「葉本『鬼』作『果』，盧本亦同。按作『果』是也。《集韻》三十四果本此。」（《爾雅釋文校勘記》，《皇清經解》，卷1037，頁2上。）黃侃云：「『五果』、『五鬼』音俱可通，而『五果』最為近之。」（黃焯《經典釋文彙校》，頁247。）
〔註31〕吳承仕《經籍舊音辨證》，頁164。

相當之音。〔註32〕

二、應作「五鬼反」。周春、葉蕙心等均主張此說。〔註33〕

三、「果」爲「累」字之譌。郝懿行云：

　　《釋文》云：「顆，孫、郭五果反」，「果」當作「累」，字形之譌耳。〔註34〕

董瑞椿則以郝說爲非，云：

　　案《說文》頁部「顆」从危聲，金部「鈂」亦从危聲，讀若毀行。此据小徐本，大徐本作「讀若跛行」。是凡从危聲之字，古皆有毀音，《釋文》謂顆「魚毀反」是也。《玉篇》上頁部三十六顆「五罪」、「牛毀」二切，「牛毀」即「魚毀」之轉，「五罪」亦與沈旋音同。而孫、郭獨音「五果反」者，《唐韻》果，古火切。引見大徐本《說文》木部果下。《說文》部首：「火，燬也。」火之聲訓爲燬，則「古火切」猶言「古毀切」，「五果反」猶言「五毀反」，與《玉篇》「牛毀」、《釋文》「魚毀」之音皆正脗合。必改「五果」爲「五累」，可謂知其一不知其二矣。舊作「五鬼」，當亦淺學者率改之耳。盧依宋本正之，甚是。《唐韻》顆，語委切，引見大徐本《說文》頁部顆下。《說文》女部媒，讀若騧，或若委，亦顆、果同音之證。〔註35〕

依董氏之說，則「顆」字可音「五果反」，當無疑義。郝氏改「五果」爲「五累」，與《釋文》陸德明音「魚毀反」同，則郝氏之改字亦有理可說。惟今所見《釋文》各本無作「五累反」者，今仍依宋本《釋文》輯錄。

　　《廣韻》「顆」字凡二見：一音「魚毀切」（疑紐紙韻）；一音「五罪切」（疑紐賄韻），均不與「五果」（疑紐果韻）、「五鬼」（疑紐尾韻）二音相當。《集韻》「顆」字三見，除紙韻音「五委切」、賄韻音「五賄切」，並與《廣韻》音同之外，又於果韻出「五果」一音，釋云「靜也」。《集韻》所據，當即郭璞此音。

13. 1-23 湮，落也。

　　湮，音因，又音烟，又音翳。

　　案：本條佚文輯自陸德明《經典釋文・爾雅音義》。

　　馬、黃本引並同。董、葉本並未輯錄二又音。余、嚴、王本均未輯錄。

〔註32〕黃侃〈經籍舊音辨證箋識〉，吳承仕《經籍舊音辨證》，頁278。
〔註33〕周春云：「宋本五鬼譌作五果。」（《十三經音略》，卷9，〈爾雅上〉，頁6上。）葉蕙心云：「盧刻《釋文》作『五果反』。郝氏《義疏》云：『果當作累，字形之譌。』又邵氏《正義》引《釋文》作『五鬼反』，當近是。」（《爾雅古注斠》，卷上，頁6上。）按邵晉涵《正義》未引《釋文》此音，葉氏所引，不詳所據。
〔註34〕郝懿行《爾雅義疏》，《爾雅廣雅方言釋名清疏四種合刊》，頁19上。
〔註35〕董瑞椿《讀爾雅補記》，頁43。

　　《廣韻》「湮」字凡二見：一與「因」同音「於眞切」（影紐眞韻）；一與「烟」同音「烏前切」（影紐先韻）。又《廣韻》「翳」有二音，一讀平聲入齊韻，一讀去聲入霽韻。《廣韻》無「湮」、「翳」音同之證；《集韻》二字同音「壹計切」（影紐霽韻），是郭音「翳」當讀去聲。郝懿行云：

　　　　按「因」音「烟」，聲同；「因」、「翳」聲轉。《釋名》云：「殪，翳也，就隱翳也。」隱翳與零落義近。《史記・屈原賈生傳》云：「獨湮鬱兮其誰語」，《漢書・賈誼傳》作「壹鬱」。「湮」有「翳」音，亦其證矣。〔註36〕

按上古音「湮」屬眞部，「翳」屬質部，二部正得對轉。

14. 1-24 誶，告也。

誶，音碎，告也。

　　案：本條佚文輯自陸德明《經典釋文・爾雅音義》。

　　葉本引同。董本無「告也」二字。馬、黃本「告也」下並有「本作訊，音信」五字。余、嚴、王本均未輯錄。按「本作訊，音信」五字應爲陸德明語，馬、黃二氏當係誤輯。

　　《釋文》出「誶」，注云：「沈音粹，郭音碎，告也。本作訊，音信。」可知陸氏所見沈、郭本《爾雅》字作「誶」，〔註37〕作「訊」者當是音近通假。唐石經、宋本《爾雅》字均作「訊」。戴震、錢大昕、段玉裁、張宗泰、阮元等均以爲「訊」是「誶」之譌字。〔註38〕王引之云：

　　　　訊非譌字也。訊古亦讀若誶，〈小雅・雨無正〉篇：「莫肯用訊」，與退、

〔註36〕郝懿行《爾雅義疏》，《爾雅廣雅方言釋名清疏四種合刊》，頁19上。

〔註37〕周祖謨云：「『訊』《釋文》作『誶』，云：『郭音碎。告也。本作訊，音信。』是陸氏所據郭本字作『誶』。」（《爾雅校箋》，頁184。）

〔註38〕戴震云：「『訊』乃『誶』字轉寫之譌。……誶音碎，故與萃韻。訊音信，問也，於《詩》義及音韻咸扞格矣。」（《毛鄭詩考正》，《皇清經解》，卷557，頁12下。）錢大昕云：「『誶』訓告，『訊』訓問，兩字形聲俱別，無可通之理。六朝人多習草書，以『卒』爲『卆』，遂與『卂』相似。陸元朗不能辨正，一字兩讀，沿訛至今。」（《十駕齋養新錄》，卷1，〈陸氏釋文誶訊不辨〉，頁19。）段玉裁云：「今《國語》、《毛詩》、《爾雅》及他書『誶』皆譌『訊』，皆由轉寫形近而誤。」（《說文解字注》，第3篇上，頁29上。）張宗泰云：「『卒』字有書作『卆』者，與『卂』相近，故此經及《詩》多誤作『訊』。《廣韻》『訊』注雖有問、告兩訓，然下〈釋言〉別有『訊，言也』，郭注爲相問訊，而不云訊亦爲問，則告之爲誶明矣。凡《釋文》本又作某者，不過收之以備一說。今刻者不察，轉依其又作者刻之，而不從其大書之字，他經往往有此，不獨《爾雅》也，宜各衡其文義正之。」（《爾雅注疏本正誤》，卷1，〈正經文之誤〉，頁1。）阮元云：「按邢《疏》云：『訊者告問也，《詩》：「歌以訊之。」』是邢本作『訊』，其誤始於唐石經。」（《爾雅挍勘記》，《皇清經解》，卷1031，頁12上。）

遂、瘁爲韻；張衡〈思玄賦〉：「愼竈顯於言天兮，占水火而妄訊」，與內、
對爲韻；左思〈魏都賦〉：「翩翩黃鳥，銜書來訊」，與匱、粹、溢、出、
秩、器、室、苾、日、位爲韻，則訊字古讀若誶，故〈墓門〉之詩，亦以
萃、訊爲韻，於古音未嘗不協也。訊、誶同聲，故二字互通。〔註39〕

又黃焯云：

> 《說文》誶从言，卒聲。卒字有書作𠦍者，與平相近，故此經文〔案：指
> 《毛詩·陳風·墓門》。〕及《爾雅》誶多作訊。惟訊訓問，誶訓告，凡有問
> 者必告，於義實相承受，故《廣韻》訊注有問告兩訓。又誶古屬沒部，
> 訊屬先部，先沒對轉，故二字恒得相通。錢大昕譏陸氏誶訊不辨，過矣。
> 〔註40〕

二說並可從。盧文弨云：

> 案《後漢·張衡傳·思玄賦·注》引《爾雅》正作「誶」，此與訊字雖可
> 通用，然當各依本文。〔註41〕

允爲的論。

又董瑞椿云《爾雅》此訓正作「訊」，作「誶」者「乃後人因三家《詩》而妄改」，
其說與各家均不同。〔註42〕

《廣韻》「誶」字凡三見：一音「雖遂切」（心紐至韻），一音「蘇內切」（心紐
隊韻），一音「慈卹切」（從紐術韻）。郭璞音「碎」，與「蘇內」音同；沈旋音「粹」，
與「雖遂」音同。

15. 1-25 遏，遠也。

　　遏，湯革反。

〔註39〕王引之《經義述聞·毛詩上·歌以訊止》，《皇清經解》，卷1184，頁34上。又郝懿行
　　云：「誶、訊二字經典多通。……蓋誶、訊二字聲相轉，古多通用。」（《爾雅義疏》，《爾
　　雅廣雅方言釋名清疏四種合刊》，頁20上。）葉蕙心云：「古訊、誶二字經典通用。」
　　（《爾雅古注斠》，卷上，頁6下。）皆本王氏之說。
〔註40〕黃焯《經典釋文彙校》，頁63。
〔註41〕盧文弨《經典釋文攷證·爾雅音義上攷證》，頁2上。
〔註42〕董瑞椿云：「案陸元朗所見《爾雅》有作『誶』一本，而邢昺所据本與陸異者。《說文》
　　言部：『訊，問也』，『誶，讓也』，是作『訊』與告義近，作『誶』則與告義不近也。……
　　竊謂作『誶』一本乃後人因三家《詩》而妄改者，必非《爾雅》元文如是。《釋文》於
　　〈墓門〉詩出『訊』，云：『本又作誶，徐息悴反，告也。』《韓詩》：『訊，諫也。』又
　　《廣韻》去聲六至：『誶，言也，《詩》云：「歌以誶止。」』可見〈墓門〉詩之『訊』，
　　三家《詩》固有限用『誶』字者。《爾雅》此『訊』正釋〈墓門〉詩，後人或据三家《詩》
　　遂改作『誶』耳。」（《讀爾雅補記》，頁46下～47上。）

案：本條佚文輯自陸德明《經典釋文·爾雅音義》；《集韻》麥韻、《類篇》辵部「遏」字並釋云：「湯革切，《爾雅》『遏，邁，遠也』郭璞讀。」

董、馬、黃、葉本引均同。余、嚴、王本均未輯錄。

《說文》辵部：「邁，遠也。从辵、狄聲。遏，古文邁。」郝懿行云：

　　遏者，《說文》作「邁」，古文作「遏」，云「遠也」。經典「遏」、「邁」通

　　用。〔註43〕

《廣韻》「遏」字僅見於錫韻，音「他歷切」（透紐錫韻），與《釋文》陸德明音同。郭璞音「湯革反」（透紐麥韻），魏晉時期與「他歷」音或近同。〔註44〕《集韻》麥韻「遏」音「湯革切」，當即本郭璞此音。

16. 1-26 虧，毀也。

虧，袪危反，又許宜反。

案：本條佚文輯自陸德明《經典釋文·爾雅音義》。《釋文》云：「袪危反，郭又許宜反。」「郭」下有「又」字，是「袪危」一音亦為郭璞所注。

馬本引同。董、黃、葉本均僅輯「許宜反」。余、嚴、王本均未輯錄。

《廣韻》「虧」音「去為切」（溪紐支韻），與「袪危」音同。郭又音「許宜反」（曉紐支韻），《廣韻》未見，依音尋之，疑是讀「虧」為「戯」。《說文》無「戯」字；《廣韻》支韻「戯」音「許羈切」，云：「毀也。」字又作「隳」。《集韻》支韻「虧」字二見，一音「驅為切」，與「袪危」音同；一音「虛宜切」，與「許宜」音同。

17. 1-28 尸，寀也。　郭注：謂寀地。　寀，寮，官也。　郭注：官地為寀，同官為寮。

寀，七代反。

案：本條佚文輯自陸德明《經典釋文·爾雅音義》引李、孫、郭。

董、馬、黃、葉本引均同。余、嚴、王本均未輯錄。

《釋文》出「尸寀」，注云：「李、孫、郭並七代反，下句及注同。樊七在反。」按邢昺《疏》云：

　　寀，采也，采取賦稅以供己有。

邵晉涵云：

〔註43〕郝懿行《爾雅義疏》，《爾雅廣雅方言釋名清疏四種合刊》，頁 20 下。
〔註44〕在魏晉時期，《廣韻》麥韻與「革」同音（古核切）的「隔」字，與錫韻「歷」字同屬錫部。參見周祖謨《魏晉南北朝韻部之演變》，頁 28～29，553。

案通作采。〔註45〕

是「采」與「寀」為古今字。〔註46〕樊光讀「七在反」，則今字作「寀」（清紐海韻，《廣韻》音「倉宰切」），即顏師古注《漢書・刑法志》云「采，官也」之義；李巡、孫炎、郭璞讀「七代反」，則今字作「埰」（清紐代韻，《廣韻》音「倉代切」），即顏師古云「因官食地，故曰采地」〔註47〕之義。郝懿行云：

> 《釋文》：「寀，李、孫、郭並七代反，樊七在反。」按「七在」音是，今從樊光讀。〔註48〕

郭音「七代反」，注云「謂寀地」，〔註49〕義亦可通。此乃師說不同，〔註50〕似不必偏執是非。

18. 1-29 業，事也。　　郭注：《論語》曰：「仍舊貫。」餘皆見《詩》《書》。業，次舍也。

案：慧琳《一切經音義》卷十〈仁王護國般若波羅蜜多經下卷〉「業漂」注引「《爾雅》：『事也』，郭注云：『業，次舍也，端緒也。』」「次舍也」三字當係《爾雅》此訓「業」字之注。董瑞椿云：

> 案《易・文言傳》：「君子進德脩業」，李氏鼎祚《集解》引宋衷曰：「業，

〔註45〕邵晉涵《爾雅正義》，《皇清經解》，卷504，頁23上。

〔註46〕「寀」為《說文》宀部之新附字，釋云：「同地為寀。从宀、采聲。」鄭珍云：「按諸經子史『采地』字止作『采』，唯《爾雅・釋詁》『寀，寮，官也』作『寀』，而小顏注《漢・刑法志》亦引作『采』，知古本原是『采』字，後人涉『寮』加『宀』，已後字書遂本之。郭注：『官地為寀，同官為寮。』小顏云：『因官食采，故謂之采。』義甚明了，徐因同官為寮，乃杜撰『同地為寀』，致不可通。」（《說文新附攷》，卷3，頁14。）又董瑞椿云：「案《釋文》出『尸寀』，曰：『李、孫、郭並七代反，下句及注同。樊七在反。』又出『寮』，曰：『字又作僚，同。力彫反。』是陸元朗所見《爾雅》『寮』或作『僚』，而『寀』則無異文。《漢書・刑法志》：『此卿大夫采地之大者也』，顏師古注：『采，官也。因官食地，故曰采地。《爾雅》曰：「采，寮，官也。」』又《文選》二十四張華〈荅何劭詩〉：『自昔同寮寀』，李善注亦引《爾雅》曰：『采，僚，官也。』是《爾雅》古本此『寀』實作『采』。『寀』在《說文》為宀部之新附字，則作『采』為得。」（《讀爾雅補記》，頁52上。）是《爾雅》古本作「采」，至郭璞本已添宀旁作「寀」。

〔註47〕班固《漢書》，卷23，〈刑法志〉，頁3上。

〔註48〕郝懿行《爾雅義疏》，《爾雅廣雅方言釋名清疏四種合刊》，頁22上。

〔註49〕阮刻本郭注作「謂寀也」，阮氏《爾雅挍勘記》未出校。按「也」應作「地」，董瑞椿云：「郭注釋經當變其文，不當仍曰『寀也』。下『寀，官也』，郭注：『官地為寀』，此注『寀也』當是『寀地』之誤。……邢《疏》釋此而曰：『寀謂寀地，主事者必有寀地』，可見邢昺所据本亦初不作『也』。」（《讀爾雅補記》，頁51下～52上。）

〔註50〕王引之云：「據《釋文》云：『寀，李、孫、郭並七代反』，則李、孫亦以寀為寀地，不始於景純矣。」（《經義述聞・爾雅釋詁・尸職主也尸寀也寀寮官也》，《皇清經解》，卷1205，頁10下。）

事也。」《孫子》八〈九變〉篇：「役諸侯者以業」，魏武注：「業，事也。」
「業事」之詁碻不見於《詩》《書》。……上文「舒，業，順，敘，緒也」，
郭注：「四者又爲端緒。」慧琳連引「端緒也」三字，當是「緒也」條之
注；而「次舍也」三字，則此條「業」字之佚注耳。郭注此條「餘皆見《詩》
《書》」，餘字蓋指「績、緒、采、服、宜」五字，初不謂「業」亦見《詩》
《書》也。邢昺疏《爾雅》，此注已奪去「業次舍也」四字，故引東晉僞
《書》以申證之。据慧琳引則郭於「業」字別有注釋。……《説文》丵部：
「業，大版也，所以飾縣鐘鼓，捷業如鋸齒，以白畫之，象其鉏鋙相承。
從丵從巾。巾象版。」鉏鋙相承，即次舍之謂也。業之爲事，乃謂事之有
次舍者，是以郭注云然。〔註51〕

惟此語究屬郭璞《音義》或《注》之佚文，實難遽定，今暫存疑。

19. 1-30 駿，長也。

案：慧琳《一切經音義》卷二十〈寶星陀羅尼經卷第一〉「峻險」注引郭注《尒
雅》云：「峻，長也。」董瑞椿云：

> 可見作「峻」者爲郭注元本。〔註52〕

按陸德明《經典釋文‧爾雅音義》出「駿」，注云：「本或作俊，又作峻，同。」是
陸氏所見《爾雅》有作「駿」、作「俊」、作「峻」三本。唐石經、宋本《爾雅》字
均作「駿」。慧琳所見郭本，未必即爲郭注元本，今暫存疑。

20. 1-31 喬，高也。

喬，音橋。

案：本條佚文輯自陸德明《經典釋文‧爾雅音義》。《釋文》云：「郭音橋，或音
驕。」「或音驕」三字應非郭璞所注。《禮記‧樂記》：「衛音趨數煩志，齊音敖辟喬
志」，《禮記音義》出「喬志」，注云：「徐音驕，本或作驕。」《爾雅音義》云「或音
驕」，或即徐爰之音。

董、葉本引並同。馬、黃本並誤輯「或音驕」三字。余、嚴、王本均未輯錄。
《釋名‧釋山》：「山銳而高曰喬，形似橋也。」〔註53〕郝懿行云：

> 喬者……通作橋，《詩》：「山有橋松」，《釋文》：「橋，本亦作喬。」「南有
> 喬木」，《釋文》：「喬，本亦作橋。」〔註54〕

〔註51〕董瑞椿《讀爾雅補記》，頁53。
〔註52〕董瑞椿《讀爾雅補記》，頁56上。
〔註53〕王先謙《釋名疏證補》，卷1，頁19下。
〔註54〕郝懿行《爾雅義疏》，《爾雅廣雅方言釋名清疏四種合刊》，頁23上。

是「喬」、「橋」二字音同義通。《廣韻》「喬」、「橋」二字同音「巨嬌切」（群紐宵韻）。

21. 1-31 崇，充也。　　郭注：亦為充盛。

《國語》曰：「思念前世之崇替。」

案：董瑞椿云：

> 案古逸本《玉篇》山部「崇」下引此經「充也」，郭璞曰：「念思前世之崇」，
> 與今注不同，然《玉篇》所引義亦不解。《國語》十八〈楚語〉下：「思念
> 前世之崇替」者，韋昭注：「崇，終也。」《書・君奭》：「其終出于不祥」，
> 《釋文》出「終」，馬本作「崇」，云：「充也」，是〈楚語〉之崇既有終義，
> 即有充義。元本郭注當作「亦爲充盛。《國語》曰：『思念前世之崇替。』」
> 蓋郭引〈楚語〉以證《爾雅》也。今注有奪，顧野王又不全引於《玉篇》，
> 遂致歧異耳。〔註55〕

今據其說輯錄本條。惟此語究屬郭璞《音義》或《注》之佚文，實難遽定，今暫存疑。

22. 1-36 餤，進也。

餤，羽鹽反。

案：陸德明《經典釋文・爾雅音義》出「餤」，注云：「沈大甘反。徐仙民《詩音》閻，餘占反。郭持鹽反。」按《經典釋文序錄・條例》云：

> 世變人移，音訛字替，如……郭景純反「餤」爲「羽鹽」，……若斯之儔，
> 今亦存之音內。〔註56〕

又《佩觿》亦云：「郭景純翻『餤』爲『羽鹽』。」〔註57〕是郭注「餤」音實作「羽鹽反」，陸氏《爾雅音義》作「持鹽反」，當係偶誤。〔註58〕吳承仕云：

> 郭音「持鹽反」，各本並同。承仕按：「持」字誤也。《釋文序錄》曰：「世
> 變人移，音譌字替。徐仙民反『易』爲『神石』，郭景純反『餤』爲『羽
> 鹽』，若此之儔，今亦存之音內。」據此，則「持鹽反」爲「羽鹽反」之
> 譌矣。《類篇》「餤」字注云「徒甘切，進也。此本之沈旋音。又余廉切。此
> 本之徐邈音。又於鹽切。」疑此切即本之郭璞音。《類篇》「於鹽」一切校「羽鹽
> 反」又不相應，疑「於鹽切」之「於」爲「于」字聲近之譌。然則《爾雅

〔註55〕董瑞椿《讀爾雅補記》，頁56。
〔註56〕陸德明《經典釋文》，卷1，頁3上。
〔註57〕郭忠恕《佩觿》，卷上，頁5下。
〔註58〕黃焯云：「『持』，宋本同。段校改作『羽』。」（《經典釋文彙校》，頁248。）然則段玉裁亦以郭音作「羽鹽反」爲是。

釋文》「持鹽反」,「持」應作「羽」,《類篇》「於鹽切」,「於」應作「于」,
如是,乃與《釋文序錄》所說相應。承仕前撰《經籍舊音序錄》,以「持
鹽」與「大甘」音近,或非傳寫之誤;《爾雅釋文》與《釋文序錄》所引
不同者,疑德明誤記耳。今以《篇》《韻》證之,知前說非也。〔註59〕

今檢《廣韻》、《集韻》所見「餤」字之音,均無與郭璞音契合者。《集韻》鹽韻、《類
篇》食部「餤」均有音「於鹽切」、「余廉切」,吳承仕以為「於」應作「于」。按「羽」、
「于」二字均屬于紐(喻三),吳說應可從。又「余」屬以紐(喻四),喻三與喻四
在宋代讀音已相當接近,〔註60〕因此可推測係郭璞以後之人先以「于鹽」替代「羽
鹽」,後因「于」、「於」二字古多通用,遂誤「于鹽」作「於鹽」,又因「於鹽」與
「羽鹽」聲音不合,因此另造「余廉切」以承郭音。

董、馬、黃、葉本均輯作「持鹽反」。余、嚴、王本均未輯錄。

23. 1-39 劼,固也。

劼,苦八反。

案:本條佚文輯自陸德明《經典釋文‧爾雅音義》。

董、馬、黃本引均同。葉本「苦」作「古」。余、嚴本並未輯錄。

《說文》石部:「硈,石堅也。从石、吉聲。」是「劼」之本字應作「硈」。嚴
元照云:

> 案《說文》力部:「劼,慎也。从力、吉聲。《周書》曰:『汝劼毖殷獻臣。』」
> 又石部:「硈,石堅也。从石、吉聲。」則「硈」是正文,「劼」屬假借。又
> 案郭音「苦八反」,則字从告不从吉。〈釋言〉:「硞,鞏也」,《釋文》:「硞,
> 苦角反」,邢《疏》曰:「硞當從告。《說文》別有硈,石堅也,字異義同。」
> 案《說文》:「硞,石聲。从石、告聲,苦角切。」元照案:硈訓石堅,此
> 文與鞏堅同訓,則當从吉為硈,不當从告。《釋文》載郭音而不詳字體之異,
> 失之疏矣。《五經文字》:「硈,口八反,又苦角反,見《爾雅》。」徐養原曰:「苦八宜从

〔註59〕吳承仕《經籍舊音辨證》,頁164。

〔註60〕李新魁云:「《切韻》音系中的喻母,就其反切上字來說,可以分為兩類。中古韻圖將這
兩類字分別列于三等和四等,故有喻三(又稱為于紐)、喻四(又稱為以紐)之分。六
朝及唐代的許多語音資料都表明喻三與匣紐不分,原本《玉篇》中『胡于相同』……,
《經典釋文》裡也『匣于同紐』……。那時候,喻三與喻四當有區別。到了唐末宋初,
喻三逐漸從匣紐分化出來……,喻三遂與喻四合流。因此,不論是守溫的三十字母還是
宋人的三十六字母,只立一個喻紐。宋代的韻圖在表現《切韻》或《廣韻》音系的反切
時,由于喻三、喻四兩類的反切有別,所以分列于三、四等。喻三與喻四代表兩個不同
的聲紐,但在宋代的實際語音中,兩者已合為一類。」(《中古音》,頁86～87。)

吉，苦角宜从告。訓固、訓鞏並宜从吉。《釋文》之音、邢《疏》之解並非。」〔註61〕

「劼」字陸德明《釋文》音「苦點反」；《廣韻》點韻音「恪八切」。「苦點」、「恪八」均與「苦八」音同（溪紐點韻）。《集韻》點韻「劼」字二見：一音「丘八切」，亦與「苦八」音同；一音「訖點切」（見紐點韻），與葉蕙心輯郭璞音作「古八反」同。

24. 1-39 掔，固也。　郭注：掔然亦牢固之意。

掔然牢固之意**也**。掔音慳。〔注？〕

案：希麟《續一切經音義》卷六〈金剛頂經一字頂輪王念誦儀一卷〉「固恪」註引郭註《尒雅》云：「掔然牢固之意也。掔音慳。」今本郭注脫「也」字；「掔音慳」三字疑亦引自郭注，今據補。

王本「慳」作「堅」，當是涉《爾雅》「掔」上「堅」字而謁。其餘各本均未輯錄。（續見下條。）

25. 1-39 掔，固也。

掔，本與慳惜物同。〔音〕

案：本條佚文輯自陸德明《經典釋文·爾雅音義》引郭《音義》。

嚴、董、馬、黃、葉本均有輯錄，除嚴氏稿本引同《釋文》外，《木犀軒叢書》刊嚴本及董、馬、黃、葉本「慳惜」皆作「掔揩」。余、王本並未輯錄。

盧文弨亦改「慳惜」為「掔揩」，云：

> 舊「掔揩」俱誤從立心。案「慳惜」無義，字書亦無「惜」字。掔揩物謂
> 拂拭物也。今改正。〔註62〕

按盧說恐非。江藩云：

> 惠徵君曰「惜當作惜」，藩謂惜物不用，則堅固不敝，故訓固也。〔註63〕

黃焯云：

> 惠云『惜疑作惜』，黃氏亦謂當依舊本作慳惜，惜者惜之誤，與惠說同。
> 焯案《玉篇》心部：『慳，口閑切，慳吝也。』此音『却閑』，即《玉篇》
> 之『口閑』，是掔與慳惜物之慳字同，郭《音義》本是也。宋本誤惜作惜，

〔註61〕嚴元照《爾雅匡名》，卷1，《皇清經解續編》，卷496，頁20。郝懿行亦云：「劼者，硈之叚音也。《釋文》：『劼，或作硈。』」（《爾雅義疏》，《爾雅廣雅方言釋名清疏四種合刊》，頁30。）黃侃云：「以郭注言硈然觀之，疑郭本作硈，硈然猶確乎也。《說文》：『礊，堅不可拔也。苦角切。』故知作硈亦可，硈、礊同音叚借也。」（《爾雅釋例箋識》，《量守盧群書箋識》，頁100。）

〔註62〕盧文弨《經典釋文攷證·爾雅音義上攷證》，頁2下。

〔註63〕江藩《爾雅小箋》，卷上，《續修四庫全書》，冊188，頁26上。

盧本竟改慳愒為摼揩，大謬。〔註64〕

諸說均與盧說不同。今據希麟《續音義》所引，可證盧氏改字之誤。

《廣韻》「摼」字凡二見：一音「苦閑切」（溪紐山韻），一音「苦堅切」（溪紐先韻）。《釋文》陸德明音「牽」，與「苦堅」音同；陸德明又音「却閑反」，與郭音「慳」並與「苦閑」音同。

26. 1-44 罄，盡也。　郭注：今江東呼厭極為罄。

案：陸德明《經典釋文·爾雅音義》出「罄」，注云：「本或作憨字，音同。《廣雅》云：『憨，劇也。』」〔註65〕今本《廣雅》「劇」作「極」。按《說文》心部：「憨，惽也。」胡承珙云：

> 極者倦極，惽者困惽，郭注以厭極為義，似郭本亦當作「憨」，不作「罄」也。〔註66〕

胡氏據郭注以「厭極」為訓，推知郭本《爾雅》與注皆當作「憨」，說或可信。郝懿行云：

> 郭氏以極訓盡，而欲借憨為罄，非罄之本解。〔註67〕

唐石經、宋本《爾雅》字均作「罄」。

27. 1-46 摰，聚也。

摰，音遒。

案：本條佚文輯自陸德明《經典釋文·爾雅音義》。

董、馬、黃、葉本引均同。余、嚴、王本均未輯錄。

《廣韻》「摰」、「遒」二字同音「即由切」（精紐尤韻）。《毛詩·豳風·破斧》：「四國是遒」，孔穎達《正義》云：「〈釋詁〉云：『遒，斂，聚也。』彼遒作摰，音義同。」又〈商頌·長發〉：「百祿是遒」，《說文》手部「摰」下引作「百祿是摰」，是「摰」、「遒」二字音同義通。

《釋文》於「郭音遒」下又云：「案遒音子由、徂秋二反。」「子由」與「即由」音同；《集韻》尤韻「摰」音「字秋切」（從紐尤韻），與「徂秋」音同。

28. 1-48 鼜，虛也。

〔註64〕黃焯《經典釋文彙校》，頁248。
〔註65〕周祖謨云：「故宮藏項跋本《刊謬補缺切韻》霽韻引作『憨』。」（《爾雅校箋》，頁188。）是《爾雅》有作「憨」一本之證。
〔註66〕胡承珙《爾雅古義》，卷上，頁5下。
〔註67〕郝懿行《爾雅義疏》，《爾雅廣雅方言釋名清疏四種合刊》，頁33下。

墼，胡郭反。

案：本條佚文輯自陸德明《經典釋文・爾雅音義》。

董、馬、黃、葉本引均同。余、嚴、王本均未輯錄。

《廣韻》「墼」音「呵各切」（曉紐鐸韻），與《釋文》陸德明音「許各反」同。《集韻》鐸韻「墼」字有二音：一音「黑各切」，與陸德明音同；一音「黃郭切」（匣紐鐸韻），與郭璞音同。「胡郭」與「呵各」聲紐略異。

29. 1-48 漮，虛也。

漮，本或作荒，荒亦丘墟之空無。

案：本條佚文輯自陸德明《經典釋文・爾雅音義》。

嚴、王本引並同。董本無「荒亦丘墟之空無」七字。馬本「無」作「處」。黃本「丘」作「邱」。葉本「或」作「亦」，「丘」亦作「邱」。余本未輯錄。嚴、王二本均輯入郭注「皆謂丘墟耳」句下。按《釋文》此語之前僅有「郭云」二字，實難斷定此語究屬郭璞《音義》或《注》之佚文，今暫存疑。

《詩・大雅・召旻》：「我居圉卒荒」，鄭《箋》云：「荒，虛也。」孔《疏》云：

> 「荒，虛」，〈釋詁〉文。某氏曰：「《周禮》云：『野荒民散則削之。』」唯某氏之本有「荒」字耳，其諸家《爾雅》則無之，要《周禮》「野荒」必是虛之義也。〔註68〕

臧琳云：

> 據此則郭氏所云「或作荒」者，即指某氏本，鄭康成所據亦同。〔註69〕

郝懿行亦云：

> 據《正義》此引，則知郭云「漮本作荒」者，正指某氏本而言，毛、鄭所見，蓋亦此本。是「荒」即「漮」之異文，非「漮」外更有「荒」字。〔註70〕

按「康」、「荒」二字音近可通。《易・泰》：「包荒」，陸德明《釋文》出「荒」，注云：「鄭讀為康，云『虛也』。」《穀梁・襄公二十四年傳》：「四穀不升謂之康」，《韓詩

〔註68〕孔穎達《毛詩注疏》，卷18之5，頁14下～15上。按阮元《爾雅校勘記》、馬國翰輯《爾雅樊氏注》均以某氏本為樊光注，不知所據。（阮元語見下注。）

〔註69〕臧琳《經義雜記・荒虛也》，《皇清經解》，卷195，頁29上。

〔註70〕郝懿行《爾雅義疏》，《爾雅廣雅方言釋名清疏四種合刊》，頁37上。又阮元云：「按郭《音》知『荒』即『漮』之異文，蓋孫、郭諸家本作『漮』，鄭、樊本作『荒』。」（《爾雅校勘記》，《皇清經解》，卷1031，頁18上。）與郝氏意同。

外傳》卷八「康」作「荒」。《淮南子・天文訓》:「十二歲一康」,《太平御覽》卷十七〈時序部二・歲〉引「康」作「荒」。又黃侃云:

> 康,〈釋器〉:「康瓠謂之甈」,《釋文》:「康,《埤蒼》作甌,《字林》作顠」,
> 此可爲「康」、「荒」聲同之證。〔註71〕

然則郝氏云「『荒』即『瀁』之異文」,其說可從。

30. 1-51 恐,慴,懼也。　　郭注:慴即慴也。

即**恐**慴也。〔注〕

案:玄應《一切經音義》卷七〈念佛三昧經第三卷〉「慴伏」注引「《爾雅》云:『慴,懼也』,又郭璞曰:『即恐慴也。』」又卷八〈月光童子經〉「慴竄」注引「《爾雅》云:『慴,懼也』,郭璞曰:『即恐慴者也。』」(慧琳《音義》卷三十三引玄應《月光童子經音義》作「即恐攝也」。) 今本郭注無「恐」字,據補。

王樹枏云:

> 《文選》阮嗣宗〈爲鄭沖勸晉王牋〉注引「《爾雅》云:『慴,懼也』,郭
> 璞曰:『即慴字也。』」今本脫「字」字,據補。慧琳《根本說一切有部律
> 攝十一卷音義》引「《爾雅》云:『慴,懼也』,或作慴字」,即本郭注。……
> 元應所引與李善不同,或者郭《音義》之文歟。〔註72〕

按《文選注》云「即慴字也」,係指郭璞以「慴」訓「慴」,二字可通之意;慧琳《音義》云「或作慴字」,是「慴」字或作「慴」,均非郭注原文。王氏據補「字」字,恐非。

31. 1-52 癴,病也。

癴,拘攣。

案:陸德明《經典釋文・爾雅音義》出「癴」,注云:「郭作拘攣,同。力專反。」(宋本《釋文》「拘」譌作「狗」。) 是郭璞以「拘攣」二字訓「癴」。

嚴本在郭注「相戮辱,亦可恥病也」句下增「癴,拘攣」三字。董、馬、黃、葉本引均同《釋文》,並輯入「力專反」三字。余、王本並未輯錄。按「力專反」三字應是陸氏音切,非郭璞音。又嚴本將本條佚文輯入郭注,馬、黃、葉本與邵晉涵、黃侃等則以爲是郭璞《音義》佚文。〔註73〕按邵、黃二氏之說,當係因今本郭注無

〔註71〕黃侃《爾雅音訓》,頁31。

〔註72〕王樹枏《爾雅郭注佚存補訂》,卷1,頁16下。

〔註73〕邵晉涵云:「癴者,《釋文》引郭氏《音義》以爲拘攣之病也。」(《爾雅正義》,《皇清經解》,卷505,頁5上。) 黃侃亦以《釋文》引「郭作拘攣」爲「郭《音義》文」。(《爾雅釋例箋識》,《量守廬群書箋識》,頁106。)

「拘攣」二字，遂以此語出自《音義》。惟此語究係郭璞《音義》或《注》之佚文，實難遽定，今暫存疑。

嚴元照據《釋文》主張郭本《爾雅》字作「攣」。〔註74〕葉蕙心云：

> 《文選‧登徒子好色賦‧注》引《爾雅》：「攣，病也」，蓋《爾雅》古本有作「攣」者，郭《音義》因破其字作「攣」。「攣」者借字，「癴」者俗體，正字作「癵」。〔註75〕

又玄應《一切經音義》卷十一〈正法念經第十三卷〉「攣縮」注云：「《爾雅》：『攣，病也』，亦拘攣也。」所引字亦作「攣」，可知《爾雅》古本應有作「攣」一本。但若因此以為郭本《爾雅》字作「攣」，似無確證。郝懿行云：

> 癵者，癴之俗體也，《說文》云：「癴，膤也。」……又通作癵，《爾雅釋文》引舍人云：「癵，心憂懼之病也。」蓋積憂成病，骨體瘦膤，與毛、鄭義合。《釋文》又云：「癵，郭作拘攣，同。力專反。」蓋郭欲破癵為攣。《文選‧登徒子好色賦‧注》引《爾雅》即作「攣，病也」。又據郭義追改《爾雅》，此皆非矣。〔註76〕

細審諸說，當以郝說為是。

32. 1-54 勴，勞也。

勴，音謚。

案：本條佚文輯自陸德明《經典釋文‧爾雅音義》。

董、黃本引並同。馬、葉本「謚」下並有「字亦作肄」四字。余、嚴、王本均未輯錄。按「字亦作肄」四字是陸氏《釋文》所載異文，非郭璞語。

《集韻》「勴」字凡三見：一音「神至切」（神紐至韻），一音「羊至切」（喻紐至韻，《廣韻》切語相同），一音「以制切」（喻紐祭韻，《廣韻》音「餘制切」）。郭璞音「謚」，與「神至」音同；《釋文》陸德明音「與世反」，與「以制」音同。《廣韻》「勴」音均不與郭璞此音相當。

33. 1-56 禔，福也。

禔，常支、巨移二反。

案：本條佚文輯自陸德明《經典釋文‧爾雅音義》。

董、馬、黃本引均同。余、嚴、葉、王本均未輯錄。

〔註74〕嚴元照云：「《釋文》云：『癵，郭作拘攣』，案此言郭本作『攣』也。」（《爾雅匡名》，卷1，《皇清經解續編》，卷496，頁26。）
〔註75〕葉蕙心《爾雅古注斠》，卷上，頁11上。
〔註76〕郝懿行《爾雅義疏》，《爾雅廣雅方言釋名清疏四種合刊》，頁40下。

《廣韻》「禠」音「息移切」（心紐支韻），與《釋文》陸德明音「斯」同。郭璞「禠」字二音，《廣韻》未見，《集韻》一音「常支切」（禪紐支韻），一音「翹移切」（群紐支韻）。讀「常支切」則是讀「禠」為「禔」，《說文》示部：「禔，安福也。」〔註77〕《廣雅‧釋詁》：「禔，福也。」《方言》卷十三：「禔，福也。」郭璞注：「謂福祚也。」讀「巨移切」則是讀「禠」為「祇」，《說文》示部：「祇，地祇，提出萬物者也。」劉曉東云：

> 按郭「巨移反」即與「神祇」之「祇」音同，郭雖有此讀，然其注《雅》但云「書傳不見，其義未詳」，未以神祇之義釋之也。……今按訓福之「禠」，本當以從「虒」為正體，以讀「斯」為正音。〔註78〕

34. 1-58 嘆，敬也。

嘆，音罕。

案：本條佚文輯自陸德明《經典釋文‧爾雅音義》。

董、馬、黃本引均同。余、嚴、葉、王本均未輯錄。

「嘆」之本字當作「難」。郝懿行云：

> 嘆者，難之叚音也。《說文》云：「難，敬也」，本《爾雅》。通作嘆，《詩》：「我孔嘆矣」，毛《傳》：「嘆，敬也」，《說文》亦引此句，而云：「嘆，乾皃。」嘆無敬意，故徐鍇《繫傳》以漢〔案：應作「嘆」。〕為難，其說是也。
> 蓋難从難聲，嘆从漢省，漢又从難省，故聲同字通。〔註79〕

《廣韻》「嘆」字凡三見：一音「呼旱切」（曉紐旱韻），一音「人善切」（日紐獮韻），一音「呼旰切」（曉紐翰韻）。郭璞音「罕」，與「呼旱」、「呼旰」二音相同。《釋文》陸德明音「而善反」，與「人善」音同。又《廣韻》獮韻「難」亦音「人善切」。

35. 1-61 嘀，危也。

嘀，音聿。

案：本條佚文輯自陸德明《經典釋文‧爾雅音義》。

董、馬、黃、葉本引均同。余、嚴、王本均未輯錄。

《釋文》「嘀」注引「郭音聿，施音述。」郝懿行云：

> 今案嘀、遹聲同，皆兼聿、述二音，然則嘀之為言恍也，恍以恐懼為義，

〔註77〕段注本《說文》無「福」字，段玉裁云：「本『安』下有『福』，今依李善《文選注》。」（《說文解字注》，第1篇上，頁5下。）

〔註78〕劉曉東《匡謬正俗平議》，頁223。

〔註79〕郝懿行《爾雅義疏》，《爾雅廣雅方言釋名清疏四種合刊》，頁47上。

懼即危之訓也。〔註80〕

按《廣韻》「矞」有二音：一音「食聿切」（神紐術韻），一音「餘律切」（喻紐術韻）。郭璞音「聿」，與「餘律」音同；施乾音「述」，與「食聿」音同。

36. 1-61 幾，汽也。　郭注：謂相摩近。

幾，音剴。

案：本條佚文輯自陸德明《經典釋文·爾雅音義》；邢昺《爾雅疏》亦云：「郭讀幾為剴。」

董、馬、葉本引均同《釋文》。黃本兼引《釋文》與邢《疏》。余、嚴、王本均未輯錄。

《釋文》云：「郭音剴，案剴音公哀反，《說文》云『摩也』。」邵晉涵云：

> 《釋文》云：「幾，郭音剴」，《說文》云：「剴，摩也」，《詩·疏》引孫炎
> 云：「汽，近也」，故以為相摩近也。〔註81〕

是此為郭璞以音釋義之例。

《廣韻》微韻「幾」音「渠希切」（群紐微韻），注又音「公哀切」（見紐咍韻）。郭璞音「剴」（《廣韻》「剴」音「古哀切」），與「公哀」音同；《釋文》陸德明音「祈」，與「渠希」音同。

37. 1-64 謨，偽也。

謨，音慕。

案：本條佚文輯自陸德明《經典釋文·爾雅音義》。

董、馬、黃、葉本引均同。余、嚴、王本均未輯錄。

《廣韻》「謨」音「莫胡切」（明紐模韻），與《釋文》陸德明音「亡胡反」（微紐模韻）同。郭璞音「慕」（明紐暮韻），與「莫胡」聲調不同（模暮二韻平去相承）。《集韻》莫韻「謨」音「莫故切」，與郭璞音同。

38. 1-65 行，言也。　郭注：今江東通謂語為行。

行，下孟反。

案：本條佚文輯自陸德明《經典釋文·爾雅音義》。

董、馬、黃、葉本引均同。余、嚴、王本均未輯錄。

《釋文》出「載行」，注云：「下庚反。郭下孟反，注同。」是郭氏讀《爾雅》及注中「行」字並音「下孟反」。郝懿行云：

〔註80〕郝懿行《爾雅義疏》，《爾雅廣雅方言釋名清疏四種合刊》，頁 48 下。
〔註81〕邵晉涵《爾雅正義》，《皇清經解》，卷 505，頁 10 上。

行，古讀戶剛切，今下庚切。《釋文》：「郭下孟切，注同」，非也。彼行乃言之對，非行道之行也。〔註82〕

郝氏以郭音爲非，恐誤。俞樾云：

〈釋宮〉曰：「行，道也」，是行與道義通。《周官》：「訓方氏掌道四方之政事」、「撢人道國之政事」，鄭注並曰：「道猶言也。」行之訓言，猶道之訓言矣。《襄二十五年‧穀梁傳》：「莊公失言，淫于崔氏」，失言即失道也。然則「行，言也」猶曰「行，道也」，與〈釋宮〉之文其義本通。郭引時諺爲證，尚非古義。〔註83〕

其說可從。

《廣韻》「行」字凡四見：一音「胡郎切」（匣紐唐韻），一音「戶庚切」（匣紐庚韻），一音「下浪切」（匣紐宕韻），一音「下更切」（匣紐映韻）。郭璞音「下孟反」，與「下更」音同；《釋文》陸德明音「下庚反」，與「戶庚」音同。

39. 1-65 訛，言也。　　郭注：世以妖言爲訛。

世以妖言爲訛言。〔注〕

案：原本《玉篇》卷九言部「譌」字注引「《尒雅》：『譌，言也』，郭璞曰：『世以妖言爲譌言也。』」慧琳《一切經音義》卷九十〈前高僧傳第十三卷〉「譌廢」注引郭注《尒雅》：「代以袄言爲譌言。」今本郭注脫「言」字，據補。

40. 1-70 瘱，微也。

瘱，音翳。

案：本條佚文輯自陸德明《經典釋文‧爾雅音義》。《通志堂經解》本《釋文》「瘱」作「瘞」。「瘞」字書未見，當係「瘱」之省體。

董本引同。馬、黃、葉本「瘱」均作「瘞」。葉本「翳」作「醫」。余、嚴、王本均未輯錄。

郭音「翳」，是讀「瘱」爲「翳」。《說文》羽部：「翳，華蓋也。」《方言》卷十三：「翳，掩也」，郭璞注云：「謂掩覆也。」《文選》卷七楊雄〈甘泉賦〉：「迺登夫鳳皇兮而翳華芝」，李善注引韋昭曰：「鳳皇爲車飾也。翳，隱也。」是「翳」有隱微義之證。郝懿行亦云：

瘱與翳聲義同。〔註84〕

〔註82〕郝懿行《爾雅義疏》，《爾雅廣雅方言釋名清疏四種合刊》，頁 51 下。
〔註83〕俞樾《群經平議》，卷 34，《皇清經解續編》，卷 1395，頁 8。
〔註84〕郝懿行《爾雅義疏》，《爾雅廣雅方言釋名清疏四種合刊》，頁 54 下。

《廣韻》「瘞」音「於罽切」（影紐祭韻），與《釋文》陸德明音「猗例反」同。《廣韻》無「瘞」、「翳」音同之證；《集韻》二字同音「壹計切」（影紐齊韻）。

41. 1-70 竄，微也。　　郭注：微謂逃藏也。《左傳》曰「其徒微之」是也。

竄，亦逃也。

案：本條佚文輯自慧琳《一切經音義》卷六十二〈根本毗奈耶雜事律第十七卷〉「逃竄」注引郭注《爾雅》。今本郭注無此語，惟此語究屬郭璞《音義》或《注》之佚文，實難遽定，今暫存疑。

王本在今本郭注下輯入「瘞薶也，幽藏也，竄亦逃也」十字。按「瘞薶也，幽藏也」六字非本條注文，參見 8-36「祭地曰瘞薶」條案語。

42. 1-71 妥，止也。

妥，他回反，又他罪反。

案：本條佚文輯自陸德明《經典釋文‧爾雅音義》。

馬、黃、葉本引均同。董本未輯錄又音。余、嚴、王本均未輯錄。

郭音「他回反」，疑是讀「妥」為「綏」。郝懿行云：

> 妥古字作綏，故《士相見禮‧注》：「古文妥為綏」，《漢書‧燕刺王旦傳》孟康注亦云：「妥，古綏字也。」《說文》有綏無妥，但綏既从妥，妥訓安，故綏亦訓安；安訓止，故妥亦訓止。是妥、綏同義，亦當同聲。故〈齊語〉云：「以勸綏謗言」，韋昭注：「綏，止也。」是綏、妥聲義同之證。今讀綏息遺切，《爾雅釋文》：「妥，孫他果反，郭他回反，又他罪反」，妥與綏始不同音矣。〔註85〕

《廣韻》「妥」音「他果切」（透紐果韻），與郭璞音不合。《集韻》「妥」字凡三見：一音「通回切」（透紐灰韻），一音「吐猥切」（透紐賄韻，灰、賄二韻平上相承），一音「吐火切」（透紐果韻）。「他果」與「吐火」音同。郭璞音「他回」與「通回」同，「他罪」與「吐猥」同。

43. 1-75 梏，直也。

梏，音角。

案：本條佚文輯自陸德明《經典釋文‧爾雅音義》。

〔註85〕郝懿行《爾雅義疏》，《爾雅廣雅方言釋名清疏四種合刊》，頁 55 上。又汪鋆云：「《釋文》：『妥，郭他回反』，則郭本當作綏。」按郭音「他回反」，不足以證明郭本《爾雅》經字作「綏」，汪說恐不可信。黃侃評汪說云：「《說文》挩妥字，此不當輒以為綏。」（《黃侃手批爾雅正名》，頁 12。）

董、馬、黃、葉本引均同。余、嚴、王本均未輯錄。

郭音「角」，是讀「梏」爲「覺」。孔穎達《毛詩・大雅・抑・正義》云：「〈釋詁〉云：『梏，較，直也』，與『覺』字異音同。」郝懿行云：

> 梏者……又通作覺。《詩》「有覺其楹」及「有覺德行」，《箋》、《傳》並云：
> 「覺，直也。」《爾雅釋文》：「梏，古沃反，郭音角」，是郭讀梏爲覺，本
> 於毛、鄭也。〔註86〕

《廣韻》「梏」字凡二見：一音「古沃切」（見紐沃韻），與《釋文》陸德明音切語全同；一與「覺」、「角」同音「古岳切」（見紐覺韻）。

44. 1-82 毗劉，暴樂也。

樂，音洛，又力角反。

案：本條佚文輯自陸德明《經典釋文・爾雅音義》。《釋文》出「樂也」，注云：「本又作爍。」是古本《爾雅》有作「爍」者。《毛詩・大雅・桑柔》：「捋采其劉」，《傳》云：「劉，爆爍而希也。」陸德明《經典釋文・毛詩音義》出「爍」，注引「郭盧角反」。「盧角」與「力角」音同。

馬、黃本引並同《爾雅音義》，又輯錄《毛詩音義》所引郭音。董、葉本並僅據《爾雅音義》，且均未輯錄又音。余、嚴、王本均未輯錄。

郭音「洛」，是讀「樂」爲「落」。郝懿行云：

> 爆爍之爲言猶剝落也。〔註87〕

郭又音「力角反」，即讀如今之「敕」字。《廣韻》屋韻：「敕，剝聲。」又燭韻：「敕，剝敕。」「剝敕」與「暴樂」、「剝落」當係一音之轉。《廣韻》「樂」字凡三見：一音「五教切」（疑紐效韻），一音「五角切」（疑紐覺韻），一音「盧各切」（來紐鐸韻）。郭音「洛」，與「盧各」音同。又音「力角反」（來紐覺韻），與《廣韻》「敕」音「盧谷切」（來紐屋韻）、「力玉切」（來紐燭韻）二音相合。〔註88〕又《集韻》覺韻「樂」音「力角切」，當即本郭璞又音。

45. 1-82 覛覓，莩離也。

覛，亡革反，又莫經反。

案：木條佚文輯自陸德明《經典釋文・爾雅音義》。

馬本引同。董本未輯又音。黃本「經」譌作「経」。余、嚴、葉、王本均未輯

〔註86〕郝懿行《爾雅義疏》，《爾雅廣雅方言釋名清疏四種合刊》，頁 57 下。
〔註87〕郝懿行《爾雅義疏》，《爾雅廣雅方言釋名清疏四種合刊》，頁 60 下。
〔註88〕屋韻「谷」、燭韻「玉」、覺韻「角」，晉代同屬屋部。參見周祖謨《魏晉南北朝韻部之演變》，頁 27；丁邦新《魏晉音韻研究》，頁 179。

錄。

郝懿行云：

《說文》云：「覞，小見也」，從冥聲，引《爾雅》曰：「覞覛，弗離」，

是覞當讀莫經反。《釋文》「郭亡革反」，則讀如陌，二讀實一聲之轉也。

〔註89〕

其說可從。《廣韻》「覞」字凡二見：一音「莫經切」（明紐青韻），一音「莫狄切」

（明紐錫韻，青錫二韻平入相承）。「亡革」（微紐麥韻）與「莫狄」音近同。〔註90〕

46. 1-83 謟，疑也。　郭注：《左傳》曰：「天命不謟。」音絛。

謟，音絛，他刀反。

案：本條佚文輯自陸德明《經典釋文・爾雅音義》。宋本《爾雅》郭注末有「音

絛」二字。〔註91〕

馬、黃、葉本引均同。董本未輯「他刀反」三字。余、嚴、王本均未輯錄。

《廣韻》「謟」音「土刀切」（透紐豪韻）。郭璞音「絛」與「他刀反」均與《廣

韻》音同。

47. 1-85 弼，棐，輔，比，俌也。

俌，方輔反。

案：本條佚文輯自陸德明《經典釋文・爾雅音義》。

董、馬、黃、葉本引均同。余、嚴、王本均未輯錄。

《廣韻》「俌」字凡二見：一音「方矩切」（非紐麌韻），一音「芳武切」（敷紐

麌韻）。郭璞音「方輔反」，與「方矩」音同。

48. 1-89 呰，此也。

呰，音些。

案：本條佚文輯自陸德明《經典釋文・爾雅音義》。

董、馬、黃、葉本引均同。余、嚴、王本均未輯錄。

〔註89〕郝懿行《爾雅義疏》，《爾雅廣雅方言釋名清疏四種合刊》，頁 61 上。

〔註90〕周祖謨云：「唇音 p，ph，b，m 在魏晉宋時期還看不出有分化的迹象。」（〈魏晉音與齊
梁音〉，《周祖謨學術論著自選集》，頁 165。）是魏晉時期，輕唇音「微」尚未從重唇
音「明」分化出來。又《廣韻》麥韻與「革」同音（古核切）的「隔」字，與錫韻「狄」
字同屬錫部。參見周祖謨《魏晉南北朝韻部之演變》，頁 28～29，553。

〔註91〕阮元云：「《釋文》：『謟，郭音絛』，與此合。雪牕本作『音叨』，非。今注疏本別附音切
者，皆刪去『音絛』二字以避複。」（《爾雅挍勘記》，《皇清經解》，卷 1031，頁 26 上。）

郭璞注云：「呰已皆方俗異語」，當是據《楚辭》爲說。〔註92〕《楚辭・招魂》：「何爲四方些」，洪興祖《補注》云：

> 些，蘇賀切。《說文》云：語詞也。〔註93〕

沈括云：

> 《楚詞・招魂》尾句皆曰些，今夔峽、湖湘及南北江獠人，凡禁咒句尾皆稱些，此乃楚人舊俗。〔註94〕

其字本應作「呰」，後因音同形近而譌作「些」，〔註95〕故郭璞以「些」音「呰」。《集韻》薺韻：「些，語辭，或从口。」又霰韻：「些，《說文》語辭也，見《楚辭》。或从口。」均以「些」「呰」二字音義同。王念孫云：

> 「些」即「呰」字之譌也。草書呰字作「**呰**」，隸書因變而爲「些」矣。……據《爾雅・釋文》云：「呰，郭音些，」是呰字兼有些音也。《玉篇》、《廣韻》並云：「些，此也。」即《爾雅》「呰」字之訓。《廣韻》：「些，何也，」即《說文》「呰」字之訓。《說文》：「呰，苛也。」「苛」「何」皆古「呵」字，見《周官》、《漢書》。而《集韻》又云：「些或作呰，」故知些即呰之譌也。呰字以此爲聲，則當以息計爲正音，息霰爲變音矣。〔註96〕

《廣韻》「呰」音「將此切」（精紐紙韻），與《釋文》陸德明音「子爾反」同。「呰」、「些」二字《廣韻》未見同音之證；《集韻》二字同音「思計切」（心紐薺韻）、「四霰切」（心紐霰韻）。王氏以「息計」爲正音，與「思計」音同；以「息霰」爲變音，與「四霰」音同。

49. 1-91 串，習也。

串，五患反。

案：本條佚文輯自陸德明《經典釋文・爾雅音義》。

董、馬、黃、葉本引均同。余、嚴、王本均未輯錄。

郭音「五患反」，是讀「串」爲「瓵」。郝懿行云：

〔註92〕郝懿行云：「呰者……又通作些，《一切經音義》二及六並云：『呰，古文些、欨二形。』《爾雅釋文》：『呰，郭音些』，引《廣雅》云：『些，辭也』，是郭以些爲呰，蓋本《楚辭》。」（《爾雅義疏》，《爾雅廣雅方言釋名清疏四種合刊》，頁 65 上。）

〔註93〕洪興祖《楚辭補注》，頁 198。

〔註94〕沈括《夢溪筆談》，卷 3，頁 1 下。

〔註95〕吳承仕云：「鄭珍《說文新附考》曰：『呰是些之古字，《集韻》「些」、「呰」同列，注云「見《楚辭》，或從口」，尚識古字耳。』承仕按：些者，呰形之殘，本是一字。」（《經籍舊音辨證》，頁 166。）文中所引鄭珍語見《說文新附攷》，卷 1，頁 15 下。

〔註96〕王引之《經傳釋詞》，卷 8，頁 174。

串者，患與忨之叚音也。《玉篇》、《廣韵》串俱古患切，則與貫同，《釋文》
引沈、謝音亦同；郭音五患反，則與忨同。《説文》云：「忨，習獸也。」……
通作玩，玩弄與狃習義近。〔註97〕

《廣韻》「忨」音「五換切」（疑紐換韻），與郭音「五患反」（疑紐諫韻）近同。
〔註98〕

50. 1-97 間，代也。

閒，古鴈反。

案：本條佚文輯自陸德明《經典釋文·爾雅音義》。

董、馬本引並同。黃、葉本「閒」並作「間」，按《釋文》出「閒」，唐石經亦
作「閒」，今從之。余、嚴、王本均未輯錄。

《釋文》「閒」下云：「古莧反，注同。謝古閑反，郭古鴈反，施胡瞎反。」按
《廣韻》「閒」字凡二見：一音「古閑切」（見紐山韻），一音「古莧切」（見紐襇韻，
山襇二韻平去相承）；又山韻「閒」下有「閑」（戶閒切，匣紐山韻）、「澗」（古晏切，
見紐諫韻）兩又音。郭璞音「古鴈反」，與「澗」音同；〔註99〕施乾音「胡瞎反」（匣
紐鎋韻），與《廣韻》「閑」音僅聲調不同（山鎋二韻平入相承）；謝嶠音「古閑反」，
與山韻切語全同；《釋文》陸德明音「古莧反」，與襇韻切語全同。

51. 1-101 廞，熙，興也。

廞，音歆，又音欽。

案：本條佚文輯自陸德明《經典釋文·爾雅音義》。

馬、黃、葉本引均同。董本未輯又音。余、嚴、王本均未輯錄。

孔穎達《禮記·學記·正義》引《爾雅》云：「歆，喜，興也」，是「廞」讀為
「歆」之明證。〔註100〕《說文》欠部：「歆，神食气也。」又广部：「廞，陳輿服於

〔註97〕郝懿行《爾雅義疏》，《爾雅廣雅方言釋名清疏四種合刊》，頁 66 上。
〔註98〕換韻與諫韻在三國晉宋時期同屬寒部，詳見周祖謨《魏晉南北朝韻部之演變》，頁 23～
　　　25。
〔註99〕諫、襇二韻在三國時期同屬寒部；至晉宋時期分化爲兩部，諫屬寒部，襇屬先部。惟晉
　　　代寒先兩部合用之例甚多，顯示兩部的界限仍不明顯。詳見周祖謨《魏晉南北朝韻部之
　　　演變》，頁 23～25。
〔註100〕許森云：「《禮記·學記》：『不興其藝』，鄭玄註云：『興之言喜也、歆也』，孔穎達疏云：
　　　『《爾雅》「歆，喜，興也。」』孫氏《讀書脞錄續編》據此謂鄭《爾雅》本作『歆喜』，
　　　與今本作『廞熙』異。」（《爾雅鄭玄注稽存》，《爾雅詁林》，頁 684 下。）按孔穎達所
　　　見《爾雅》字應即作『歆喜』，王樹枏云：「《釋文》云：『廞，郭音歆。』《禮記·樂記·
　　　正義》引《爾雅》云：『歆，喜，興也。』蓋《爾雅》別本有作『歆喜興』者，故孔《疏》
　　　引之。」（《爾雅說詩》，卷 5，頁 30 上。）

庭也。从广、欽聲，讀若散。」可知《爾雅》之「廞」爲借字，其正字當作「歆」。
郝懿行云：

> 歆，許金反，即廞字之音。廞、熙俱叚借之字，《學記‧正義》引作「歆
> 喜」是矣。廞者，歆之叚音也。《說文》廞讀若散，歆本訓「神食气」，因
> 而引伸爲喜。〔註101〕

其說甚是。《廣韻》「廞」、「歆」二字同音「許金切」（曉紐侵韻）。

郭又音「欽」，疑是讀「廞」爲「嶔」。《說文》無「嶔」字，《玉篇》山部：「嶔，
嶔崟，山勢也。」《公羊‧僖公三十三年傳》：「爾即死，必於殽之嶔巖」，陸德明《經
典釋文‧春秋公羊音義》出「嶔」，注云：「本或作廞，同。」《集韻》侵韻「廞」一
音「虛金切」，與「歆」音同；一音「袪音切」，與「欽」、「嶔」音同。

52. 1-104 欪，息也。

欪，苦槩反。

案：本條佚文輯自陸德明《經典釋文‧爾雅音義》。

董本引同。「槩」，黃本作「概」，同；葉本譌作「樂」。馬本「反」下有「又
作噴，壚塊、苦怪二反」九字，當爲陸德明語，非郭璞所注。（《釋文》「塊」原作
「愧」。）余、嚴、王本均未輯錄。

《廣韻》「欪」音「苦怪切」（溪紐怪韻），與《釋文》陸德明音切語全同。郭璞
音「苦槩反」，是讀「欪」爲「愾」。段注本《說文》心部：「愾，大息兒。从心、氣
聲。」《毛詩‧曹風‧下泉》：「愾我寤嘆」，鄭玄《箋》云：「愾，嘆息之意。」《廣
韻》代韻「愾」音「苦蓋切」（溪紐代韻），與郭璞音同。

53. 1-104 齂，息也。

齂，海拜反。

案：本條佚文輯自陸德明《經典釋文‧爾雅音義》引郭、施、謝。

董、馬、黃、葉本引均同。余、嚴、王本均未輯錄。

郝懿行云：

> 齂者，《說文》云：「臥息也」，从隶聲，讀若虺。《玉篇》云：「齂，鼻息
> 也，呼介切。」《釋文》齂，郭、施、謝海拜反，則讀與《玉篇》同；孫
> 虛貴反、顧乎被反，則音與《說文》近。然二音又即一聲之轉。〔註102〕

按《廣韻》「齂」字凡三見：一音「虛器切」（曉紐至韻），一音「許介切」（曉紐

〔註101〕郝懿行《爾雅義疏》，《爾雅廣雅方言釋名清疏四種合刊》，頁70下。
〔註102〕郝懿行《爾雅義疏》，《爾雅廣雅方言釋名清疏四種合刊》，頁73上。

怪韻），一音「莫八切」（明紐點韻）。郭璞、施乾、謝嶠同音「海拜反」，與「許介」音同。

54. 1-104 呬，息也。

呬，許四反。

案：本條佚文輯自陸德明《經典釋文·爾雅音義》。

董、馬、黃、葉本引均同。余、嚴、王本均未輯錄。

《釋文》云：「郭許四反，孫許器反，施火季反。」按《廣韻》至韻「呬」音「虛器切」（曉紐至韻），「許四」、「許器」、「火季」三音均與「虛器」音同。

55. 1-106 憐，愛也。　郭注：今江東通呼為憐。

憐，哀愍也。

案：慧琳《一切經音義》卷四十一〈大乘理趣六波羅蜜多經卷第二〉「憐愍」注引郭注《尒雅》云：「哀愍也。」今本郭注無此三字。王本輯入今本郭注「今江東」句上。惟此語究屬郭璞《音義》或《注》之佚文，實難遽定，今暫存疑。

56. 1-107 妯，動也。

妯，盧篤反，又徒歷反。

案：本條佚文輯自陸德明《經典釋文·爾雅音義》；又《毛詩音義·小雅·鼓鍾》「妯」下引「郭音《爾雅》盧叔反，又音迪。」「盧叔反」（來紐屋韻）當與「盧篤反」（來紐沃韻）同；「迪」音與「徒歷反」（定紐錫韻）同。〔註103〕

黃、葉本引並同《爾雅音義》，黃本又輯錄《毛詩音義》所引郭音。董、馬本並僅據《爾雅音義》，且未輯錄又音。余、嚴、王本均未輯錄。

郭音「盧篤反」，不詳所據。〔註104〕郭又音「徒歷反」，是讀「妯」為「迪」。錢大昕《聲類·釋詁》：「迪，動也」，注云：

〈釋詁〉：「迪，作也。」郭景純未詳其義。予謂迪動同訓，迪即動之轉。《詩》：「弗求弗迪。」迪訓進，亦與作義近。〔註105〕

郝懿行亦云：

郭注妯音迪，則與上文「迪，作」之「迪」同。故《爾雅釋文》：「妯，郭

〔註103〕「叔」、「篤」、「迪」等字在晉代同屬沃部，但「篤」、「迪」與「叔」的洪細不同。詳見周祖謨《魏晉南北朝韻部之演變》，頁27，531～532；丁邦新《魏晉音韻研究》，頁177。

〔註104〕宋麗瓊考察郭璞注《方言》音，發現「郭璞音以來紐字為反切上字或直音者，考之廣韻，其相異者，一透紐字桶，一徹紐字梛。」（《方言郭璞音之研究》，頁302。）可知郭璞以來紐切舌頭音或舌上音，此非孤例。

〔註105〕錢大昕《聲類》，卷1，頁6。

盧篤反，又徒歷反」，「徒歷」即迪字之音。又云「顧依《詩》勑留反」，「勑
留」即妯字之音。是妯、迪通。〔註106〕

《廣韻》「妯」字凡二見：一音「丑鳩切」（徹紐尤韻），一音「直六切」（澄紐
屋韻）。顧野王音「勑留反」，與「丑鳩」音同。郭璞音「盧篤（叔）反」，《廣韻》
未見；《集韻》屋韻「妯」音「盧谷切」，當即本郭氏此音。

57. 1-109 契，絕也。

契，苦計反。

案：本條佚文輯自陸德明《經典釋文·爾雅音義》。

董、黃、葉本引均同。馬本「反」下有「字又作挈」四字。余、嚴、王本均未
輯錄。「字又作挈」四字當係陸氏校語，馬本誤輯。

《廣韻》霽韻「契」音「苦計切」，與郭氏切語全同。

58. 1-115 算，數也。

算，息轉反。

案：本條佚文輯自陸德明《經典釋文·爾雅音義》。

董、馬、黃本引均同。余、嚴、葉、王本均未輯錄。

《廣韻》「算」音「蘇管切」（心紐緩韻），與《釋文》陸德明音「素緩反」同。
郭璞音「息轉反」（心紐獮韻），當是「素緩」一音之轉；〔註107〕《集韻》獮韻「算」
音「須兗切」，應即本郭璞此音。

59. 1-117 覛，相也。　　郭注：覛謂相視也。

覛覛，謂相視貌也。〔注〕

案：《文選》卷二十九〈古詩十九首〉：「盈盈一水閒，脉脉不得語」，卷五十三
李康〈運命論〉：「脉脉然自以爲得矣」，李善注並引「《爾雅》曰：『脉，相視也』，
郭璞曰：『脉脉，謂相視貌也。』」〔註108〕今本「覛」字不重出，又脫一「貌」字，

〔註106〕郝懿行《爾雅義疏》，《爾雅廣雅方言釋名清疏四種合刊》，頁74。
〔註107〕緩韻（桓韻上聲）與獮韻（仙韻上聲）在兩漢時期同屬元部；（羅常培等《漢魏晉南北朝
　　　　韻部演變研究》（第一分冊），頁37～38。）到晉宋時期，緩韻屬寒部，獮韻屬先部，
　　　　二部已經分用，但仍可見合用之例，可知二部讀音仍接近。周祖謨云：「晉代寒先分爲
　　　　兩部，但合用的例子還很多。如果細心考查一下，就可以發現先部字跟寒部字常在一
　　　　起押韻的……以元韻字居多。由此可見先部內元韻最接近寒部，其次是山仙兩韻。」
　　　　（《魏晉南北朝韻部之演變》，頁24。）
〔註108〕郝懿行云：「《文選·靈光殿賦》及〈古詩十九首〉、〈運命論〉注並引《爾雅》作『眽，
　　　　相視也』，蓋引郭注之文。郭所以必言相視者，以相是眽之訓，不知相自訓視，眽亦訓
　　　　視，其義甚明，雖不言相可也。」（《爾雅義疏》，《爾雅廣雅方言釋名清疏四種合刊》，

據補。

嚴本於今本郭注下注云：「《文選》卷十一《註》引郭注云：『脈脈謂相視貌也。』」按《文選注》卷十一未引郭氏此注。王本在今本郭注「視」字下補一「貌」字。

李善注兩引郭注「脉」字均重出，是李氏所見郭注本如此。「脉脉」應作「眽眽」。《釋文》出「覛」，注云：「字又作脉。」郝懿行云：

> 覛者，《說文》云「衺視也」，眽云「目財視也」，《廣韵》引作「目邪視也」，是眽與覛同，古字通用。……古詩云「眽眽不得語」，〈運命論〉篇亦用「眽眽」，今本皆作「脉脉」，並爲譌俗。〔註109〕

其說可從。惟郭注原本已不可考，今仍從今本《爾雅》作「覛」。

60. 1-118 㳰，治也。

㳰，古沒反，又胡忽反。

案：本條佚文輯自陸德明《經典釋文・爾雅音義》。

馬、黃本引並同。董本未輯又音。余、嚴、葉、王本均未輯錄。

郭注云：「㳰，《書序》作汩，音同耳。」《廣韻》「㳰」、「汩」二字同音「古忽切」（見紐沒韻），與郭璞音「古沒反」同；《廣韻》「㳰」又音「下沒切」（匣紐沒韻），與郭璞又音「胡忽反」同。

61. 1-120 汰，墜也。　郭注：汰、渾皆水落貌。

汰，以水去土。

案：慧琳《一切經音義》卷九十三〈續高僧傳第十六卷〉「澄汰」注引郭注《尒雅》云：「以水去土。」王本「汰」仍作「汰」，且輯入今本郭注「汰渾」句之上。惟本條佚文究屬郭璞《音義》或《注》之佚文，實難遽定，今暫存疑。

王樹枏云：

頁78。）按李善注既稱引《爾雅》，下又引「郭璞曰」，則所引《爾雅》是否爲郭注之文，仍待商榷。嚴元照云：「《文選注》十一引《爾雅》曰：「眽相視也」，郭璞曰：「眽眽，謂相視貌。」」廿九、五十九所引同。又嘗引『胃，相也』，疑李善所見本是『艾，歷，胃，相也；眽，相，視也』。」（《爾雅匡名》，卷1，《皇清經解續編》，卷496，頁43上。《文選注》卷11未引郭璞曰云云。）「眽」、「相」並可訓「視」（見郝說），則嚴說似亦可從。又胡克家云：「注『脈相視也』　案『視』字不當有，各本皆衍。此〈釋詁〉文，『脈』即『覛』，《釋文》可證。〈魯靈光殿賦〉注引『脈，相視也』，亦衍。」（《文選考異》，卷5，頁16下。）胡氏以「視」爲衍文，說又不同。

〔註109〕郝懿行《爾雅義疏》，《爾雅廣雅方言釋名清疏四種合刊》，頁78。嚴元照云：「覛、眽音義同，从肉無義，脈必眽之譌。」（《爾雅匡名》，卷1，《皇清經解續編》，卷496，頁43上。）阮元云：「按《釋文》又作『脈』，乃『眽』之譌也。」（《爾雅校勘記》，《皇清經解》，卷1031，頁31上。）說均與郝氏同。

　　陸所據經注蓋俱作「汏」，據顧音則字宜作「汱」，非《爾雅》之舊也。……

　　慧琳所據本亦作「汏」，與顧氏同，而所引之注則今本脫之。〔註110〕

按施乾、陸德明所見《爾雅》字作「汏」，顧野王本作「汱」。參見第六章第二節施乾《爾雅音》、第八章第二節顧野王《爾雅音》「汱，墜也」條案語。

62. 1-128 俾，拼，抨，使，從也。　　郭注：四者又為隨從。

　　如木匠振墨繩曰拼。〔音？〕

　　案：本條佚文輯自慧琳《一切經音義》卷七十九〈經律異相卷第四十九〉「繩拼」注引郭注《尒雅》。王樹枏云：

　　　此八字不見今注。木從繩則直，於從義尚相近，於使義無所取。然其言與

　　　郭注不類，其或為《音義》之文歟。〔註111〕

其說或可從，惟無的證，今暫存疑。

63. 1-130 董，督，正也。　　郭注：皆謂御正。

　　皆謂御正之也。〔注〕

　　案：玄應《一切經音義》卷十六〈舍利弗問經〉「督令」注引「《爾雅》：『督，正也』，注云：『謂御正之也。』」今本郭注脫「之也」二字，據補。王樹枏云：

　　　「御正」下宜據增「之」字，文義方明，今本蓋刪脫耳。〔註112〕

64. 1-134 探，篡，俘，取也。　　郭注：篡者，奪取也；探者，摸取也。

　　探者，手摸取也。〔注〕

　　案：玄應《一切經音義》卷十一〈雜阿含經第十九卷〉「探其」注引「《爾雅》云：『探，取也』，郭璞曰：『手摸取也。』」今本郭注脫「手」字，據補。

65. 1-134 探，篡，俘，取也。

　　案：《後漢書·光武皇帝紀》：「有出鹵掠者，輒擊取之」，李賢注引郭璞注《爾雅》曰：「掠，奪取也。」是李賢所見郭璞本《爾雅》應有「掠」字。邵晉涵以為「篡本或作掠」。〔註113〕按《釋文》出「篡」，是陸氏所見《爾雅》有「篡」字。「篡」、「掠」二字並有取義，疑今本《爾雅》此訓脫一「掠」字。或係一本作「篡」、一本

〔註110〕王樹枏《爾雅郭注佚存補訂》，卷2，頁14下。

〔註111〕王樹枏《爾雅郭注佚存補訂》，卷2，頁16上。

〔註112〕王樹枏《爾雅郭注佚存補訂》，卷2，頁16下。

〔註113〕邵晉涵《爾雅正義》，《皇清經解》，卷505，頁28上。劉玉麐云：「《後漢書注》引郭璞《爾雅注》曰：『掠，奪取也。』是篡本作掠。」(《爾雅校議》，卷上，頁9下。) 與邵說意同。

作「掠」，亦未可知。今暫存疑。

66. 1-137 烈，枿，餘也。　郭注：晉衞之間曰櫱，陳鄭之間曰烈。

櫱，木餘也。

　　案：本條佚文輯自慧琳《一切經音義》卷七十七〈釋迦譜序第四卷〉「栽櫱」注引郭注《尒雅》。王本輯入今本郭注之下，惟本條佚文究屬郭璞《音義》或《注》之佚文，實難遽定，今暫存疑。

67. 1-138 迓，迎也。　郭注：《公羊傳》曰：「跛者迓跛者。」

　　案：原本《玉篇》卷九言部「訝」字注引郭璞曰：「《公羊傳》『跛者訝跛者』是也。」〔註114〕疑郭本與顧本《爾雅》字並作「訝」。陸德明《經典釋文・爾雅音義》出「訝」，注云：「本又作迓。」唐石經、宋本《爾雅》字均作「迓」。阮元云：

按《說文》：「訝，相迎也。从言、牙聲。《周禮》曰：『諸侯有卿訝。』迓，訝或从辵。」又《周禮・掌訝・注》：「訝，迎也。鄭司農云：訝讀爲跛者訝跛者之訝。」此經當從陸本作「訝」爲正字，注引《公羊傳》「跛者迓跛者」，亦當作訝，與鄭司農所引同。賈公彥、邢昺所據《公羊》皆作迓，淺人遂援以改注，而并以改經矣。」〔註115〕

又云：

「訝」正字，「御」假借字，「迓」俗字。〔註116〕

按「訝」、「迓」二字古通用，〔註117〕「訝」爲本字，「迓」爲後出俗體。段玉裁注「訝」字云：

此下鉉增「迓」字，云「訝或從辵」，爲十九文之一。按「迓」俗字，出於許後，衞包無識，用以改經，不必增也。〔註118〕

朱駿聲亦云：

此字徐鉉補入《說文》，爲十九文之一，从辵、牙聲。按即「訝」字之俗。《書・盤庚》：「予迓續乃命于天」，〈牧誓〉：「弗迓克奔」，〈洛誥〉：「旁作穆穆迓衡」，皆衞包所改俗字。《左・成十三傳》：「迓晉侯於新宮」，《公羊・成二傳》：「使眇者迓眇者」，〈思元賦〉：「僉供職而來迓」，《爾雅・

〔註114〕文從黎庶昌輯本。羅振玉輯本「跛者」下誤衍一「御」字。黎、羅二輯分見顧野王《原本玉篇殘卷》，頁208、8。

〔註115〕阮元《爾雅挍勘記》，《皇清經解》，卷1031，頁33上。

〔註116〕阮元《公羊傳挍勘記》，《皇清經解》，卷997，頁3上。

〔註117〕邵晉涵云：「訝、迓經傳通用。」（《爾雅正義》，《皇清經解》，卷505，頁29上。）

〔註118〕段玉裁《說文解字注》，第3篇上，頁19上。

釋詁》：「迓，迎也」，古本皆作「訝」。故《左傳》、《公羊傳》、《爾雅》《釋文》並云「迓本作訝」。〔註119〕

嚴本《爾雅》字作「訝」，注仍從今本作「迓」；王本《爾雅》及注文均作「訝」。

68. 1-142 祔，祖也。　郭注：祔，付也。付新死者於祖廟。

祔，音付。

案：本條佚文輯自陸德明《經典釋文・爾雅音義》。

董、馬、黃本引均同。余、嚴、葉、王本均未輯錄。

郭注云：「祔，付也。付新死者於祖廟」，又以「付」音「祔」，是郭璞以音釋義之證。〔註120〕《廣韻》「祔」音「符遇切」（奉紐遇韻），與《釋文》陸德明音「附」同。郭璞音「付」（非紐遇韻），與「符遇」聲紐略異。《集韻》遇韻「祔」、「付」同音「符遇切」，釋云：「《說文》：『後死者合食於先祖。』或省。」是以「付」為「祔」字之省體。

69. 1-142 祧，祖也。　郭注：祧，毀廟主。

祧，毀也，附新廟毀舊廟也。〔音？〕

案：本條佚文輯自徐鍇《說文解字繫傳》卷一示部「祧」字注引郭璞曰。

嚴本以徐鍇所引取代今本郭注，注云：「今本作『祧，毀廟主』，蓋有脫誤。《說文繫傳》一卷引郭註作『祧，毀也』云云，茲據增正。」其餘各本均未輯錄。按此語與今本郭注義近同，疑或係郭璞《音義》佚文。

《說文》示部：「祧，祔祧祖也。」段玉裁云：

祔謂新廟，祧謂毀廟，皆祖也。〔註121〕

與郭注意同。

70. 1-143 邇，幾，暱，近也。　郭注：暱，親近也。

謂相近也，亦親也，私昵也。

案：玄應《一切經音義》卷十三〈燈指因緣經〉「親昵」注、卷十八〈辟支佛因緣論上卷〉「親昵」注並引「《爾雅》：『昵，近也』，郭璞曰：『謂相近也，亦親也，私昵也。』」按《說文》日部：「暱，日近也，從日、匿聲。……昵，或從尼作。」「昵」為「暱」之或體，然則玄應所引，當即《爾雅》此訓郭璞《音義》或《注》之佚文。

〔註119〕朱駿聲《說文通訓定聲》，豫部弟九，頁112。
〔註120〕邵晉涵云：「祔、付以聲為義。」（《爾雅正義》，《皇清經解》，卷505，頁29下。）
〔註121〕段玉裁《說文解字注》，第1篇上，頁7下。

71. 1-144 妥，安坐也。

妥，他回反。

案：本條佚文輯自陸德明《經典釋文・爾雅音義》。

董、馬、黃本引均同。余、嚴、葉、王本均未輯錄。

郭音「他回反」，疑是讀「妥」爲「綏」。參見 1-71「妥，止也」條案語。

72. 1-145 貉，縮，綸也。　郭注：綸者，繩也，謂牽縛縮貉之。今俗語亦然。

案：原本《玉篇》卷二十七糸部「絡」字注引「《尒雅》：『絡，綸也』，郭璞曰：『綸繩也，謂牽縛縮絡之也，今俗語亦然。』」是顧野王所見《爾雅》與郭注「貉」並作「絡」。周祖謨云：

> 「貉」，《釋文》同，音亡白反。案：原本《玉篇》糸部「絡」下引「《爾雅》：絡，綸也。郭璞曰：綸繩也，謂牽縛縮絡之也，今俗語亦然。」「絡」音力各反。又「縮」下亦引《爾雅》，注文「貉」亦作「絡」。是顧氏所據《爾雅》郭本字從「糸」，不從「豸」。依郭注「牽縛縮絡」之語，自以作「絡」爲是。作「貉」者，蓋因下文「貉定也」而誤。〔註122〕

《釋文》出「貉」，注云：「亡白反，下同。施胡各反。」阮元云：

> 按施胡各反，則字作「絡」。〔註123〕

是《爾雅》古有作「絡」一本之證。惟據段注本《說文》豸部：「貉，北方貉，豸穜也。」可知「貉」與「綸」義不相涉。周祖謨據原本《玉篇》所引郭注，主張「依郭注『牽縛縮絡』之語，自以作『絡』爲是」，其說可從。《說文》糸部：「絡，絮也。」《廣雅・釋詁》：「絡，纏也。」《玉篇》糸部：「絡，繞也，縛也。」是「絡」之本義爲「絮」，引申而有纏繞之義。惟究係郭本《爾雅》及注文原作「絡」，或係郭本已誤作「貉」，顧氏改從糸旁作「絡」，仍難遽定，今暫存疑。

73. 1-149 酋，終也。

酋，音遒。

案：本條佚文輯自陸德明《經典釋文・爾雅音義》。

董、馬、黃、葉本引均同。余、嚴、王本均未輯錄。

《毛詩・大雅・卷阿》：「似先公酋矣」，鄭《箋》云：「酋，終也」，孔穎達《正義》云：「『遒，終』，〈釋詁〉文，彼遒作酋，音義同也。」又《考工記・廬人》：「酋矛常有四尺」，鄭注：「酋之言遒也。」又《史記・魯周公世家》：「子考公酋立」，司

〔註122〕周祖謨《爾雅校箋》，頁197～198。
〔註123〕阮元《爾雅釋文校勘記》，《皇清經解》，卷1037，頁3下。

馬貞《索隱》云：「鄒誕本作遒。」〔註 124〕可證「酋」、「遒」二字古可通用。郝懿行云：

> 酋者……通作遒，《爾雅釋文》：「酋，郭音遒」，《詩・卷阿・正義》酋正作遒，是遒、酋通。〔註 125〕

《廣韻》「遒」有二音，一音「即由切」（精紐尤韻），一與「酋」同音「自秋切」（從紐尤韻）。《釋文》陸德明「酋」音「在由反，又子由反」，即與《廣韻》「遒」字二音相合。

〈釋言〉

74. 2-5 宣，徇，徧也。

徇，音巡。

案：本條佚文輯自陸德明《經典釋文・爾雅音義》。

董、馬、黃、葉本引均同。余、嚴、王本均未輯錄。

《廣雅・釋詁》：「徇，巡也。」王念孫云：

> 徇、巡古同聲而通用。桓十三年《左傳》：「莫敖使徇于師」，宣四年《傳》：「王使巡師」，是徇即巡也。〔註 126〕

又《釋文》引張揖《字詁》云：「徇，今巡。」段玉裁云：

> 按如〈項羽傳〉「徇廣陵」、「徇下縣」，李奇曰「徇、略也」，如淳曰「徇音撫循之循」，此古用循巡字，漢用徇字之證，此《古今字詁》之義也。
> 〔註 127〕

是「巡」、「徇」爲古今字，其本字則當作「旬」，《說文》勹部：「旬，徧也。」《廣韻》「徇」音「辭閏切」（邪紐稕韻），「巡」、「旬」二字同音「詳遵切」（邪紐諄韻），諄稕二韻平去相承。

75. 2-6 駅，遽，傳也。

駅，本或作驒。〔音〕

案：本條佚文輯自陸德明《經典釋文・爾雅音義》引郭《音義》。

董、馬、黃、葉本引均同。嚴本「駅」作「驛」。余、王本並未輯錄。按段注本《說文》馬部：「驛，置騎也。」又：「駅，傳也。」段玉裁云：

〔註 124〕《百衲本二十四史》景印宋慶元黃善夫刊本《史記》無「誕」字。
〔註 125〕郝懿行《爾雅義疏》，《爾雅廣雅方言釋名清疏四種合刊》，頁 89 上。
〔註 126〕王念孫《廣雅疏證》，《爾雅廣雅方言釋名清疏四種合刊》，頁 482 下。
〔註 127〕段玉裁《說文解字注》，第 2 篇下，頁 16 下～17 上，彳部「徇」字注。

《爾雅》舍人注曰：「馹，尊者之傳也。」《呂覽》注曰：「馹，傳車也。」
按馹爲尊者之傳用車，則遽爲卑者之傳用騎，可知舍人說與許合。俗字用
馹爲驛。〔註128〕

是「馹」、「驛」義雖相近，仍爲二字，嚴本「馹」逕改作「驛」，恐非。

《釋文》出「馹」，注引「郭《音義》云：『本或作遌。』《聲類》云：『亦馹字，
同。』」是郭璞所見《爾雅》古本有作「遌」者，其本字當作「馹」，作「遌」者爲
音近通假。〔註129〕《聲類》云「亦馹字」，非。《說文》辵部：「遌，近也。」段玉
裁云：

〈釋言〉：「馹，傳也」，郭云「本或作遌」，按此假遌爲馹也。《聲類》云
「遌亦馹字」，則附會《爾雅》或本而合爲一字。〔註130〕

嚴元照亦云：

案《說文》馬部：「馹，驛傳也，從馬、日聲。」又辵部：「遌，近也，從
辵、臸聲。」以音近通借，《聲類》以爲即馹字，恐非也。〔註131〕

說皆可從。

76. 2-11 畛，底，致也。　郭注：皆見《詩傳》。

　底，音恉。

案：《文選》卷四十一司馬遷〈報任少卿書〉：「《詩》三百篇大底聖賢發憤之所
爲」，李善注引「《爾雅》曰：『底，致也』，郭璞曰：『音恉』。」今本郭注無音。

「底」，葉本譌作「底」。「恉」，黃、葉、王本均作「指」。余、嚴、董、馬本均
未輯錄。郝懿行、葉蕙心並以本條爲郭璞《音義》佚文。〔註132〕王樹柟《爾雅郭注
佚存補訂》輯入今本郭注「皆見《詩傳》」之下，《爾雅說詩》又以爲是郭璞《音義》
文。〔註133〕按此音究屬郭璞《音義》或《注》之佚文，實難遽定，今暫存疑。黃、
葉、王本「恉」作「指」，郝氏《義疏》引亦作「指」，《廣韻》「底」、「恉」、「指」
三字同音「職雉切」（照紐旨韻）。

〔註128〕段玉裁《說文解字注》，第10篇上，頁17上，馬部「馹」字注。
〔註129〕《說文》云「馹」從日聲，「遌」從臸聲，「臸」從二至，段玉裁云：「至亦聲。」（《說
　　　　文解字注》，第12篇上，頁3下，至部「臸」字注。）日聲、至聲上古音同屬質部。
〔註130〕段玉裁《說文解字注》，第2篇下，頁10下～11上。
〔註131〕嚴元照《爾雅匡名》，卷2，《皇清經解續編》，卷497，頁1下。
〔註132〕郝懿行云：「《文選・報任少卿書・注》引……蓋郭氏《音義》之文。」（《爾雅義疏》，
　　　　《爾雅廣雅方言釋名清疏四種合刊》，頁92下。）葉蕙心云：「此郭氏《音義》文也。」
　　　　（《爾雅古注斠》，卷上，頁21上。）
〔註133〕王樹柟云：「郭璞《音義》亦云底音指。」（《爾雅說詩》，卷7，頁6上。）

葉本「厎」作「底」，當是形音皆近而譌。《說文》厂部：「厎，柔石也。从厂、氏聲。」段玉裁云：

> 厎之引伸之義爲致也、至也、平也。〔註134〕

又广部：「底，山尻也，一曰下也。从广、氏聲。」是「厎」、「底」二字義不相涉。段玉裁云：

> 按底訓止，與厂部厎訓柔石、引伸之訓致也、至也迴別，俗書多亂之。
>
> 〔註135〕

梅膺祚《字彙》广部：「底，下也。……致也，至也」，即誤混二字爲一字。

77. 2-19 敖，憮，傲也。

憮，火孤反。

案：本條佚文輯自陸德明《經典釋文・爾雅音義》。

「憮」，董、黃、葉本均作「憮」。「火」，馬、葉本並譌作「大」。余、嚴、王本均未輯錄。

《廣韻》「憮」音「荒烏切」（曉紐模韻），與郭璞此音同。又參見第五章第二節沈旋《集注爾雅》「敖，憮，傲也」條案語。

78. 2-20 幼，鞠，稺也。　郭注：《書》曰：「不念鞠子哀。」

鞠，一作毓。

案：孔穎達《毛詩・豳風・鴟鴞・正義》引「〈釋言〉云：『鬻，稺也』，郭璞曰：『鞠，一作毓。』」今據邵晉涵云：「鞠通作鬻」，〔註136〕可知孔《疏》所引即《爾雅》此訓郭璞注語。郝懿行云：

> 鞠者，毓之叚音也。《說文》毓同育，云「養子使作善也」，是育訓養與稺義近。……《詩・鴟鴞・正義》引《爾雅》作「鬻，稺也」，而云「郭璞曰：『鞠一作毓』」，證知《爾雅》古本作「毓，稺」，所引葢郭《音義》之文也。毓、鬻、鞠俱聲義近而字亦通。〔註137〕

據郝氏之說，是《爾雅》古本有作「毓」、作「鞠」二本。《廣韻》「毓」音「余六切」（喻紐屋韻），與「鞠」字「居六」（見紐）、「驅菊」（溪紐）、「渠竹」（群紐）三切均同屬屋韻。

〔註134〕段玉裁《說文解字注》，第9篇下，頁19下。

〔註135〕同前注，第9篇下，頁16上，广部「底」字注。

〔註136〕邵晉涵《爾雅正義》，《皇清經解》，卷506，頁4上。

〔註137〕郝懿行《爾雅義疏》，《爾雅廣雅方言釋名清疏四種合刊》，頁94下。邵晉涵亦以孔《疏》所引爲「郭氏《音義》」之文。（《爾雅正義》，《皇清經解》，卷506，頁4上。）

嚴、黃、葉、王本引均同。余、董、馬本均未輯錄。嚴、葉本並以本條爲《音義》佚文，王本則將此四字輯入今本郭注之下。惟此語究屬郭璞《音義》或《注》之佚文，實難遽定，今暫存疑。

79. 2-25 貿，賈，市也。　郭注：《詩》曰：「抱布貿絲。」

交易物爲貿。《詩》曰：「抱布貿絲。」〔注〕

案：玄應《一切經音義》卷十四〈四分律第六卷〉「更貿」注引「《爾雅》云：『貿，賈，市，買也』，郭璞曰：『交易物爲貿。《詩》云「抱布貿絲」』是也。」今本郭注脫「交易物爲貿」五字，據補。

嚴、王本及劉玉麐、邵晉涵均將「交易物爲貿」五字輯入今本郭注「《詩》曰」之上；〔註138〕董本亦以爲是郭注佚文。據玄應所引，此五字應爲郭璞《注》佚文無疑。黃本在《爾雅》本條義訓下注云：「邵晉涵《爾雅正義》云《眾經音義》引郭注『交易物爲貿』，今本闕。」葉本則以爲是郭璞《音義》佚文。余、馬本並未輯錄。

80. 2-25 貿，賈，市也。　郭注：《詩》曰：「抱布貿絲。」

案：玄應《一切經音義》卷六〈妙法蓮華經第二卷〉「商估」注云：「估，字書所無，唯《爾雅》郭璞《音義·釋言》注中『商賈』作此字。」又慧琳《音義》卷二十七〈妙法蓮花經·譬喻品〉「賷估賈」注云：「估音公戶反，字書無此字，唯《尒雅》郭璞《音義·釋言》注中『賷賈』作此字。」是玄應、慧琳所見《爾雅》「賈」字郭璞《音義》有注語「商估」〔註139〕云云，惜今已殘闕，不識全貌。

黃本在《爾雅》本條義訓下引玄應《音義》語。其餘各本均未見。

81. 2-30 荐，原，再也。

荐，徂很反。

案：本條佚文輯自陸德明《經典釋文·爾雅音義》。宋本《釋文》「徂」字右旁作「且」，字書未見。

董、馬、黃、葉本引均同。余、嚴、王本均未輯錄。

郭音「徂很反」，是讀「荐」爲「𦤺」。《集韻》恨韻：「𦤺，再、至也。」梅膺祚《字彙》至部：「𦤺，至也，再也。」均與《爾雅》「再也」義同。

〔註138〕劉玉麐云：「據《一切經音義》補『交易物爲貿』句於『《詩》曰』上。」（《爾雅校議》，卷上，頁11上。）邵晉涵云：「今本闕『交易物爲貿』五字，今据《眾經音義》所引郭註增補。」（《爾雅正義》，《皇清經解》，卷506，頁5上。）

〔註139〕「賷」今作「商」。《說文》貝部：「賷，行賈也。从貝、商省聲。」段玉裁云：「『賷』……經傳皆作『商』，『商』行而『賷』廢矣。」（《說文解字注》，第6篇下，頁20上。）

《廣韻》「荐」音「在甸切」（從紐霰韻），與《釋文》陸德明音「徂薦反」同。《集韻》「荐」字凡二見：一音「徂悶切」（從紐慁韻），一音「才甸切」（從紐霰韻）。「徂悶切」當與《釋文》陸德明又音「徂遜反」（從紐慁韻）近同；〔註140〕郭音「徂很反」（從紐很韻），與「徂悶」一音上去相承。又《廣韻》「倳」一音「徂悶切」，云：「至也」；一音「在甸切」，云：「重、至。」

82. 2-31 撫，敉，撫也。

敉，敷靡反。

案：本條佚文輯自陸德明《經典釋文·爾雅音義》。

董、馬、黃、葉本引均同。余、嚴、王本均未輯錄。

《廣韻》「敉」音「綿婢切」（明紐紙韻），與《釋文》陸德明音「亡婢反」（微紐紙韻）同；郭璞音「敷靡反」（敷紐紙韻），與「亡婢」聲紐略異。

83. 2-32 臞，脙，瘠也。 郭注：齊人謂瘠瘦為脙。

齊人謂瘠瘦為臞脙，音衢求。〔注〕

案：希麟《續一切經音義》卷九〈根本說一切有部毘奈耶破僧事卷第三〉「瘦瘠」注引「《尓雅》云：『臞，脙，瘠也』，郭註云：『齊人呼瘠瘦為臞脙，音衢求。』」（「脙」字原均誤从「來」旁，今逕改正。）周祖謨云：

今本注文「脙」上脫「臞」字及音。〔註141〕

王本引同。其餘各本均未輯錄。

《說文》肉部：「脙，齊人謂臞脙也。」段玉裁云：

臞，齊人曰脙，雙聲之轉也。〔註142〕

又《玉篇》肉部：「脙，瘠也，齊人謂瘠腹為脙。」是齊人「臞」讀爲「脙」，非「臞脙」二字連讀。郭璞注「臞脙」二字連文，恐非。又希麟《續音義》卷八〈根本說一切有部毘奈耶藥事卷第十二〉「黑瘦」注引「《尓雅》云：『臞，瘠也』，郭璞註云：『齊人謂瘦爲臞，音衢。』」當係節引郭注。

郭璞「臞」音「衢」（群紐虞韻），與《釋文》陸德明音「求俱反」同，《廣韻》虞韻「臞」、「衢」並音「其俱切」；《廣韻》遇韻「臞」又有音「其遇切」（群紐遇韻），虞遇二韻平去相承。又郭璞「脙」音「求」（群紐尤韻），《釋文》陸德明亦音「求」，

〔註140〕周祖謨云：「晉代眞魂分爲兩部：眞部包括眞臻諄文欣五韻，魂部包括痕魂兩韻。」（《魏晉南北朝韻部之演變》，頁 23。）是慁韻（魂韻去聲）與恨韻（痕韻去聲）在晉代當同屬魂部。

〔註141〕周祖謨《爾雅校箋》，頁 200。

〔註142〕段玉裁《說文解字注》，第 4 篇下，頁 28 上。

《廣韻》尤韻「脙」、「求」並音「巨鳩切」;《廣韻》尤韻「脙」又有音「許尤切」

（曉紐尤韻），與「巨鳩」聲紐略異。〔註143〕

84. 2-39 饙，餾，稔也。　　郭注：今呼餴飯為饙，饙熟為餾。

今呼餴飯為饙，饙均熟為餾。〔注〕

案：孔穎達《毛詩·大雅·泂酌·正義》引「〈釋言〉云：『饙，餾，稔也』，……
郭璞曰：『今呼餴飯為饙，饙均熟為餾。』」今本郭注脫「均」字，據補。邵晉涵《正
義》引郭璞注已補「均」字;阮元亦云：

> 案山井鼎云「均」字衍文，非也，今《爾雅注》脫耳。〔註144〕

嚴本引郭璞注作「今呼餴者脩飯為饙，饙均熟為餾」，下注云：「『者脩均』三字
據《詩正義》十七之三卷引增，『者脩』當作『音脩』。」王本亦在「餴」字下補「音
脩」二字，云：「此係郭璞自音。」按王說恐非。孔《疏》「餴」下有「音脩」二字，
〔註145〕當係孔氏自音，與郭璞注無涉。邵晉涵云：

> 「者脩」二字當作「音脩」，舊係旁註混入正文。〔註146〕

阮元云：

> 案山井鼎云「宋板『音脩』二字白書」是也，此《正義》自為音，不入正
> 文也。〔註147〕

說皆可從。

85. 2-46 佻，偷也。

佻，唐了反。

案：本條佚文輯自陸德明《經典釋文·爾雅音義》。《通志堂經解》本《釋文》
「唐」譌作「厝」。

「唐」，馬本作「廣」，黃本作「厝」，並譌。「廣」屬見紐，「厝」屬清紐，均與

〔註143〕李新魁云：「上古音曉匣兩紐讀歸見溪群紐。也就是説，在魏晉以前，後代（如《切韻》
　　　　時代）屬曉匣紐的字並不念為〔x〕〔ɣ〕（或〔h〕、〔ɦ〕）的音，而是念成〔k〕、
　　　　〔k‘〕、〔g〕的音，與見溪群紐沒有區別。曉系字念為〔x〕和〔ɣ〕，是魏晉以後的
　　　　變化;後代念〔x〕、〔ɣ〕的曉匣紐字是從上古的見溪群紐字分化出來的。」（〈上古
　　　　音"曉匣"歸"見溪群"説〉，《李新魁語言學論集》，頁1。）
〔註144〕阮元《毛詩校勘記》，《皇清經解》，卷845，頁37下。文中所引山井鼎語見《七經孟子
　　　　考文並補遺》，卷17之3，頁450，原云：「『饙均熟為餾』，『均』字衍文。」
〔註145〕阮元云：「閩本、明監本、毛本『音』誤『者』。」（《毛詩校勘記》，《皇清經解》，卷845，
　　　　頁37下。）嚴可均所據當係誤本。
〔註146〕邵晉涵《爾雅正義》，《皇清經解》，卷506，頁7上。
〔註147〕阮元《毛詩校勘記》，《皇清經解》，卷845，頁37下。

「佻」屬舌音不合。吳承仕云：

> 郭音「厝了反」，了在上聲，自得相轉；唯厝屬清紐，聲類不近，即《篇》
> 《韻》亦無相類似之音，疑「厝」爲「度」之形譌。各本並誤，無可據正。
> 〔註148〕

又黃侃云：

> 兆聲之字有齒音，清紐斛、銚是也。佻音「厝了」，不足致疑。〔註149〕

吳氏以「厝」爲「度」之形譌，黃氏以爲「厝了」音不誤，皆因未見宋本《釋文》，遂有此說。余、嚴、董、葉、王本均未輯錄。

《廣韻》「佻」字凡二見：一音「吐彫切」（透紐蕭韻），一音「徒聊切」（定紐蕭韻）。郭璞音「唐了反」（定紐篠韻），與「徒聊」聲調不同（蕭篠二韻平上相承）；《釋文》陸德明音「他堯反」，與「吐彫」音同。

86. 2-49 啜，茹也。

啜，音銳。

案：本條佚文輯自陸德明《經典釋文・爾雅音義》。《集韻》祭韻「啜」音「俞芮切」，釋云：「《爾雅》『茹也』郭璞讀。」「俞芮」與「銳」音同。

董、馬、黃本均據《釋文》輯錄。余、嚴、葉、王本均未輯錄。

《廣韻》「啜」字凡五見：一音「嘗芮切」（禪紐祭韻），一音「陟衛切」（知紐祭韻），一音「姝雪切」（禪紐薛韻），一音「昌悅切」（穿紐薛韻），一音「陟劣切」（知紐薛韻）。郭璞音「銳」（喻紐祭韻，《廣韻》音「以芮切」），與「嘗芮」僅聲紐不同。

87. 2-49 啜，茹也。　郭注：啜者拾食。

茹，食也。

案：本條佚文輯自慧琳《一切經音義》卷九十〈高僧傳第九卷〉「茹芝」注引郭注《尒疋》。王本將此三字輯入今本郭注「啜者」之上，惟此語究屬郭璞《音義》或《注》之佚文，實難遽定，今暫存疑。其餘各本均未輯錄。

88. 2-54 禦，圉，禁也。　郭注：禁制。

禁制**也**。圉音語。〔注？〕

案：希麟《續一切經音義》卷九〈根本說一切有部毗奈耶出家事卷第一〉「禦捍」注引「《尒雅》云：『禦，圉，禁也』，郭註云：『禁制也，圉音語。』」今本郭注脫「也」

〔註148〕吳承仕《經籍舊音辨證》，頁166。
〔註149〕黃侃〈經籍舊音辨證箋識〉，吳承仕《經籍舊音辨證》，頁279。

字;「圉音語」三字疑亦引自郭注,今據補。

王本引同。其餘各本均未輯錄。

《廣韻》「圉」、「語」二字同音「魚巨切」（疑紐語韻）;《釋文》陸德明音「魚呂反」,亦與此同。

89. 2-58 愷悌,發也。　郭注:發,發行也。《詩》曰:「齊子愷悌。」

　　闓,明;發,發行也。《詩》曰:「齊子愷悌。」〔注〕

　　案:孔穎達《毛詩·齊風·載驅·正義》云:

　　　　〈釋言〉云:「愷悌,發也」,舍人、李巡、孫炎、郭璞皆云:「闓,明;發,行。」郭璞又引此《詩》云「齊子愷悌」,是闓亦為行之義也。

據此知孔氏所見郭注有「闓明」二字。郝懿行云:

　　　　今郭注但有「發行」之文,而無「闓明」之語,以校《正義》所引,蓋有缺脫矣。〔註150〕

說應可從。惟王樹枏不以「闓明」為郭注缺文,云:

　　　　案郭注但言「發行」,《詩疏》統引諸家,故合言之耳。郝氏懿行據此謂郭注有脫缺,非也。〔註151〕

今仍據孔《疏》所引及郝說輯錄本條。邢昺《爾雅疏》僅引「郭云『發,發行也』」,是邢昺所見郭注已脫誤。

90. 2-63 諈,諉,累也。

　　諈,置睡反。

　　案:本條佚文輯自陸德明《經典釋文·爾雅音義》。

　　董、馬、黃、葉本引均同。余、嚴、王本均未輯錄。

　　《廣韻》「諈」音「竹恚切」（知紐寘韻）,與郭璞音同。

91. 2-63 諈,諉,累也。

　　諉,女睡反。

　　案:本條佚文輯自陸德明《經典釋文·爾雅音義》。

　　董、馬、黃本引均同。余、嚴、葉、王本均未輯錄。

　　《廣韻》「諉」音「女恚切」（娘紐寘韻）,與郭璞音同。

92. 2-65 庇,庥,廕也。

〔註150〕郝懿行《爾雅義疏》,《爾雅廣雅方言釋名清疏四種合刊》,頁103上。葉蕙心亦云:「據《詩正義》,則郭注亦有『闓明』之語。」（《爾雅古注斠》,卷上,頁23上。）

〔註151〕王樹枏《爾雅郭注佚存補訂》,卷3,頁11。

庥，許州反。

案：本條佚文輯自陸德明《經典釋文·爾雅音義》。宋本《釋文》「州」字漫患不識。

董、馬、黃、葉本引均同。余、嚴、王本均未輯錄。

《廣韻》「庥」音「許尤切」（曉紐尤韻），與郭璞音「許州反」、《釋文》陸德明音「盧求反」同。

93. 2-67 隱，占也。　　郭注：隱度。

占，自隱度之也。〔注〕

案：原本《玉篇》卷十八卜部「占」字注引「《尒雅》：『隱，占也』，郭璞曰：『隱度之也。』」今本郭注脫「之也」二字；《文選》卷三十七曹植〈求自試表〉：「欲得長纓占其王」，李善注引「《爾雅》曰：『占，隱也』，郭璞曰：『隱度之。』」所引亦有「之」字。又《史記·平準書》：「各以其物自占」，司馬貞《索隱》引郭璞云：「占，自隱度也。」按《索隱》所引，應即郭璞《爾雅注》本條注語。〔註152〕今據各書所引輯爲本條。

王本失輯一「之」字。其餘各本均未輯錄。

94. 2-76 浹，徹也。

浹，音接。

案：本條佚文輯自陸德明《經典釋文·爾雅音義》。

董、馬、黃、葉本引均同。余、嚴、王本均未輯錄。

郝懿行云：

> 浹者，古無正文，借挾與接爲之。接亦通達之義，故《小爾雅》云：「接，達也」，《廣雅》云：「接，徧也」，周徧亦霑洽之義，此皆以接爲浹也。
> 〔註153〕

是此爲郭璞以音釋義之例。《廣韻》「浹」音「子協切」（精紐怗韻），與《釋文》陸德明音切語全同；郭璞音「接」（精紐葉韻，《廣韻》音「即葉切」），當與「子協」音近同。在三國晉宋北魏時期，葉韻「接」字與怗韻「浹」字同屬葉部。〔註154〕

阮元云：

> 按《爾雅》當本作「挾，徹也」，與上「挾，藏也」同字異訓。《詩·釋

〔註152〕周祖謨云：「《史記·平準書》《索隱》引璞云：『占，自隱度也』，即此注。『隱度』上又有『自』字。」（《爾雅校箋》，頁203。）

〔註153〕郝懿行《爾雅義疏》，《爾雅廣雅方言釋名清疏四種合刊》，頁106下。

〔註154〕周祖謨《魏晉南北朝韻部之演變》，頁651。

文》:「挾,子燮反」,與郭音「接」正合。……凡挾作浹者,皆後人所改。
〔註 155〕

又鄭珍云:

> 按古本作「挾」。《詩・大明》:「使不挾四方」,毛《傳》:「挾,達也。」
> 《周禮》「挾日」注「從甲至甲謂之挾日」是也。挾與帀義同音近。《荀子・
> 禮論》篇:「方皇周挾」,〈儒效〉篇:「盡善挾洽之謂神」,楊倞並云:「挾
> 讀爲浹,帀也。」楊注每擬古本從俗字,非注古書家法。《周禮釋文》云:
> 「挾,字又作浹」,及《左傳》「浹辰」、〈楚語〉「浹日」,亦皆俗改本。〈衡
> 方碑〉有「浹」,知漢時別製。〔註 156〕

阮、鄭二氏均以爲「浹」字係經後人俗改,其說恐非。《說文》手部:「挾,俾持也。」
段玉裁云:

> 俾持,謂俾夾而持之也。亦部「夾」下曰:「盜竊褱物也,俗謂蔽人俾夾。」
> 然則俾持正謂藏匿之持,如今人言懷挾也。《孟子》「挾貴」、「挾賢」、「挾
> 長」、「挾有勳勞」、「挾故」,此皆本義之引申,音胡頰切。若《詩》《禮》
> 之「挾矢」、《周禮》之「挾日」,音皆子協反。挾日干本作帀日,《左傳》
> 作浹,謂十日徧也。《禮注》:「方持弦矢曰挾」,謂矢與弦成十字形也,皆
> 自其交會處言之。古文《禮》「挾」皆作「接」,然則「接矢」爲本字,「挾
> 矢」爲叚借字與。〔註 157〕

「挾」之本義爲「俾持」,與霑徹帀徧之義無涉,可知「挾」爲假借字,「浹」爲後
出本字。郝懿行以爲「浹」字「古無正文,借挾與接爲之」,說較得實。《爾雅》以
「徹」釋「浹」,殆無疑義,無煩改字,阮元之說稍嫌迂曲。

95. 2-79 琛,寶也。

琛,舒金反。

案:本條佚文輯自陸德明《經典釋文・爾雅音義》。《集韻》侵韻「琛」音「式
針切」,釋云:「《爾雅》『寶也』郭璞讀。」「式針」與「舒金」音同。

董、馬、黃、葉本引均同。余、嚴、王本均未輯錄。

《廣韻》「琛」音「丑林切」(徹紐侵韻),與《釋文》陸德明音「勑金反」同。
郭璞音「舒金反」(審紐侵韻),即從聲母讀。「琛」從突聲,《說文》穴部:「突,深

〔註 155〕阮元《爾雅挍勘記》,《皇清經解》,卷 1032,頁 9 下。
〔註 156〕鄭珍《說文新附攷》,卷 5,頁 16。
〔註 157〕段玉裁《說文解字注》,第 12 篇上,頁 28 上。

—74—

也」，段玉裁云：「此以今字釋古字也。突、深古今字。」〔註 158〕按《廣韻》「深」音「式針切」，與郭璞此音全同。

96. 2-83 紞，飾也。

紞，方寐反。

案：本條佚文輯自陸德明《經典釋文・爾雅音義》。

董、馬、黃、葉本引均同。余、嚴、王本均未輯錄。

《廣韻》「紞」字凡三見：一音「符支切」（奉紐支韻），一音「匹夷切」（滂紐脂韻），一音「昌里切」（穿紐止韻）。郭璞音「方寐反」（非紐至韻），與「匹夷」聲紐略異，聲調不同（脂至二韻平去相承）。〔註 159〕《集韻》至韻「紞」音「必至切」（幫紐至韻），應即本郭璞此音。

97. 2-100 氂，罽也。　郭注：毛氂所以為罽。

氂，音貍。

案：孔穎達《毛詩・大雅・韓奕・正義》引「〈釋言〉云：『氂，罽也』，郭璞云：『氂，音貍。』」今本郭注無音。

嚴、黃、葉、王本引均同；嚴、王本並將此音輯入今本郭注「毛氂所以爲罽」句下，惟此音究屬郭璞《音義》或《注》之佚文，實難遽定，今暫存疑。葉本出處標注誤作「《詩・大車・正義》」。余、董、馬本均未輯錄。

《廣韻》之韻「氂」、「貍」二字同音「里之切」（來紐之韻）。

98. 2-101 烘，燎也。

烘，巨凶反。

案：本條佚文輯自陸德明《經典釋文・爾雅音義》。

董、馬、黃、葉本引均同。余、嚴、王本均未輯錄。

《廣韻》「烘」字凡四見：一音「戶公切」（匣紐東韻），一音「呼東切」（曉紐東韻），一音「胡貢切」（匣紐送韻），一音「呼貢切」（曉紐送韻）。郭璞音「巨凶反」（群紐鍾韻），當係「戶公」、「呼東」一音之轉。〔註 160〕《集韻》鍾韻「烘」音「渠

〔註 158〕段玉裁《說文解字注》，第 7 篇下，頁 18 下。

〔註 159〕魏晉時期，輕唇音「非」尚未從重唇音「幫」分化出來，郭璞以「方」爲反切上字，實與幫紐無別。參見 1-82「覭髳，茀離也」條案語注引周祖謨語。

〔註 160〕群曉匣三紐互通，參見 2-32「矔，脈，瘠也」條案語注引李新魁語。又三國晉時期，東韻的「公」、「東」等字與鍾韻的「凶」字同屬東部，參見周祖謨《魏晉南北朝韻部之演變》，頁 271；丁邦新《魏晉音韻研究》，頁 117。據此可知《廣韻》「戶公」、「呼東」二切，在魏晉以前應與「巨凶反」近同。

容切」，當即本郭璞此音。

99. 2-101 煤，烓也。

烓，音恚。

案：本條佚文輯自陸德明《經典釋文・爾雅音義》。

董、馬、黃、葉本引均同。余、嚴、王本均未輯錄。

《廣韻》「烓」字凡二見：一音「烏攜切」（影紐齊韻），一音「口迴切」（溪紐迴韻）。郭璞音「恚」（影紐寘韻），疑是「烏攜」一音之轉。《廣韻》「恚」音「於避切」，魏晉時期「攜」、「避」二字同屬支部，惟平去聲調不同。〔註161〕《集韻》寘韻「恚」、「烓」同音「於避切」，當即本郭璞此音。

100. 2-111 舫，泭也。

泭，音孚。

案：本條佚文輯自陸德明《經典釋文・爾雅音義》。

董本引同。馬、黃本「孚」下並有「字或作泭，同」五字。余、嚴、葉、王本均未輯錄。《釋文》出「泭也」，注云：「郭音孚，字或作泭，同。樊本作柎，沈音附。」「字或作泭同」五字應為陸德明校語，非郭璞佚文。

《廣韻》「泭」字凡二見：一音「防無切」（奉紐虞韻），一音「芳無切」（敷紐虞韻）。郭璞音「孚」，與「芳無」音同。《廣韻》在「泭」字「防無」一音下亦注云「本音孚」。沈旋音「附」（奉紐遇韻，《廣韻》音「符遇切」），與「防無」聲調不同（虞遇二韻平去相承）。

101. 2-111 舫，泭也。　　郭注：水中篳筏。

木曰篳，竹曰筏，小筏曰泭。〔音〕

案：陸德明《經典釋文・毛詩音義・周南・漢廣》出「泭」，注引「孫炎注《爾雅》云：『方，木置水為柎栰也。』郭璞云：『水中篳筏也。』又云：『木曰篳，竹曰筏，小筏曰泭。』」陸氏引郭注之下有「又云」二字，可知本條當為郭璞《音義》佚文。

黃、王本引並同。嚴、王本並輯入今本郭注之下，嚴本「泭」下尚有「篳音皮佳反，泭筏同音伐」十字，《釋文》原作「篳音皮佳反，栰筏同音伐」，「栰」字見於陸氏前引孫炎注，郭璞注語未見，是此語應為陸德明語，嚴氏誤輯。余、董、馬本均未輯錄。

〔註161〕丁邦新《魏晉音韻研究》，頁90。

「簰」，嚴本及邵晉涵《正義》引郭璞語均作「簿」。按「簰」、「簿」同，字亦作「箄」。《廣雅‧釋水》：「簰，筏也」，王念孫云：

> 《方言》：「泭謂之簰，簰謂之筏。筏，秦晉之通語也。」《眾經音義》卷三云：「筏，……編竹木浮於河以運物也。南土名簰，北人名筏。」字又作栰。……箄、簰、簿並同。〔註162〕

葉本譌作「簰」。

102. 2-112 洵，均也。洵，龕也。

洵，音巡。

案：本條佚文輯自陸德明《經典釋文‧爾雅音義》。

董、馬、黃、葉本引均同。余、嚴、王本均未輯錄。

郝懿行云：

> 洵者，旬之叚借也。《說文》云：「旬，徧也」，徧即均，故又云：「均，平徧也。」〔註163〕

《廣韻》「洵」字凡二見：一音「相倫切」（心紐諄韻），一音「詳遵切」（邪紐諄韻）。郭璞音「巡」，與「旬」並與「詳遵」音同；謝嶠音「荀」，與「相倫」音同。

103. 2-113 逮，遝也。　郭注：今荊楚人皆云遝。音沓。

遝，徒荅反。

案：本條佚文輯自陸德明《經典釋文‧爾雅音義》引孫、郭。

董、馬、黃本引均同。葉本「荅」作「答」。余、嚴、王本均未輯錄。

《釋文》出「遝」，注云：「孫、郭徒荅反。」又出「沓」，注云：「與上同，亦徒荅反。」盧文弨云：

> 嘉靖閒吳元恭翻刻宋板郭注單行本，「今荊楚人皆云遝」下有「音沓」二字，陸氏故有此一音，注疏本無之，遂併刪《釋文》。〔註164〕

據《釋文》可知郭注原有「音沓」二字，今所見宋本《爾雅》郭注亦有「音沓」二字。《廣韻》合韻「遝」、「沓」同音「徒合切」，與「徒荅」音同。

104. 2-115 畫，形也。　郭注：畫者為形象。

〔註162〕王念孫《廣雅疏證》，《爾雅廣雅方言釋名清疏四種合刊》，頁643上。
〔註163〕郝懿行《爾雅義疏》，《爾雅廣雅方言釋名清疏四種合刊》，頁114上。
〔註164〕盧文弨《經典釋文攷證‧爾雅音義上攷證》，頁4上。郝懿行云：「《釋文》云：『遝，孫、郭徒荅反』，又云：『沓，與上同，亦徒荅反。』今按宋雪窗本及明吳元恭本郭注『遝』下俱有『音沓』二字，今本則無，據《釋文》則唐以前本有之，今補。」（《爾雅義疏》，《爾雅廣雅方言釋名清疏四種合刊》，頁114上。）與盧氏說同。

圖畫者，所以爲形象也。〔注〕

案：慧琳《一切經音義》卷四〈大般若波羅蜜多經第三百八十一卷〉「綺畫」注引「《爾雅》：『畫，形象也』，郭璞曰：『圖畫者，所以作形象也。』」今本郭注脫「圖所以也」四字，據補。王樹枏云：

> 慧琳所引經文「象」字涉注文而衍。今本刪「圖所以也」四字，據補。

〔註 165〕

105. 2-119 偰，聲也。

偰，音與稷契同。

案：本條佚文輯自陸德明《經典釋文・爾雅音義》。

董、黃本引並同。馬本脫「稷」字。余、嚴、葉、王本均未輯錄。

《廣韻》「偰」字凡二見：一音「息七切」（心紐質韻），一音「先結切」（心紐屑韻）。《釋文》陸德明音「屑」，與「先結」音同；施乾音「私秩反」，與「息七」音同。郭璞音「契」，聲紐爲舌根塞音，〔註 166〕與「偰」字聲紐爲舌尖擦音相隔絕遠。〔註 167〕疑郭璞此語當作「稷雪」。《說文》雨部：「霰，稷雪也。」段玉裁云：

> 謂雪之如稷者，……俗謂米雪，或謂粒雪，皆是也。〔註 168〕

古人「稷雪」、「稷契」二詞均常連用，或係書者一時不察，遂致此誤。《廣韻》「雪」音「相絕切」（心紐薛韻），與「屑」字聲近同。〔註 169〕

106. 2-140 苞，積也。

積，振、真二音。

案：本條佚文輯自陸德明《經典釋文・爾雅音義》。

董、馬、黃、葉本引均同。余、嚴、王本均未輯錄。

《廣韻》「積」字凡二見：一音「側鄰切」（莊紐眞韻），一音「章忍切」（照紐軫韻）。郭璞音「振」（照紐震韻，《廣韻》音「章刃切」），與「章忍」聲調不同（軫震二韻上去相承）；又音「眞」與「側鄰」音同。謝嶠音「之忍反」，與「章忍」音同。

〔註 165〕 王樹枏《爾雅郭注佚存補訂》，卷 3，頁 22 下。

〔註 166〕 《廣韻》「契」字凡三見：一音「苦計切」（霽韻），一音「去訖切」（迄韻），一音「苦結切」（屑韻），其聲紐均屬溪紐。

〔註 167〕 郝懿行云：「郭讀音契，則聲轉矣。」（《爾雅義疏》，《爾雅廣雅方言釋名清疏四種合刊》，頁 115 上。）

〔註 168〕 段玉裁《說文解字注》，第 11 篇下，頁 11 上。

〔註 169〕 「雪」、「屑」二字聲紐同屬心紐；又《廣韻》薛韻與屑韻在三國晉時期同屬屑部，參見周祖謨《魏晉南北朝韻部之演變》，頁 31。

107. 2-160 跋，躐也。

跋，音貝，又補葛反。

案：本條佚文輯自陸德明《經典釋文・爾雅音義》。

馬、黃本引並同。董、葉本並未輯又音。余、嚴、王本均未輯錄。

郭音「貝」，是讀「跋」爲「跟」。《說文》足部：「跟，步行獵跋也。」〔註170〕
是《爾雅》此訓應以「跟」爲正字，「跋」爲借字。臧琳云：

> 郭氏跋音貝，是明知跋爲跟之假借矣。〔註171〕

郝懿行從其說，云：

> 跋者，跟之叚音也。《說文》云：「跟，步行獵跋也。」獵即躐，跋即跟也。……
> 《爾雅》跋當讀爲跟，《釋文》「跋，蒲末反」，非也。又云「郭音貝」，是
> 郭正讀跋爲跟。〔註172〕

說皆可從。《廣韻》「貝」、「跟」二字同音「博蓋切」（幫紐泰韻）。

《廣韻》「跋」音「蒲撥切」（並紐末韻），與《釋文》陸德明音「蒲末反」同。
郭璞又音「補葛反」（幫紐曷韻），與「蒲撥」聲紐略異，韻亦近同。三國兩晉時期
曷末二韻同屬曷部。〔註173〕

108. 2-160 疐，跲也。

跲，其業反，又居業反，又音甲。

案：本條佚文輯自陸德明《經典釋文・爾雅音義》。《釋文》出「跲」，注云：「其
業反，又居業反，郭又音甲。」是「其業」、「居業」二音亦爲郭璞所注。

馬本引同。董、黃、葉本均未輯錄「其業」、「居業」二音。余、嚴、王本均未
輯錄。

《廣韻》「跲」字凡三見：一音「古洽切」（見紐洽韻），一音「居怯切」（見紐
業韻），一音「巨業切」（群紐業韻）。郭璞音「其業」與「巨業」同；「居業」與「居
怯」同；又音「甲」（見紐狎韻），與「古洽」音當近同。魏晉宋時期，洽狎業等韻
同屬葉部。〔註174〕

〔註170〕王筠云：「恐此注當作『步行獵跟也』。……若以一跟字而當獵跋二字之訓，似不甚合，
抑所謂長言短言者邪？」（《說文釋例》，卷15，頁25上。）
〔註171〕臧琳《經義雜記・狼跋載躓》，《皇清經解》，卷204，頁21下。
〔註172〕郝懿行《爾雅義疏》，《爾雅廣雅方言釋名清疏四種合刊》，頁119下～120上。葉蕙心
云：「跋者跟之假音，故郭音貝是也。」（《爾雅古注斠》，卷上，頁28上。）說與臧、
郝二氏同。
〔註173〕參見周祖謨《魏晉南北朝韻部之演變》，頁31～32。
〔註174〕參見周祖謨《魏晉南北朝韻部之演變》，頁32。

109. 2-168 窔，闇也。　　郭注：窈窔閒隙。

窔，徒了反。

案：本條佚文輯自陸德明《經典釋文·爾雅音義》。

董、馬、黃、葉本引均同。余、嚴、王本均未輯錄。

《廣韻》「窔」音「徒了切」（定紐篠韻），與郭璞音切語全同。

又案：王樹枏云：

　　慧琳〈集沙門不拜俗議四卷〉《音義》引郭注《爾雅》：「窈，幽靜也。」

　　今經無窈字，疑此上經注俱有脫文。〔註175〕

按《方言》卷二：「美心爲窈」，郭璞注：「言幽靜也。」又慧琳《音義》卷二十八〈大方等頂王經〉「窈冥」注引郭注《方言》：「窈，幽靜也。」是慧琳所引應爲郭注《方言》之誤，〔註176〕王說恐非。

110. 2-171 檢，同也。

檢，居儉反。

案：本條佚文輯自陸德明《經典釋文·爾雅音義》引李、郭。

董、馬、黃、葉本引均同。余、嚴、王本均未輯錄。

《廣韻》「檢」音「居奄切」（見紐琰韻），與郭璞此音同。

111. 2-174 獘，踣也。

獘，步計反。

案：本條佚文輯自陸德明《經典釋文·爾雅音義》。《釋文》出「獘」，注云：「字亦作弊，又作斃，婢世反，又婢設反。郭步計反。」盧文弨改「獘」作「獘」，云：

　　獘下從犬，舊從大，譌，今改正。邢本作斃，近遂互易《釋文》。〔註177〕

《說文》無「斃」字，犬部云：「獘，頓仆也。从犬、敝聲。」段玉裁注云：

　　人部曰仆者頓也，謂前覆也。人前仆若頓首然，故曰頓仆。〔註178〕

是字應從犬作「獘」，盧說可從。又據《釋文》可知陸氏所見郭本字作「獘」。郝懿行《義疏》作「弊」，阮元云：

　　案從「大」與從「廾」一也，後人訓死者改爲「斃」。〔註179〕

〔註175〕王樹枏《爾雅郭注佚存補訂》，卷4，頁6上。所引慧琳《音義》見卷八十八。

〔註176〕慧琳《音義》卷一百〈肇論下卷〉「窈冥」注引郭注《毛詩》云：「窈，幽靜也。」是此語或亦郭璞《毛詩拾遺》佚文。

〔註177〕盧文弨《經典釋文攷證·爾雅音義上攷證》，頁4下。

〔註178〕段玉裁《說文解字注》，第10篇上，頁32下。

〔註179〕阮元《爾雅挍勘記》，《皇清經解》，卷1032，頁18下。

其說亦誤。嚴元照云：

> 俗人不知獘當从犬，故亦變而為卄也。獘即獘之或體。〔註180〕

董、馬、黃本「獘」仍從今本《爾雅》作「獘」。余、嚴、葉、王本均未輯錄。

《廣韻》「獘」亦譌作「獘」，音「毗祭切」（並紐祭韻），與《釋文》陸德明音「婢世反」同。郭璞音「步計反」（並紐霽韻），當與「婢世」音近同。〔註181〕

112. 2-178 陪，闇也。　　郭注：陪然冥貌。

陪陪然冥皃也。〔注〕

案：原本《玉篇》卷二十二阜部「陪」字注引「《尒雅》：『陪，闇也』，郭璞曰：『陪陪然冥皃〔案：應作「皃」。〕也。』」今本郭注脫「陪也」二字，據補。又慧琳《一切經音義》卷九十〈高僧傳第十卷〉「壁陪」注引「《尒雅》：『陪，暗也』，郭璞云：『陪然冥闇也。』」所引郭注與《玉篇》及今本稍異。

113. 2-179 豺，膠也。

豺，音馹。

案：本條佚文輯自陸德明《經典釋文·爾雅音義》。

董、馬、黃、葉本引均同。余、嚴、王本均未輯錄。

《廣韻》「豺」音「尼質切」（娘紐質韻），與《釋文》陸德明音「女乙反」同。郭璞音「馹」（日紐質韻），與「女乙」聲紐略異。《說文》黍部：「䵑，黏也。從黍、日聲。《春秋傳》曰：『不義不䵑。』豺，䵑或從刃。」據《說文》則「豺」為「䵑」之重文，「䵑」從日聲，《廣韻》「日」音「人質切」，正與「馹」字音同。〔註182〕

114. 2-183 闍，臺也。

闍，音都。

案：本條佚文輯自陸德明《經典釋文·毛詩音義·鄭風·出其東門》「闍」下引鄭、郭。

馬、黃本引並同，惟黃奭輯入〈釋宮〉「闍謂之臺」條下。余、嚴、董、葉、王本均未輯錄。

〔註180〕嚴元照《爾雅匡名》，卷2，《皇清經解續編》，卷497，頁20下。

〔註181〕屬霽韻的「計」字與屬祭韻的「獘」、「祭」、「世」等字，在晉宋北魏時期同屬祭部。參見周祖謨《魏晉南北朝韻部之演變》，頁146。

〔註182〕章太炎云：「古音有舌頭泥紐，其後支別，則舌上有娘紐，半舌半齒有日紐，于古皆泥紐也。……黍從日聲，《說文》引《傳》『不義不䵑』，《考工記·弓人》杜子春注引《傳》『不義不昵』，是日昵音同也。〔原注：昵今音尼質切，為娘紐字，古尼昵皆音泥。〕」（〈古音娘日二紐歸泥說〉，《國故論衡》上，頁29。）

《廣韻》「闍」字凡二見：一音「當孤切」（端紐模韻），一音「視遮切」（禪紐麻韻）。郭璞音「都」，與《釋文》陸德明音「丁胡反」並與「當孤」同。

115. 2-186 展，適也。　郭注：得自申展皆適意。

得自申展**者**皆適意**也**。〔注〕

案：本條佚文輯自邢昺《爾雅疏》引郭云。今本郭注脫「者也」二字，據補。

各輯本僅王本輯錄。

116. 2-191 濬，幽，深也。　郭注：濬亦深也。

浚亦**所以**深**之**也。〔注〕

案：本條佚文輯自原本《玉篇》卷十九水部「浚」字注引郭璞曰。今本郭注脫「所以之」三字，據補。

各輯本僅王本輯錄，惟王本「浚」仍作「濬」。

慧琳《一切經音義》卷八十三〈大唐三藏玄奘法師本傳卷第八〉「浚壑」注引郭注《尒雅》：「浚上所以深之也。」（「上」疑爲「亦」字之誤。）又《音義》卷十九〈大方廣十輪經第一卷〉「浚流」注引郭注《爾雅》云：「浚，深也。」是顧野王、慧琳所見郭注《爾雅》此訓字皆作「浚」。〔註183〕按《說文》谷部：「睿，深通川也。……濬，古文睿」，段玉裁云：

從水從睿。睿，古文叡也。叡，深明也，通也。〔註184〕

又水部：「浚，抒也」，段玉裁云：

抒者挹也，取諸水中也。《春秋經》「浚洙」，《孟子》「使浚井」，《左傳》「浚我以生」，義皆同。浚之則深，故《小弁・傳》曰：「浚，深也。」〔註185〕

又《廣韻》「濬」、「浚」二字同音「私閏切」（心紐稕韻），是「濬」、「浚」二字音同義通。《正字通》水部：「濬，通作浚。」王力云：

說文：「睿，深通川也。」通常寫作「濬」。爾雅釋言：「濬，深也。」……按，在深的意義上，「浚、濬」實同一詞。〔註186〕

今從《玉篇》所引作「浚」。

117. 2-194 皇，匡，正也。　郭注：《詩》曰：「四國是皇。」

〔註183〕周祖謨云：「『浚』與『濬』爲一詞，顧野王所據《爾雅》郭本蓋作『浚』。」（《爾雅校箋》，頁210～211。）

〔註184〕段玉裁《說文解字注》，第11篇下，頁7下。

〔註185〕同前注，第11篇上二，頁32上。

〔註186〕王力《同源字典》，頁613。

皇皇，自脩正貌。〔注〕

案：本條佚文輯自《荀子‧大略》「言語之美，穆穆皇皇」句楊倞注引郭璞云。
楊注云：

> 《爾雅》曰：「穆穆，敬也。」「皇皇，正也。」郭璞云：「皇皇，自脩正
> 貌。」「穆穆，容儀謹敬也。」皆由言語之美，所以威儀脩飾。〔註187〕

「容儀謹敬」句，見〈釋訓〉「穆穆，肅肅，敬也」條郭注，今本作「皆容儀謹敬」；
「自脩正貌」句今本郭注未見，應即本條郭注佚文。邵晉涵云：

> 案〈釋訓〉云：「穆穆，敬也」，郭註云：「皆容儀謹敬」，是楊倞所据也。
>
> 〈釋言〉云：「皇，正也」，楊倞引作「皇皇」，今本郭註無「皇皇自脩正
> 貌」六字，未知楊倞所据何本。〔註188〕

118. 2-197 **愧，慙也。**

心愧曰惡。

案：慧琳《一切經音義》卷八十四〈集古今佛道論衡第一卷〉「愧惡」注引郭注
《尒雅》云：「心愧曰惡。」又同卷〈集古今佛道論衡第四卷〉「既惡」注引郭注《爾
雅》云：「心慙爲惡。」王樹枬云：

> 《釋文》引《小爾雅》「心慙曰惡」，《方言注》引《小爾雅》「心愧爲惡」。
>
> 慧琳所引當是此下注文，今以引與《方言注》同者補訂。〔註189〕

今從其說輯爲本條。惟此語究屬郭璞《音義》或《注》之佚文，實難遽定，今暫存
疑。今本《爾雅》此訓無注。

119. 2-201 **詯，訟也。**　　郭注：言詯讟。

言爭訟也。〔音？〕

案：本條佚文輯自原本《玉篇》卷九言部「詯」字注引郭璞曰。今本郭注作「言
詯讟」（郝懿行《義疏》作「言訟讟」），與《玉篇》所引此文義近同，注中毋須重言，
疑本條爲郭璞《音義》佚文。

王本僅據《玉篇》所引，在今本郭注下補一「也」字。其餘各本均未輯錄。

120. 2-204 **逡，退也。**　　郭注：《外傳》曰：「已復於事而逡。」

逡巡，却去也。〔注〕

〔註187〕王先謙《荀子集解》，頁 494。
〔註188〕邵晉涵《爾雅正義》，《皇清經解》，卷 504，頁 29 下，〈釋詁〉「晊晊，皇皇，……美也」
　　　　條。
〔註189〕王樹枬《爾雅郭注佚存補訂》，卷 4，頁 10 上。

案：本條佚文輯自《文選》卷一班固〈東都賦〉「逡巡降階」李善注引郭璞《爾雅注》曰。玄應《一切經音義》卷九〈大智度論第十七卷〉「逡巡」注引「《爾雅》：『逡，退也』，郭璞曰：『逡巡，却退也。』」文字略異。

嚴、黃本引並同李善《文選注》。王本「却去」作「卻退」。余、董、馬、葉本均未輯錄。嚴、王本及邵晉涵《正義》（據李善《文選注》引）均將本條佚文輯入今本郭注之上。

121. 2-210 恫，痛也。

呻恫音通，亦音恫。字或作侗。〔音〕

案：本條佚文輯自顏師古《匡謬正俗》卷六。顏氏原文作「《爾雅》云：『恫，痛也』，郭景純音『呻恫音通，亦音恫。字或作侗。』」劉曉東云：

> 師古引郭景純《爾雅音》之文，疑有訛誤，當作『呻恫音通。亦音恫，字或作侗』。《爾雅》無『恫』字，景純必不爲此字作音，一也。《山海經‧東山經》有獸名曰『狪狪』，今本郭注云『音如吟恫之恫』，郝懿行箋疏云：『疑吟當爲呻字之訛。』郝說是也。彼注訛『呻』爲『吟』，此書訛『恫』爲『恫』，彼此互校，知景純本作『呻恫』，二也。此文後復云『郭景純既有呻恫之音』，可知此處必爲『呻恫』作音，不爲『呻恫』，三也。按『恫』之爲痛義，自以音『通』爲正。……《廣韻‧東》『恫』訓『痛也』，音『他紅切』。《集韻‧東》『恫』引《說文》『痛也』，一曰『呻吟』，作『他東切』，明是正讀。關中俗謂之『呻恫』音『同』者，則作『徒紅切』（『同』、『恫』、『侗』音同），紐切有清濁之異，故師古以爲鄙俗言失耳。〔註190〕

今從其說改正。黃本及郝懿行《義疏》所引並與《匡謬正俗》同。葉本「恫」作「恫」。余、嚴、董、馬、王本均未輯錄。邵晉涵引《匡繆正俗》云：「郭景純音呻恫。」〔註191〕

《廣韻》「恫」字凡二見：一音「他紅切」（透紐東韻），一音「徒弄切」（定紐送韻）。郭璞音「通」，與「他紅」音同；亦音「恫」（定紐東韻，《廣韻》音「徒紅切」），與「他紅」聲紐略異。

122. 2-216 燬，火也。

燬，音貨。

〔註190〕劉曉東《匡謬正俗平議》，頁 174～175。
〔註191〕邵晉涵《爾雅正義》，《皇清經解》，卷 506，頁 25 上。

案：本條佚文輯自陸德明《經典釋文・毛詩音義・周南・汝墳》「如燬」注引郭璞又音。

馬本引同。黃本「貨」誤作「賀」。余、嚴、董、葉、王本均未輯錄。

《廣韻》「燬」音「許委切」（曉紐紙韻），與《釋文》陸德明音「毀」同。郭璞音「貨」（曉紐過韻，《廣韻》音「呼臥切」），當係「火」音稍變。《廣韻》「火」音「呼果切」（曉紐果韻），果過二韻上去相承。郝懿行云：

> 火者，古讀如喜。……又讀如毀，《說文》燬火互訓，明其聲同。《釋名》云：「火，化也，消化物也；亦言毀也，物入中皆毀壞也。」《詩》「七月流火」與「八月萑葦」韵，是皆火讀如毀之證，二讀實一聲之轉也。今音又轉爲呼果切，故《詩・汝墳・釋文》引郭璞燬又音貨，是今音矣。《詩正義》引李巡云：「燬一名火」，《爾雅釋文》引作「燬一音火」。孫炎云：「方言有輕重，故謂火爲燬。」此皆以音讀爲訓，於義亦通。〔註192〕

123. 2-218 遇，偶也。　郭注：偶爾相值遇。

案：《文選》卷三十八任昉〈爲齊明帝讓宣城郡公第一表〉「偶識量己」句，李善注引「《爾雅》曰：『偶，遇也』，郭璞曰：『偶爾值也。』」又卷四十三嵇康〈與山巨源絕交書〉「偶與足下相知耳」句，李善注引「《爾雅》曰：『偶，遇也』，郭璞曰：『偶，值也。』」玄應《一切經音義》卷二〈大般涅槃經第二卷〉「偶成」注引「《爾雅》：『偶，遇也』，郭璞：『偶爾相值者矣。』」又卷九〈大智度論第二卷〉「偶得」注引「《爾雅》云：『偶，遇也』，郭璞曰：『偶爾相值也。』」慧琳《一切經音義》卷二十五〈大般涅槃經卷第二〉「偶成於字」注引《爾雅》：「合也、遇也。」又卷四十二〈大方廣如來藏經〉「偶然」注引「《尒雅》云：『偶，遇也』，郭注云：『偶，直也。』」李善、玄應、慧琳所引《爾雅》均作「偶，遇也」，且俱引郭注，可知郭璞本《爾雅》當作「偶，遇也」。黃侃云：

> 遇、偶同字，作「偶遇」者，是以正釋叚。〔註193〕

郝懿行、阮元、葉蕙心等均以爲《爾雅》古本作「偶，遇」，〔註194〕惟未明言郭璞本如此作；王樹柟《爾雅郭注佚存補訂》則將今本《爾雅》乙正，云：

〔註192〕郝懿行《爾雅義疏》，《爾雅廣雅方言釋名清疏四種合刊》，頁127上。

〔註193〕黃侃《爾雅音訓》，頁91。

〔註194〕郝懿行云：「《爾雅》古本或作『偶遇』，但『偶遇』『遇偶』二義俱通。遇偶俱从禺聲，古音在侯部，是二字聲義同。」（《爾雅義疏》，《爾雅廣雅方言釋名清疏四種合刊》，頁127下。）阮元云：「據此知唐以前《爾雅》作『偶，遇也』，郭注作『偶爾相值』，『值』即釋經之『遇』。今本經又誤倒。」（《爾雅挍勘記》，《皇清經解》，卷1032，頁22。）葉蕙心云：「然則《爾雅》古本作『偶遇』也。」（《爾雅古注斟》，卷上，頁30上。）

據唐人所引，則今本「遇偶」二字誤倒。〔註195〕

惟王樹枏《爾雅說詩》又以唐人所引爲誤倒，云：

> 《詩・鄭風・野有蔓草》：「邂逅相遇」，毛《傳》云：「邂逅，不期而會。」不期而會即偶也。〈小雅・巧言〉：「遇犬獲之」，「遇」亦偶爾相遇也。〈王風・中谷有蓷〉：「遇人之艱難矣」，此「遇」字應釋爲配偶之偶，《疏》謂人指其夫。《文選・讓宣城郡公表》、〈與山巨源絕交書〉注並引《爾雅》作「偶，遇也」，《一切經音義》卷二、卷九亦引作「偶，遇也」，《釋名》云：「耦，遇也」，耦與偶通。蓋誤倒。《爾雅》釋《詩》之「遇」，非釋「偶」也。〔註196〕

陸錦燧亦云：

> 《雅》訓所以釋《詩》，以「邂逅相遇」句證之，知《爾雅》無作「偶，遇也」者。李善、元應所引，未知其果據何本也。〔註197〕

其實《爾雅》並非專爲釋《詩》而作，〔註198〕王、陸二氏拘於以《雅》訓釋《詩》，遂有不知李善、玄應所據何本之疑。

124. 2-230 遞，迭也。　　郭注：更迭。

迭音徒結反。

案：玄應《一切經音義》卷一〈大方廣佛華嚴經第十四卷〉「遞相」注引「《爾雅》：『遞，迭也』，謂更易也。迭音徒結反。」〔註199〕《文選》卷八司馬相如〈上林賦〉「金鼓迭起」句，李善注引郭璞曰：「遞，迭也，徒結切。」「徒結」一音疑爲郭璞所注，今據玄應所引輯錄。

〔註195〕王樹枏《爾雅郭注佚存補訂》，卷4，頁14上。

〔註196〕王樹枏《爾雅說詩》，卷10，頁9下。

〔註197〕陸錦燧《讀爾雅日記》，頁47上。

〔註198〕《四庫全書總目》云：「其書歐陽修《詩本義》以爲學《詩》者纂集博士解詁，高承《事物紀原》亦以爲大抵解詁詩人之旨，然釋詩者不及十之一，非專爲詩作。揚雄《方言》以爲孔子門徒解釋六藝，王充《論衡》亦以爲五經之訓故，然釋五經者不及十之三四，更非專爲五經作。今觀其文，大抵採諸書訓詁名物之同異以廣見聞，實自爲一書，不附經義。」（《四庫全書總目》，卷40，頁3，〈經部・小學類・爾雅註疏十一卷〉）文中揚雄之言不見《方言》，實出於葛洪《西京雜記》卷上，參見余嘉錫《四庫提要辨證》，頁92～93。

〔註199〕「謂更易也」四字疑爲郭璞注文。玄應《一切經音義》卷十七〈俱舍論第四卷〉「遞爲」注引「《爾雅》：『遞，迭也』，郭璞曰：『遞，更易也。』」慧琳《一切經音義》卷三十一〈大乘入楞伽經卷第一〉「遞相」注引郭注《尒雅》云：「虎〔案：應作「遞」。〕謂更易也。」按玄應、慧琳所引郭注均作「更易」，今本郭注作「更迭」；陸德明《釋文》出「更迭」，與今本同。疑唐時此注已有異文。

王本引同，並輯入郭注之下。〔註200〕其餘各本均未輯錄。

《廣韻》「迭」音「徒結切」（定紐屑韻），與郭璞音切語全同。

125. 2-233 逭，逃也。　郭注：亦見《禮記》。

逭謂更易也。

案：本條佚文輯自慧琳《一切經音義》卷九十七〈廣弘明集卷第十〉「逭服」注引郭注《尒疋》。

王本輯入今本郭注之上，並云：

> 更易與逃義不相屬，郭蓋先釋逭字之義，而後引《禮記》以證逭之爲逃，
> 故加亦字以明逭之有二義也。〔註201〕

其說可從。惟此語究屬郭璞《音義》或《注》之佚文，實難遽定，今暫存疑。

126. 2-234 訊，言也。　郭注：相問訊。

案：原本《玉篇》卷九言部「誶」字注云：「《周禮》：『用情誶之』，鄭玄曰：『誶，告也。』《尒雅》亦云。郭璞曰：『相問誶也。』」周祖謨云：

> 案「相問誶也」即此條注文。據此可知顧氏所據《爾雅》郭注本「訊」亦
> 作「誶」。〔註202〕

其說可信，並疑顧本《爾雅》亦與郭本同作「誶」。唐石經、宋本《爾雅》字皆作「訊」。又參見 1-24「誶，告也」條案語。

127. 2-244 謝，饘也。　郭注：糜也。

饘音之然反。

案：玄應《一切經音義》卷十二〈修行道地經第五卷〉「謝口」注引「《爾雅》云：『謝，饘也』，郭璞曰：『即糜也。饘音之然反。』」玄應引郭注下有「饘音之然反」五字，疑爲郭璞《音義》或《注》之佚文。

王本引同，並輯入郭注之下。〔註203〕其餘各本均未輯錄。

《廣韻》「饘」字凡二見：一音「諸延切」（照紐仙韻），一音「旨善切」（照紐獮韻，仙獮二韻平上相承）。郭璞音「之然反」，與「諸延」音同。

〔註200〕王本又據玄應、慧琳所引，在今本郭注「更迭」之上補「遞謂」二字，下補「也」字。
〔註201〕王樹柟《爾雅郭注佚存補訂》，卷4，頁17上。
〔註202〕周祖謨《爾雅校箋》，頁214。
〔註203〕慧琳《一切經音義》卷九十二〈續高僧傳第六卷〉「謝口」注引「《爾雅》云：『謝，饘也』，郭璞註云：『謝亦糜〔案：應作「糜」。〕也。』」王據玄應、慧琳所引，在今本郭注「糜也」之上補「謝亦」二字。

128. 2-245 啟，跪也。　郭注：小跽。

跪，巨几反。

案：本條佚文輯自陸德明《經典釋文・毛詩音義・小雅・四牡・傳》「啓跪」注引郭。宋本《釋文》「几」誤作「亢」。

黃本引同。其餘各本均未輯錄。

郭讀「巨几反」，是讀「跪」爲「跽」。《說文》足部：「跽，長跪也。」段玉裁云：

> 係於拜曰跪，不係於拜曰跽。……人安坐則形弛，敬則小跪，聳體若加長
> 焉，故曰長跽。〔註204〕

《文選》卷十三謝莊〈月賦〉：「仲宣跪而稱曰」，李善注引《聲類》曰：「跪，跽也。」是「跪」、「跽」二字音義俱近，王力以二字爲同源字，云：

> 「跪」是先跪後拜的禮儀；「跽」或「長跪」表示肅然起敬。〔註205〕

《廣韻》「跪」一音「去委切」（溪紐紙韻），一音「渠委切」（群紐紙韻）。《釋文》陸德明音「求委反」，與「渠委」音同。又《廣韻》「跽」音「暨几切」（群紐旨韻），與郭璞音「巨几反」同。

129. 2-250 靦，姡也。　郭注：面姡然。

姡音戶刮反。

案：希麟《續一切經音義》卷十〈護法沙門法琳別傳卷上〉「靦容」注引「《尔雅》云：『靦，妖〔案：應作「姡」，下同。〕也』，郭云：『面妖然也，妖音戶刮反。』」希麟引郭注下有「姡音戶刮反」五字，疑爲郭璞《音義》或《注》之佚文。

王本引同，並輯入今本郭注之下。其餘各本均未輯錄。

《廣韻》「姡」字凡二見：一音「戶括切」（匣紐末韻），一音「下刮切」（匣紐鎋韻），又末韻「姡」下有又音「刮」（見紐鎋韻）。郭璞音「戶刮反」，與「下刮」音同。周祖謨云：

> 《釋文》云：「姡戶刮反，又戶括反。孫、李云：靦，人面姡然也。」郭
> 注本孫炎、李巡，此注當作「人面姡然也」。〔註206〕

按周氏此說雖頗有理，惜未見版本依據，今暫存疑。

130. 2-253 翿，纛也。　郭注：舞者所以自蔽翳。

〔註204〕段玉裁《說文解字注》，第2篇下，頁25上。段注本《說文》「長跪」作「長跽」。
〔註205〕王力《同源字典》，頁86。
〔註206〕周祖謨《爾雅校箋》，頁215～216。

舞者所**持**以自蔽翳**也**。〔注〕

案：孔穎達《毛詩·王風·君子陽陽·正義》引「〈釋言〉云：『翿，纛也』，李巡曰：『翿，舞者所持纛也。』孫炎曰：『纛，舞者所持羽也。』又云：『纛，翳也』，郭璞云：『所持以自蔽翳也。』」孔氏所引李、孫、郭注均有「持」字，今據補「持也」二字。

王本引同。嚴本及邵晉涵《正義》均僅補一「持」字。余、董、馬、黃、葉本均未輯錄。

孔穎達《毛詩·陳風·宛丘·正義》引郭璞曰：「舞者所以自蔽翳也。」亦無「持」字，可知孔氏之時郭璞注文已有脫誤。

131. 2-255 芼，搴也。

搴，九輦反，又音騫。本又作毛蹇。〔音〕

案：本條佚文輯自陸德明《經典釋文·爾雅音義》。《釋文》出「搴也」，注云：「九輦反，取也，與攓同。郭又音騫，《音義》云：『本又作毛蹇。』」陸氏云「郭又音騫」，是「九輦」一音亦為郭璞所注。

董、黃本並未輯「九輦反又」四字。馬本亦未輯「九輦反」，「搴」下有「與攓同」三字。余、嚴、葉、王本均未輯錄。「與攓同」三字應係陸德明語，非郭璞《音義》佚文，馬氏誤輯。

《廣韻》「搴」音「九輦切」（見紐獮韻），與郭璞音切語全同。郭璞又音「騫」，是讀「搴」為「攓」。《說文》手部：「攓，摳衣也。」桂馥云：

> 摳衣也者，《廣雅》：「攓，摳也。」《淮南·人間訓》：「江之始出於岷山也，可攓裳而越也。」〔註207〕

《廣雅·釋詁》：「摳，搴，舉也」，王念孫云：

> 搴者，《說文》：「攓，摳衣也」，〈鄭風·褰裳〉篇云：「褰裳涉溱」，《莊子·山木》篇云：「褰裳躩步」，並與搴通。

又《廣雅·釋言》：「攓，摳也」，王念孫云：

> 搴與攓同。〔註208〕

是「搴」、「攓」、「褰」、「蹇」諸字俱可通用。《廣韻》「騫」、「攓」同音「去乾切」（溪紐仙韻）；「蹇」、「搴」同音「九輦切」，是以郝懿行云：

> 《釋文》引郭《音義》云：「本又作毛蹇」，俱叚借字耳。〔註209〕

〔註207〕桂馥《說文解字義證》，卷38，頁3上。

〔註208〕王念孫《廣雅疏證》，《爾雅廣雅方言釋名清疏四種合刊》，頁373下、509上。

〔註209〕郝懿行《爾雅義疏》，《爾雅廣雅方言釋名清疏四種合刊》，頁132下。

132. 2-262 般，還也。

般，音班，《左傳》云「役將般矣」是也；一音蒲安反，《周易》云「般
桓」是也。〔音〕

案：本條佚文輯自陸德明《經典釋文‧爾雅音義》。

馬本引同。董本僅輯錄「音班」。黃本「桓」譌作「恒」。余、嚴、葉、王本均
未輯錄。

郝懿行云：

> 般，郭音班，一音蒲安反，俱兼二音是也。〔註210〕

郭璞音「班」，即是讀「般」爲「班」；郭又引《左傳》「役將般矣」釋之，文見《左
氏‧哀公二十四年傳》，阮刻本「般」作「班」。鄭樵《爾雅注》云：

> 亦作班，班師則其義也。

按「般」、「班」二字古可通用，文獻之例甚多。《說文》舟部：「般，辟也，象舟之
旋。從舟從殳。殳，令舟旋者也。」又珏部：「班，分瑞玉。從珏刀。」是《爾雅》
此訓，其正字當作「般」，文獻作「班」爲借字。阮元以爲《爾雅》字本作「班」，
云：

> 按此經當本作「班，還也」，與下「班，賦也」爲同字異言之證。注引《左
> 傳》「般馬之聲」，今襄十八年《傳》作「班馬之聲」可證。〔註211〕

其說恐非。董瑞椿云：

> 以《說解》言，則班，分瑞玉，從珏從刀；般，辟也，象舟之旋，從舟從
> 殳，殳，所以旋也。二字之義顯然有別。此經訓「般」爲「還」，明明「般」
> 之正詁。阮氏《校勘記》欲易「般」作「班」，亦百密之一疏也。〔註212〕

黃侃亦云：

> 今案……作「班還」亦無所據。〔註213〕

郭璞一音「蒲安反」，則今字作「磐」，或作「盤」。郭又引《周易》「般桓」釋
之，文見《周易‧屯》初九爻辭，阮刻本作「磐桓」，陸德明《經典釋文‧周易音義》
出「磐」，注云：「本亦作盤，又作槃。」《廣韻》桓韻「磐」、「盤」、「槃」、「般」諸
字同音「薄官切」。阮元以一音蒲安反爲非，〔註214〕顯不可從。黃侃云：

〔註210〕郝懿行《爾雅義疏》，《爾雅廣雅方言釋名清疏四種合刊》，頁133下。
〔註211〕阮元《爾雅校勘記》，《皇清經解》，卷1032，頁26下。
〔註212〕董瑞椿《讀爾雅日記》，頁4上。
〔註213〕黃侃《爾雅音訓》，頁96。
〔註214〕阮元云：「一音蒲安反，非。」（《爾雅校勘記》，《皇清經解》，卷1032，頁26下。）

今案一音亦未可非。〔註215〕

《廣韻》「般」字凡三見：一音「薄官切」（並紐桓韻），一音「北潘切」（幫紐桓韻），一音「布還切」（幫紐刪韻）。郭璞音「班」，與「布還」音同；一音「蒲安反」（並紐寒韻），當與「薄官」音近同。〔註216〕

133. 2-263 班，賦也。　　郭注：謂布與。

謂**班**布與之也。〔注〕

案：玄應《一切經音義》卷十二〈雜寶藏經第二卷〉「而賦」注引「《爾雅》：『賦，班也』，郭璞曰：『謂布與之也。』」慧琳《一切經音義》卷三十四引玄應〈超日明三昧經下卷〉「分賦」注引「《爾雅》：『賦，班也』，郭璞曰：『謂班布與之也。』」今本郭注脫「班之也」三字，據補。

王本引同。其餘各本均未輯錄。

又案：玄應、慧琳所引郭本《爾雅》作「賦，班也」，與今本不同，疑玄應、慧琳所見郭本《爾雅》如是。

134. 2-267 漦，盝也。　　郭注：灕灕出涎沫。

漦，音牛齝，又音丑之反。

案：本條佚文輯自陸德明《經典釋文·爾雅音義》。宋本《釋文》「齝」譌作「齡」；《通志堂經解》本《釋文》「齝」下誤衍「反」字，「又」下無「音」字。

董、葉本「齝」下並有「反」字，且未輯又音。馬、黃本引並同《通志堂經解》本《釋文》，黃本又無上「音」字。余、嚴、王本均未輯錄。

郭璞音「齝」，又音「丑之反」，疑即是讀「漦」為「齝」。《說文》齒部：「齝，吐而噍也。」〈釋獸〉：「牛曰齝」，郭璞注云：「食之已久，復出嚼之」，嚼之則必致涎沫，亦如順流之水，灕灕而下，與《爾雅》此訓郭注「灕灕出涎沫」義正相合。《通志堂經解》本《釋文》「齝」下有「反」字，董、馬、黃、葉本均據以輯錄，恐非。郭璞係以「牛齝」之「齝」釋「漦」，非以「牛齝」切「漦」音。周春云：

> 郭音牛齝，謂讀如牛齝之齝，音笞，徹母。坊本《釋文》添一「翻」字，誤。

〔註217〕

其說可從。

〔註215〕黃侃《爾雅音訓》，頁96。
〔註216〕在晉宋北魏時期，寒韻的「安」字與桓韻的「官」字同屬寒部。參見周祖謨《魏晉南北朝韻部之演變》，頁465。又《廣韻》桓韻「般」（薄官切）下有又音「博干切」（幫紐寒韻），與「蒲安」聲紐略異。
〔註217〕周春《十三經音略》，卷9，頁23下。

《廣韻》「褰」音「俟甾切」（牀紐之韻），與《釋文》陸德明音「仕其反」同。又《廣韻》「齝」一音「書之切」（審紐之韻），一音「丑之切」（徹紐之韻），「丑之」一音已見郭璞又音，是「牛齝」之「齝」當讀「書之切」。

135. 2-269 袞，黻也。　郭注：袞衣有黻文。

袞衣有黻文也，玄衣而畫以龍者也。〔注〕

案：本條佚文輯自玄應《一切經音義》卷二十〈佛所行讚第五卷〉「冠袞」注引郭璞曰。「玄」原避諱作「元」，今逕改。

黃、王本引並同。余、嚴、董、馬、葉本均未輯錄。

《詩‧豳風‧九罭》：「我覯之子，袞衣繡裳」，毛《傳》云：「袞衣，卷龍也。」又〈小雅‧采菽〉：「又何予之，玄袞及黼」，毛《傳》云：「玄袞，卷龍也。」鄭《箋》云：「玄袞，玄衣而畫以卷龍也。」是郭璞此注說本毛、鄭。

136. 2-271 昆，後也。　郭注：謂先後，方俗語。

謂先後也，方俗異言耳。〔注〕

案：本條佚文輯自玄應《一切經音義》卷三〈明度無極經第一卷〉「昆弟」注引郭璞曰。「先」原譌作「兄」，今逕改。

嚴本在今本郭注之下注引本條佚文，「先」字仍作「兄」。王本「言」作「語」，云：「『方俗異語』見前，『言』字係元應隨筆改易之文。」〔註218〕其餘各本均未輯錄。

137. 2-272 彌，終也。　郭注：終，竟也。

彌，極意也。

案：本條佚文輯自慧琳《一切經音義》卷二十二〈新譯大方廣佛花嚴經卷第二十八〉「彌宣正法」注引郭璞注《邇雅》。

王本引同，且輯入今本郭注「終竟也」句之上。其餘各本均未輯錄。

慧琳《音義》同卷〈花嚴經卷第二十五〉「其心彌廣」注引鄭注《邇雅》曰：「彌，極意也，言心極廣大耳也。」董瑞椿據此以爲本條佚文應係鄭玄所注，云：

〈釋言〉有「彌，終也」條，郭注：「終，竟也。」鄭注「彌，極意也」，

蓋正彼條注文。惟鄭已注彌，故郭於彌無注而注終。《廣雅‧釋詁》一：「終，

極也」，終有極義，故釋終之彌亦有極義。〔註219〕

按本條佚文究係慧琳誤記注者，或郭璞承襲鄭玄注，均未可知；且此語若確爲郭璞所注，亦難遽定其爲《音義》或《注》之佚文。今仍輯錄，並存疑之。

〔註218〕王樹柟《爾雅郭注佚存補訂》，卷4，頁23下。
〔註219〕董瑞椿《讀爾雅補記》，頁64下。

〈釋訓〉

138. 3-10 **業業，翹翹，危也。**

業，五莟反。

案：本條佚文輯自陸德明《經典釋文‧爾雅音義》；又《毛詩音義‧大雅‧雲漢》「業業」注引郭音同。

董、馬、黃本引均同。余、嚴、葉、王本均未輯錄。

郭音「五莟反」，疑是讀「業」為「礏」。《玉篇》石部：「礏，礏礏，高也。」《史記‧司馬相如列傳》引〈上林賦〉：「嵯峨礏礏，刻削崢嶸」，司馬貞《索隱》引《埤蒼》云：「礏礏，高貌也。」郝懿行云：

> 《說文》云：「危，在高而懼也。」……業者，〈釋詁〉云「大也」，物高大則近危，故《詩‧雲漢》、〈召旻〉《傳》《箋》並云：「業業，危也。」《長發‧傳》：「業，危也。」《常武‧傳》：「業業然動也。」震動亦危懼之意。翹者，《說文》以為「尾長毛」，又縣也、舉也，皆有高義，故《詩‧鴟鴞‧傳》：「翹翹，危也。」〔註220〕

「礏」亦有高義，引申而有危懼之意，與《爾雅》本條「危也」之訓相合。《廣韻》「礏」音「五合切」（疑紐合韻），與郭璞音「五莟」同。

139. 3-14 **洸洸，赳赳，武也。**　郭注：皆果毅之貌。

赳謂壯健也。

案：本條佚文輯自慧琳《一切經音義》卷八十三〈大唐三藏玄奘法師本傳卷第十〉「赳赳」注引郭注《尒雅》。今本郭注無此語，惟此語究屬郭璞《音義》或《注》之佚文，實難遽定，今暫存疑。

140. 3-20 **委委，佗佗，美也。**　郭注：皆佳麗美豔之貌。

皆佳麗美豔之貌也，亦平易自得也。〔注〕

案：玄應《一切經音義》卷九〈大智度論第九十三卷〉「委佗」注引「《爾雅》：『委委，佗佗，美也』，郭璞曰：『佳〔案：應作「佳」。〕麗美豔之皃也，亦平易自得也。』」今本郭注脫「也」字及「亦平易自得也」句，據補。

王樹枏云：

> 郭既以為貌美，而又以為德美，蓋兼取韓、毛之說，今據補。〔註221〕

其餘各本均未輯錄。

〔註220〕郝懿行《爾雅義疏》，《爾雅廣雅方言釋名清疏四種合刊》，頁136下。
〔註221〕王樹枏《爾雅郭注佚存補訂》，卷5，頁3下。

141. 3-20 委委，佗佗，美也。

案：陸德明《經典釋文・爾雅音義》出「委委」，注云：「於危反。《詩》云『委委佗佗，如山如河』是也。諸儒本並作禕，於宜反。」音「於宜反」則字當作「禕」，〔註 222〕依陸氏之意，是諸本《爾雅》「委委」皆作「禕禕」。慧琳《一切經音義》卷二十一引慧苑〈新譯大方廣佛花嚴經卷第十四〉「猗覺」注引郭璞注《雅》曰：「禕謂佳麗輕美之皃。」是郭璞本《爾雅》作「禕」之證。陸氏當係據《毛詩・鄘風・君子偕老》文改「禕禕」作「委委」。唐石經、宋本《爾雅》亦作「委委」。臧鏞堂云：

> 《說文》引《介疋》云：「禔禔禔禔」，禕即禔之省。《介疋》出于漢世，
> 今文之學也。三家《詩》必作「禕」字。〔註 223〕

嚴元照亦云：

> 委、禕古今字，毛《詩》古文作「委」，三家《詩》今文作「禕」，「禕它」
> 即「委蛇」也。〔註 224〕

142. 3-21 恀恀，惕惕，愛也。

恀，徒啟反。與愷悌音同。

案：本條佚文輯自陸德明《經典釋文・爾雅音義》。宋本《釋文》「悌」作「俤」。黃本引同。董本未輯「與愷悌音同」五字。葉本「恀」誤作「恀」。余、嚴、馬、王本均未輯錄。

郭音「徒啓反」，是讀「恀」爲「悌」，故云「與愷悌音同」。「悌」爲《說文》心部之新附字，釋云：「善兄弟也。」又《玉篇》心部：「悌，孝悌。」均與「愛也」之義相合。郝懿行云：

> 恀者，《説文》云「愛也」，从氏聲。《釋文》云「郭徒啓反，與愷悌音同」，
> 是郭借音兼借義也。又云「顧舍人渠支反」，則與《説文》同。〔註 225〕

按《廣韻》「恀」字凡二見：一音「巨支切」（群紐支韻），一音「是支切」（禪紐支韻）。顧野王音「渠支反」，與「巨支」音同。又《廣韻》薺韻「悌」音「徒禮切」（定紐薺韻），與郭璞音「徒啓反」同。

古書「恀」、「恀」二形常互誤。按《說文》心部：「恀，愛也。從心、氏聲。」

〔註 222〕《説文》衣部：「禕，蔽厀也。从衣、韋聲。《周禮》曰：『王后之服禕衣』，謂畫袍。」《廣韻》微韻「禕」音「許歸切」，釋云：「后祭服也。」又《爾雅・釋詁》：「禕，美也。」《玉篇》示部：「禔，美皃。」《廣韻》支韻「禔」音「於離切」，釋云：「美也，珍也。」是《爾雅》此訓字當作「禔」，作「禕」者當係形近而誤。

〔註 223〕臧鏞堂《爾雅漢注》，頁 36。

〔註 224〕嚴元照《爾雅匡名》，卷 3，《皇清經解續編》，卷 498，頁 2 下～3 上。

〔註 225〕郝懿行《爾雅義疏》，《爾雅廣雅方言釋名清疏四種合刊》，頁 138 上。

《玉篇》心部：「恀，悶也。」兩字意義迥別。《爾雅》此訓「愛也」，則字當作「恀」。唐石經、宋本《爾雅》均作「恀」。吳承仕云：

> 翟顥《爾雅補郭》謂字當從「氏」，訓悶。嚴元照則據《說文》謂字應從
> 「氏」。承仕按：氏屬支部，氐屬脂部，古音有異，而舊籍傳寫每多互譌，
> 作音諸家亦未能明辨也。郭讀從氏聲，故與「愷悌」同音。野王讀從氐聲，
> 故音「渠支反」。〔註226〕

其說可從。

143. 3-23 蓁蓁，孽孽，戴也。　郭注：皆頭戴物。

蓁，側巾反，又子人反。

案：本條佚文輯自陸德明《經典釋文·爾雅音義》。宋本《釋文》「人」譌作「入」。馬、黃本引並同。董本未輯又音。余、嚴、葉、王本均未輯錄。

郭音「子人反」，是讀「蓁」為「𦘔」。《說文》聿部：「𦘔，聿飾也。」郭璞《爾雅注》云：「皆頭戴物。」頭戴物則可為飾。《詩·衛風·碩人》：「庶姜孽孽」，毛《傳》：「孽孽，盛飾」，是「戴也」之訓亦有「盛飾」之義。《廣韻》「𦘔」音「將鄰切」（精紐眞韻），正與「子人」音同。

《廣韻》「蓁」音「側詵切」（莊紐臻韻），應與郭璞音「側巾反」（莊紐眞韻）近同。晉代眞韻的「巾」字與臻韻的「蓁」、「詵」等字均同屬眞部。〔註227〕

144. 3-27 存存，萌萌，在也。

萌，武耕反。

案：本條佚文輯自陸德明《經典釋文·爾雅音義》。

董、馬、黃、葉本引均同。余、嚴、王本均未輯錄。

《釋文》出「萌萌」，注云：「郭武耕反，施亡朋反，字或作蕄。」邵晉涵云：

> 萌萌當作蕄蕄，《說文》云：「蕄，存也。」〔註228〕

說仍未的。《說文》無「蕄」字，段注本《說文》心部：「𢜗，𢜗𢜗在也。从心、簡省聲，讀若簡。」段玉裁云：

> 〈釋訓〉曰：「存存，簡簡，在也」，許本之。今《爾雅》作「存存，萌萌，

〔註226〕吳承仕《經籍舊音辨證》，頁167。黃侃云：「氏、氐本一語之變，後分入兩部耳，亦非絕不相通，且氏聲通單，〔原注：䟶，《禮經》『䟱』。〕通辰，〔原注：或脈。〕皆由灰以通寒、痕者也。」（黃侃〈經籍舊音辨證箋識〉，吳承仕《經籍舊音辨證》，頁279。）按「恀」、「恀」二字當係形近互譌，黃氏之說似可商榷。

〔註227〕參見周祖謨《魏晉南北朝韻部之演變》，頁393。

〔註228〕邵晉涵《爾雅正義》，《皇清經解》，卷507，頁4下。

在也」，郭云未見所出，音武庚反，可謂疏於考覈矣。《釋文》曰：「施亡朋反，字或作𥳑」；《廣韵》引《爾雅》「存存，𥳑𥳑，在也」，音武登切；《玉篇》艸部引《爾雅》「存存，蕄蕄，在也」，音莫耕切，又曰薨同蕄，或作萌。玉裁按：蕄與𥳑相似而竹、艸不同，又後人音切與讀𥳑大異，蓋蕄者𥳑之譌，竹誤而爲艸也；薨者蕄之譌，門誤而爲明也，又誤而去心作萌，而郭反以武庚，《玉篇》從之；……而陳博士施乾反以莫登，《廣韵》本之，此展轉貤繆之故。段令景純解讀許書，何難正其形、説其音義也。〔註229〕

郝懿行云：

萌者，𥳑字之譌也。《説文》云：「𥳑，存也。从心、𥳑省聲，讀若𥳑。」然則《書》「迪𥳑在王庭」，《論語》「𥳑在帝心」，皆借簡爲𥳑，《説文》𥳑存即簡在矣。《玉篇》心部既從《説文》作𥳑，而云或作蕄，又音萌，草部正作蕄，莫耕切，引《爾雅》云：「蕄蕄，在也」，又云：「薨，同蕄，本或作萌。」《廣韵》耕、登二部引《爾雅》亦俱作蕄，而云「本亦作萌，又作薨」，與《玉篇》同。《釋文》因之，亦云「萌，字或作𥳑，郭武耕反，施亡朋反」，此皆萌字之音，而非𥳑字之讀。且𥳑、萌音讀不同，不知何時讀𥳑爲萌，因而字變爲萌，蓋自郭氏已然，其誤久矣。〔註230〕

嚴元照云：

《玉篇》艸部、《廣韻》十三耕、十七登皆有蕄字，或音莫耕反，或音武登反，皆引此文。邵氏《正義》謂蕄省作悶，引《文子》「其政悶悶」以證此訓。元照案：《説文》心部悶从心門聲，又𥳑𥳑存也，从心𥳑省聲，讀若𥳑。𥳑之訓存本乎《爾雅》。後來傳譌从艸，誤謂从艸悶聲，故音亦隨之而變，遂謂與萌通用，而不知其不相關也。《玉篇》心部亦有𥳑字，云或作蕄，又音萌，此謬爲牽合耳。其所載𥳑之別體从萌下心，尤謬。〔註231〕

段、郝、嚴三家之説皆可信。《爾雅》古本字當作「𥳑」，郭璞音武耕反、施乾音亡朋反，顧野王本字作「蕄」，均與《爾雅》古本不合。

《廣韻》「蕄」一音「莫耕切」（明紐耕韻），一音「武登切」（微紐登韻），正與郭、施二家音相同。

145. 3-29 庸庸，慅慅，勞也。

〔註229〕段玉裁《説文解字注》，第10篇下，頁46上。
〔註230〕郝懿行《爾雅義疏》，《爾雅廣雅方言釋名清疏四種合刊》，頁139上。
〔註231〕嚴元照《爾雅匡名》，卷3，《皇清經解續編》，卷498，頁4上。

慅，騷、草、蕭三音。

案：本條佚文輯自陸德明《經典釋文・爾雅音義》。

董、馬、黃、葉本引均同。余、嚴、王本均未輯錄。

「慅」與「騷」通。段注本《說文》心部：「慅，動也。从心、蚤聲。」又馬部：
「騷，摩馬也。从馬、蚤聲。」段玉裁云：

> 摩馬如今人之刷馬，引伸之義爲騷動。

又云：

> 〈月出〉：「勞心慅兮。」〈常武〉：「徐方繹騷」，《傳》曰：「騷，動也。」
> 此謂騷即慅之叚借字也。二字義相近，騷行而慅廢矣。〔註232〕

《爾雅・釋詁》即釋「騷，動也。」是「慅」、「騷」二字音同義通。黃侃亦云：

> 慅通作騷，〈九歎〉：「寒騷騷而不釋。」〔註233〕

「慅」又與「草」通。邢昺《爾雅疏》云：

> 〈小雅・巷伯〉云：「勞人草草」，毛《傳》云：「草草，勞心也。」又〈陳
> 風・月出〉云：「勞心慅兮。」慅、草音義同。

《荀子・正論》：「墨黥慅嬰」，楊倞注云：

> 當爲「澡嬰」，謂澡濯其布爲纓，……澡，或讀爲草，《慎子》作「草纓」
> 也。〔註234〕

是「慅」、「草」二字可通之證。

「慅」又與「蕭」通。《漢書・食貨志》：「江淮之閒蕭然煩費矣」，顏師古注
云：

> 蕭然猶騷然勞動之貌。

又〈張湯傳〉：「及文帝欲事匈奴，北邊蕭然苦兵」，顏師古注云：

> 蕭然猶騷然擾動之貌也。

是「蕭」與「騷」、「慅」義皆可通。

《廣韻》「慅」字凡二見：一音「蘇遭切」（心紐豪韻），一音「采老切」（清紐
皓韻）。郭璞音「騷」，與「蘇遭」同；又音「草」（從紐皓韻，《廣韻》音「昨早切」），
與「采老」聲紐略異；又音「蕭」（心紐蕭韻，《廣韻》音「蘇彫切」），應與「蘇遭」
音近同。在二國晉宋時期，豪蕭二韻同屬宵部。〔註235〕

〔註232〕段玉裁《說文解字注》，第10篇上，頁15下；第10篇下，頁46上。
〔註233〕黃侃《爾雅音訓》，頁103。
〔註234〕王先謙《荀子集解》，頁326。
〔註235〕周祖謨云：「宵部是由東漢幽宵兩部所有的兩類豪肴宵蕭四韻字合併而成的。三國

146. 3-30 赫赫，躍躍，迅也。　　郭注：皆盛疾之貌。

赫，音釋。

案：本條佚文輯自陸德明《經典釋文‧爾雅音義》。宋本《釋文》作「郭釋」，脫「音」字。

董、馬、黃、葉本引均同。余、嚴、王本均未輯錄。

郭音「釋」，是讀「赫」爲「奭」。《說文》皕部：「奭，盛也。」段玉裁云：

〈釋詁〉〔案：應作「訓」。〕：「赫赫，躍躍」，「赫赫」舍人本作「奭奭」。

〈常武〉毛《傳》云：「赫赫然盛也。」按「奭」是正字，「赫」是假借字。

〔註236〕

「奭」有盛義，郭璞此注云：「皆盛疾之貌」，義正相合。《釋文》出「赫赫」，注云：「舍人本作奭，失石反。」是郭本《爾雅》字作「赫」，音則從舍人讀爲「奭」。《廣韻》「奭」、「釋」二字同音「施隻切」（審紐昔韻）。

147. 3-34 旭旭，蹻蹻，憍也。

旭旭讀為好好，呼老反。

案：陸德明《經典釋文‧爾雅音義》出「旭旭」，注云：「郭呼老反。」又邢昺《爾雅疏》云：「郭氏讀旭旭爲好好。」今據陸、邢二氏所引輯爲本條。

董本引同。馬、黃本並據《釋文》與邢《疏》語輯錄，馬本又在邢《疏》「好好」下誤輯「《詩‧小雅》云『驕人好好』」八字。葉本僅據《釋文》輯錄。余、嚴、王本均未輯錄。

段注本《說文》日部：「旭，日旦出皃。从日、九聲，讀若好。」是「旭」、「好」二字古音近同。段玉裁云：

〈釋訓〉曰：「旭旭，蹻蹻，憍也」，郭云：「皆小人得志憍蹇之皃」，此其引伸叚借之義也。今《詩》「旭旭」作「好好」，同音叚借字也。

又云：

按《音義》云「許玉反，徐又許九反」，是徐讀如朽，朽即好之古音。朽之入聲爲許玉反，三讀皆於九聲得之。〔註237〕

胡承珙云：

〈邶風〉「旭日始旦」，《釋文》云：「旭，《說文》讀若好，《字林》呼老

時期這一部字用的較少，但是從曹植的作品裏可以清楚地看到這兩類不同來源的字是合用不分的。到晉宋時期也是如此。」（《魏晉南北朝韻部之演變》，頁19。）

〔註236〕段玉裁《說文解字注》，第4篇上，頁17下。

〔註237〕段玉裁《說文解字注》，第7篇上，頁4。

反。」據此，郭蓋用《字林》音也。讀旭爲好，古音如是。《玉篇》始作

呼玉切，蓋漢以後之音。今《說文》旭从日九聲，讀若勖，盧學士文弨

云勖从力冒聲，知亦讀若好也。〔註238〕

說皆可從。

《廣韻》「旭」音「許玉切」（曉紐燭韻），與謝嶠音切語全同。又晧韻「好」音

「呼晧切」（曉紐晧韻），與郭璞音同。謝嶠音當係漢魏以後之音，郭璞音較得古音

之實。〔註239〕《集韻》晧韻「旭」音「許晧切」，亦與郭璞音同。

148. 3-34 旭旭，蹻蹻，憍也。

蹻，居夭反。

案：本條佚文輯自陸德明《經典釋文・爾雅音義》。

董、馬、黃、葉本引均同。余、嚴、王本均未輯錄。

《廣韻》小韻「蹻」音「居夭切」（見紐小韻），與郭璞音切語全同。

149. 3-35 夢夢，訰訰，亂也。

訰，音紃。〔注？〕

案：陸德明《經典釋文・爾雅音義》出「紃」，注云：「囚春、昌沦二反，本無

此字。」盧文弨引臧云：

紃，此郭注爲訰字作音也，今注闕此，故校者云「本今無此字」，脫「今」

字。〔註240〕

說或可從。《廣韻》諄韻「訰」音「章倫切」（照紐諄韻），「紃」一音「食倫切」（神

紐諄韻），一音「詳遵切」（邪紐諄韻）。「食倫」與「章倫」僅聲紐略異。

150. 3-37 儚儚，洄洄，惛也。

洄，本或作幗，音韋。〔音〕

案：陸德明《經典釋文・爾雅音義》出「洄洄」，注云：「郭音韋，《音義》云：

『本或作幗，音韋。』」宋本《釋文》「幗」作「幗」；邢昺《爾雅疏》引郭《音義》

〔註238〕胡承珙《爾雅古義》，卷上，頁14下。黃焯云：「《詩・邶風》『旭日始旦』，《釋文》云：
『旭，《說文》讀若好，《字林》呼老反。』據此，是郭蓋用《字林》音也。讀旭爲好，
古音如是。《玉篇》始作呼玉切，黃氏謂爲漢以後之音。又《詩》『驕人好好』，鄭《箋》：
『好好，喜讒言之人也。』郭音呼老，以旭爲好之借。」（《經典釋文彙校》，頁257。）
語與胡氏略同。

〔註239〕「旭」从九聲，與「好」上古音同屬幽部。（參見陳新雄《古音研究》，頁360。）然而
最晚在三國晉以前，「旭」字即已轉入屋部，與入聲字押韻。（參見周祖謨《魏晉南北
朝韻部之演變》，頁517。）

〔註240〕盧文弨《經典釋文攷證・爾雅音義上攷證》，頁5上。

云：「洇，本作幃，音韋。」盧文弨改《釋文》「幃」字作「襑」，云：

> 上「音韋」二字衍。襑本皆從巾，……案《說文》從衣，今改正。〔註241〕

郝懿行《義疏》引此文亦作「襑」。按《釋文》又引《字林》：「幃，重衣貌」，《說文》衣部：「襑，重衣兒。從衣、圍聲。」是《釋文》之「幃」即《說文》之「襑」，從巾與從衣義同。〔註242〕今仍從《釋文》作「幃」。「幃」、「幃」二字皆未見於字書，「幃」當係「幃」形近之譌。〔註243〕

嚴、黃本引並同。董、馬本「幃」並作「襑」，馬本又脫一「或」字。葉本輯作「郭音韋，《音義》云『本或作幃』」。余、王本並未輯錄。

《廣韻》「襑」、「韋」二字同音「雨非切」（爲紐微韻）。朱駿聲云：

> 襑，叚借重言形況字。《說文》引《爾雅》「襑襑禩禩」，《潛夫論》「個個潰潰」，今〈釋訓〉作「儚儚，洇洇，惽也」，無「禩禩」字，蓋迷亂之意，作「襑禩」、「個潰」、「洇憒」皆同。〔註244〕

151. 3-39 燼燼，炎炎，薰也。

燼，徒冬反，又直忠反。

案：本條佚文輯自陸德明《經典釋文・爾雅音義》；又《毛詩音義・大雅・雲漢》出「蟲蟲」，注云：「直忠反，徐徒多反。《尒雅》作『燼』，云『薰也』，郭又徒冬反。《韓詩》作炯，音徒東反。」郭音「徒多」上有「又」字，可證「直忠」一音亦爲郭璞所注。

馬、黃本引並同。董、葉本並未輯又音。余、嚴、王本均未輯錄。

郝懿行云：

> 燼者亦俗體也，《詩》作蟲而讀若同，《釋文》引《韓詩》作炯，音徒冬反，是炯爲本字，雖借爲蟲仍讀爲炯。《爾雅釋文》郭從韓音，又直忠反讀如

〔註241〕盧文弨《經典釋文攷證・爾雅音義上攷證》，頁5上。

〔註242〕黃侃云：「從巾從衣大同，盧改襑非是。」（黃焯：《經典釋文彙校》，頁258。）黃氏云「從巾從衣大同」，其說可從，惟似不必以盧氏改字爲非。按「幃」字僅見於《釋文》本條，《說文》本字作「襑」。盧氏因「幃」字未見於其他字書，而改從《說文》本字，其說亦可資參證。段玉裁云：「《字林》幃即襑字。」（《說文解字注》，第8篇上，頁58上，衣部「襑」字注。）

〔註243〕阮元云：「按幃當作幃，幃即幃之誤。《說文》衣部：『襑，重衣貌』，字不從巾。……幃、恛蓋一字，從心不誤也。從巾、從衣皆非。」（《爾雅校勘記》，《皇清經解》，卷1032，頁31上。）又云：「按『幃』當作『幃』，盧本改作『襑』，亦非。」（《爾雅釋文校勘記》，《皇清經解》，卷1037，頁5下。）阮氏以「幃」字爲是，又以爲「幃恛蓋一字」，不詳所據。

〔註244〕朱駿聲《說文通訓定聲》，履部弟十二，頁19上。

本音，非矣。〔註245〕

按「徒冬」應爲「徒東」之誤。〔註246〕《廣韻》「烔」、「同」二字同音「徒紅切」（定紐東韻），與「徒東」音同。郭璞音「直忠反」（澄紐東韻），與「徒紅」聲紐略異。周祖謨云：

> 〔端知二系〕晉代《字林》裏略有分別，間或有以知徹澄字跟端透定字互
> 切的例子。……這種情形在郭璞的《爾雅音義》和《方言注》裏也有所
> 見。……同時代徐邈所作的書音以及陳隋間人所作的音義書也都不乏其
> 例。〔註247〕

然則端知二系在魏晉時期已逐漸分化，但區別並不十分明顯，因此仍不乏互切之例。

《廣韻》「螴」字凡二見：一與「蟲」同音「直弓切」（澄紐東韻），一音「徒冬切」（定紐冬韻）。郭璞音「徒冬反」，與《廣韻》切語全同；又音「直忠反」，與「直弓」音同。

152. 3-42 佌佌，瑣瑣，小也。　郭注：皆才器細陋。

皆才器細陋之皃也。〔注〕

案：慧琳《一切經音義》卷八十三〈大唐三藏玄奘法師本傳卷第九〉「瑣瑣」注引「《尒雅》：『瑣瑣，小也』，郭注云：『皆才器細陋之皃也。』」今本郭注脫「之皃也」三字，據補。

王本「皃」作「貌」。其餘各本均未輯錄。

153. 3-42 佌佌，瑣瑣，小也。

佌，音徙。

案：本條佚文輯自陸德明《經典釋文・爾雅音義》。宋本《釋文》「徙」誤作「徒」。

董、馬、黃、葉本引均同。余、嚴、王本均未輯錄。

《釋文》出「佌」，注云：「顧音此，郭音徙，謝音紫。舍人云：『形容小貌。』」

《說文》作「伿」，釋云：「小皃。从人、囟聲。《詩》曰：『伿伿彼有屋。』」段玉裁云：

> 〈小雅・正月〉曰：「佌佌彼有屋」，《傳》曰：「佌佌，小也。」許所據作

〔註245〕郝懿行《爾雅義疏》，《爾雅廣雅方言釋名清疏四種合刊》，頁 140 下。

〔註246〕郝氏云：「《爾雅釋文》郭從韓音，又直忠反讀如木音」，可知郝氏以爲《韓詩》音「徒東反」與郭璞音「徒冬反」同。自孔廣森分古韻東、冬爲兩類，早爲學界所公認。周祖謨云：「《詩經》音東冬兩部在兩漢時期沒有甚麼變動，直到魏晉這兩部還分別得很清楚。由此更可以證明孔廣森在《詩聲類》裏把東冬分立爲兩部是正確的。」（《魏晉南北朝韻部之演變》，頁 20。）因此「徒東」、「徒冬」二音實不能混爲同音。郝氏不知東、冬二部之別，遂有此誤。

〔註247〕周祖謨〈魏晉音與齊梁音〉，《周祖謨學術論著自選集》，頁 166。

伵。〔註248〕

《玉篇》人部：「伵，本亦作佌，音此。」是「佌」、「伵」二字古可通用。郝懿行云：

> 佌者，《説文》作伵，云小貌，引《詩》曰「伵伵彼有屋」。今《詩》作佌，
> 《正月・傳》云：「佌佌，小也。」《釋文》：「伵音徙。」《爾雅釋文》郭
> 音亦然，蓋伵从囟聲，伵瑣聲轉，此古音也。顧音此、謝音紫，則皆今音。
> 〔註249〕

其説可從。《廣韻》「伵」、「徙」二字同音「斯氏切」（心紐紙韻）；「伵」从囟聲，
《廣韻》「囟」音「息晉切」（心紐震韻），兩音聲紐相合，可證郭璞音「徙」，較
近於古音。謝嶠音「紫」（精紐紙韻，《廣韻》音「將此切」），顧野王音「此」（清
紐紙韻，《廣韻》音「雌氏切」），均與「徙」音聲紐略異。《廣韻》「伵」又有音「雌
氏切」，與「佌」、「此」音同。

154. 3-44 痯痯，瘐瘐，病也。

痯，古卵反，又古玩反。

案：本條佚文輯自陸德明《經典釋文・爾雅音義》。

馬、黃本引並同。董本未輯又音。余、嚴、葉、王本均未輯錄。

《廣韻》「痯」字凡二見：一音「古滿切」（見紐緩韻），一音「古玩切」（見紐
換韻，緩換二韻上去相承）。郭璞音「古卵反」，與「古滿」音同；又音「古玩反」，
與換韻切語全同。

155. 3-45 慱慱，憂也。

慱，徂兗、徂沇二反。

案：本條佚文輯自陸德明《經典釋文・爾雅音義》。《集韻》僊韻「慱」音「從
緣切」，獮韻「慱」音「粗兗切」，並釋云：「《爾雅》『慱慱，憂也』，郭璞讀。」「從
緣」與「徂沇」音同；「粗兗」與「徂兗」音同。〔註250〕

余、嚴本並僅據《集韻》輯錄「粗兗切」。董、葉本並僅據《釋文》輯錄。馬、
黃本除據《釋文》輯錄外，又據《集韻》輯錄「粗兗切」。王本未輯錄。

《廣韻》「慱」音「度官切」（定紐桓韻），與《釋文》陸德明音「徒端反」
同。郭音「徂兗」（從紐獮韻）、「徂沇」（從紐仙韻）二反，不詳所據。周春改作「徒兗、
徒沇二翻」，以「徂」爲「徒」之譌，〔註251〕亦無確證。

〔註248〕段玉裁《説文解字注》，第8篇上，頁28下。
〔註249〕郝懿行《爾雅義疏》，《爾雅廣雅方言釋名清疏四種合刊》，頁141上。
〔註250〕葉蕙心云：「《集韻》引徂俱作粗。」（《爾雅古注斟》，卷上，頁37上。）
〔註251〕周春《十三經音略》，卷9，頁25下。

156. 3-46 畇畇，田也。

畇，音巡。

案：本條佚文輯自陸德明《經典釋文・爾雅音義》。

董、馬、黃、葉本引均同。余、嚴、王本均未輯錄。

《釋文》出「畇畇」，注云：「本或作呁〔宋本《釋文》誤作「畇」。〕，郭音巡，沈居賓反，謝蘇旬反。《字林》云：『均均，田也。』又羊倫反。」〔註252〕郝懿行云：

> 畇者，均之或體也。《釋文》引《字林》云：「均均，田也」，〈夏小正〉云：「農率均田」，〈釋詁〉云：「均，易也」，《孟子》：「易其田疇」，是均以平治為義。《釋文》：「畇，沈居賓反」，音義兩得矣。……《爾雅釋文》：「畇，本或作呁，郭音巡，又羊倫反」，並非矣。〔註253〕

郝氏以「畇」為「均」之或體，其說可從；惟以郭音「巡」及陸音「羊倫反」為非，似猶可商。《廣韻》諄韻「畇」字有「相倫」（心紐諄韻）、「羊倫」（喻紐諄韻）、「詳遵」（邪紐諄韻）三切。陸德明又音「羊倫反」，與「畇」之聲母「匀」音同，《廣韻》切語全同。郭璞「巡」音與「旬」同，即《廣韻》之「詳遵切」；謝嶠「蘇旬反」音與「荀」同，即《廣韻》之「相倫切」；「詳遵」與「相倫」聲紐略異。沈旋音「居賓反」（見紐眞韻），即「均」之本音，《廣韻》「均」音「居匀切」（見紐諄韻）。〔註254〕周春云：

> 畇，本或作呁，郭音巡。又謝蘇旬翻音荀，此從旬之音也。《字林》又羊倫翻音匀，沈居賓翻音均，此從匀之音也。舊音多混。〔註255〕

黃侃亦云：

> 《釋文》：「畇，本或作呁，郭音巡，又羊倫反。」音巡者與旬近，讀羊倫者與匀同，皆與均義近。〔註256〕

〔註252〕阮元云：「按呁疑作徇，或作均，下云『郭音巡』，又引《字林》云『均均，田也』可證。〈釋言〉：『徇，徧也』，樊本作徇，郭音巡。《詩・信南山》：『畇畇原隰』，《正義》曰：『〈釋訓〉云：「畇畇，田也。」』注引此畇畇原隰，與匀音同也。』是《爾雅》當不同《毛詩》作呁。又呁蓋俗寧。」（《爾雅釋文校勘記》，《皇清經解》，卷 1037，頁 6 上。）

〔註253〕郝懿行《爾雅義疏》，《爾雅廣雅方言釋名清疏四種合刊》，頁 142 上。

〔註254〕在三國晉宋北魏時期，眞諄兩韻同屬眞部，因此「居賓」、「居匀」二音當近同。參見周祖謨《魏晉南北朝韻部之演變》，頁 22～23。

〔註255〕周春《十三經音略》，卷9，頁 25 下。

〔註256〕黃侃《爾雅音訓》，頁 108。

157. 3-50 稄稄，苗也。

稄，音遂。

案：本條佚文輯自陸德明《經典釋文·爾雅音義》。

董、馬、黃本引均同。余、嚴、葉、王本均未輯錄。

《廣韻》「稄」、「遂」二字同音「徐醉切」（邪紐至韻）。

158. 3-51 穟穟，穗也。　郭注：言芸精。

芸不息也。

案：本條佚文輯自孔穎達《毛詩·周頌·載芟·正義》引郭璞曰。

黃、葉本引並同。嚴本亦在郭注「言芸耨精」句下注引此語。余、董、馬本均未輯錄。王本雖未輯錄，但云：

今本無此句，蓋有脫奪。今以意訂之，當作「麃言芸耨精，穟穟耘不息也」。

〔註257〕

說亦可參。惟此語究屬郭璞《音義》或《注》之佚文，實難遽定，今暫存疑。

159. 3-52 挃挃，穫也。

挃，丁秩反。《小雅》云：「截穎謂之挃。」

案：本條佚文輯自陸德明《經典釋文·爾雅音義》。

馬本引同。董、黃、葉本均未輯錄《小雅》語。余、嚴、王本均未輯錄。

郭璞所引《小雅》語見《小爾雅·廣物》，今本「挃」作「銍」。按《說文》手部：「挃，穫禾聲也。從手、至聲。《詩》曰：『穫之挃挃。』」又金部：「銍，穫禾短鎌也。從金、至聲。」依義當從手旁作「挃」，胡承珙辨之甚詳：

〔《說文》〕二字分析最明。〈周頌·臣工〉「奄觀銍刈」及《爾雅·釋訓》皆當作「挃」。今多作「銍」者，乃是假借為之。故《書疏》云：「禾穗用銍以刈，故以銍表禾穗。」其實穫禾之鐵當作銍，截禾之穎當作挃。《周頌釋文》及《正義》引《小爾雅》「截穎謂之銍」作「銍」，惟《爾雅釋文》及邢昺《疏》引《小爾雅》作「挃」，據文當本作「挃」。〔註258〕

《廣韻》「挃」音「陟栗切」（知紐質韻），郭璞音「丁秩反」（端紐質韻），二音

〔註257〕王樹柟《爾雅郭注佚存補訂》，卷5，頁8下。阮元以為郭注「耨」字為衍文，云：「按『耨』字是邢《疏》語竄入，《毛詩·載芟·傳》云：『麃，耘也』，《正義》引郭曰：『芸不息也』，皆不言耨。」（《爾雅按勘記》，《皇清經解》，卷1032，頁33上。）惟原本《玉篇》卷二十七系部「穟」字注引郭璞曰：「謂耨精也。」按顧氏所引郭璞注有「耨」字，復脫「芸」字，今暫存疑。

〔註258〕胡承珙《小爾雅義證》，卷8，頁2下～3上。

聲紐略異。參見 3-39「爞爞，炎炎，薰也」條案語引周祖謨語。

160. 3-54 溞溞，淅也。

溞，蘇刀反。《詩》云：「淅之溞溞。」

　　案：本條佚文輯自陸德明《經典釋文‧爾雅音義》；又《毛詩音義‧大雅‧生民》出「叟叟」，注云：「所留反，字又作溲，淘米聲也。《爾雅》作溞，音同，郭音騷。」「騷」與「蘇刀」音同。

　　黃、葉本引並同《爾雅音義》，黃本又據《毛詩音義》輯錄「溞音騷」三字。董、馬本並僅據《爾雅音義》輯音。余、嚴、王本均未輯錄。

　　《廣韻》「溞」音「蘇遭切」（心紐豪韻），與郭璞音「蘇刀反」同。引《詩》「淅之溞溞」，《毛詩‧大雅‧生民》作「釋之叟叟」，參見第七章第二節謝嶠《爾雅音》「溞溞，淅也」條案語。

161. 3-55 烰烰，烝也。

烰，音浮，又符彪反。

　　案：本條佚文輯自陸德明《經典釋文‧爾雅音義》引呂、郭。

　　馬、黃本引並同。董、葉本並未輯又音。余、嚴、王本均未輯錄。

　　《說文》火部：「烰，烝也。从火、孚聲。《詩》曰：『烝之烰烰。』」段玉裁云：

> 《詩‧生民》：「烝之浮浮」，〈釋訓〉曰：「烰烰，烝也」，毛《傳》曰：「浮浮，氣也。」按《爾雅》不偁詩全句，故曰「烝也」而已；毛釋詩全句，故曰「浮浮，氣也」。許於此當合二古訓爲解，曰「烰烰，烝皃」，謂火氣上行之皃也。〔註259〕

是「烝也」之義，當以「烰」爲本字，《毛詩‧大雅‧生民》作「烝之浮浮」，从水旁者爲借字。郭璞以「浮」音「烰」，即以借字音釋本字。邢昺《爾雅疏》云：

> 烰、浮音義同。

郝懿行云：

> 按音浮之浮當作孚，《說文》烰从孚聲，郭音本於呂忱，呂忱本於《說文》也。〔註260〕

按「烰」、「浮」二字均从孚聲，音同故可通用。陸錦燧云：

> 《毛詩》中無「烰」字，《說文》火部「烰」下引《詩》「烝之烰烰」，知「烰烰」即〈生民〉篇「浮浮」之異文。許君所見齊魯韓《詩》當有作「烰」

〔註259〕段玉裁《說文解字注》，第 10 篇上，頁 42 上。

〔註260〕郝懿行《爾雅義疏》，《爾雅廣雅方言釋名清疏四種合刊》，頁 143 上。

者，雅訓蓋釋三家《詩》之「烝之烰烰」也。《毛詩》作「浮」者，烰、浮俱从孚聲，例得通假。《說文》水部云：「浮，氾也」，又火部云：「烰，烝也」，是「浮」之本義不訓爲烝，《毛詩》之「浮」即「烰」之假借也。〔註261〕

其說可從。

《廣韻》「烰」、「浮」二字同音「縛謀切」（奉紐尤韻）。郭璞又音「符彪反」（奉紐幽韻），應與「縛謀」音近同。在魏晉宋時期，尤幽二韻同屬侯部。〔註262〕

162. 3-61 顒顒卬卬，君之德也。

卬，魚殃反。

案：本條佚文輯自陸德明《經典釋文・爾雅音義》。

董、馬、黃本引均同。余、嚴、葉、王本均未輯錄。

《廣韻》「卬」字凡二見：一音「五剛切」（疑紐唐韻），一音「魚兩切」（疑紐養韻）。《釋文》陸德明亦音「五剛反」；郭璞音「魚殃反」（疑紐陽韻），與「魚兩」僅聲調不同（陽養二韻平上相承），亦與「五剛」近同。〔註263〕

163. 3-66 哀哀，悽悽，懷報德也。

悽，本或作萋。〔音〕

案：本條佚文輯自陸德明《經典釋文・爾雅音義》。邢昺《爾雅疏》引郭《音》同。

董、葉本引並同。馬、黃本「萋」下並有「同，古兮反」四字。余、嚴、王本均未輯錄。「同古兮反」四字應爲陸德明語，馬、黃本當係誤輯。〔註264〕

今本《毛詩》未見「悽」字。邵晉涵云：

〈小雅・杕杜〉云「其葉萋萋」，下云「憂我父母」，興喻之義與〈蓼莪〉同，故皆爲懷報德也。〔註265〕

按《說文》心部：「悽，痛也。从心、妻聲。」《玉篇》心部：「悽，悽愴也，傷也。」又《說文》艸部：「萋，艸盛。从艸、妻聲。」痛義與哀義近同，是《爾雅》此訓

〔註261〕陸錦燧《讀爾雅日記》，頁71下～72上。

〔註262〕周祖謨《魏晉南北朝韻部之演變》，頁19。

〔註263〕周祖謨云：「東漢音陽部包括《廣韻》陽唐兩韻字，……魏晉宋時期……跟東漢相同，沒有甚麼變化。」（《魏晉南北朝韻部之演變》，頁21。）

〔註264〕吳承仕云：「各本同作『古兮反』。承仕按：『古』爲『七』之形誤，茲正之。」（《經籍舊音辨證》，頁167。）

〔註265〕邵晉涵《爾雅正義》，《皇清經解》，卷507，頁10下。

正字作「悽」，「萋」爲同音假借字。《廣韻》「悽」、「萋」二字同音「七稽切」（清紐齊韻）。

164. 3-66 哀哀，悽悽，懷報德也。　郭注：悲苦征役，思所生也。

思，音如字。

案：本條佚文輯自陸德明《經典釋文·爾雅音義》。宋本《釋文》「音」作「意」。馬本引同。其餘各本均未輯錄。

郭云「如字」，當是讀「息茲反」。《說文》思部：「思，容也。从心、囟聲。」

〔註266〕徐鍇《繫傳》音「息茲反」，與《廣韻》之韻「思」音「息茲切」同。

165. 3-67 儵儵，嘒嘒，罹禍毒也。　郭注：悼王道稺塞，羨蟬鳴自得，傷己失所遭讒賊。

儵，徒的反。

案：本條佚文輯自陸德明《經典釋文·爾雅音義》。

董、馬、黃、葉本引均同。余、嚴、王本均未輯錄。

郭音「徒的反」，是讀「儵」爲「踧」。邢昺《爾雅疏》云：

儵踧並音狄。

段玉裁云：

〈釋訓〉「儵儵，嘒嘒，罹禍毒也」，釋〈小弁〉「踧踧周道」、「鳴蜩嘒嘒」也。〔註267〕

今本《毛詩·小雅·小弁》字正作「踧」。又按《釋文》云：「郭徒的反，顧舒育反。樊本作攸，引《詩》云『攸攸我里』。」是樊光本《爾雅》「儵儵」作「攸攸」，釋《詩·小雅·十月之交》「悠悠我里」。郝懿行云：

儵者，《釋文》云：「樊本作攸」，引《詩》「攸攸我里」，今《詩》作「悠悠我里」，毛《傳》：「悠悠，憂也。」是樊光作攸者，悠字之省。或作儵者，儵與攸形相亂，儵、悠音同，又俱从攸聲，故段借通用。然則儵儵即悠悠，毛《傳》悠訓爲憂，《爾雅》罹亦訓憂，其義正同。郭注訓罹爲遭，失其義也。《釋文》：「儵，郭徒的反」，又失音也。郭蓋以儵爲踧，據《詩》「踧踧周道，鞠爲茂草」而言，故云「悼王道稺塞」。今以樊本作攸，於

〔註266〕段注本改作「容也。从心从囟。」段玉裁云：「各本作『囟聲』，今依《韵會》訂。《韵會》曰：『自囟至心，如絲相貫不絕也。』然則會意非形聲。」（《說文解字注》，第10篇下，頁23下。）

〔註267〕段玉裁《說文解字注》，第10篇上，頁58下，黑部「儵」字注。

義爲長也。〔註 268〕

嚴元照亦云：

> 今《詩》作悠，攸即悠之省文。儵亦攸聲，故轉相通借。自郭、顧之音行，
> 而遂莫知儵即悠字矣。〔註 269〕

按郝、嚴二氏，均拘於樊光之說，而不知《爾雅》此訓，樊、郭二家師說不同。郝
懿行云郭璞「以儵爲趒」，說不可易；惟又云「儵與儵形相亂」，且以郭音爲非，則
不可從。吳承仕云：

> 攸聲、叔聲皆古幽部字，今音亦入錫部，如叔聲之寂、由聲之迪、周聲之
> 倜、條聲之滌皆其比，儵反「徒的」，自與音理相會。郝說郭爲改字，失
> 之。〔註 270〕

黃侃云：

> 攸本有舌音，悠、條皆是也。古蕭部無入聲，凡今之叔、竹、肉、六等字
> 古皆讀平，儵音「徒的」者，後世音轉入耳。然郝謂郭以儵爲趒則不誤，
> 「趒趒」、「嘒嘒」同在《小弁》篇也。其云「儵、儵形相亂」，似欲破「儵」
> 爲「儵」者，此則謬也。〔註 271〕

說均可參。

《廣韻》「儵」音「式竹切」（審紐屋韻），與顧野王音「舒育反」同。又《廣韻》
「趒」音「徒歷切」（定紐錫韻），與郭璞音「徒的」同。

166. 3-69 皋皋，琄琄，刺素食也。　　郭注：譏無功德，尸寵祿也。

　　琄，戶茗切。

　　案：本條佚文輯自《集韻》迥韻「琄」字注引郭璞讀；司馬光《類篇》玉部「琄」

〔註 268〕郝懿行《爾雅義疏》，《爾雅廣雅方言釋名清疏四種合刊》，頁 144 下。蔣元慶云：「樊
光作『攸攸』者是也。攸爲悠字之省，《詩·小弁》作『悠悠』，乃正字也。郭本作儵，
云徒的反，蓋與《詩》『趒趒』《釋文》作徒歷反同。趒之本字讀子六反，於義爲趒踏；
《詩》『趒趒』讀徒歷反，蓋段㳂音爲之，已非本讀矣。且毛《傳》訓『趒趒』爲平易，
不訓爲憂，安得以罹禍毒之訓，強而與之合乎？又安得以『趒趒』二字總括全詩之訓
乎？顧氏以儵作舒育反，蓋讀儵之本音。儵之本訓爲青黑繒，引伸之爲儵爛，又通段
爲倏忽，皆無憂義，不得援以釋罹禍毒之訓也。然則此『儵儵』字斷係『悠悠』之譌
文矣。〈小弁·十月之交〉章『悠悠我里』，毛《傳》：『悠悠，憂也』，鄭《箋》：『悠悠
乎我居今之世，亦甚困病。』觀毛、鄭之釋『悠悠』，則罹禍毒之訓若合符卪矣。」（《讀
尒弁日記》，頁 13。）其說亦以樊光義爲長。

〔註 269〕嚴元照《爾雅匡名》，卷 3，《皇清經解續編》，卷 498，頁 9 上。

〔註 270〕吳承仕《經籍舊音辨證》，頁 168。

〔註 271〕黃侃〈經籍舊音辨證箋識〉，吳承仕《經籍舊音辨證》，頁 279。

字注引郭璞讀同。

　　余、嚴、葉本引均同。馬本「切」作「反」。董、黃、王本均未輯錄。

　　《廣韻》「琄」音「胡畎切」（匣紐銑韻），與《釋文》陸德明音「胡犬反」同；郭璞音「戶茗切」（匣紐迥韻），與「胡犬」一音韻尾不同，疑郭璞此音或係「胡犬」一音之轉。〔註272〕

　　又案：陸德明《經典釋文‧爾雅音義》出「琄琄」，注云：「胡犬、古犬二反。」下又出「鞙」、「贙」二字，「鞙」注云「音與琄同」，「贙」注云「胡犬反」，又舊校云：「本今無鞙、贙二字。」今本《爾雅》及郭璞注均未見「鞙」、「贙」二字，歷來諸學者對此說解意見甚多，迄無定論。〔註273〕嚴元照云：

> 《釋文》於「刺」字上大書「鞙」、「贙」二字，為之作音，又云本今無此
> 二字。案此二字於正文無施，蓋後人以《詩》之「鞙」字注於旁，而以「贙」
> 字為音，傳譌入於正文，相承勿敢輕刪耳。或謂是郭注為經「琄」字作音，
> 則非也。音之用兩字者，或成文、或方言，猶沿漢儒讀若某某之例。「鞙」、
> 「贙」二字，既非成文，復非方言，難以連綴，亦且二字同音同紐，何庸
> 複出乎？〔註274〕

其說似較得其實，今錄存以俟考。

　　《廣韻》銑韻「琄」、「鞙」、「贙」三字同音「胡畎切」。

167. 3-72 謔謔，謞謞，崇讒慝也。

　　謞，虛各反。

　　案：本條佚文輯自陸德明《經典釋文‧爾雅音義》。

〔註272〕在各家對《廣韻》的擬音中，銑韻（先韻上聲）與迥韻（青韻上聲）的主要分別僅在韻尾的收音不同，銑韻韻尾收舌尖鼻音，迥韻韻尾收舌根鼻音。其餘部分如介音與主要元音則大抵相同。參見竺家寧《聲韻學》，頁352。

〔註273〕盧文弨云：「陸有音，今無此二字。注疏本以無所附麗，刪去之。臧云：『鞙』、『贙』二字，郭氏為經『琄』字作音也，陸所見郭注必本有此二字，故為作音。」（《經典釋文攷證‧爾雅音義上攷證》，頁5下。）劉玉麐云：「《釋文》『琄』下別出『鞙』字，蓋註引『鞙鞙佩璲』，今脫去。」（《爾雅校議》，卷上，頁20上。）江藩云：「《說文》無『琄』字，當作『鞙』。《釋文》：『鞙，音與琄同。贙，胡犬反，今本無琄、贙二字。』是注中有此二字，今本奪去耳。《說文》：『贙，分別也。从虤對爭貝，讀若迴。』迴，迥之誤；迥，鞙之轉聲。庸人吕贙為鞙之音，贙雖音胡犬反，然音字當取字之易識者，必無取難字之理。且注文殘缺，豈可強為之說邪。」（《爾雅小箋》，卷上，《續修四庫全書》，冊188，頁31上。）阮元云：「按此當如『璲，瑞也』注引《詩》『鞙鞙佩璲』，蓋經作『琄』，注作『鞙』，『贙』即『琄』字音，今本皆無。」（《爾雅挍勘記》，《皇清經解》，卷1032，頁35上。）

〔註274〕嚴元照《爾雅匡名》，卷3，《皇清經解續編》，卷498，頁9下。

董、馬本引並同。黃本「反」下有「或火角反」四字。余、嚴、葉、王本均未輯錄。「或火角反」四字當係陸德明所注，非郭璞佚文。

《廣韻》「謞」字凡二見：一音「許角切」（曉紐覺韻），一音「呵各切」（曉紐鐸韻）。郭璞音「虛各反」，與「呵各」同；《釋文》陸德明音「火角反」，與「許角」同。

168. 3-72 謔謔，謞謞，崇讒慝也。

匿，女陟反。

案：陸德明《經典釋文·爾雅音義》出「慝」，注云：「謝切得反，諸儒並女陟反，言隱匿其情以飾非。」是除謝嶠本《爾雅》字作「慝」外，其餘各本均作「匿」，音「女陟反」。《說文》匸部：「匿，亡也。」無「慝」字。《集韻》德韻：「慝，惡也。通作匿。」朱駿聲云：

> 匿，字亦變作慝，《爾雅·釋訓》：「崇讒慝也」，《釋文》：「慝，言隱匿其情以飾非。」〔註 275〕

按「匿」之本義為逃亡，引申而有藏匿、邪惡等義，是「慝」為「匿」之分別字。《管子·七法》：「百匿傷上威」，王念孫云：

> 匿與慝同。百匿，眾慝也，言姦慝眾多，共持國柄，則上失其威也。〔註 276〕

又《逸周書·五權》：「人庶則匱，匱乃匿」，俞樾云：

> 匿當讀為慝，言人眾則必匱乏，匱乏則必競為姦慝矣。古匿與慝同聲而通用，《尚書大傳》：「朔而月見東方謂之側匿」，《漢書·五行志》作「仄慝」，是其證也。《說文》無慝字，古字止作匿耳。〔註 277〕

說均可從。《廣韻》「匿」音「女力切」（娘紐職韻），與「女陟」音同。郝懿行云：

> 慝，諸儒作匿，唯謝嶠讀如字，是。〔註 278〕

按「匿」、「慝」古音近同，〔註 279〕郝說似猶可商。

169. 3-73 翕翕訿訿，莫供職也。　　郭注：賢者陵替姦黨熾，背公恤私曠職事。

〔註 275〕朱駿聲《說文通訓定聲》，頤部弟五，頁 107 上。
〔註 276〕王念孫《讀書雜志》，卷 5 之 1，頁 14 下。
〔註 277〕俞樾《群經平議》，卷 7，《皇清經解續編》，卷 1368，頁 16。
〔註 278〕郝懿行《爾雅義疏》，《爾雅廣雅方言釋名清疏四種合刊》，頁 145 下。
〔註 279〕《廣韻》「匿」音「女力切」（娘紐職韻），「慝」音「他德切」（透紐德韻）。按娘紐古讀泥紐，與透紐發音部位相同，發音方法不同。又職、德二韻在兩漢以前同屬職部，「到三國時期分為職德兩部，職部包括職屋（服）兩類字，德部包括德麥（革）兩類字。晉宋時期職德仍分為兩部。」（周祖謨《魏晉南北朝韻部之演變》，頁 29。）是兩漢以前「匿」、「慝」二字僅聲紐略異。

賢者陵替，姦黨熾**盛**，背公恂私，曠職事**也**。〔注〕

案：原本《玉篇》卷九言部「詘」字注引「《尒雅》亦云：『詘詘，不供職也』，郭璞曰：『賢者陵替，姦黨熾盛，背公恂私，曠職事也。』」徐鍇《說文解字繫傳》言部「詘」字注引「《爾雅》曰：『翕翕詘詘，莫供職也』，注曰：『賢者陵替，姦黨熾盛，背公恂私，曠職事也。』」今本郭注脫「盛也」二字，據補。

各本均未輯錄，僅嚴本在郭注下注引徐鍇《繫傳》。

170. 3-74 速速，蹙蹙，惟逑鞠也。　　郭注：陋人專祿國侵削，賢士永哀念窮迫。

逑，迫也。

案：本條佚文輯自陸德明《經典釋文·爾雅音義》。

董、馬本引並同。黃本「逑」作「蹙」。余、嚴、葉、王本均未輯錄。

「逑」無迫義，郭璞應是讀「逑」為「訄」。《說文》言部、《廣雅·釋詁》並云：「訄，迫也。」段玉裁云：

> 今俗謂逼迫人有所為曰訄。〔註280〕

《廣韻》「逑」、「訄」二字同音「巨鳩切」（群紐尤韻），是「訄」為本字，「逑」為同音假借字。王引之云：

> 逑與訄同。《說文》：「訄，迫也」，故郭曰「賢士永哀念窮迫」，此是以念
> 釋惟，以窮釋鞠，以迫釋逑也，故《釋文》曰：「逑，郭云迫也。」〔註281〕

其說甚是。黃本作「蹙，迫也」，按「蹙」雖有迫義，〔註282〕惟《釋文》引郭璞此語係在「惟逑」之下，黃奭當係不知郭璞讀「逑」為「訄」，遂據《說文》新附改「逑」為「蹙」。

171. 3-86 瑟兮僩兮，恂慄也。

僩，音簡。

案：本條佚文輯自陸德明《經典釋文·爾雅音義》。

董、馬、黃、葉本引均同。余、嚴、王本均未輯錄。

《廣韻》「僩」字凡二見：一音「下赦切」（匣紐澘韻），一音「古限切」（見紐產韻）。郭璞音「簡」，與「古限」音同；《釋文》陸德明音「下板反」，與「下赦」音同。

〔註280〕段玉裁《說文解字注》，第3篇上，頁32上。

〔註281〕王引之《經義述聞·爾雅釋訓·速速蹙蹙惟逑鞠也》，《皇清經解》，卷1206，頁21下。

〔註282〕「蹙」為《說文》足部之新附字，釋云：「迫也。」

172. 3-86 瑟兮僩兮，恂慄也。

恂，音峻。

案：本條佚文輯自陸德明《經典釋文・爾雅音義》。

董、馬、黃、葉本引均同。余、嚴、王本均未輯錄。

《禮記・大學》：「瑟兮僩兮者，恂慄也」，鄭玄注：「恂，字或作峻，讀如嚴峻之峻。」郭璞音與鄭玄此注同。《釋文》出「恂」，注云：「音荀。郭音峻，鄭玄注《禮記》同，云謂嚴慄也。謝私尹反。」按《廣韻》「恂」音「相倫切」（心紐諄韻），與陸德明「荀」音同。郭璞音「峻」（心紐稕韻，《廣韻》音「私閏切」），謝嶠音「私尹反」（心紐準韻），並與「相倫」聲調不同（諄準稕三韻平上去相承）。

173. 3-87 骭瘍為微。　　郭注：骭，腳脛瘍創。

扞，音古案反。

案：本條佚文輯自陸德明《經典釋文・爾雅音義》。《釋文》出「骭」，注云：「下諫反。郭作扞，音古案反，謂腳脛也。」嚴元照云：

> 《釋文》云：「骭，郭作扞」，案陸所據郭本也，何云郭作扞乎？扞義亦異。
>
> 〔註283〕

王樹柟云：

> 據此則注之「骭」字應作「扞」。〔註284〕

諸說均頗可疑。黃侃云：

> 《詩・巧言・疏》引經及郭注並作「骭」，與今本同。可知《釋文》所云，
>
> 乃郭《音義》本。〔註285〕

今檢唐石經字亦作「骭」，黃說或可從。今仍據《釋文》輯錄。

董、黃、葉本均照引《釋文》，又葉本「案」作「岸」。馬本《爾雅》及郭注字均作「扞」，無「音」字。余、嚴、王本均未輯錄。

《廣韻》「骭」字凡二見：一音「古案切」（見紐翰韻），一音「下晏切」（匣紐諫韻），兩音當係一音分化而來。〔註286〕又《廣韻》「扞」音「侯旰切」（匣紐翰韻），與「古案」聲紐略異。葉本「古岸反」與「古案」音同。

〔註283〕嚴元照《爾雅匡名》，卷3，《皇清經解續編》，卷498，頁13上。

〔註284〕王樹柟《爾雅郭注佚存補訂》，卷5，頁14下。

〔註285〕黃侃《爾雅音訓》，頁115。

〔註286〕見匣二紐可通，參見2-32「朧，脒，瘠也」條注引李新魁語。又翰韻（寒韻去聲）與諫韻（刪韻去聲）在先秦時期同屬元部，（參見陳新雄《古音研究》，頁346～347。）兩漢至晉宋北魏時期同屬寒部。（參見周祖謨《魏晉南北朝韻部之演變》，頁23～25。）

174. 3-99 暴虎，徒搏也。

搏，音付。

案：本條佚文輯自陸德明《經典釋文・爾雅音義》。

董、馬、黃本引均同。余、嚴、葉、王本均未輯錄。

《廣韻》「搏」字凡三見：一音「方遇切」（非紐遇韻），一音「匹各切」（滂紐鐸韻），一音「補各切」（幫紐鐸韻）。郭璞音「付」，與「方遇」音同。《釋文》陸德明音「逋莫反」（宋本《釋文》「逋」誤作「連」。），與「補各」音同。

175. 3-108 殿屎，呻也。

殿，丁念反。屎，香惟反，又許利反。

案：陸德明《經典釋文・爾雅音義》出「殿屎」，注云：「郭上音香惟反，又音丁念反，下許利反。」盧文弨移「上」字於「又」字下，云：

> 「上」字舊在「郭」字下，亦誤，今並改正。〔註287〕

今從其說輯爲本條。又陸德明《毛詩音義・大雅・板》出「殿」，注引「郭音坫」；又出「屎」，注引「郭音香惟反」。「坫」音與「丁念反」同。

董本據《爾雅音義》輯錄，並據盧文弨之說改正。馬本據《毛詩音義》輯錄，又據《爾雅音義》輯錄「又上音丁念反，下許利反」。黃本據《爾雅音義》輯作「郭音香帷反，上音丁念反，下許伊反」，又據《毛詩音義》輯錄，「惟」亦作「帷」。葉本據《爾雅音義》輯錄，「下許利反」誤作「下音許和反」。余、嚴、王本均未輯錄。

郭璞「殿」音「丁念反」，「屎」音「許利反」，是讀「殿屎」爲「唸㕒」。《說文》口部：「唸，㕒也。從口、念聲。《詩》曰：『民之方唸㕒。』」又：「㕒，唸㕒，呻也。從口、尸聲。」段注本《說文》「㕒」作「呬」，注云：

> 〈釋訓〉：「殿屎，呻也。」毛《傳》：「殿屎，呻吟也。」陸氏《詩、爾雅
> 音義》皆云：「殿屎，《說文》作唸㕒。」

又云：

> 依《詩、爾雅音義》、《五經文字》云：「屎，《說文》作㕒」，然則今本《說
> 文》作「呬」者，俗人妄改也。以虫部蚚字例之，亦爲伊省聲。〔註288〕

按從伊省聲則當入《廣韻》脂韻，與陸德明音「盧伊反」同。郭璞音「許利反」，是

〔註287〕盧文弨《經典釋文攷證・爾雅音義上攷證》，頁 6 上。黃侃云：「段〔玉裁〕又刪注文
『音香惟反又』五字，顧廣圻云段刪未是。《詩》音引『屎，郭香惟反』，非衍也。此
當云『郭下音香惟反，又音丁念反，下許利反。』」（黃焯《經典釋文彙校》，頁 260。）
說與盧氏略異。

〔註288〕段玉裁《說文解字注》，第 2 篇上，頁 24 下～25 上，口部「呬」字注。

郭璞以爲字當作「吚」。馬宗霍云：

> 「民之方唸吚」者，〈大雅・板〉文，今《詩》作「殿屎」，毛《傳》云：
> 「殿屎，呻吟也。」《正義》申《傳》以爲〈釋訓〉文。……許引作「唸
> 吚」者，唸下云「吚也」，吚下云「唸吚，呻也」，呻下云「吟也」，與毛
> 字異而義亦合。然《說文》攴部殿訓擊聲，本義爲擊聲，引申爲凡聲之偁，呻吟
> 亦聲也，故古叚殿爲之。用殿爲聲之義，僅見於此。屎字《說文》所無。……則毛
> 作「殿屎」者，殿蓋用其引申之義，屎乃徙字同音之借，皆非呻吟正字。
> 許作「唸吚」者，蓋以其爲正字而從之，當本三家也。至「唸吚」之「吚」
> 字，今《詩、爾雅釋文》引《說文》並作「咿」，《五經文字》屎下引同，
> 段玉裁《說文注》本因據以訂「吚」爲「咿」，謂「今《說文》作『吚』
> 者，俗人妄改也」。陳喬樅亦從段說，以「吚」爲誤。愚案《集韵》六脂、
> 《類篇》口部、《韵會》四支「吚」下引《說文》皆作「唸吚呻也」，《玉
> 篇》口部「吚」下、《廣韵》三十二霰「唸」下注並同，當亦本之《說文》，
> 則段氏俗人妄改之說未必确。又案蔡邕〈和熹鄧后諡議〉云：「人懷殿吚
> 之聲」，正用此詩，作「殿」同毛，作「吚」同許，亦其旁證也。然則陸、
> 張二書所引作「咿」者，蓋「吚」字轉寫筆增，不可據。〔註289〕

其說甚詳盡可信。

《廣韵》桥韵「唸」音「都念切」（端紐桥韵），至韵「吚」音「虛器切」（曉紐
至韵），正與郭璞「丁念」、「許利」二音相同。又《廣韵》脂韵「屎」音「喜夷切」
（曉紐脂韵），與《釋文》陸德明音「虛伊反」同；郭璞音「香惟反」與「虛伊反」
僅開合不同。黃本作「許伊反」，亦與「虛伊」音同。

176. 3-109 幬謂之帳。　　郭注：今江東亦謂帳爲幬。

今江東人亦謂帳爲幬。〔注〕

案：慧琳《一切經音義》卷六十二〈根本毗奈耶雜事律第十九卷〉「蚊幬」注引
「《爾雅》云：『幬謂之恨〔案：應作「帳」，下同。〕』」，郭璞注云：『今江東人亦謂
恨爲幬。』」今本郭注脫「人」字，據補。

各輯本僅王本輯錄。

〈釋親〉

177. 4-6 仍孫之子爲雲孫。　　郭注：言輕遠如浮雲。

〔註289〕馬宗霍《說文解字引經考》，頁339～340。

雲言漸遠如雲漢也。〔音？〕

案：本條佚文輯自原本《玉篇》卷二十七系部「孫」字注引《尒雅》郭璞曰，與今本郭注義近同，疑或係郭璞《音義》佚文。

〈釋宮〉

178. **5-2 牖戶之間謂之扆。**　　郭注：窗東戶西也。《禮》云「斧扆」者，以其所在處名之。

扆，窗東戶西也。《礼》有斧扆，形如屏風，畫為斧文，置於扆地，因名為斧扆是也。

案：本條佚文輯自孔穎達《毛詩・大雅・公劉・正義》引郭璞云。《太平御覽》卷一百八十五〈居處部十三・扆〉引「《爾雅》曰：『戶牖之間謂之扆』，郭璞注曰：『牕東戶西也。《礼》云斧扆形如屏風，畫爲斧文，置扆地，以其所名之耳。』」文句略異。

嚴、葉本並以「禮有斧扆」以下數句爲郭《音義》文，「禮有斧扆」句下並有「者」字，「地」並作「也」，末句嚴本無「是也」二字，葉本無「斧是也」三字。王本輯入郭注，「礼」作「禮」，末句作「以其所在處名之耳」，餘同《毛詩正義》。余、董、馬、黃本均未輯錄。邵晉涵《正義》亦以「禮有斧扆」以下數句爲郭《音義》文，「禮有斧扆」句下有「者」字，「地」作「也」，餘同《毛詩正義》。今按此語究屬郭璞《音義》或《注》之佚文，實難遽定，今暫存疑。

《周禮・春官・司几筵》：「凡大朝覲、大享射，凡封國、命諸侯，王位設黼依，依前南鄉設莞筵紛純，加繅席畫純，加次席黼純，左右玉几。」鄭玄注云：

　　斧謂之黼，其繡白黑采，以絳帛爲質。依，其制如屏風然。於依前爲王設
　　席，左右有几，優至尊也。

又《儀禮・覲禮》：「天子設斧依於戶牖之閒，左右几。」鄭玄注云：

　　依如今綈素屏風也，有繡斧文，所以示威也。斧謂之黼。

此當即郭注所本。孫詒讓云：

　　《禮經》之依，《尚書》、《爾雅》皆作「扆」，《隸釋・漢石經尚書》又作
　　「衣」。《説文》戶部云：「户牖之閒謂之扆，从户衣聲。」則扆爲正字，
　　依、衣皆同聲叚借字。《魏書・李謐傳・明堂制度論》引鄭氏《禮圖》及
　　《北堂書鈔・屏風門》引《三禮弓矢圖》並云：「扆，從廣八尺，畫斧文
　　而無柄，設而不用，有畫飾，今之屏風則遺象也。」《禮圖》及郭璞、僞

孔傳並依鄭義，惟以繡爲畫小異。〔註290〕

179. 5-2 牖戶之間謂之扆。

扆，音依，又意尾反。

案：本條佚文輯自陸德明《經典釋文‧爾雅音義》。

馬、黃本引並同。董本未輯又音。葉本「依」作「衣」。余、嚴、王本均未輯錄。

「依」與「扆」通。郝懿行云：

古者屏風通名爲依，……依即扆也。〔註291〕

嚴元照云：

扆、依皆从衣聲，古字通借。〔註292〕

又參見前條引孫詒讓語。

《廣韻》「扆」音「於豈切」（影紐尾韻），與郭璞又音「意尾反」同；郭璞音「依」（影紐微韻，《廣韻》音「於希切」），與「意尾」聲調不同（微尾二韻平上相承）。

180. 5-3 西南隅謂之奧。　郭注：室中隱奧之處。

隩，隱曲處也。〔音？〕

案：本條佚文輯自慧琳《一切經音義》卷九十一〈續高僧傳第一卷〉「隅隩」注引郭註《爾雅》，所引與今本郭注不同，疑或係郭璞《音義》佚文，今暫存疑。

181. 5-3 東南隅謂之㝔。

㝔，烏叫反，又音杳。

案：本條佚文輯自陸德明《經典釋文‧爾雅音義》。《釋文》出「㝔」，注云：「烏叫反，《字林》同，郭又音杳。」「郭」下有「又」字，是「烏叫」一音亦爲郭璞所注。

董、黃本並未輯「烏叫反又」四字。馬本「㝔」作「窔」。葉本「㝔」亦作「窔」，未輯「烏叫反」三字。余、嚴、王本均未輯錄。

《廣韻》嘯韻：「窔，隱暗處，亦作㝔，東南隅謂之窔，俗作突。」《說文》穴部字亦作「窔」，是《爾雅》此訓正字當从穴作「窔」。《廣韻》「窔」音「烏叫切」（影紐嘯韻），與郭璞音切語全同；郭璞又音「杳」（影紐篠韻，《廣韻》音「烏皎切」），與「烏叫」聲調不同（篠嘯二韻上去相承）。

〔註290〕孫詒讓《周禮正義》，頁1545。
〔註291〕郝懿行《爾雅義疏》，《爾雅廣雅方言釋名清疏四種合刊》，頁158。
〔註292〕嚴元照《爾雅匡名》，卷5，《皇清經解續編》，卷500，頁1上。

182. 5-4 柣謂之閾。

柣，千結反。

案：本條佚文輯自陸德明《經典釋文・爾雅音義》。玄應《一切經音義》卷十四〈四分律第九卷〉「閾內」注引「《爾雅》：『柣謂之閾』，郭璞曰：『門限也。』《論語》『不履閾』是也。柣音千結反。」又卷四〈十住斷結經第五卷〉「門閾」注引「《爾雅》：『柣謂之閾』，郭璞曰：『即門限也。柣音于〔案：應作「千」，下同。〕結反。』」又卷十一〈增一阿含經第二十二卷〉「門閾」注引「《爾雅》云：『柣謂之閾』，郭璞曰：『門限也。柣音千結反。』」又卷十三〈鸚鵡經〉「門閾」注引「《爾雅》：『柣謂之閾』，郭璞曰：『門限也。柣音千結反。』」又卷十八〈尊婆須蜜所集論第三卷〉「門閾」注引「《爾雅》：『柣謂之閾』，郭璞曰：『門限也。柣音于結反。』」又卷二十〈法句經下卷〉「門閾」注引「《爾雅》：『柣謂之閾』，郭璞曰：『即門限也。柣音千結反。』」按玄應所引郭注之下，俱有「千結」一音。

顏師古《匡謬正俗》卷八〈門限〉云：

> 問曰：「俗謂門限爲門蒨，何也？」答曰：「按《爾雅》曰『柣謂之閾』，郭景純注曰：『門限也，音切。』今言門蒨，是『柣』聲之轉耳。字宜爲『柣』而作『切』音。」

劉曉東云：

> 師古引郭景純「柣」音「切」者，蓋郭《爾雅音》中語，《爾雅・釋宮》此文《釋文》曰「郭千結反」者，即「切」字音，唯易直音爲反語耳。〔註293〕

按《廣韻》屑韻「切」音「千結切」，與郭璞此音切語全同。郝懿行云：

> 古謂門限爲切，故〈考工記・輪人〉鄭眾注：「眼讀如限切之限」，限切即門限也。〔註294〕

然則郭音「千結反」，即是讀「柣」爲「切」。今仍從《釋文》輯錄。

葉本引同。董、黃本「千」並譌作「于」，黃本又據《匡謬正俗》輯錄「柣音切」三字。馬本「千」譌作「干」。王本據玄應所引，輯入今本郭注之下。余、嚴本並未輯錄。

《廣韻》「柣」字凡二見：一音「直一切」（澄紐質韻），一音「千結切」（清紐屑韻）。郭璞音「千結反」，與屑韻切語全同；顧野王音「丈乙反」，與「直一」音同。

〔註293〕劉曉東《匡謬正俗平議》，頁295～296。
〔註294〕郝懿行《爾雅義疏》，《爾雅廣雅方言釋名清疏四種合刊》，頁159上。

183. 5-4 樞謂之根。

根，烏回反，又吾回反。

案：本條佚文輯自陸德明《經典釋文‧爾雅音義》。《釋文》云：「烏回反，郭又吾回反。」「郭」下有「又」字，是「烏回」一音亦爲郭璞所注。

馬本引同。董、黃、葉本均未輯「烏回反又」四字。余、嚴本並未輯錄。王本據玄應《一切經音義》在今本郭注之下輯錄「根音吾迴反」五字。按玄應《音義》卷十七〈阿毗曇毗婆沙論第三十二卷〉「戶樞」注引「《爾雅》：『樞謂之根』，郭璞曰：『謂門扉樞也。』根音五迴反。」「五迴」與「吾回」音同。

《廣韻》「根」音「烏恢切」（影紐灰韻）。郭璞音「烏回反」，與「烏恢」音同；又音「吾回反」（疑紐灰韻），不詳所據。

184. 5-6 鏝謂之杇。

杇，音烏。

案：玄應《一切經音義》卷十五〈五分律第二十五卷〉「泥鏝」注引「《爾雅》：『鏝謂之杅〔案：應作「杇」，下同。〕』，郭璞曰：『泥鏝也。杅音烏。』」今據補音。

王本引同，且輯入今本郭注之下。其餘各本均未輯錄。按此音究屬郭璞《音義》或《注》之佚文，實難遽定，今暫存疑。

陸德明《經典釋文‧爾雅音義》出「杇」，注云：「音烏，又音胡。」陸音「烏」與郭璞音同。《廣韻》「杇」、「烏」二字同音「哀都切」（影紐模韻）。

185. 5-6 地謂之黝。

黝，殙柳反。

案：本條佚文輯自陸德明《經典釋文‧爾雅音義》。

董、馬、黃、葉本引均同。余、嚴、王本均未輯錄。

《廣韻》「黝」字凡二見：一音「於脂切」（影紐脂韻），一音「於糾切」（影紐黝韻）；又脂韻「黝」下有又音「於九切」（影紐有韻）。郭璞音「殙柳反」，與「於九」音同。「於糾」、「殙柳」二音聲當近同。〔註295〕《釋文》陸德明音「於糾反」，與黝韻切語全同。

〔註295〕在《詩經》音到兩漢時期，《廣韻》黝韻的「糾」字與有韻的「柳」、「九」等字均同屬幽部。（參見陳新雄《古音研究》，頁 360～361；羅常培等《漢魏晉南北朝韻部演變研究》（第一分冊），頁 133。）到魏晉時期，黝韻（幽韻上聲）與有韻（尤韻上聲）仍同屬侯部。（參見周祖謨《魏晉南北朝韻部之演變》，頁 19。）可見黝、有二韻的音讀始終相當接近。

186. 5-6 牆謂之堊。　　郭注：白飾牆也。

以白土飾牆也。〔注〕

　　案：玄應《一切經音義》卷十一〈中阿含經第一卷〉「堊灑」注引「《爾雅》云：『牆謂之堊』，又郭璞曰：『以白土飾牆也。』」又卷十三〈五百弟子自說本起經〉「堊飾」注引《爾雅》郭璞曰同。又卷七〈正法華經第一卷〉「堊飾」注引「《爾雅》：『牆謂之堊』，郭璞云：『白土飾牆也。』」今本郭注脫「以土」二字，據補。

　　王本引同，其餘各本均未輯錄。周祖謨亦云：

　　堊為白土，今本「白」下蓋脫「土」字。〔註296〕

187. 5-7 樴謂之杙。　　郭注：橜也。

樴音徒得反。

　　案：玄應《一切經音義》卷十四〈四分律第二卷〉「杙上」注引「《爾雅》：『樴謂之杙』，郭璞曰：『杙，橜也。織〔案：應作「樴」。〕音徒得反。』」又卷十七〈俱舍論第十九卷〉「弋輪」注引「《爾雅》：『樴謂之杙』，注云：『杙，橜也。樴，徒得反。』」今據補音。玄應《音義》卷八〈大莊嚴法門經上卷〉「剛樴」注引「《爾雅》云：『橜謂之杙』，杙，樴也。樴音徒得反。」當係據郭注略加改易。

　　王本引同，且輯入今本郭注之下。其餘各本均未輯錄。按此音究屬郭璞《音義》或《注》之佚文，實難遽定，今暫存疑。

　　陸德明《經典釋文・爾雅音義》出「樴」，注云：「音特，又之力反。」《廣韻》「樴」字凡二見：一音「之翼切」（照紐職韻），一音「徒得切」（定紐德韻）。「之翼」與陸音「之力」同；「徒得」與陸音「特」同，又與郭璞音切語全同。

188. 5-7 樴謂之杙。　　郭注：橜也。

杙，羊北反。

　　案：本條佚文輯自陸德明《經典釋文・毛詩音義・周南・菟罝・傳》「杙」下引郭。

　　馬本引同。其餘各本均未輯錄。

　　《廣韻》「杙」音「與職切」（喻紐職韻）。郭璞音「羊北反」（喻紐德韻），與「與職」當係一音之轉。〔註297〕陸德明《經典釋文・爾雅音義》「杙」音「羊式、羊特

〔註296〕周祖謨《爾雅校箋》，頁230。

〔註297〕《廣韻》職、德二韻在《詩經》音及兩漢時期同屬職部，（參見羅常培等《漢魏晉南北朝韻部演變研究》（第一分冊），頁39。）「到三國時期分為職德兩部，職部包括職屋（服）兩類字，德部包括德麥（革）兩類字。晉宋時期職德仍分為兩部。」（周祖謨《魏晉南北朝韻部之演變》，頁29。）因此在兩漢以前，郭璞音「羊北反」與「與職切」聲當

－119－

二反」,「羊式」與《廣韻》「與職」音同,「羊特」與郭璞「羊北」音同。

189. 5-7 在地者謂之臬。　郭注:即門㮰也。

闑,門中橛也。〔音?〕

案:本條佚文輯自慧琳《一切經音義》卷八十五〈辯正論卷第四〉「闑衡」注引郭注《爾雅》。文與今本郭注略異,疑此語或係郭璞《音義》佚文。

郝懿行云:

> 臬者,《說文》以為射準的,是臬植於地,與《爾雅》合。郭以為「門㮰㮰」,則與闑同。……《爾雅》既云「在地者謂之臬」,又云「㮰謂之闑」,是臬與闑殊,郭氏以門㮰釋臬則謬矣。〔註298〕

按《說文》木部:「臬,射準的也」,引申之則門中所豎短木亦得稱之,「闑」之門旁當係後人據義所加,然則「闑」應為「臬」之分別字。《爾雅》此訓正字當作「闑」。

嚴元照云:

> 《說文》門部:「闑,門梱也,从門、臬聲」;又木部:「臬,射準的也,从木从自。」據義則此當作闑,今作臬,省文。〔註299〕

黃侃云:

> 臬者闑之叚借。《說文》:「闑,門闑也。」闑、闡、㮰皆有橫直兩用,直闑即下文「橛謂之闑」,橫臬即此,亦即上文之柣。郭注通謂「門橛」,猶〈曲禮〉鄭注臬謂梱為門限也,並不誤。〔註300〕

說均可從。《廣韻》屑韻「臬」、「闑」二字同音「五結切」。

190. 5-7 大者謂之栱。

栱,九勇反,又音邛。

案:本條佚文輯自陸德明《經典釋文・爾雅音義》。《釋文》云:「九勇反,郭又音邛。」「郭」下有「又」字,是「九勇」一音亦為郭璞所注。《通志堂經解》本《釋文》「邛」作「印」,阮元云:

> 葉本、盧本印作邛。〔註301〕

按《說文》字應从邑作「邛」,作「印」者係因兩字偏旁形近而譌;作「印」者則又與「卬」形近而譌。《廣韻》「卬」一音「五剛切」(疑紐唐韻),一音「魚兩切」(疑

近同,但在郭璞之時,兩音已分屬兩部。郭璞音可能採用了某地方音或較早的音切。

〔註298〕郝懿行《爾雅義疏》,《爾雅廣雅方言釋名清疏四種合刊》,頁160上。
〔註299〕嚴元照《爾雅匡名》,卷5,《皇清經解續編》,卷500,頁3下。
〔註300〕黃侃《爾雅音訓》,頁129。
〔註301〕阮元《爾雅釋文校勘記》,《皇清經解》,卷1037,頁7上。

紐養韻），均與「栱」音不類。《廣韻》「栱」音「居悚切」（見紐腫韻），與郭音「九勇」同；郭璞又音「卭」（群紐鍾韻，《廣韻》音「渠容切」），與「居悚」聲紐略異，聲調不同（鍾腫二韻平上相承）。

董、馬、黃本「卭」均譌作「卬」，董、黃本又未輯「九勇反又」四字。余、嚴、葉、王本均未輯錄。

191. 5-11 栭廇謂之梁。　郭注：屋大梁也。

屋大梁也，亦通語耳。〔注〕

案：慧琳《一切經音義》卷二十七〈妙法蓮花經・譬喻品〉「梁棟」注引「《爾雅》：『栭廇謂之梁』，郭璞云：『屋大梁也，亦通語耳。』」今本郭注脫「亦通語耳」四字，據補。

王本引同。其餘各本均未輯錄。

192. 5-11 棟謂之桴。　郭注：屋檼。

桴謂檼也。〔音？〕

案：慧琳《一切經音義》卷九十七〈廣弘明集卷第二〉「榱棟」注引「《尒雅》云：『桷謂之榱，棟謂之桴』，郭注云：『榱，屋椽也；桴謂檼也。』」疑「桴謂檼也」句為郭璞《音義》佚文，或係慧琳引郭璞注誤脫一「屋」字亦未可知，今暫存疑。

段注本《說文》木部：「桴，眉棟也。」又：「檼，棼也。」〔註302〕李誡《營造法式》卷五〈大木作制度二・棟〉：「棟，其名有九：……二曰桴，三曰檼。」是「桴」、「檼」二字義近同。

193. 5-11 棟謂之桴。　郭注：屋檼。

桴，音浮，又音孚。

案：本條佚文輯自陸德明《經典釋文・爾雅音義》。

馬、黃、葉本引均同。董本未輯又音。余、嚴、王本均未輯錄。

《廣韻》「桴」字凡二見：一與「孚」同音「芳無切」（敷紐虞韻），一與「浮」同音「縛謀切」（奉紐尤韻）。郝懿行云：

桴之言浮，浮高出在上之言也。〔註303〕

194. 5-11 桷謂之榱。　郭注：屋椽。

〔註302〕《說文》林部：「棼，複屋棟也。」段玉裁云：「木部曰：『檼，棼也』，是曰檼曰棼者，複屋之棟也。」（《說文解字注》，第6篇上，頁68上。）

〔註303〕郝懿行《爾雅義疏》，《爾雅廣雅方言釋名清疏四種合刊》，頁161下。

即椽也，亦名桷，亦名橑，音力道反。〔音？〕

案：本條佚文輯自玄應《一切經音義》卷十五〈僧祇律第二十卷〉「榱棟」注引《爾雅》「桷謂之榱」郭璞曰。「橑」原譌从手旁作「撩」，今逕改正。今本郭注作「屋椽」，疑玄應所引郭璞語爲《音義》佚文。

黃本「橑」譌作「撩」，又未輯「音力道反」四字。王本輯爲郭璞注，首句作「榱屋椽也」，亦未輯音。余、嚴、董、馬、葉本均未輯錄。

「桷」、「橑」、「榱」等字均指屋椽而言。《說文》木部：「桷，榱也。从木、角聲。椽方曰桷。」又：「橑，椽也。从木、尞聲。」又：「榱，秦名爲屋椽，周謂之椽，齊魯謂之桷。从木、衰聲。」又：「椽，榱也。从木、彖聲。」諸字義均可通。李誡《營造法式》卷五〈大木作制度二‧椽〉：「椽，其名有四：一曰桷，二曰椽，三曰榱，四曰橑。」

郭璞於注文「橑」字有音「力道反」。按《廣韻》「橑」字凡二見：一音「落蕭切」（來紐蕭韻），一音「盧皓切」（來紐皓韻）。郭璞音與「盧皓」同。

195. 5-11 檐謂之樀。

樀，丁狄反，又他赤反。

案：本條佚文輯自陸德明《經典釋文‧爾雅音義》。《釋文》出「樀」，注云：「丁狄反，字從木旁作啇。郭又也赤反，字合手旁作適。」「郭」下有「又」字，是「丁狄」一音亦爲郭璞所注。宋本《釋文》「也」字左旁缺空，段玉裁校云：「也當作池。」〔註304〕盧文弨改作「他」，云：「他舊作也，今從邵校改。」〔註305〕按「池」屬定紐，「他」屬透紐，聲亦可通。今暫從盧說作「他」。

馬本「他赤反」下有「字合手旁作摘」六字，當係誤輯。董、黃、葉本均未輯「丁狄反又」四字，「他赤」董本作「也赤」，黃本作「他亦」，葉本「他赤反」下又誤輯「字从手旁」四字。余、嚴、王本均未輯錄。

《廣韻》「樀」字凡二見：一音「都歷切」（端紐錫韻），一音「徒歷切」（定紐錫韻）。郭璞音「丁狄反」，與「都歷」音同，故《釋文》云「字從木旁作啇」。郭璞又音「他赤反」（透紐昔韻），則字當作「摘」，《釋文》云「字合手旁作適」，疑「適」爲「啇」字之誤。〔註306〕《廣韻》錫韻「摘」音「他歷切」（透紐錫韻），與「他赤」

<hr>

〔註304〕黃焯《經典釋文彙校》，頁 261。

〔註305〕盧文弨《經典釋文攷證‧爾雅音義中攷證》，頁 6 下。

〔註306〕嚴元照云：「無論摘字之俗，不可施於經典；以義言之，於此亦何所取？且即以摘字論之，當從適聲，適亦從啇聲，丁狄、他赤一聲之轉耳，何煩區別？其說亦陋甚矣。」（《爾雅匡名》，卷 5，《皇清經解續編》，卷 500，頁 5 上。）

音當近同。〔註307〕

196. 5-22 瓬瓵謂之㽙。　郭注：甊甀也，今江東呼瓬㽙。

㽙謂甊甀也，今江東呼為瓬㽙。〔注〕

　　案：慧琳《一切經音義》卷九十八〈廣弘明集卷第十三〉「闌㽙」注引郭注《尒雅》：「㽙謂塘塼也。」孔穎達《毛詩・陳風・防有鵲巢・正義》引郭璞曰：「甊甀也，今江東呼為瓬㽙。」今據慧琳所引補「㽙謂」二字，據孔穎達所引補「為」字。

　　王本「呼」作「評」，餘同。其餘各本均未輯錄。

197. 5-23 宮中衖謂之壼。

壼，丘屯反。

　　案：陸德明《經典釋文・爾雅音義》出「壼」，注云：「本或作壺。苦本反，郭、呂並立屯反。或作韋。」盧文弨云：「字當作壼，此譌。邢本作壺。」〔註308〕按《說文》口部「壼」字篆體正作「壼」，盧說可從。

　　董、馬、黃本均從《釋文》輯作「立屯反」；又馬本引《爾雅》「壼」譌作「壺」，「反」下有「或作韋」三字。余、嚴、葉、王本均未輯錄。「或作韋」三字當係陸德明語，馬氏誤輯。

　　《廣韻》「壼」音「苦本切」（溪紐混韻），與《釋文》陸德明音切語全同。「立屯反」（來紐魂韻）與「壼」音聲紐相隔絕遠，「立」當為「丘」字形近之譌。〔註309〕郭音「丘屯」（溪紐魂韻）與「苦本」聲調不同（魂混二韻平上相承）。

198. 5-25 二達謂之歧旁。

歧，如字。

　　案：陸德明《經典釋文・爾雅音義》出「歧旁」，注云：「郭如字，樊本作坿，音支。」（宋本《釋文》「坿」作「技」。）是郭本《爾雅》字作「歧」。嚴元照云：

　　　　《釋文》云：「歧，樊本作坿。」案《說文》止部無歧字，土部無坿字。

　　　　當作跂，《說文》足部：「跂，足多指也。從足、支聲。」古字足止偏旁通

　　　　借，故又作歧。〔註310〕

其說可從。「跂」之本義為足多指，引申而有歧出之義，字又省從止旁作「歧」。《莊

〔註307〕在三國晉時期，《廣韻》錫韻的「歷」、「狄」與昔韻的「赤」字均同屬錫部。

〔註308〕盧文弨《經典釋文攷證・爾雅音義中攷證》，頁 6 下。

〔註309〕阮元云：「葉本立作丘。」（《爾雅釋文挍勘記》，《皇清經解》，卷 1037，頁 7 下。）吳承仕云：「各本……『丘屯反』，『丘』並誤作『立』，茲正之。」（《經籍舊音辨證》，頁 168。）

〔註310〕嚴元照《爾雅匡名》，卷5，《皇清經解續編》，卷 500，頁 9 上。

子·駢拇》:「故合者不爲駢，而枝者不爲跂」，王先謙云「跂、歧同」〔註311〕是也。
阮元云：

> 按《玉篇》止部:「歧，翹移切，歧路也。」《廣韻》五支:「岐，山名」;
> 「歧，歧路。」是六朝以來歧路字多從止矣。〔註312〕

馬、葉本並照《釋文》語輯錄。余、嚴、董、黃、王本均未輯錄。

《廣韻》「歧」音「巨支切」（群紐支韻），云郭如字則當讀此音;樊光音「支」，
《廣韻》「支」音「章移切」（照紐支韻）。

199. 5-27 石杠謂之徛。　郭注:聚石水中以為步渡彴也。《孟子》曰:「歲十月徒杠成。」或曰今之石橋。

杠，音江。

案:《文選》卷六左思〈魏都賦〉:「石杠飛梁」，李善注引「《爾雅》曰:『石杠謂之徛』，郭璞曰:『石橋，音江。』」今本郭注無「音江」二字。王本將「音江」二字輯入今本郭注之下。其餘各本均未輯錄。惟此音究屬郭璞《音義》或《注》之佚文，實難遽定，今暫存疑。

《廣韻》「杠」、「江」二字同音「古雙切」（見紐江韻）。《釋文》陸德明亦云「音江」。

200. 5-27 石杠謂之徛。

徛，居義反。

案:本條佚文輯自陸德明《經典釋文·爾雅音義》。

董、馬、黃本引均同。余、嚴、葉、王本均未輯錄。

《釋文》云:「郭居義反，顧丘奇反。《說文》云:『舉腳有度也。』《廣雅》云:『步橋也。』案今關西呼徛與郭同。」《廣韻》「徛」字凡二見:一音「渠綺切」（群紐紙韻），一音「居義切」（見紐寘韻）。郭璞音「居義反」與寘韻切語全同;顧野王音「丘奇反」（溪紐支韻），與「居義」、「渠綺」二音聲紐略異，聲調不同（支紙寘三韻平上去相承）。

〈釋器〉

201. 6-2 康瓠謂之甈。

康，如字。

〔註311〕王先謙《莊子集解》，頁78。
〔註312〕阮元《爾雅挍勘記》，《皇清經解》，卷1033，頁5下。

案：陸德明《經典釋文・爾雅音義》出「康」，注云：「孫、郭如字。字書《埤蒼》作甌，音同。李本作光。《字林》作瓶，口光反。」是郭本《爾雅》字作「康」。《說文》瓦部：「甌，康瓠，破罌也。」字亦作「康」。段玉裁云：

> 康之言空也，瓠之言壺也，空壺謂破罌也。罌已破矣，無所用之，空之而已。〈釋器〉曰：「康瓠謂之甌」，甌之言滯而無用也。〔註313〕

董、馬、黃、葉本均照《釋文》語輯錄。余、嚴、王本均未輯錄。

《廣韻》「康」音「苦岡切」（溪紐唐韻）。郭如字則當亦讀此音。

202. 6-3 斫斸謂之定。

斫，巨俱反。

案：本條佚文輯自陸德明《經典釋文・爾雅音義》。宋本《釋文》「斫」譌作「劬」。

董、馬、黃、葉本引均同。余、嚴、王本均未輯錄。

《廣韻》「斫」音「其俱切」（群紐虞韻），與郭璞音「巨俱反」同。

203. 6-3 斛謂之䜌。　郭注：皆古鍬鍤字。

斛，古鍬字，並七遙反。

䜌，古鍤字，並楚洽反。

案：本條佚文輯自陸德明《經典釋文・爾雅音義》。《通志堂經解》本《釋文》「斛」作「劋」。「劋」應為「斛」之俗體，梅膺祚《字彙》刀部：「劋，古鍬字。《爾雅》：『劋謂之䜌。』」唐石經、宋本《爾雅》字均作「斛」，段注本《說文》斗部：「斛，斛旁有庣也。从斗、庣聲。……《爾雅》曰：『斛謂之䜌』，古田器也。」是《爾雅》此訓正字作「斛」。又《釋文》出「䜌」，注云：「本或作䜌，郭云古鍤字，並楚洽反。」按「䜌」字書未見，《說文》甾部：「䜌，斛也，古田器也。从甾、丵聲。」唐石經、宋本《爾雅》字亦均作「䜌」，今仍從之。

馬、黃本「斛」並作「劋」，馬本未輯「䜌，古鍤字，並楚洽反」八字，黃本未輯二「並」字。葉本僅輯二字音切。余、嚴、董、王本均未輯錄。

「斛」與「鍬」、「䜌」與「鍤」各為古今字，《文選》卷六十謝惠連〈祭古冢文〉李善注引《爾雅》作「鍬謂之鍤」可證；今本郭璞注亦云「皆古鍬鍤字」。〔註314〕

〔註313〕段玉裁《說文解字注》，第 12 篇下，頁 55 下。
〔註314〕邵晉涵云：「《文選註》引《爾雅》作『鍬謂之鍤』，是『斛』為古『鍬』字，『䜌』為古『鍤』字也。」（《爾雅正義》，《皇清經解》，卷510，頁4上。）葉蕙心云：「《文選・祭古冢文》注引《爾雅》作『鍬謂之鍤』，斛鍬、䜌鍤古今字，故郭注云『古鍬鍤字』。」（《爾雅古注斠》，卷中，頁9上。）

又《五經文字》斗部：「剌，古鍬字，見《爾雅》。」郝懿行云：

　　鍬蓋俗字，鍤亦借聲，故《釋名》云：「鍤，插也，插地起土也。」〔註315〕

　　《廣韻》「㪷」音「吐彫切」（透紐蕭韻），注云：「斗旁耳，又《爾雅》云：『㪷謂之疀』，古田器也，郭音鍬。」又「鍬」音「七遙切」（清紐宵韻），與郭璞音切語全同，注云：「舌也，亦作㪷。」是「㪷」亦有「七遙」一音。《集韻》宵韻「㪷」音「千遙切」，當即本郭璞此音。又《廣韻》「疀」、「鍤」二字同音「楚洽切」（初紐洽韻），與郭璞音切語全同。

204. 6-4 翼謂之汕。　　郭注：今之撩罟。

　　撩，力堯反，取也。又力弔反。

　　案：本條佚文輯自陸德明《經典釋文・爾雅音義》。

　　馬本引同。葉本「力堯反」譌作「力充反」，且未輯又音。余、嚴、董、黃、王本均未輯錄。

　　《廣韻》「撩」字凡二見：一音「落蕭切」（來紐蕭韻），一音「盧鳥切」（來紐篠韻，蕭篠二韻平上相承）。郭璞音「力堯反」與「落蕭」同；「力弔反」（來紐嘯韻）與「盧鳥」聲調不同（篠嘯二韻上去相承）。《玉篇》手部：「撩，手取物，又撩理也。」是「撩」有取義，故郭璞云「取也」。

205. 6-4 篧謂之罩。　　郭注：捕魚籠也。

　　今魚罩。

　　案：孔穎達《毛詩・小雅・南有嘉魚・正義》引「〈釋器〉云：『篧謂之罩』，……郭璞曰：『今魚罩。』」。今本郭注無此語。

　　王本引同，並輯入今本郭注「捕魚籠也」句下。其餘各本均未輯錄。按此語究屬郭璞《音義》或《注》之佚文，實難遽定，今暫存疑。

206. 6-4 篧謂之罩。　　郭注：捕魚籠也。

　　篧，士角反，又捉、廓二音。

　　案：本條佚文輯自陸德明《經典釋文・爾雅音義》。《通志堂經解》本《釋文》「士」譌作「七」。「七」屬清紐，與「篧」音不合（詳下），當係「士」字之譌。〔註316〕又宋本《釋文》「廓」譌作「廊」。

　　董、馬、黃、葉本「士」均譌作「七」，董本又未輯又音。余、嚴、王本均未輯

〔註315〕郝懿行《爾雅義疏》，《爾雅廣雅方言釋名清疏四種合刊》，頁168下。
〔註316〕黃焯云：「案《集韻》、《類篇》『篧』並有『仕角』一切，無作清聲讀者，則作『士』是也。」（《經典釋文彙校》，頁263。）

錄。

　　《廣韻》「籗」字凡二見：一音「士角切」（牀紐覺韻），一音「側角切」（莊紐覺韻）。郭璞音「士角反」，與《廣韻》切語全同；又音「捉」，與「側角」音同。又音「廓」，是讀「籗」為「籱」。《說文》竹部：「籱，罩魚者也。从竹、靃聲。籗，籱或省。籗，籱或从隺。」〔註317〕「罩魚者」與郭璞注「捕魚籠」義近同。《廣韻》「籗」、「廓」二字同音「苦郭切」（溪紐鐸韻），「籗」字釋云：「《爾雅》注云『捕魚籠』，亦作籗，又仕角切。」是「籱」字亦有「士角」一音（士仕聲紐相同）。按「籗」之聲紐屬齒音，「籱」之聲紐屬牙音，相隔甚遠，不可互通。疑「籗」、「籱」二字本各自有音，後因二字形義俱近，自許慎《說文》即誤為重文，而音亦互可通用。

207. **6-4 椮謂之涔。　　郭注：今之作椮者聚積柴木於水中，魚得寒入其裏藏隱，因以簿圍捕取之。**

　　椮，霜甚反，又疏鑫反，又心稟反。

　　案：陸德明《經典釋文・爾雅音義》出「椮」，注云：「沈桑感反，謝胥寢反，郭霜甚、疏鑫二反。《爾雅》舊文并《詩傳》並米〔案：宋本譌作「朱」。〕旁作；《小爾雅》木旁作，其文云：『魚之所息謂之橬。橬，椮也，積柴水中而魚舍焉。』郭因改米從木。《字林》作㮂，山泌反，其義同。」又《毛詩音義・周頌・潛・傳》出「椮也」，注云：「舊《詩傳》及《爾雅》本並作米傍參，……郭景純因改《爾雅》從《小爾雅》作木傍參，音霜甚反，又疏鑫反，又心稟反。」今據陸氏所引郭音輯為本條。

　　董、馬、葉本均僅據《爾雅音義》輯音，「二反」下董本有「舊從米旁，郭改从木旁」九字，葉本有「《爾雅》舊文並云《詩傳》並米旁作椮，郭改米從木」十八字；馬本「疏」作「疎」。黃本先據《爾雅音義》輯錄「椮」、「涔」二字之音（「涔」音見下條），又照引《爾雅音義》「《爾雅》舊文并《詩傳》」云云及《毛詩音義》「舊《詩傳》及《爾雅》本」云云。余、嚴、王本均未輯錄。

〔註317〕段玉裁刪去重文「籗」，蔣冀騁云：「《繫傳》此字下有兩重文，云：籗，籱或省，籗，籱或从隺，而重文總數與大徐本同，均為十五。若籱下果有兩重文，則當云重十六，是知重文籗、籗必有一誤。今考《玉篇》竹部以籗為正，以籱為重文，而不收籗。裴務齊正字本《切韻》、唐寫本《唐韻》覺韻均有籗無籗，《爾雅・釋器》亦作籗，若《說文》果有重文籗，諸書不會不收。以此推之，大徐本當作籗。今本有籗者，蓋籱省作霍，由於類推的作用，籱也有寫作籗者，校書者遂據以補入。非《說文》原有此字也。」（《說文段注改篆評議》，頁86～87。）其說甚是。

　　《釋文》云《爾雅》舊文作「糝」，按《說文》米部「糝」為「糂」之古文，釋云：「吕米和羹也。」《太平御覽》卷八百三十四〈資產部十四・涔〉引《爾雅》曰：「糝謂之涔」，下引犍為舍人曰：「以米投水中養魚曰涔也。」是舍人本《爾雅》字作「糝」。《詩・周頌・潛》：「潛有多魚」，毛《傳》云：「潛，糝也。」孔穎達《正義》云：

> 〈釋器〉云：「椮謂之涔」，李巡曰：「今以木投水中養魚曰涔。」孫炎曰：「積柴養魚曰椮。」郭璞曰：「今之作椮者聚積柴木於水中，魚得寒入其裏藏隱，因以簿圍捕取之。」「椮」字諸家本作米邊，《爾雅》作木邊，積柴之義也。

是李巡、孫炎、郭璞諸家《爾雅》字均作「椮」。從米作「糝」者取「以米投水養魚」之義；從木作「椮」者取「積柴水中養魚」之義。「椮」之本字當作「罧」，《說文》网部：「罧，積柴水中已聚魚也。」〔註318〕郝懿行云：

> 椮者，糝之誤字也。……按毛《傳》：「潛，糝也」，然則椮古本作糝，故《御覽》引舍人曰：「以米投水中養魚為涔也。」《詩正義》引李巡同，唯米作木為異。今萊陽人編楚為篅笛，沈之水底，投米其中，候魚入食，舉而取之，是即《爾雅》所謂糝也。後人不知糝字之義，改米從木，因生積柴之說，故《詩正義》引孫炎曰：「積柴養魚曰椮」，是郭注本孫炎，特暢其說，陸德明謂郭始改米從木，非也。椮乃罧之叚音。《說文》云：「罧，積柴水中以聚魚也。」《淮南・說林》篇云：「罧者扣舟」，高誘注：「罧者，以柴積水中以取魚，魚聞擊舟聲，藏柴下，壅而取之。」然則《說文》罧字義本《淮南》，而非《爾雅》之義。《爾雅》自以作糝為是矣。〔註319〕

郝氏以為「椮古本作糝」，其說可從；惟以「椮」為「糝」之誤字，似猶可商。今綜理諸說，疑《爾雅》古本作「糝」，舍人注「投米養魚」即其本義；李、孫等又取《說文》「罧」字「積柴聚魚」之義，而改米旁為木旁；郭璞又承李、孫之義，字亦作「椮」。黃侃云：

> 投米、積木二義皆通，其書積木者，《說文》：「㭬，以柴木離水也。」《廣雅》：「涔，㭬也。」郭景純〈江賦〉：「㭬㴖為涔。」此皆積木之義，亦本於古。其實涔、潛、椮、罧、糝、㭬聲皆相轉，即義皆可通，不必從米獨

〔註318〕邵晉涵云：「椮，字又作罧。《淮南・說林訓》云：『罧者扣舟』，高誘註云：『罧者，以柴積水中以取魚，魚聞擊舟聲，藏柴下，壅而取之也。罧讀沙椮，今沈州人積柴水中捕魚為罧，幽州名之為椮也。』」（《爾雅正義》，《皇清經解》，卷510，頁5上。）

〔註319〕郝懿行《爾雅義疏》，《爾雅廣雅方言釋名清疏四種合刊》，頁169。

－128－

是，從木獨非，此等但宜分疏各説，而不必有所取舍，有所取舍則固矣。
〔註320〕
其說較切近其實。

《廣韻》「槮」字凡四見：一音「所今切」（疏紐侵韻），一音「楚簪切」（初紐侵韻），一音「疎錦切」（疏紐寢韻），一音「桑感切」（心紐感韻）。郭璞音「霜甚反」，與「疎錦」音同；沈旋音「桑感反」，與感韻切語全同。郭璞又音「疏蔭反」、「心廪反」，謝嶠音「胥寢反」，均是讀「槮」爲「罧」。《廣韻》「罧」一音「斯甚切」（心紐寢韻），一音「所禁切」（疏紐沁韻）。「疏蔭」與「所禁」音同，「心廪」、「胥寢」並與「斯甚」音同。

208. 6-4 槮謂之涔。

涔，岑、潛二音。

案：本條佚文輯自陸德明《經典釋文・爾雅音義》。又《毛詩音義・周頌・潛・序》出「潛」，注云：「《爾雅》作涔，郭音潛，又音岑」，音與此同。

董、馬、葉本均僅據《爾雅音義》輯錄。黃本同時據《爾雅音義》與《毛詩音義》輯錄。余、嚴、王本均未輯錄。

郭音「潛」，即是讀「涔」爲「潛」。郝懿行云：

> 涔者，潛之叚音也。《毛詩》作潛，《韓詩》作涔。〔註321〕

《廣韻》「潛」一音「昨鹽切」（從紐鹽韻），一音「慈豔切」（從紐豔韻，鹽豔二韻平去相承）。又《廣韻》「涔」、「岑」二字同音「鋤針切」（牀紐侵韻）。

209. 6-5 兔罟謂之罝。　　郭注：罝猶遮也，見《詩》。

罝，遮也，遮取兔也。

案：玄應《一切經音義》卷十一〈中阿含經第四十七卷〉「圍罝」、卷十七〈出曜論第三卷〉「於罝」注並引「《爾雅》：『兔罟謂之罝』，郭璞曰：『罝，遮也，遮取兔也。』」又卷二十四〈阿毗達磨俱舍論第十五卷〉「罝弶」注引「《爾雅》：『兔罟謂之罝』，郭璞曰：『罝，遮取兔也。』」今本郭注無「遮取兔也」四字。慧琳《音義》卷三十一〈入楞伽經第八卷〉「罝罥」注引「《尒雅》：『兔罟謂之罝』，注云：『罝，遮也，遮取兔也。』」所引當亦郭璞注。

嚴、王本並將「遮取兔也」四字輯入今本郭注「遮也」之下，嚴本又刪去「猶」字。黃、葉本並依玄應《音義》卷十一及卷十七所引郭璞語輯錄。余、董、馬本均

〔註320〕黃侃《爾雅音訓》，頁 143～144。
〔註321〕郝懿行《爾雅義疏》，《爾雅廣雅方言釋名清疏四種合刊》，頁 169 下。

未輯錄。葉蕙心云：「〔玄應《音義》引〕郭注當出《音義》。」〔註322〕按玄應引郭璞曰「罝，遮也」三字，與今本郭注「罝猶遮也」近同，惟玄應所引究屬郭璞《音義》或《注》之佚文，實難遽定，今暫存疑。

210. 6-5 魚罟謂之眾。　　郭注：最大罟也，今江東云。

　　眾，大網也。〔音？〕

　　案：玄應《一切經音義》卷二十〈六度集經第五卷〉「施眾」注引「《爾雅》：『鳥罟謂之眾』，郭璞曰：『眾，大網也。』」所引郭璞語與今本郭注義近同，疑本條為郭璞《音義》佚文。

　　《說文》网部：「眾，魚罟也。」《淮南子‧說山訓》：「好魚者先具罟與眾」，高誘注云：「眾，大网。」郭注義與此同。

211. 6-5 罿謂之罬。

　　罿，音壁，卑覓反。

　　案：陸德明《經典釋文‧爾雅音義》出「罿」，注云：「郭卑覓反。」《文選》卷一班固〈西都賦〉「撫鴻罿」李善注引「《爾雅》曰：『罿謂之罬。罬，翼也。』竹劣切。郭璞曰：『罿，音壁。』」今據陸、李所引郭音輯為本條。吳承仕云：

　　　　《文選‧西都賦》「撫鴻罿」李善《注》曰：「《爾雅》『罿謂之罬』郭璞曰
　　　　『罿音壁』」，與「卑覓反」同。〔註323〕

　　董、馬、黃、葉本均未輯「音壁」二字。王本未輯「卑覓反」三字，又將「罿音壁」三字輯入今本郭注「廣異語」之下。余、嚴本並未輯錄。

　　《廣韻》「罿」字凡二見：一音「蒲革切」（並紐麥韻），一音「北激切」（幫紐錫韻）。郭璞音「壁」與「卑覓反」均與「北激」音同。

212. 6-5 罬，翼也。

　　翼，姜悅、姜穴二反。

　　案：陸德明《經典釋文‧爾雅音義》出「翼」，注引「郭姜悅反」；又《毛詩音義‧王風‧兔爰》出「翼」，注引「郭徐姜雪、姜穴二反」。「姜雪」與「姜悅」音同。今據陸氏所引輯為本條。

　　董、葉本並僅輯「姜悅反」。馬、黃本並據《毛詩音義》輯錄「姜雪、姜穴二反」（馬本脫「二」字），又據《爾雅音義》輯錄「姜悅反」；黃本「姜悅反」下又有「或九劣反」四字。余、嚴、王本均未輯錄。「九劣反」係陸德明所注，非郭璞之音，黃

〔註322〕葉蕙心《爾雅古注斠》，卷中，頁 10 上。
〔註323〕吳承仕《經籍舊音辨證》，頁 170。

氏誤輯。

　　《廣韻》「叕」字凡二見：一音「陟劣切」（知紐薛韻），一音「紀劣切」（見紐薛韻）。郭璞音「姜悅反」，與「紀劣」音同；又音「姜穴反」（見紐屑韻），疑爲「姜悅」一音之轉。《廣韻》薛韻與屑韻在三國晉時期同屬屑部。〔註324〕

213. 6-5 **叕謂之罜。罜，覆車也。**　　郭注：今之翻車也，有兩轅，中施罥以捕鳥。展轉相解，廣異語。

　　罜，今之翻車大岡也。

　　案：本條佚文輯自陸德明《經典釋文・毛詩音義・王風・兔爰》「罜」下引郭云，與今本郭注首句略異。惟究係陸氏所引爲郭璞《音義》之文，或今本郭注脫「大岡」二字，俱不可考，今暫存疑。

　　黃本引同。其餘各本均未輯錄。

214. 6-8 **繩之謂之縮之。**　　郭注：縮者，約束之。《詩》曰：「縮版以載。」

　　縮者，約束之名也。《詩》云「縮板以載」是也。〔注〕

　　案：原本《玉篇》卷二十七糸部「縮」字注引「《尒雅》：『繩之謂之縮』，郭璞曰：『縮者，約束之名也。《詩》云「縮板以載」是也。』」今本郭注脫「名也」「是也」四字，據補。

215. 6-10 **衣眥謂之襟。**　　郭注：交領。

　　衽也，亦交領也。〔注〕

　　案：慧琳《一切經音義》卷四十七〈中論序〉「喉襟」注引「《爾雅》云：『衣眥前謂之襟』，郭注云：『衽也，亦交領也。』」今本郭注脫「衽也亦也」四字，據補。

　　王本引同。其餘各本均未輯錄。

216. 6-10 **袡謂之裾。**　　郭注：衣後裾也。

　　袡，音劫。

　　案：《文選》卷七潘岳〈藉田賦〉：「被褐振裾」，李善注引「《爾雅》曰：『袡謂之裾』，郭璞曰：『衣後裾也。袡音劫。』」今本郭注無音，惟此音究屬郭璞《音義》或《注》之佚文，實難遽定，今暫存疑。

　　王本引同，並將「袡音劫」三字輯入郭注「衣後裾也」句之下。其餘各本均未輯錄。

　　《廣韻》「袡」字凡二見：一音「其輒切」（群紐葉韻），一與「劫」同音「居怯

〔註324〕參見周祖謨《魏晉南北朝韻部之演變》，頁31。

切」（見紐業韻）。《釋文》陸德明亦音「居怯反」。

217. 6-10 袥謂之裾。

裾，居、渠二音。

案：本條佚文輯自陸德明《經典釋文・爾雅音義》。

董、馬、黃本引均同。余、嚴、葉、王本均未輯錄。

《廣韻》「裾」、「居」二字同音「九魚切」（見紐魚韻）；「渠」音「強魚切」（群紐魚韻），與「九魚」聲紐略異。

218. 6-10 衿謂之袸。

紟，今、鉗二音。

案：本條佚文輯自陸德明《經典釋文・爾雅音義》。《釋文》出「衿謂」，云：「又作紟，郭同，今、鉗二音。顧渠鳩、渠金二反。」是郭、顧本《爾雅》字並作「紟」。《通志堂經解》本《釋文》作「又音紟」，非。吳承仕云：

「又音紟」。「音」字疑應作「作」。此條文有譌奪，各家並失校。〔註325〕

黃侃云：

「音」當爲「作」，既無首音，何又音之云？此字《說文》正作「紟」也。

〔註326〕

均已指陳其誤。又宋本及《通志堂經解》本《釋文》顧音「渠鳩」均譌作「渠鳩」，今逕改正。參見第八章第二節顧野王《爾雅音》「衿謂之袸」條案語。

董、馬、黃本「紟」均作「衿」；「今」上馬本有「又作紟同」四字，黃本有「又音紟郭同」五字。余、嚴、葉、王本均未輯錄。

《說文》糸部：「紟，衣系也。」段玉裁云：

聯合衣襟之帶也。……凡結帶皆曰紟。〔註327〕

是《爾雅》此訓，正字當作「紟」，通作「衿」。〔註328〕《廣韻》「紟」音「巨禁切」（群紐沁韻），釋云：「紟帶，或作襟。又音今。」又音「今」（見紐侵韻，《廣韻》「今」、「衿」同音「居吟切」）與郭璞音同。郭璞又音「鉗」，疑是讀「紟」爲「岑」。

〔註325〕吳承仕《經籍舊音辨證》，頁170。
〔註326〕黃侃〈經籍舊音辨證箋識〉，吳承仕《經籍舊音辨證》，頁279。
〔註327〕段玉裁《說文解字注》，第13篇上，頁23上。
〔註328〕郝懿行云：「衿者，當作紟。《說文》云：『紟，衣系也。』……《玉篇》：『衿，亦作紟，結帶也。』按經典紟、衿通用，故《詩・東山・傳》『施衿結帨』，〈內則〉『衿纓』注『衿猶結也』，《漢書・楊雄傳》注『衿音紟系之紟』，皆借衿爲紟也。紟、衿義又相通，故《釋名》云『衿亦禁也』，禁使不得解散也。」（《爾雅義疏》，《爾雅廣雅方言釋名清疏四種合刊》，頁171下。）

《集韻》鹽韻：「帒，布帛名。」《廣韻》「帒」、「鉗」同音「巨淹切」（群紐鹽韻）。
又《集韻》鹽韻「衿」、「紟」同音「其淹切」（群紐鹽韻），當即本郭璞此音。

219. 6-10 衿謂之袸。

袸，辭見反。

案：本條佚文輯自陸德明《經典釋文・爾雅音義》。

董、馬、黃、葉本引均同。余、嚴、王本均未輯錄。

《廣韻》「袸」字凡二見：一音「徂尊切」（從紐魂韻），一音「在甸切」（從紐
霰韻）。郭璞音「辭見反」（邪紐霰韻），與「在甸」聲紐略異。

220. 6-10 執衽謂之袺。

袺，居黠反。

案：本條佚文輯自陸德明《經典釋文・爾雅音義》。

董、黃、葉本引均同。馬本「黠」作「結」。余、嚴、王本均未輯錄。

《廣韻》「袺」字凡二見：一音「古黠切」（見紐黠韻），一音「古屑切」（見紐
屑韻）。郭璞音「居黠反」，與「古黠」音同；《釋文》陸德明音「結」，與「古屑」
音同。

221. 6-10 衣蔽前謂之襜。　　郭注：今蔽膝也。

即今蔽膝也，言襜襜然前後出也。〔注〕

案：玄應《一切經音義》卷十六〈大愛道比邱尼經上卷〉「襜衣」注引「《爾雅》：
『衣蔽前謂之襜』，郭璞曰：『即今蔽膝也，言襜襜然前後出也。』」今本郭注僅存「今
蔽膝也」四字，據補。

嚴本引同。王本「襜襜」作「幨幨」，云：「其作襜者，元應葢從或本，今依經
文訂之。」〔註329〕余、董、馬、黃、葉本均未輯錄。

唐石經、宋本《爾雅》字皆作「襜」，陸德明《釋文》出「幨」。按《說文》無
「幨」字，又衣部：「襜，衣蔽前。」《詩・小雅・采綠》：「終朝采藍，不盈一襜」，
毛《傳》云：「衣蔽前謂之襜。」是《爾雅》此訓正字作「襜」，作「幨」者為借字。
《廣雅・釋器》：「幨謂之幰」，王念孫云：

〈齊策〉云：「攻城之費，百姓理襜蔽，舉衝櫓。」襜與幨通。幨者，蔽
也。〔註330〕

朱駿聲云：

〔註329〕王樹柟《爾雅郭注佚存補訂》，卷7，頁8上。

〔註330〕王念孫《廣雅疏證》，《爾雅廣雅方言釋名清疏四種合刊》，頁574上。

襜，段借爲幨。《後漢・劉盆子傳》：「絳襜絡」，注：「帷也，車上施帷以

屏蔽者，交絡之以爲飾。」〔註331〕

是「襜」與「幨」均有遮蔽之義，故可通借。《古今韻會舉要》鹽韻：「幨，以幃障

車旁，如裳，爲容飾，其上有蓋，四旁垂而下，謂之幨。」今仍從《說文》作「襜」。

222. 6-10 衣蔽前謂之襜。　郭注：今蔽膝也。

神，昌占反。

　案：本條佚文輯自陸德明《經典釋文・爾雅音義》。《釋文》出「幨」，注云：「本

或作襜，《方言》作袡，郭同，昌占反。」是郭本《爾雅》字作「袡」。宋本《釋文》

「占」譌作「古」。

　馬本引同。董、黃本「袡」並作「襜」。余、嚴、葉、王本均未輯錄。黃本音上

又有「《方言》作袡，郭同」六字，係陸德明語，黃氏誤輯。

　《廣雅・釋器》：「袡，襜，蔽𥚁也。」王念孫云：「袡、襜一字也。」〔註332〕

《小爾雅・廣服》：「蔽膝謂之袡。」胡承珙云：「案襜與袡同字。」〔註333〕郝懿行

亦云：「袡即襜之或體也。」〔註334〕諸說均以「袡」、「襜」爲一字。宋翔鳳云：

神即襜字，……《說文》：「襜，衣蔽前」，則字正作襜，經典通爲袡，又

作幨。〔註335〕

其說可從。《廣韻》「襜」一音「處占切」（穿紐鹽韻），一音「昌豔切」（穿紐豔韻）。

郭璞音「昌占反」，正與「襜」字二音相同。（《廣韻》「占」有鹽韻「職廉」、豔韻「章

豔」二切。）又《廣韻》「袡」音「汝鹽切」（日紐鹽韻），與「處占」僅聲紐不同。

223. 6-10 婦人之褘謂之縭。縭，緌也。　郭注：即今之香纓也。褘邪交落帶

繫於體，因名爲褘。緌，繫也。

此女子既許嫁之所著，示繫屬於人，義見《礼記》。《詩》曰「親結其縭」，

謂母送女，重結其所繫者以申戒之也。說者以褘爲帨巾，失之也。〔音〕

　案：原本《玉篇》卷二十七糸部「縭」字注引郭璞《音義》曰：「此女子既許嫁

之所著，亦繫屬於人，義見《礼記》。《詩》曰『親結其縭』，謂母送女，重結其可繫

者以申戒之也。」孔穎達《毛詩・豳風・東山・正義》引〈釋器〉郭璞曰：「即今之

香纓也。褘邪交絡帶繫於體，因名爲褘。緌，繫也。此女子既嫁之所著，示繫屬於

〔註331〕朱駿聲《說文通訓定聲》，謙部弟四，頁23。

〔註332〕王念孫《廣雅疏證》，《爾雅廣雅方言釋名清疏四種合刊》，頁569下。

〔註333〕胡承珙《小爾雅義證》，卷6，頁8下。

〔註334〕郝懿行《爾雅義疏》，《爾雅廣雅方言釋名清疏四種合刊》，頁172上。

〔註335〕宋翔鳳《小爾雅訓纂》，卷4，頁4上。

人，義見《礼記》。《詩》云『親結其縭』，謂母送女，重結其所繫著以申解之。說者以褘爲帨巾，失之也。」孔《疏》係兼引郭《注》與《音義》。今據顧、孔所引輯爲本條。

王本據《毛詩正義》輯入今本郭注，「褘」均作「幃」，「礼」作「禮」，「解」作「戒」。其餘各本均未輯錄。阮元云：

> 《詩正義》引郭注此下有「此女子既嫁之所著，示繫屬於人，義見《禮記》。《詩》云『親結其縭』，謂母送女，重結其所繫著以申戒之。說者以褘爲帨巾，失之也」，共四十七字，審爲郭注。《正義》有申難之辭，未知何時逸去。《釋文》於「著」字、「重」字皆無音，未詳也。按「既嫁」當爲「未嫁」，或作「許嫁」，〈士昏禮〉注云：「婦人十五許嫁，笄而禮之，因著纓，明有繫也。」郭注上云「此女子未嫁之所著，示繫屬於人」，故下云「母送女，重結其所繫著以申戒之」。〔註336〕

阮元、王樹柟均以本條爲郭注佚文，非。原本《玉篇》已明云此語爲郭璞《音義》之文；阮云云「《釋文》於『著』字、『重』字皆無音」，更可證明此語不出自郭璞《爾雅注》。周祖謨云：

> 案原本《玉篇》「縭」下亦引此文，「既嫁」作「既許嫁」，但題爲「《音義》曰」，與注文不相混。是此數語乃出自郭氏《爾雅音義》，非注文也。王樹柟曾引用原本《玉篇》以校《爾雅》，獨於此無說，仍援引阮氏《校勘記》，恐非由於疏忽，蓋有意避去，以維護其所謂今本《爾雅》郭注已有刪節之說耳。〔註337〕

孔《疏》於郭注之前，先引孫炎曰：「褘，帨巾也。」郭云「說者以褘爲帨巾，失之也」，所指即孫炎之說。

224. 6-11 環謂之捐。

捐，與專反。

案：本條佚文輯自陸德明《經典釋文·爾雅音義》。

董、馬、黃本引均同。余、嚴、葉、王本均未輯錄。

《廣韻》「捐」音「與專切」（喻紐仙韻），與郭璞音切語全同。郝懿行云：

> 按捐與肙音義同。肙，空也，環中空以貫彎，故謂之捐。〔註338〕

〔註336〕阮元《爾雅挍勘記》，《皇清經解》，卷1033，頁12上。
〔註337〕周祖謨《爾雅校箋》，頁240～241。
〔註338〕郝懿行《爾雅義疏》，《爾雅廣雅方言釋名清疏四種合刊》，頁172下～173上。董瑞椿疑「捐」爲「桷」字之誤，云：「《說文》：『捐，棄也』，與環之義不合。竊謂此捐字當

225. 6-11 鑣謂之钀。

钀，魚謁反。

案：本條佚文輯自陸德明《經典釋文‧爾雅音義》。

董、馬、黃本引均同。余、嚴、葉、王本均未輯錄。

《廣韻》「钀」字凡二見：一音「語訐切」（疑紐月韻），一音「魚列切」（疑紐薛韻）。郭璞音「魚謁反」，與「語訐」音同；沈旋音「魚桀反」，與「魚列」音同。

226. 6-11 載轡謂之轙。

轙，音儀。

案：本條佚文輯自陸德明《經典釋文‧爾雅音義》。

董、馬、黃、葉本引均同。余、嚴、王本均未輯錄。

《廣韻》「轙」字凡二見：一音「魚羈切」（疑紐支韻），一音「魚倚切」（疑紐紙韻，支紙二韻平上相承）。郭璞音「儀」，與「魚羈」音同；施乾音「蟻」，與「魚倚」音同。

227. 6-12 餀謂之餯。　郭注：說物臭也。

謂食物臭也。〔注〕

案：周祖謨云：

原本《玉篇》食部「餀」下引作「餀，物臭也。」《字鏡》餀下云：「諸食物臭也。」《說文》云：「餀，食臭也。」疑郭注本作「謂食物臭也」，今本有脫誤。〔註339〕

今具錄其說，並存疑之。

228. 6-12 餀謂之餯。

餀，呼帶反。

案：本條佚文輯自陸德明《經典釋文‧爾雅音義》。宋本《釋文》「餀」譌作「鈛」。

董、馬、黃、葉本引均同。余、嚴、王本均未輯錄。

《廣韻》「餀」音「呼艾切」（曉紐泰韻），與郭璞此音同。

229. 6-12 搏者謂之糷。

糷，音輦。

是梋之誤文。《廣雅‧釋詁》三：『梋，圓也。』《通俗文》：『規模曰梋。』在《說文》則為圓規也。」（《讀爾雅日記》，頁5下～6上。）說亦可參。

〔註339〕周祖謨《爾雅校箋》，頁241。

案：本條佚文輯自陸德明《經典釋文・爾雅音義》。

董、馬、黃、葉本引均同。余、嚴、王本均未輯錄。

《廣韻》「糷」音「郎旰切」（來紐翰韻）。郭璞音「輦」（來紐獮韻，《廣韻》音「力展切」），不詳所據。郝懿行云：

> 按糷郭音輦，非。尋音義當作爛。《孟子》云「糜爛」，今語云「爛熟」皆
> 是。〔註340〕

230. 6-12 米者謂之糪。

糪，普厄反。

案：本條佚文輯自陸德明《經典釋文・爾雅音義》。

董、馬、黃本引均同。余、嚴、葉、王本均未輯錄。

《廣韻》「糪」字凡二見：一音「博厄切」（幫紐麥韻），一音「普麥切」（滂紐麥韻）。郭璞音「普厄反」，與「普麥」音同。

231. 6-13 魚謂之鮨。　郭注：鮨，鮺屬也。見〈公食大夫禮〉。

蜀人取魚不去鱗，破腹以鹽飯酒合粥之，重碑其上，熟食之，名為鮨也。

〔音〕

案：本條佚文輯自《群書類從》第六輯〈律令部〉卷七十八所收一條兼良《令抄・賦役令第十・鮨》引郭璞《音義》。

各輯本均未輯錄。

232. 6-13 肉謂之醢。　郭注：肉醬。

醢，音海。

案：《文選》卷六十謝惠連〈祭古冢文〉：「盎或醯醢」，李善注引「《爾雅》……又曰：『肉謂之醢』，郭璞曰：『肉醬也。音海。』」今本郭注無音。王本將「音海」二字輯入今本郭注之下。〔註341〕其餘各本均未輯錄。惟此音究屬郭璞《音義》或《注》之佚文，實難遽定，今暫存疑。

《廣韻》「醢」、「海」二字同音「呼改切」（曉紐海韻）。《釋文》陸德明「醢」音「虎改反」，亦同。

233. 6-15 澱謂之垽。　郭注：滓，澱也。今江東呼垽。

垽音魚靳反。

〔註340〕郝懿行《爾雅義疏》，《爾雅廣雅方言釋名清疏四種合刊》，頁173上。
〔註341〕慧琳《一切經音義》卷八十四〈集古今佛道論衡第二卷〉「俎醢」注引郭注《爾雅》云：「醢，肉醬也。」王樹枏據此在今本郭注中補「醢也」二字。

案：玄應《一切經音義》卷十五〈十誦律第十七卷〉「酒澱」注引「《爾雅》：『澱謂之垽』，注云：『澱，滓也。垽音魚靳反。』」又同卷〈僧祇律第十八卷〉「藍澱」注引「《爾雅》：『澱謂之垽』，郭璞曰：『澱，滓也。江東呼爲垽。音魚靳反。』」今本郭注無音。王本將「垽音魚靳反」五字輯入今本郭注之下。〔註342〕其餘各本均未輯錄。惟此音究屬郭璞《音義》或《注》之佚文，實難遽定，今暫存疑。

《廣韻》「垽」字凡二見：一音「魚覲切」（疑紐震韻），一音「吾靳切」（疑紐欣韻）。郭璞音「魚靳反」，與「吾靳」音同。陸德明《釋文》、鄭樵《爾雅注》亦音「魚靳反」。

234. 6-16 鼎絕大謂之鼐。　　郭注：最大者。

最大圜者也。〔注〕

案：徐鍇《說文解字繫傳》卷十三鼎部「鼐」注引「《爾雅》：『鼎絕大者爲鼐』，注曰：『最大圜者也。』」王樹枏云：

《繫傳》所引《爾雅注》皆本郭璞，今本脫「圜」字，據補。〔註343〕

今從其說補「圜也」二字。嚴本亦在今本郭注之下注引《繫傳》文。

235. 6-16 鼎絕大謂之鼐。

鼐，音乃。

案：本條佚文輯自陸德明《經典釋文·爾雅音義》；又《毛詩音義·周頌·絲衣》「鼐」注引郭音同。

董、馬、黃本引均同。余、嚴、葉、王本均未輯錄。

《廣韻》「鼐」字凡二見：一音「奴亥切」（泥紐海韻），一音「奴代切」（泥紐代韻，海代二韻上去相承）。郭璞音「乃」，與「奴亥」音同；沈旋音「奴戴反」，與「奴代」音同。

236. 6-16 圜弇上謂之鼒。

鼒，音才。

案：本條佚文輯自陸德明《經典釋文·爾雅音義》；又《毛詩音義·周頌·絲衣》「鼒」注引郭音同。

董、馬、黃、葉本引均同。余、嚴、王本均未輯錄。

〔註342〕王樹枏引郭注作「澱，滓也。今江東評爲垽。垽音魚靳反」，云：「各《音義》俱引《爾雅》郭注：『澱，滓也』，今本皆作『滓，澱也』，蓋誤倒。垽音魚靳反，與《釋文》合，亦郭注原文，而今本脫之，謹據補訂。」（《爾雅郭注佚存補訂》，卷7，頁13上。）

〔註343〕王樹枏《爾雅郭注佚存補訂》，卷7，頁13下。

《廣韻》「鼒」字凡二見：一音「子之切」（精紐之韻），一音「昨哉切」（從紐哈韻）。郭璞音「才」，與「昨哉」音同。

237. 6-17 鬵謂之鬵。鬵，鉹也。

鬵，財金反。

案：本條佚文輯自陸德明《經典釋文・爾雅音義》。

董、馬、黃、葉本引均同。余、嚴、王本均未輯錄。

《廣韻》「鬵」字凡三見：一音「徐林切」（邪紐侵韻），一音「昨淫切」（從紐侵韻），一音「昨鹽切」（從紐鹽韻）。郭璞音「財金反」，與「昨淫」音同。

238. 6-17 鬵謂之鬵。鬵，鉹也。　郭注：涼州呼鉹。

涼州呼鬵曰鉹，音侈。〔注〕

案：本條佚文輯自鄭樵《爾雅注》引郭云，今本郭注脫「鬵曰」二字及音，據補。《太平御覽》卷七百五十七〈器物部二・甑〉引《爾雅》郭璞注曰：「涼州呼鉹音侈」，脫「鬵曰」二字；徐鍇《說文解字繫傳》金部「鉹」注引「《爾雅》：『鬵，鉹也』，注：『涼州呼曰鉹』」，亦脫一「鬵」字。

黃本據《御覽》輯錄「鉹音侈」三字；其餘各本均未輯錄。吳承仕云：

《太平御覽》七百五十七引郭《注》云「涼州呼鉹音移」，此「音移」二字當是舊音，《類篇》《集韻》並云：「鉹，又余支切，涼州呼甑為鉹。」即本之《爾雅》郭《注》。〔註344〕

是黃、吳二氏所見《御覽》字均作「移」。《四部叢刊三編》本《御覽》作「侈」，今從之。《廣韻》「鉹」、「侈」二字同音「尺氏切」（穿紐紙韻）。

239. 6-19 一羽謂之箴，十羽謂之縳，百羽謂之緷。　郭注：別羽數多少之名。

凡物數無不從一為始。〔音〕

案：本條佚文輯自陸德明《經典釋文・爾雅音義》；邢昺《爾雅疏》引郭意無「數」字，餘同。

嚴、王本引並同，王本並將此語輯入今本郭注「別羽數多少之名」句下。葉本「一為」二字誤倒。董本未輯錄。余、馬、黃本「為始」下均有「以《爾雅》不失，《周官》未為得也」十一字（馬本脫「以」字），當係誤輯。按《釋文》云：

《周禮・羽人》職云：「十羽為審，百羽為摶，十摶為縳。」鄭注云：「審、摶、縳，羽數束名也。《爾雅》曰：『一羽謂之箴，十羽謂之縳，百羽謂之

〔註344〕吳承仕《經籍舊音辨證》，頁170～171。

輝』，其名音相近也。一羽則有名，蓋失之矣。」孫同鄭意，云「蓋誤」。

郭云：「凡物數無不從一為始。」以《爾雅》不失，《周官》未為得也。

細審文義，「以《爾雅》不失」二句，應為陸德明語。王樹枏云：

> 「凡物數無不從一為始」，此係郭注之文；「以《爾雅》不失」二句，乃陸
> 氏申明郭注之意，非郭注文也。〔註345〕

王氏云「『以《爾雅》不失』二句，乃陸氏申明郭注之意」，其說甚確；惟以「凡物數無不從一為始」句為郭注佚文，似猶可商。余蕭客、邵晉涵、郝懿行、葉蕙心等均以此語為郭璞《音義》佚文；周祖謨云：

> 《釋文》引郭云：「凡物數無不從一為始」，蓋出於郭氏《爾雅音義》，王
> 樹枏以為係郭之注文，非是。〔註346〕

今從其說。

邵晉涵云：

> 案《周官》計受羽之成數，故始於十；《爾雅》別多少之定名，則當始於
> 一，其命名亦殊也。〔註347〕

《周官》、《爾雅》各自成說，似不必務定是非，兩說兼存，當無不可。

240. 6-22 白蓋謂之苫。　郭注：白茅苫也，今江東呼為蓋。

白茅苫也，今江東呼為蓋，**音胡臘反**。〔注〕

案：希麟《續一切經音義》卷九〈根本說一切有部毘奈耶破僧事卷第十一〉「草苫」注引「《尒雅》云：『白蓋謂之苫』，郭註云：『白茅苫也，今江東呼為蓋。音胡臘反。』」今本郭注無音。

王本引同。其餘各本均未輯錄。

《廣韻》盍韻「蓋」音「胡臘切」（匣紐盍韻），與郭璞此音切語全同。《釋文》陸德明音「盇」，亦與此音同。

241. 6-23 白金謂之銀，其美者謂之鐐。　郭注：此皆道金銀之別名及精者。鐐即紫磨金。

鐐，音遼。

案：本條佚文輯自《文選》卷十一何晏〈景福殿賦〉「鐐質輪菌」句李善注引《爾雅》郭璞曰；《太平御覽》卷八百十二〈珍寶部十一・銀〉亦引《爾雅》郭璞曰：「遼

〔註345〕王樹枏《爾雅郭注佚存補訂》，卷7，頁14下～15上。
〔註346〕周祖謨《爾雅校箋》，頁244。
〔註347〕邵晉涵《爾雅正義》，《皇清經解》，卷510，頁15下。

音也。」

　　黃本據《御覽》輯作「鐐音遼」。王本引同，並輯入今本郭注「紫磨金」之下。其餘各本均未輯錄。周祖謨亦以爲郭注原本即有此音。〔註348〕惟王、周二氏之說均無的證，未必可信；此音究屬郭璞《音義》或《注》之佚文，實難遽定，今暫存疑。

　　《廣韻》「鐐」字凡二見：一音「落蕭切」（來紐蕭韻），一音「力弔切」（來紐嘯韻，蕭嘯二韻平去相承）。郭璞音「遼」，與「落蕭」音同。《釋文》陸德明音「力彫反」，亦與此音同。吳承仕云：

　　　　《文選・景福殿賦》「鐐質輪菌」李善注曰：「《爾雅》『美者謂之鐐』，郭璞曰『音遼』。」今本《釋文》「力彫反」與「遼」音同，蓋郭音即當時承用之音，故德明不別出主名。〔註349〕

242. 6-23 錫謂之鈏。　　郭注：白鑞。

　　今之白鑞也。〔注〕

　　案：慧琳《一切經音義》卷十八〈大乘大集地藏十輪經第三卷〉「鉛錫」注引「《爾雅》：『錫謂之鈏』，郭璞注云：『今之白鑞也。』」今本郭注脫「今之也」三字，據補。

　　王本引同。其餘各本均未輯錄。

243. 6-25 玉謂之琢，石謂之磨。　　郭注：六者皆治器之名。

　　玉石被摩，猶人自修節也。

　　案：玄應《一切經音義》卷十〈攝大乘論第七卷〉「練摩」注引「《爾雅》：『石謂之摩』，郭璞曰：『玉石被摩，猶人自修節也。』」所引與今本郭注不同，惟此語究屬郭璞《音義》或《注》之佚文，實難遽定，今暫存疑。

　　黃本引同。其餘各本均未輯錄。

　　唐石經、宋本《爾雅》字均作「磨」，郭璞此注作「摩」。《古今韻會舉要》歌韻：「磨，治石謂之磨。通作摩。」按「磨」、「摩」二字音同形近（《廣韻》同音「莫婆切」（明紐戈韻），又「摸臥切」（明紐過韻）），故互可通用。惟二字義仍有別。段注本《說文》石部：「礳，石磑也。」段玉裁云：

　　　　礳，今字省作磨，引伸之義爲研磨。……按《詩》「如琢如磨」，〈釋器〉、毛《傳》皆曰「玉謂之琢，石謂之磨」，《詩釋文》：「磨，本又作摩。」

〔註348〕周祖謨云：「《文選・景福殿賦》注及《御覽》卷八百十二引《爾雅》『其美者謂之鐐，郭璞曰音遼』。是注文本有『鐐音遼』三字。」（《爾雅校箋》，頁244～245。）
〔註349〕吳承仕《經籍舊音辨證》，頁171。

《詩》、《爾雅》皆言治石，非謂以石治物，然則作摩是矣。釋元應引《爾雅》作「石謂之摩」，乃善本。〔註350〕

又手部：「摩，揅也。」段玉裁云：

凡《毛詩》、《爾雅》「如琢如摩」，《周禮》「刮摩」，字多从手，俗从石作磨，不可通。〔註351〕

其說甚是。嚴元照亦云：

《一切經音義》十引作摩。案从手者是。

又云：

此經磨字亦兩見，《釋文》皆無音。石經皆从石。《釋文》於《毛詩》作磨，云「本又作摩」；於《禮記》作磨，云「本亦作磨」；於《論語》作摩，云「一本作磨」。案《說文》手部：「摩，研也，从手、麻聲。」石部無磨字。

〔註352〕

玄應引郭璞此注字作「摩」，是郭璞讀「磨」為「摩」，或郭本《爾雅》字即作「摩」。

244. 6-27 不律謂之筆。　郭注：蜀人呼筆為不律也，語之變轉。
書筆名四方之異言也。

案：孔穎達《禮記正義》卷三〈曲禮上〉引「《爾雅》云：『不律謂之筆』，郭云：『書筆名四方之異言也。』」所引郭璞語與今本郭注不同。

嚴、黃、葉本引均同，嚴本輯入今本郭注「蜀人」句之上。余、董、馬、王本均未輯錄。邵晉涵以為此語是「郭氏《音義》之文」，〔註353〕惟此語究屬郭璞《音義》或《注》之佚文，實難遽定，今暫存疑。

245. 6-29 金鏃翦羽謂之鍭。　郭注：今之錍箭是也。　骨鏃不翦羽謂之志。
郭注：今之骨骲是也。

金鏃，今之錍箭是也。骨鏃，今之骨骲是也。不翦，謂以鳥羽自然淺狹，不復翦也。骲音電。

案：《太平御覽》卷三百四十九〈兵部八十·箭上〉引《爾雅》郭璞注曰：「金

〔註350〕段玉裁《說文解字注》，第9篇下，頁31。
〔註351〕同前注，第12篇上，頁45下。
〔註352〕嚴元照《爾雅匡名》，卷6，《皇清經解續編》，卷501，頁12下；卷3，《皇清經解續編》，卷498，頁12上。
〔註353〕邵晉涵《爾雅正義》，《皇清經解》，卷510，頁18下。王樹枏亦云：「《禮記·曲禮·正義》……所引與今本異，或是郭《音義》之文。」（《爾雅郭注佚存補訂》，卷7，頁17上。）

鏃，今鏢箭也。骨鏃，金〔案：應作「今」。〕骨骲。不剪，謂以鳥羽自然淺狹，不復剪也。骲音雹。」今據補「金鏃骨鏃」四字、「不剪」以下十四字及音。「剪」字依今本《爾雅》字改作「翦」。唐石經、宋本《爾雅》字亦作「翦」。

　　葉本及郝懿行《義疏》均以「不翦」以下十四字爲舊注語。按《御覽》引郭注與此語之間並無「舊注」云云，也無其他文字作爲區隔，可知《御覽》所引，均爲郭璞之語。王本將「不翦」以下十四字及音輯入今本郭注「今之骨骲是也」句之下，「淺狹」誤作「淺深」。惟「不翦」以下十七字亦可能係《音義》佚文，〔註354〕今暫存疑。

　　《廣韻》「骲」、「雹」二字同音「蒲角切」（並紐覺韻）。

246. 6-31 肉倍好謂之璧。　　郭注：肉，邊；好，孔。

　　肉，邊也；好，孔也；倍，大也。〔注〕

　　案：慧琳《一切經音義》卷一〈大般若波羅蜜多經第四十九卷〉「璧玉」注引「《爾雅》云：『肉倍好謂之璧』，郭璞云：『肉，邊也；好，孔也；倍，大也。』」（案：原誤脫「孔」字，據郭璞注補。）今本郭注脫「倍大也」三字，據補。

　　王本引同。其餘各本均未輯錄。

247. 6-33 斧謂之黼。　　郭注：黼文畫斧形，因名云。

　　黼文畫爲斧形，因名云。〔注〕

　　案：原本《玉篇》卷二十七黹部「黼」字注引「《尒雅》：『黼，章也』；『斧謂之黼』，郭璞曰：『黼文畫爲斧形也。』」玄應《一切經音義》卷十三〈諫王經〉「黼黻」注引同；慧琳《一切經音義》卷七十四〈佛本行讚傳第一卷〉「黼黻」注引郭注《尒雅》：「黼文畫爲斧形也。」又卷八十八〈集沙門不拜俗議卷第五〉「黼縠」注引「《尒雅》：『黼，繡也，文章也』，郭注云：『黼文畫爲斧文也。』」又卷九十五〈弘明集第一卷〉「黼黻」注引「《尒雅》云：『章也』；『斧謂之黼』，郭云：『畫爲斧形。』」顧野王、玄應、慧琳所引郭注「畫」下均有「爲」字，今據補。

　　王本引同。其餘各本均未輯錄。

248. 6-36 竿謂之箷。　　郭注：衣架。

　　即衣架也。箷音移。

　　案：玄應《一切經音義》卷十四〈四分律第二卷〉「衣架」注引「《爾雅》：『竿謂之箷』，郭璞曰：『即衣架也。箷音移。』」今本郭注無「即也」二字及音。

〔註354〕周祖謨即主張「不翦」以下十七字「或爲《音義》中語」。（《爾雅校箋》，頁246。）

王本引同，並全部輯入郭注。惟此音亦可能出自郭璞《音義》，今暫存疑。嚴本未輯音。其餘各本均未輯錄。

《廣韻》「箷」、「移」二字同音「弋支切」（喻紐支韻）。

249. 6-36 竿謂之箷。　郭注：衣架。

搭衣杆也。〔音〕

案：本條佚文輯自慧琳《一切經音義》卷六十〈根本說一切有部毗奈耶律第二卷〉「桁杆」注引郭注《爾雅》。所引與今本郭注義近同，應係郭璞《音義》佚文。

250. 6-37 革中絕謂之辨，革中辨謂之韋。

辨，普遍反。

案：本條佚文輯自陸德明《經典釋文・爾雅音義》。

董、馬、黃、葉本引均同。余、嚴、王本均未輯錄。

《廣韻》「辨」字凡二見：一音「符蹇切」（奉紐獮韻），一音「蒲莧切」（並紐襉韻）。郭璞音「普遍反」（滂紐線韻），與「符蹇」聲紐略異，聲調不同（獮線二韻上去相承）。盧文弨云：

　　　郭以辨為辨治之辨。〔註355〕

〈釋樂〉

251. 7-3 大琴謂之離。　郭注：或曰琴大者二十七絃，未詳長短。《廣雅》曰琴長三尺六寸六分，五絃。

大者十絃。《樂錄》曰：「大琴二十絃，今無此器。」〔音〕

案：本條佚文輯自《初學記》卷十六〈樂部下・琴第一〉引《爾雅》郭璞曰。

王本「絃」均作「弦」，且將「大者」以下二句輯入今本郭注「或曰」之上，「今無此器」四字輯入「未詳長短」句之上。其餘各本均未輯錄。按《初學記》所引當係郭璞《音義》佚文，今本郭注「或曰」云云，即指《音義》所引《樂錄》。〔註356〕

〔註355〕盧文弨《經典釋文攷證・爾雅音義中攷證》，頁 7 下。
〔註356〕今本郭注云「或曰琴大者二十七絃」，「七」字疑衍。邵晉涵云：「郭氏引或說，疑未能定也。《宋書》引《爾雅》：『大琴曰離，二十弦。』《初學記》引《樂錄》云：『大琴二十弦，今無其器。』《玉海》引《爾雅》亦作『二十弦』。今本作『二十七弦』，疑因上文『大瑟』而誤也。」（《爾雅正義》，《皇清經解》，卷 511，頁 2 下。）郝懿行亦云：「《初學記》引《樂錄》曰：『大琴二十弦，今無此器。』《御覽》五百七十七引《爾雅注》云：『大琴曰離，二十弦，此是伏羲所制。』郭注作二十七弦，疑與『大瑟』相涉而誤也。汪氏中據《宋書・樂志》校『七』字衍，去之是矣。然《通典》已引作『二十七弦』，則自唐本已然。」（《爾雅義疏》，《爾雅廣雅方言釋名清疏四種合刊》，頁 181

王樹枏輯入今本郭注，恐非。

252. 7-5 大磬謂之䃂。　郭注：䃂形似犁錧，以玉石為之。

䃂，音囂。以玉飾之。〔音〕

案：本條佚文輯自《太平御覽》卷五百七十六〈樂部十四・磬〉引《爾雅》郭璞曰。今本郭注無音；又《御覽》所引「以玉飾之」句與今本郭注「以玉石爲之」略異，是《御覽》所引，當係郭璞《音義》佚文。

黃、王本並僅輯音，王本將「音囂」二字輯入今本郭注「䃂」字之下。其餘各本均未輯錄。

《廣韻》「䃂」字凡二見：一與「囂」同音「許嬌切」（曉紐宵韻），一音「巨嬌切」（群紐宵韻）。

253. 7-7 大篪謂之沂。

沂，魚斤反，又魚靳反。

案：本條佚文輯自陸德明《經典釋文・爾雅音義》。

馬、黃本引並同。董本未輯又音。葉本「靳」譌作「新」。余、嚴、王本均未輯錄。

郭音「魚斤反」，是讀「沂」爲「釿」。陸德明《釋文》出「沂」，注云：「或作釿。」《廣韻》「釿」音「語斤切」（疑紐欣韻），與「魚斤」音同，釋云：「大篪。」郭又音「魚靳反」（疑紐焮韻），與「魚斤」聲調不同（欣焮二韻平去相承）。

《廣韻》「沂」音「魚衣切」（疑紐微韻）。郝懿行云：

> 謂之沂者，《御覽》五百八十引舍人曰：「大篪其聲悲。沂，鏘然也。」《釋文》引李、孫云：「篪聲悲。沂，悲也。」是諸家並以悲訓沂，知沂讀魚衣切，與篪疊韵，此古音也。《釋文》郭魚斤反，非矣。〔註357〕

今按郭音不誤。「沂」音「魚衣切」，上古音「衣」屬微部，斤聲之字屬諄部，正得對轉。《說文》「沂」從水、斤聲，是郭璞音「魚斤反」較得古音之實；《廣韻》音「魚衣切」，則已失落鼻音韻尾，爲後世之音。吳承仕云：

> 斤聲本屬諄部，「魚斤」、「魚靳」二反是也。對轉脂則音「宜飢反」。〔註358〕

　　　下。）說均可信。按〈釋樂〉：「大瑟謂之灑」，郭璞注云：「長八尺一寸，廣一尺八寸，
　　　二十七絃。」

〔註357〕郝懿行《爾雅義疏》，《爾雅廣雅方言釋名清疏四種合刊》，頁 182 下。
〔註358〕吳承仕《經籍舊音辨證》，頁 171。

254. 7-9 大鐘謂之鏞，其中謂之剽。

剽，音瓢。

案：本條佚文輯自陸德明《經典釋文・爾雅音義》。

董、馬、黃、葉本引均同。余、嚴、王本均未輯錄。

《廣韻》「剽」字凡二見：一與「瓢」同音「符霄切」（奉紐宵韻），一音「匹妙切」（滂紐笑韻，宵笑二韻平去相承）。

255. 7-9 小者謂之棧。

棧，側簡反。

案：本條佚文輯自陸德明《經典釋文・爾雅音義》。

董、馬、黃、葉本引均同。余、嚴、王本均未輯錄。

《廣韻》「棧」字凡三見：一音「士限切」（牀紐產韻），一音「士免切」（牀紐獮韻），一音「士諫切」（牀紐諫韻）。郭璞音「側簡反」（莊紐產韻），與「士限」聲紐略異。《集韻》產韻「棧」一音「阻限切」，一音「仕限切」，「阻限」當即本郭璞此音。

256. 7-11 大管謂之簥，其中謂之篞，小者謂之篎。

篎，音妙，又亡小反。

案：本條佚文輯自陸德明《經典釋文・爾雅音義》。

馬、黃本引並同。董、葉本並未輯又音。余、嚴、王本均未輯錄。

《太平御覽》卷五百八十〈樂部十八・管〉引《尒雅》犍爲舍人曰：「小者聲音清妙也。」是舍人訓篎爲妙，郭璞音「妙」當即本舍人注。《廣韻》「篎」字凡二見：一音「亡沼切」（微紐小韻），一音「彌笑切」（明紐笑韻，小笑二韻上去相承）。郭璞音「妙」，與「彌笑」同；又音「亡小反」，與「亡沼」同。

257. 7-14 所以鼓柷謂之止，所以鼓敔謂之籈。

籈，之仁反，又音戰。

案：本條佚文輯自陸德明《經典釋文・爾雅音義》。

馬、黃、葉本引均同。董本未輯又音。余、嚴、王本均未輯錄。

《廣韻》「籈」字凡二見：一音「側鄰切」（莊紐眞韻），一音「居延切」（見紐仙韻）。郭璞音「之仁反」（照紐眞韻）、又音「戰」（照紐線韻，《廣韻》音「之膳切」），均與《廣韻》之音不合，郭音不詳所據。〔註359〕孔穎達《尚書正義》云：「樂之初，

〔註 359〕周祖謨云：「《切韻》知徹澄和照穿牀三等字古音都歸端透定一類，都是舌音塞音。」又云：「《切韻》照穿牀審二等字（即莊初崇山四母）古音歸精清從心一類。」（〈魏晉

擊柷以作之；樂之將末，戞敔以止之。」是「籈」爲止樂之器。黃侃云：「籈、止雙聲。」〔註360〕按《廣韻》「止」音「諸市切」（照紐止韻），以郭音比勘，黃氏之說信然。

〈釋天〉

258. 8-1 穹，蒼蒼，天也。　郭注：天形穹隆，其色蒼蒼，因名云。

　　案：陸德明《經典釋文·爾雅音義》出「蒼天也」，注云：「郭以穹及蒼蒼俱爲天稱，《毛詩傳》則以蒼天釋穹蒼。」是郭璞與毛《傳》斷讀不同，陸氏與毛《傳》同。《詩·大雅·桑柔》：「靡有旅力，以念穹蒼」，毛《傳》云：「穹蒼，蒼天。」邵晉涵云：

> 《大雅·桑柔》云「以念穹蒼」，此釋其義，以穹蒼即蒼天也。……《詩疏》引李巡云：「古時人質仰視天形，穹隆而高，色蒼蒼然。」《釋文》云：「郭以穹及蒼蒼俱爲天稱。」蓋郭氏本於李巡也。《莊子》云：「天之蒼蒼，其正色邪」，故李巡以蒼蒼二字爲重文。毛《傳》以蒼天釋穹蒼，義得兩讀。〔註361〕

黃本輯引《釋文》「郭以穹及蒼蒼俱爲天稱」句，其餘各本均未提及。

259. 8-1 秋爲旻天。　郭注：旻猶愍也，愍萬物彫落。

　　《詩傳》云：「旻，閔也」，即其義者耳也。〔音〕

　　案：杜臺卿《玉燭寶典》卷七引《尒雅》曰：「秋爲旻天」，下引「郭璞曰：『旻猶愍，万物彫落。』《音義》曰：『《詩傳》云：「旻，閔也」，即其義者耳也。』」所引當即郭璞《音義》佚文，據補。

　　《詩·王風·黍離》：「悠悠蒼天，此何人哉」，毛《傳》云：「仁覆閔下，則稱旻天」，故郭氏以《詩傳》解「旻」爲「閔」。《集韻》眞韻：「旻，《說文》『秋天也』，引〈虞書〉：『仁閔覆下，則稱旻天。』或作閔。」

260. 8-2 春爲青陽。　郭注：氣青而溫陽。　夏爲朱明。　郭注：氣赤而光明。　秋爲白藏。　郭注：氣白而收藏。　冬爲玄英。　郭注：氣黑而清英。

　　四時和祥之美稱也。說者云中央失之。〔音〕

　　案：杜臺卿《玉燭寶典》卷十引《爾雅》曰：「冬爲玄英」，下引「郭璞曰：『物

音與齊梁音〉，《周祖謨學術論著自選集》，頁163。）按郭璞「籈」字兩音均爲照紐三等，與《廣韻》莊紐之音顯然不合。

〔註360〕黃侃《爾雅音訓》，頁165。

〔註361〕邵晉涵《爾雅正義》，《皇清經解》，卷512，頁2下。

黑而清英也。』《音義》曰：『四時和祥之美稱也。說者云中央失之。』」所引當即郭璞《音義》佚文，據補。

261. 8-3 春為發生，夏為長贏，秋為收成，冬為安寧。　郭注：此亦四時之別號。《尸子》皆以為太平祥風。

　　美稱之別名。〔音〕

　　案：杜臺卿《玉燭寶典》卷一引《尒雅》曰：「春為發生」，下引「郭璞曰：『此亦四時之別号。』《音義》曰：『美稱之別名。』」所引當即郭璞《音義》佚文，據補。

262. 8-6 大歲在戊曰著雍。

　　著者或作祝黎是也。〔音〕

　　案：本條佚文輯自《太平御覽》卷十七〈時序部二・歲〉引《爾雅》郭璞《音義》。「者」疑是「雍」字之譌。

　　黃本無「是也」二字，注云：「者疑是雍字。」其餘各本均未輯錄。

　　陸德明《經典釋文・爾雅音義》出「著」，注云：「本或作祝字」；又出「廱」，注云：「本或作黎字」。是《爾雅》古本有作「祝黎」者。王引之以為「箸雍當為祝黎」，辨之甚詳，可為郭說參證：

> 《爾雅》：「太歲在戊曰箸雍，在己曰屠維。」《太平御覽・時序部二》引孫炎「箸，豬略切」，又引郭璞《音義》曰：「箸雍或作祝黎。」引之案：「箸」與「屠」古同聲，「雍」乃「維」字之誤。維、雍二字相似，故〈職方氏〉「雷雍」誤作「慮維」。此文蓋有二本，一本作「在戊曰箸維，在己曰祝黎」，一本作「在戊曰祝黎，在己曰屠維」，黎維二字為韻，猶上文之逢蒙為韻、兆圉為韻，古音兆在宵部，圉在魚部，古或以二部為韻。《楚辭・大招》昭與遼韻，〈九辯〉固與鑿教樂高韻，〈登徒子好色賦〉祛與妙韻，是其例也。下文之章光陽為韻也。《史記》數書甲子篇戊辰年為徒維執徐，徒與屠通。己巳年為祝犁大芒駱，《索隱》曰：「祝犁，己也，《爾雅》作箸雍。」雍亦維字之誤。下句「在己曰箸維」，則上句「在戊曰祝黎」矣。孫炎於「在戊曰箸維」，音箸為豬略切，上句「在戊曰箸維」，則下句「在己曰祝黎」矣。後人傳寫舛誤，於上句從作「箸維」之本，於下句從作「屠維」之本，「維」字又誤作「雍」，於是上下複出，而韻又不諧矣。《淮南・天文》篇：「午在戊曰箸雍，未在己曰屠維」，則後人據誤本《爾雅》改之。陸氏《釋文》不能釐正，而云「雍，於恭反」，非也。〔註362〕

〔註362〕王引之《經義述聞・太歲考下・論爾雅太歲戊己之號傳寫舛誤》（四部備要據自刻本校

263. 8-6 大歲在壬曰玄黓。

黓，音翼。

案：本條佚文輯自《太平御覽》卷十七〈時序部二·歲〉引《爾雅》郭璞音。

黃、王本引並同，王本輯爲郭注，云：

> 《御覽》於「在戊曰著雍」下引郭璞《音義》，此所引及下「歲陰」中音當亦《音義》之文；然注亦閒有及音者，二書疑不能定，謹爲補入。〔註363〕

其餘各本均未輯錄。按此音究屬郭璞《音義》或《注》之佚文，實難遽定，今暫存疑。

《廣韻》「黓」、「翼」二字同音「與職切」（喻紐職韻）；《釋文》陸德明音「余職反」，亦與此音同。

264. 8-7 大歲在午曰敦牂。

牂，子郎反。

案：本條佚文輯自《太平御覽》卷十七〈時序部二·歲〉引《爾雅》郭璞音。

黃本引同。王本「子」上有「音」字，且輯入郭注。其餘各本均未輯錄。按此音究屬郭璞《音義》或《注》之佚文，實難遽定，今暫存疑。

《廣韻》未見「牂」字；《集韻》「牂」音「茲郎切」（精紐唐韻）。郭璞音「子郎反」，與「茲郎」音同。《釋文》陸德明亦音「子郎反」。

265. 8-7 大歲在申曰涒灘。

灘，勑丹、勑旦二反。

涒，音湯昆反。灘，音湯干反。

案：「灘」音「勑丹、勑旦二反」輯自陸德明《經典釋文·爾雅音義》；「涒音湯昆反，灘音湯干反」輯自《太平御覽》卷十七〈時序部二·歲〉引《爾雅》郭璞曰。

黃本同時據《釋文》與《御覽》輯錄。董、馬本並僅據《釋文》輯錄。王本僅據《御覽》輯錄，且輯入郭注。惟此音究屬郭璞《音義》或《注》之佚文，實難遽定，今暫存疑。余、嚴、葉本均未輯錄。

《廣韻》「涒」音「他昆切」（透紐魂韻），與郭璞音同；《釋文》陸德明「涒」亦音「湯昆反」。又《廣韻》寒韻「灘」音「他干切」（透紐寒韻），與《御覽》引郭璞音同。《釋文》引郭璞音「勑丹」（徹紐寒韻）、「勑旦」（徹紐翰韻，寒翰二韻平去

刊本），卷30，頁11下～12上。《皇清經解》本未收錄。

〔註363〕王樹枏《爾雅郭注佚存補訂》，卷8，頁11。

相承）二反，與「他干」聲紐略異。按端知二系在魏晉時期雖已逐漸分化，但區別並不十分明顯，因此仍不乏互切之例。參見 3-39「爐爐，炎炎，薰也」條案語引周祖謨語。

266. 8-10 三月為㾕。

㾕，孚柄反，又況病反，又匡詠反。

案：本條佚文輯自陸德明《經典釋文·爾雅音義》。《集韻》映韻「㾕」字注引郭璞讀作「丘詠切」，「丘詠」與「匡詠」音同。

馬、黃本並兼據《釋文》與《集韻》輯錄，黃本「丘詠切」作「邱詠反」。余、嚴、葉本均僅據《集韻》輯錄「丘詠切」。董本僅據《釋文》輯錄「孚柄反」。王本未輯錄。

《釋文》出「㾕」，注云：「本或作窉，字同。」《廣韻》梗韻「窉」字注引《爾雅》即作「三月為窉」，又云「本亦作㾕」，是「㾕」、「窉」二字古可通用。郝懿行云：

　　㾕、窉同。……窉者，丙也，三月陽氣盛，物皆炳然也。〔註364〕

其說可從。郭璞三音即是讀「㾕」為「窉」。按《廣韻》「㾕」音「陂病切」（幫紐映韻）；「窉」音「兵永切」（幫紐梗韻），下有又音「兄病」（曉紐映韻）、「孚命」（敷紐映韻）、「區詠」（溪紐映韻）三切。郭璞音「孚柄反」與「孚命」同；又音「況病反」〔註365〕與「兄病」同；又音「匡詠反」與「區詠」同。

267. 8-12 扶搖謂之猋。　郭注：暴風從下上。

《尸子》曰：「風為頹猋。」〔音〕

案：杜臺卿《玉燭寶典》卷一引「《尒雅》：『扶搖謂之猋』，……《音義》曰：『《尸子》曰：「風為頹猋。」』」所引當即郭璞《音義》佚文。今本《尸子》無此語。

268. 8-15 螮蝀，虹也。蜺為挈貳。　郭注：蜺，雌虹也，見〈離騷〉。挈貳其別名，見《尸子》。

蜺，雌；虹，**雄**也。挈貳，其別名**也**。〔注〕

案：《唐開元占經》卷九十八〈虹蜺占〉引《爾雅》郭注云：「蜺，雌；虹，雄也。挈貳，蜺別名也。」今本郭注無「雄也」二字，據補。

王本僅補一「也」字。其餘各本均未輯錄。

〔註364〕郝懿行《爾雅義疏》，《爾雅廣雅方言釋名清疏四種合刊》，頁190上。黃侃亦云：「以『九月為玄』例之，㾕當作炳，明也。與玄正相對。」（《爾雅音訓》，頁168。）

〔註365〕吳承仕云：「《集韻》以『況病切』為『孫炎讀』，以『丘詠切』為郭璞讀，疑宋人所見《釋文》異於今本。」（《經籍舊音辨證》，頁172。）

269. 8-15 螮蝀，虹也。蜺為挈貳。　郭注：蜺，雌虹也，見〈離騷〉。挈貳其別名，見《尸子》。

　　虹雙出，色鮮盛者為雄，雄曰虹；闇者為雌，雌曰蜺。〔音〕

　　案：本條佚文輯自邢昺《爾雅疏》引《音義》；孔穎達《毛詩・鄘風・螮蝀・正義》引《音義》同；又《禮記・月令・正義》引郭氏云：「雄者曰虹，雌者曰蜺。雄謂明盛者，雌謂闇微者」，與《毛詩正義》所引義同而文句略異，當是孔氏以意改之。《後漢書・楊賜傳》李賢注引郭景純注《爾雅》曰：「雙出，色鮮盛者爲雄，曰虹；闇者爲雌，曰蜺。」又〈馬融傳〉注引郭璞注《爾雅》云：「虹雙出，色鮮盛者爲雄。」玄應《一切經音義》卷十九〈佛本行集經第七卷〉「色虹」注引郭璞《爾雅音義》云：「虹雙出，鮮盛者爲雄，雄曰虹；暗者爲雌，雌曰蜺。」（慧琳《音義》卷五十六引「暗」下脫「者」字。）又卷一〈大集月藏分經第十卷〉「日虹」注引《爾雅音義》、卷二十五〈阿毗達磨順正理論第二十三卷〉「虹蜺」注引《爾雅音義》並脫上「虹」字，餘與卷十九引同。（慧琳《音義》卷十七引玄應〈大集月藏分經第十卷〉《音義》「蜺」譌作「電」，句末有「也」字；卷七十一引玄應〈阿毗達磨順正理論第二十三卷〉《音義》「虹蜺」作「虹電」，「雄」「雌」各脫一字。）慧琳《音義》卷二十四〈方廣大莊嚴經序品第一〉「虹霓」注引《爾雅音義》曰：「虹出盛者爲雄，雄曰虹；闇者爲雌，雌曰蜺。」陸德明《經典釋文・爾雅音義》「霓」注引《音義》云：「雄曰虹，雌曰霓。」按孔穎達、玄應、邢昺所引字均作「蜺」，與陸德明不同。《說文》雨部：「霓，屈虹，青赤，或白色，陰气也。从雨、兒聲。」又虫部：「蜺，寒蜩也。从虫、兒聲。」是《爾雅》此訓正字作「霓」，又因「虹」从虫旁而借作「蜺」，〔註366〕「蜺」爲同音通假。《廣韻》「霓」、「蜺」同音「五稽切」（疑紐齊韻）。

　　嚴、馬、葉本均據邢昺《爾雅疏》輯錄，馬本「出」作「也」，脫「色」字；葉本「蜺」作「霓」。黃本同時據《釋文》及邢昺《疏》輯錄。董本僅據《釋文》輯錄「雄曰虹，雌曰蜺」六字。余、王本並未輯錄。

270. 8-15 螮蝀，虹也。蜺為挈貳。

　　虹，音講。

　　案：本條佚文輯自陸德明《經典釋文・爾雅音義》。

　　董本引同。馬、黃、葉本「講」下均有「俗亦呼爲青絳也」七字。余、嚴、王

〔註366〕段玉裁云：「霓爲陰氣將雨之兆，故从雨。一从虫作蜺，猶虹从虫也。」（《說文解字注》，第11篇下，頁15上，雨部「霓」字注。）

本均未輯錄。「俗亦呼爲青絳也」句應爲陸德明語，馬、黃、葉氏均誤輯。

《廣韻》「虹」字凡三見：一音「戶公切」（匣紐東韻），一音「古送切」（見紐送韻），一音「古巷切」（見紐絳韻）。郭璞音「講」（見紐講韻，《廣韻》音「古項切」），與「古巷」聲調不同（講絳二韻上去相承）。

271. 8-15 螮蝀，虹也。蜺爲挈貳。

霓，五擊反。

案：本條佚文輯自陸德明《經典釋文·爾雅音義》。《釋文》出「霓」，注云：「郭五擊反，《音義》云：『雄曰虹，雌曰霓。』……本或作蜺，《漢書》同。」是陸氏所見郭本《爾雅》字作「霓」。按《爾雅》此訓正字當作「霓」，說見前。今從《釋文》作「霓」。

黃本引同。董、馬、葉本「霓」均作「蜺」，馬本「五」上有「音」字。余、嚴、王本均未輯錄。

《廣韻》「霓」字凡三見：一音「五稽切」（疑紐齊韻），一音「五計切」（疑紐霽韻），一音「五結切」（疑紐屑韻）。郭璞音「五擊反」（疑紐錫韻），與《廣韻》諸音均不合，不詳所據。

272. 8-19 暴雨謂之涷。　郭注：今江東呼夏月暴雨為涷雨。

今江東人呼夏月**大**暴雨爲涷雨。〔注〕

案：本條佚文輯自《文選》卷十五張衡〈思玄賦〉「涷雨沛其灑塗」李善注引《爾雅注》。今本郭注脫「人大」二字，據補。

王本僅補一「人」字。其餘各本均未輯錄。

273. 8-19 濟謂之霽。　郭注：今南陽人呼雨止為霽，音薺。

霽，祖禮反。

案：本條佚文輯自陸德明《經典釋文·爾雅音義》。

董本引同。馬、黃本「反」下並有「一音徂細反」五字。余、嚴、葉、王本均未輯錄。按《釋文》引郭音下有「一音祖細反」五字，〔註367〕應是陸德明所注，非郭璞音。

〔註367〕宋本《釋文》「祖細反」作「徂細反」，盧文弨據改，云：「舊亦作祖細反，今從宋本正。」（《經典釋文攷證·爾雅音義中攷證》，頁9上。）按「徂」屬從紐，「祖」屬精紐，當作「祖細反」較合「霽」字之音。阮元云：「盧本祖改徂，按徂非同位字。」（《爾雅釋文挍勘記》，《皇清經解》，卷1037，頁9下。）黃焯亦云：「案徂與霽聲類不同，當爲祖之誤，盧改非。」（《經典釋文彙校》，頁266。）

《廣韻》「霽」音「子計切」（精紐霽韻）。郭璞音「祖禮反」（精紐薺韻），與「子計」聲調不同（薺霽二韻上去相承）。宋本《爾雅》注末有「音薺」二字，《廣韻》薺韻「薺」音「徂禮切」（從紐薺韻），與《釋文》引郭璞音僅聲紐清濁之異。

274. 8-20 天根，氏也。　郭注：角亢下繫於氏，若木之有根。

天根，為天下萬物作根，故曰天根也。〔音〕

案：本條佚文輯自玄應《一切經音義》卷九〈大智度論第十卷〉「氐宿」注引《爾雅音義》，「作根」下原有「也」字，據慧琳《音義》卷四十六引刪。又慧琳引「萬」作「万」。

嚴、葉本及邵晉涵《正義》引「作根」下均有「氏」字，無「也」字。黃本脫「故曰天根」四字。余、董、馬、王本均未輯錄。

275. 8-20 天根，氏也。

氏，音觝，丁禮反。

案：本條佚文輯自陸德明《經典釋文・爾雅音義》。

黃、葉本引並同。董本未輯「丁禮反」三字。馬本「音」譌作「同」。余、嚴、王本均未輯錄。

郭音「觝」，是讀「氏」為「柢」。《史記・天官書》：「氏為天根，主疫」，司馬貞《索隱》云：

《爾雅》云：「天根，氏也」，孫炎以為角亢下繫於氏，若木之有根。

郭璞注即本孫炎。《說文》木部：「柢，木根也。」故郭璞《音義》云：「天根，為天下萬物作根，故曰天根也。」（見前條）郝懿行云：

氏者，四星側向以承柢。〔註368〕

《廣韻》「觝」、「柢」二字同音「都禮切」（端紐薺韻），與「丁禮反」同。

276. 8-25 營室謂之定。　郭注：定，正也。作宮室皆以營室中為正。

定，正也。天下作宮室，皆以營室中為正也。〔注〕

案：本條輯自司馬貞《史記・天官書・索隱》引《爾雅》郭璞云。今本郭注脫「天下也」三字，據補。

王木引同。〔註369〕其餘各本均未輯錄。

〔註368〕郝懿行《爾雅義疏》，《爾雅廣雅方言釋名清疏四種合刊》，頁193上。

〔註369〕王樹枬云：「《詩・定之方中・正義》引孫炎曰：『定，正也。天下作宮室者，皆以營室中為正。』郭注蓋本孫炎。今據補『天下也』三字。」（《爾雅郭注佚存補訂》，卷9，頁2下～3上。）

277. 8-28 濁謂之畢。　　郭注：掩兔之畢，或呼為濁，因星形以名。

掩兔之畢，或呼爲噣，因星形以名之。〔注〕

　案：孔穎達《毛詩·齊風·盧令·正義》引「〈釋天〉云：『噣謂之畢』，……郭璞曰：『掩兔之畢，或呼爲噣，因星形以名之。』」今本郭注脫「之」字，據補。

　王本引同。其餘各本均未輯錄。

278. 8-29 咮謂之柳。　　郭注：咮，朱鳥之口。

咮，張救反。

　案：本條佚文輯自陸德明《經典釋文·毛詩音義·召南·行露·箋》「以咮」注引郭音；《文選》卷十八潘岳〈笙賦〉「明珠在咮，若銜若垂」，李善注引郭璞《爾雅注》曰：「咮，鳥口也。音晝。」「晝」音與「張救反」同。

　馬、黃本引並同《釋文》。王本據《文選注》輯錄「音晝」二字於今本郭注「朱鳥之口」句之下。余、嚴、董、葉本均未輯錄。

　《廣韻》宥韻「咮」、「晝」二字同音「陟救切」（知紐宥韻），與郭璞此音同；《釋文》陸德明音「猪究反」，亦同。

279. 8-31 何鼓謂之牽牛。　　郭注：今荊楚人呼牽牛星為檐鼓，檐者荷也。

何，胡可反，又胡多反。

　案：本條佚文輯自陸德明《經典釋文·爾雅音義》。

　馬、黃、葉本引均同。董本未輯又音。余、嚴、王本均未輯錄。

　郭璞注云「檐者荷也」，是以「擔荷」爲訓。〔註370〕邵晉涵云：

　　檐訓爲荷者，漢碑負檐俱作儋，《說文》云：「儋，何也。」何通作荷。

〔註371〕

《廣韻》「何」、「荷」二字俱有二音：一音「胡歌切」（匣紐歌韻），一音「胡可切」（匣紐哿韻，歌哿二韻平上相承）。郭璞音「胡可反」，與哿韻切語全同；又音「胡多反」，與「胡歌」音同。

280. 8-33 彗星為欃槍。　　郭注：亦謂之孛，言其形孛孛似掃彗。

亦謂之孛星，言其形孛孛似掃彗。〔注〕

〔註370〕周祖謨云：「唐寫本『檐』並從『手』，『荷』字作『何』。案：檐乃屋栨，非擔荷字，今本《釋文》字作『檐』亦誤。注『擔荷』，《釋文》云：『注作荷字。』是陸氏所據本作『荷』，不作『何』。」（《爾雅校箋》，頁 262。）是郭注當以「擔荷」二字爲正。《說文》人部：「儋，何也。」段玉裁云：「儋俗作擔，古書或假檐爲之，疑又擔之誤耳。」（《說文解字注》，第 8 篇上，頁 13 下。）

〔註371〕邵晉涵《爾雅正義》，《皇清經解》，卷 512，頁 23 下。

　　案：本條輯自希麟《續一切經音義》卷五〈新譯仁王護國般若波羅蜜多經卷下〉「彗星」注引《尒雅》郭璞註，今本郭注脫一「星」字，據補。慧琳《音義》卷二十九〈金光明經第五卷〉「彗星」注引「《尒雅》云：『彗星謂之欃槍』，郭注：『謂之孛彗，言其光芒孛孛然似掃彗也。』」王本除據希麟所引補一「星」字外，又據慧琳所引補「然也」二字。惟慧琳所引郭璞注與今本郭注文句略異，或非郭注原貌，今暫存疑。

281. 8-34 奔星為彴約。　　郭注：流星。

　　彴約，流星別名也。〔注〕

　　案：本條佚文輯自《唐開元占經》卷七十一〈流星占一・流星名狀一〉引《爾雅》郭璞曰。「彴」下原有「而」字，疑爲衍文，今逕刪。今本郭注脫「彴約別名也」五字，據補。

　　王本引同。其餘各本均未輯錄。

282. 8-35 春祭曰祠。　　郭注：祠之言食。

　　祠，音飤。

　　案：希麟《續一切經音義》卷八〈根本說一切有部毘奈耶藥事卷第十四〉「祭祠」注引「《尒雅》云：『春祭曰祠』，郭璞註云：『祠之言食也。音餧飤。』」又卷九〈根本說一切有部毘奈耶破僧事卷第七〉「祭祠」注引「《尒雅》云：『春祭曰祠』，郭註云：『祠猶食也。音飤也。』」是郭璞於《爾雅》此訓有「音飤」之音。

　　王本據希麟《音義》卷八所引，在今本郭注「食」字下補「也」字及「音餧飤」三字，惟此音究屬郭璞《音義》或《注》之佚文，實難遽定，今暫存疑。其餘各本均未輯錄。

　　郭注云「祠之言食」，即是讀「祠」爲「飤」。《說文》食部：「飤，糧也。从人食。」段玉裁云：

　　　　按以食食人物，其字本作食，俗作飤，或作飼。〔註372〕

玄應《一切經音義》卷十四〈四分律第十一卷〉「養飤」注引《蒼頡篇訓詁》云：「飤，飽也，謂以食與人曰飤。」《廣韻》「祠」音「似茲切」（邪紐之韻）。郭璞音「飤」（邪紐志韻，《廣韻》音「祥吏切」），與「似茲」聲調不同（之志二韻平去相承）。

283. 8-36 祭地曰瘞薶。　　郭注：既祭埋藏之。

　　謂幽藏也。瘞，埋也。

〔註372〕段玉裁《說文解字注》，第 5 篇下，頁 10 上。

案：慧琳《一切經音義》卷九十二〈續高僧傳第十卷〉「瘞于」注引「《爾雅》云：『瘞埋也』，郭璞註曰：『瘞謂□幽藏也。』」〔註373〕又卷九十三〈續高僧傳第十一卷〉「瘞于」注引「《爾雅》云：『祭天曰燔柴，祭地曰瘞薶』，郭璞曰：『幽藏也；瘞，埋也。』」又卷九十五〈弘明集第四卷〉「禋瘞」注引「〈尒雅〉云：『祭地曰瘞埋也』，郭云：『謂幽藏也。』」今據慧琳所引輯爲本條。

王樹枏以本條爲〈釋詁〉「瘞，幽，微也」條佚文，云：

> 慧琳《續高僧傳》十一卷《音義》引《爾雅》「祭地曰瘞薶」，郭璞曰：「幽，藏也；瘞，埋也。」樹枏案：所引當爲此經注文，慧琳隨舉而合之耳。《高僧傳》十卷《音義》亦引《爾雅》「瘞，埋也」，郭璞注曰：「瘞謂微幽藏也。」此所引亦誤倒，當作「瘞，微也」，郭璞注曰：「瘞謂埋幽藏也。」
>
> 今據補正。〔註374〕

按王說稍嫌迂曲，恐不可信。慧琳《音義》卷九十二、九十五並引《爾雅》此訓，下引郭注「謂幽藏也」（卷九十二引郭注「謂」下一字疑是衍文）與今本郭注「埋藏」之義近同，可知「謂幽藏也」亦是《爾雅》此訓之注；《音義》卷九十三引郭注「幽藏也」是其省語，「瘞，埋也」是釋「瘞」字之義。王氏解「幽藏也」句爲以「藏」訓「幽」，遂連「瘞，埋也」句並誤爲〈釋詁〉佚注，又改《音義》卷九十二所引《爾雅》及注，實爲添足之舉。又此注究屬郭璞《音義》或《注》之佚文，實難遽定，今暫存疑。

284. 8-42 繹，又祭也。　郭注：祭之明日，尋繹復祭。

祭之明日，尋繹復祭之也。〔注〕

案：原本《玉篇》卷九食部「醳」字注引《尒雅》「醳，又祭也」，郭璞曰：「祭之明日，尋醳又祭之也。」今本郭注脫「之也」二字，據補。

王本引同。其餘各本均未輯錄。

原本《玉篇》引《爾雅》及郭注字均作「醳」，陸德明《經典釋文·爾雅音義》出「繹」，注云：「《五經》及《爾雅》皆作此字，本或作禪，字書爲醳、鐸二字，同。」王樹枏云：

> 《釋文》云「繹，字書爲醳」，字書當即指《玉篇》。〔註375〕

〔註373〕「謂」下一字不識，王樹枏《爾雅郭注佚存補訂》云是「微」字（見下引文），惟字形不類，今暫存疑。

〔註374〕王樹枏《爾雅郭注佚存補訂》，卷2，頁3下～4上。文中所引「高僧傳」應作「續高僧傳」。

〔註375〕王樹枏《爾雅郭注佚存補訂》，卷9，頁9下。

其說甚是。按郝懿行云：

> 繹者，〈釋詁〉云「陳也」，《方言》云「長也」，《白虎通・封禪》篇云：「繹，
> 繹者無窮之意也。」是繹取尋繹不絕，故曰又祭。……《釋文》：「繹，或
> 作襗，字書為饚、鐸二字」，並俗作。〔註376〕

嚴元照亦云：

> 从示从食者皆俗字，从金者義異，當从系旁作。〔註377〕

今從其說，仍从糸旁作「繹」。唐石經、宋本《爾雅》字亦作「繹」。

285. 8-44 宵田為獠。　郭注：《管子》曰：「獠獵畢弋。」今江東亦呼獵為獠，音遼。或曰即今夜獵載鑪照也。

《管子》曰：「獠獵畢弋。」**獠，猶燎也**，音遼。今之夜獵載鑪照**者**也。今江東亦呼獵為獠。〔注〕

案：孔穎達《毛詩・魏風・伐檀・正義》引〈釋天〉郭璞曰：「獠猶燎也，今之夜獵載鑪照者也，江東亦呼獵為獠。《管子》曰：『獠獵畢弋。』」今本郭注脫「獠猶燎也」句及「之者」二字，據補，並將文句次第依今本郭注文意略予更動。〔註378〕

嚴本據《毛詩正義》所引郭璞語乙改郭注，「曰」作「云」。黃本僅輯錄「獠猶燎也」四字。王本仍依從今本郭注文句次第，補「之者」二字，又將「獠猶燎也」四字輯入今本郭注「或曰」之下，云：

> 《詩疏》所引與今本次第不同，據《釋文》先「畢」後「載鑪」，則陸所
> 據與今本同。《御覽》所引亦與今本同。〔註379〕

惟本書所輯校之注文，亦符合《釋文》次第，且文義更顯通順。余、董、馬、葉本均未輯錄。

「獠」與「燎」通。《廣韻》笑韻：「燎，照也，一曰宵田。」《潛夫論・賢難》：「昔有司原氏者，燎獵中野」，汪繼培云：

> 《爾雅・釋天》云：「宵田為燎」，郭注：「即今夜獵載鑪照也。」「燎」與
> 「獠」通。

彭鐸亦云：

〔註376〕郝懿行《爾雅義疏》，《爾雅廣雅方言釋名清疏四種合刊》，頁199下。

〔註377〕嚴元照《爾雅匡名》，卷8，《皇清經解續編》，卷503，頁15上。

〔註378〕郝懿行以為《毛詩音義》引郭璞語「較今本郭注文義為長」（《爾雅義疏》，《爾雅廣雅方言釋名清疏四種合刊》，頁200下。）；阮元亦云：「按當如《詩正義》所引，今本失其次。」（《爾雅按勘記》，《皇清經解》，卷1033，頁35下。）

〔註379〕王樹枬《爾雅郭注佚存補訂》，卷9，頁11下。

《詩・魏風・伐檀》箋：「宵田曰獵」，即本《爾雅》，是「燎」即「獵」

也。〔註380〕

按《爾雅》此訓，當以「獠」爲正字，「燎」爲借字。盧文弨云：

> 陸氏又云「或作燎」，攷《說文》火部，「尞」爲「柴祭天也」，義別犬部
>
> 云「獠，獵也」，則正當用從犬字。又《詩・伐檀・正義》引郭注云：「獠
>
> 猶燎也」，知作燎者爲非矣。〔註381〕

286. 8-49 注旄首曰旌。　　郭注：載旄於竿頭，如今之幢，亦有旒。

戴旄於竿頭，如今之幢，亦有旒。《周禮》：「析羽爲旌」，鄭玄曰：「析羽爲

五色，繫之旌上。」〔注〕

案：玄應《一切經音義》卷十九〈佛本行集經第二十八卷〉「旌旐」注引「《爾

雅》：『注毛首曰旌』，郭璞曰：『戴旄於竿頭也。《周禮》：「析羽爲旌」，鄭玄曰：「析

羽爲五色，繫之旌上。」』」王本據補《周禮》經文於今本郭注「亦有旒」句下，又

「旒」下有「也」字，「《周禮》」下有「云」字。王氏云：

> 下文「因章爲旆」注引《周禮》云：「通帛爲旆」，則此所引《周禮》當亦
>
> 郭注原文，而今本脫之，據補。〔註382〕

其說可從，惟王氏僅輯補《周禮》經文，未採錄鄭玄語。按鄭玄「析羽」二句，即

釋《周禮》「析羽爲旌」之文，當亦爲郭璞注所引，今仍輯錄。《周禮》「析羽爲旌」

語見〈春官・司常〉，鄭《箋》云：「全羽、析羽皆五采，繫之於旜旌之上，所謂注

旄於干首也。」

玄應《一切經音義》卷四〈菩薩見實三昧經第一卷〉「旌鼓」注引「《爾雅》：『注

旄首曰旌』，郭璞云：『載旄於竿頭者。旌，旌表也，謂取其標幟。』」王樹枏云「『旌

表也』八字當是元應之文」，〔註383〕今暫存疑。

287. 8-50 有鈴曰旂。　　郭注：縣鈴於竿頭，畫交龍於旒。

縣鈴於竿頭，畫交龍於旒上也。《周禮》「交龍爲旂」是也。〔注〕

案：玄應《一切經音義》卷十九〈佛本行集經第二十八卷〉「旌旐」注引《爾雅》

郭璞曰：「縣鈴於竿頭，畫蛟龍於旒上也。《周禮》『蛟龍爲旂』是也。」今本郭注脫

「上也」二字及「《周禮》」以下八字，據補。《周禮・春官・司常》作「交龍」，邵

晉涵云：

〔註380〕汪繼培（箋）、彭鐸（校正）《潛夫論箋校正》，頁50。

〔註381〕盧文弨《經典釋文攷證・爾雅音義中攷證》，頁9下。

〔註382〕王樹枏《爾雅郭注佚存補訂》，卷9，頁14上。

〔註383〕同前註。

「蛟」疑「交」字之訛。〔註384〕

周祖謨亦云：

> 「交龍」，唐寫本同，宋刻小字本作「蛟龍」非。案：《周禮・司常》云：
> 「交龍爲旂。」《釋名》云：「旂倚也，畫作兩龍相依倚也。」《詩・載見》
> 《正義》及《御覽》卷三百四十均引作「交龍」，足證作「蛟龍」非是。
> 〔註385〕

說皆可從，今仍依《周禮》作「交龍」。

王本引同。其餘各本均未輯錄。

288. 8-51 錯革鳥曰旟。　郭注：此謂合剝鳥皮毛置之竿頭，即《禮記》云載鴻及鳴鳶。

> 此謂全剝鳥皮毛置之竿頭也。舊說刻革鳥置竿首也。孫叔然云：「革，急
> 也，言畫急疾之鳥於旟也。《周官》『鳥隼爲旟』也。」按《禮記》「載鳴
> 鳶」，鄭玄云：「載之以示眾」，即此類也。《書》云「鳥戰目革」，《詩》
> 云「如鳥斯革」。旟首鳥者，自是鳥之皮毛明矣。

案：本條佚文輯自鮑刻本《太平御覽》卷三百四十〈兵部七十一・旟〉引《爾
雅》「錯革鳥曰旟」郭璞注，「鄭玄」原避諱作「鄭元」，今逕改正。《四部叢刊三
編》本《御覽》「孫叔然」譌作「孫叔敖」，「載鳴鳶」三字譌入「《詩》云如」之
下。

王本輯爲郭注，「鳥隼爲旟」下有「是」字，「《禮記》載鳴鳶」句仍從今本郭注
作「《禮記》云載鴻及鳴鳶」，「鳥戰目革」作「鳥獸希革」。其餘各本均未輯錄。王
樹枏云：

> 《御覽》所引，全是郭注原文，不知何時刪節。知者，郭謂革爲鳥之皮毛，
> 引《禮記》鄭注以駁孫叔然之説，今本尚存《禮記》載鴻及鳴鳶一句可見
> 也。《御覽》「載鳴鳶」，當亦如今注作「載鴻及鳴鳶」，蓋傳鈔時偶脫「鴻
> 及」二字。〔註386〕

王氏以本條爲郭璞《注》佚文，劉玉麐、王引之、周祖謨等則以爲是郭璞《音義》
之文。〔註387〕惟此語究屬郭璞《音義》或《注》之佚文，實難遽定，今暫存疑。

〔註384〕邵晉涵《爾雅正義》，《皇清經解》，卷512，頁35下。
〔註385〕周祖謨《爾雅校箋》，頁269。
〔註386〕王樹枏《爾雅郭注佚存補訂》，卷9，頁15下。
〔註387〕劉玉麐云：「《御覽》卷三百四十引郭註……此當出郭氏《音義》。今註『全剝』作『合
　　　　剝』，當據改。」（《爾雅校議》，卷上，頁30。）周祖謨云：「《御覽》引郭璞注……文

邵晉涵云：

> 《公羊疏》引李巡云：「以革爲之，置於旌端。」是李巡以革爲皮也。〈曲
> 禮〉云：「前有水則載青旌，前有塵埃則載鳴鳶，前有車騎則載飛鴻，前
> 有士師則載虎皮，前有摯獸則載貔貅。」鄭註：「載謂舉於旌首，以警眾
> 也。」孔《疏》以青旌、鳴鳶、飛鴻爲畫於旌首，虎皮爲舉虎皮於竿首，
> 至貔貅則云：「不知爲載其皮？爲畫其形？」又引舊說：「通有二家，一云
> 與虎皮並畫作皮於旌也，一云並載其皮。」孔《疏》引二家之說，則載其
> 皮者亦舊說也。虎貔貅既載其皮，則鴻及鳴鳶亦當載其皮毛。故郭氏本李
> 巡爲說，與孫炎異。〔註388〕

按郭說與孫炎不同，遂於此注中引《禮記》、《書》、《詩》爲證。惟王引之已證「李
郭之說皆非也」，其說甚詳，今略不引。〔註389〕

〈釋地〉

289. 9-2 河南曰豫州。　郭注：自南河至漢。

自東河至西河之南曰豫州。〔音？〕

案：本條佚文輯自徐彥《公羊・莊公十年・疏》引孫氏、郭氏。

黃本引同。其餘各本均不輯爲郭注。嚴本在孫炎此注下注云：「徐彥引此以爲孫
氏、郭氏皆云云，今郭註與徐彥所見本異。」臧鏞堂《爾雅漢注》、黃奭輯孫炎《音
注》本條注下亦皆注云：「《疏》作『孫氏、郭氏皆云』，郭實異此，疑疏有誤。」今
檢徐彥《公羊疏》引〈釋地・九州〉各條郭注多與孫注並引，概如下表：

《爾雅》文字	今本郭注	徐彥《公羊疏》
河南曰豫州。	自南河至漢。	孫氏、郭氏皆云：「自東河至西河之南曰豫州。」
江南曰楊州。	自江南至海。	孫氏、郭氏曰：「自江至南海也。」〔註390〕
濟東曰徐州。	自濟東至海。	孫氏、郭氏曰：「濟東至海也。」
燕曰幽州。	自易水至北狄。	孫氏、郭氏曰：「自易水至北狄也。」
齊曰營州。	自岱東至海。此蓋殷制。	孫氏、郭氏曰：「自岱東至海。」

與今本詳略不同，疑《御覽》所引或出於郭璞《爾雅音義》。」（《爾雅校箋》，頁270。）
　　又王引之語見《經義述聞・爾雅釋天・錯革鳥曰旐》，《皇清經解》，卷1206，頁32上。
〔註388〕邵晉涵《爾雅正義》，《皇清經解》，卷512，頁36上。
〔註389〕參見王引之《經義述聞・爾雅釋天・錯革鳥曰旐》，《皇清經解》，卷1206，頁32～33。
〔註390〕「至南」二字誤乙，見本章第三節9-5「江南曰楊州」條案語。

按徐《疏》所引，除「河南曰豫州」條與今本郭注不同，其餘各條均與今本郭注相同。郭璞於〈釋地・九州〉各條既多承襲孫注，則徐彥所引本條佚文當亦爲郭璞所用。此注與今本郭注不同，疑爲郭璞《音義》佚文。

290. 9-12 秦有楊陓。

陓，烏花反。

案：本條佚文輯自陸德明《經典釋文・爾雅音義》。宋本《釋文》「花」譌作「俟」。《廣韻》「俟」音入微韻、止韻，並與「陓」音不合。

董、馬、黃、葉本引均同。余、嚴、王本均未輯錄。

郭音「烏花反」，疑是讀「陓」爲「華」。《呂氏春秋・有始覽》「九藪」有「秦之陽華」，臧琳云：

> 考《呂氏春秋・有始覽》：「九藪……秦之陽華」，高注：「陽華在鳳翔，或曰在華陰西。」華、陓音相近，蓋郭氏或有所本。〔註391〕

郝懿行云：

> 今按《爾雅釋文》：「陓，郭烏花反」，則與「華」音相近，似「楊陓」即「陽華」。〔註392〕

然則郭璞係以《爾雅》之「楊陓」即《呂覽》之「陽華」。惟《廣韻》麻韻「華」一音「戶花切」（匣紐麻韻），一音「呼瓜切」（曉紐麻韻），均與郭璞音「烏花反」（影紐麻韻）聲紐略異。

又案：周祖謨云：

> 《御覽》卷七十二引亦作「紆，音謳」。「音謳」蓋亦郭注原文。唐寫本「陓」字旁注「烏侯」，即郭璞《音義》之音，「烏侯反」與「音謳」正合。《釋文》云：「郭烏花反」，與唐本所注音不同。〔註393〕

按《御覽》卷七十二〈地部三十七・藪〉引《爾雅》自「魯有大野」至「周有焦穫」，所引注文雖與今本郭注近同，惟並未明云何氏之注。周氏以「音謳」二字爲郭注原文，又以唐寫本「陓」字旁注「烏侯」爲郭璞《音義》之音，均無確證，今暫存疑。

291. 9-19 周有焦護。　　郭注：今扶風池陽縣瓠中是也。

穫，音護。

〔註391〕臧琳《經義雜記・秦有楊紆》，《皇清經解》，卷202，頁33下。
〔註392〕郝懿行《爾雅義疏》，《爾雅廣雅方言釋名清疏四種合刊》，頁205下。
〔註393〕周祖謨《爾雅校箋》，頁273。

案：《文選》卷九班彪〈北征賦〉「夕宿瓠谷之玄宮」句李善注引「《爾雅》曰：『周有焦穫』，郭璞曰：『音護，今扶風池陽縣瓠中是也。』」今本郭注無音。惟此音究屬郭璞《音義》或《注》之佚文，實難遽定，今暫存疑。

王本輯「音護」二字於今本郭注「今扶風」句之上。其餘各本均未輯錄。

陸德明《經典釋文·爾雅音義》出「穫」，注云：「又作護，同。」今據李善注所引，可知郭本《爾雅》字作「穫」。阮元云：

> 按作「護」非也，當從陸本作「穫」。劉昭注《續漢書·郡國志》、李善注《文選·北征賦》，皆引《爾雅》「周有焦穫」，郭注曰「音護」，是「護」乃「穫」之音，不得以「護」易「穫」也。〔註394〕

嚴元照云：

> 《釋文》云「穫又作護」，石經、單疏本作「護」，《周禮疏》、《廣韻》四十五厚、《白帖》五引皆作「護」。案《文選注》九引《爾雅》曰「周有焦穫」，郭璞曰「音護」，則郭本从禾不从言。〔註395〕

說皆可從。

《廣韻》「穫」音「胡郭切」（匣紐鐸韻）。郭璞音「護」（匣紐暮韻，《廣韻》音「胡誤切」），與《釋文》陸德明音「胡故反」同。「胡郭」、「胡誤」二音聲可通轉，《廣韻》「濩」、「擭」二字均兼有「胡郭」、「胡誤」二音。

292. 9-20 東陵阰。

阰，尸慎反。

案：本條佚文輯自陸德明《經典釋文·爾雅音義》。

董、馬、黃本引均同。余、嚴、葉、王本均未輯錄。

《廣韻》「阰」字凡三見：一音「所臻切」（疏紐臻韻），一音「息晉切」（心紐震韻），一音「試刃切」（審紐震韻）。郭璞音「尸慎反」，與「試刃」音同。

293. 9-22 梁莫大於湨梁。　郭注：湨，水名。梁，隄也。

湨水出河內軹縣東南，至溫入河。〔音〕

案：本條佚文輯自徐彥《公羊·襄公十六年·疏》引《音義》。

馬本引同。余、黃、葉本「湨」均譌作「溴」。嚴、葉本及邵晉涵《正義》引「內」均譌作「南」。董、王本並未輯錄。鄭樵注引作「舊云」。

《左氏·襄公十六年·經》：「三月，公會晉侯、宋公、衛侯、鄭伯、曹伯、莒

〔註394〕阮元《爾雅挍勘記》，《皇清經解》，卷1034，頁3下。

〔註395〕嚴元照《爾雅匡名》，卷9，《皇清經解續編》，卷504，頁2下～3上。

子、邾子、薛伯、杞伯、小邾子于溟梁。」杜預注云：「溟水出河內軹縣東南，至溫入河。」杜注與郭璞同。「溟」爲「溟」字形近之譌，陸德明《經典釋文・爾雅音義》出「溟」，音「古壁反」；又《春秋左氏音義》出「溟梁」（《通志堂經解》本作「溟梁」），音「古闃反」。二「溟」字均應作「溟」，「古壁」、「古闃」二音均與《廣韻》「溟」音「古闃切」（見紐錫韻）同。周祖謨云：

> 「溟」，唐寫本作「溟」，注文同。案：作「溟」是也。《左傳》襄公十六年「會于溟梁」，杜預注云：「溟水出河內軹縣東南，至溫入河。」原本《玉篇》「陵」下引《爾雅》作「昊梁」，與《春秋》襄公十六年公羊經合。〔註396〕

其說可從。上古音「昊」聲屬錫部，「臭」聲屬幽部，二音迥別，惟字形相近，極易混淆。又軹縣在今河南省濟源市南軹城鎮，位居黃河之北，故應作「河內軹縣」，作「河南」者當係涉下文「東南」而譌。

294. 9-26 南方之美者，有梁山之犀象焉。　　郭注：犀牛皮角，象牙骨。
大獸也，長鼻大耳，三歲一乳。〔音？〕

案：希麟《續一切經音義》卷四〈大乘本生心地觀經卷第三〉「象蹏」注引「《爾雅》曰：『南方之美者，有梁山之犀象焉』，郭註云：『大獸也，長鼻大耳，三歲一乳。』」所引郭璞語與今本郭注不同，疑本條爲郭璞《音義》佚文。

王本「大獸」上有「象」字，並輯入今本郭注「象牙骨」句之下。其餘各本均未輯錄。

295. 9-33 東方有比目魚焉，不比不行，其名謂之鰈。　　郭注：狀似牛脾，鱗細，紫黑色，一眼，兩片相合乃得行。今水中所在有之，江東又呼爲王餘魚。
狀似牛脾，**身薄**，鱗細，紫黑色，只一眼，兩片相合乃得行。今水中所在有之，江東又呼爲王餘，**亦曰版**魚。〔注〕

案：司馬貞《史記・封禪書・索隱》引郭璞云：「如牛脾，身薄，細鱗，紫黑色，只一眼，兩片合乃得行。今江東呼爲王餘，亦曰版魚。」〔註397〕王樹柟云：「今本脫『身薄』及『亦曰版』五字，據補。」〔註398〕周祖謨亦云：「今本脫『身薄』『亦曰版』五字。」〔註399〕今從其說，再補一「只」字。嚴本僅在今本郭注「王餘魚」

〔註396〕周祖謨《爾雅校箋》，頁275。
〔註397〕《百衲本二十四史》景印宋慶元黃善夫刊本《史記》無「身薄」二字，「只」作「有」，「版」作「阪」，末有「也」字。
〔註398〕王樹柟《爾雅郭注佚存補訂》，卷10，頁8上。
〔註399〕周祖謨《爾雅校箋》，頁277。

之下補「亦曰版魚」四字。又郝懿行云：

> 《封禪書‧索隱》引郭注「王餘」下有「亦曰版魚」四字，「牛脾」下有
> 「身薄」二字，今本俱缺脫，而衍「今水中所在有之」七字，當據《索隱》
> 刪去之。比目海魚今出日照，故〈封禪書〉謂出東海，非水中所在皆有也。
> 〔註400〕

郝氏據《史記索隱》所引，以爲今本郭注「今水中所在有之」七字係衍文，說亦可參。《史記‧封禪書》：「東海致比目之魚。」

296. 9-34 南方有比翼鳥焉，不比不飛，其名謂之鶼鶼。　郭注：似鳧，青赤色，一目一翼，相得乃飛。

> 似鳧，青赤色，一目一翼，相得乃飛。《山海經》云。〔注〕

案：敦煌寫本《爾雅注》（伯2661）「相得乃飛」句下有「《山海經》云」四字，今本郭注脫去，據補。周祖謨云：

> 唐寫本「飛」下有「《山海經》云」四字，當據補。案：《山海經‧西山經》云：「崇吾之山有鳥焉，其狀如鳧，而一翼一目，相得乃飛，名曰蠻蠻。」郭璞注云：「比翼鳥也。色青赤，不比不能飛。《爾雅》作鶼鶼是也。」〔註401〕

297. 9-36 北方有比肩民焉，迭食而迭望。　郭注：此即半體之人，各有一目一鼻一孔一臂一腳，亦猶魚鳥之相合。

> 此即半體之人，人各有一目、一鼻孔、一臂、一腳，亦猶魚鳥之相合耳。〔注〕

案：敦煌寫本《爾雅注》（伯2661）此注末句作「亦猶魚鼠之相合耳」。《文選》卷四十六王融〈三月三日曲水詩序〉：「離身反踵之君」，李善注引「《爾雅》曰：『北方有比肩人焉，迭食而迭望』，郭璞曰：『此即半體之人，人各有一目、一鼻孔、一臂、一腳，亦猶魚鼠之相合爾。』」今據敦煌寫本補一「耳」字；據李善注補一「人」字，又刪去「鼻」下「一」字。周祖謨云：

> 《山海經‧海外西經》云：「一臂國，一臂，一目，一鼻孔。」即此注所本。今本「鼻」下衍「一」字，當據唐寫本改正。「亦猶魚鳥之相合」，唐寫本作「亦猶魚鼠之相合耳」。《文選》注引郭注同，惟「耳」作「爾」。

〔註400〕郝懿行《爾雅義疏》，《爾雅廣雅方言釋名清疏四種合刊》，頁210下。
〔註401〕周祖謨《爾雅校箋》，頁278。按伯2661非唐寫本，王重民云此卷「唐諱不缺筆，蓋爲六朝寫本。卷末有天寶八載題記，大曆九年書主尹朝宗記，乾元二年張眞記，並是閱者所題，不得據以定爲唐寫本也。」（《敦煌古籍敍錄》，頁74。）

案：「魚鳥」即指上文比目魚、比翼鳥而言，《文選》注及今所見唐寫本作「魚鼠」誤。〔註402〕

王本據李善注輯「耳」作「爾」，餘同。其餘各本均未輯錄。

298. 9-37 中有枳首蛇焉。　郭注：岐頭蛇也。或曰今江東呼兩頭蛇為越王約髮，亦名弩弦。

枳，巨宜反。

案：本條佚文輯自陸德明《經典釋文·爾雅音義》。

董、馬、黃本「枳」均作「軹」。余、嚴、葉、王本均未輯錄。

敦煌寫本《爾雅注》（伯2661）、唐石經、宋本《爾雅》字均作「枳」，《釋文》亦出「枳」，注云：「本或作贅」，下引顧、郭、孫、施諸家音，又云：「案枳首謂蛇有兩頭。」今仍從舊本作「枳」。郭音「巨宜反」，是讀「枳」為「岐」，今本郭注即云「岐頭蛇也」，郝懿行云：

> 《爾雅·釋地》云「枳首蛇」，即岐首蛇。〔註403〕

劉向《列女傳》卷三〈孫叔敖母〉：「叔敖見虵，兩頭岐首，殺而埋之。」字即作「岐」；或作「歧」，《楚辭·天問》：「中央共牧，后何怒」，王逸注云：「言中央之州，有歧首之蛇，爭共食牧草之實，自相啄齧。」按郝懿行云：

> 枳者，宋雪牕本作軹，叚借字也。《釋文》云：「……郭巨宜反，孫音支，云蛇有枝首者名曰率然」，然則孫讀為枝，郭讀為岐。岐、枝、枳音皆近。〔註404〕

阮元云：

> 案「枳」之正字當作「岐」作「枝」；凡作「枳」作「軹」作「贅」，並同音假借字也。〔註405〕

說皆可從。《廣韻》支韻「岐」音「巨支切」（群紐支韻），與郭璞此音正同。

299. 9-41 可食者曰原。　郭注：可種穀給食。

可**食謂**種穀給食也。〔注〕

案：《太平御覽》卷五十七〈地部二十二·原〉引《爾雅》曰：「可食者曰原」，下引郭璞曰：「可食謂種穀給食也。」今本郭注脫「食謂也」三字，據補。

〔註402〕周祖謨《爾雅校箋》，頁279。
〔註403〕郝懿行《山海經箋疏》，卷6，〈海外南經〉，頁4上。
〔註404〕郝懿行《爾雅義疏》，《爾雅廣雅方言釋名清疏四種合刊》，頁211上。又盧文弨云：「邢本作軹，譌。」（《經典釋文攷證·爾雅音義中攷證》，頁10下。）
〔註405〕阮元《爾雅挍勘記》，《皇清經解》，卷1034，頁5下。

王本引同。其餘各本均未輯錄。

300. 9-41 陂者曰阪。

陂，又作坡，皆普何反。

案：本條佚文輯自陸德明《經典釋文‧爾雅音義》。《釋文》云：「又作坡，郭皆普何反。」《通志堂經解》本《釋文》「皆」作「音」，今從宋本。〔註406〕

董、馬、黃本均未輯「又作坡皆」四字。余、嚴、葉、王本均未輯錄。

敦煌寫本《爾雅注》（伯2661）所見《爾雅》字作「坡」。《後漢書‧耿弇傳》：「自引精兵上岡阪」，李賢注引《爾雅》曰：「山脊曰岡，坡者曰阪」，字亦作「坡」。按《說文》𨸏部：「陂，阪也。从𨸏、皮聲。」又土部：「坡，阪也。从土、皮聲。」段玉裁云：

> 𨸏部曰「坡者曰阪」，此二篆轉注也。又曰「陂，阪也」，是坡、陂二字音
> 義皆同也。〔註407〕

其說甚是。唐石經、宋本《爾雅》字作「陂」。郝懿行云：

> 《釋文》：「陂，又作坡，郭皆普何反」，此音得之。古讀皮為坡也。……
> 然則坡之言頗也，阪之言反也，謂山田頗側之處可耕種者。〔註408〕

郭璞音「普何反」，即是讀「陂」為「坡」。《廣韻》「坡」音「滂禾切」（滂紐戈韻），與郭璞音「普何反」（滂紐歌韻）聲當近同。在魏晉宋時期，《廣韻》歌、戈二韻同屬歌部。〔註409〕

〈釋丘〉

301. 10-1 丘一成為敦丘。　郭注：成猶重也。《周禮》曰：「為壇三成。」今江東呼地高堆者為敦。

敦，音頓。

案：本條佚文輯自陸德明《經典釋文‧爾雅音義》。《太平御覽》卷五十三〈地部十八‧丘〉引《爾雅》曰「丘一成為敦丘」句注末有「舊音頓」三字。

董、馬、葉本引均同。黃本「音頓」下有「或丁回反」四字，又據《御覽》輯錄「敦舊音頓」四字。王本將「音頓」二字輯入今本郭注「為敦」之下。余、嚴本

〔註406〕盧文弨云：「『皆』舊作『音』，今從宋本正。蓋兼陂、坡，故云皆。」（《經典釋文攷證‧爾雅音義中攷證》，頁10下。）

〔註407〕段玉裁《說文解字注》，第13篇下，頁18下，土部「坡」字注。

〔註408〕郝懿行《爾雅義疏》，《爾雅廣雅方言釋名清疏四種合刊》，頁212下。

〔註409〕參見周祖謨《魏晉南北朝韻部之演變》，頁18。

並未輯錄。「或丁回反」四字當係陸德明引某氏之音，非郭璞所注；又郭璞此音究屬《音義》或《注》之佚文，實難遽定，今暫存疑。

　　《釋文》云：「郭云音頓，或丁回反。謝如字讀。注宜如後二音。」〔註410〕按《釋名・釋丘》：「丘一成曰頓丘，一頓而成，無上下大小之殺也。」是「敦丘」可讀爲「頓丘」之證。《詩・衛風・氓》：「送子涉淇，至于頓丘」，毛《傳》：「丘一成爲頓丘。」郝懿行云：

> 敦與頓通，故《詩・氓・傳》作「頓丘」，《正義》引孫炎曰：「形如覆敦，敦器似盂」，下文注曰：「丘一成之形象也」，是敦、頓字異音義同。《釋名》云「丘一成曰頓丘，一頓而成，無上下大小之殺也」，蓋望文生訓耳。〔註411〕

其實《釋名》之訓亦有理可說，董瑞椿云：

> 据《詩・衛風・氓》篇：「至于頓丘」，毛《傳》：「丘一成爲頓丘」，知字當作「頓」。《釋名・釋丘》：「丘一成曰頓丘，一頓而成，無上下大小之殺也。」詮「頓丘」命名，最爲的確。蓋人所聚曰屯，見《漢書・陳勝傳》注。斯土所聚亦可曰屯，而頓者屯叚字，敦者又頓叚字。一頓而成，謂一頓之地方十里也。〔註412〕

又參見 10-12「如覆敦者，敦丘」條案語。

　　《廣韻》慁韻「敦」、「頓」同音「都困切」（端紐慁韻）。謝嶠如字讀，則當讀「都昆切」（端紐魂韻，魂慁二韻平去相承）。參見第七章第二節謝嶠《爾雅音》「丘一成爲敦丘」條案語。

302. 10-10 途出其右而還之，畫丘。

　　畫，音獲。

　　案：本條佚文輯自陸德明《經典釋文・爾雅音義》。

　　董、馬、黃本引均同。余、嚴、葉、王本均未輯錄。

　　《廣韻》「畫」字凡二見：一音「胡卦切」（匣紐卦韻），一音「胡麥切」（匣紐麥韻）。郭璞音「獲」，與「胡麥」音同；謝嶠音「胡卦反」，與卦韻切語全同。

303. 10-11 水出其後，沮丘。

〔註410〕《通志堂經解》本《經典釋文・爾雅音義》「宜」作「並」，阮元云：「葉本並作豆。段玉裁云：『豆爲宜字之訛。』」（《爾雅釋文校勘記》，《皇清經解》，卷 1037，頁 10 下。）按宋本字正作「宜」，今據改。

〔註411〕郝懿行《爾雅義疏》，《爾雅廣雅方言釋名清疏四種合刊》，頁 215 上。

〔註412〕董瑞椿《讀爾雅日記》，頁 15。

　　沮，辭與、慈呂二反。

　　案：本條佚文輯自陸德明《經典釋文・爾雅音義》引孫、郭。

　　董、黃本引並同。余、嚴、馬、葉、王本均未輯錄。

　　《廣韻》「沮」字凡五見：一音「七余切」（清紐魚韻），一音「子魚切」（精紐魚韻），一音「側魚切」（莊紐魚韻），一音「慈呂切」（從紐語韻），一音「將預切」（精紐御韻）。郭璞音「辭與反」（邪紐語韻），與「慈呂」聲紐略異；〔註413〕又音「慈呂反」，與語韻切語全同。

304. 10-12 如覆敦者，敦丘。　　郭注：敦，盂也。

　　敦，都回切。

　　案：《文選》卷四十五班固〈荅賓戲〉「欲從埶敦而度高乎泰山」句李善注引郭璞《爾雅注》曰：「敦，盂也。都回切。」今本郭注無音。

　　陸德明《經典釋文・爾雅音義》出「敦者」，音「丁回反」，與「都回」音同。葉本據《釋文》輯錄「郭音丁回反」。「丁回反」雖與郭音相同，但《釋文》未云「郭音」，葉氏當係誤輯。王本據《文選注》輯錄「都回反」三字於今本郭注「盂也」之下。其餘各本均未輯錄。按此音究屬郭璞《音義》或《注》之佚文，實難遽定，今暫存疑。

　　郭音「都回切」，是讀「敦」為「自」。《說文》自部：「自，小𨸏也。象形。」段玉裁云：

　　　　其字俗作堆，堆行而自廢矣。……自語之轉為敦，如《爾雅》之「敦丘」，

　　　　俗作墩；《詩》：「敦彼獨宿」，《傳》以「敦敦然」釋之，皆是也。〔註414〕

《正字通》丿部亦云：「自，堆本字。」按〈釋丘〉前云：「丘一成為敦丘」，陸德明《釋文》引「郭云音頓」，是《爾雅》「敦丘」前後兩見，郭璞音各不相同。邵晉涵云：

　　　　《詩疏》引《爾雅》云：「丘一成為敦丘」，孫炎云：「形如覆敦，敦器似盂。」又引此篇〔案：指「丘一成為敦丘」條。〕下文云：「如覆敦者敦丘」，

　　　　孫炎云：「丘一成之形象也。」孫炎以此篇兩見敦丘，主於重言以曉人，故互見其訓，明其為一丘也。郭氏於一成之敦丘音頓，於如覆敦之敦丘音丁回反，與孫炎異也。〔註415〕

郝懿行則從孫炎之說，以為前後兩「敦丘」均應讀為「堆」，「丘一成為敦丘」條云：

〔註413〕《廣韻》「與」有「以諸」（魚韻）、「余呂」（語韻）、「羊洳」（御韻）三音，魚語御三韻平上去相承。

〔註414〕段玉裁《說文解字注》，第14篇上，頁58。

〔註415〕邵晉涵《爾雅正義》，《皇清經解》，卷514，頁1下。

敦之爲言堆也。敦訓爲厚，厚重義近，故一重之丘因以爲名。下文「如覆
敦者敦丘」，彼舉其形，此言其義，其實一耳。

又「如覆敦者敦丘」條云：

即上敦丘，此又申釋其狀，故孫炎云：「丘一成之形象也」，明二者是一。
敦讀爲堆，郭注上文「江東呼地高堆爲敦」。〔註416〕

董瑞椿已駁其非是，云：

《釋文》出「敦丘」，郭云音頓，或丁回反；出「敦者」，丁回反。「丁回」
係「𠂤」正音。《說文》部首：「𠂤，小阜也。」則此敦丘〔案：指「丘一成
爲敦丘」條。〕爲頓丘，「如覆敦」之敦丘爲𠂤丘，兩丘不得強合爲一也。
郝氏懿行《義疏》：「彼舉其形，此言其義」，且以敦厚、厚重附會名敦意，
豈未見《釋文》乎？不可從。〔註417〕

又參見 10-1「丘一成爲敦丘」條案語。

《廣韻》「敦」、「𠂤」、「堆」三字同音「都回切」（端紐灰韻），與郭璞音切語全
同。

305. 10-15 宛中，宛丘。　郭注：宛謂中央隆高。

宛，於粉反。

案：本條佚文輯自陸德明《經典釋文·爾雅音義》。

董、馬本引並同。黃、葉本「反」下並有「謂蘊聚隆高也」六字。余、嚴、王
本均未輯錄。

郭音「於粉反」，是讀「宛」爲「蘊」。《說文》艸部：「蘊，積也。」《玉篇》艸
部：「蘊，藏也，積也，聚也，蓄也。」《廣韻》吻韻：「蘊，藏也，《說文》曰『積
也』。……俗作蘊。」郭璞此注云：「謂中央隆高」，即取《說文》「積也」之義，意
謂積聚土石則丘之中央隆高。郝懿行云：

宛丘者，《釋名》云：「中央下曰宛丘，有丘宛宛如偃器也。」《詩·宛丘·
傳》：「四方高、中央下曰宛丘。」《正義》引李巡、孫炎皆云「中央下」，
郭獨以爲中央隆峻，與諸家異，故《正義》駁之云：「《爾雅》上文備說丘
形有左高右高前高後高，若此宛丘中央隆峻，言中央高矣，何以變言『宛
中』？」此駁是也。今按〈釋山〉有「宛中隆」，郭蓋本此爲說。〔註418〕

《釋文》出「宛」，注云：「施於阮反，孫云：『謂中央汙也。』郭於粉反，謂蘊聚隆

〔註416〕郝懿行《爾雅義疏》，《爾雅廣雅方言釋名清疏四種合刊》，頁 215 上、217 上。
〔註417〕董瑞椿《讀爾雅日記》，頁 15 下。
〔註418〕郝懿行《爾雅義疏》，《爾雅廣雅方言釋名清疏四種合刊》，頁 217 下。

高也。」按《爾雅》此訓，郭璞之說獨與李巡、孫炎諸說不同，故陸德明於施乾音之下，引孫炎語以釋其音「於阮反」之義；又於郭璞音之下，將郭璞注「中央隆高」改作「蘊聚隆高」，以釋郭璞讀「宛」爲「蘊」之意。郝懿行、葉蕙心均以「謂蘊聚隆高也」句爲郭璞《音義》之文，〔註419〕黃奭亦輯入郭璞《音義》，均不可從。

《廣韻》「蘊」音「於粉切」（影紐吻韻），與郭璞此音切語全同。

306. 10-17 右陵，泰丘。　　郭注：宋有泰丘社亡，見《史記》。

宋有太丘社，以社名此地也。〔注〕

案：本條佚文輯自司馬貞《史記·封禪書·索隱》引郭璞云。今通行點校本《史記》脫「社以社名此地也」七字。

黃本「丘」作「邱」。王本將「以社名此地也」句輯入郭注「宋有大丘社亡」之下。按「亡」字當係衍文，《太平御覽》卷五十三〈地部十八·丘〉引《爾雅》「右陵泰丘」句注云：「宋有泰丘，見《史記》。」亦無「亡」字。《史記·封禪書》云：「或曰宋太丘社亡」，今本郭注「亡」字或係淺人因《史記》誤增。周祖謨云：

> 「亡」，唐寫本、宋刻小字本作「云」。邢昺疏作「曰」。案：《史記·六國年表》周顯王三十三年秦惠文王二年「宋大丘社亡」。是作「亡」爲是。

〔註420〕

其說亦非。

307. 10-24 隩，隈。

隩，於六反。

案：本條佚文輯自陸德明《經典釋文·爾雅音義》。

董、黃、葉本引均同。馬本「反」下有「注及下同，本或作澳」八字。余、嚴、王本均未輯錄。按《釋文》出「隩」，注云：「《字林》烏到反，郭於六反，注及下同。本或作澳。」「注及下同，本或作澳」八字應係陸德明語，馬氏誤輯。

《廣韻》「隩」字凡二見：一音「烏到切」（影紐号韻），一音「於六切」（影紐屋韻）。郭璞此音與屋韻切語全同。

308. 10-30 谷者，澂。　　郭注：通於谷。

〔註419〕郝懿行云：「今按宛，郭音蘊，謂蘊聚隆高也。説見《釋文》，蓋出郭氏《音義》。」（《爾雅義疏》，《爾雅廣雅方言釋名清疏四種合刊》，頁218上）葉蕙心云：「郭注『謂中央隆高』，與《釋文》異。《釋文》所引蓋郭氏《音義》也。」（《爾雅古注斠》，卷中，頁39下。）

〔註420〕周祖謨《爾雅校箋》，頁285。

水通於谷者也。〔注〕

案：原本《玉篇》卷十九水部「溦」字注引「《尒雅》：『谷者溦』，郭璞曰：『水通於谷者也。』」今本郭注脫「水者也」三字，據補。

王本引同，云：

> 案上注「水無所通者」，此注應如《玉篇》所引作「水通於谷者」，今據補。〔註421〕

周祖謨亦云：

> 唐寫本「谷」下有「也」字。《廣韻》支韻「溦」下引同。案原本《玉篇》水部「溦」下引注文作「水通於谷者也」，與上文注「水無所通者」相應，《玉篇》所引蓋爲郭本之舊。〔註422〕

說均可從。

309. 10-30 **谷者，溦。　郭注：通於谷。**

微，水邊通谷也。〔音？〕

案：本條佚文輯自酈道元《水經注》卷八〈濟水〉引郭景純曰。

黃、葉本引並同。葉蕙心云：「所引蓋郭氏《音義》。」〔註423〕按《爾雅》本條郭注作「水通於谷者也」（見前條），與《水經注》所引此文義近同，注中毋須重言，疑本條爲郭璞《音義》佚文。余、嚴、董、馬、王本均未輯錄。

唐石經、宋本《爾雅》字均作「溦」，陸德明《經典釋文·爾雅音義》亦出「溦」，注云：「本又作湄，亡悲反，又音微。」酈氏引《爾雅》此訓作「通谷者微」。〔註424〕按「溦」、「微」二字音同可通。郝懿行云：

> 《水經·濾水·注》引《爾雅》曰：「谷者微」，郭景純曰：「微，水邊通谷也。」……微、溦同，疑作微是也。〔註425〕

黃侃亦云：

> 下云……「水草交爲湄」，與此名同而義近。溦與湄葢皆就岸言，此溦義本於微，作湄叚借爾。〔註426〕

〔註421〕王樹枏《爾雅郭注佚存補訂》，卷10，頁21下。

〔註422〕周祖謨《爾雅校箋》，頁288。

〔註423〕葉蕙心《爾雅古注斠》，卷中，頁41上。

〔註424〕楊守敬云：「今本《爾雅·釋丘》，谷者微，郭《注》，通於谷。《經》、《注》，皆有脫漏，當以此《注》訂之。」（楊守敬、熊會貞《水經注疏》，頁738。）

〔註425〕郝懿行《爾雅義疏》，《爾雅廣雅方言釋名清疏四種合刊》，頁219下。郝氏所引《水經注》引《爾雅》「谷」上誤脫「通」字。

〔註426〕黃侃《爾雅音訓》，頁189。

　　郝懿行、黃奭、葉蕙心、王樹枏、黃侃等均以本條佚文之出處為《水經・滱水・注》，非。

〈釋山〉

310. 11-1 河西，嶽。　　郭注：吳嶽。

　　別名吳山，《周禮》所謂嶽山者。

　　案：本條佚文輯自《後漢書・郡國志一・司隸・扶風》「有吳嶽山」句劉昭注引郭璞曰。《周禮・夏官・職方氏》：「正西曰雍州，其山鎮曰嶽山」，鄭玄注云：「嶽，吳嶽也。」即郭注所本。

　　王本引同，並輯入今本郭注「吳嶽」之下。其餘各本均未輯錄。按此語究屬郭璞《音義》或《注》之佚文，實難遽定，今暫存疑。

311. 11-1 河北，恒。　　郭注：北嶽恒山。

　　恒山一名常山，避漢文帝諱耳。

　　案：孔穎達《尚書・舜典・正義》引「〈釋山〉云：『河南華，河東岱，河北恒，江南衡』，……郭璞云：『恒山一名常山，避漢文帝諱。』」又《左氏・昭公四年傳・正義》引「〈釋山〉云：『河南華，河東岱，河北恒，江南衡』，……郭璞注：『恒山一名常山，辟漢文帝諱耳。』」今據孔氏所引輯為本條。

　　嚴本「恒」作「恆」，無「耳」字，且輯入今本郭注「恆山」之下。葉本亦無「耳」字。王本作「一名常山，辟漢文帝諱耳」，且輯入今本郭注「恒山」之下。余、董、馬、黃本均未輯錄。按嚴、王二氏均以此語為郭璞《爾雅注》之佚文，邵晉涵《正義》、葉蕙心則以為是郭氏《音義》佚文。惟此語究屬郭璞《音義》或《注》之佚文，實難遽定，今暫存疑。

312. 11-1 江南，衡。　　郭注：衡山，南嶽。

　　山別名岣嶁。

　　案：本條佚文輯自《後漢書・郡國志四・荊州・長沙》「衡山在東南」句劉昭注引郭璞曰。

　　王本輯「別名岣嶁」四字於今本郭注「南嶽」之下。其餘各本均未輯錄。按此語究屬郭璞《音義》或《注》之佚文，實難遽定，今暫存疑。

　　原本《玉篇》山部：「岣，岣嶁，謂之衡山也。」《初學記》卷五〈地理上・衡山第四〉引《山海經》云：「衡山一名岣嶁山。」均與郭璞說同。《水經注・湘水》：「芙蓉峰……《山經》謂之岣嶁山，為南嶽也。」楊守敬云：

有岣嶁峰，衡山之主峰也，在今衡陽縣北五十里。〔註427〕

313. 11-2 山三襲，陟。　　郭注：襲亦重。

重隴也。

案：《列子・湯問》：「周以喬陟」，殷敬順《釋文》引「《爾雅》……又云：『三山襲，陟』，郭璞云：『重隴也。』」所引郭璞語與今本郭注不同，惟此語究屬郭璞《音義》或《注》之佚文，實難遽定，今暫存疑。

嚴、黃本引並同。余、董、馬、葉、王本均未輯錄。

郝懿行云：

《列子・湯問》篇云：「四方悉平，周以喬陟」，張湛注以爲「山之重壟」，

殷敬順《釋文》引此郭注云「重隴也。」隴、壟並襲字之誤。〔註428〕

314. 11-2 一成，坯。　　郭注：《書》曰：「至于大伾。」

伾，撫梅反。

案：本條佚文輯自陸德明《經典釋文・尙書音義・禹貢》引郭音。陸氏《爾雅音義》出「坏」，注云：「或作伾。」是古本《爾雅》有作「伾」一本；又《尙書音義》出「伾」，下引郭音，疑郭本《爾雅》字即作「伾」。郭注引《書》曰：「至于大伾」，邢昺《爾雅疏》云：「山上更有一山重累者名伾」，字均作「伾」。《水經注》卷五〈河水五〉引《爾雅》曰：「山一成謂之伾」，字亦作「伾」。敦煌寫本《爾雅注》（伯 2661）、唐石經均作「坏」。按段注本《說文》人部：「伾，有力也。从人、丕聲。」又土部：「坏，丘一成者也。一曰瓦未燒。从土、不聲。」是《爾雅》此訓正字作「坏」，或作「坏」，〔註429〕「伾」爲同音借字。

馬本「伾」作「坏」。其餘各本均未輯錄。

《廣韻》「伾」音「敷悲切」（敷紐脂韻），「坏」音「芳杯切」（敷紐灰韻）。郭璞音「撫梅反」，與「芳杯」音同。《集韻》灰韻「坏」、「伾」同音「鋪枚切」（滂紐灰韻），當即本郭璞此音。

315. 11-4 銳而高，嶠。

嶠，渠驕反，又音驕。

案：本條佚文輯自陸德明《經典釋文・爾雅音義》。《釋文》云：「渠驕反，郭又

〔註427〕楊守敬、熊會貞《水經注疏》，頁 3138。

〔註428〕郝懿行《爾雅義疏》，《爾雅廣雅方言釋名清疏四種合刊》，頁 220 下。

〔註429〕《正字通》土部：「坏，亦作坏。」又：「坏，同坏。」郝懿行亦云：「坏者，當作坏。」

（《爾雅義疏》，《爾雅廣雅方言釋名清疏四種合刊》，頁 220 下。）

音驕。」是「渠驕」一音亦為郭璞所注。

　　馬本引同。董、黃本並無「渠驕反又」四字。余、嚴、葉、王本均未輯錄。

　　郭音「驕」，是讀「嶠」為「喬」。「嶠」為《說文》山部之新附字，釋云：「山銳而高也。从山、喬聲。古通用喬。」邵晉涵云：「嶠，本作喬。」〔註430〕黃侃亦云：「嶠，正作喬。」〔註431〕《說文》夭部：「喬，高而曲也」，段玉裁云：

　　　　按喬不專謂木，淺人以說木則作橋，如〈鄭風〉「山有橋松」是也；以說
　　　　山則作嶠，〈釋山〉「銳而高嶠」是也，皆俗字耳。〔註432〕

是《爾雅》此訓正字作「喬」，因以山為義，後遂添山旁作「嶠」。《詩·周頌·時邁》：「及河喬嶽」，毛《傳》：「喬，高也。」《淮南子·泰族訓》引作「及河嶠嶽」。

　　《廣韻》「嶠」字凡二見：一音「巨嬌切」（群紐宵韻），一音「渠廟切」（群紐笑韻，宵笑二韻平去相承）。郭璞音「渠驕反」，與「巨嬌」音同。又《廣韻》「喬」、「驕」二字同音「舉喬切」（見紐宵韻），與「巨嬌」亦僅聲紐略異。

_316._ **11-6 屬者，嶧。　　郭注：言駱驛相連屬。**

　　今魯國郡縣有嶧山、東海、下邳，《夏書》曰「嶧陽孤桐」是也。〔音〕

　　案：原本《玉篇》卷二十二山部「嶧」字注引「《尒雅》：『山屬者曰嶧』，郭璞曰：『言若駱驛相屬也。』《音義》曰：『今魯國郡縣有嶧山、東海、下邳，《夏書》曰「嶧陽孤桐」是也。』」所引《音義》應即郭璞《爾雅音義》。

_317._ **11-6 屬者，嶧。　　郭注：言駱驛相連屬。**

　　嶧山，純石積構連屬。

　　案：本條佚文輯自《後漢書·郡國志二·豫州·魯國》「驕本邾國」句劉昭注引郭璞曰。郝懿行以為此語「蓋郭《音義》之文」，〔註433〕惟此語究屬郭璞《音義》或《注》之佚文，實難遽定，今暫存疑。

　　《初學記》卷五〈地理上·總載山二〉引舊說云：「言絡繹相連。今魯國有嶧山，純石相積搆，連屬成山，蓋謂此也。」《太平御覽》卷三十八〈地部三·敘山〉引《釋名》「山屬曰嶧」句（案：今本《釋名》無此句。）注亦引此文，「絡繹」作「駱驛」，「純」作「絕」，「搆」作「構」；又卷四十二〈地部七·嶧山〉引《爾雅》曰：「魯國鄒縣有嶧山，純石相積構，連屬而成山。」邵晉涵以為《初學記》

〔註430〕邵晉涵《爾雅正義》，《皇清經解》，卷515，頁3上。
〔註431〕黃侃《爾雅音訓》，頁192。
〔註432〕段玉裁《說文解字注》，第10篇下，頁9上。
〔註433〕郝懿行《爾雅義疏》，《爾雅廣雅方言釋名清疏四種合刊》，頁221下。

所引「疑爲郭氏《音義》之文」，〔註434〕惟《初學記》、《御覽》所引均未稱某氏云，不可遽定爲郭璞所注。郝懿行以《御覽》卷四十二所引舊注爲「郭義所本」，〔註435〕說較可信。

　　葉本「繹」作「嶧」，「構」作「搆」，「屬」下衍「而成山」三字。黃本除輯錄劉昭注引郭璞語外，又誤據《初學記》輯錄「今魯國有嶧山，純石相積構，連屬成山，蓋謂此也」十九字。嚴、王本亦在今本郭注「連屬」之下誤輯「今魯國」等十九字，王樹枏云：

　　　　《後漢書·郡國志·注》引郭璞云：「繹山，純石積構連屬。」據此則《初
　　　　學記》、《御覽》所引爲郭注原文，劉昭節引之，今本則概從刪削矣。〔註436〕
其說無據，不可信。余、董、馬本均未輯錄。

　　郝懿行云：

　　　　嶧者，蓋繹之叚借，《詩》「保有鳧繹」是也。〔註437〕
按《說文》糸部：「繹，抽絲也。」段玉裁云：「引申爲凡駱驛溫尋之稱。」〔註438〕故郭璞此注云：「言駱驛相連屬。」《詩·魯頌·閟宮》：「保有鳧繹」，毛《傳》：「繹，山也」，馬瑞辰云：「繹山在鄒縣東南二十里，繹通作嶧。」〔註439〕

318. 11-9 崒者，厜㕒。

　　厜，才規反。

　　案：本條佚文輯自陸德明《經典釋文·爾雅音義》。

　　董、馬、黃本引均同。余、嚴、葉、王本均未輯錄。

　　《廣韻》「厜」音「姊規切」（精紐支韻）。郭璞音「才規反」（從紐支韻），與「姊規」聲紐略異。

319. 11-9 崒者，厜㕒。

　　㕒，語規反。

　　案：本條佚文輯自陸德明《經典釋文·爾雅音義》。

　　董、馬、黃本引均同。余、嚴、葉、王本均未輯錄。

　　《廣韻》「㕒」音「魚爲切」（疑紐支韻），與郭璞此音同。

〔註434〕邵晉涵《爾雅正義》，《皇清經解》，卷515，頁3下。
〔註435〕郝懿行《爾雅義疏》，《爾雅廣雅方言釋名清疏四種合刊》，頁221下。
〔註436〕王樹枏《爾雅郭注佚存補訂》，卷11，頁4上。
〔註437〕郝懿行《爾雅義疏》，《爾雅廣雅方言釋名清疏四種合刊》，頁221下。
〔註438〕段玉裁《說文解字注》，第13篇上，頁1。
〔註439〕馬瑞辰《毛詩傳箋通釋》，卷31，《皇清經解續編》，卷446，頁24上。

320. 11-12 重甗，隒。　郭注：謂山形如累兩甗。甗，甑。山狀似之，因以名云。

謂山形如累兩甗。甗，甑。山狀似之，**上大下小**，因以名云。

案：孔穎達《毛詩・大雅・公劉・正義》引「〈釋山〉云：『重甗，隒』，郭璞曰：『謂山形如累兩甗。甗，甑。山狀似之，上大下小，因以為名。』」陸德明《經典釋文・毛詩音義・王風・葛藟》出「隒」，注引《爾雅》郭云：「形似累兩重甑，上大下小。」今本郭注無「上大下小」四字。阮元云：

　　《詩正義》此下〔案：指「山狀似之」句。〕有「上大下小」四字，下「因以
　　名云」作「因以為名」；《葛藟・釋文》引此注云「形似累兩重甑，上大下
　　小」，然則今本無「上大下小」四字者，脫也。〔註440〕

汪文臺則以為「『上大下小』蓋兼〈釋畜〉『善陞甗』注引之，非此注脫字。」〔註441〕按〈釋畜〉：「騉蹄，趼，善陞甗」，郭璞注云：「甗，山形似甑，上大下小。」然則阮、汪二氏說均有理。今仍在《爾雅》此訓郭注「山狀似之」句下補「上大下小」四字，並存疑之。

黃本據《釋文》輯錄「形似累兩重甑，上大下小」十字。王本則在今本郭注「似之」下補「上大下小」四字。余、嚴、董、馬、葉本均未輯錄。

321. 11-12 重甗，隒。

甗，音言，又音彥。

案：本條佚文輯自陸德明《經典釋文・爾雅音義》。

馬、黃本引並同。董本未輯又音。余、嚴、葉、王本均未輯錄。

《廣韻》「甗」字凡三見：一音「語軒切」（疑紐元韻），一音「魚蹇切」（疑紐獮韻），一音「魚變切」（疑紐線韻，獮線二韻上去相承）。郭璞音「言」，與「語軒」音同；又音「彥」，與「魚變」音同。

322. 11-12 重甗，隒。

隒，魚檢反。

案：本條佚文輯自陸德明《經典釋文・爾雅音義》。

董、馬、黃本引均同。余、嚴、葉、王本均未輯錄。

《廣韻》「隒」音「魚檢切」（疑紐琰韻），與郭璞此音切語全同。

323. 11-15 山絕，陘。　郭注：連山中斷絕。

〔註440〕阮元《爾雅挍勘記》，《皇清經解》，卷1034，頁17下。
〔註441〕汪文臺《十三經注疏校勘記識語》，卷4，頁20下。

陘，胡經、古定二反。

案：本條佚文輯自陸德明《經典釋文・爾雅音義》。

董、馬、黃本引均同。余、嚴、葉、王本均未輯錄。

郭音「古定反」，是讀「陘」爲「𢖍」。《廣雅》：「𢖍，隔也」，與郭注「斷絕」之義相合。王念孫云：

> 《爾雅》：「山絕，陘」，郭璞注云：「連山中斷絕。」陘與𢖍義亦相近。
>
> 〔註442〕

王仁俊亦云：

> 《說文》：「陘，山坎也。」此正字，段借爲𢖍。《廣雅》：「𢖍，隔也。」
> 案即隔絕不相連之稱也。凡兩山中斷以成陘道者，皆可名陘。〔註443〕

「陘」亦讀爲「徑」，黃侃云：

> 《廣雅》：「岡，嶺，陘，阪也」，與此義微異，然陘亦通作徑，《孟子》：「山
> 徑之蹊閒介然」，注：「山徑，山之領。」然則陘雖高下有異，而爲徑絕則
> 同矣。〔註444〕

《廣韻》「陘」音「戶經切」（匣紐青韻），與郭璞音「胡經反」同。又《廣韻》「徑」、「𢖍」二字同音「古定切」（見紐徑韻），與郭璞「陘」字又音切語全同。

324. 11-16 多小石，磝。

磝，五交、五角二反。

案：本條佚文輯自陸德明《經典釋文・爾雅音義》。

董、馬、黃本引均同。葉本「五交」、「五角」二音互乙。余、嚴、王本均未輯錄。

《廣韻》「磝」音「五交切」（疑紐肴韻），與郭璞音切語全同。郭璞又音「五角反」（疑紐覺韻），疑是讀「磝」爲「𧤠」。《玉篇》角部：「𧤠，治角也，或作礐。」《廣韻》覺韻：「𧤠，《爾雅》云『角謂之𧤠』，治角也，或作礐。」是「𧤠」、「礐」二字可通。〈釋山〉云：「多大石，礐」，與本條「磝」字對舉，郭璞或因此而讀「磝」爲「𧤠」，「磝」音「五角反」則與「礐」音「苦角反」疊韻。（參見下條。）《廣韻》覺韻「𧤠」音「五角切」，與郭璞音切語全同。又參見第八章第二節顧野王《爾雅音》「多小石，磝」條案語。

〔註442〕王念孫《廣雅疏證》，《爾雅廣雅方言釋名清疏四種合刊》，頁 371 下。
〔註443〕王仁俊《讀爾雅日記》，頁 24 下。
〔註444〕黃侃《爾雅音訓》，頁 195。

325. 11-16 多大石，礐。

礐，苦角反，又戶角反。

案：本條佚文輯自陸德明《經典釋文・爾雅音義》。

黃本引同。董、馬、葉本均未輯又音，葉本「苦」譌作「若」。余、嚴、王本均未輯錄。

《廣韻》「礐」字凡四見：一音「胡谷切」（匣紐屋韻），一音「胡沃切」（匣紐沃韻），一音「苦角切」（溪紐覺韻），一音「力摘切」（來紐麥韻）。郭璞音「苦角反」，與覺韻切語全同；又音「戶角反」，與「胡谷」音同。又參見第八章第二節顧野王《爾雅音》「多大石，礐」條案語。

326. 11-19 夏有水冬無水，澩。

澩，火篤反，又徂學反。

案：本條佚文輯自陸德明《經典釋文・爾雅音義》。《釋文》云：「《字林》火篤反，郭同，又徂學反。」是「火篤」一音亦爲郭璞所注。

馬、葉本引並同。黃本照錄《釋文》語。董本未輯又音。余、嚴、王本均未輯錄。

《廣韻》「澩」字凡三見：一音「下巧切」（匣紐巧韻），一音「士角切」（牀紐覺韻），一音「胡覺切」（匣紐覺韻）。郭璞音「火篤反」（曉紐沃韻），與「胡覺」聲紐略異，韻亦近同（沃韻「篤」與覺韻「澩」、「覺」等字在晉代同屬沃部）。〔註445〕又音「徂學反」（從紐覺韻），則爲「士角」一音之轉。〔註446〕

327. 11-23 山有穴爲岫。

岫，音胄，又音由。

案：本條佚文輯自陸德明《經典釋文・爾雅音義》。《集韻》宥韻「岫」音「直祐切」，釋云：「《爾雅》『山有穴爲岫』郭璞說。」「直祐」與「胄」音同。

馬、黃、葉本引均同。董本未輯又音。余、嚴、王本均未輯錄。

《廣韻》「岫」音「似祐切」（邪紐宥韻）。郭璞音「胄」（澄紐宥韻，《廣韻》音「直祐切」），按从由聲之字如「胄」、「宙」、「馳」等，《廣韻》均音「直祐切」，然則郭璞此音亦有理可說。「岫」从由聲，郭璞又音「由」（喻紐尤韻，《廣韻》音「以周切」），即從聲母讀；《集韻》尤韻「岫」音「夷周切」（喻紐尤韻），當亦本

〔註445〕參見周祖謨《魏晉南北朝韻部之演變》，頁532。

〔註446〕周祖謨云：「《切韻》照穿床審二等字（即莊初崇山四母）古音歸精清從心一類。」（〈魏晉音與齊梁音〉，《周祖謨學術論著自選集》，頁163。）是「士角反」（邶紐二等）古讀與「徂學反」近同。

郭璞之音。

328. 11-25 泰山為東嶽。

在奉高縣西北。

案：孔穎達《禮記‧王制‧正義》引「《爾雅‧釋山》云：『泰山爲東嶽』，郭景純注云：『泰山爲東嶽，在奉高縣西北。』」今本郭注無注。孔氏引郭注「泰山爲東嶽」五字當係《爾雅》文字誤植。

嚴、王本引並同，且皆輯爲郭注。余、董、馬、黃、葉本均未輯錄。邵晉涵《正義》亦輯爲郭注。按此語究屬郭璞《音義》或《注》之佚文，實難遽定，今暫存疑。

329. 11-25 華山為西嶽。

在弘農華陰縣西南。

案：孔穎達《禮記‧王制‧正義》引「《爾雅‧釋山》云：……『華山爲西嶽』，鄭注云：『在弘農華陰縣西南。』」「鄭」疑爲「郭」字之譌。

嚴、王本並輯爲郭注，嚴本「弘」作「宏」。余、董、馬、黃、葉本均未輯錄。邵晉涵《正義》亦輯爲郭注，「弘」亦作「宏」。按此語究屬郭璞《音義》或《注》之佚文，實難遽定，今暫存疑。

張守節《史記‧夏本紀、封禪書‧正義》並引《括地志》云：「華山在華州華陰縣南八里。」與郭氏說同。

330. 11-25 霍山為南嶽。　郭注：即天柱山，潛水所出。

霍山今在廬江潛縣西南，潛水出焉，別名天柱山。武帝以衡山遼遠，因讖緯皆以霍山為南嶽，故移其神於此。今其土俗人皆謂之南嶽。南嶽本自以兩山為名，非從近來。而學者多以霍山不得為南嶽，又云從漢武帝來始有名，即如此言，為武帝在《爾雅》之前乎？斯不然也。〔音？〕

案：孔穎達《尚書‧舜典‧正義》：

> 郭璞《爾雅注》云：「霍山今在廬江潛縣，潛水出焉，別名天柱山。漢武帝以衡山遼曠，故移其神於此。今其彼土俗人皆呼之爲南岳。南岳本自以兩山爲名，非從近來也。而學者多以霍山不得爲南岳，又云漢武帝來始乃名之，即如此言，謂武帝在《爾雅》前乎？斯不然矣。」是解衡、霍二名之由也。

又《毛詩‧大雅‧崧高‧正義》：

> 郭璞《爾雅注》云：「霍山今在廬江潛縣西南，別名天柱山。漢武帝以衡山遼曠，移其神於此。今其土俗人皆呼之爲南岳。南岳本自以兩山爲名，

非從近也。而學者多以霍山不得爲南岳，又言從漢武帝始乃名之，如此言，爲武帝在《爾雅》前乎？斯不然矣。」竊以璞言爲然。

又《禮記・王制・正義》：

《爾雅・釋山》云：……「霍山爲南嶽」，郭注：「山在衡陽湘南縣南。」
郭又云：「今在廬江潛縣西，漢武帝以說衡山邊曠，因讖緯皆以霍山爲南嶽，故移其神於此。其土俗人皆呼爲南嶽。南嶽本自兩山爲名，非從近也。」如郭此言，則南嶽衡山自有兩名，一名衡山、一名霍山，自魏武帝以來，始徙南嶽之神於廬江霍山耳。〔註447〕

又《左氏・昭公四年傳・正義》：

郭璞注《爾雅》云：「霍山今廬江潛縣，潛水出焉，別名天柱山。漢武帝以衡山邊曠，故移其神於此。今其上俗人皆呼之爲南嶽。嶽本自以兩山爲名，非從近來也。而學者多以霍山不得爲南嶽，又云從漢武帝來始有名，即如此言，爲武帝在《爾雅》之前乎？斯不然也。」是解衡、霍二名之山也。

賈公彥《周禮・春官・大司樂・疏》：

《爾雅》：「霍山爲南嶽。」案《尚書》及〈王制・注〉皆以衡山爲南嶽，不同者，案郭璞注云：「霍山今在廬江潛縣西南，潛水出焉，別名天柱山。武帝以衡山邊遠，因讖緯皆以霍山爲南嶽，故移其神於此。今其土俗人皆謂之南嶽。南嶽本自以兩山爲名，非從近來。」如郭此言，即南嶽衡山自有兩名，若其不然，則武帝在《爾雅》前乎？明不然也。

邢昺《爾雅疏》引郭云「岳」均作「嶽」，餘同孔穎達《毛詩正義》。《初學記》卷五〈地理上・衡山第四〉引郭璞《爾雅注》云：「霍山在廬江郡潛縣，別名天柱山。漢武以衡山邊遠，讖緯以霍山爲岳，故祭之。」《太平御覽》卷三十九〈地部四・衡山〉引郭璞《爾雅注》與《初學記》同。今「霍山」至「近來」九句據賈公彥《周禮疏》引輯補，「而學」至「然也」五句據孔穎達《左傳正義》引輯補。

嚴、黃、葉、王本均有輯錄，惟因所據不同，文字亦略有小異，繁不俱錄。余、董、馬本均未輯錄。嚴、王本及邵晉涵《正義》均輯爲郭璞注，〔註448〕黃、葉本及

〔註447〕阮元引齊召南云：「按『魏』字誤。徙衡之祀於霍，自漢武帝始也。《尚書疏》作『漢』字是。」（《禮記挍勘記》，《皇清經解》，卷892，頁16上。）又《禮記正義》引郭注：「山在衡陽湘南縣南」，語見《山海經・中次十一經・衡山》郭璞注，原云：「今衡山在衡陽湘南縣，南嶽也，俗謂之峋嶁山。」

〔註448〕阮云亦以本條爲郭注佚文，云：「《詩・崧高・正義》引郭氏《爾雅注》云：『霍山今在廬江潛縣西南，別名天柱山。漢武帝以衡山邊曠，移其神於此。今其土俗人皆呼

郝懿行《義疏》則以爲係郭璞《音義》之文。〔註449〕按今本郭注云：「即天柱山，潛水所出」，此語作「霍山今在廬江潛縣西南，潛水出焉，別名天柱山」，語序不同，疑此語應係《音義》佚文。

《漢書・郊祀志》：「明年冬，上巡南郡，至江陵而東。登禮灊之天柱山，號曰南嶽。」顏師古注云：「灊，廬江縣也，天柱山在焉。武帝以天柱山爲南嶽。」與郭注之說相合。

331. 11-25 恒山為北嶽。　郭注：常山。

在常山上曲陽縣西北。

案：孔穎達《禮記・王制・正義》引「《爾雅・釋山》云：……『恒山爲北嶽』，郭注云：『在常山上曲陽縣西北。』」今本郭注僅見「常山」二字。

王本引同。嚴本「在」上有「恆山」二字。余、董、馬、黃、葉本均未輯錄。嚴、王本及邵晉涵《正義》均輯爲郭注，邵氏《正義》引「在」上亦有「恒山」二字。按此語究屬郭璞《音義》或《注》之佚文，實難遽定，今暫存疑。

司馬貞《史記・夏本紀・索隱》云：「常山，恒山是也，在常山郡上曲陽縣西北。」與郭氏說同。

332. 11-25 嵩高為中嶽。　郭注：大室山也。

大室山也，別名外方，今在河南陽城縣西北。

案：孔穎達《左氏・昭公四年傳・正義》引「〈釋山〉云：『嵩高爲中岳』，郭璞云：『大室山也，別名外方，今在河南陽城縣西北。』」今本郭注僅見「大室山也」四字。

王本引同，並輯入郭注。其餘各本均未輯錄。按此語究屬郭璞《音義》或《注》之佚文，實難遽定，今暫存疑。

張守節《史記・夏本紀・正義》引《括地志》云：「嵩高山，亦名太室山，亦名外方山，在洛州陽城縣北二十三里也。」與郭氏說同。

之爲南岳。南岳本自以兩山爲名，非從近也。而學者多以霍山不得爲南岳，又言從漢武帝始乃名之，如此言，爲武帝在《爾雅》前乎？斯不然矣。』《尚書・舜典》、《春秋・昭四年・正義》、《周禮・大司樂・疏》皆引之，審爲郭注，未詳何時脫落，邢氏作疏時已逸，但采諸《詩正義》耳。」（《爾雅挍勘記》，《皇清經解》，卷1034，頁19下～20上。）

〔註449〕郝懿行云：「《詩》及《左・昭四年・正義》引郭注……此所引蓋郭《音義》之文。」（《爾雅義疏》，《爾雅廣雅方言釋名清疏四種合刊》，頁224上。）葉蕙心亦云：「《正義》引郭注乃《音義》文也。」（《爾雅古注斠》，卷中，頁43下。）

〈釋水〉

333. 12-2 井一有水一無水為瀾汋。　郭注：《山海經》曰「天井，夏有水，冬無水」，即此類也。

　　井水或有或無曰瀾汋。

　　案：慧琳《一切經音義》卷八十五〈辯正論卷第二〉「律汋」注引「《爾雅》：『瀾汋也』，郭注云：『井水或有或無曰汋。』」所引郭注與今本不同，惟此語究屬郭璞《音義》或《注》之佚文，實難遽定，今暫存疑。

　　《說文》水部：「汋，激水聲也。从水、勺聲。井一有水一無水謂之瀾汋。」又《釋名·釋宮室》：「井一有水一無水曰瀾汋。瀾，竭也。汋，有水聲汋汋也。」《爾雅》此訓亦以「瀾汋」連讀為義，然則慧琳所引，「汋」上當脫「瀾」字，今逕補。

334. 12-4 湀闢，流川。

　　湀，巨癸反。

　　案：本條佚文輯自陸德明《經典釋文·爾雅音義》。

　　董、馬、黃、葉本引均同。余、嚴、王本均未輯錄。

　　《廣韻》「湀」字凡四見：一音「苦圭切」（溪紐齊韻），一音「求癸切」（群紐旨韻），一音「居誄切」（見紐旨韻），一音「苦穴切」（溪紐屑韻）。郭璞音「巨癸反」，與「求癸」音同。

335. 12-11 漢為潛。

　　有水從漢中沔陽縣南流，至梓潼漢壽入大穴中，通峒山下，西南潛出，一名沔水。舊俗云即〈禹貢〉潛也。〔音〕

　　案：本條佚文輯自孔穎達《尚書·禹貢·正義》引郭璞《爾雅音義》；邢昺《爾雅疏》引郭氏《音義》無「縣」字。

　　嚴本引同《尚書正義》。馬本「大」作「太」，餘同邢《疏》。黃、葉本「峒山」並作「岡山」，葉本「梓潼」作「梓橦」，餘並同《尚書正義》。余、董、王本均未輯錄。邵晉涵《正義》引「梓潼」作「梓橦」，「峒山」作「岡山」；郝懿行《義疏》引「峒山」亦作「岡山」。

　　《水經注》卷二十九：

　　　　潛水蓋漢水枝分潛出，故受其稱耳。今受有大穴，潛水入焉。通岡山下，
　　　　西南潛出，謂之伏水，或以為古之潛水。〔註450〕

〔註450〕「今受有大穴」句，楊守敬云：「朱〔謀㙔〕《箋》曰：受當作爰。戴〔震〕、趙〔一清〕改爰。守敬按：受字不誤，惟受上有脫文耳。《蜀都賦·注》稱漢壽，壽、受通。

又《文選》卷四左思〈蜀都賦〉「演以潛沫」句李善注：

　　〈禹貢〉梁州云「沱潛既道」。有水從漢中沔陽縣南流，至梓橦漢壽縣入

　　穴中，通岡山下，西南潛出，今名複水。舊說云〈禹貢〉潛水也。

據酈、李二氏之說，可知作「梓潼」不誤，「橦」字係因「梓」從木旁而譌；「峒山」

應作「岡山」；〔註451〕「沔水」應係「伏水」之譌。〔註452〕

336. 12-11 江為沱。

沱水自蜀郡都水縣揗山與江別而更流。〔音〕

　　案：本條佚文輯自孔穎達《尚書·禹貢·正義》引郭璞《爾雅音義》；邢昺《爾雅疏》引郭氏《音義》同。樂史《太平寰宇記》卷七十二〈劍南西道·益州〉引郭璞《爾雅音義》「揗」作「湔」。

　　余、馬、黃本「揗」均作「湔」。嚴氏稿本脫「別」字，《木犀軒叢書》本「揗」亦作「湔」。葉本「都水縣」作「都安縣」，脫「而」字。董、王本並未輯錄。邵晉涵《正義》引與葉本引同；郝懿行《義疏》引「都水縣」亦作「都安縣」。

　　「都水縣」應作「都安縣」。邵晉涵云：

　　《漢書·地理志》蜀郡郫縣，〈禹貢〉江沱在西，東入大江，即郭氏所云

　　沱水也，後人謂之郫江。今成都府灌縣東有都安故城。〔註453〕

都安縣治所在今四川都江堰市東，三國蜀漢置，北周時廢。

　　「湔」與「揗」通。阮元云：

　　監本、毛本改「湔」，因上引〈地理志〉蜀郡有「湔道」故也。按《書·

　　禹貢·正義》引郭氏《爾雅音義》本作「揗山」，字從手。〔註454〕

按《文選》卷四左思〈蜀都賦〉「指渠口以為雲門」句李善注云：「李冰於湔山下造大堋以壅江水，分散其流，溉灌平地」，字即作「湔」。

　　《洞渦水注》壽陽作受陽，是也。此脫漢字，戴、趙失考耳。漢縣曰葭萌，屬廣漢郡，後漢因，蜀改曰漢壽，屬梓潼郡，晉改曰晉壽，仍屬梓潼郡，後為晉壽郡治，宋、齊因。後魏屬東晉壽郡，在今昭化縣東南五十里。」（楊守敬、熊會貞《水經注疏》，頁2459。）

〔註451〕張宗泰云：「『漢為潛』《疏》：『通峒山下』，按『峒』當作『岡』，今本字之誤也。《水經注》：『爰有大穴，潛水入焉，通岡山下，西南潛出，謂之伏水，或以為古之潛水』，與此《疏》所引《音義》之文相似。今《書疏》亦誤作『峒』，蓋即邢之所本。」（《爾雅注疏本正誤》，卷3，頁6下。）

〔註452〕楊守敬云：「《爾雅·疏》引郭氏《音義》作沔水，則誤字也。」（楊守敬、熊會貞《水經注疏》，頁2460。）

〔註453〕邵晉涵《爾雅正義》，《皇清經解》，卷516，頁5上。

〔註454〕阮元《爾雅挍勘記》，《皇清經解》，卷1034，頁24上。

337. 12-11 汝為濆。　郭注：《詩》曰：「遵彼汝濆。」皆大水溢出，別為小水之名。

案：陸德明《經典釋文・爾雅音義》出「濆」，注云：「符云反，下同。《字林》作涓，工玄反。眾《爾雅》本亦作涓。」郝懿行云：

> 《說文》引《爾雅》作「汝爲涓」，《釋文》引《字林》同，云「眾《爾雅》本亦作涓」，是濆古作涓，唯郭本作濆耳。〔註455〕

周祖謨亦云：

> 據此可知《爾雅》傳本不同，各家《爾雅》均作「涓」，惟郭注本作「濆」也。〔註456〕

按《說文》水部：「涓，小流也。从水、肙聲。《爾雅》曰：『汝爲涓。』」是許慎所見《爾雅》古本字亦作「涓」，段玉裁注云：

> 見〈釋水〉，亦大水溢出，別爲小水之名也。郭本作濆，蓋非。濆，水厓也。〔註457〕

又江藩云：

> 《說文》：「涓，小流也。《爾雅》曰：『汝爲涓。』」《詩・汝墳・傳》曰：「墳，大防也。」墳、濆雖音同可㠯通叚，然墳爲厓岸㠯防水溢，濆爲水涯，音同而訓不同也。經文自「灉」㠯下，皆釋支流小水之名，厓岸、水涯乃土地之名，豈可以爲水名乎？當㠯《說文》爲正。〔註458〕

阮元云：

> 按《說文》：「涓，小流也。从水、肙聲。《爾雅》曰：『汝爲涓。』」注云：「皆大水溢出，別爲小水之名」，則從「涓」義長。郭本作「濆」，注引〈汝墳〉詩可證。〔註459〕

葉蕙心云：

> 《說文》引《爾雅》作「汝爲涓」。涓，細流。然則「水自河出爲灉」十句，皆言各水由大水別出爲枝流者也。如《水經・濟水注》引《爾雅》曰「濟別爲濋」、「汶別爲瀾」、「洛別爲波」、「淮別爲滸」、「潁別爲沙」之類，

〔註455〕郝懿行《爾雅義疏》，《爾雅廣雅方言釋名清疏四種合刊》，頁 227 下。

〔註456〕周祖謨《爾雅校箋》，頁 301。

〔註457〕段玉裁《說文解字注》，第 11 篇上二，頁 2 上。

〔註458〕江藩《爾雅小箋》，卷中，《續修四庫全書》，冊 188，頁 41。

〔註459〕阮元《爾雅注疏校勘記》，《十三經注疏》本，卷 7，頁 18 上。《皇清經解》本脫「聲」、「郭」二字，「從」作「作」，「長」作「疏」。（阮元《爾雅挍勘記》，《皇清經解》，卷 1034，頁 23 下～24 上。）

鄺氏皆于《爾雅》原文增一「別」字，與〈禹貢〉導江言東別爲沱一例，皆以見大水溢出，別爲小水也。〔註460〕

黃侃云：

郭說「汝濆」，既異毛、鄭，又殊於李巡，殆本於《魯詩》歟。又注云「皆大水溢出，別爲小水之名」，則當依《說文》所引作「汝爲涓」。涓，小流也，正與郭注所云「別爲小水」義合。〔註461〕

按段、江、阮、葉、黃諸家之說，均主張應從《說文》所引作「汝爲涓」。惟郭璞本作「汝爲濆」亦不誤，《水經注》卷二十一：

汝水又東南，逕奇頟城西北，今南潁川郡治也。濆水出焉，世亦謂之大㶟水。《爾雅》曰：「河其雍，汝有濆。」然則濆者，汝別也。故其下夾水之邑，猶流汝陽之名，是或濆、㶟之聲相近矣，亦或下合㶟、潁，兼統厥稱耳。

鄺氏所本，即與郭璞相同。然則《爾雅》此訓，當如黃侃所言：

此有二本，各如其舊說之可也。〔註462〕

又案：《毛詩‧周南》作「汝墳」，阮元、潘衍桐、王樹柟等均以爲郭注引《詩》從水旁作「濆」不確。阮元云：

按《詩》「遵彼汝墳」《正義》引〈釋水〉文，又云：「郭氏曰：『《詩》云「遵彼汝墳」，則郭意以此汝墳爲濆汝所分之處有美地，因謂之濆。」然則此注本以墳爲濆，亦經注異字之證。注疏本依經改濆，非也。〔註463〕

潘衍桐云：

《詩‧周南‧汝墳》：「遵彼汝墳」，毛《傳》：「墳，大防。」鄭《箋》：「汝水之側。」《正義》：「『墳，大防』，〈釋丘〉文，李巡曰：『墳謂厓岸狀如墳墓，名大防也。』故《常武‧傳》曰『墳厓』，《大司徒‧注》云『水厓曰墳』，則此墳謂汝水之側，厓岸大防也。」郭注破墳爲濆，與毛、鄭違異。如郭言，豈水中亦可遵行乎？〔註464〕

王樹柟云：

仿宋本、明注疏本作「汝濆」。《詩‧汝墳‧正義》引「〈釋水〉云：『汝

〔註460〕葉蕙心《爾雅古注斠》，卷中，頁45上。
〔註461〕黃侃《爾雅音訓》，頁200。
〔註462〕汪鎣撰、黃侃評《黃侃手批爾雅正名》，頁75。
〔註463〕阮元《爾雅校勘記》，《皇清經解》，卷1034，頁24上。
〔註464〕潘衍桐《爾雅正郭》，卷中，頁31上。

爲濆』，……郭璞曰：『《詩》云「遵彼汝墳」』，郭意以此汝墳爲濆汝所分
之處有美地，因謂之濆。」據此則唐人所見郭注作「墳」不作「濆」，作
「濆」者後人依經以改注也。〔註465〕

綜前所述，《爾雅》此訓郭璞本作「汝爲濆」不誤，惟注引〈汝墳〉詩釋之，則與此
訓之意旨不合。

338. 12-13 河水清且瀾漪。

瀾，力旦反，又力安反。

案：本條佚文輯自陸德明《經典釋文·爾雅音義》。

董本「瀾」作「瀾」，且未輯又音。馬本「力安反」下有「下及注同」四字。黃、
葉本「瀾」亦作「瀾」，葉本「且」誤作「照」。余、嚴、王本均未輯錄。「下及注同」
四字當係陸德明語，馬氏誤輯。

《說文》水部：「瀾，大波爲瀾。从水、闌聲。」又：「瀾，潘也。从水、蘭聲。」
段玉裁云：

> 此字以從蘭與大波之瀾別，而古書通用。〔註466〕

是「瀾」、「瀾」二字義本有別，〔註467〕惟二字因音同形近，遂可通借。桂馥云：「瀾，
通作瀾，《廣雅》：『潘，瀾也。』」〔註468〕鈕樹玉《說文解字校錄》「瀾」字亦注云：
「《詩·伐檀》：『河水清且漣猗』，〈釋水〉作『河水清且瀾漪』，是瀾、瀾、漣並可
通。」又「瀾」字注云：「亦爲瀾之重文。」〔註469〕

《廣韻》無「瀾」字；「瀾」字一音「落干切」（來紐寒韻），一音「郎旰切」（來
紐翰韻，寒翰二韻平去相承）。郭璞音「力旦反」與「郎旰」同，「力安反」與「落
干」同。

339. 12-20 諸侯維舟。　郭注：維連四船。

維持使不動搖也。〔音〕

案：本條佚文輯自徐彥《公羊·宣公十二年·疏》引《音義》。

余、嚴、馬、黃、葉本引均同。董、王本並未輯錄。

〔註465〕王樹枏《爾雅郭注佚存補訂》，卷11，頁15下～16上。按敦煌寫本《爾雅注》（伯2661）
　　　　所見郭璞此注字作「濆」。
〔註466〕段玉裁《說文解字注》，第11篇上二，頁33上，水部「瀾」字注。
〔註467〕邵瑛云：「此米瀾之『瀾』，淅米汁也，故《周禮·薰人》鄭注云：『言其共至尊，雖其潘
　　　　瀾爰餘，不可褻也。』今往往有作『瀾』者，如《禮記·內則》：『燂潘請靧』，鄭注：『潘，
　　　　米瀾也。』此波瀾之『瀾』，字異義異。」（《說文解字群經正字》，卷22，頁23上。）
〔註468〕桂馥《說文解字義證》，卷35，頁15下。
〔註469〕鈕樹玉《說文解字校錄》，卷11上，頁23上；同卷，頁42上。

郝懿行云：

> 維舟者，《詩正義》引李巡曰：「中央左右相維持曰維舟。」《公羊疏》引
> 孫炎云：「維連四船。」《音義》曰：「維持使不動搖也。」按維非並也，
> 但連繫之使不散。〔註470〕

連繫四船，則可維持使不動搖，是李、孫、郭氏之說，義均相當。

340. 12-25 人所為為潏。

　　潏，述、決二音。

　　案：本條佚文輯自陸德明《經典釋文・爾雅音義》。

　　董、黃、葉本引均同。余、嚴、馬、王本均未輯錄。

　　《廣韻》「潏」字凡三見：一與「述」同音「食聿切」（神紐術韻），一音「餘律切」（喻紐術韻），一與「決」同音「古穴切」（見紐屑韻）。

341. 12-26 河出崑崙虛，色白。　郭注：《山海經》曰：「河出崑崙西北隅。」虛，山下基也。

　　《山海經》曰：「河出崑崙西北隅。」虛者，山下基也。**發源處高激峻湊，故水色白也。**〔注〕

　　案：陸德明《經典釋文・爾雅音義》出「色白」，注引郭璞注「虛」作「墟」，下有一「者」字，「也」下有「發源處高激峻湊，故水色白也」十二字，今本郭注皆脫去，據補。孔穎達《尚書・禹貢・正義》引郭璞云：「發源高處激湊，故水色白；潛流地中，受渠眾多渾濁，故水色黃。」與《釋文》所引文句略異。〔註471〕

　　王本引同。嚴本「激」誤作「潔」。余、馬、黃、葉本均未輯錄。董本在今本郭注下注云：

> 按《釋文》引此注末仍有「發源處高激峻湊，故水色白也」十二字，以下注較之，則此注亦當補也。〔註472〕

342. 12-26 河出崑崙虛，色白。　郭注：《山海經》曰：「河出崑崙西北隅。」虛，山下基也。

　　〈禹本紀〉及《山海經》皆云河出崑崙山。《漢書》曰張騫使西域，窮河

〔註470〕郝懿行《爾雅義疏》，《爾雅廣雅方言釋名清疏四種合刊》，頁229上。
〔註471〕〈釋水〉本條下云：「所渠并千七百一川，色黃」，郭璞注云：「潛流地中，汩潄沙壤，所受渠多，眾水溷淆，宜其濁黃。」《尚書正義》引郭璞語作「潛流地中，受渠眾多渾濁，故水色黃」，蓋即節引此注。據此益可證明〈釋水〉本條郭注原有「發源」以下云云。
〔註472〕董桂新《爾雅古注合存》，朱祖延：《爾雅詁林》，頁2936。

源，其山多玉石，而不見崐崙也。世人皆以此疑河不出崐崙。案《山海經》曰：「東望泑澤，河水之所潛也，其源渾渾泡泡。」又云：「敦夢之水注于泑澤，出乎崐崙之西北隅，實惟河源也。」〈西域傳〉又云：「河有兩源，一出蔥嶺山，一出于闐。于闐在南山下，其河北流，與蔥嶺之河合，東注鹽澤。鹽澤一名蒲昌海，去玉門、陽關三百餘里，輪廣三四百里，其水停，冬夏不增減，皆以為潛行地下，而南出於積石山，而為中國河云。」然則河出崐崙，便潛行地下，至蔥嶺及于闐，復分流歧出也。張騫所見，蓋謂此矣，其去崐崙里數遠近，所未得而詳也。泑澤即鹽澤也。〔音〕

案：本條佚文輯自陸德明《經典釋文‧爾雅音義》引郭《音義》。《通志堂經解》本《釋文》「歧」作「岐」。

嚴本「崐崙」皆作「崑崙」，「出乎」作「出于」。馬本「崐崙」作「崑崙」，或作「崐崙」，「多玉」下誤脫「石」字，「不出崑崙」下有「也」字，「敦夢」作「敦薨」，「停」誤作「俱」，文末有「泑音於糾反，闐徒偏反」九字。黃本「崐崙」亦皆作「崑崙」，「敦夢」作「敦薨」，「注于」作「注於」，「復分流歧出」作「又分流岐出」，又失輯「泑澤即鹽澤也」六字。葉本僅輯錄首句十四字。余、董、王本均未輯錄。邵晉涵《正義》引「出乎」亦作「出于」，「其水停」句作「其水亭居」；郝懿行《義疏》引「案」作「按」，「敦夢」亦作「敦薨」。按《釋文》「泑澤即鹽澤也」句下有「泑音於糾反，闐徒偏反」〔註473〕九字，當係陸德明語，非郭璞所注，馬氏誤輯。

「敦夢」，今本《山海經》及《水經注》均作「敦薨」。《山海經‧北山經》云：

> 又北三百二十里，曰敦薨之山，其上多棕枏，其下多茈草。敦薨之水出焉，而西流注于泑澤。出于昆侖之東北隅，實惟河原。

《水經注》卷二亦云：

> 大河又東，左會敦薨之水。其水出焉者之北敦薨之山，在匈奴之西，烏孫之東。《山海經》曰：「敦薨之山，敦薨之水出焉，而西流注于泑澤。出于崑崙之東北隅，實惟河原」者也。

《釋文》引郭璞《音義》作「出乎崐崙之西北隅」，邵晉涵以為郭說有誤，云：

> 今本《山海經》作「出於崑崙之東北隅」，《水經註》引《山海經》與今本

〔註473〕《通志堂經解》本《經典釋文‧爾雅音義》「徧」作「偏」，阮元云：「葉本偏作徧，是也。」（《爾雅釋文挍勘記》，《皇清經解》，卷1037，頁11下。）黃焯云：「作徧是也。《類篇》：『闐，又堂練切，于闐國名』，是于闐應讀去聲。」（《經典釋文彙校》，頁272。）

同，郭氏引作「西北隅」，疑傳寫之訛。〔註474〕

郝懿行則又以邵說為非，云：

> 郭注引《山海經》作『崑崙西北隅』，邵氏《正義》據今本作『東北隅』，
> 以郭為譌，非也。按南山蔥嶺皆發脈於僧格喀巴布，而僧格喀巴布實分
> 幹於岡底斯山之西北隅，故《山海經》謂之崑崙西北隅，灼然明顯。且
> 《後漢書・張衡傳・注》及《廣韵》引此文皆作西北，邵氏之說未可依
> 據。〔註475〕

按郭璞《音義》及《注》引《山海經》並作「西北隅」，是郭氏所見《山海經》文如
此。又盧文弨云：

> 敦薨之水，舊作「敦夢」，今據〈北山經〉改。「其水停」，〈西域傳〉作「亭
> 居」。〔註476〕

邵晉涵云：

> 蒲昌海去玉門陽關三百餘里，《水經註》作「千三百里」，《漢書》脫「千」
> 字，郭氏《音義》亦仍其脫文也。〔註477〕

諸家所校均可酌參。

343. 12-27 覆釜。　　郭注：水中可居往往而有，狀如覆釜。

釜，古釜字。

案：本條佚文輯自陸德明《經典釋文・爾雅音義》。

嚴、董、馬、黃、葉、王本引均同，嚴、王本並輯入郭注之上。余本未輯錄。
邵晉涵《正義》則以本條為郭氏《音》佚文。惟此語究屬郭璞《音義》或《注》之
佚文，實難遽定，今暫存疑。

> 《說文》鬲部：「釜，鍑屬也。从鬲、甫聲。釜，釜或从金、父聲。」段玉裁云：
> > 今經典多作釜，惟《周禮》作釜。〔註478〕

是「釜」、「釜」為古今字。《漢書・匈奴傳》：「多齎釜鍑薪炭」、〈西域傳〉：「北伐行
將，於釜山必克」，顏師古並注云：「釜，古釜字。」又〈五行志〉：「銜其釜六七枚

〔註474〕邵晉涵《爾雅正義》，《皇清經解》，卷516，頁12上。

〔註475〕郝懿行《爾雅義疏》，《爾雅廣雅方言釋名清疏四種合刊》，頁231下。文中所云《後漢
　　　　書・張衡傳・注》，在〈張衡傳〉「瞻崑崙之巍巍兮，臨縈河之洋洋」句下，原云：「《山
　　　　海經》曰：『河出崑崙西北崸。』」《廣韻》語見歌韻「河」字注，云：「水名，出積石。
　　　　《山海經》云：『河出崑崙西北崸。』」

〔註476〕盧文弨《經典釋文攷證・爾雅音義中攷證》，頁12上。

〔註477〕邵晉涵《爾雅正義》，《皇清經解》，卷516，頁12上。

〔註478〕段玉裁《說文解字注》，第3篇下，頁10下。

置殿前」，晉灼注云：「鬴，古文釜字。」

344. 12-27 覆鬴。　　郭注：水中可居往往而有，狀如覆釜。

水中**多渚**，往往而有可居**之處**，狀如覆釜**之形**。〔注〕

案：本條佚文輯自陸德明《經典釋文‧爾雅音義》引李、孫、郭。周祖謨云：

《釋文》「鬴」下注云：「郭云：古釜字。李、孫、郭並云：水中多渚，往

往而有可居之處，狀如覆釜之形。」據《釋文》所引，今本郭注脫字甚多。

當據《釋文》補正。〔註479〕

今從其說，並據以校訂郭注。〔註480〕

葉本脫「而」字，「釜」作「鬴」。王本「渚」作「陼」。余、嚴、董、馬、黃本

均未輯錄。

「陼」與「渚」通。《說文》𨸏部：「陼，如渚者陼丘，水中高者也。」〈釋水〉：

「小洲曰陼」，陸德明《釋文》注云：「字又作渚。」《說文》水部「渚」下引《爾

雅》、《釋名‧釋水》均作「小州曰渚」。

345. 12-27 鉤盤。　　郭注：水曲如鉤，流盤桓也。

水曲如鉤，流盤桓**不直前**也。

案：本條佚文輯自陸德明《經典釋文‧爾雅音義》引孫、郭。今本郭注脫「不

直前」三字，據補。

葉、王本引並同。余、嚴、董、馬、黃本均未輯錄。

346. 12-27 九河。

徒駭今在成平縣。胡蘇在東光縣，有胡蘇亭。鬲盤今皆為縣，屬平原郡。

周時齊桓公塞九河，并為一，自鬲津以北，至徒駭二百餘里，渤海、東

光、成平、平原、河間、弓高以東，往往有其遺處焉。〔音〕

案：陸德明《經典釋文‧爾雅音義》引郭云：「徒駭今在成平縣。胡蘇在東莞縣。

鬲津今皆爲縣，屬平原郡。周時齊桓公塞九河，并爲一，自鬲津以北，至徒駭二百

餘里，渤海、東莞、成平、平原、河間、弓高以東，往往有其處焉。」孔穎達《毛

〔註479〕周祖謨《爾雅校箋》，頁305。

〔註480〕阮元《爾雅挍勘記》出「水中可居住者而有狀如覆釜」，云：「注疏本無『者』字。雪

牕本作『水中可居往往而有，狀如覆釜』。按《釋文》曰：『李、孫、郭並云：「水中多

渚，往往而有可居之處，狀如覆釜之形。」』《疏》引李巡曰：『水中多渚，往往而可居

處，形如覆釜。』則此注當從雪牕本矣。此本『住者』二字剜改，蓋原刻本作『往往』。」

（《爾雅挍勘記》，《皇清經解》，卷1034，頁28。）按阮氏之說仍未盡善。郭璞此注疑

經後人乙改，《釋文》所引義較詳盡。

詩‧周頌‧般‧正義》引郭璞云：「徒駭今在成平縣。東光有胡蘇亭。鬲盤今皆爲縣，屬平原郡。渤海、東光、成平、河間、弓高以東，往往有其遺處焉。」今據陸、孔二氏所引輯爲本條。

嚴本無「有胡蘇亭」四字。黃本引同《釋文》。王本「有胡」上有「今」字，「盤」作「般」。余、董、馬、葉本均未輯錄。王本以此文爲郭璞《注》佚文，云：

> 《釋文》引此注於「九河」之下，蓋原本有之，妄人乃移於各條之下而刪節之。唐時原本猶有存者，故孔、陸俱得而引之也。〔註481〕

王氏並將「徒駭」下郭注「今在成平縣」五字、「胡蘇」下郭注「東莞縣今有胡蘇亭」八字悉數刪去。今按王說不可從，周祖謨云：

> 案唐寫本「徒駭」等九河下已有注，此處「九河」標目下無注，與今本相同。《爾雅》各篇小題下郭璞一律不注，此「九河」下當亦如此。王說不可信。〔註482〕

其說甚確。陸、孔二氏所引，當係郭璞《音義》佚文。邵晉涵《正義》、郝懿行《義疏》亦皆以此文爲郭璞《音義》文。

孔穎達《尚書‧禹貢‧正義》引鄭玄云：「周時齊桓公塞之，同爲一河，今河間、弓高以東，至平原、鬲津，往往有其遺處。」鄭玄之語當即郭璞所本。〔註483〕邢昺《爾雅疏》云：「案胡蘇在東光，定本注作東筦，筦當作光，字之誤也。」《漢書‧地理志》勃海郡東光「有胡蘇亭」，《尚書‧禹貢‧正義》亦作「東光」，則作「光」字是。「鬲盤」，《釋文》引作「鬲津」，邵晉涵《正義》在「鉤般」下引《釋文》引郭氏《音義》云：「鬲般今皆爲縣，屬平原郡。」按孔穎達《毛詩‧周頌‧般‧正義》云：「璞言盤今爲縣，以爲盤縣，其餘亦不審也。」是作「鬲盤」爲是。「鬲盤」兼言鬲津與鉤盤，若作「鬲津」則不得云「今皆爲縣」。

〈釋草〉

347. 13-2 薜，山蘄。

薜，布革反。

案：本條佚文輯自陸德明《經典釋文‧爾雅音義》。

〔註481〕王樹枏《爾雅郭注佚存補訂》，卷11，頁23上。

〔註482〕周祖謨《爾雅校箋》，頁307。

〔註483〕邵晉涵云：「案郭氏《音義》本鄭康成《書註》爲説也。」（《爾雅正義》，《皇清經解》，卷516，頁15上。）郝懿行亦云：「《爾雅釋文》引郭《音義》亦本鄭注，而義稍略。」（《爾雅義疏》，《爾雅廣雅方言釋名清疏四種合刊》，頁233上。）

董、馬、黃本引均同。余、嚴、葉、王本均未輯錄。

《廣韻》「薜」字凡二見：一音「蒲計切」（並紐霽韻），一音「博厄切」（幫紐麥韻）。郭璞音「布革反」，與「博厄」音同。

348. 13-20 蘦，綬。

蘦，五革反。

案：本條佚文輯自陸德明《經典釋文·爾雅音義》。

黃本引同。馬本「五」上有「音」字。余、嚴、董、葉、王本均未輯錄。

《廣韻》「蘦」字凡二見：一音「五革切」（疑紐麥韻），一音「五歷切」（疑紐錫韻）。郭璞此音與麥韻切語全同；《釋文》陸德明音「五歷反」，與錫韻切語全同。

349. 13-22 戎叔謂之荏菽。　郭注：即胡豆也。

孫叔然以為大豆。按《春秋》：「齊侯來獻戎捷」，《穀梁傳》曰：「戎菽也。」《管子》亦云：「北伐山戎，出冬蔥及戎菽，布之天下。」今之胡豆是也。

案：孔穎達《毛詩·大雅·生民·正義》引「〈釋草〉云：『戎菽謂之荏菽』，……樊光、舍人、李巡、郭璞皆云：『今以爲胡豆。』璞又云：『《春秋》：「齊侯來獻戎捷」，《穀梁傳》曰：「戎菽也。」《管子》亦云：「北伐山戎，出冬蔥及戎菽，布之天下。」今之胡豆是也。』」邢昺《爾雅疏》引自「樊光」以下與孔氏《正義》同。《太平御覽》卷八百四十一〈百穀部五·豆〉引《爾雅》「戎菽謂之荏菽」，下引郭璞注「春秋」前有「孫叔然以爲大豆按」八字，又脫「來」、「梁」二字，「北伐」譌作「北戎」，下「戎菽」譌作「戒菽」。今據《御覽》所引輯錄「孫叔然」以下八字，據孔、邢二氏所引輯錄「春秋」以下三十九字。

王本引同。嚴、馬、黃、葉本均未輯「孫叔然」以下八字，馬本又脫「齊侯」二字及「獻」下「戎」字，葉本又脫「是」字。余、董本並未輯錄。嚴、王本並以所輯爲郭璞《爾雅注》佚文，並輯入今本郭注「即胡豆也」之下；盧文弨亦以爲郭注「今本止存末句」。〔註484〕邵晉涵、郝懿行、周祖謨等則以此語爲郭璞《音義》佚文。〔註485〕按此語究屬郭璞《音義》或《注》之佚文，實難遽定，今暫存疑。

〔註484〕盧文弨《經典釋文攷證·爾雅音義下攷證》，頁1下。
〔註485〕邵晉涵云：「《詩疏》所引郭說，蓋郭氏《音義》之文。」（《爾雅正義》，《皇清經解》，卷517，頁8下。）郝懿行云：「《〔詩·生民〕正義》引……璞又云……，此蓋引郭《音義》之文。」（《爾雅義疏》，《爾雅廣雅方言釋名清疏四種合刊》，頁238下。）周祖謨云：「《御覽》卷八百四十一引郭璞云……《詩·生民》《正義》亦引郭璞云……，此蓋出郭璞《爾雅音義》。」（《爾雅校箋》，頁310～311。）

350. 13-28 莿蘱，彘首。 郭注：《本草》曰：「蔰盧，一名蟾蜍蘭。」今江東呼豨首，可以燭蠶蛹。

> 即今地菘草也。

案：本條佚文輯自徐鍇《說文解字繫傳》卷二艸部「蘱」字注引《爾雅注》。

王本引同，並輯入今本郭注「蠶蛹」之下，云：「《繫傳》所引《爾雅注》皆係郭璞，今本脫此六字，據補。」〔註486〕今從其說輯錄本條，惟此語究屬郭璞《音義》或《注》之佚文，實難遽定，今暫存疑。

351. 13-31 荄，牛蘄。

> 荄，胡卯反，又音交。

案：本條佚文輯自陸德明《經典釋文·爾雅音義》。

馬本引同。董本未輯又音。黃本「交」下有「或尸交反」四字。余、嚴、葉、王本均未輯錄。「尸交」一音當係陸德明所注，非郭璞之音，黃氏誤輯。

郭音「胡卯反」，是讀「荄」為「薂」。《廣韻》「薂」音「下巧切」（匣紐巧韻），與郭璞音「胡卯反」同，釋云：「草根，亦竹筍也。或作荄。」又《廣韻》「荄」、「交」二字同音「古肴切」（見紐肴韻）。按《爾雅》此訓，應以「交」音為正；郭讀為「薂」，「薂」為「草根」之義，與「牛蘄草」不合。讀「胡卯反」者應係〈釋草〉13-190「芎荄」之「荄」，郝懿行在「芎荄」條下云：

> 《釋文》：「荄，又作薂，胡巧反，又胡交反。」《廣雅》云：「薂，根也。」……
> 今借作荄，與菍同名。《廣韵》十六軒「芎」字下引《爾雅》而云「菜葦根可食者曰荄」，是草根通名荄。〔註487〕

352. 13-32 葖，蘆萉。 郭注：萉宜為菔。蘆菔，蕪菁屬，紫華，大根，俗呼雹葖。

> 萉宜為菔。蘆菔，蕪菁屬也，紫華，大葉，根可啖也。俗呼雹葖。葖音他忽反。〔注〕

案：希麟《續一切經音義》卷七〈大聖天雙身毘那夜迦法一卷〉「蘿蔔」注引「《尒雅》作『蘆萉』，郭璞註云：『蘆菔，蕪菁屬也，紫花，大葉，根可啖也。』」又卷五〈觀自在多羅菩薩經一卷〉「蘿蔔」注引「《尒雅》曰：『葖，蘆萉』，郭註云：『紫花，大根，俗呼雹葖。葖音他忽反。』」今本郭注脫「也葉可啖也」五字及音，據補。陸德明《經典釋文·爾雅音義》出「葖」，注引孫、郭音亦作「他忽反」。

〔註486〕王樹柟《爾雅郭注佚存補訂》，卷12，頁8下。
〔註487〕郝懿行《爾雅義疏》，《爾雅廣雅方言釋名清疏四種合刊》，頁265下～266上。

董、馬、黃本均僅據《釋文》輯音。王本據希麟所引，補「也可啖」三字及音。余、嚴、葉本均未輯錄。按唐慎微《證類本草》卷二十七〈菜部上品・萊菔〉：

> 萊菔，根味辛、甘，溫，無毒。散服及炮煮服食，大下氣，消穀，去痰癖，肥健人。生搗汁服，主消渴，試大有驗。

唐本注云：

> 陶謂溫菘是也。其嫩葉為生菜食之。大葉熟啖，消食和中。根效在蕪菁之右。〔註488〕

據此可知希麟引郭注作「大葉，根可啖也」不誤。

王本在音下又據《太平御覽》補「菔字或作蔔」五字。按《太平御覽》卷九百八十〈菜茹部五・蘆服〉引《爾雅》本條注文末句作「俗為電芙」，餘與今本郭注同，末又有「菔字或作蔔」五字。惟《御覽》所引並未明言何氏之注，似不宜貿然輯錄。今暫刪去，並存疑之。

《廣韻》「葵」音「陀骨切」（定紐沒韻）。郭璞音「他忽反」（透紐沒韻），與「陀骨」聲紐略異。

353. 13-32 葵，蘆萉。

蘆，力何反。

案：本條佚文輯自陸德明《經典釋文・爾雅音義》。《通志堂經解》本《釋文》「何」作「柯」。《廣韻》「何」、「柯」同屬歌部，「力何」與「力柯」音同。

董本引同。馬本「力」上有「音」字。黃本「力」字壞不識。余、嚴、葉、王本均未輯錄。

郭音「力何反」，是讀「蘆」為「蘿」。《廣韻》「蘿」音「魯何切」（來紐歌韻），與郭璞此音正同。（續見下條。）

354. 13-32 葵，蘆萉。

萉，音菔，蒲北反。

案：本條佚文輯自陸德明《經典釋文・爾雅音義》。

董、馬本並未輯「蒲北反」三字。黃本「菔」作「服」。余、嚴、葉、王本均未輯錄。按《釋文》云：「郭音菔，蒲北反」，是「萉」音「蒲北反」之意。《廣韻》「菔」字有「房六」（奉紐屋韻）、「蒲北」（並紐德韻）二切，因「服」有二音，遂加注「蒲北反」以曉其音切。黃本「菔」作「服」，《廣韻》「服」音「房六切」，音雖不誤，

〔註488〕「萊菔」即「蘆萉」，郝懿行云：「蘆萉又為蘿蔔，又為萊菔，並音轉字通也。」（《爾雅義疏》，《爾雅廣雅方言釋名清疏四種合刊》，頁240上。）

但與郭意不合。

　　郭音「蒲北反」，即是讀「舥」為「菔」，又作「蔔」。王禎《農書》卷八〈百穀譜三·蓏屬·蘿蔔〉：

> 《爾雅》曰：「葖，蘆舥。」一名萊菔，又名雹突，今俗呼蘿蔔，在在有之。

郝懿行云：

> 《說文》云：「菔，蘆菔，似蕪菁，實如小尗者。」《繫傳》云：「即今之蘿蔔也。」《後漢書》：「更始亂，宮人食蘿菔根。」是蘆讀為蘿，菔讀為蔔，蘆菔又為蘿蔔，又為萊菔，並音轉字通也。〔註489〕

《廣韻》「菔」、「蔔」二字同音「蒲北切」，與郭璞此音切語全同。

355. 13-38 莕，接余。其葉苻。　　郭注：叢生水中，葉圓在莖端，長短隨水深淺，江東食之，亦呼為莕。音杏。

　　叢生水中，葉圓在莖端，長短隨水深淺，江東人菹食之，亦呼為莕。音杏。〔注〕

　　案：《齊民要術》卷九〈作菹、藏生菜法第八十八〉引「《爾雅》曰：『莕，接余。其葉苻』，郭璞注曰：『叢生水中，葉圓在莖端，長短隨水深淺，江東菹食之。』」又唐慎微《證類本草》卷九〈草部中品之下·鳧葵〉引蘇頌《圖經》云：「《爾雅》：『莕謂之接余，其葉謂之苻』，郭璞以為叢生水中，葉圓在莖端，長短隨水深淺，江東人食之，《詩·周南》所謂『參差荇菜』是也。」今本郭注脫「人菹」二字，據補。〔註490〕

　　王本引同，又「隨」下據《御覽》補一「流」字，「莕」上據慧琳《音義》補「荇或作」三字。嚴本未輯「人」字，「隨」下亦有「流」字。余、董、馬、黃、葉本均未輯錄。邵晉涵《正義》引郭注亦有「流菹」二字。按《太平御覽》卷九百八十〈菜茹部五·荇〉引《爾雅》：「莕，接余，其葉苻」，下有注云：「叢生水中，葉圓在莖端，長短隨流水深淺，江東人食之。音杏也。」《御覽》所引注文雖與今本郭注近似，惟並未明云何氏之注，因此「隨」下之「流」字暫不輯錄。又慧琳《一切經音義》卷九十九〈廣弘明集卷第二十九〉「荇菱」注引郭注《尒雅》云：「荇叢生水中，葉圓莖端，長短隨水深淺，江東食之，呼為荇，或作莕。」慧琳所引末二句實非郭注原貌，此係因慧琳《音義》出「荇菱」，《爾雅》字作「莕」，慧琳引郭璞此注釋「荇」字，末句遂以意改作「呼為荇，或作莕」。王氏據輯「荇或作」三字，說不可從。

〔註489〕郝懿行《爾雅義疏》，《爾雅廣雅方言釋名清疏四種合刊》，頁240上。
〔註490〕繆啓愉云：「郭注無『菹』字，《要術》引之以証菹法，『菹』字應有，今本郭注脫。」（《齊民要術校釋》，頁541。）

356. 13-43 熒，委萎。

萎，女委反。

案：本條佚文輯自陸德明《經典釋文・爾雅音義》。

董、葉本「萎」並作「委」。馬本「反」下有「本今作委」四字。余、嚴、黃、王本均未輯錄。按《釋文》出「萎」，注引「郭女委反」，下「本今作委」四字是《釋文》舊校，非郭璞語，馬氏誤輯。又據《釋文》可知陸氏所見郭本《爾雅》字作「萎」。

《廣韻》「萎」音「息遺切」（心紐脂韻），「委」一音「於爲切」（影紐支韻），一音「於詭切」（影紐紙韻，支紙二韻平上相承），均與郭璞音「女委反」（娘紐紙韻）不合，郭音不詳所據。《集韻》紙韻「萎」音「女委切」，釋云：「艸名，《爾雅》：『熒，委萎。』或作萎。」應即本郭璞此音。

357. 13-43 熒，委萎。

萎，音痿癖，同。

案：本條佚文輯自陸德明《經典釋文・爾雅音義》。

董、馬、黃本引均同。葉本「同」譌作「反」。余、嚴、王本均未輯錄。按《說文》疒部：「痿，痹也。」段玉裁云：「古多痿痹聯言，因痹而痿也。」〔註491〕郭讀「萎」音「痿癖」，即讀「萎」爲「痿」，葉說不可從。

《釋文》出「萎」，注云：「郭音痿癖，同。案痿音人垂反，《字林》云『痹也』。韓信云『痿人不忘起』是也。」按《廣韻》「痿」一音「於爲切」（影紐支韻），釋云：「痹濕病也。」一音「人垂切」（日紐支韻），釋云：「濕病，一日兩足不能相及。」是「痿」字二音義無分別。讀「於爲切」即與《爾雅》「萎」音同，不必如《釋文》必讀「人垂反」。又《釋文》所引韓信語見《史記・韓王信盧綰列傳》。

358. *13*-45 竹萹蓄。

萹，匹殄反。

案：本條佚文輯自陸德明《經典釋文・毛詩音義・衛風・淇奧》「萹竹」注引郭音。

馬本引同。黃本「萹」作「扁」，「反」下有「一音布典反」五字。余、嚴、董、葉、王本均未輯錄。「布典」一音應爲陸德明所注，非郭璞之音，黃氏誤輯。

《廣韻》「萹」字凡三見：一音「布玄切」（幫紐先韻），一音「芳連切」（敷紐仙韻），一音「方典切」（非紐銑韻，先銑二韻平上相承）。郭璞音「匹殄反」（滂紐

〔註491〕段玉裁《說文解字注》，第 7 篇下，頁 31 下。

銑韻），與「方典」聲紐略異。

359. 13-46 葴，寒漿。 郭注：今酸漿草，江東呼曰苦葴。音針。

今酸漿草，江東人呼曰苦葴。音針。〔注〕

案：唐慎微《證類本草》卷八〈草部中品之上·酸漿〉引「《爾雅》云：『葴，寒漿』，注：『今酸漿草，江東人呼曰苦葴。』」又引蘇頌《圖經》云：「《爾雅》所謂『葴（音針），寒漿』，郭璞注云：『今酸漿草，江東人呼為苦葴』是也。」今本郭注脫一「人」字，據補。

王本引同。其餘各本均未輯錄。

360. 13-50 芍，鳧茈。 郭注：生下田，苗似龍須而細，根如指頭，黑色，可食。

今江東呼為鳧茈之者。〔音〕

案：杜臺卿《玉燭寶典》卷十一引「《尒雅》：『芍，鳧茈』，……郭注云：『生下田，苗似龍須而細，根如指頭，黑色，可食。』《音義》曰：『今江東呼為鳧茈之者。』」所引當即郭璞《音義》佚文，據補。

361. 13-58 虋，赤苗。芑，白苗。

虋，亡津反。

案：陸德明《經典釋文·爾雅音義》出「虋」，注云：「《詩》作藦。《字林》亡昆反，郭亡津反。本亦作虋。」又《毛詩音義·大雅·生民》出「藦」，注云：「音門，赤苗也。《爾雅》作虋，同。郭亡偉反，赤梁粟也。」今據《爾雅音義》輯錄本條。〔註492〕

董、馬本引並同。黃本「反」下有「本亦作虋」四字。葉本「亡」上有「音」字。余、嚴、葉本均未輯錄。

《廣韻》「虋」音「莫奔切」（明紐魂韻），與郭璞音「亡津反」（微紐真韻）韻部不合。按周祖謨分析魏晉南北朝真、魂、文三部云：

> 這三部包括《廣韻》真諄臻文欣魂痕七韻。在三國時期這七韻完全通押。
> 到晉代的時候，痕魂獨立，分成兩部。……晉代真魂分為兩部：真部包括真臻諄文欣五韻，魂部包括痕魂兩韻。〔註493〕

〔註492〕王樹柟云：「《詩》之『亡偉』當為『亡津』之譌，『亡津反』正音『門』也。」（《爾雅郭注佚存補訂》，卷12，頁16上。）按「亡偉反」（微紐尾韻）與「虋」（《廣韻》音「莫奔切」，明紐魂韻）音不合，王說可從。

〔註493〕周祖謨《魏晉南北朝韻部之演變》，頁22～23。

據周氏之說，可知三國時期「莫奔」、「亡津」二音應同屬眞部，聲當近同；至晉代則「莫奔」屬魂部，「亡津」屬眞部。然則郭璞此音可能係一地方音或採用了較早的音切。

362. 13-58 秠，一稃二米。

秠，芳婦反。

案：本條佚文輯自陸德明《經典釋文・毛詩音義・大雅・生民》「秠」注引郭音。《通志堂經解》本《釋文》「婦」誤作「婢」，「芳婢反」（敷紐紙韻）與《廣韻》「秠」字諸音俱不合。

黃本「婦」誤作「婢」。其餘各本均未輯錄。

《廣韻》「秠」字凡四見：一音「敷悲切」（敷紐脂韻），一音「匹鄙切」（滂紐旨韻，脂旨二韻平上相承），一音「匹尤切」（滂紐尤韻），一音「芳婦切」（敷紐有韻，尤有二韻平上相承）。郭璞音「芳婦反」，與有韻切語全同。

363. 13-59 秔，稻。　郭注：今沛國呼秔。

今沛國呼稻爲秔。〔注〕

案：孔穎達《毛詩・周頌・豐年・正義》云：「『秔、稻』，〈釋草〉文，郭璞曰『今沛國呼稻爲秔』是也。」《齊民要術》卷二〈水稻第十一〉引「《爾雅》曰：『秔，稻也』，郭璞注曰：『沛國今呼稻爲秔。』」今本郭注脫「稻爲」二字，據補。

嚴、王本引並同。其餘各本均未輯錄。周祖謨亦云：「今本『呼』下脫『稻爲』二字，當據補。」〔註 494〕

364. 13-63 茵，貝母。　郭注：根如小貝，員而白，華葉似韭。

茵，武行切。

案：《文選》卷二張衡〈西京賦〉：「王芻茵臺，戎葵懷羊」，李善注引「《爾雅》曰：『茵，貝母』，郭璞曰：『似韭，武行切。』」「似韭」二字即節引郭璞注文，「武行」一音當亦郭璞所注。

王本「切」作「反」，且輯入今本郭注「似韭」之下。其餘各本均未輯錄。按此音究屬郭璞《音義》或《注》之佚文，實難遽定，今暫存疑。

《廣韻》庚韻「茵」音「武庚切」（微紐庚韻），與郭璞音「武行切」、《釋文》陸德明音「亡庚反」並同。

365. 13-64 菝，虺葀。

〔註 494〕周祖謨《爾雅校箋》，頁 314。

蚍，音疕。

案：本條佚文輯自陸德明《經典釋文・爾雅音義》。

董、馬本引並同。黃本「疕」譌作「庀」。余、嚴、葉、王本均未輯錄。

《廣韻》「蚍」音「房脂切」（奉紐脂韻），與《釋文》陸德明音「婢夷反」（並紐脂韻）同。郭音「疕」，按《廣韻》「疕」音「卑履切」（幫紐旨韻），又音「匹鄙切」（滂紐旨韻），二音並與「房脂」聲紐略異，聲調不同（脂旨二韻平上相承）。黃本作「庀」，《廣韻》「庀」音「匹婢切」（滂紐紙韻），與「蚍」音韻類不合。

366. 13-64 蒺，蚍荴。

荴，芳九反。

案：本條佚文輯自陸德明《經典釋文・爾雅音義》。

董、馬、黃、葉本引均同。余、嚴、王本均未輯錄。

《廣韻》「荴」字凡二見：一音「芳杯切」（敷紐灰韻），一音「匹尤切」（滂紐尤韻）。郭璞音「芳九反」（敷紐有韻），與「匹尤」聲調不同（尤有二韻平上相承）。

367. 13-71 蘢，天蘥。

蘢，音聾。

案：本條佚文輯自陸德明《經典釋文・爾雅音義》。

董、馬、黃、葉本引均同。余、嚴、王本均未輯錄。

《廣韻》「蘢」字凡二見：一音「盧紅切」（來紐東韻），一音「力鍾切」（來紐鍾韻）。郭璞音「聾」，與「盧紅」音同（合口一等）；施乾音「龍」，與「力鍾」音同（合口三等）。在三國晉宋北魏時期，「聾」、「龍」二音同屬東部，聲當相近。〔註495〕

368. 13-71 須，薞蕪。　郭注：未詳。

今菘菜也。〔音？〕

案：本條佚文輯自陸德明《經典釋文・毛詩音義・邶風・谷風》「采葑」注引郭璞云。今本郭注云「未詳」，然則此語或係郭璞《音義》佚文。

黃本無「今也」二字。其餘各本均未輯錄。

《說文》艸部：「葑，須從也。」段玉裁云：

〈坊記注〉云：「葑，蔓菁也，陳宋之間謂之葑。」《方言》云：「蘴、蕘，蕪菁也，陳楚之郊謂之蘴。」郭注：「蘴，舊音蜂，今江東音嵩，字作菘

〔註495〕參見周祖謨《魏晉南北朝韻部之演變》，頁271～273。

也。」玉裁按：薲、菘皆即葑字，音讀稍異耳。須從正切菘字。〔註 496〕

王念孫云：

　　案菘者，須之轉聲。〔註 497〕

又焦循云：

　　《齊民要術》云：「菘、須音相近」，然則須即菘耳。菘字漢前所無，惟作

　　須。〔註 498〕

是郭璞以「菘菜」解《爾雅》此訓，亦非無據。〔註 499〕

369. 13-72 蒡，隱蒁。

　　蒡，音彭，又音旁。

　　案：本條佚文輯自陸德明《經典釋文・爾雅音義》。

　　馬、黃、葉本引均同。董本未輯又音。余、嚴、王本均未輯錄。

　　《廣韻》「蒡」字凡二見：一音「薄庚切」（並紐庚韻），一音「北朗切」（幫紐
蕩韻）。郭音「彭」，與「薄庚」音同；又音「旁」（並紐唐韻，《廣韻》音「步光切」），
與「北朗」聲紐略異，聲調不同（唐蕩二韻平上相承）。

370. 13-73 茜，蔓于。　　郭注：草生水中，一名軒于，江東呼茜。音猶。

　　草生水中，一名軒于，江東人呼為茜。音猶。〔注〕

　　案：唐慎微《證類本草》卷十一〈草部下品之下・猶草〉引「《爾雅云》：『猶，
蔓于』，注云：『生水中，江東人呼為茜。』今本郭注無「人為」二字。周祖謨云：「今
本脫『人為』二字，當據補。」〔註 500〕按郭璞《爾雅注》在地名之下常有「人」字，
今本多脫去。周氏之說應可從，據補。

　　王本「呼」作「評」，餘同。其餘各本均未輯錄。

371. 13-73 茜，蔓于。　　郭注：草生水中，一名軒于，江東呼茜。音猶。

　　茜，音由，又音酉。

〔註 496〕段玉裁《說文解字注》，第 1 篇下，頁 22 上。

〔註 497〕王念孫《廣雅疏證》，《爾雅廣雅方言釋名清疏四種合刊》，頁 680 上。

〔註 498〕焦循《毛詩補疏》，《皇清經解》，卷 1152，頁 3 下。

〔註 499〕《毛詩・邶風・谷風》：「采葑采菲」，鄭《箋》云：「此二菜者，蔓菁與葍之類也。」
　　　　　按「蔓菁」與「菘」形雖近似，實仍有別。陶隱居云：「蘆菔是今溫菘，其根可食，葉
　　　　　不中噉。蕪菁根乃細於溫菘，而葉似菘，好食。西川惟種此，而其子與溫菘甚相似，
　　　　　小細耳。」（《證類本草》，卷 27，〈菜部上品・蕪菁〉，頁 13 下。）王禎云：「蔓菁一
　　　　　名蕪菁，《爾雅》曰葑，《說文》蕪菁也，即《詩》『采葑采菲』之葑也。……葉似菘而
　　　　　根不同。」（《農書》，卷 8，〈百穀譜三・蔓菁〉，頁 8 上。）

〔註 500〕周祖謨《爾雅校箋》，頁 316。

案：本條佚文輯自陸德明《經典釋文・爾雅音義》。

馬、黃本引並同。董本未輯又音。余、嚴、葉、王本均未輯錄。

郭璞此注云「音猶」，與「由」音同，俱是讀「蕕」為「猶」。《說文》艸部：「蕕，水邊艸也。」段玉裁云：

〈釋艸〉「蕕，蔓于」，蕕即蕕。〔註501〕

郝懿行云：

蕕當為猶，《說文》：「蕕，水邊艸也」，《繫傳》云：「似細蘆，蔓生水上，隨水高下汎汎然也，故曰蕕，游也。」〔註502〕

嚴元照云：

《說文》艸部無「蕕」字，酉部有蕕字，引《左傳》「無以蕕酒」。案此從酉從艸，與從艸酉聲者無涉。當作「蕕」。《說文》：「蕕，水邊艸也，從艸、猶聲。」郭注曰：「多生水中，一名軒于。」案張揖〈子虛賦〉注曰：「軒于，蕕草也，生水中。」《玉篇》云：「軒于，蕕草也，生水中。」以此證之，則「蕕」乃「蕕」之省文。〔註503〕

說皆可從。《廣韻》「蕕」、「由」、「猶」三字同音「以周切」（喻紐尤韻）。郭璞又音「酉」（喻紐有韻，《廣韻》音「與久切」），與「以周」僅聲調不同（尤有二韻平上相承）。

372. 13-74 藺，蘆。

蘆，才河、采苦二反。

案：本條佚文輯自陸德明《經典釋文・爾雅音義》。

董、馬本引並同。黃本「蘆」誤作「藺」。葉本「河」作「何」。余、嚴、王本均未輯錄。

《廣韻》「蘆」字凡二見：一音「昨何切」（從紐歌韻），一音「采古切」（清紐姥韻）。郭璞音「才河反」，與「昨何」音同，葉本作「才何反」音亦同；「采苦反」與「采古」音同。

373. 13-76 出隧，蘧蔬。 郭注：蘧蔬似土菌，生菰草中，今江東啖之，甜滑。音蘧虺虺。

蘧，音虺，巨俱反。

〔註501〕段玉裁《說文解字注》，第1篇下，頁16下。
〔註502〕郝懿行《爾雅義疏》，《爾雅廣雅方言釋名清疏四種合刊》，頁247上。
〔註503〕嚴元照《爾雅匡名》，卷13，《皇清經解續編》，卷508，頁10下。

案：本條佚文輯自陸德明《經典釋文‧爾雅音義》。

馬、黃本引並同。余、嚴、董、葉、王本均未輯錄。

《廣韻》「蕖」字凡二見：一音「強魚切」（群紐魚韻），一音「其俱切」（群紐虞韻）。郭璞音「氍」與「巨俱反」，均與「其俱」音同；謝嶠音「渠」，與「強魚」音同。（續見下條。）

374. 13-76 出隧，蕖蔬。　　郭注：蕖蔬似土菌，生菰草中，今江東啖之，甜滑。音氍氍氀。

蔬，音氀，山俱反。

案：本條佚文輯自陸德明《經典釋文‧爾雅音義》。《集韻》虞韻「蔬」音「雙雛切」，釋云：「菌名，《爾雅》『出隧，蕖蔬』，形似土菌，生菰艸中，郭璞讀。」「雙雛」與「山俱」音同。

馬、黃本引並同《釋文》。余、嚴、董、葉、王本均未輯錄。

郝懿行云：

> 郭云音氍氀者，邢《疏》引張揖云：「氍氀，毛席，取其音同。」按出隧、
> 蕖蔬俱疊韵字。〔註504〕

郭璞以「氍氀」音「蕖蔬」，「氍氀」亦名「氍毹」，〔註505〕《廣韻》無「氀」字，「毹」音「山芻切」（疏紐虞韻），與郭璞「蔬」音「山俱反」正同。又《廣韻》「蔬」音「所菹切」（疏紐魚韻），與謝嶠音「疏」相同。按《廣韻》魚、虞二韻在東漢至魏晉宋時期均同屬魚部，可知郭、謝二氏「蕖蔬」二字之音聲當接近。〔註506〕

375. 13-77 薪茝，蘪蕪。　　郭注：香草，葉小如萎狀。《淮南子》云：「似蛇牀。」《山海經》云：「臭如蘪蕪。」

茝音昌改反。

案：《後漢書‧班固傳》引〈西都賦〉：「蘭茝發色，曄曄猗猗」，李賢注引郭璞注《爾雅》云：「茝，香草。音昌改反。」《文選》卷一班固〈西都賦〉同句李善注引「《爾雅》曰：『薪茝，蘪蕪』，郭璞曰：『香草也。茝，齒改切。』」「昌改」與「齒

〔註504〕郝懿行《爾雅義疏》，《爾雅廣雅方言釋名清疏四種合刊》，頁247下。
〔註505〕陳仁錫《潛確居類書》卷九十二〈服御部五‧褥‧氍氀〉云：「氍氀亦曰氍毹，毛席也，即今之氍毯。」
〔註506〕周祖謨云：「魏晉宋時期這一部的魚模虞三類字多數的作家是通用不分的，而有的作家模類與魚虞兩類分用，有的作家甚至於魚和虞也分用。……從上面所說的這種事實可以想到韻的分合與作家審音的精粗有關，可是其中也會有方音不同的問題在內。」（《魏晉南北朝韻部之演變》，頁19。）

改」音同。此音疑爲郭璞《音義》或《注》之佚文。陸德明《經典釋文・爾雅音義》「茝」音「昌改、昌敗二反」，王樹柟云：「今本脫音，『昌改反』與《釋文》合，據補。」〔註507〕今從其說，據《後漢書注》輯錄。

王本無「音」字。其餘各本均未輯錄。

《廣韻》「茝」字凡二見：一音「諸市切」（照紐止韻），一音「昌給切」（穿紐海韻）。郭璞音「昌改反」，與「昌給」音同。

376. 13-79 繭薪，竊衣。

繭，巨例反。

案：本條佚文輯自陸德明《經典釋文・爾雅音義》。

董、馬、黃、葉本引均同。余、嚴、王本均未輯錄。

《廣韻》「繭」音「居例切」（見紐祭韻），與《釋文》陸德明音切語全同。郭璞音「巨例反」（群紐祭韻），與「居例」聲紐略異。

377. 13-81 萑芄，蘭。

萑，音灌。

案：本條佚文輯自陸德明《經典釋文・爾雅音義》。

董、馬、黃、葉本引均同。余、嚴、王本均未輯錄。

《廣韻》「萑」音「古玩切」（見紐換韻），與郭璞此音同。

378. 13-84 蔨，鹿蘿。其實莥。　郭注：今鹿豆也，葉似大豆，根黃而香，蔓延生。

藿，小豆葉也。〔音？〕

案：本條佚文輯自慧琳《一切經音義》卷一百〈法顯傳〉「藜藿」注引郭注《尒雅》，與今本郭注不同，疑或爲《音義》佚文。《廣雅・釋草》：「豆角謂之莢，其葉謂之藿。」劉向《九歎・愍命》：「耘藜藿與蘘荷」，王逸注云：「藿，豆葉也。」均與郭璞意同。

379. 13-84 蔨，鹿蘿。其實莥。

蔨，巨阮反。

案：本條佚文輯自陸德明《經典釋文・爾雅音義》。《集韻》阮韻「蔨」音「窘遠切」，釋云：「艸名，鹿豆也，葉似大豆，根黃而香。郭璞說。」「窘遠」與「巨阮」音同。

〔註507〕王樹柟《爾雅郭注佚存補訂》，卷12，頁21下～22上。

董、馬、黃本均據《釋文》輯錄。余、嚴、葉、王本均未輯錄。

《釋文》出「藺」，注云：「謝其隕反，郭巨阮反，施其免反，沈巨轉反。」按《廣韻》「藺」字凡二見：一音「渠殞切」（群紐軫韻），一音「渠篆切」（群紐獮韻）。謝嶠音「其隕反」，與「渠殞」音同；沈旋音「巨轉反」，與「渠篆」音同；施乾音「其免反」（群紐獮韻），與「渠篆」僅開合之異，黃侃云：「其免、巨轉今則無分。」〔註508〕又「藺」從圈聲，郭璞音「巨阮反」（群紐阮韻），即從聲母讀。《廣韻》阮韻「圈」音「求晚切」（群紐阮韻），與郭璞此音正同。

380. 13-86 莞，苻蘺。其上蒚。

莞，音桓。

案：本條佚文輯自陸德明《經典釋文・爾雅音義》。

董、馬、黃本引均同。余、嚴、葉、王本均未輯錄。

《廣韻》「莞」字凡三見：一音「胡官切」（匣紐桓韻），一音「古丸切」（見紐桓韻），一音「戶板切」（匣紐潸韻）。郭璞音「桓」，與「胡官」音同；謝嶠音「官」，與「古丸」音同。

381. 13-86 莞，苻蘺。其上蒚。　郭注：今西方人呼蒲為莞蒲，蒚謂其頭臺首也。今江東謂之苻蘺。西方亦名蒲中莖為蒚，用之為席。音羽翮。

蒚，音翮，又音歷。

案：本條佚文輯自陸德明《經典釋文・爾雅音義》。宋本《爾雅》郭注末亦云「音羽翮」。

馬、黃本引並同。董本未輯又音。余、嚴、葉、王本均未輯錄。

《廣韻》「蒚」字凡二見：一與「翮」同音「下革切」（匣紐麥韻），一與「歷」同音「郎擊切」（來紐錫韻）。

382. 13-87 荷，芙渠。　郭注：別名芙蓉，江東呼荷。　其莖茄，其葉蕸，其本蔤。　郭注：莖下白蒻在泥中者。　其華菡萏。　郭注：見《詩》。　其實蓮。　郭注：蓮謂房也。　其根藕，其中的。　郭注：蓮中子也。　的中薏。　郭注：中心苦。

今江東人呼荷華為芙蓉；北方人便以藕為荷，亦以蓮為荷；蜀人以藕為茄。或用其母為華名，或用根子為母葉號，此皆名相錯，習俗傳誤，失其正體者也。〔音〕

〔註508〕黃焯《經典釋文彙校》，頁275。

　　案：本條佚文輯自孔穎達《毛詩・陳風・澤陂・正義》引郭璞曰；邢昺《爾雅疏》引郭璞云同。孔、邢二氏引「今江東」句上本有「菡，莖下白蔤在泥中者」九字，與今本郭注同，故不輯錄。《初學記》卷二十七〈草部・芙蓉第十三〉引《爾雅》曰：「荷芙蕖」，下亦注云：「江東呼荷華爲芙蓉。」

　　黃本「今江東」句上仍輯錄「菡莖」以下九字。葉本在「荷芙蕖」下輯錄「今江東人呼荷華爲芙蓉」句，又在「其本菡」下輯錄「菡莖」以下八字（脫「中」字）及「今江東」以下五十九字，云：「今本郭注只『菡，莖下白蔤在泥者』八字，餘皆《音義》。」〔註509〕王本「呼」作「評」，又輯入郭注「中心苦者也」句下，〔註510〕云：

> 《詩疏》所引注文蓋統在「的中薏」下，後人刪「今江東人」以下五十九字，因將各注分置於句下，而各注之首字如「菡」與「菡萏的薏」等字遂並省之。〔註511〕

又云：

> 自「今江東」以下五十九字的爲郭注原文，然此文宜在「的中薏」注後。《詩正義》先引李巡曰：「菡萏，蓮華也，的蓮實也，薏中心也。」此數者皆與郭同，故下引郭注祇「菡，莖下白蔤在泥中者」一句，不復重述，此省文也。說者見「今江東」以下五十九字與「菡，莖下白蔤在泥中者」一句連文，遂以爲此下之注，不知注是總上數事，以雅訓證習俗之非，若在「其本菡」注下爲失次矣。〔註512〕

王氏以本條爲郭璞《注》佚文，與阮元說同。阮氏云：

> 《詩・澤陂・正義》引〈釋草〉文及李巡注，又引郭氏曰……共六十八字，審爲郭注，未詳何時脫落。邢《疏》襲用《詩正義》之文，絕不別言今注有無，是其疎也。〔註513〕

〔註509〕葉蕙心《爾雅古注斠》，卷下，頁7上。
〔註510〕《太平御覽》卷九百七十五〈果部十二・蓮〉引《爾雅》曰：「……的中薏」，下有注云：「中心苦者也。」又卷九百九十九〈百卉部六・芙蕖〉引《爾雅》曰：「……的中薏」，下注亦云：「中心苦者也。」王樹枏據補「者也」二字。周祖謨亦云：「注文『苦』字下當有『者也』一字。」（《爾雅校箋》，頁318～319。）
〔註511〕王樹枏《爾雅郭注佚存補訂》，卷12，頁24下。
〔註512〕同前注，卷12，頁25下～26上。
〔註513〕阮元《爾雅挍勘記》，《皇清經解》，卷1035，頁14下～15上。在阮元之前，臧琳即曾批評邢《疏》之疎。臧氏云：「《詩正義》所引郭注，今本皆闕。邢氏襲此以作《爾雅正義》，此注具見《疏》中，則郭注之脫落，在作《疏》前矣。然邢氏不爲補錄，何耶？」（《經義雜記・荷芙蕖葉》，《皇清經解》，卷195，頁34上。）按邢氏不據《毛詩正義》

郝懿行、江藩、周祖謨等則以本條爲郭璞《音義》佚文。〔註 514〕按邢昺《爾雅疏》
照錄孔穎達《毛詩正義》引郭璞語，卻未據以補入郭注，是邢昺不以「今江東」以下
五十九字爲郭璞《爾雅注》佚文。疑此語或係郭璞《音義》佚文，葉蕙心及郝氏等人
之說應可從。又邵晉涵《正義》以「今江東」云云爲《詩疏》語，說與諸家均不同。

　　余、嚴、董、馬本均未輯錄。

383. 13-87 其葉蕸。

　　蕸亦荷字也。

　　案：本條佚文輯自日人正宗敦夫《倭名類聚抄》卷二十〈草木部第三十二・蓮
類第二百四十四〉「蕸」下引《爾雅》云「其葉蕸」郭璞注。《爾雅》古本無「其葉
蕸」句，《說文》艸部：「荷，扶渠葉。」是「荷」即芙渠葉之稱。後不知何人在《爾
雅》「荷芙渠」條下添「其葉蕸」三字，郭璞遂有此注。上古音「蕸」屬匣紐魚部，
「荷」屬匣紐歌部，聲紐相同，韻部亦可旁轉。〔註 515〕錢坫云：

　　　　按古無「蕸」字，《說文解字》曰：「荷，夫渠葉。」以荷爲夫渠之葉，是
　　　　蕸即荷。〔註 516〕

葉蕙心云：

　　　　《初學記》引《爾雅》作「其葉荷」。……今案荷茄蕸皆音同字通。〔註 517〕

黃侃云：

　　　　荷茄蕸聲通訓近。〔註 518〕

說皆可從。按此語究屬郭璞《音義》或《注》之佚文，實難遽定，今暫存疑。又參
見第五章第二節沈旋《集注爾雅》13-87「荷，芙渠。其莖茄，其葉蕸，其本蔤，其
華菡萏，其實蓮，其根藕，其中的，的中薏」條案語。

384. 13-87 其本蔤。　　郭注：莖下白蒻在泥中者。

　　　　輯補郭注，是不以此語爲郭注佚文，非邢《疏》之疎。
〔註 514〕郝懿行云：「按《詩正義》引此句〔案：指「其本蔤」句。〕郭注下尚有五十九字，爲
　　　　今注所無。臧氏《經義雜記》四因謂今本闕，然邢《疏》亦未引。疑本郭氏《音義》
　　　　之文，非注文。」（《爾雅義疏》，《爾雅廣雅方言釋名清疏四種合刊》，頁 249 下。）江
　　　　藩云：「『今江東人』以下云云疑是郭氏《音義》文。」（《爾雅小箋》，卷下之上，《續
　　　　修四庫全書》，冊 188，頁 46 上。）周祖謨云：「清人均以爲此係郭注原文，恐非，《詩
　　　　正義》所引蓋出自郭璞《音義》。」（《爾雅校箋》，頁 319。）
〔註 515〕陳新雄先生云：「按歌讀〔ai〕，魚讀〔a〕元音完全相同，只不過魚部無韻尾而已，故
　　　　得旁轉也。」（《古音研究》，頁 453。）
〔註 516〕錢坫《爾雅古義》，卷 2，《皇清經解續編》，卷 214，頁 7 下。
〔註 517〕葉蕙心《爾雅古注斠》，卷下，頁 6 下。
〔註 518〕黃侃《爾雅音訓》，頁 219。

蔤，音密。

案：《文選》卷十一何晏〈景福殿賦〉「茄蔤倒植，吐被芙蕖」句李善注引「《爾雅》曰：『荷，芙蕖；其莖茄，其本蔤』，郭璞曰：『莖下曰藕，在泥中者。蔤音密。』」王樹柟云：「所引有誤，『蔤音密』三字當為郭注原文，據補。」〔註519〕今從其說輯錄本條。其餘各本均未輯錄。

《廣韻》「蔤」、「密」二字同音「美畢切」（明紐質韻）。《釋文》陸德明音「亡筆反」（微紐質韻），音亦同。

385. 13-88 紅，蘢古。其大者蘬。

蘬，匡龜反。

案：本條佚文輯自陸德明《經典釋文・爾雅音義》。

董、馬本引並同。黃本「匡」作「巨」。余、嚴、葉、王本均未輯錄。

《廣韻》「蘬」字凡三見：一音「丘追切」（溪紐脂韻），一音「丘韋切」（溪紐微韻），一音「丘軌切」（溪紐旨韻，脂旨二韻平上相承）。郭璞音「匡龜反」，與「丘追」音同；謝嶠音「丘軌反」，與旨韻切語全同。又「巨」屬群紐，與「匡」屬溪紐略異，黃本作「巨」應係譌字。

386. 13-94 藬蘼，虋冬。　　郭注：門冬一名滿冬，《本草》云。

今門冬也，一名滿冬，《本草》云。〔注〕

案：《太平御覽》卷九百八十九〈藥部六・天門冬〉引《爾雅》曰：「藬蘼，虋冬也」，下引郭璞注曰：「今門冬也，一名蒲〔案：應作「滿」。〕冬。」今本郭注脫「今也」二字，據補。

王本引同。其餘各本均未輯錄。王樹柟云：

> 《釋文》謂郭以門字為俗，故以俗證雅云「今門冬也」。《釋文》引《山海經》郭注亦云「《本草》一名滿冬」，蓋「一名滿冬」為《本草》之文，「今門冬也」為時人之語，今本刪「今也」二字，非是。《說文繫傳》艸部引《爾雅注》作「虋冬一名滿冬」，係據經文妄改。〔註520〕

387. 13-94 藬蘼，虋冬。　　郭注：門冬一名滿冬，《本草》云。

門，俗字。

案：本條佚文輯自陸德明《經典釋文・爾雅音義》。

董、馬本「字」下並有「亦作薲字」四字，馬本「門」上又誤衍一「虋」字。

〔註519〕王樹柟《爾雅郭注佚存補訂》，卷12，頁24下。
〔註520〕王樹柟《爾雅郭注佚存補訂》，卷13，頁1下～2上。

黃本輯作「虋，本皆作門，郭云門俗字」。葉本「字」下亦有「亦作蘴」三字。余、嚴、王本均未輯錄。按「本皆作門」及「亦作蘴字」等均係陸德明語，董、馬、黃、葉本均誤輯。

《釋文》出「虋」，注云：「音門，本皆作門，郭云門俗字。亦作蘴字。」是《爾雅》各本字均作「門」，惟郭璞本作「虋」。郭以「門」爲「虋」之俗字，又見《山海經‧中次五經》：「東北五百里曰條谷之山，……其草多芍藥、蘴多」，郭璞注云：「《本草經》曰：『蘴多一名滿多。』今作門，俗作耳。」李時珍《本草綱目》卷十六〈草五‧麥門冬〉：

> 麥鬚曰虋，此草根似麥而有鬚，其葉如韭，凌冬不凋，故謂之麥虋冬。……
> 俗作門冬，便於字也。

又卷十八上〈草七‧天門冬〉：

> 草之茂者爲虋，俗作門。

其說亦與郭同。按《說文》艸部：「虋，赤苗，嘉穀也。」所指爲〈釋草〉13-58「虋，赤苗」，郭璞注云「今之赤粱粟」者，與《爾雅》此訓無涉。「虋」、「門」等字均係借音之字，實無須拘執何者爲正，何者爲俗。郝懿行云：

> 郭注以「蘴」今作「門」爲俗，按「門」借聲、「蘴」俗作耳。〔註521〕

臧鏞堂云：

> 按本皆作「門」，則李、孫等本當俱作「門」，蓋古時字少，取音同字借用。
> 「虋」字從艸，後來所有無疑，郭反斥「門」爲俗字，改作「虋」，非也。
>
> 〔註522〕

嚴元照云：

> 案「虋」、「門」音同通借，不可謂「門」爲俗。〔註523〕

陶方琦云：

> 按《釋文》云：「虋，本皆作門」，知作「門」者李、孫諸家或用之，「門」
> 乃古字假借，郭斥爲俗字，非也。〔註524〕

說皆可參。

388. 13-95 濼，貫眾。　郭注：葉員銳，莖毛黑，布地，冬不死，一名貫渠。《廣雅》云：「貫節。」

〔註521〕郝懿行《爾雅義疏》，《爾雅廣雅方言釋名清疏四種合刊》，頁251上。

〔註522〕臧鏞堂《爾雅漢注》，頁140。

〔註523〕嚴元照《爾雅匡名》，卷13，《皇清經解續編》，卷508，頁15下。

〔註524〕陶方琦《爾雅古注斠補》，朱祖延《爾雅詁林》，頁3233上。

葉員銳，莖毛黑，布地生，多不死，一名貫渠。《廣雅》云：「貫節。」〔注〕

案：《太平御覽》卷九百九十〈藥部七‧貫眾〉引《爾雅》曰：「㱮，貫眾」，下引郭璞注曰：「葉員銳，莖毛黑，布地生，多不死也。」今本郭注脫一「生」字，據補。《廣韻》錫韻「㻫」字注云：「一名貫眾，葉圓銳，莖毛黑，布地生，多不死，一名貫渠。」語與郭注相同，「地」下亦有「生」字。

王本引同。其餘各本均未輯錄。周祖謨亦云：「《御覽》卷九百九十引『地』下有『生』字，今本脫，當據補。」〔註525〕

389. 13-95 㻫，貫眾。

　　㻫，舒若反。

案：本條佚文輯自陸德明《經典釋文‧爾雅音義》。

董、馬、黃、葉本引均同。余、嚴、王本均未輯錄。

郭音「舒若反」，是讀如「爍」。鄭樵《爾雅注》亦云「音爍」。「㻫」、「爍」二字同从樂聲，《廣韻》藥韻「爍」音「書藥切」（審紐藥韻），與郭璞此音正同。《集韻》藥韻「㻫」音「式灼切」，釋云：「艸名，《爾雅》『㻫，貫眾』。」當即本郭璞此音。

390. 13-97 蓫，薚，馬尾。

　　薚，他羊反。

案：本條佚文輯自陸德明《經典釋文‧爾雅音義》引呂、郭。

董、馬、黃本引均同。余、嚴、葉、王本均未輯錄。

《釋文》出「薚」，唐石經、宋本《爾雅》字作「薚」，筆畫略異。嚴元照云：

　　「薚」，石經、單疏本、雪窗本、《五經文字》作「薚」。案「薚」、「薚」
　　筆畫增減小異，皆不見於《說文》，當作「募」。《玉篇》云：「募，蓫薚，
　　馬尾，商陸也。」〔註526〕

按郭音「他羊反」，即是讀「薚」為「募」。《說文》艸部：「募，艸也，枝枝相值，葉葉相當。」段玉裁云：

　　薚同募，玅《本艸經》曰：「商陸一名募，根一名夜呼。」陶隱居曰：「其
　　花名募。」是則紊呼曰蓫募，單呼曰募；或謂其花募，或謂其莖葉募也。

　　〔註527〕

〔註525〕周祖謨《爾雅校箋》，頁320。
〔註526〕嚴元照《爾雅匡名》，卷13，《皇清經解續編》，卷508，頁15下。
〔註527〕段玉裁《說文解字注》，第1篇下，頁18上。

《廣韻》「蕩」一音「褚羊切」（徹紐陽韻），一音「吐郎切」（透紐唐韻）。郭璞音「他羊反」（透紐陽韻），與「褚羊」聲紐略異（參見 3-39「爞爞，炎炎，薰也」條案語）；謝嶠音「他唐反」，與「吐郎」音同。郝懿行云：

> 「蕩」，《說文》作「蕩」，云艸枝枝相值，葉葉相當。《釋文》：「蓬，他六反；蕩，呂、郭他羊反」，然則蓬蕩合聲爲當，以其枝葉相當，因謂之當陸矣。〔註 528〕

391. 13-98 萍，蓱。　　郭注：水中浮蓱，江東謂之藻。音瓢。

今水中浮蓱也，江東謂之藻。音瓢。〔注〕

案：孔穎達《毛詩·召南·采蘋·正義》引「〈釋草〉云：『苹，萍；其大者蘋』，……郭璞曰：『今水上浮蓱也，江東謂之藻。音瓢。』」今本郭注脫「今也」二字，據補。

王本「蓱」作「萍」，餘同。其餘各本均未輯錄。

392. 13-98 萍，蓱。　　郭注：水中浮蓱，江東謂之藻。音瓢。

藻，音瓢，婢遙反。

案：本條佚文輯自陸德明《經典釋文·爾雅音義》。宋本《爾雅》此訓注「江東謂之藻」下有「音瓢」二字。

馬本引同。葉本誤脫「藻」字。余、嚴、董、黃、王本均未輯錄。

《廣韻》「藻」、「瓢」二字同音「符霄切」（奉紐宵韻），與郭璞音「婢遙反」（並紐宵韻）同。

393. 13-106 傅，橫目。　　郭注：一名結縷，俗謂之鼓箏草。

結縷蔓生，如縷相結。〔音？〕

案：本條佚文輯自《文選》卷八司馬相如〈上林賦〉「布結縷」句李善注引郭璞曰。所引與今本郭注不同，疑本條爲郭璞《音義》佚文。〔註 529〕

《漢書·司馬相如傳》引〈上林賦〉「布結縷」句，顏師古注云：

> 結縷蔓生，著地之處皆生細根，如線相結，故名結縷。今俗呼鼓箏草。兩幼童對銜之，手鼓中央，則聲如箏也，因以名云。

與郭氏說同。

394. 13-116 苗，蓨。

苗，他六反，又徒的反。

〔註 528〕郝懿行《爾雅義疏》，《爾雅廣雅方言釋名清疏四種合刊》，頁 251 下。
〔註 529〕葉蕙心云：「蓋郭氏《音義》文。」（《爾雅古注斟》，卷下，頁 8 下。）

案：本條佚文輯自陸德明《經典釋文‧爾雅音義》。

馬本引同。董、黃本並未輯又音。余、嚴、葉、王本均未輯錄。

《釋文》出「苗」，注云：「《說文》云從由聲。」是字應從由作「苗」。劉玉麐云：

> 《說文》：「苗，蓨也」，徐鍇曰苗音迪。案苗從由，今從田非。〔註530〕

唐石經、宋本《爾雅》字正作「苗」。《廣韻》「苗」字凡二見：一音「丑六切」（徹紐屋韻），一音「徒歷切」（定紐錫韻）；又屋韻「苗」下有又音「他六切」（透紐屋韻）。郭璞音「他六反」，與屋韻又音切語全同；又音「徒的反」，與「徒歷」音同。翟灝云：

> 苗從由，與從田字不同。郭氏讀他六、徒的二反。《說文》苗訓蓨，蓨轉訓苗。《管子‧地員》篇：「黑埴宜稻麥，其草宜萃蓨」，房元齡註但曰萃蓨皆草名，惟《類篇》謂苗爲羊蹄草。《本草拾遺》謂山羊蹄一名蓨，二名乃互相備。按《本草經》稱羊蹄爲蓄，《詩‧小雅》「言采其蓫」，陸璣疏曰：「蓫即蓄，揚州人謂之羊蹄。」然則苗當定讀爲他六反，乃即蓄字變文耳。《玉篇》以苗爲蓨，意與上「蓫蓨」合爲一草，竊恐未然。〔註531〕

其說可從。

395. 13-116 苗，蓨。

蓨，湯彫、他周二反。

案：本條佚文輯自陸德明《經典釋文‧爾雅音義》。

董、馬、黃本引均同。余、嚴、葉、王本均未輯錄。

《廣韻》「蓨」音「他歷切」（透紐錫韻），與郭璞「蓨」字二音均不合。郭音「湯彫反」，是讀「蓨」爲「蓨」。〈釋草〉前云：「蓫，蓨」，邵晉涵云：

> 蓫與蓨古通用。《史記‧周勃世家》「封爲條侯」，〈表〉作「蓨侯」。《漢書‧地理志》信都國「脩縣」，脩音條，《括地志》作「蓨」是也。〔註532〕

《廣韻》蕭韻「蓫」音「吐彫切」（透紐蕭韻），與郭璞此音同，釋云：「苗也。」《集韻》蕭韻「蓨」音「他彫切」，釋云：「《說文》苗也。」當即本郭璞此音。

郭又音「他周反」（透紐尤韻），不詳所據，疑是從「蓨」字聲母「脩」讀。《廣韻》「脩」音「息流切」（心紐尤韻）。

〔註530〕劉玉麐《爾雅校議》，卷下，頁 8 下。
〔註531〕翟灝《爾雅補郭》，卷下，頁 5 下。
〔註532〕邵晉涵《爾雅正義》，《皇清經解》，卷 517，頁 15 上。

396. 13-118 茛，菫草。　　郭注：即烏頭也，江東呼為菫。音靳。

即烏頭**苗**也，江東**人**呼為菫。音靳。〔注〕

案：唐慎微《證類本草》卷八〈草部中品之上・石龍芮〉陳藏器引「《爾雅》云：『茛，菫草』，郭注云：『烏頭苗也。』」又卷十〈草部下品之上・天雄〉唐本注、卷十一〈草部下品之下・蒴藋〉唐本注引並同。孔穎達《毛詩・大雅・縣・正義》引「〈釋草〉又云：『茛菫草』，郭璞曰：『即烏頭也，江東人呼為菫。』」今本郭注脫「苗人」二字，據補。《太平御覽》卷九百九十〈藥部七・烏頭〉引《爾雅》曰：「茛，菫草」，下引郭璞注曰：「即烏頭，江東今呼為菫。」已脫「苗」字，「今」疑即「人」字之譌。

王本引同。其餘各本均未輯錄。

397. 13-118 茛，菫草。　　郭注：即烏頭也，江東呼為菫。音靳。

菫，音靳，居覲反。

案：本條佚文輯自陸德明《經典釋文・爾雅音義》。宋本《爾雅》此訓注末、邢昺《爾雅疏》引郭璞注末均有「音靳」二字。

黃本引同。董本未輯「居覲反」三字。馬本「靳」作「靳」，葉本作「蘄」。余、嚴、王本均未輯錄。

《廣韻》「菫」字凡二見：一音「巨巾切」（群紐眞韻），一音「居隱切」（見紐隱韻）；又隱韻「菫」下有又音「芹」（群紐欣韻，《廣韻》音「巨斤切」）。郭音「靳」（見紐焮韻，《廣韻》音「居焮切」），與「居隱」聲調不同（隱焮二韻上去相承）；又音「居覲反」（見紐震韻），則與「巨巾」聲紐略異，聲調不同（眞震二韻平去相承）。馬本作「靳」，葉本作「蘄」，並與「芹」音同。按邵晉涵云：

> 郭云「江東呼為菫，音靳」者，所以別於上文之「苦菫」也。「苦菫」之「菫」音謹，迺所謂菫荼如飴也。〔註533〕

郝懿行亦云：

> 郭此注「菫音靳」者，別於上文「醬苦菫」之「菫」音謹也。〔註534〕

陸德明《釋文》「苦菫」及「菫草」均音謹；「苦菫」下未引郭音，是二「菫」字郭音有別而陸氏不分。

398. 13-121 藄，狗毒。

藄，古系反，又苦系反。

〔註533〕邵晉涵《爾雅正義》，《皇清經解》，卷517，頁29上。
〔註534〕郝懿行《爾雅義疏》，《爾雅廣雅方言釋名清疏四種合刊》，頁255上。

案：本條佚文輯自陸德明《經典釋文・爾雅音義》。

馬、黃、葉本引均同。董本未輯又音。余、嚴、王本均未輯錄。

《廣韻》「繫」音「古詣切」（見紐霽韻），與郭璞音「古系反」同；郭又音「苦系反」（溪紐霽韻），與「古詣」聲紐略異。《集韻》霽韻「繫」一音「詰計切」（溪紐），一音「吉詣切」（見紐），當即本郭璞此音。

399. 13-123 覆，盜庚。　　郭注：旋覆似菊。

覆，音服。

案：本條佚文輯自陸德明《經典釋文・爾雅音義》。

黃本引同。董本「覆」誤作「復」，馬本誤作「蔔」。葉本「服」下有「云旋復也」四字。余、嚴、王本均未輯錄。按《釋文》出「覆」，注云：「郭音服，施孚服反。郭云旋覆也。」《釋文》在郭、施音下引郭云，語出《爾雅注》，既非佚文，毋須再行輯錄。

《廣韻》「覆」字凡二見：一音「房六切」（奉紐屋韻），一音「芳福切」（敷紐屋韻）。郭璞音「服」，與「房六」音同；施乾音「孚服反」，與「芳福」音同。

400. 13-129 藒車，芞輿。　　郭注：藒車香草，見〈離騷〉。

藒，去謁反。

案：本條佚文輯自陸德明《經典釋文・爾雅音義》。

董、馬、黃、葉本引均同。余、嚴、王本均未輯錄。

郭音「去謁反」，是讀「藒」為「揭」。郭注云「見〈離騷〉」，按今〈離騷〉作「畦留夷與揭車兮，雜杜衡與芳芷」，王逸注云：「揭車，亦芳草，一名芞輿。……揭，一作藒。」洪興祖云：「揭、藒、藒，並丘謁切。」〔註535〕「丘謁」即與郭音「去謁」同。《廣韻》月韻「揭」一音「居竭切」（見紐月韻），一音「其謁切」（群紐月韻），與郭璞音「去謁反」（溪紐月韻）均僅聲紐略異。又參見第七章第二節謝嶠《爾雅音》「藒車，芞輿」條案語。

401. 13-129 藒車，芞輿。

案：陸德明《經典釋文・爾雅音義》出「輿」，注云：「字或作蕽，音餘。唯郭、謝及舍人本同，眾家並作蒢。」是郭、謝、舍人本《爾雅》字皆作「輿」，其餘各本均作「蒢」。盧文弨云：

案《說文》無「蕽」字，「蒢」字注云：「黃蒢職也，從艸除聲」，即上「職

〔註535〕洪興祖《楚辭補注》，頁10。

黃蓘」也，眾家蓋以聲近借用。郭作「蕷」與《說文》同。〔註536〕

嚴元照云：

> 《集韻》九魚、《類篇》一中引作「蕷」。《說文》艸部無「蕷」字。眾家作
> 「蓘」，殆與上文相涉而誤。〔註537〕

按《廣韻》「蕷」音「以諸切」（喻紐,魚韻），「蓘」音「直魚切」（澄紐,魚韻），韻同而聲紐不同。

402. 13-132 蔠葵，蘩露。　郭注：承露也，大莖小葉，華紫黃色。

承露也，大莖小葉，華紫黃色，實可食。〔注〕

案：《齊民要術》卷十「承露」引「《爾雅》曰：『蔠葵，蘩露』，注曰：『承露也，大莖小葉，花紫黃色，實可食。』」今本郭注脫「實可食」三字，據補。

嚴本引同。其餘各本均未輯錄。

唐慎微《證類本草》卷二十九〈菜部下品・落葵〉云：

> 落葵，味酸寒，無毒，主滑中散熱，實主悅澤人面。一名天葵，一名繁露。

又云：

> 其子令人面鮮華可愛。取蒸，烈日中曝乾，按去皮，取仁細研，和白蜜傅
> 之，甚驗。食此菜後，被狗咬即瘡不差。

李時珍《本草綱目》卷二十七〈菜之二・落葵〉亦云：

> 落葵三月種之，嫩苗可食。五月蔓延，其葉似杏葉而肥厚軟滑，作蔬和肉
> 皆宜。八九月開細紫花，累累結實，大如五味子，熟則紫黑色，採取汁紅
> 如燕脂，女人飾面點唇及染布物，謂之胡燕脂，亦曰染絳子，但久則色易
> 變耳。

據本草書所載，承露之實可供作染料敷面。郭注云承露實可食，不詳所據。邵晉涵云：

> 《齊民要術》引郭註多「實可食」三字。案今藤菜以三月種，嫩苗可食；
> 五月蔓延，其葉可作蔬；未聞食其實者。檢諸本郭註俱無此三字。〔註538〕

繆啓愉亦云：

> 本草書上只說葉可食，子可作臙脂，沒有子可食的說法。〔註539〕

又郝懿行疑郭璞所記與本草之落葵不同，云：

〔註536〕盧文弨《經典釋文攷證・爾雅音義下攷證》，頁3上。
〔註537〕嚴元照《爾雅匡名》，卷13，《皇清經解續編》，卷508，頁19下。
〔註538〕邵晉涵《爾雅正義》，《皇清經解》，卷517，頁31上。
〔註539〕繆啓愉《齊民要術校釋》，頁653。

如郭所說，似今西番蓮，獨莖高大，莖葉俱青，葉小於掌，華大於盤，深

黃色，中有紫心，子如松子之形，亦堪煑食，然未知是此否也。〔註540〕

惟郝說亦無的證。

403. 13-145 中馗，菌。

馗，音仇。

案：本條佚文輯自陸德明《經典釋文・爾雅音義》。

董、馬本引並同。黃、葉本並據《釋文》語輯作「郭音仇，字則當作頯」。余、嚴、王本均未輯錄。《釋文》出「中馗」，云：「求龜反，郭音仇，字則當作頯。」是陸氏所見郭本《爾雅》字作「馗」，並據郭音以為郭本字當作「頯」。「字則當作頯」五字係陸氏語，黃、葉二氏並誤輯。

陸德明以「馗」無「仇」音，而主張郭本《爾雅》字應改作「頯」，其說無據。段注本《說文》九部：「馗，九達道也。侣龜背，故謂之馗。从九首。」段玉裁云：

龜古音如姬、如鳩，馗古音如求，以疊韵為訓也。……九亦聲。〔註541〕

其說甚是。嚴元照云：

《釋文》云：「馗，郭音仇，字則當作頯。」案《說文》馗在九部，从九

从首，非从九聲也，故以為當作頯。然《說文》頁部無頯字。

注引徐養原曰：

馗字雖非諧聲，固得音仇，〈兔罝〉詩可證。逵即馗之或字，〈夬〉九三「壯

于頄」，蜀才本作「仇」，此《釋文》之說所本，然殊不必。〔註542〕

按《廣韻》「馗」、「頯」二字同音「渠追切」（群紐脂韻），又同音「巨鳩切」（群紐尤韻）。郭璞音「仇」，與「巨鳩」音同；《釋文》陸德明音「求龜反」，與「渠追」音同。

404. 13-145 中馗，菌。

藺，巨隕反。

案：本條佚文輯自陸德明《經典釋文・爾雅音義》。《釋文》出「藺」，注云：「郭巨隕反，孫去貧反。」舊校云：「本今作菌。」是陸氏所見郭本《爾雅》字作「藺」。阮元云：

按《釋文》知孫、郭本皆作「藺」，今作「菌」非。〔註543〕

〔註540〕郝懿行《爾雅義疏》，《爾雅廣雅方言釋名清疏四種合刊》，頁 257 上。

〔註541〕段玉裁《說文解字注》，第 14 篇下，頁 16 下。

〔註542〕嚴元照《爾雅匡名》，卷 13，《皇清經解續編》，卷 508，頁 21 下。

〔註543〕阮元《爾雅校勘記》，《皇清經解》，卷 1035，頁 23 上。

按「菌」字不誤，唐石經、宋本《爾雅》字均作「菌」。《說文》艸部：「菌，地蕈也。」《篇海類編》卷十〈花木類‧艸部第四〉：「蕈，地蕈之小者，通作菌。」是「蕈」為「菌」之累增字，《釋文》作「蕈」則為「蕈」字之譌。盧文弨即改《釋文》「蕈」字作「蕈」，云：「此目旁舊譌作日旁。」〔註544〕嚴元照亦云：

案「蕈」殆「蕈」之譌，然亦不見於《說文》。〔註545〕

今從盧、嚴二氏之說，改从目旁作「蕈」。

馬本引同。董、黃、葉本「蕈」均作「菌」。余、嚴、王本均未輯錄。

《廣韻》無「蕈」、「蕈」二字；軫韻「菌」音「渠殞切」（群紐軫韻），與郭璞音「巨隕反」同。

405. 13-145 中馗，菌。 郭注：地蕈也，似蓋。今江東名為土菌，亦曰馗廚，可啖之。

蕈，音審。

案：玄應《一切經音義》卷十五〈僧祇律第十四卷〉「胂菌」注引「《爾雅》：『中馗，菌』，郭璞曰：『地蕈，似蓋。今江東呼為土菌。蕈音審。』」今本郭注無音。

王本引同，且輯入今本郭注「啖之」之下。其餘各本均未輯錄。按此音究屬郭璞《音義》或《注》之佚文，實難遽定，今暫存疑。

《廣韻》「蕈」音「慈荏切」（從紐寢韻）。郭璞音「審」（審紐寢韻），與「慈荏」韻同而聲異，不詳所據。

406. 13-147 苕，陵苕。 郭注：一名陵時，《本草》云。

一名陵時，又名凌霄。《本草》云。〔注〕

案：唐慎微《證類本草》卷十三〈木部中品‧紫葳〉唐本注引「《爾雅‧釋草》云苕一名陵苕，黃花蔈（必曜切），白華茇。郭云：『一名陵時，又名凌霄。』」又引陶隱居云：「郭云凌霄，亦恐非也。」可證郭注原有「又名凌霄」句，今本脫之。

王本「凌」作「陵」。其餘各本均未輯錄。

《證類本草》引《圖經》云：

陶隱居云：「《詩》『有苕之華』，郭云『陵霄』。」又蘇恭引《爾雅‧釋草》云：「苕，陵苕」，郭云：「又名陵霄。」按今《爾雅注》苕「一名陵時，《本草》云」，而無「陵霄」之說，豈古今所傳書有異同邪？又據陸機及孔穎達《疏》義亦云苕一名陵時，陵時乃是鼠尾草之別名。郭又謂苕為陵時，

〔註544〕盧文弨《經典釋文攷證‧爾雅音義下攷證》，頁3下。
〔註545〕嚴元照《爾雅匡名》，卷13，《皇清經解續編》，卷508，頁21下。

《本草》云，今紫葳無陵時之名，而鼠尾草有之，乃知陶、蘇所引，是以陵時作陵霄耳。又陵霄非是草類，益可明其誤矣。

407. 13-147 黃華蔈，白華茇。　郭注：苔華色異，名亦不同。音沛。

茇，音沛，補蓋反，又音撥。

　　案：本條佚文輯自陸德明《經典釋文・爾雅音義》。宋本《爾雅》此訓注末亦有「音沛」二字。

　　馬本引同。董本未輯「補蓋反」及又音。黃本「蓋」作「蓋」。余、嚴、葉、王本均未輯錄。

　　郭音「沛」，與「補蓋反」同，均是讀「茇」為「茷」。「茇」、「茷」二字可通，《集韻》末韻「茷」字釋云：「一曰艸之白華為茷，或从伐。」《楚辭・九辯》：「左朱雀之茇茇兮」，王逸注云：「茇，一作茷。」〈招隱士〉：「林木茷骫」，王逸注云：「茷，一作茇。」又《周禮・夏官・大司馬》：「中夏教茇舍」，鄭玄注云：「茇讀如萊沛之沛。」是「茇」有「沛」音之證。《廣韻》「茷」、「沛」二字同音「博蓋切」（幫紐泰韻），與郭璞音「補蓋反」同。又《廣韻》「茇」字凡二見：一音「北末切」（幫紐末韻），一音「蒲撥切」（並紐末韻）。郭璞又音「撥」，與「北末」音同。《集韻》泰韻「茇」音「博蓋切」，釋云：「《爾雅》『苔，白華茇』，一曰艸根」，當即本郭璞之音。

408. 13-151 粼，堅中。　郭注：竹類也，其中實。

粼，竹名，其中堅，可以為席。〔音？〕

　　案：玄應《一切經音義》卷十〈般若燈論第十卷〉「粼堅」注引「《爾雅》：『粼，堅中』，郭璞曰：『粼，竹名，其中堅，可以為席。』」「席」疑為「杖」字之譌，邵晉涵《正義》引即作「杖」。《山海經・中次十二經》：「龜山……多扶竹」，郭璞注云：「邛竹也，高節實中，中杖也，名之扶老竹。」《元和郡縣志》卷三十三〈劍南道・雅州・榮經縣〉：「邛來山……山竹高節實中，堪為杖。」竹因其中堅實，故可為杖。

　　嚴本在今本郭注「其中實」下補「可以為杖」四字。黃、葉本「席」並作「杖」，葉氏云：「此《音義》文也。」〔註546〕王本改郭注「其中實」作「其中堅實」，下補「可以為席」四字，云：「今本刪節。邢《疏》云：『其中堅實者名粼』，據此則『實』上亦脫『堅』字，今為補訂。」〔註547〕余、董、馬本均未輯錄。按今本郭

〔註546〕葉蕙心《爾雅古注斟》，卷下，頁 11 上。
〔註547〕王樹柟《爾雅郭注佚存補訂》，卷 13，頁 13 下。阮元云：「《疏》云『其中堅實者名粼』，

注作「竹類也，其中實」，與玄應所引此文義近同，注中毋須重言，疑本條爲郭璞《音義》佚文。

409. 13-151 𥰭，簜中。

笢，音徒，又音攎。

案：本條佚文輯自陸德明《經典釋文·爾雅音義》。

馬、黃本引並同。董本未輯又音。余、嚴、葉、王本均未輯錄。

《廣韻》「笢」字凡二見：一與「攎」同音「丑居切」（徹紐魚韻），一與「徒」同音「同都切」（定紐模韻）。

410. 13-151 箈，箭萌。　郭注：萌，筍屬也。《周禮》曰：「箈菹鴈醢。」

箈，箭筍也。〔音？〕

案：本條佚文輯自慧琳《一切經音義》卷九十九〈廣弘明集卷第三十〉「舒箈」注引郭注《尒雅》。所引郭璞語與今本郭注不同，疑本條爲郭璞《音義》佚文。

郭璞以「箭筍」釋「箈」，即是釋「箈」爲箭竹之筍。邵晉涵云：

《説文》云：「箈，竹萌也。」竹類至多，故筍類亦彩。上文云「筍，竹萌」，是筍爲總名。箭爲小竹，箈爲小竹之筍也。〔註548〕

其說與郭氏義同。又按今本郭注作「萌，筍屬也」，盧文弨云：

今本郭注「萌，筍屬也」誤，當作「箈，筍屬也」。下引《周禮》「箈菹鴈醢」，則當作「箈」明矣。草木皆有萌，安得概言筍屬乎？〔註549〕

說亦可參。

411. 13-151 篠，箭。　郭注：別二名。

以篠而小可以為矢，因名矢為箭。〔音？〕

案：慧琳《一切經音義》卷十三〈大寶積經第四十五卷〉「箭稍」注引「《尒雅》：『箭，竹名也』，郭璞曰：『以篠而小可以爲矢，因名矢爲箭。』」今本《爾雅》無「箭竹名也」之文，慧琳所引郭注依意當係《爾雅》此訓之注。王樹枬將本條佚文輯入〈釋地〉9-25「東南之美者，有會稽之竹箭焉」條郭注「竹箭，篠也」之下，云：

『鄰』亦當作『鄼』。」（《爾雅挍勘記》，《皇清經解》，卷 1035，頁 23 下。）

〔註548〕邵晉涵《爾雅正義》，《皇清經解》，卷 517，頁 35 上。郝懿行云：「上文云『筍，竹萌』，是筍爲總名。箭爲小竹，箈爲箭竹之筍名也。」（《爾雅義疏》，《爾雅廣雅方言釋名清疏四種合刊》，頁 259 下。）與邵氏說同。

〔註549〕盧文弨《鍾山札記》，卷 3，〈箈〉，頁 9 下。

《爾雅》無「箭竹名也」之文，當是此經郭注經後人刪去者，謹補於此。

〔註550〕

其說亦非無據。慧琳所引郭璞語與今本郭注不同，疑本條爲郭璞《音義》佚文。

412. 13-152 枹霍首，素華軌靉。

靉，音摠。

案：本條佚文輯自陸德明《經典釋文・爾雅音義》。

董、馬、葉本引均同。余、嚴、黃、王本均未輯錄。

《廣韻》「靉」字凡二見：一音「子紅切」（精紐東韻），一音「作孔切」（精紐董韻，東董二韻平上相承）。郭璞音「摠」，與「作孔」音同；《釋文》陸德明音「子工反」，與「子紅」音同。郝懿行《義疏》引郭璞音「摠」作「總」，按《廣韻》「總」、「摠」二字音同。

413. 13-153 芏，夫王。

芏，他古反。

案：本條佚文輯自陸德明《經典釋文・爾雅音義》。宋本《釋文》「芏」譌作「芷」。

董、馬、黃、葉本引均同。余、嚴、王本均未輯錄。

《廣韻》「芏」音「他魯切」（透紐姥韻），與郭璞此音同。

414. 13-154 蘱，月爾。　郭注：即紫蘱也，似蕨，可食。

蘱，音其。

案：本條佚文輯自陸德明《經典釋文・爾雅音義》。《釋文》出「蘱」，注云：「郭音其，字亦作藄，紫藄茮也。」是陸氏所見郭璞本《爾雅》字作「蘱」，注作「紫蘱」，故云。唐石經、宋本《爾雅》字皆作「蘱」；《說文》艸部：「蘱，蘱月爾也」，字亦作「藄」，故邵晉涵云：「作『藄』者是也。」〔註551〕《集韻》之韻「藄」字釋云：「艸名，《說文》『藄月也』，郭璞曰『似蕨可食』。或作蘱。」

董、黃、葉本「蘱」均作「藄」。馬本「其」下有「字亦作藄，紫藄茮也」八字。余、嚴、王本均未輯錄。「字亦作藄，紫藄茮也」八字係陸德明語，馬氏誤輯。

《廣韻》無「蘱」字；「藄」音「渠之切」（群紐之韻）。《集韻》「藄」、「蘱」二字同音「居之切」（見紐之韻），又同音「渠之切」。郭璞音「其」，與《集韻》二音正同。（《廣韻》「其」有「居之」、「渠之」二切。）

〔註550〕王樹枏《爾雅郭注佚存補訂》，卷10，頁6下。
〔註551〕邵晉涵《爾雅正義》，《皇清經解》，卷517，頁35下。

415. 13-155 葴，馬藍。　郭注：今大葉冬藍也。

葴，音針。

案：《文選》卷二張衡〈西京賦〉：「草則葴莎菅蒯」，李善注引「《爾雅》曰：『葴，馬藍』，郭璞曰：『今大葉冬藍，音針。』」今本郭注無音。

王本將「音針」二字輯入今本郭注「冬藍也」之下。其餘各本均未輯錄。惟此音究屬郭璞《音義》或《注》之佚文，實難遽定，今暫存疑。

《廣韻》「葴」、「針」二字同音「職深切」（照紐侵韻）。《釋文》陸德明音「之林反」，亦同。

416. 13-156 姚莖涂薺。

莖，於耕反。

案：本條佚文輯自陸德明《經典釋文·爾雅音義》引施、郭。

董、馬、黃本引均同。余、嚴、葉、王本均未輯錄。

《廣韻》「莖」字凡二見：一音「戶耕切」（匣紐耕韻），一音「烏莖切」（影紐耕韻）。郭璞、施乾音「於耕反」，與「烏莖」音同；謝嶠音「戶耕反」，與「戶耕」切語全同。

417. 13-161 菤耳，苓耳。　郭注：《廣雅》云：「枲耳也，亦云胡枲。」江東呼為常枲，或曰苓耳。形似鼠耳，叢生如盤。

《廣雅》云：「枲耳也，亦云胡枲。」**胡葈也**，江東呼爲常枲，或曰苓耳。形似鼠耳，叢生如盤。〔注〕

案：《齊民要術》卷十「胡葈」引「《爾雅》云：『菤耳，苓耳。』《廣雅》云：『枲耳也，亦云胡枲。』郭璞曰：『胡葈也，江東呼爲常枲。』」今本郭注脫「胡葈也」三字，據補。各輯本均未輯錄。繆啓愉云：

> 《廣雅》云云，實際是郭璞注《爾雅》所引。郭璞注是這樣："《廣雅》云：'枲耳也，亦云胡枲。'江東呼爲'常枲'，或曰'苓耳'。形似'鼠耳'，叢生如盤。"或者《要術》將《廣雅》的引文歸還原出處，所以作這樣的分列，也可能有倒誤。又今本郭注沒有「胡葈也」的別名，這個別名，在《要術》以前書，也僅見於《要術》本目所引。〔註552〕

按《玉篇》艸部：「葈，胡葈，香荽。菜，同上。」是「胡葈」即「胡葈」。《毛詩·周南·卷耳》：「采采卷耳」，陸璣云：

> 卷耳一名枲耳，一名胡枲，一名苓耳。葉青白色，似胡葈。白華，細莖，

〔註552〕繆啓愉《齊民要術校釋》，頁 651～652。

蔓生。可蒸爲茹，滑而少味。四月中生子，正如婦人耳中璫，今或謂之耳

璫草。〔註553〕

然則卷耳與胡荽，實乃二物。〔註554〕郭璞此注云「胡荽也」，恐非。

418. 13-167 薦，麃。　　郭注：麃即莓也，今江東呼為薦莓，子似覆葐而大赤，酢甜可啖。

麃即莓也，今江東人呼爲薦莓，子似覆葐而大赤，酢甜可啖。〔注〕

案：邢昺《爾雅疏》引郭云「江東」下有「人」字，今本郭注脫去，據補。

王本「麃」作「薦」，「呼」作「評」，餘同。其餘各本均未輯錄。

419. 13-167 薦，麃。　　郭注：麃即莓也，今江東呼為薦莓，子似覆葐而大赤，酢甜可啖。

麃，蒲表反，又苻囂反。

案：本條佚文輯自陸德明《經典釋文·爾雅音義》。《釋文》云：「謝蒲表反，郭又苻囂反。」「郭」下有「又」字，是「蒲表」一音亦爲郭璞所注。

董、馬、黃本均未輯「蒲表反又」四字。余、嚴、葉、王本均未輯錄。

《廣韻》「麃」字凡二見：一音「薄交切」（並紐肴韻），一音「滂表切」（滂紐小韻）。郭璞、謝嶠並音「蒲表反」（並紐小韻），與「滂表」聲紐略異；郭又音「苻囂反」（奉紐宵韻），與「薄交切」聲當近同。在三國晉宋時期，肴宵二韻同屬宵部。參見 3-29「庸庸，慅慅，勞也」條案語注引周祖謨語。

420. 13-169 購，蔏蔞。　　郭注：蔏蔞，蔞蒿也，生下田，初出可啖，江東用羹魚。

蔞，似艾，音力侯反。〔音？〕

案：陸德明《經典釋文·爾雅音義》出「蔞」，注引郭音「力侯反」；又《毛詩音義·周南·漢廣》出「其蔞」，注引郭云：「似艾，音力侯反。」今本郭注無「似艾」二字，或爲郭璞《音義》之文。〔註555〕陸璣云：

蔞，蔞蒿也。其葉似艾，白色，長數寸，高丈餘，好生水邊及澤中。正月

〔註553〕陸璣《毛詩草木鳥獸蟲魚疏》，卷上，頁3上。

〔註554〕繆啓愉云：「"似胡荽"，菊科的蒼耳和繖形科的胡荽不能相像。懷疑《詩義疏》所解釋的"苓耳"，可能指繖形科的天胡荽（Hydrocotyle rotundifolia Roxb.），多年生匍匐草本，莖細弱，開白花，懸果略呈心臟形，也正像耳璫，而春末開花，夏月結子，更和"四月中生子"相符。」（《齊民要術校釋》，頁653。）

〔註555〕邵晉涵云：「《釋文》又引郭云『似艾』，蓋郭氏《音義》之文。」（《爾雅正義》，《皇清經解》，卷517，頁38下。）

根牙生，旁莖正白，生食之，香而脆美。其葉又可蒸爲茹。〔註556〕

嚴本據《毛詩音義》輯爲郭璞《音》。董本據《爾雅音義》輯錄；黃本同，又據《毛詩音義》輯錄。馬本脫一「音」字，餘同《毛詩音義》。葉、王本並僅輯「似艾」二字，王本輯入今本郭注「蔞蒿也」之下，其說無據。余本未輯錄。

《廣韻》「蔞」字凡三見：一音「力朱切」（來紐虞韻），一音「落侯切」（來紐侯韻），一音「力主切」（來紐麌韻，虞麌二韻平上相承）。郭璞音「力侯反」，與「落侯」音同。

421. 13-177 芣苢，馬舄。馬舄，車前。　郭注：今車前草。大葉，長穗，好生道邊，江東呼爲蝦蟆衣。

今車前草。大葉，長穗，好生道邊，江東呼爲蝦蟆衣。《周書》所載同名耳，非此芣苢。〔注〕

案：《太平御覽》卷九百九十八〈百卉部五・芣苢〉引《爾雅》曰：「芣苢，馬舄；馬舄，車前也」，下引郭璞曰：「今車前草。大葉，長穗，好生道邊，江東呼蝦蟆衣。《周書》所載同名耳，非此芣苢。」盧文弨云：

> 宋本注末尚有「《周書》所載同名耳，非此芣苢」十一字，《御覽》九百九十所引正同。〔註557〕

按今所見宋本《爾雅》此注「周書」云云已脫去，今據《御覽》所引輯錄。

黃、王本引並同。余、嚴、董、馬、葉本均未輯錄。

郝懿行云：

> 《說文》：「芣苢，一名馬舄，其實如李，令人宜子，《周書》所說。」此本〈王會〉篇文。《繫傳》亦引韓《詩》：「芣苢，木名，實如李。」並與《爾雅》不合，《詩釋文》辨其誤也。故《御覽》九百九十八引郭注「蝦蟆衣」下有「《周書》所載同名耳，非此芣苢」十一字，爲今本所無，蓋脫去之。〔註558〕

按《逸周書・王會解》：「康民以桴苡者，其實如李，食之宜子。」此「桴苡」專指木名，與車前草之芣苢不同，故郭璞此注云：「《周書》所載同名耳，非此芣苢。」《圖贊》又云：「車前之草，別名芣苢。〈王會〉之云：『其實如李』，名之相亂，在

〔註556〕陸璣《毛詩草木鳥獸蟲魚疏》，卷上，頁2下。
〔註557〕盧文弨《經典釋文攷證・爾雅音義下攷證》，頁4上。劉玉麐亦云：「《御覽》卷九百九十八引註末云：『《周書》所載同名耳，非此芣苢』，蓋亦郭註。」（《爾雅校議》，卷下，頁11下。）
〔註558〕郝懿行《爾雅義疏》，《爾雅廣雅方言釋名清疏四種合刊》，頁263下。

乎疑似。」陳逢衡云：

> 《詩釋文》云：「《山海經》及《周書·王會》皆云：『茮莍，木也，實似李，食之宜子。出於西戎。』」案《山海經·西山經》：「崇吾之山有木焉，員葉而白柎，赤華而黑理，其實如枳，食之宜子孫。」說與《周書》相似，然未明言是茮莍。蓋康人所獻者自是茮莍木，〈周南〉所咏者自是茮莍草，以其食之均能宜子，故異物而同名。《藝文類聚》引郭氏《圖贊》曰：「車前之草，別名茮莒。〈王會〉之云：『其實如李』，名之相亂，在乎疑似。」此贊分疏，確切不易。〔註559〕

劉師培云：

> 案《詩·周南·茮莒·釋文》云：「《山海經》及《周書·王會》皆云：『茮莒，木也，實似李，食之宜子。出於西戎。』衛氏傳及許慎並同此，王肅亦同。王基已有駁難也。」據陸所引，似「桴莍者」三字下舊本當有「木也」二字，爲今本所無。《詩疏》引王基駁王肅云：「是茮莒爲馬舄之艸，非西戎之木也。」基以〈周南〉茮莒爲艸名，以《周書》桴莍爲西戎之木，則《周書》固有釋莍爲木之語矣。《爾雅·釋艸》「茮莒」郭注曰：「《周書》所載同名耳，非此茮莒〔案：應作「莒」。〕。」與王基說同，蓋亦以艸木之類區之也。〔註560〕

陳、劉二氏說均甚詳，確然可從。

422. 13-185 藬，蕐，荼。

荼，音徒，又音蛇。

案：本條佚文輯自陸德明《經典釋文·爾雅音義》。

馬、黃本引並同。董本未輯又音。余、嚴、葉、王本均未輯錄。

《廣韻》「荼」字凡三見：一音「同都切」（定紐模韻），一音「食遮切」（神紐麻韻），一音「宅加切」（澄紐麻韻）。郭璞音「徒」與「同都」同；又音「蛇」與「食遮」同。

423. 13-185 焱，蘪，芀。

蘪，方驕反。

案：本條佚文輯自陸德明《經典釋文·爾雅音義》。

〔註559〕陳逢衡《逸周書補注》，卷17，頁54。

〔註560〕劉師培《周書補正》，卷5，頁14下～15上。孔穎達《毛詩·周南·茮莒·正義》引王基駁王肅語原云：「〈王會〉所記雜物奇獸，皆四夷遠國各齎土地異物以爲貢贄，非周南婦人所得采，是茮莒爲馬舄之草，非西戎之木也。」

董、馬、黃本引均同。余、嚴、葉、王本均未輯錄。

《廣韻》「蔍」字凡三見：一音「甫嬌切」（非紐宵韻），一音「普袍切」（滂紐豪韻），一音「平表切」（並紐小韻）。郭璞音「方驕反」，與「甫嬌」音同。

424. 13-187 其萌虇。　郭注：今江東呼蘆筍為虇，然則萑葦之類其初生者皆名虇。音繾綣。

虇，音綣，丘阮反。

案：本條佚文輯自陸德明《經典釋文・爾雅音義》。宋本《釋文》「虇」謂作「虇」。《釋文》云：「本或作虇，非。虇音權，《說文》云：『弓曲也。』」是《釋文》大字應作「虇」。宋本《爾雅》郭注末有「音繾綣」三字。

馬本引同。董本未輯「丘阮反」三字。黃本「丘」作「邱」。葉本「綣」謂作「睠」，「丘」謂作「印」。余、嚴、王本均未輯錄。

《廣韻》「虇」、「綣」二字同音「去阮切」（溪紐阮韻），又同音「去願切」（溪紐願韻，阮願二韻上去相承）。「丘阮」與「去阮」音同。葉本作「睠」（見紐線韻，《廣韻》音「居倦切」），與「綣」音不合。

425. 13-188 蘤，荂，蕐，華，榮。　郭注：〈釋言〉云：「華，皇也。」今俗呼草木華初生者為荂，音豨豬。蘤猶敷蘤，亦華之貌，所未聞。

〈釋言〉云：「華，皇也。」今俗呼草木華初生者爲荂，音豨豬。蘤猶敷蘤，亦**草木華之貌，所未聞。**〔注〕

案：徐鍇《說文解字繫傳》卷二艸部「荂」注引「《爾雅》：『蘤，荂，蕐，華榮』，注云：『華，蕐也。今俗謂草木華初生者爲荂。蘤猶敷蘤，亦草木華之兒，所未詳。』」今本郭注脫「亦」字下「草木」二字，據補。《文選》卷五左思〈吳都賦〉李善注引「《爾雅》曰：『蘤，榮也』，郭璞曰：『蘤猶敷蘤，亦草之貌也。』」

王本「呼」作「評」，「聞」作「詳」，餘同，云：

> 今本作「所未聞」，既謂蘤爲敷蘤矣，不得更言未聞，《繫傳》作「未詳」
>
> 是也。〔註561〕

說亦可參。其餘各本均未輯錄。

426. 13-188 蘤，荂，蕐，華，榮。　郭注：〈釋言〉云：「華，皇也。」今俗呼草木華初生者為荂，音豨豬。蘤猶敷蘤，亦華之貌，所未聞。

荂，音豨，羊捶反。

〔註561〕王樹枏《爾雅郭注佚存補訂》，卷13，頁25上。

案：本條佚文輯自陸德明《經典釋文・爾雅音義》。《通志堂經解》本《釋文》「捶」作「棰」，《集韻》紙韻「捶」、「棰」二字同音「主蘂切」。今本郭注亦有「音獮豬」三字。

董本未輯「羊捶反」三字。馬本「獮」誤作「橢」，「捶」作「棰」。黃本「捶」亦作「棰」。余、嚴、葉、王本均未輯錄。

《廣韻》「芛」字凡二見：一音「羊捶切」（喻紐紙韻），一音「餘律切」（喻紐術韻）。郭璞音「獮」，與「羊捶」音同。又參見第七章第二節謝嶠《爾雅音》「蕍，芛，葟，華，榮」條案語。

427. 13-191 荄，根。

荄，音皆。

案：本條佚文輯自陸德明《經典釋文・爾雅音義》。

董、黃本引並同。余、嚴、馬、葉、王本均未輯錄。

《廣韻》「荄」字凡二見：一音「古諧切」（見紐皆韻），一音「古哀切」（見紐咍韻）。郭璞音「皆」，與「古諧」音同；謝嶠、顧野王並音「該」，與「古哀」音同。在晉宋時期，「皆」、「該」二音同屬皆部，聲當相近（「該」為一等字，「皆」為二等字）。〔註 562〕

428. 13-194 不榮而實者謂之秀，榮而不實者謂之英。

案：陸德明《經典釋文・爾雅音義》出「不榮而實者謂之秀」，注云：「眾家並無『不』字，郭雖不注，而《音義》引不榮之物證之，則郭本有『不』字。」是陸氏所見各本《爾雅》「榮」上均無「不」字，惟據《音義》引不榮之物推測郭本應有「不」字。黃侃云：

據有「不」字，則「秀」兼榮與不榮二義。禾黍之秀，榮而實者也。郭注引不榮而實之物，今不知何指。殆文光古度、阿馹天仙之類歟。〔註 563〕

按《爾雅》此訓，應以無「不」字為是。江藩云：

案郭引不榮之物，不知為何物也。然經文「木謂之華，草謂之榮，榮而實者謂之秀，榮而不實者謂之英」，皆對舉成文，不應有「不」字矣。即有不榮而實者，亦不過一二種耳，經文豈有略其習見者而獨著其不習見者耶？郭本恐誤。〔註 564〕

〔註 562〕參見周祖謨《魏晉南北朝韻部之演變》，頁 10～11，133～134。
〔註 563〕黃侃《爾雅音訓》，頁 238。
〔註 564〕江藩《爾雅小箋》，卷下之上，《續修四庫全書》，冊 188，頁 48 下。

阮元亦云：

> 陸德明云：「眾家並無不字。」按當從眾家無「不」字。《詩・生民》：「實發實秀」，毛《傳》曰：「榮而實曰秀。」《正義》本衍「不」字，因曲爲之說曰：「彼是英秀對文，以英爲不實，故以秀爲不榮。其實黍稷皆先榮後實，〈出車〉云『黍稷方華』，是嘉穀之秀必有榮也。此《傳》因彼成文而引之耳。」高誘注《淮南子・時則》及〈本經〉篇皆引《爾雅》「榮而實曰秀」，俗本亦增「不」字。〔註565〕

說均可從。《藝文類聚》卷八十一〈藥香草部上・草〉引《爾雅》曰：「草謂之榮，榮而實謂之英。」所引亦無「不」字。

又嚴元照、汪文臺等均以爲《爾雅》此訓應有「不」字，與前說不同。嚴元照云：

> 《詩・豳風・七月》：「四月秀葽」，《傳》云：「不榮而實曰秀」，《正義》曰：「〈釋草〉云『華榮也』云云，則彼以英秀對文，故以英爲不實，秀爲不榮。」又〈大雅・生民〉：「實發實秀」，《傳》云：「不榮而實曰秀」，《正義》曰：「〈釋草〉文，……彼以英秀對文，以英爲不實，故以秀爲不榮。其實黍稷皆先榮後實，〈出車〉云『黍稷方華』，是嘉穀之秀必有榮也。此《傳》因彼成文而引之耳。」据《釋文》云「眾家並無不字」，豈毛《傳》「不」字後人据郭本竄入者，而《正義》不能辨邪？又案《呂覽・孟夏紀》：「苦菜秀」，高誘注：「《爾雅》云『不榮而實曰秀，榮而不實曰英』，苦菜當言英者也。」又《淮南・時則》：「苦菜秀」，注云：「《爾雅》曰『不榮而實曰秀』，苦菜宜言榮也。」又〈本經〉：「長苗秀」，注云：「不榮而實曰秀也。」此郭所本邪？抑皆後人所增入者邪？〔註566〕

汪文臺云：

> 案眾家並無「不」字，陸氏自據當時所見本言耳，實不盡然。《詩・七月》、《生民・傳》皆云：「不榮而實曰秀」；《淮南子・時則訓》注引《爾雅》曰：「不榮而實曰秀」，〈本經訓〉注同；《御覽》引《月令章句》曰：「不榮而實謂之秀」；《文選・思元賦》某氏舊注：「不華而實謂之秀。」是毛公、高誘、蔡邕、某氏與郭注所據《爾雅》並有「不」字。《校記》謂《生民・傳》本無「不」字，案《正義》、《釋文》於各本異同纖悉畢載，此既無文，何由知之？又不檢勘〈豳風・七月〉先有是《傳》，未審也。《淮

〔註565〕阮元《爾雅挍勘記》，《皇清經解》，卷1035，頁29。
〔註566〕嚴元照《爾雅匡名》，卷13，《皇清經解續編》，卷508，頁28。

南子》注，檢《道藏》本、莊氏、王氏新刻本皆同，所云不俗之本亦今世所無，偏據一語而盡廢諸書，己意私定而即指爲古本，此說之難持者也。而臧君庸、段君玉裁能之，然不可爲訓。〔註567〕

嚴、汪二氏之說，亦頗有理。今疑《爾雅》古有二本，一本作「榮而實者謂之秀，榮而不實者謂之英」，即陸德明所謂「眾家」之本；一本作「不榮而實者謂之秀，榮而不實者謂之英」，即高誘、蔡邕等所據之本。據《釋文》可知郭璞本《爾雅》無「不」字，與眾家本同；《音義》引不榮之物證之，則係包羅別本之說。今所見郭璞注本作「不榮而實」，當係後人所添入。此乃師說不同，似不必偏執是非。

黃本照錄《釋文》語，「不注」謳作「不音注」。馬本輯錄「不榮之物」四字。按《釋文》云「《音義》引不榮之物證之」，是「不榮之物」四字非《音義》佚文。

〈釋木〉

429. 14-1 栲，山榎。　郭注：今之山楸。

櫄，山楸也，梓屬，葉小為櫄。

案：本條佚文輯自慧琳《一切經音義》卷八十八〈釋法琳本傳卷第四〉「松櫄」注引郭注《尒雅》。陸德明《經典釋文·爾雅音義》出「榎」，注云：「舍人本又作櫄。」王樹枬云：

榎、櫄同字，慧琳蓋用舍人本改郭注也。郭注「小葉曰榎」云：「楸葉細者爲榎。」則慧琳所引此文爲郭氏原注無疑，據補。〔註568〕

王氏將「也梓屬葉小爲榎」七字輯入今本郭注「山楸」之下，惟慧琳所引究係郭璞《音義》或《注》之佚文，實難遽定，今暫存疑。《說文》有「櫄」無「榎」，《玉篇》木部：「櫄，山楸也。榎，同上。」

430. 14-1 栲，山榎。

栲，地刀反，又他皓反。

案：本條佚文輯自陸德明《經典釋文·爾雅音義》。《釋文》云：「地刀反，郭又他皓反。」「郭」下有「又」字，是「地刀」一音亦爲郭璞所注。盧文弨改作「他刀反」，云：「舊謳地刀反，今改正。」〔註569〕宋本《釋文》「栲」作「栲」。

董、黃、葉本均未輯錄「地刀反又」四字。馬本「地」作「他」。余、嚴、王本均未輯錄。

〔註567〕汪文臺《十三經注疏校勘記識語》，卷4，頁22。
〔註568〕王樹枬《爾雅郭注佚存補訂》，卷14，頁1上。
〔註569〕盧文弨《經典釋文攷證·爾雅音義下攷證》，頁4下。

《廣韻》「梼」字凡二見：一音「土刀切」（透紐豪韻），一音「他浩切」（透紐皓韻，豪浩二韻平上相承）。郭璞音「地刀反」（定紐豪韻），與「土刀」聲紐略異；又音「他皓反」，與「他浩」音同。盧文弨、馬國翰改「地刀」作「他刀」，則與《廣韻》「土刀切」音同。

431. 14-2 栲，山樗。　郭注：栲似樗，色小白，生山中，因名云。亦類漆樹。

栲似樗，色小白，生山中，因名云。亦類漆樹。**俗語曰：櫄樗栲漆，相似如一。**〔注〕

案：孔穎達《毛詩・唐風・山有樞・正義》引〈釋木〉郭璞曰：「栲似樗，色小而白，生山中，因名云。亦類漆樹。俗語曰：櫄樗栲漆，相似如一。」唐慎微《證類本草》卷十四〈木部下品・椿木葉〉引《圖經》引「《爾雅》云：『栲，山樗』，郭璞注云：『栲似樗，色小白，生山中，因名。亦類漆也。俗語云：櫄樗栲漆，相似如一。』」邢昺《爾雅疏》引郭云亦有「俗語」以下十一字，今據《毛詩正義》所引補。又《毛詩正義》引郭璞語「色小」下有「而」字，當係衍文。

嚴、黃、葉、王本均據《毛詩正義》輯補「俗語」云云，黃本「相」譌作「桐」，葉本誤脫「一」字，王本「漆」作「桼」。余、董、馬本均未輯錄。邵晉涵《正義》引郭注亦有「俗語曰」云云，云：

> 《詩疏》引郭註多「俗語曰：櫄樗栲漆，相似如一」十一字，《釋文》則以爲《方志》之文也，今据《詩疏》增補。〔註570〕

按陸德明《經典釋文・爾雅音義》出「栲」，注引《方志》云：「櫄樗栲漆，相似如一」，文與此同。盧文弨云：

> 《詩・山有樞・正義》引郭注「漆樹」下有「俗語」云云，陸所見本無之。〔註571〕

葉蕙心云：

> 《詩疏》引郭注「俗語」十字，《釋文》引以爲《方志》，《方志》疑即郭所謂俗語也。〔註572〕

說均可從。郝懿行云：

> 《爾雅釋文》引《方志》云「櫄樗栲漆，相似如一」，《詩正義》引作俗語，

〔註570〕邵晉涵《爾雅正義》，《皇清經解》，卷518，頁2上。

〔註571〕盧文弨《經典釋文攷證・爾雅音義下攷證》，頁4下。

〔註572〕葉蕙心《爾雅古注斠》，卷下，頁13下～14上。

蓋當時方俗之言，故陸、孔並援之。邵氏補入郭注，非也。〔註573〕

今檢孔穎達、唐慎微、邢昺所引，可證「俗語」云云確係郭璞《爾雅注》佚文，郝說恐誤。

432. 14-2 栲，山樗。

栲，姑老反。

案：本條佚文輯自陸德明《經典釋文·爾雅音義》。

董、馬、黃、葉本引均同。余、嚴、王本均未輯錄。

《廣韻》「栲」音「苦浩切」（溪紐皓韻）。郭璞音「姑老反」（見紐皓韻），與「苦浩」聲紐略異。

433. 14-6 梅，枏。　　郭注：似杏，實酢。

枏木似水楊。〔音〕

案：《文選》卷二張衡〈西京賦〉：「木則樅栝椶枏，梓棫楩楓」，李善注引「《爾雅》曰：『梅，枏』，郭璞曰：『枏木似水楊。』」所引與今本郭注不同。

葉本脫「木」字，云：

　　郭注云：「似杏，實酢」，《文選注》引郭注蓋《音義》文，與《注》異，
　　孫、樊注皆不以爲似杏之梅。〔註574〕

說應可從。其餘各本均未輯錄。又參見本章第三節 14-6「梅，枏」條案語。

434. 14-7 柀，襏。

襏，音芰，又音纖。

案：本條佚文輯自陸德明《經典釋文·爾雅音義》。《集韻》鹽韻「襏」音「思廉切」，釋云：「木名，似松，可爲船及作柱，埋之不腐。郭璞說。」「思廉」與「纖」音同。

馬本引同。董、葉本並未輯又音。黃本輯作「襏，字或作杉，郭音芰，又音纖」。余、嚴、王本均未輯錄。「字或作杉」四字係陸德明語，黃氏誤輯。

《釋文》出「襏」，注云：「字或作杉，所咸反。」《廣韻》作「樧」，與「杉」同音「所咸切」（疏紐咸韻），釋云：「木名，似松，《爾雅》又作襏。」郭璞音「芰」（疏紐衘韻，《廣韻》音「所衘切」），即是讀「襏」爲「杉」。《集韻》衘韻：「樧，《說文》木也，或省，亦作杉。」郭璞又音「纖」（心紐鹽韻，《廣韻》音「息廉切」），不詳所據。

〔註573〕郝懿行《爾雅義疏》，《爾雅廣雅方言釋名清疏四種合刊》，頁 267 上。
〔註574〕葉蕙心《爾雅古注斠》，卷下，頁 14 上。

435. 14-9 杻，檍。

杻，汝九反。

案：本條佚文輯自陸德明《經典釋文·爾雅音義》引呂、郭。

董、馬、黃、葉本引均同。余、嚴、王本均未輯錄。

《廣韻》「杻」字凡二見：一音「女久切」（娘紐有韻），一音「敕久切」（徹紐有韻）。郭璞音「汝九反」（日紐有韻），當係「女久」一聲之轉。參見 2-179「剢，膠也」條案語注引章太炎語。《釋文》陸德明音「女九反」，與「女久」音同。

436. 14-13 檴，落。　郭注：可以為杯器素。

檴，音穫。〔注〕

案：《毛詩·小雅·大東》：「有洌氿泉，無浸檴薪」，鄭《箋》：「檴，落木名也」，孔穎達《正義》云：「『檴落』，〈釋木〉文，文在〈釋木〉，故為木名。……郭璞曰：『檴音穫，可為杯器素也。』」〔註575〕今本郭注無音，當據補。

王本引同，且輯入今本郭注「可以」之上。黃本「檴」作「穫」。余、嚴、董、馬、葉本均未輯錄。

《廣韻》「檴」字凡二見：一音「胡化切」（匣紐禡韻），一與「穫」同音「胡郭切」（匣紐鐸韻）。黃本作「穫」（匣紐麥韻，《廣韻》音「胡麥切」），在三國晉時期，鐸韻「檴」字與麥韻「穫」字同屬藥部。〔註576〕

437. 14-14 柚，條。

柚，或作櫾。〔音〕

案：《太平御覽》卷九百七十三〈果部十·柚〉題下注引《尒雅音義》曰：「或作櫾。」所引應即郭璞《音義》。

黃本引同。其餘各本均未輯錄。

「柚」與「櫾」通。陸德明《經典釋文·爾雅音義》出「柚」，注云：「或作櫾。」《集韻》宥韻：「柚，《說文》：『條也，似橙而酢。』……或作櫾。」嚴元照云：

案《說文》「柚」、「櫾」義異，此因古「由」字多作「繇」，故從「由」者亦從「繇」爾。〔註577〕

438. 14-15 時，英梅。　郭注：雀梅。

〔註575〕阮元云：「案上『檴』當作『檴』。……此郭璞自為音耳。」（《毛詩校勘記》，《皇清經解》，卷844，頁3下。）

〔註576〕參見周祖謨《魏晉南北朝韻部之演變》，頁541～542。

〔註577〕嚴元照《爾雅匡名》，卷14，《皇清經解續編》，卷509，頁3上。

英梅，未聞。

案：《齊民要術》卷四〈種梅杏第三十六〉引「《爾雅》曰：……『時，英梅也』，郭璞注曰：……『英梅，未聞。』」所引郭注與今本異。按英梅與雀梅實不同物，[註578] 故邵晉涵云：

> 《齊民要術》引郭註云「英梅，未聞」，與今本異。雀梅者，《本草別錄》云：「一名千雀，葉與實俱如麥李，是梅之別種也。」案傳記多言梅，此舉其種之異者言之，下文釋桃李亦然。[註579]

郝懿行則以爲今本郭注「雀梅」二字非郭璞所注，云：

> 《爾雅》英梅、《説文》梜梅，蓋非果類，故〈南都賦〉「梜柘檍檀」連言，可知梜梅非果類矣。《要術》引郭此注「英梅未聞」，然則今注「雀梅」非郭語也。[註580]

惟郝說亦無的證。劉玉麔云：

> 《齊民要術》引註云「英梅未聞」，而《繫傳》引註云「今之雀梅」，豈郭註本作「英梅未聞，或曰今之雀梅」，今本爲後人刪逸耶？[註581]

說亦可參。

黃、葉本引並同。嚴本在今本郭注下注云：「《齊民要術》引郭註云：『英梅，未聞』，與今本異。」余、董、馬、王本均未輯錄。

439. 14-16 椵，柜椺。

柜，音舉。

案：本條佚文輯自陸德明《經典釋文·爾雅音義》。

馬、黃、葉本引均同。余、嚴、董、王本均未輯錄。

《廣韻》「柜」、「舉」二字同音「居許切」（見紐語韻）。

440. 14-16 椵，柜椺。　郭注：未詳。或曰椺當爲柳。柜椺似柳，皮可煮作飲。

椺，音邙。又作柳，良久反。

〔註578〕「英梅」即《説文》之「梜梅」，邵晉涵云：「《説文》云：『梜，梅也。』《繫傳》引『時英梅』爲證。……是爲似杏實酢之梅也。」（《爾雅正義》，《皇清經解》，卷518，頁4下。）「雀梅」一名「郁李」，陸璣云：「唐棣，奧李也，一名雀梅，亦曰車下李，所在山中皆有，其花或白或赤，六月中成實，大如李子，可實。」（《毛詩草木鳥獸蟲魚疏》，卷上，頁7下。）
〔註579〕邵晉涵《爾雅正義》，《皇清經解》，卷518，頁4下。
〔註580〕郝懿行《爾雅義疏》，《爾雅廣雅方言釋名清疏四種合刊》，頁269上。
〔註581〕劉玉麔《爾雅校議》，卷下，頁14下。

案：本條佚文輯自陸德明《經典釋文‧爾雅音義》。《通志堂經解》本《釋文》「柳音邛」譌作「柳音卬」。嚴元照云：

> 《五經文字》：「柳，音邛。」《玉篇》云：「柳，渠容切，柳柜柳。」《廣韻》三鍾云：「柳，渠容切，柜柳。」案卬从匕、从卩，讀伍岡切；邛从邑、工聲，讀巨凶切，二字迥異。以臆言之，从邛爲長。柜柳雙聲，猶艸之名邛鉅也。艸木蟲鳥之名多相出入。《說文》木部有「柳」無「柳」。〔註582〕

黃焯亦云：「案作柳邛是也。」〔註583〕唐石經、宋本《爾雅》此訓與郭注字均作「柳」。

馬本譌作「柳音卬」。黃本譌作「柳音卬」，無「又作」以下六字。余、嚴、董、葉、王本均未輯錄。按郭注云：「或曰柳當爲柳」，然則「又作柳」云云，或亦郭璞所注。

《廣韻》「柳」、「邛」二字同音「渠容切」（群紐鍾韻）。又《廣韻》「柳」音「力久切」（來紐有韻），與郭璞音「良久反」同。邵晉涵云：

> 「或曰柳當爲柳」，存異說也。《玉篇》云「柳，柜柳」，與或說同。柜柳，後世謂之欅柳，葉似樗而狹長，大者高數丈，皮塵厚。〔註584〕

按李時珍《本草綱目》卷三十五〈木之二‧欅〉：

> 其樹高舉，其木如柳，故名。山人訛爲鬼柳。郭璞注《爾雅》作柜柳，云似柳，皮可煮飲也。

然則今本郭注「柜柳」當作「柜柳」。

441. 14-17 栩，杼。

栩，香羽反，又音羽。

案：本條佚文輯自陸德明《經典釋文‧爾雅音義》。《釋文》云：「香羽反，郭又音羽。」「郭」下有「又」字，是「香羽」一音亦爲郭璞所注。

馬、黃本並未輯「香羽反又」四字。余、嚴、董、葉、王本均未輯錄。

《廣韻》「栩」字凡二見：一音「王矩切」（爲紐麌韻），一音「況羽切」（曉紐麌韻）。郭璞音「香羽反」，與「況羽」音同；又音「羽」，與「王矩」音同。

442. 14-17 栩，杼。　郭注：柞樹。

杼，音嘗汝反，樹也。

〔註582〕嚴元照《爾雅匡名》，卷14，《皇清經解續編》，卷509，頁3下。
〔註583〕黃焯《經典釋文彙校》，頁280。
〔註584〕邵晉涵《爾雅正義》，《皇清經解》，卷518，頁4下～5上。

案：本條佚文輯自杜臺卿《玉燭寶典》卷十一引郭璞音。「樹也」句疑有闕文。

《廣韻》「杼」字凡二見：一音「直呂切」（澄紐語韻），一音「神與切」（神紐語韻）。郭璞音「嘗汝反」（禪紐語韻），與「神與」聲紐略異。陸德明《經典釋文·爾雅音義》出「杼」，注引謝嶠音「嘗汝反」，與郭璞音切語全同。

443. 14-19 蕛，莖。　　郭注：今之刺榆。

《詩》云：「山有樞。」今之刺榆。〔注〕

案：《太平御覽》卷九百五十六〈木部五·榆〉引《爾雅》曰：「蕛，莖」，注引郭璞曰：「《詩》云：『山有樞。』今之刺榆。」今本郭注脫「《詩》云『山有樞』」五字，據補。

嚴、王本及邵晉涵《正義》均將「《詩》云」以下五字輯入郭注，嚴本及《正義》「云」並作「曰」，「樞」並作「蕛」；王本「云」亦作「曰」，「樞」作「蕛」，又「榆」下有「也」字。葉本僅輯錄「《詩》曰『山有蕛』」五字。余、董、馬、黃本均未輯錄。

陸德明《經典釋文·爾雅音義》出「蕛」，注云：「烏侯反。《詩》云『山有樞』是也。本或作蕛，同。」今本《毛詩》作「樞」，《隸釋》卷十四載石經《魯詩》殘碑作「蕛」。嚴元照云：

> 《詩》今作「樞」，漢石經作「蕛」，艸木偏旁通借耳。艸下从樞，則俗字也。〔註585〕

444. 14-19 蕛，莖。

莖，直基反。

案：本條佚文輯自陸德明《經典釋文·爾雅音義》。

董、黃、葉本引均同，惟葉本輯為〈釋木〉14-18「味莖著」條佚文，說不可從。按《釋文》次序應輯入本條。余、嚴、馬、王本均未輯錄。

《廣韻》「莖」字凡二見：一音「直尼切」（澄紐脂韻），一音「徒結切」（定紐屑韻）；又屑韻「莖」下有又音「治」（澄紐之韻，《廣韻》音「直之切」）。郭璞音「直基反」，與屑韻又音同；謝嶠音「大結反」，與「徒結」音同。《集韻》之韻「莖」音「澄之切」，當即本郭璞此音。

445. 14-23 杻者聊。

杻，音糾，又居幽反，又音皎。

〔註585〕嚴元照《爾雅匡名》，卷14，《皇清經解續編》，卷509，頁4上。

案：本條佚文輯自陸德明《經典釋文・爾雅音義》。《通志堂經解》本《釋文》「杺」作「枓」，盧文弨云：「字從丩，舊從斗非，今改正。」〔註586〕黃焯亦云：「枓字誤。」〔註587〕宋本《釋文》「糾」譌作「紏」。

馬本引同。董本未輯二又音。黃本「杺」作「枓」。余、嚴、葉、王本均未輯錄。

《廣韻》「杺」字凡三見：一音「居求切」（見紐尤韻），一音「居虯切」（見紐幽韻），一音「居黝切」（見紐黝韻，幽黝二韻平上相承）。郭璞音「糾」，與「居黝」音同；又音「居幽反」，與「居虯」音同；又音「皎」（見紐篠韻，《廣韻》音「古了切」），不詳所據。《集韻》篠韻「杺」音「吉了切」，釋云：「木也，《爾雅》『杺者聊』」，當即本郭璞此音。

446. 14-25 梫，木桂。

梫，音浸。

案：本條佚文輯自陸德明《經典釋文・爾雅音義》。

董、馬本引並同。黃本「浸」下有「或初林反，一音侵」七字。葉本「浸」作「侵」。余、嚴、王本均未輯錄。「初林反」及「侵」音應係陸德明所注，非郭璞音，黃氏誤輯。

《廣韻》「梫」字凡三見：一音「子心切」（精紐侵韻），一音「楚簪切」（初紐侵韻），一音「七稔切」（清紐寑韻）。郭璞音「浸」，按《廣韻》「浸」一音「七林切」（清紐侵韻），一音「子鴆切」（精紐沁韻）；讀前音則與「子心」聲紐略異，與「七稔」聲調不同（侵寑二韻平上相承），讀後音則與「子心」聲調不同（侵沁二韻平去相承）。

447. 14-35 楰，鼠梓。

楰，音庾，又音瑜。

案：本條佚文輯自陸德明《經典釋文・爾雅音義》。

馬本引同。董、葉本並未輯又音。黃本「瑜」作「榆」。余、嚴、王本均未輯錄。

《廣韻》「楰」字凡二見：一與「瑜」同音「羊朱切」（喻紐虞韻），一與「庾」同音「以主切」（喻紐麌韻，虞麌二韻平上相承）。黃本作「榆」，亦與「羊朱」音同。

448. 14-39 櫟，其實梂。　郭注：有梂彙自裹。

《小尒雅》：「子為橡」，在彙斗中自含裹，狀梂彚然。〔音〕

案：杜臺卿《玉燭寶典》卷十一引「《尒雅》：……『櫟，其实梂』，……《音義》

〔註586〕盧文弨《經典釋文攷證・爾雅音義下攷證》，頁4下。
〔註587〕黃焯《經典釋文彙校》，頁280。

曰：『《小尒雅》：「子爲橡」，在彙升中自含裹，狀㦸蕟然。』」所引當即郭璞《音義》佚文。「升」應爲「斗」字之譌，今逕改正。

櫟實名梂，亦謂之橡。《小爾雅·廣物》：「柞之實謂之橡」，胡承珙云：

〈大雅·緜〉：「柞棫拔矣」，《箋》云：「柞，櫟也。」《爾雅·釋木》：「櫟，其實梂。」《詩疏》引孫炎注云：「櫟實，橡也，有梂彙自裹也。」《爾雅》云：「栩，杼」，郭注：「柞樹也。」〈唐風·鴇羽〉：「集于苞栩」，陸璣《疏》云：「今柞櫟也，徐州人謂櫟爲杼，或謂之爲栩。其子爲阜斗。其殼爲汁，可以染阜，今京洛及河內多言杼汁。謂櫟爲杼，五方通語也。」案「栩」、「杼」同音，「杼」與「橡」又一聲之轉。《説文》：「栩，杼也。從木、羽聲。其阜一曰樣。」「樣，栩實也。」「樣」即「橡」字。又云：「阜斗，櫟實也，一曰象斗。」鄭注《周官·掌染草》云藍蒨象斗之屬，是「橡」本作「象」。今案橡似栗而圓，近蒂處有梂彙自裹，謂之象斗，可用以染。其實如小栗而微長者爲杼，與橡相似而微不同，要之皆柞實也。〔註588〕

其說可爲郭璞此注參證。

449. 14-41 楔，荊桃。　郭注：今櫻桃。

楔，音戛。

案：《初學記》卷二十八〈果木部·櫻桃第四〉引「《爾雅》曰：『楔，荊桃』，郭璞注：『今櫻桃也。楔音戛。』」今本郭注無音。

王本在今本郭注「今櫻桃」之下補「也」字及音，惟此音究屬郭璞《音義》或《注》之佚文，實難遽定，今暫存疑。其餘各本均未輯錄。

《廣韻》「楔」字凡二見：一音「古黠切」（見紐黠韻），一音「先結切」（心紐屑韻）。郭璞音「戛」，與「古黠」音同。鄭樵《爾雅注》亦云：「音戛，今櫻桃也。」

450. 14-42 楒桃，山桃。　郭注：實如桃而小，不解核。

楒，音斯，又音雌。

案：本條佚文輯自陸德明《經典釋文·爾雅音義》。杜臺卿《玉燭寶典》卷一：「栭桃，山桃也」，下引《尒雅》郭璞注：「实如桃而小，不解核。栭音斯，一音雌

〔註588〕胡承珙《小爾雅義證》，卷8，頁5。文中引《說文》「阜斗，櫟實也，一曰象斗」句，今《說文》「阜」作「草」，徐鉉等云：「今俗以此爲艸木之艸，別作『阜』字爲黑色之阜。案樂〔案：應作「櫟」。〕實可以染帛爲黑色。……今俗書『阜』，或從白從十，或從白從七，皆無意義，無以下筆。」段玉裁云：「按草斗之字俗作『阜』作『皀』，於六書不可通。」（《説文解字注》，卷1下，頁52下，艸部「草」字注。）

也。」所引音與《釋文》同。

　　馬、黃本引並同《釋文》。董本未輯又音。余、嚴、葉、王本均未輯錄。

　　《廣韻》「櫬」音「息移切」（心紐支韻）。郭璞音「斯」與「息移」同；又音「雌」（清紐支韻，《廣韻》音「此移切」），與「息移」聲紐略異。《集韻》「櫬」有「相支」、「七支」二切，與郭璞二音正同。

451. 14-44 棗，壺棗。　　郭注：今江東呼棗大而銳上者為壺，壺猶瓠也。

　　今江東呼棗大而銳上者爲壺**棗**，壺猶瓠也。〔注〕

　　案：《初學記》卷二十八〈果木部‧棗第五〉引「《爾雅》曰：『棗，壺棗』，郭璞曰：『今江東呼大而銳上者爲壺棗，壺猶瓠也。』」今本郭注脫一「棗」字，據補。鄭樵《爾雅注》引郭云：「棗大而銳上者爲壺。」邢昺《爾雅疏》引郭璞注亦與今本同，然則「棗」字在宋朝之前即已脫去。

　　王本「呼」作「評」，餘同。其餘各本均未輯錄。

452. 14-50 櫰，槐大葉而黑。

　　櫰，古回反。

　　案：本條佚文輯自陸德明《經典釋文‧爾雅音義》。

　　馬、黃、葉本引均同。余、嚴、董、王本均未輯錄。

　　《廣韻》「櫰」字凡二見：一音「戶乖切」（匣紐皆韻），一音「公回切」（見紐灰韻）。郭璞音「古回反」，與「公回」音同。

453. 14-50 守宮槐，葉晝聶宵炕。

　　炕，呼郎反，又口浪反。

　　案：本條佚文輯自陸德明《經典釋文‧爾雅音義》。

　　馬、黃本引並同。董本未輯又音。余、嚴、葉、王本均未輯錄。

　　《廣韻》「炕」字凡二見：一音「呼郎切」（曉紐唐韻），一音「苦浪切」（溪紐宕韻）；又唐韻「炕」下有又音「苦朗切」（溪紐蕩韻，唐蕩宕三韻平上去相承）。郭璞音「呼郎反」，與唐韻切語全同；又音「口浪反」，與「苦浪」音同。《釋文》出「炕」，注云：「樊本作抗。」郭音「口浪反」，即讀爲「抗」。參見第八章第二節顧野王《爾雅音》「守宮槐，葉晝聶宵炕」條案語。

454. 14-50 守宮槐，葉晝聶宵炕。　　郭注：槐葉晝日聶合而夜炕布者，名為守宮槐。

　　守宮槐晝日聶合而夜舒布也。晉儒林祭酒杜行齊說在朗陵縣南，有一樹

似槐，葉畫聚合相著，夜則舒布，即守宮。江東有槐樹，與此相反，俗因名為合昏。曉畫夜各異，其理等耳。宵炕音忼。聶，合也；炕，張也，合畫夜開也。〔音〕

　　案：《初學記》卷二十八〈果木部・槐第十五〉引「《爾雅》曰：『守宮槐，葉畫聶宵炕』，郭璞注曰：『守宮槐畫聶合而夜舒布也。江東有槐樹，與此相反，俗因名為合昏。既畫夜各一，其理等耳。』」《太平御覽》卷九百五十四〈木部三・槐〉引《爾雅》曰：「守宮槐，葉畫聶宵炕」，下引郭璞曰：「守宮槐畫日聶合而夜布。晉儒林祭酒杜行齊說在明陵縣南，有一樹似槐，葉畫聚合相著，夜則舒布，即守宮。江東樹與此相反，俗因合昏，曉畫夜異其理等。宵炕音忼。聶，合也；炕，張也，合畫夜開也。」〔註589〕慧琳《一切經音義》卷八十四〈集古今佛道論衡第一卷〉「槐庭」注引郭注《尒雅》云：「槐葉畫則聚合，夜則舒布，即守宮槐也。」三書所引，以《御覽》為最詳，《初學記》節引之，慧琳《音義》則僅略引杜行齊語。惟《御覽》所引文句亦間有不可通曉者，今據《御覽》輯錄，並參酌《初學記》所引略加修正。

　　黃本據《御覽》輯錄「儒林祭酒」至「畫合夜開」計六十一字。王本綜合三書所引，在今本郭注「守宮槐」之下輯錄「儒林祭酒」至「其理等耳」計五十五字。黃、王本因所據不同，文字亦略有小異，繁不俱錄。葉本據《初學記》輯錄「炕，布也。江南有樹，與此相反，俗因名為合昏。既畫夜合各一，其理同耳」計二十七字。余、嚴、董、馬本均未輯錄。黃奭、葉蕙心均以所輯為郭璞《音義》之文，周祖謨亦以為《初學記》及《御覽》所引「疑皆出自郭璞《音義》」。〔註590〕郝懿行則以為係郭璞《爾雅注》佚文，云：

　　　《初學記》……又引郭注：「炕，布也」，下云：「江東有樹，與此相反，
　　　俗因名為合昏。既畫夜各一，其理等耳。」此二十三字蓋本注文，今脫去
　　　之。《御覽》引晉儒林祭酒杜行齊說：「在朗陵縣南，有一樹似槐，葉畫聚
　　　合相著，夜則舒布，而守宮也。江東有樹與此相反。」《類聚》亦引此二
　　　句，誤作正文，益知必注文矣。〔註591〕

〔註589〕「明陵縣」當作「朗陵縣」。李賢《後漢書・吳蓋陳臧列傳・注》云：「朗陵，縣名，
　　　屬汝南郡，故城在今豫州朗山縣西南。」治所在今河南確山縣西南。鮑刻本《御覽》
　　　引《尒雅》曰：「守宮槐，葉畫聶宵炕」，下引郭璞曰：「守宮槐，畫日攝合而夜炕布者。
　　　儒林祭酒杜行齊說在明陵縣南，有一樹似槐，畫聚合相著，夜則舒布，即守宮。江東
　　　有樹與此相反，俗因合昏，曉畫夜異其理等。聶，合也；炕，張也，畫合夜開。」與
　　　《四部叢刊三編》本文句略異。
〔註590〕周祖謨《爾雅校箋》，頁334～335。
〔註591〕郝懿行《爾雅義疏》，《爾雅廣雅方言釋名清疏四種合刊》，頁276下。

按郝說似亦無據。今檢《初學記》及《御覽》所引郭璞語，首句與今本郭注義同，但文句略有小異，然則二書所引，當係郭璞《音義》之文。

455. 14-51 槐，小葉曰榎。　郭注：槐當為楸。楸細葉者為榎。

　　楸，音秋。

　　案：《爾雅》此訓郭璞注云：「槐當爲楸」，故陸德明《經典釋文・爾雅音義》出「槐小葉」，注云：「郭讀槐爲楸，音秋。」今據輯音。

　　黃本引同。馬本照錄《釋文》語。余、嚴、董、葉、王本均未輯錄。

　　《廣韻》「楸」、「秋」二字同音「七由切」（清紐尤韻）。

456. 14-53 楸，赤楝。白者楝。

　　楝，霜狄反。

　　案：陸德明《經典釋文・爾雅音義》出「楝」，注云：「山厄反，郭霜狄反，下同」；又《毛詩音義・小雅・四月・傳》出「赤楝」，注云：「《爾雅》云：『楸，赤楝』，郭霜狄反。」「楝」應係「楝」字形近之譌。《說文》木部：「楝，短椽也。從木、束聲。」與《爾雅》此訓義不相涉。「楝」爲《說文》木部之新附字，釋云：「梜也。从木、策省聲。」按《廣韻》「策」音「楚革切」（初紐麥韻），與《釋文》陸德明音「山厄反」（疏紐麥韻）僅聲紐略異，可證陸氏所見《爾雅》字亦从束旁作「楝」。段玉裁云：

　　　　按「楝」《釋文》音山厄反，許書無「楝」字，蓋古只作「束」也。〔註592〕

唐石經作「楝」，黃焯云：

　　　　案《五經文字》：「楝，所革反，從束，（束中畫短）束音七賜反，見《爾

　　　　雅》。」案如張說，則「楝」當從束，其從束者，緣石經從束之字皆作束，

　　　　展轉移寫，將束字中間短畫引長，遂書爲束耳。〔註593〕

其說可從。

　　董、黃、葉本引均同。馬本「楝」作「楝」，「反」下有「下同」二字。余、嚴、王本均未輯錄。

　　《廣韻》「楝」、「楝」二字均混从束旁。麥韻「楝」應作「楝」，音「山責切」（疏紐麥韻），與《釋文》陸德明音「山厄反」同，釋云：「木名。」郭璞音「霜狄反」（疏紐錫韻），與「山厄」聲當近同。在魏晉時期，《廣韻》麥韻「厄」字與錫韻「狄」字同屬錫部。〔註594〕

〔註592〕段玉裁《說文解字注》，第6篇上，頁7下，木部「楝」字注。
〔註593〕黃焯《經典釋文彙校》，頁281。
〔註594〕參見周祖謨《魏晉南北朝韻部之演變》，頁28～29，553。

457. 14-56 瘣木，苻婁。

瘣，胡罪反。

案：本條佚文輯自陸德明《經典釋文・爾雅音義》。

董、馬、黃本引均同。葉本「胡」上有「音」字。余、嚴、王本均未輯錄。

《廣韻》「瘣」音「胡罪切」（匣紐賄韻），與郭璞此音切語全同。

458. 14-58 枹遒木，魁瘣。　郭注：謂樹木叢生，根枝節目盤結魂磊。

瘣，盧罪反。

案：本條佚文輯自陸德明《經典釋文・爾雅音義》。

董、馬、黃本引均同。余、嚴、葉、王本均未輯錄。

《廣韻》「瘣」音「胡罪切」（匣紐賄韻），〈釋木〉14-56「瘣木，苻婁」條「瘣」字郭璞即音「胡罪反」。《爾雅》此訓郭璞以「魂磊」釋「魁瘣」，〔註595〕郭音「盧罪反」，即是讀「瘣」為「磊」。《廣韻》「磊」音「落猥切」（來紐賄韻），與「盧罪」音同。

459. 14-61 桑，辨有葚，梔。　郭注：辨，半也。

辨，半也。**一半有葚半無名曰梔**。〔注〕

案：唐慎微《證類本草》卷十三〈木部中品・桑根白皮〉引《圖經》引「《爾雅》云：『桑，辨有葚（與椹同），梔』，郭璞云：『辨，半也。一半有葚半無名曰梔。』」今本郭注脫「一半」以下九字，據補。

王本引同。其餘各本均未輯錄。

陸德明《經典釋文・爾雅音義》出「梔」，注引舍人云：「桑樹一半有葚半無葚名梔也。」又云「樊本同」，是郭璞此注即本舍人及樊光注。

460. 14-63 唐棣，栘。　郭注：似白楊，江東呼夫栘。

今白栘也，似白楊**樹**，江東呼**為**夫栘。〔注〕

案：杜臺卿《玉燭寶典》卷六引「《尒雅》：『唐棣，移〔案：應作「栘」，下同。〕』，嘗來反，又嘗梨〔案：原脫「反」字。〕。郭璞注云：『今白移也，似白楊樹，江東呼為夫移。』」陸德明《經典釋文・毛詩音義・召南・何彼襛矣・傳》出「栘也」，注引郭璞云：「今白栘也，似白楊，江東呼夫栘。」孔穎達《正義》亦引郭璞曰：「今白栘也，似白楊，江東呼夫栘。」今本郭注脫「今白栘也」句及「樹為」二字，據補。《齊民要術》卷十「夫栘」引「《爾雅》曰：『唐棣，栘』，注云：『白栘，似白楊，

〔註595〕邵晉涵云：「郭以『魂磊』釋『魁瘣』，取其聲相近也。」（《爾雅正義》，《皇清經解》，卷518，頁15上。）

江東呼夫栘。』」所引注文首句已經刪節。

嚴、王本及邵晉涵《正義》均僅據孔穎達《正義》補「今白栘也」四字。余、董、馬、黃、葉本均未輯錄。

461. 14-63 常棣，棣。　郭注：今山中有棣樹，子如櫻桃，可食。

今**關西**山中有棣樹，子如櫻桃，可食。〔注〕

案：孔穎達《左氏・僖公二十四年傳・正義》引郭璞曰：「今關西山中有棣樹，子似櫻桃，可啖。」今本郭注脫「關西」二字，據補。又杜臺卿《玉燭寶典》卷六引「《尒雅》……又曰：『常棣，棣』，郭云：『今關西有棣樹，子似櫻桃，可啖。』」孔穎達《毛詩・小雅・常棣・正義》引郭璞曰：「今關西有棣樹，子如櫻桃，可食。」二書所引郭注均脫去「山中」二字。〔註596〕

王本「如」作「似」，「食」作「啖」，餘同。其餘各本均未輯錄。

顏師古《急就篇注》云：

棣，常棣也。其子熟時，正赤色，可啗，俗呼爲山櫻桃，隴西人謂之棣子。

與郭說近同。

462. 14-68 檿桑，山桑。　郭注：似桑，材中作弓及車轅。

似桑，**柘屬**，材中作弓及車轅。〔注〕

案：孔穎達《尙書・禹貢・正義》引「〈釋木〉云：『檿桑，山桑』，郭璞曰：『柘屬也。』」又《毛詩・大雅・皇矣・正義》引郭璞曰：「檿桑，柘屬，材中爲弓。」今本郭注脫「柘屬」二字，據補。

嚴、黃、王本均據《尙書正義》輯錄「柘屬也」三字，嚴、王本並輯入今本郭注「似桑」之上。今據《毛詩正義》所引知「柘屬」二字應輯入「似桑」之下。余、董、馬、葉本均未輯錄。

段注本《說文》木部：「柘，柘桑也。」段玉裁云：

山桑、柘桑皆桑之屬，古書並言二者，則曰桑柘；單言一者，則曰桑曰柘，

柘亦曰柘桑。……桑柘相似而別。〔註597〕

按李時珍《本草綱目》卷三十六〈木之三・桑〉：

桑有數種，……山桑葉尖而長，以子種者，不若壓條而分者。

又同卷〈柘〉：

〔註596〕阮元云：「監本、毛本『山中』作『關西』，閩本此二字空闕。」（《爾雅按勘記》，《皇清經解》，卷1035，頁40下。）嚴、董本及邵晉涵《正義》引郭璞此注亦均作「今關西有」云云。

〔註597〕段玉裁《說文解字注》，第6篇上，頁18上。

處處山中有之，喜叢生，幹疎而直，葉豐而厚，團而有尖。其葉飼蚕，取絲作琴瑟，清響勝常。《爾雅》所謂棘繭，即此蚕也。《考工記》云：弓人取材，以柘為上。其實狀如桑子而圓，粒如椒，名佳子。

然則山桑、柘桑實仍有別，郭璞此注云「柘屬」，似不妥。《考工記·弓人》：「凡取幹之道七：柘為上，檍次之，檿桑次之。」

463. 14-69 蔽者，翳。　郭注：樹陰翳覆地者。《詩》云：「其檜其翳。」

樹陰翳相覆蔽者。《詩》云：「其檜其翳。」〔注〕

案：陸德明《經典釋文·毛詩音義·大雅·皇矣》出「翳」，注引「《爾雅》云：『木自斃，椔；蔽者，翳』，郭云：『相覆蔽。』」又《爾雅音義》出「蔽」，注云：「必世反，注同。」是郭璞此注有「蔽」字，《毛詩音義》所引可為證。今據改「覆地」為「覆蔽」，又補一「相」字。阮元云：

> 此注當作「樹陰翳相覆蔽」，今本作「覆地」，因《詩正義》之文相涉致誤。……《詩正義》引郭氏曰：「翳，樹陰翳覆地者也」，又云：「自斃者，生木自倒，枝葉覆地為陰翳，故曰翳也。」此因毛《傳》「蔽者」作「自斃」，遂為覆地之說，以順改郭注耳。郭不言覆地也。〔註598〕

周祖謨云：

> 原注蓋作「樹陰翳相覆蔽者也。」〔註599〕

說均可從。

王本輯作「翳，樹陰翳相覆蔽者也」。其餘各本均未輯錄。

464. 14-70 木相磨，槸。

槸，云逝、魚例二反。

案：本條佚文輯自陸德明《經典釋文·爾雅音義》。宋本《釋文》「云逝」譌作「亡逝」，「亡」屬微紐，與「槸」聲紐不合。

馬本引同。董、黃本「云逝」並作「魚逝」，「反」並作「音」。余、嚴、葉、王本均未輯錄。按《釋文》於郭音之上有陸德明音「魚逝反」，盧文弨云：

> 注疏本「云」作「魚」，案魚逝反已見上，此不當複見，作「云逝」是。
>
> 〔註600〕

〔註598〕阮元《爾雅挍勘記》，《皇清經解》，卷1035，頁42上。文中所引《詩正義》語見〈大雅·皇矣〉。〈皇矣〉：「作之屏之，其菑其翳」，毛《傳》：「木立死曰菑，自斃為翳。」
〔註599〕周祖謨《爾雅校箋》，頁338。
〔註600〕盧文弨《經典釋文攷證·爾雅音義下攷證》，頁5下。

且「魚逝」、「魚例」二音相同，郭璞既注二音，斷無二音相同之理。〔註601〕又周春改「云逝」作「元逝」，云：

> 檈，魚逝翻，郭元逝、魚例二翻，皆音藝，不必重出。〔註602〕

其誤亦同。

郭音「云逝反」，疑是讀「檈」爲「曳」。郝懿行云：

> 檈之言猶曳也，掔曳亦切摩之意。〔註603〕

按《廣韻》「曳」音「餘制切」（喻紐祭韻），與郭音「云逝反」（爲紐祭韻）韻同。又《廣韻》「檈」音「魚祭切」（疑紐祭韻），郭音「魚例反」及陸德明音「魚逝反」並與「魚祭」音同。

465. 14-70 楷，皵。

皵，音夕。

案：本條佚文輯自陸德明《經典釋文・爾雅音義》。

董、馬、黃本引均同。余、嚴、葉、王本均未輯錄。

《廣韻》「皵」字凡二見：一音「七雀切」（清紐藥韻），一音「七迹切」（清紐昔韻）。郭璞音「夕」（邪紐昔韻，《廣韻》音「祥易切」），與「七迹」聲紐略異。又錢大昕云：

> 《考工記》「老牛之角紾而昔」，鄭司農云：「昔，讀爲交錯之錯，謂牛角牁理錯也。」此「皵」亦當爲「錯」，或省文作「昔」。其从皮者，經師附益也。〔註604〕

然則郭璞此音「夕」，或亦讀爲「昔」之本音。《廣韻》「昔」音「思積切」（心紐昔韻），與「夕」音僅聲紐清濁不同。

466. 14-70 梢，梢櫂。　郭注：謂木無枝柯，梢櫂長而殺者。

梢，音朔。

案：本條佚文輯自陸德明《經典釋文・爾雅音義》。

董、馬、黃本引均同。余、嚴、葉、王本均未輯錄。

郭音「朔」，是讀「梢」爲「掔」。《玉篇》手部：「掔，長也。」與郭璞注正合。

〔註601〕吳承仕云：「陳澧《切韻考》以逝、例爲同韻類，則郭二反同矣。疑『例』爲『列』之形譌。」（《經籍舊音辨證》，頁176。）按《廣韻》「列」有「陟輸」（虞韻）、「良辥」（薛韻）二切，俱與「檈」音不合，吳氏改字之說亦無據。
〔註602〕周春《十三經音略》，卷11，頁20下。
〔註603〕郝懿行《爾雅義疏》，《爾雅廣雅方言釋名清疏四種合刊》，頁280上。
〔註604〕錢大昕《潛研堂文集》，卷10，頁154。

郝懿行云：

> 梢讀如〈輪人〉「掣爾而纖」之掣。鄭注：「掣、纖，殺小貌也。」然則梢之言掣，攫言其長而翹出也。此蓋謂木喬竦無旁枝者謂之梢，亦謂之梢攫。
>
> 〔註605〕

又王念孫云：

> 梢之言削也。鄭注〈喪服記〉曰：「削猶殺也。」《說文》：「掣，人臂兒，從手、削聲。所角切。」《考工記・輪人》：「望其輻欲其掣爾而纖也」，《釋文》：「掣，音蕭，又色交反，又音朔。」鄭注曰：「掣、纖，殺小貌也。」鄭司農云：「掣讀爲紛容掣參之掣，元謂如桑螵蛸之蛸。」《漢書・司馬相如傳》：「紛溶萷蔘」，郭彼注曰：「支竦攫也。」萷音蕭，師古曰：「亦音山交反。」案梢攫謂之梢，枝竦攫謂之萷蔘，其義一也。《楚辭・九辯》：「萷櫹槮之可哀兮」，王注曰：「華葉已落，莖獨立也。」《釋文》：「萷，音朔。」《集韻》：「梢，色角切。梢攫，木無枝柯長而殺者，或作萷。」案：人之臂本大而末小；車輻之近轂者大，近牙者小；木無枝柯長而殺者，亦本大而末小。掣、萷與梢聲近而義同也。〔註606〕

說均可從。

　　《廣韻》「朔」、「掣」二字同音「所角切」（疏紐覺韻）。又「梢」音「所交切」（疏紐肴韻），與「朔」音聲紐相同。

467. 14-72 句如羽，喬。下句曰朻，上句曰喬，如木楸曰喬。

　　喬，音驕。

　　案：本條佚文輯自陸德明《經典釋文・爾雅音義》。

　　董、黃本引並同。馬本「驕」下有「下皆同」三字，且輯入 14-74「槐棘醜，喬」條之下，非。按《釋文》次序應輯入本條。余、嚴、葉、王本均未輯錄。

　　《廣韻》「喬」字凡二見：一音「舉喬切」（見紐宵韻），注引《爾雅》此訓及注；一音「巨嬌切」（群紐宵韻），釋云：「高也，《說文》曰高而曲也。」是二音於《爾雅》此訓皆可通。郭璞音「驕」，與「舉喬」音同。

468. 14-75 樝梨曰鑽之。

　　鑽，祖端反。

　　案：本條佚文輯自陸德明《經典釋文・爾雅音義》。

〔註605〕郝懿行《爾雅義疏》，《爾雅廣雅方言釋名清疏四種合刊》，頁 280 上。
〔註606〕王引之《經義述聞》，《皇清經解》，卷 1207 上，頁 12 下～13 上。

董、馬、黃本引均同。余、嚴、葉、王本均未輯錄。

郭音「徂端反」，是讀「鑽」爲「欑」。《說文》木部：「欑，……一曰穿也。」段玉裁云：

> 此與金部「鑽」音義皆同。〔註607〕

《集韻》換韻：「鑽，《說文》穿也，……或从木。」是「鑽」與「欑」通。李富孫云：

> 〈內則〉：「柤梨曰攢之」，《釋文》：「本又作鑽。」孔《疏》云：「恐有蟲，
> 故一一攢看蟲孔也。」當即此欑字，今誤从手旁。蓋此果屬，故用木欑。
> 《爾雅》通作鑽。〔註608〕

按《廣韻》桓韻「欑」音「在丸切」（從紐桓韻），與郭璞此音正同。又桓韻「鑽」音「借官切」（精紐桓韻），與「在丸」僅聲紐略異。

〈釋蟲〉

469. 15-4 蟪蛅。　　郭注：〈夏小正傳〉曰：「蟪蛅者，蝘。」俗呼爲胡蟬，江南謂之蟪蝃。音羊。

> 蝃，音羊，徒低反。

案：本條佚文輯自陸德明《經典釋文‧爾雅音義》。宋本《爾雅》此訓注末即有「音羊」二字。盧文弨云：

> 邢本「蝃」作「蛦」。案宋本作「蝃」，注末有「音羊」二字，與《釋文》
> 合。〔註609〕

馬本引同。其餘各本均未輯錄。

《廣韻》「蝃」、「羊」二字同音「杜奚切」（定紐齊韻），與「徒低反」同。

470. 15-4 蛅，蜻蜻。

> 蜻，音情，又音精。

案：本條佚文輯自陸德明《經典釋文‧爾雅音義》；又《毛詩音義‧衛風‧碩人‧箋》出「蜻蜻」，注云：「郭徐子盈反。」「子盈反」與「精」音同。

黃本同時據《爾雅音義》及《毛詩音義》輯錄。葉本據《爾雅音義》輯錄。董本未輯又音。余、嚴、馬、王本均未輯錄。

《廣韻》「蜻」字凡二見：一音「子盈切」（精紐清韻），一音「倉經切」（清紐

〔註607〕段玉裁《說文解字注》，第6篇上，頁52上。
〔註608〕李富孫《說文辨字正俗》，卷6，頁6上。
〔註609〕盧文弨《經典釋文攷證‧爾雅音義下攷證》，頁6上。

－244－

青韻）。郭璞又音「精」，與「子盈」音同；音「情」（從紐清韻，《廣韻》音「疾盈切」）與「子盈切」僅聲紐略異。

471. 15-4 蚗，寒蜩。

蚗，牛結反。

案：本條佚文輯自陸德明《經典釋文‧爾雅音義》引呂、郭。

董、黃本引並同。馬本譌作「告稽反」。余、嚴、葉、王本均未輯錄。

《廣韻》「蚗」字凡二見：一音「五稽切」（疑紐齊韻），一音「五結切」（疑紐屑韻）。郭璞音「牛結反」，與「五結」音同；《釋文》陸德明音「五兮反」，與「五稽」音同。馬本作「告稽反」（見紐齊韻），與《廣韻》「蚗」音俱不合，不詳所據。

472. 15-5 蛣蜣，蜣蜋。　　郭注：黑甲蟲，噉糞土。

歲將飢則蜣蜋出。〔音？〕

案：慧琳《一切經音義》卷二十五〈魔王波旬獻佛陀羅尼〉「蜣蜋」注引郭註《爾雅》：「歲將飢則蜣蜋出。」所引與今本郭注不同。

王本引同，且輯入今本郭注「噉糞土者」句下。〔註610〕其餘各本均未輯錄。按慧琳《音義》卷十四〈大寶積經第五十七卷〉「蜣蜋」注引「《尒雅》：『蛣蜣，蜣蜋也』，郭璞云：『噉糞者。』」又卷五十七〈護淨經〉「蜣蜋」注引郭注《爾雅》云：「蜣蜋，噉糞者也。」又卷八十〈開元釋教錄第四卷〉「蜣蜋」注引「《尒雅》云：『蛣蜣，蜣蜋』，郭注云：『噉糞蟲也。』」又卷八十四〈古今譯經圖記第三卷〉「蜣蜋」注引郭注《尒雅》云：「黑甲蟲，噉糞者。」所引郭注均與今本近同，且不涉此語，疑此語或係郭璞《音義》佚文。

473. 15-7 蠰，齧桑。

蠰，音餉，又音霜。

案：本條佚文輯自陸德明《經典釋文‧爾雅音義》。

馬、黃本引並同。董本未輯又音。余、嚴、葉、王本均未輯錄。

《廣韻》陽韻「蠰」、「霜」二字同音「色莊切」（疏紐陽韻）；又漾韻「蠰」、「餉」二字同音「式亮切」（審紐漾韻）。陽漾二韻平去相承。

〔註 610〕希麟《續一切經音義》卷一〈大乘理趣六波羅蜜多經卷第三〉「蜣蜋」注引「《尒雅》云：『蛣蜣，蜣蜋也』，郭璞註云：『黑甲蟲也，噉糞土者。』」王樹枏據補「也者」二字，又改「噉」作「噉」，云：「郭注皆言『噉』，今《釋文》作『噉』者，後人據俗本改也。」（《爾雅郭注佚存補訂》，卷15，頁4上。）

474. 15-9 蜉蝣，渠略。

蝣，音由。

案：本條佚文輯自陸德明《經典釋文・爾雅音義》。

董本引同。馬、黃本「由」下並有「本又作蚰」四字。余、嚴、葉、王本均未
輯錄。「本又作蚰」四字係陸氏校語，馬、黃本並誤輯。

《廣韻》「蝣」、「由」二字同音「以周切」（喻紐尤韻）。

475. 15-10 蝂，蠾蛷。

蠾，音王。

案：本條佚文輯自陸德明《經典釋文・爾雅音義》。

董、葉本引並同。馬本「王」下有「本作黃」三字；黃本「王」下亦有「本或
作黃」四字。余、嚴、王本均未輯錄。按《釋文》出「蠾」，注云：「音黃，郭音王。
本或作黃。」「本或作黃」四字當係陸德明校語，馬、黃二氏並誤輯。

《廣韻》「蠾」音「胡光切」（匣紐唐韻），與《釋文》陸德明音「黃」同。又
《廣韻》陽韻「王」音「雨方切」（爲紐陽韻）。郭璞此音「王」，實與「黃」音近
同。〔註611〕

476. 15-14 蛄蟹，強蜸。　郭注：今米穀中蠹，小黑蟲是也。建平人呼爲蜸
子。音芈姓。

蜸，音芈，亡婢反。

案：本條佚文輯自陸德明《經典釋文・爾雅音義》。宋本《釋文》「亡」誤作「六」。
宋本《爾雅》郭注末亦有「音芈姓」三字；《太平御覽》卷九百四十九〈蟲豸部六・
強蜸〉引《爾雅》曰：「蛄蟹，強蜸也」，下引郭璞曰：「米穀中蠹，小墨蟲也。建平
人呼爲蜸子。音芈。」所引尙存「音芈」二字。盧文弨云：

　　單注本「呼爲芈子」下有「音芈姓」三字，與《釋文》合，注疏本多刪。

〔註612〕

董本未輯「亡婢反」三字。馬、黃本「反」下並有「本或作芈」四字。余、嚴、
葉、王本均未輯錄。

《廣韻》「蜸」、「芈」二字同音「綿婢切」（明紐紙韻），郭璞音「亡婢反」（微
紐紙韻）亦同。

〔註611〕匣、爲二紐古讀近同，參見曾運乾〈喻母古讀考〉、羅常培《經典釋文》和原本《玉篇》
　　　　反切中的匣于兩紐〉及周祖謨〈萬象名義中之原本玉篇音系〉諸文。又《廣韻》陽、唐
　　　　二韻在東漢魏晉宋時期同屬陽部，參見周祖謨《魏晉南北朝韻部之演變》，頁21。
〔註612〕盧文弨《經典釋文攷證・爾雅音義下攷證》，頁6下。

477. 15-17 蟒，蝮蜪。

蝮，蒲篤反。

案：本條佚文輯自陸德明《經典釋文・爾雅音義》。《集韻》沃韻「蝮」音「蒲沃切」，釋云：「蟲名，蛇也。《爾雅》『蟒，蝮蜪』郭璞讀。」「蒲沃」與「蒲篤」音同。

余、嚴本並據《集韻》輯錄。董本據《釋文》輯錄。馬、黃本並兼據《釋文》、《集韻》輯錄。葉本作「蒲沃反」。王本未輯錄。

《廣韻》「蝮」音「芳福切」（敷紐屋韻），與《釋文》陸德明音「孚福反」同。郭璞音「蒲篤反」（並紐沃韻），與「孚福」聲紐略異，韻亦近同。〔註613〕

478. 15-17 蟒，蝮蜪。

蜪，音陶。

案：本條佚文輯自陸德明《經典釋文・爾雅音義》。

董、馬、黃、葉本引均同。余、嚴、王本均未輯錄。

《廣韻》「蜪」字凡二見：一音「土刀切」（透紐豪韻），一音「徒刀切」（定紐豪韻）。郭璞音「陶」，與「徒刀」音同。

479. 15-19 蟄，蟆。　　郭注：蛙類。

蟄，驚、景二音。

案：本條佚文輯自陸德明《經典釋文・爾雅音義》。《太平御覽》卷九百四十九〈蟲豸部六・蝦蟆〉引《爾雅》曰：「蟄，蟆」，下引郭璞注云：「蛙類。音驚，亦曰景。」與《釋文》正合。

董、馬、葉本均據《釋文》輯錄。黃本據《釋文》輯錄，又據《御覽》輯錄「蟄音驚，亦音景」六字。王本據《御覽》輯「音驚，亦曰景」五字於今本郭注「蛙類」之下。余、嚴本並未輯錄。按此音究屬郭璞《音義》或《注》之佚文，實難遽定，今暫存疑。

《廣韻》「蟄」字凡三見：一音「古牙切」（見紐麻韻），一與「驚」同音「舉卿切」（見紐庚韻），一與「景」同音「居影切」（見紐梗韻）。

480. 15-20 蝘，馬蜋。

〔註613〕周祖謨云：「魏晉時期屋沃分爲兩部，猶如東冬分爲兩部，入聲韻的分類與陽聲韻的分類完全是一致的。這兩部所包括的字類跟兩漢沒有很大的出入，只是沃部在晉代的時候略與兩漢三國不同。兩漢時期職部內的屋韻字，如『服福伏或』等，是不大同沃部字押韻的，三國時候稍有改變，但不顯著，到了晉代，這一類字就都轉爲沃部字了。」（《魏晉南北朝韻部之演變》，頁26～27。）在晉代，《廣韻》屋韻「福」字與沃韻「篤」字同屬沃部，其差別僅在於「聲音的洪細不同」。（同前書，頁27。）

蜠，音閑。蝬，音棧。〔音〕

案：杜臺卿《玉燭寶典》卷六引「《爾雅》：『蜠，馬蝬』，《音義》云：『蜠，音閑。蝬，音棧。』」所引當即郭璞《音義》佚文。

《廣韻》「蜠」、「閑」二字同音「戶閒切」（匣紐山韻）。又《廣韻》「蝬」字凡二見：一音「士板切」（牀紐潸韻），一與「棧」同音「士諫切」（牀紐諫韻，潸諫二韻上去相承）。

481. 15-20 蜠，馬蝬。

蝬，仕板反。〔注？〕

案：本條佚文輯自陸德明《經典釋文・爾雅音義》。

董、黃本引並同。馬本誤作「戶閒反」。余、嚴、葉、王本均未輯錄。

郭璞音「仕板反」，與《廣韻》音「士板切」同（見前條）。《釋文》與《玉燭寶典》所引「蝬」字之音聲調不同，疑《釋文》所引或出於郭璞《爾雅注》。

482. 15-21 蜤螽，蜙蝑。

蜙，先工反。

案：陸德明《經典釋文・爾雅音義》出「螽」，注云：「字亦作蜙，《字林》先凶反，郭先工反。」又《毛詩音義・周南・螽斯・傳》出「蚣」，注云：「《字林》作蜙，先凶反，郭璞先工反。」是陸氏所見郭本《爾雅》字作「蜙」。唐石經、宋本《爾雅》字亦作「蜙」，《說文》虫部作「蚣」，釋云：「蜙蝑，舂黍也，吕股鳴者。从虫、松聲。蚣，蜙或省。」

董、黃本引並同。馬本「蜙」作「蚣」。余、嚴、葉、王本均未輯錄。

《廣韻》「蜙」音「息恭切」（心紐鍾韻），與郭璞音「先工反」（心紐東韻）當係一音之轉。在三國晉宋北魏時期，《廣韻》鍾韻「恭」字與東韻「工」字同屬東部。〔註614〕

483. 15-21 蜤螽，蜙蝑。

蝑，才與反。

案：本條佚文輯自陸德明《經典釋文・爾雅音義》；《毛詩音義・周南・螽斯・傳》出「蝑」，注引郭璞音同。

董、馬、黃本引均同。余、嚴、葉、王本均未輯錄。

《廣韻》「蝑」字凡二見：一音「相居切」（心紐魚韻），一音「司夜切」（心紐

〔註614〕參見周祖謨《魏晉南北朝韻部之演變》，頁271，273。

禡韻)。郭璞音「才與反」(從紐),與「相居」聲紐略異(又《廣韻》「與」有「以諸」(魚韻)、「余呂」(語韻)、「羊洳」(御韻)三音,魚語御三韻平上去相承)。

484. 15-21 蟼蟇,蛂蟥。

　　蟥,音歷。

　　案:本條佚文輯自陸德明《經典釋文‧爾雅音義》。

　　董、馬、黃本引均同。余、嚴、葉、王本均未輯錄。

　　《廣韻》「蟥」作「蝷」,與「歷」同音「郎擊切」(來紐錫韻),釋云:「《爾雅》曰:『蟼蟇,蛂蝷』,亦作蟥。」

485. 15-22 蠦蚓,螼蚓。　　郭注:即蜿蟺也。江東呼寒蚓。

　　蚓,餘忍反。

　　蚓,許謹反。

　　案:本條佚文輯自陸德明《經典釋文‧爾雅音義》。「餘忍」是《爾雅》「蠦蚓」之音,「許謹」是郭注「寒(《釋文》出「蟓」)蚓」之音。

　　馬本引同。董本僅輯錄「餘忍反」。黃本誤讀「餘忍反」爲「蠦」字之音,「許謹反」爲《爾雅》「蚓」字之音。余、嚴、葉、王本均未輯錄。

　　《廣韻》「蚓」音「余忍切」(喻紐軫韻),注有又音「余刃切」(喻紐震韻,軫震二韻上去相承)。《爾雅》「蚓」字郭璞音「餘忍反」,與「余忍」音同。注文「蚓」音「許謹反」,是讀「蚓」爲「蟪」。《玉篇》虫部:「蟪,寒蟪,即蚯蚓。」《廣韻》隱韻「蟪」音「休謹切」(曉紐隱韻),釋云:「蚯蚓也,吳楚呼爲寒蟪。」與郭璞此音全同,注亦相合。

486. 15-23 莫貈,螳蜋,蛑。

　　蛑,音牟。

　　案:本條佚文輯自陸德明《經典釋文‧爾雅音義》。

　　董、馬、黃、葉本引均同。余、嚴、王本均未輯錄。

　　《廣韻》「蛑」、「牟」二字同音「莫浮切」(明紐尤韻)。

487. 15-28 蟫,白魚。

　　蟫,音淫,又徒南反。

　　案:本條佚文輯自陸德明《經典釋文‧爾雅音義》。

　　馬、黃本引並同。董本未輯又音。余、嚴、葉、王本均未輯錄。

　　《廣韻》「蟫」字凡二見:一音「餘針切」(喻紐侵韻),一音「徒含切」(定紐

覃韻）。郭璞音「淫」，與「餘針」同；又音「徒南反」，與「徒含」同。

488. 15-32 強，蚚。

蚚，胡輩反。

案：本條佚文輯自陸德明《經典釋文・爾雅音義》。

董、馬、黃本引均同。余、嚴、葉、王本均未輯錄。

《廣韻》「蚚」字凡二見：一音「渠希切」（群紐微韻），一音「胡輩切」（匣紐隊韻）。郭璞此音與隊韻切語全同。

489. 15-33 蝣，螭何。

蝣，音劣，又力活反。

案：本條佚文輯自陸德明《經典釋文・爾雅音義》。

馬、黃本引並同。董本未輯又音。余、嚴、葉、王本均未輯錄。

《廣韻》「蝣」字凡二見：一音「郎括切」（來紐末韻），一音「力輟切」（來紐薛韻）。郭璞音「劣」，與「力輟」音同；又音「力活反」，與「郎括」音同。

490. 15-34 螝，蛹。

螝，音龜。

案：本條佚文輯自陸德明《經典釋文・爾雅音義》。

董、黃本引並同。余、嚴、馬、葉、王本均未輯錄。

《廣韻》「螝」字凡二見：一音「居追切」（見紐脂韻），一音「胡對切」（匣紐隊韻）。郭璞音「龜」與「居追」同。

491. 15-36 蚍蜉，大螘。　郭注：俗呼為馬蚍蜉。

大者俗呼爲馬蚍蜉。〔注〕

案：希麟《續一切經音義》卷一〈大乘理趣六波羅蜜多經卷第六〉「螘穴」注引「《尒雅》曰：『蚍蜉，大螘；小者螘』，郭註云：『大者俗呼馬蚍蜉。』」今本郭注脫「大者」二字，據補。

王本「呼」作「評」，餘同。其餘各本均未輯錄。

492. 15-36 蠪，朾螘。　郭注：赤駁蚍蜉。

蠪，音龍。

案：本條佚文輯自陸德明《經典釋文・爾雅音義》。

董、馬、黃本引均同。余、嚴、葉、王本均未輯錄。

郭璞此注云：「赤駁蚍蜉。」劉師培云：

案龍亦表顯赤色之稱，赤螘名蠪，猶莪艸之亦名龍太也。〔註615〕

《說文》虫部：「蠪，蠪丁螘也。从虫、龍聲。」郭璞音「龍」（來紐鍾韻，《廣韻》音「力鍾切」），即從聲母讀。《廣韻》「蠪」音「盧紅切」（來紐東韻）。在三國晉宋北魏時期，《廣韻》鍾韻「龍」、「鍾」等字與東韻「紅」字同屬東部。〔註616〕

493. 15-36 蠪，朾螘。

朾，唐耕反。

案：本條佚文輯自陸德明《經典釋文·爾雅音義》。

董、馬、黃本引均同。余、嚴、葉、王本均未輯錄。

《廣韻》「朾」字凡二見：一音「中莖切」（知紐耕韻），一音「宅耕切」（澄紐耕韻）。郭璞音「唐耕反」（定紐耕韻），與「宅耕切」聲紐略異。參見 3-39「爞爞，炎炎，薰也」條案語引周祖謨語。

494. 15-37 次蠹，鼀鼁。

蠹，音秋。

案：本條佚文輯自陸德明《經典釋文·爾雅音義》。

董、馬、黃本引均同。余、嚴、葉、王本均未輯錄。

《釋文》出「蠹」，注云：「本或作蝤，郭音秋。」阮元云：

按經文「蠹」字於六書皆不合，「出」非諧聲也。以諧聲求之，當是作「蠹」，
從蚰、棄聲，與《說文》「蚍蠹」同字。「次蠹」在《說文》則作「蠜蟊」，
古音相同也。〔註617〕

按《玉篇》蚰部：「蠹，父尤切，亦作蝤，大螘也。」然則阮氏之說與《爾雅》此訓音義均不合。《廣韻》字亦作「蠹」，與「秋」同音「七由切」（清紐尤韻）。

495. 15-38 土螽。　　郭注：今江東呼大螽在地中作房者為土螽，唉其子即馬螽。今荊巴間呼為蟺，音憚。

蟺，音憚，徒旦反。

案：本條佚文輯自陸德明《經典釋文·爾雅音義》。宋本《釋文》「旦」譌作「且」。宋本《爾雅》此訓注末、邢昺《爾雅疏》引郭璞注末均有「音憚」二字。盧文弨云：「舊本單注有『音憚』二字，與《釋文》合。」〔註618〕

〔註615〕劉師培《爾雅蟲名今釋》，頁 20 上。
〔註616〕參見周祖謨《魏晉南北朝韻部之演變》，頁 271，273。
〔註617〕阮元《爾雅校勘記》，《皇清經解》，卷 1035，頁 52 下。
〔註618〕盧文弨《經典釋文攷證·爾雅音義下攷證》，頁 7。

馬本引同。其餘各本均未輯錄。

《廣韻》「蟺」音「常演切」（禪紐獮韻）。郭璞云：「今荊巴間呼爲蟺，音憚。」是「蟺」字音「憚」（定紐翰韻，《廣韻》音「徒案切」，與「徒旦反」同），係方言之音。按「蟺」、「憚」二音之上古音關係密切。上古音从「亶」聲之字與从「單」聲之字同屬元部。〔註619〕周祖謨云：

> 兩漢音元部包括的字類很多，有《廣韻》寒桓刪先仙山元七韻字。……爲便於稱述起見，現在改稱之爲寒部。三國時期的寒部……可以推想寒桓刪雖與先仙山元同部，在聲音上洪細弇侈仍有不同。
>
> 到了晉宋時期，先仙山元四韻開始和寒桓刪三韻分用，現在稱之爲先部。〔註620〕

然則在兩漢以前，屬《廣韻》獮韻（仙韻上聲）的「蟺」字與翰韻（寒韻去聲）的「憚」字同屬元部；三國時期雖同屬寒部，但已逐漸分化；到晉宋時期即分屬先、寒二部。又聲紐部分，李方桂云：

> 中古的……禪 ź-……等母都跟舌尖前塞音諧聲，又只在三等有 j 介音的韻母前出現，我們前面已經定他是舌尖前塞音受顎化作用而變成中古時期的塞擦音。〔註621〕

周祖謨研究魏晉齊梁時期的聲母時，也表示「《切韻》……禪母字與舌尖塞音有關係」，〔註622〕可知「蟺」、「憚」二音之聲母古當近同。

496. 15-38 木蠭。　郭注：似土蠭而小，在樹上作房，江東亦呼為木蠭，又食其子。

似土蠭而小，在樹上作房，江東人亦呼爲木蠭，人食其子。〔注〕

案：唐慎微《證類本草》卷二十〈蟲魚部上品・蜂子〉引《圖經》引郭璞注《爾雅》「木蠭」云：「似土蠭而小，在木上作房，江東人亦呼木蠭，人食其子。」今本郭注脫「人」字，據補。

各輯本僅王本輯錄。

又案：今本郭注末句「又食其子」，「又」應爲「人」字之譌，《圖經》所引不誤。〔註623〕

〔註619〕陳新雄《古音研究》，頁346～347。

〔註620〕周祖謨《魏晉南北朝韻部之演變》，頁23～24。

〔註621〕李方桂《上古音研究》，頁15～16。

〔註622〕周祖謨〈魏晉音與齊梁音〉，《周祖謨學術論著自選集》，頁163。

〔註623〕劉玉麈云：「案《証類本艸》云『人食其子』，今本作『又』字誤。」（《爾雅校議》，卷

497. 15-41 蠨蛸，長踦。　郭注：小鼅鼄長腳者，俗呼為喜子。

小鼅鼄長腳者，俗呼爲喜子。《詩》云「蠨蛸在戶」是也。〔注〕

案：玄應《一切經音義》卷二十五〈阿毗達磨順正理論第二十三卷〉「蠨蛸」注引「《爾雅》蠨蛸一名長踦，……郭璞曰：『小蜘蛛長腳者，俗呼爲喜子。《詩》云「蠨蛸在戶」是也。』」今本郭注脫「《詩》云」以下八字，據補。

王本「呼」作「評」，「云」作「曰」，「蠨」作「蟰」，餘同。其餘各本均未輯錄。

498. 15-41 蠨蛸，長踦。

蛸，音蕭。

案：陸德明《經典釋文·毛詩音義·豳風·東山》出「蟰」，注云：「音蕭，《說文》作蠨，音夙。」又出「蛸」，注云：「所交反。蟰蛸，長踦也。郭音蕭。」郭璞「蛸」讀如「蕭」，與「蟰」音同。

黃本引同。馬本「蛸」改作「蟰」。余、嚴、董、葉、王本均未輯錄。

《廣韻》「蛸」字凡二見：一音「相邀切」（心紐宵韻），一音「所交切」（疏紐肴韻）。郭璞音「蕭」（心紐蕭韻，《廣韻》音「蘇彫切」），與「相邀」聲當近同。〔註624〕又《廣韻》「蟰」一音「蘇彫切」（心紐蕭韻），一音「息逐切」（心紐屋韻）。「蘇彫」與「蕭」音同。

499. 15-41 蠨蛸，長踦。

踦，音崎嶇之崎，袟宜反。

案：本條佚文輯自陸德明《經典釋文·爾雅音義》。宋本《釋文》「嶇」譌作「嫗」。

黃本引同。董本未輯「袟宜反」三字。馬、葉本「袟」並作「秩」。余、嚴、王本均未輯錄。

《廣韻》「踦」字凡二見：一音「去奇切」（溪紐支韻），一音「居綺切」（見紐紙韻，支紙二韻平上相承）。郭璞音「崎」，與「去奇」音同。「袟宜反」（澄紐支韻）與「崎」音聲紐不合，疑「袟」字有誤。吳承仕云：

> 崎嶇之崎應作「起宜反」，「秩」字疑爲「祛」之形譌，別無顯證，不能輒
> 改。〔註625〕

黃侃亦云：

下，頁 21 下。）

〔註624〕周祖謨云：「〔魏晉宋時期〕宵部是由東漢幽宵兩部所有的兩類豪肴宵蕭四韻字合併而成的。三國時期這一部字用的較少，但是從曹植的作品裏可以清楚地看到這兩類不同來源的字是合用不分的。到晉宋時期也是如此。」（《魏晉南北朝韻部之演變》，頁 19。）

〔註625〕吳承仕《經籍舊音辨證》，頁 176～177。

－253－

崎嶇之「崎」有影、溪、群三紐之音，此「秩」竟未知何字之譌。〔註626〕

500. 15-42 蛭蝪，至掌。

蛭，豬秩反。

案：本條佚文輯自陸德明《經典釋文・爾雅音義》。

董、馬、黃本引均同。余、嚴、葉、王本均未輯錄。

《廣韻》「蛭」字凡三見：一音「之日切」（照紐質韻），一音「丁悉切」（端紐質韻），一音「丁結切」（端紐屑韻）。郭璞音「豬秩反」（知紐質韻），與「之日」、「丁悉」二音俱相近。（知照互切見第七章第二節謝嶠《爾雅音》2-63「誰，諉，累也」條案語；端知互切見前 3-39「爐爐，炎炎，薰也」條案語。）

501. 15-47 熒火，即炤。　郭注：夜飛，腹下有火。

夜飛於空，腹下有火光者。〔注〕

案：慧琳《一切經音義》卷十三〈大寶積經第三十七卷〉「螢火」注云：「《爾雅》作『熒』，『熒火，即炤』，郭璞曰：『夜飛，腹下有火光。』」又卷十八〈大乘大集地藏十輪經序〉「螢暉」注引「《爾雅》：『螢火，即炤也』，郭注云：『夜飛於空，腹下有光者。』」又卷三十三〈佛說決定摠持經一卷〉「螢火」注引郭註《爾雅》曰：「螢，夜飛，腹下有火光。」王樹柟據補「於空光者」四字，云：「慧琳所引，蓋互有脫文，今據酌補。」〔註627〕今從其說。其餘各輯本均未輯錄。

502. 15-49 蚔，烏蠋。　郭注：大蟲如指，似蠶，見《韓子》。

大蟲如指，似蠶。《韓子》云：「蠶似蠋。」〔注〕

案：孔穎達《毛詩・豳風・東山・正義》引「〈釋蟲〉云：『蚔，烏蠋』，……郭璞曰：『大蟲如指，似蠶。《韓子》云：「虫似蠋。」』」〔註628〕又《大雅・韓奕・正義》云：「『厄，烏蠋』，〈釋蟲〉文，郭璞曰：『大蟲如指，似蠶。《韓子》云：「蠶似蠋。」』」今本郭注刪去《韓子》語，據補。

王本引同。〔註629〕其餘各本均未輯錄。

503. 15-50 蠔，蠀蠔。　郭注：小蟲，似蚋，喜亂飛。

〔註626〕黃侃〈經籍舊音辨證箋識〉，吳承仕《經籍舊音辨證》，頁 281。

〔註627〕王樹柟《爾雅郭注佚存補訂》，卷 15，頁 17 上。

〔註628〕阮元云：「案『虫』當作『蠋』，因別體俗字『蠶』作『蚕』，『蠋』作『虫』，而轉輾致誤也。」（《毛詩校勘記》，《皇清經解》，卷 842，頁 33 上。）按「蠶似蠋」語見《韓非子・內儲說上七術》。

〔註629〕陸德明《經典釋文・爾雅音義》出「蠋」，注引郭云：「大蟲如指，似蠶也。」王樹柟亦據《釋文》所引，在「似蠶」下補一「也」字。

蟓飛磑則天風，舂則天雨。〔音〕

案：陸佃《埤雅》卷十一〈釋蟲·蟓〉云：「《爾雅》曰：『蟓，蟻蟓』，……郭璞亦曰：『蟓飛磑則天風，舂則天雨。』此言蟻蟓，將風則旋飛如磑，一上一下，如舂則雨矣。然其《圖贊》又曰『風舂雨磑』，二說不同也。」「蟓飛」二句與今本郭注不同，應係郭璞《音義》佚文。〔註630〕李石《續博物志》卷一引郭璞曰：「蓬飛磑則天風，舂則天雨。」「蓬」為「蟓」字之譌。

黃、葉本引並同。余、嚴、董、馬、王本均未輯錄。

《埤雅》引郭璞《音義》與《圖贊》二說不同，疑當時俗語本有異說。郝懿行云：

> 《埤雅》……引郭曰：「蟓飛磑則天風，舂則天雨」，蓋郭《音義》之文；
> 又引《圖讚》曰：「風舂雨磑」，二說不同。蓋蟓飛而上下如舂主風，回旋
> 如磑主雨，今俗語猶然也。〔註631〕

依郝說則似以《圖贊》之說為是。

504. 15-54 食苗心，螟。食葉，蟘。食節，賊。食根，蟊。　郭注：分別蟲啖食禾所在之名耳。皆見《詩》。

即今子蚄也。〔音〕

案：杜臺卿《玉燭寶典》卷二：「食心曰螟」，下引《尒雅》……《音義》曰：「即今子蚄也。」所引當即郭璞《音義》佚文。

「子蚄」今作「蚵蚄」，《類篇》虫部：「蚄，蚵蚄，蟲名，食苗者。」

505. 15-54 食苗心，螟。食葉，蟘。食節，賊。食根，蟊。　郭注：分別蟲啖食禾所在之名耳。皆見《詩》。

皆蝗類也。〔音〕

案：陸德明《經典釋文·毛詩音義·小雅·大田》出「蟊賊」，注云：「《爾雅》云：蟲食苗心曰螟，食葉曰蟘，食節賊，食根蟊。隨所食為名。郭云：『皆蝗類也。』」杜臺卿《玉燭寶典》卷二：「食葉曰蟘」，下引《音義》曰：「蝗類。」是此語為郭璞《音義》佚文。

王樹枏將「蝗類也」三字輯入今本郭注「皆」字之下，不可從。其餘各本均未輯錄。

〔註630〕劉玉麐亦云：「《埤雅》云：『郭璞曰：「蟓飛磑則天風，舂則天雨。」』此二語蓋為《音義》之文。《埤雅》引郭氏『蟓飛』二語下又云：『此言蟻蟓，將風則旋飛如磑，一上一下，如舂則雨矣。』此為陸氏釋郭之文。」（《爾雅校議》，卷下，頁22上。）

〔註631〕郝懿行《爾雅義疏》，《爾雅廣雅方言釋名清疏四種合刊》，頁292下。

〈釋魚〉

506. 16-1～6 鯉。鱣。鰋。鮎。鱧。鯇。

先儒及《毛詩訓傳》皆謂此魚有兩名，今此魚種類形狀有殊，無緣強合之為一物。〔音〕

案：本條佚文輯自孔穎達《毛詩·衛風·碩人·正義》引郭璞曰；邢昺《爾雅疏》「鮎」下引郭氏語同。

嚴、王本引並同。黃本脫「今」下「此」字，葉本脫「強」字，二本並誤此語出處為《詩·小雅·魚麗·正義》。余、董、馬本均未輯錄。嚴、葉本並以此語為郭璞《音義》佚文，王本則輯入郭注。〔註632〕按《毛詩正義》引「鯉」、「鱣」、「鰋」、「鮎」郭璞注均與今本近同，且與此語文不相屬，然則此語應係郭璞《音義》佚文。

《詩·衛風·碩人》：「鱣鮪發發」，毛《傳》云：「鱣，鯉也；鮪，鮥也。」是毛氏以鱣鯉為一類，與郭璞別為二種之說不同。孔穎達《正義》云：

> 〈釋魚〉有「鯉鱣」，舍人曰：「鯉一名鱣。」……又有「鰋鮎」，孫炎曰：「鰋一名鮎。」……舍人以鱣鯉為一魚，孫以鰋鮎為一魚，郭璞以四者各為一魚。陸機云：「鱣鮪出江海，三月中從河下頭來上。鱣身形似龍，銳頭，口在頷下，背上腹下皆有甲，縱廣四五尺，今於盟津東石磧上釣取之，大者千餘斤，可烝為臛，又可為鮓，魚子可為醬。鮪魚形似鱣而青黑，頭小而尖，似鐵兜鍪，口亦在頷下，其甲可以摩薑，大者不過七八尺，益州人謂之鱣鮪，大者為王鮪，小者為鮛鮪，一名鮥，肉色白，味不如鱣也，今東萊遼東人謂之尉魚，或謂之仲明。仲明者，樂浪尉也，溺死海中，化為此魚。」如陸之言，又以今語驗之，則鯉、鮪、鱣、鮥，皆異魚也，故郭璞曰：「先儒及《毛詩訓傳》皆謂此魚有兩名，今此魚種類形狀有殊，無緣強合之為一物。」是郭謂毛《傳》為誤也。

陸德明《經典釋文·毛詩音義·小雅·魚麗》出「鮎」，注亦云：

> 毛及前儒皆以鮎釋鰋，鱧為鯇，鱣為鯉，唯郭注《爾雅》是六魚之名。今目驗毛解，與世不協，或恐古今名異逐世移耳。

〔註632〕王樹枏在 16-2「鱣」郭璞注「今江東呼為黃魚」之下，輯錄「即是也」三字及本條佚文。王氏云：「《詩·碩人·正義》引郭璞注『黃魚』下有『即是也』三字，今本亦脫。又案〈碩人·傳〉云：『鱣，鯉也』，《正義》引郭璞曰：『先儒及《毛詩訓傳》皆謂此魚有兩名，今此魚種類形狀有殊，無緣強合之為一物。』蓋亦此下之注，皆據補訂。」（《爾雅郭注佚存補訂》，卷16，頁1下。）按「即是也」三字係孔穎達語，王氏誤輯。

按《爾雅》此訓，當以舍人、孫炎注為是，毛《傳》亦不誤。王引之已證「郭說似是而非，未可依據」，其說甚詳，今略不引。〔註633〕

507. 16-4 鮎。

鮎，奴謙反。

案：本條佚文輯自陸德明《經典釋文‧爾雅音義》。

董、馬、黃本引均同。余、嚴、葉、王本均未輯錄。

《廣韻》「鮎」音「奴兼切」（泥紐添韻），與郭璞此音同。

508. 16-5 鱧。　　郭注：鮦也。

鱧，鮦也，目赤似鱺也。〔注〕

案：鮑刻本《太平御覽》卷九百三十七〈鱗介部九‧鱧魚〉引《爾雅》曰：「鱧」，下引郭璞注曰：「鯶〔案：應作「鱧」。〕，鮦也，目赤似鱺也。」（《四部叢刊三編》本《御覽》作「鱧，鮦也，自亦依鱺也」，末句舛誤。）今本郭注脫「鱧」及「目赤似鱺也」五字，據補。

黃本「鱧」作「鯶」。王本僅輯補「目赤似鱺」四字。余、嚴、董、馬、葉本均未輯錄。

509. 16-6 鯇。

鯇，胡本反。

案：本條佚文輯自陸德明《經典釋文‧爾雅音義》。

董、馬、黃本引均同。余、嚴、葉、王本均未輯錄。

《廣韻》「鯇」音「戶板切」（匣紐潸韻），注下有又音「胡本切」（匣紐混韻）。郭璞音「胡本反」，與又音切語全同；《釋文》陸德明音「華板反」，與「戶板」音同。

510. 16-8 鮂，黑鰦。　　郭注：即白鯈魚，江東呼為鮂。

荊楚人又名白鯵。〔音〕

案：原本《玉篇》卷九魚部「鮂」字注引「《尒雅》：『鮂，里茲』，郭璞曰：『鮂，白鯈也，江東呼鮂。』《音義》曰：『荊楚人又名白鯵。』」今據所引輯錄。

511. 16-10 鰜，大鮦，小者鮵。　　郭注：今青州呼小鱺為鮵。

兗州亦名小鮦為鮵也。

〔註633〕參見王引之《經義述聞‧爾雅釋魚‧鯉鱧鰜鮎鱧鯇》，《皇清經解》，卷1207上，頁14下～15下。

案：原本《玉篇》卷九魚部「鯢」字注引「《尒雅》：『鯤，大鮦，小者鯢』，郭
璞曰：『兗州亦名小鮦爲鯢也。』」所引與今本郭注不同。惟此語究屬郭璞《音義》
或《注》之佚文，實難遽定，今暫存疑。

512. 16-12 鰝，大鰕。　　郭注：鰕大者，出海中，長二三丈，鬚長數尺，今
青州呼鰕魚爲鰝。音豐部。

　　鰝，音部，戶老反。

　　案：本條佚文輯自陸德明《經典釋文・爾雅音義》。宋本《爾雅》此訓注末即有
「音豐部」三字。盧文弨云：

> 案宋本注末有「音豐部」三字，與《釋文》合。鍾本作「音豐」，此與郎
> 本作「音部」，各脫一字。〔註634〕

馬、黃本引並同。董本未輯「戶老反」三字。余、嚴、葉、王本均未輯錄。

　　《廣韻》「鰝」、「部」二字同音「胡老」（匣紐皓韻）、「呵各」（曉紐鐸韻）二切。
「戶老」與「胡老」音同。

513. 16-16 鮥，鮛鮪。　　郭注：鮪，鱣屬也。大者名王鮪，小者名鮛鮪。今
宜都郡自京門以上江中通出鱏鱣之魚。有一魚狀似鱣而小，建平人呼鮥子，
即此魚也。音洛。

> 鮪，鱣屬也。大者名王鮪，小者名鮛鮪。今宜都郡自荊門以上江中通出鱏鱣之
> 魚。有一魚狀似鱣而小，建平人呼鮥子，即此魚也。音洛。**一本云王鮪也，**
> **似鱣，口在頷下。**〔注〕

　　案：杜臺卿《玉燭寶典》卷二引「《尒雅》：『鮥，叔鮪』，……郭璞云：『今宜都
郡自荊門以上江中通多鱣鱏之魚。有一魚狀似鱣而小，建平人謂之鮥子，即此魚也。
音洛。一本云王鮪也，似鱣，口在腹下。』」孔穎達《禮記・月令・正義》引「《爾
雅・釋魚》云：『鮥，鮛』，郭景純云：『似鱣而小，建平人呼鮥子。一本云王鮪似鱣，
口在頷下。』」今本郭注脫「一本」以下云云，今據《玉燭寶典》引補。《玉燭寶典》
引「腹下」當係「頷下」之譌，今逕改正。又今本郭注「京門」應作「荊門」，《太
平御覽》卷九百三十六〈鱗介部八・鮪魚〉引《爾雅》注亦作「荊門」。

　　嚴本在郭注之下小字注引「一本云王鮪似鱣，口在頷下」十一字。黃本照錄《禮
記正義》引郭景純語及《音義》文（見下條）。王本僅輯「口在頷下」四字於今本郭
注「而小」之下。余、董、馬、葉本均未輯錄。

〔註634〕盧文弨《經典釋文攷證・爾雅音義下攷證》，頁8上。

514. 16-16 鮥，鮛鮪。　　郭注：鮪，鱣屬也。大者名王鮪，小者名鮛鮪。今宜都郡自京門以上江中通出鱏鱣之魚。有一魚狀似鱣而小，建平人呼鮥子，即此魚也。音洛。

《周禮》：「春獻王鮪。」鱣屬，其大者為王鮪，小者為鮛鮪。或曰鮪即鱏也，以鮪魚亦長鼻，體无連甲。鱏音淫，鮥音格。〔音〕

案：杜臺卿《玉燭寶典》卷二引「《尒雅》：『鮥，叔鮪』，……《音義》云：『《周禮》：「春獻王鮪。」鱣屬，其大者爲王鮪，小者爲鮪。或曰鮪即鱏也，以鮪魚亦長鼻，體无連甲。鱏音淫，鮥音格。』」孔穎達《禮記・月令・正義》引「《爾雅・釋魚》云：『鮥，鮛』，……《音義》云：『大者爲王鮪，小者爲鮛鮪，似鱣，長鼻，體無鱗甲。』」孔《疏》所引較簡略，今據《玉燭寶典》輯錄。「小者爲鮪」句原脫一「鮛」字，據孔《疏》引補。

嚴本據《禮記正義》輯錄。黃本照錄《禮記正義》引郭景純語（見上條）及《音義》文。葉本輯錄「大者爲王鮪，小者爲鮛鮪」十字，下又誤綴陸德明《爾雅音義》引「或曰即鱏魚也，似鱣長而鼻體無鱗甲」十五字。余、董、馬、王本均未輯錄。

《廣韻》「鱏」字凡二見：一音「徐林切」（邪紐侵韻），一與「淫」同音「餘針切」（喻紐侵韻）。又《廣韻》「鮥」音「盧各切」（來紐鐸韻），注下有又音「五格切」（疑紐鐸韻）。郭璞《注》音「洛」，與「盧各」音同；此云「音格」（見紐鐸韻，《廣韻》音「古落切」），與「五格」聲紐略異。又《集韻》「鮥」、「格」二字同音「歷各」（來紐鐸韻）、「剛鶴」（見紐鐸韻）、「各頟」（見紐陌韻）三切。

515. 16-19 鱊鮬，鱖鯞。

鱊，古滑反。

案：本條佚文輯自陸德明《經典釋文・爾雅音義》。

董、馬、黃本引均同。余、嚴、葉、王本均未輯錄。

《廣韻》「鱊」字凡三見：一音「食聿切」（神紐術韻），一音「餘律切」（喻紐術韻），一音「古滑切」（見紐黠韻）。郭璞此音與黠紐切語全同。

516. 16-19 鱊鮬，鱖鯞。

鮬，音步。

案：木條佚文輯自陸德明《經典釋文・爾雅音義》。

董、馬、黃本引均同。余、嚴、葉、王本均未輯錄。

《廣韻》「鮬」字凡二見：一音「苦胡切」（溪紐模韻），一音「薄故切」（並紐暮韻，模暮二韻平去相承）。郭璞音「步」，與「薄故」音同。按《釋文》出「鮬」，

注云：「郭音步，《字林》丘于反，施蒲悲反。」郭璞、施乾「鯆」均讀脣音。段玉裁云：

> 歸音同婦。鱋鱋音近，鯆歸音近。鱋婦即今俗謂之鬼婆子是也。〔註635〕

黃侃云：

> 夸聲之字有脣音，匏是也。此「鯆」本「婦」之後出，由婦音轉「蒲悲」，亦猶由負音轉「丕」耳。〔註636〕

是郭、施讀脣音亦非無據。

517. 16-21 魵，鰕。　郭注：出穢邪頭國，見呂氏《字林》。

小鰕別名。

案：陸德明《經典釋文・爾雅音義》出「魵」，注引郭云：「小鰕別名。」所引未見於今本郭注。又《集韻》文韻「魵」字注云：「魚名，出薉邪頭國，郭璞曰：『小鰕。』」

黃本「小」上有「魵」字。王本「鰕」作「蝦」，並輯入今本郭注「出穢邪頭國」句之上。余、嚴、董、馬、葉本均未輯錄。張宗泰云：

> 《釋文》：「郭云：『小鰕別名。』」按今本注無此四字，又與注義各別。疑注當作「出穢邪頭國，見呂氏《字林》。一云小鰕別名。」〔註637〕

張、王二氏均將「小鰕別名」四字輯入郭注；郝懿行則以此語為郭《音義》之文：

> 蓋郭《音義》之文，欲別於「鰝，大鰕」，不知此魚名耳。《御覽》引《廣志》云：「斑文魚出濊國，獻其皮。」《魏略》云：「濊國出斑魚皮，漢時恆獻之。」然則斑魚即魵魚，魵斑聲近。郭云小鰕，失之。〔註638〕

按此語究屬郭璞《音義》或《注》之佚文，實難遽定，今暫存疑。

518. 16-23 鮂，鮏。　郭注：江東呼鮂魚為鯿，一名鮏，音毗。

江東人呼鮂魚為鯿，一名鮏，音毗。〔注〕

案：孔穎達《毛詩・豳風・九罭・正義》引「〈釋魚〉有『鱒，鮂』，……郭朴曰：『鱒似鯶子，赤眼者。江東人呼鮂魚為鯿。』」今本郭注脫一「人」字，據補。「似鯶子，赤眼」句，係〈釋魚〉16-22「鯦，鱒」條注語。

〔註635〕段玉裁《説文解字注》，第11篇下，頁23下，魚部「鱋」字注。又嚴元照云：「『歸』俗字。郭注云：『俗呼為魚婢，江東呼為妾魚』，以義推之，疑『歸』本作『婦』。」（《爾雅匡名》，卷16，《皇清經解續編》，卷511，頁3上。）
〔註636〕黃侃〈經籍舊音辨證箋識〉，吳承仕《經籍舊音辨證》，頁281～282。
〔註637〕張宗泰《爾雅注疏本正誤》，卷2，〈正注文之誤〉，頁13下。
〔註638〕郝懿行《爾雅義疏》，《爾雅廣雅方言釋名清疏四種合刊》，頁297下。

王本「呼」作「評」，餘同。其餘各本均未輯錄。

519. 16-24 鼳，鯠。

鯠，音來。

案：本條佚文輯自陸德明《經典釋文・爾雅音義》。

董、馬、黃、葉本引均同。余、嚴、王本均未輯錄。

《廣韻》「鯠」、「來」二字同音「落哀切」（來紐咍韻）。

520. 16-25 蜎，蠉。

蜎，狂袞反。

案：本條佚文輯自陸德明《經典釋文・爾雅音義》。

董、馬、黃本引均同。葉本「狂」誤作「在」。余、嚴、王本均未輯錄。

《廣韻》「蜎」字凡三見：一音「烏玄切」（影紐先韻），一音「於緣切」（影紐仙韻），一音「狂袞切」（群紐獮韻）。郭璞此音與獮韻切語全同。（續見下條。）

521. 16-25 蜎，蠉。

蠉，香袞反。

案：本條佚文輯自陸德明《經典釋文・爾雅音義》。

董、馬、黃、葉本引均同。余、嚴、王本均未輯錄。

《廣韻》「蠉」字凡二見：一音「許緣切」（曉紐仙韻），一音「香袞切」（曉紐獮韻）。郭璞此音與獮韻切語全同。郭璞讀「蜎」、「蠉」二音疊韻，黃侃云：

> 蜎、蠉蓋一語變易，又疊韻也。肙聲、睘聲相通例甚多，《一切經音義》
> 三蜎或作蠉，〈楚策〉「范環」《史記》作「范蜎」，徐廣曰「一作蠉」，故
> 或謂蠉、蜎同字。〔註639〕

522. 16-26 蛭，蟣。　郭注：今江東呼水中蛭蟲，入人肉者為蟣。

蟣，音祈。

案：本條佚文輯自陸德明《經典釋文・爾雅音義》。《太平御覽》卷九百五十〈蟲豸部七・水蛭〉引《爾雅》曰：「蛭，蟣」，下引郭璞注曰：「今江東呼水中蛭蟲，入人肉者為蟣。」注下亦有「音祈也」三字。

董本引同。黃本據《釋文》輯錄「蟣音祈」三字，又據《御覽》輯錄「蟣音祈」三字。葉本「祈」作「祁」。王本輯「音祈」二字於今本郭注「為蟣」之下。余、嚴、馬本均未輯錄。按《釋文》及《御覽》所引音均作「祈」，黃、葉本並誤作「祁」，

〔註639〕黃侃《爾雅音訓》，頁 275。

不詳所據。《廣韻》「祁」音「渠脂切」（群紐脂韻），與「蟣」音不合。又按此音究屬郭璞《音義》或《注》之佚文，實難遽定，今暫存疑。

　　《廣韻》「蟣」字凡二見：一音「渠希切」（群紐微韻），一音「居狶切」（見紐尾韻，微尾二韻平上相承）。郭璞音「祈」，與「渠希」音同。

523. 16-30 鼁䖀，蟾諸。　　郭注：似蝦蟆，居陸地，《淮南》謂之去蚁。

似蝦蟆，居陸地，《淮南》謂之去父，山東謂之去蚁，蚁音方句反。江南俗呼蟾蜍，蜍音食餘反。〔注〕

　　案：玄應《一切經音義》卷十〈般若燈論第十二卷〉「蟾蜍」注引「《爾雅》：『蟾諸』，郭璞曰：『似蝦蟆，居陸地，《淮南》謂之去父，山東謂之去蚁，蚁音方可反。江南俗呼蟾蜍，蜍音食餘反。』」〔註640〕「可」應係「句」字之譌，今逕改正。

　　嚴本輯「山東謂之去蚁，江南呼蟾蜍」十一字於今本郭注「去蚁」之下。黃本未輯「蚁」、「蜍」二音。王本輯爲郭璞注，「呼」作「評」，「蜍」字未重出。董本在今本郭注之下注云：

　　　　按《眾經音義》引郭注「去蚁」下有「山東謂之去蚁，江南呼蟾蜍」二語。

　　　　攷《釋文》有「蚁」字之音，疑今本注有脫文也。〔註641〕

余、馬、葉本均未輯錄。

　　《廣韻》「蚁」字凡二見：一音「方矩切」（非紐麌韻），一音「扶雨切」（奉紐麌韻）。玄應《音義》引郭璞音「方可反」（非紐哿韻），與《廣韻》「蚁」音俱不合；「可」爲「句」字之譌，「方句反」（非紐遇韻）與「方矩切」僅聲調不同（麌遇二韻上去相承）。又《廣韻》「蜍」音「章魚切」（照紐魚韻），郭璞音「食餘反」（神紐魚韻），與「章魚」聲紐略異。

524. 16-31 蛭，蟣。

蟣，毗支反。

　　案：本條佚文輯自陸德明《經典釋文·爾雅音義》。《釋文》出「蟣」，注云：「謝步佳反，郭毗支反，《字林》作螕，沈父幸反，施蒲鯁反。」又舊校云：「本今作蟣。」是謝、郭、沈、施本《爾雅》字皆作「蟣」。《說文》作「蟣」，《玉篇》蟲部：「蟣，或作螕。」

　　馬本引同。董、黃本「蟣」並作「蟣」。余、嚴、葉、王本均未輯錄。

〔註640〕莊炘校云：「今本《爾雅》郭注脫『山東謂之去蚁』句並音方可反。」
〔註641〕董桂新《爾雅古注合存》，朱祖延《爾雅詁林》，頁4001。

《廣韻》「廳」字凡三見：一音「符支切」（奉紐支韻），一音「薄佳切」（並紐佳韻），一音「蒲幸切」（並紐耿韻）；又支韻「廳」下有又音「薄猛切」（並紐梗韻）。郭璞音「毗支反」（並紐支韻），與「符支」音同；沈旋音「父幸反」（奉紐耿韻），與「蒲幸」音同；施乾音「蒲鯁反」，與「薄猛」音同；謝嶠音「步佳反」，與「薄佳」音同。

525. 16-33 鼈三足，能。龜三足，賁。 郭注：《山海經》曰：「從山多三足鼈」，「大苦山多三足龜」。今吳興郡陽羨縣君山上有池，池中出三足鼈，又有六眼龜。

《山海經》曰：「從山多三足鼈」，「大苦山多三足龜」。今吳興郡陽羨縣君山上有池，池中出三足鼈，又有六眼龜。**出〈地理志〉**。〔注〕

案：慧琳《一切經音義》卷七十四〈佛本行讚傳第四卷〉「龜鼈」注引郭注《尒雅》：「吳興郡楊羨縣有池，池中出三腳龜，亦有六眼龜。出〈地理志〉。」今本郭注脫「出〈地理志〉」四字，據補。今《漢書‧地理志》未見相關記載。《太平寰宇記》卷九十二〈江南東道四‧常州‧宜興縣〉：「君山在縣南二十里，⋯⋯山上有池，池中有三足鼈、六眸龜」，與郭璞說同。

王本引同。其餘各本均未輯錄。

526. 16-34 蚹蠃，螔蝓。 郭注：即蝸牛也。

形大曰蠃，小者曰蝸牛。

案：慧琳《一切經音義》卷八〈大般若波羅蜜多經第五百八十三卷〉「螺蝸」注引「《爾雅》曰：『蚹蠃，螔（音夷）蝓（音榆）』，⋯⋯郭璞注曰：『形大曰蠃，小者曰蝸牛。』」所引與今本郭注不同。

王本引同，且輯入今本郭注「即蝸牛也」句之下。其餘各本均未輯錄。按此語究屬郭璞《音義》或《注》之佚文，實難遽定，今暫存疑。

527. 16-34 蚹蠃，螔蝓。 郭注：即蝸牛也。

螔蝓，音移俞。

案：鮑刻本《太平御覽》卷九百四十七〈蟲豸部四‧螔蝓〉引《爾雅》曰：「蚹蠃，螔蝓」，下引郭璞曰：「音移俞。即蝸牛也。」（《四部叢刊三編》本《御覽》「俞」誤作「吏」。）今本郭注無音。

黃、王本並輯錄「音移俞」三字，王本輯入今本郭注「即蝸牛也」句之上。余、嚴、董、馬、葉本均未輯錄。按此音究屬郭璞《音義》或《注》之佚文，實難遽定，今暫存疑。

《廣韻》「虒」字凡二見：一音「弋支切」（喻紐支韻），一音「息移切」（心紐支韻）。郭璞音「移」，與「弋支」音同。又《廣韻》「蝓」、「俞」二字同音「羊朱切」（喻紐虞韻）。

528. 16-34 蚹蠃，蝓蝓。　郭注：即蝸牛也。

即蝸牛也。音瓜。〔注〕

案：《後漢書・西域傳》：「莊周蝸角之論」，李賢注引郭璞注《爾雅》云：「蝸牛，音瓜。」今本郭注無音，據補。

王本據慧琳《音義》輯錄「形大曰蠃，小者曰蝸牛」九字於今本郭注「即蝸牛也」句之下（見前），又據李賢注輯錄「音瓜」二字於「小者曰蝸牛」之下。其餘各本均未輯錄。

《廣韻》「蝸」字凡二見：一音「古蛙切」（見紐佳韻），一音「古華切」（見紐麻韻）。郭璞音「瓜」，與「古華」音同。

529. 16-36 蜃，小者珧。

案：陸德明《經典釋文・爾雅音義》出「珧」，注云：「眾家本皆作濯。」是陸氏所見郭璞本《爾雅》字作「珧」，其餘各本皆作「濯」。《太平御覽》卷九百四十一〈鱗介部十三・蚌〉、卷九百四十二〈鱗介部十四・蜆〉兩引《爾雅》此訓字亦作「珧」，與《釋文》合。嚴元照云：

> 《周禮・春官・守祧》注云：「古文祧爲濯。」《詩・小雅・大東》：「佻佻公子」，《釋文》云：「《韓詩》作嬥嬥。」《淮南・原道》：「上游於霄霓之野」，注云：「霓讀翟氏之翟。」蓋兆、翟聲近通用。「濯」爲古文，其作「珧」者，郭所改也。《說文》王部：「珧，蜃甲也」，義亦相近。〔註642〕

其說可從。上古音兆聲屬宵部，翟聲屬藥部，〔註643〕二部對轉。

530. 16-36 蜃，小者珧。　郭注：珧，玉珧，即小蚌。

新燕蛤也，江東呼為蜆也。〔音〕

案：《太平御覽》卷九百四十二〈鱗介部十四・蜆〉引《爾雅》曰：「蜃，小者曰珧」，下引郭璞注曰：「新燕蛤也，江東呼爲蜆也。」所引與今本郭注不同。

黃本引同。王本「呼」作「評」，無下「也」字，且輯入今本郭注「珧玉珧」之

〔註642〕嚴元照《爾雅匡名》，卷16，《皇清經解續編》，卷511，頁5下。郝懿行亦云：「珧从兆聲，與濯音近，故相通借。」（《爾雅義疏》，《爾雅廣雅方言釋名清疏四種合刊》，頁300下。）

〔註643〕陳新雄《古音研究》，頁358～359。

上。余、嚴、董、馬、葉本均未輯錄。王樹枏云：

> 《御覽》九百四十二卷〈鱗介部・蜆〉下引《爾雅》曰：「蜃，小者曰蜁」，
> 郭璞注曰：「新燕蛤也，江東呼爲蜆也。」九百四十一卷〈鱗介部・蚌〉
> 下引《爾雅》曰：「蜃，小者蜁」，「蜁，玉蜁也，即小蚌。蜁音遙。」樹
> 枏案：二注所引不同，據此足徵郭注當時有二本，故所引互異。今以意補
> 訂。〔註644〕

按《御覽》兩引《爾雅》此訓，其下注文不同，「新燕蛤也」云云與今本郭注義不相
涉，當係郭璞《音義》佚文。王氏二本之說不可信。

531. 16-37龜，俯者靈，仰者謝。前弇諸果，後弇諸獵。

案：陸德明《經典釋文・爾雅音義》出「謝」，注云：「如字，眾家本作射。」
是陸氏所見郭璞本《爾雅》字作「謝」，其餘各本均作「射」。唐石經字亦作「謝」。
《禮記・玉藻》：「卜人定龜」，鄭玄注云：「謂靈射之屬，所當用者」，是今本《爾雅》
作「謝」，鄭玄所據本作「射」，與《釋文》所謂「眾家本」同。孔穎達《正義》云：
「謂卜祭天用靈，祭地用射，射則繹也」，是「射」亦與「繹」通。〔註645〕《周禮・
春官・龜人》：「天龜曰靈屬，地龜曰繹屬」，鄭玄注云：「龜俯者靈，仰者繹，前弇
果，後弇獵。」賈公彥《疏》云：「《爾雅》云『仰者繹』，此云地龜曰繹，同稱故爲
一物。」其經及注疏字均作「繹」。郝懿行云：

> 按「謝」彼作「繹」，「謝」、「繹」古同聲。《釋文》：「謝，眾家本作射」，
> 蓋「射」有「繹」音，《韓詩》「斁」作「射」，即其例也。〔註646〕

又阮元云：

> 按《禮記・玉藻・注》云：「謂靈射之屬，所當用者」，是鄭氏所據本亦作
> 「射」。〈龜人〉：「地龜曰繹屬」，注云：「仰者繹」，此順《周禮》經字以
> 「繹」爲「射」也。《周禮》古文故作「繹」，《爾雅》今文故作「射」。郭
> 本作「謝」，非。〔註647〕

又案：陸德明《經典釋文・爾雅音義》出「果」，注云：「眾家作裹，唯郭作此

〔註644〕王樹枏《爾雅郭注佚存補訂》，卷16，頁12上。
〔註645〕陸德明《經典釋文・禮記音義》出「靈射」，注云：「音亦，《周禮》作繹，《爾雅》作
　　　　謝。」按上古音睪聲與射聲同屬鐸部。（陳新雄《古音研究》，頁354。）
〔註646〕郝懿行《爾雅義疏》，《爾雅廣雅方言釋名清疏四種合刊》，頁301上。
〔註647〕阮元《爾雅挍勘記》，《皇清經解》，卷1036，頁6下。嚴元照云：「《禮記・玉藻》：『卜
　　　　人定龜』，注云：『謂靈射之屬』，是鄭本作『射』。『射』與『繹』古通用，故鄭本又作
　　　　『繹』。《周禮・春官・龜人》：『地龜曰繹屬』，注云『仰者繹』，賈疏引《爾雅》亦作
　　　　『繹』。」（《爾雅匡名》，卷16，《皇清經解續編》，卷511，頁6上。）與阮氏說近同。

字。」是陸氏所見郭璞本《爾雅》字作「果」，其餘各本均作「裏」。郝懿行云：

> 《爾雅釋文》：……「果，眾家作裏，唯郭作此字。」然則「裏」有斂藏
> 之意。弇在前，故曰裏；露在後，故曰贏。〔註648〕

又《釋文》云「唯郭作此字」，嚴元照云：

> 案《周禮·龜人》：「東龜曰果屬」，注云：「前弇果。」彼《疏》引《爾雅》
> 同，《釋文》亦同，然則鄭本已作「果」，不可云「唯郭作此字」也。〔註649〕

532. 16-38 貝，大者魧。　郭注：《書大傳》曰：「大貝如車渠。」車渠謂車
輞，即魧屬。

　　今紫貝也，大者如車渠。

　　案：本條佚文輯自徐鍇《說文解字繫傳》卷二十二魚部「魧」下引《爾雅注》。

　　王本輯「今紫貝也」四字於今本郭注「書大傳」之上，云：「今本脫『今紫貝
也』四字。郭璞〈江賦〉云：『紫魧如渠』，正可與注相證。據補。」〔註650〕其餘
各本均未輯錄。按《繫傳》所引究屬郭璞《音義》或《注》之佚文，實難遽定，
今暫存疑。

533. 16-38 貝，大者魧。

　　魧，胡黨反。

　　案：本條佚文輯自陸德明《經典釋文·爾雅音義》。

　　董、馬、黃本引均同。余、嚴、葉、王本均未輯錄。

　　《廣韻》「魧」字凡二見：一音「古郎切」（見紐唐韻），一音「胡郎切」（匣紐
唐韻）；又「古郎」音下注云：「本杭、沆二音。」〔註651〕郭璞音「胡黨反」，與「沆」
音同。

534. 16-38 貝，小者鰿。

　　鰿，音蹟。

　　案：本條佚文輯自陸德明《經典釋文·爾雅音義》。《釋文》出「鰿」，注云：「郭
音蹟，字又作䑉。」是郭本《爾雅》字作「鰿」。

　　董、葉本「鰿」並作「䑉」。馬本「蹟」下有「字又作䑉」四字。余、嚴、黃、

〔註648〕郝懿行《爾雅義疏》，《爾雅廣雅方言釋名清疏四種合刊》，頁301上。
〔註649〕嚴元照《爾雅匡名》，卷16，《皇清經解續編》，卷511，頁6上。
〔註650〕王樹柟《爾雅郭注佚存補訂》，卷16，頁13下～14上。
〔註651〕《廣韻》「杭」、「沆」二字同音「胡郎切」，「沆」又音「胡朗切」（匣紐蕩韻，唐蕩二
　　　　韻平上相承）。

王本均未輯錄。「字又作鰿」四字係陸氏校語，馬氏誤輯。

《廣韻》字作「鰿」，凡二見：一音「士革切」（牀紐麥韻），一音「資昔切」（精紐昔韻）。郭璞音「蹟」，與「士革」音同。

535. 16-38 蚆，博而頯。

蚆，音巴。

案：本條佚文輯自陸德明《經典釋文・爾雅音義》。

董、馬、黃本引均同。余、嚴、葉、王本均未輯錄。

《廣韻》「蚆」字凡二見：一音「普巴切」（滂紐麻韻），一音「伯加切」（幫紐麻韻）。郭璞音「巴」，與「伯加」音同。

536. 16-38 蚆，博而頯。

頯，匡軌反。

案：本條佚文輯自陸德明《經典釋文・爾雅音義》。

董、馬、黃本引均同。余、嚴、葉、王本均未輯錄。

《廣韻》「頯」字凡二見：一音「渠追切」（群紐脂韻），一音「居洧切」（見紐旨韻，脂旨二韻平上相承）。郭璞音「匡軌反」（溪紐旨韻），與「居洧」聲紐略異。

537. 16-38 蜠，大而險。

蜠，求隕反，又丘筠反。

案：本條佚文輯自陸德明《經典釋文・爾雅音義》。

馬本引同。董本未輯又音。黃本「丘」作「邱」。余、嚴、葉、王本均未輯錄。

《廣韻》「蜠」字凡二見：一音「去倫切」（溪紐眞韻），一音「渠殞切」（群紐軫韻，眞軫二韻平上相承）。郭璞音「求隕反」，與「渠殞」音同；又音「丘筠反」，與「去倫」音同。盧文弨云：

「蜠」乃俗字，《説文》所無。《藝文類聚》引作「困」，當從之。〔註652〕

按《廣韻》「困」亦有「去倫」、「渠殞」二切。

538. 16-38 蜻，小而橢。

蜻，音責。

案：本條佚文輯自陸德明《經典釋文・爾雅音義》。

〔註652〕盧文弨《經典釋文攷證・爾雅音義下攷證》，頁 8 下。盧云「《類聚》引作困」者，見《類聚》卷八十四〈寶玉部下・貝〉。

董、馬、黃本引均同。余、嚴、葉、王本均未輯錄。

《釋文》出「蠈」，注云：「施音蟦，郭音賾，沈音積。本或作蠈，又作蟦，又作蠈，音皆同。」按《廣韻》「蠈」字凡二見：一音「側革切」（莊紐麥韻），一音「資昔切」（精紐昔韻）。郭璞音「賾」與「側革」同；沈旋音「積」與「資昔」同。施乾音「蟦」，是讀「蠈」為「蠈」。郝懿行云：「蠈即蠈也。」〔註653〕《廣韻》「蟦」、「蠈」二字同音「士革切」（牀紐麥韻）。

539. 16-39 蠑螈，蜥蜴。蜥蜴，蝘蜓。蝘蜓，守宮也。

蠈，音原，或作蚖，兩通。蝘，音焉典反。蜓，音殄。〔音〕

案：杜臺卿《玉燭寶典》卷二引「《尔雅》：『榮螈，蜥蜴。蝘蜓，守宮』，《音義》云：『蠈，音原，或作蚖，兩通。蝘，音焉典反。蜓，音殄。』」所引當即郭璞《音義》佚文，今據補。

《廣韻》無「蠈」字，陸德明《經典釋文·爾雅音義》出「蠈」，注云：「音原，《字林》作蚖。」按《廣韻》「蚖」音「愚袁切」（疑紐元韻），郭璞「蠈」音「原」，與「愚袁」同。又《廣韻》「蝘」字凡二見：一音「於幰切」（影紐阮韻），一音「於殄切」（影紐銑韻）。郭璞音「焉典反」，與「於殄」同；《釋文》陸德明音「烏典反」，亦同。又《廣韻》「蜓」字凡三見：一音「特丁切」（定紐青韻），一音「徒典切」（定紐銑韻），一音「徒鼎切」（定紐迥韻）。郭璞音「殄」，與「徒典」同；《釋文》陸德明亦音「徒典反」。

540. 16-40 蟒，王蛇。　郭注：蟒，蛇最大者，故曰王蛇。

蟒，蛇最大者，故曰王蛇。蛇能吞象，計長數百尺。〔注〕

案：慧琳《一切經音義》卷七十九〈經律異相卷第五十〉「鐵蟒」注引郭注《尔雅》：「蟒者，虵之最大者曰蟒蛇也。蛇能吞篆〔案：應作「象」。〕，計長數百尺。」今本郭注脫「蛇能」以下九字，據補。

王本引同。其餘各本均未輯錄。

541. 16-40 蝮虺，博三寸，首大如擘。　郭注：身廣三寸，頭大如人擘指，此自一種蛇，名為蝮虺。

此別自一種蛇，人自名為蝮虺。今蛇細頸大頭，焦尾，色如艾綬文，文間有毛似豬鬣，鼻上有針，大者長七八尺，一名反鼻，非虺之類也，足以明此自一種蛇。〔音〕

〔註653〕郝懿行《爾雅義疏》，《爾雅廣雅方言釋名清疏四種合刊》，頁302上。

案：《漢書・田儋傳》：「蝮蠚手則斬手，蠚足則斬足」，顏師古注引郭璞云：「各自一種蛇，其蝮蛇細頸大頭，焦尾，色如綬文，文間有毛似豬鬛，鼻上有針，大者長七八尺，一名反鼻，非虺之類也。」〔註654〕孔穎達《毛詩・小雅・斯干・正義》引「〈釋魚〉云：『蝮虺，博三寸，首大如擘』，……郭璞曰：『此自一種蛇，人自名爲蝮虺。今蛇細頸大頭，色如艾綬文，文間有毛似豬鬛，鼻上有針，大者長七八尺，一名反鼻，如虺類，足以明此自一種蛇。』」〔註655〕邢昺《爾雅疏》照錄孔《疏》所引，「豬」作「豬」，「尺」譌作「寸」。〔註656〕按顏注與二《疏》所引郭璞語除首二句外，均與今本郭注不同，今依其文意參酌補訂。又玄應《一切經音義》卷六〈妙法蓮華經第二卷〉「蝮蠍」注引「《爾雅》：『蝮虺，博三寸，首大如擘』，……《音義》曰：『說者云今蝮蛇，鼻上有針，一名反鼻虺。』」慧琳《一切經音義》卷二十七〈妙法蓮花經・譬喻品〉「蝮」注引「《尒雅》：『蝮虺，博三寸，首大如擘』，……《音義》曰：『蝮蛇，鼻上有針，一名反鼻蛇。』」玄應、慧琳所引《音義》均係節引此語，又可知此語係郭璞《音義》佚文。

王本輯入今本郭注「擘指」之下，「間」作「閒」，「豬」作「豬」，餘同。嚴本僅據《詩疏》所引，輯入今本郭注「擘指」之下，「艾綬」作「文綬」，「綬」下「文」字未重，「尺」作「寸」。黃本據《詩疏》輯錄「今蛇」至「虺類」三十三字，脫「艾」字，「綬」下「文」字未重，「尺」作「寸」，又據玄應《音義》輯錄「說者」云云。余、董、馬、葉本均未輯錄。

542. 16-41 鯢，大者謂之鰕。　郭注：今鯢魚似鮎，四腳，前似獼猴，後似狗，聲如小兒啼，大者長八九尺。

今江東呼爲役，荊州呼爲鰨。〔音〕

案：慧琳《一切經音義》卷三十九〈不空羂索經第二十五卷〉「鯢魚」注引郭注《尒雅》：「鯢魚似鮎，四腳，聲如小兒，大者八九尺。今江東呼爲役，荊州呼爲鰨。」今本郭注無「今江東」以下十一字。

〔註654〕陸德明《經典釋文・爾雅音義》出「虫」，注引郭云：「別自一種蛇，名蝮虺。」「別」與「各」義同。

〔註655〕阮刻本《毛詩正義》「艾綬」作「文綬」，阮元云：「案『綬』上『文』字當作『艾』。」（《毛詩校勘記》，《皇清經解》，卷843，頁31上。）今從其說改正。《後漢書・馮魴傳》：「帝嘗幸其府，留飲十許日，賜駮犀具劍、佩刀、紫艾綬、玉玦各一」，李賢注云：「艾即蘩，綠色也，其色似艾。」又「針」原譌作「鈄」，今逕改正。

〔註656〕玄應《一切經音義》卷六〈妙法蓮華經第二卷〉「蝮蠍」注、慧琳《一切經音義》卷二十七〈妙法蓮花經・譬喻品〉「蝮」注並引《三蒼》：「蝮蛇，色如綾綬，文間有鬛，大者七八尺。」（玄應《音義》脫「綾」字。）可與郭璞說互證。

王本二「呼」字並作「評」，且輯入今本郭注「九尺」之下。其餘各本均未輯錄。
周祖謨云：

> 慧琳《音義》卷三十九引此注「八九尺」下有「今江東呼爲伇，荊州呼爲
> 鰯」二語。考《釋文》「伇」「鰯」二字均無注音，慧琳所引蓋出郭璞《音
> 義》。〔註 657〕

說較可信，今從之。

543. 16-43 一曰神龜。　　郭注：龜之最神明。

此當龜以爲畜，在宮沼者。〔音〕

案：孔穎達《禮記・禮器・正義》引「《爾雅》云：『一曰神龜』，郭注：『此
當龜以爲畜，在宮沼者。』」所引與今本郭注不同。賈公彥《周禮・春官・龜人・
疏》云：「按《爾雅》有十龜：一曰神龜，龜之最神明者。」按賈《疏》自「神龜」
至「火龜」，均與今本《爾雅》與郭璞注近同，「神龜」之下亦未見此語，然則此
語當係郭璞《音義》佚文。邵晉涵云：

> 〈禮器・疏〉引……與今本異，疑《礼疏》所引爲郭氏《音義》之文，或
> 所見本異也。〔註 658〕

郝懿行亦云：

> 〈禮器・疏〉引郭注……蓋郭《音義》之文，本〈禮運〉爲説也。〔註 659〕

《禮記・禮運》云：「龜以爲畜，故人情不失」，又云：「龜龍在宮沼」，當即郭璞此
注所本。

嚴、黃、王本引均同，嚴、王本並輯入今本郭注「神明」（王本作「神明者」。）
之下。葉本脫「爲」字。余、董、馬本均未輯錄。王樹枏云：

> 〈禮器・疏〉與〈春官・疏〉所引各異，蓋當時郭注刪節本不同，各據所
> 見，故有異也。〔註 660〕

其說無據。

544. 16-43 二曰靈龜。　　郭注：涪陵郡出大龜，甲可以卜，緣中文似瑇瑁，
俗呼為靈龜，即今蚌蠵龜，一名靈蠵，能鳴。

今江東所用卜龜，黃靈黑靈者，此蓋與天龜靈屬一也。〔音〕

案：孔穎達《禮記・禮器・正義》引「《爾雅》云：……『二曰靈龜』，注云：『今

〔註 657〕周祖謨《爾雅校箋》，頁 350。
〔註 658〕邵晉涵《爾雅正義》，《皇清經解》，卷 520，頁 15 上。
〔註 659〕郝懿行《爾雅義疏》，《爾雅廣雅方言釋名清疏四種合刊》，頁 303 下。
〔註 660〕王樹枏《爾雅郭注佚存補訂》，卷 16，頁 19 上。

江東所用卜龜，黃靈黑靈者，此蓋與天龜靈属一也。』」所引與今本郭注不同。賈公彥《周禮・春官・龜人・疏》云：「二曰靈龜。涪陵郡出大龜，甲可以卜，緣中文似拳瑁，俗呼爲靈龜，即今大觜蠵龜也，一曰靈啣，能鳴也。」按賈《疏》引郭注亦未見此語，然則此語當係郭璞《音義》佚文。邵晉涵云：

　　〈禮器・疏〉引註云……是郭以〈龜人〉所謂天龜即靈龜矣。〔註661〕

郝懿行亦云：

　　是郭以此龜即天龜。〔註662〕

嚴本引同。黃、王本「蓋」並作「盇」。嚴、王本並輯入今本郭注「能鳴」之下。〔註663〕余、董、馬、葉本均未輯錄。

545. 16-43 **三曰攝龜。　郭注：小龜也，腹甲曲折，解能自張閉，好食蛇，江東呼爲陵龜。**

　　攝，祛浹反。

　　案：本條佚文輯自陸德明《經典釋文・爾雅音義》。《通志堂經解》本《釋文》「浹」譌作「夾」。

　　董、馬、黃本引均同。余、嚴、葉、王本均未輯錄。

　　郭音「祛浹反」，疑是讀「攝」爲「呷」。羅願云：

　　　　十龜，三曰攝龜。郭氏曰：「小龜也，腹甲曲折，解能自張閉，好食蛇，
　　　　江東呼爲陵龜。」蓋今之呷蛇龜是也。小狹長尾，腹下橫折，見蛇則呷而
　　　　食之。〔註664〕

唐愼微《證類本草》卷二十〈蟲魚部上品・秦龜〉引陶隱居云：

　　又有鶩龜，小狹長尾，乃言療蛇毒，以其食蛇故也。

又唐本注云：

　　鶩龜腹折，見蛇則呷而食之，荊楚之間謂之呷蛇龜也。

按《廣韻》「呷」音「呼甲切」（曉紐狎韻），與「祛浹反」（溪紐怗韻）聲紐略異，

〔註661〕邵晉涵《爾雅正義》，《皇清經解》，卷520，頁15上。《周禮・春官・龜人》：「龜人掌六龜之屬，各有名物。天龜曰靈屬。」

〔註662〕郝懿行《爾雅義疏》，《爾雅廣雅方言釋名清疏四種合刊》，頁303下。

〔註663〕王樹枏又據賈公彥《周禮・春官・龜人・疏》所引，在今本郭注「觜蠵龜」之上補一「大」字，下補一「也」字。周祖謨云：「《周禮・春官・龜人》疏引作『即今大觜蠵龜也。』『大』字疑爲衍文。」（《爾雅校箋》，頁350。）今按《山海經・東次三經》：「跂踵之山……有水焉，廣員四十里皆涌，其名曰深澤，其中多蠵龜」，郭璞注云：「蠵，觜蠵，大龜也，甲有文彩，似瑇瑁而薄。」然則郭璞此注或亦本作「觜蠵大龜」，而今本脫去「大」字，《周禮疏》引誤乙。惟諸説均無明證，今暫存疑。

〔註664〕羅願《爾雅翼》，卷31，頁311。

韻亦近同。〔註665〕

546. 16-43 三曰攝龜。　郭注：小龜也，腹甲曲折，解能自張閉，好食蛇，江東呼為陵龜。

以腹甲翕然攝，歛頭閉藏之，即當《周禮》地與四方之龜。知者，以皆有奄斂之義故也。〔音〕

案：孔穎達《禮記・禮器・正義》引「《爾雅》云：……『三曰攝龜』，注云：『以腹甲翕然攝，歛頭閉藏之，即當《周禮》地與四方之龜。知者，以皆有奄斂之義故也。』」所引與今本郭注不同。賈公彥《周禮・春官・龜人・疏》云：「三曰攝龜。小龜也，腹甲曲折，解能自張閉，好食蛇，江東呼爲陵龜也。」按賈《疏》引郭注亦未見此語，然則此語當係郭璞《音義》佚文。邵晉涵云：

> 案郭氏此說，與今註不同。又〈春官〉龜人所掌六龜之屬，鄭註以上文「龜俯者靈，仰者謝」六者釋之，今迺以天龜爲靈龜，地與四方之龜通爲攝龜，是六龜祇有兩類矣。既乖鄭義，又誤以爲〈卜師〉之文，疑郭氏未定之論也。〔註666〕

黃、王本「斂」並作「歛」，嚴、葉本「歛」並作「斂」，皆通。嚴本將「以腹甲」以下二句輯入今本郭注「張閉」之下，「即當」句輯入「陵龜」之下，未輯「知者」以下十一字。王本則全部輯入今本郭注「陵龜」之下。余、董、馬本均未輯錄。

547. 16-43 四曰寶龜。　郭注：《書》曰：「遺我大寶龜。」

即「遺我大寶龜」，及〈樂記〉曰「青黑緣者，天子之寶龜」，及〈公羊・定公八年〉「龜青純」皆是也。

案：孔穎達《禮記・禮器・正義》引「《爾雅》云：……『四曰寶龜』，『即「遺我大寶龜」，及〈樂記〉曰「青黑綠〔案：應作「緣」。〕者，天子之寶龜」，及〈公羊・定公八年〉「龜青純」皆是也。』」所引郭注首句與今本郭注近同，然則此語究屬郭璞《音義》或《注》之佚文，實難遽定，今暫存疑。賈公彥《周禮・春官・龜人・疏》云：「四曰寶龜，大寶龜也。」亦是節引郭注。邵晉涵云：

> 案寶龜所以贈諸侯，故諸侯以龜爲寶。《春秋》云：「盜竊寶玉大弓」，《公羊傳》云：「寶者何？……龜青純。」何休註云：「千歲之龜青髯。……

〔註665〕周祖謨云：「在魏晉宋時期……葉怗洽狎業乏爲一部。……稱爲葉部。」（《魏晉南北朝韻部之演變》，頁32。）

〔註666〕邵晉涵《爾雅正義》，《皇清經解》，卷520，頁15下。

經不言龜者，以先知從寶省文。謂之寶者，世世寶用之辭。」〔註667〕

　　黃本「定公八年」作「定八年」。嚴本輯「樂記」以下二十五字於今本郭注「寶龜」之下。王本逕引此文爲郭璞注，「即」下據今本郭注添「《書》曰」二字。余、董、馬、葉本均未輯錄。

548. 16-43　五曰文龜。　　郭注：甲有文彩者，《河圖》曰：「靈龜負書，丹甲青文。」

　　甲有文彩者，《河圖》曰「靈龜負書，丹甲青文」是也。**言靈者，直是神龜之義，非天龜也。**〔注〕

　　案：孔穎達《禮記・禮器・正義》引「《爾雅》云：……『五曰文龜』，注：『甲有文采者，《河圖》云「靈龜負書，丹甲青文」是也。言靈者，直是神龜之義，非天龜也。』」所引郭注首句及《河圖》云云與今本郭注相同，「言靈者」以下三句係郭璞釋《河圖》「靈龜」之語，當亦郭注原文，今據補。

　　王本引同。其餘各本均未輯錄。

549. 16-43　六曰筮龜。　　郭注：常在蓍叢下潛伏，見〈龜策傳〉。

上有蔭叢蓍，下有千齡蔡。〔音〕

　　案：本條佚文輯自賈公彥《儀禮・士冠禮・疏》引郭璞云。今本郭注與此語文不相屬，疑此語應係郭璞《音義》佚文。

　　嚴、黃、葉本「蔭叢」二字均誤乙，嚴氏亦輯爲《音義》佚文。余、董、馬、王本均未輯錄。邵晉涵云：

　　　　《儀禮疏》引郭氏云：「上有叢蔭蓍，下有千齡蔡。」蓋郭氏《音義》之
　　　　文，以蔡爲筮龜也。〔註668〕

邵氏引亦誤作「叢蔭蓍」。按《淮南子・說山訓》：「千年之松，下有茯苓，上有兔絲；上有叢蓍，下有伏龜」，可證賈《疏》原作「蔭叢蓍」。《史記・龜策列傳》引傳曰：「下有伏靈，上有兔絲；上有擣蓍，下有神龜」，司馬貞《索隱》曰：「擣蓍即聚蓍。擣，古稠字。」

〈釋鳥〉

550. 17-2　鶌鳩，鶻鵃。　　郭注：似山鵲而小，短尾，青黑色，多聲，今江東亦呼為鶻鵃。

〔註667〕邵晉涵《爾雅正義》，《皇清經解》，卷520，頁15下。
〔註668〕邵晉涵《爾雅正義》，《皇清經解》，卷520，頁15下。

鷗音九物反。鶻音嘲。

　　案：孔穎達《禮記·月令·正義》引「〈釋鳥〉云：『鷗鳩，鶻鵃』，郭景純云：『鷗音九物反，鶻音嘲。鶻鵃似山鵲而小，青黑色，短尾，多聲。』」今本郭注未見「鷗」、「鶻」二字之音。

　　嚴、王本並輯「鷗音」至「鶻鵃」十字於今本郭注「似山鵲」之上。（王本所輯，又參見本章第三節 17-2「鷗鳩，鶻鵃」條案語。）黃、葉本並僅輯錄二字之音，下又有「後世即謂之鶻嘲」七字，不詳所據。余、董、馬本均未輯錄。郝懿行云：「《禮記疏》……所引蓋郭《音義》之文。」〔註 669〕今按此二音究屬郭璞《音義》或《注》之佚文，實難遽定，今暫存疑。

　　《廣韻》「鷗」音「九勿切」（見紐物韻），與郭璞音「九物反」同。又《廣韻》「鶻」字凡二見：一音「止遙切」（照紐宵韻），一音「陟交切」（知紐肴韻）。郭璞音「嘲」，與「陟交」音同。

551. 17-3 鳲鳩，鶻鵃。

鶻，古八反。

　　案：本條佚文輯自陸德明《經典釋文·爾雅音義》。

　　董、馬、黃、葉本引均同。余、嚴、王本均未輯錄。

　　《廣韻》「鶻」音「古黠切」（見紐黠韻），與郭璞此音正同。

552. 17-4 鴗鳩，鵖鴿。

鵖，巨立反。

　　案：本條佚文輯自陸德明《經典釋文·爾雅音義》引呂、郭。

　　董、馬、黃、葉本引均同。余、嚴、王本均未輯錄。

　　《廣韻》未見「鵖」字。《集韻》緝韻：「鵖，鵖鳩，小黑鳥。或从及。」是「鵖」與「鴒」同。《廣韻》「鴒」音「其立切」（群紐緝韻），釋云：「鴒鳩鳥。」按《釋文》「鵖」下注云：「呂、郭巨立反，施音及，下同。」「巨立反」與「及」音並與「其立」同。

553. 17-4 鴗鳩，鵖鴿。

鴿，方買反、苻尸反。

　　案：本條佚文輯自陸德明《經典釋文·爾雅音義》。「方」原譌作「力」，今逕改正。吳承仕云：

〔註 669〕郝懿行《爾雅義疏》，《爾雅廣雅方言釋名清疏四種合刊》，頁 305 上。

各本同作「力買反」。承仕按：「力」爲「方」之形譌，《類篇》、《集韻》
有「補買」一切，是其證。〔註670〕

郝懿行《義疏》引亦作「方買反」。又盧文弨云：

「郭力買反」下脱「一」字。〔註671〕

董、馬、黄、葉本「方」均譌作「力」，葉本未輯「苻尸反」三字。余、嚴、王
本均未輯錄。

《廣韻》「鵧」音「房脂切」（奉紐脂韻）。郭璞音「苻尸反」，與「房脂」音同；
謝嶠音「苻悲反」，「房脂」與「苻悲」僅開合不同。又郭璞音「方買反」（非紐蟹韻），
不詳所據。《集韻》蟹韻「鵧」音「補買切」（幫紐蟹韻），釋云：「鵧鷑，小鳥名。」
當即本郭璞此音。

554. 17-9 鷚，天鸙。　郭注：大如鷃雀，色似鶉，好高飛作聲，今江東名之
天鷚。音綢繆。

鷚，音繆，亡侯反。

案：本條佚文輯自陸德明《經典釋文・爾雅音義》。

馬、黄、葉本引均同。董本未輯「亡侯反」三字。余、嚴、王本均未輯錄。

《廣韻》「鷚」字凡四見：一音「莫浮切」（明紐尤韻），一音「渠幽切」（群紐
幽韻），一音「武彪切」（微紐幽韻），一音「力救切」（來紐宥韻）。郭璞音「繆」，
與「莫浮」、「武彪」二切音同；「亡侯反」（微紐侯韻）與「莫浮」、「武彪」二切在
魏晉宋時期聲亦近同。〔註672〕

555. 17-10 鴒，鸚鵡。

鸚，力于反。

案：本條佚文輯自陸德明《經典釋文・爾雅音義》。

董、馬、黄本引均同。余、嚴、葉、王本均未輯錄。

《廣韻》「鸚」字凡二見：一音「力朱切」（來紐虞韻），一音「落侯切」（來紐
侯韻）。郭璞音「力于反」，與「力朱」音同。施乾、謝嶠並音「力侯反」，與「落侯」
音同。

556. 17-13 舒鳧，鶩。　郭注：鴨也。

〔註670〕吳承仕《經籍舊音辨證》，頁177。
〔註671〕盧文弨《經典釋文攷證・爾雅音義下攷證》，頁9上。
〔註672〕在魏晉宋時期，輕重唇音尚未分化。又同時期《廣韻》尤、侯、幽三韻同屬侯部，參
　　　見周祖謨《魏晉南北朝韻部之演變》，頁19。

鶩，音木。

案：孔穎達《禮記·曲禮·正義》引「《爾雅·釋鳥》云：『舒鳧』，郭景純云：『鶩，音木。』」今本郭注無音。

嚴、王本引並同，且皆輯入今本郭注「鴨也」之下。其餘各本均未輯錄。按此音究屬郭璞《音義》或《注》之佚文，實難遽定，今暫存疑。

《廣韻》「鶩」字凡二見：一音「亡遇切」（微紐遇韻），一與「木」同音「莫卜切」（明紐屋韻）。陸德明《經典釋文·爾雅音義》出「鶩」，注亦云：「音木。」

557. 17-14 鷈，鶹鷈。

鷈，五革反。

案：本條佚文輯自陸德明《經典釋文·爾雅音義》。

董、馬、黃本引均同。余、嚴、葉、王本均未輯錄。

《廣韻》「鷈」字凡三見：一音「古賢切」（見紐先韻），一音「口莖切」（溪紐耕韻），一音「五革切」（疑紐麥韻）。郭璞此音與麥韻切語全同。

558. 17-16 鵜，鵹鶘。

鵜，火布反。

案：本條佚文輯自陸德明《經典釋文·爾雅音義》。

董、馬、黃本引均同。余、嚴、葉、王本均未輯錄。

郭音「火布反」，是讀「鵜」為「洿」。《詩·曹風·候人》：「維鵜在梁」，毛《傳》云：「鵜，洿澤鳥也」，字即作「洿」。陸德明《爾雅音義》云：「《毛詩傳》作洿，同。音烏，郭火布反。」吳承仕云：

> 《毛詩傳》作「洿澤」，《釋文》云「音烏，一音火故反」。彼之一音，即
> 此之郭音。〔註673〕

按《廣韻》姥韻「洿」音「侯古切」（匣紐姥韻），與郭璞音「火布反」（曉紐暮韻）聲紐略異，聲調不同（姥暮二韻上去相承）。又《廣韻》「鵜」音「哀都切」（影紐模韻，模姥二韻平上相承）。

559. 17-18 鸒，山鵲。

鸒，音握，又音學，又才五反。

案：本條佚文輯自陸德明《經典釋文·爾雅音義》。

馬本引同。董本未輯二又音。黃本「握」作「渥」，「五」作「玉」。葉本未輯「又

〔註673〕吳承仕《經籍舊音辨證》，頁178。

才五反」四字。余、嚴、王本均未輯錄。

　　《廣韻》「鷽」字凡二見：一與「握」同音「於角切」（影紐覺韻），一與「學」同音「胡覺切」（匣紐覺韻）。郭又音「才五反」（從紐姥韻），不詳所據。黃本作「才玉反」（從紐燭韻），周春改作「于玉翻」（為紐燭韻），〔註674〕亦均無理可說。又黃本作「渥」，按《廣韻》與「握」音同。

560. 17-21 鶹，鵋老。

　　鶹，丑絹反。

　　案：本條佚文輯自陸德明《經典釋文・爾雅音義》引呂、郭。

　　董、馬、黃本引均同。葉本「絹」謅作「絹」。余、嚴、王本均未輯錄。

　　《廣韻》「鶹」字凡二見：一音「徒困切」（定紐慁韻），一音「丑戀切」（徹紐線韻）。郭璞音「丑絹反」，與「丑戀」音同。

561. 17-25 桃蟲，鷦。其雌鴲。

　　鴲，音乂。

　　案：本條佚文輯自陸德明《經典釋文・爾雅音義》引呂、郭。

　　董、黃、葉本引均同。馬本「乂」作「艾」。余、嚴、王本均未輯錄。

　　郭音「乂」，是讀「鴲」為「鶏」。陸德明《釋文》出「鴲」，注云：「本又作鶏。」《廣韻》「鶏」、「乂」二字同音「魚肺切」，「鶏」字釋云：「《爾雅》云：『桃蟲，鷦。其雌鶏』，俗呼為巧婦。亦作鴲。」又「鴲」音「五蓋切」（疑紐泰韻）。馬本作「艾」，則與「五蓋」音同。

562. 17-25 桃蟲，鷦。其雌鴲。　　郭注：鷦䲸，桃雀也，俗呼為巧婦。

　　鷦䲸，小鳥而生鵰鶚者也。〔音〕

　　案：孔穎達《毛詩・周頌・小毖・正義》引「〈釋鳥〉云：『桃蟲，鷦。其雌名鴲』，……郭璞曰：『鷦䲸（亡消反），桃雀也，俗名為巧婦。鷦䲸，小鳥而生鵰鶚者也。』」今本郭注無「鷦䲸小鳥」以下十字。

　　嚴本引同。黃本無「鷦䲸」二字。王本「鷦」上衍一「此」字（邢昺《爾雅疏》引亦衍）。嚴、王本並輯入今本郭注「巧婦」之下。余、董、馬、葉本均未輯錄。邵晉涵《正義》亦輯「小鳥」以下八字於郭注「巧婦」之下。今按郭注起首已有「鷦䲸」二字，此語又以「鷦䲸」始，可證此語應係《音義》佚文。

　　《詩・周頌・小毖》：「肇允彼桃蟲」，毛《傳》云：「桃蟲，鷦也，鳥之始小終

〔註674〕周春《十三經音略》，卷11，頁35上。

大者。」陸璣云：「桃蟲，今鷦鷯是也，微小于黃雀，其雛化而爲鵰，故俗語鷦鷯生鵰。」〔註675〕此當即郭璞此注所本。

又案：嚴、王本又據孔《疏》，在郭注「鷦鵰」之下輯錄「亡消反」三字，恐非。阮元云：

「亡消反」三字當旁行細書，《正義》自爲音也。〔註676〕

說較可信。

563. 17-30 鴱，鵖母。　　郭注：鸋也，青州呼鵖母。

鸋也，青州呼鵖母。《廣雅》曰：「鴱，鸋也。」〔注〕

案：《太平御覽》卷九百二十四〈羽族部十一・鸋〉引《爾雅》曰：「鵖母也，其子鷃」，下引郭璞注曰：「鸋，青州呼鵖母。《廣雅》曰：『鴱，鸋也。』」今本郭注脫「《廣雅》」以下六字，據補。今本《廣雅・釋鳥》語同。

王本引同，亦輯入今本郭注「鵖母」之下。其餘各本均未輯錄。

564. 17-32 巂，周。　　郭注：子巂鳥，出蜀中。

巂鳥，孫炎爲鷰別名，《風土記》亦云是赤口鷰也。〔音？〕

案：《太平御覽》卷九百二十三〈羽族部十・巂〉引《爾雅》曰：「巂，周也」，下引郭璞注曰：「巂鳥，孫炎爲鷰別名，《風土記》亦云是赤口鷰也。」所引與今本郭注不同，疑爲郭璞《音義》佚文。

黃本「亦」作「一」。王本先據《文選》李善注輯「或曰即子規，一名姊歸。巂，胡圭反」十三字於今本郭注「蜀中」之下（見本章第三節），又續輯錄此語，無「巂鳥」二字，二「鷰」字並作「燕」。余、嚴、董、馬、葉本均未輯錄。

565. 17-33 燕燕，鳦。

鳦，烏拔反。

案：本條佚文輯自陸德明《經典釋文・毛詩音義・邶風・燕燕》「鳦」注引郭音。馬本引同。其餘各本均未輯錄。

《爾雅音義》出「鳦」，注云：「音乙，本或作乙，或音軋。」按《廣韻》「鳦」、「乙」二字同音「於筆切」（影紐質韻）；「軋」音「烏黠切」（影紐黠韻），與郭璞音「烏拔」同，是《爾雅音義》之或音即郭璞音。周祖謨云：

兩漢音質部包括的字類很多，有質術櫛迄物沒屑（結）薛（設）點（八）

九類。到三國時期這一部的變動很大，凡是屑薛點三類的字一律轉入屑

〔註675〕陸璣《毛詩草木鳥獸蟲魚疏》，卷下，頁2上。
〔註676〕阮元《毛詩挍勘記》，《皇清經解》，卷846，頁32上。

部，……其餘質術櫛迄物沒六類爲一部。現在仍稱之爲質部。〔註677〕
依周氏之說，在兩漢時期，「於筆」、「烏點」二音同屬質部，聲當近同；至三國以後，「烏點」則已轉入屑部。然則郭璞此音可能採用了某地方音或較早的音切。

566. 17-34 鴟鴞，鸋鴂。　郭注：鴟類。

似鳩而青毛。

案：本條佚文輯自慧琳《一切經音義》卷八十四〈集古今佛道論衡第四卷〉「鴟鴞」注引郭注《爾雅》。所引與今本郭注不同。

王本「毛」作「色」，且輯入今本郭注「鴟類也」之下。其餘各本均未輯錄。按此語究屬郭璞《音義》或《注》之佚文，實難遽定，今暫存疑。

567. 17-34 鴟鴞，鸋鴂。

鸋，音甯。

案：本條佚文輯自陸德明《經典釋文·毛詩音義·豳風·鴟鴞·傳》「鸋」注引郭音。

黃本引同。馬本「甯」下有「鴂音決」三字。余、嚴、董、葉、王本均未輯錄。陸德明《毛詩音義》「鸋」下又出「鴂」，注云：「音決」，「音」上無「郭」字，然則此音未必是郭璞所注，馬氏誤輯。

《爾雅音義》出「鸋」，注云：「音寧，又音甯。」是《爾雅音義》之又音即郭璞音。《廣韻》「鸋」字凡二見：一與「寧」同音「奴丁切」（泥紐青韻），一與「甯」同音「乃定切」（泥紐徑韻，青徑二韻平去相承）。

568. 17-37 生哺，鷇。

鷇，工豆反，又古互反。

案：本條佚文輯自陸德明《經典釋文·爾雅音義》。《釋文》云：「《字林》工豆反，郭音同，又古互反。」是「工豆」一音亦爲郭璞所注。《通志堂經解》本《釋文》「古互反」作「古豆反」，非。「古豆」與「工豆」音同，毋須重出。阮元云：

> 葉本「豆」作「互」，是也。〔註678〕

黃焯云：

> 案作「互」是也。若作「古豆」，則與「工豆」無別。又《集韻》暮、《類篇》鳥部「鷇」並有「古慕」一切，「古慕」即「古互」也。〔註679〕

〔註677〕周祖謨《魏晉南北朝韻部之演變》，頁29。
〔註678〕阮元《爾雅釋文校勘記》，《皇清經解》，卷1038，頁7下。
〔註679〕黃焯《經典釋文彙校》，頁290。

說均可從。

董本未輯又音。馬本「互」謁作「豆」。黃本照錄《釋文》語，「互」亦謁作「豆」。余、嚴、葉、王本均未輯錄。

郭音「工豆反」，是讀「鷇」爲「㲉」。「鷇」、「㲉」係同源字，〔註680〕《說文》鳥部：「鷇，鳥子生哺者。」又子部：「㲉，乳也。」段玉裁云：

此乳者謂既生而乳哺之也。〔註681〕

二義相近；《廣韻》「鷇」音「苦候切」（溪紐候韻），「㲉」音「古候切」（見紐候韻），二音亦僅聲紐略異而已。郭璞音「工豆反」，與「古候」音同；又音「古互反」（見紐暮韻），不詳所據。

569. 17-37 生噣，雛。　郭注：能自食。

雛謂鳥生而能自食者也。〔注〕

案：慧琳《一切經音義》卷二十九〈金光明經第八卷〉「鵁鶵」注引郭注《尒雅》云：「雛謂鳥生而能自食者也。」又卷八十九〈高僧傳第四卷〉「㲉破雛行」注引郭注《尒雅》云：「雛生而自食者也。」《文選》卷十一鮑昭〈蕪城賦〉「寒鴟嚇雛」句李善注引郭璞《爾雅注》曰：「雛生而能自食者。」今據慧琳與李善所引，補「雛謂鳥生而者也」七字。

王本引同。其餘各本均未輯錄。

陸德明《經典釋文・爾雅音義》出「雛」，注云：「鳥子生而能自啄者。」《楚辭・九歎・怨思》：「哀枯楊之冤鶵」，王逸注云：「生哺曰鷇，生啄曰鶵。」洪興祖云：「生噣，鶵鳥子生而能自啄者。」〔註682〕均與郭璞此注義同。邵晉涵亦云：「鳥之生而自能噣食者謂之雛。」〔註683〕

570. 17-40 鵖鴔，戴鵀。

鵖，房汲反。

案：本條佚文輯自陸德明《經典釋文・爾雅音義》。

董、黃本引並同。馬本「鵖」謁作「鵊」。余、嚴、葉、王本均未輯錄。

《廣韻》「鵖」字凡二見：一音「彼及切」（幫紐緝韻），一音「居輒切」（見紐葉韻）。郭璞音「房汲反」（奉紐緝韻），與「彼及」聲紐略異。（續見下條。）

〔註680〕參見劉鈞杰《同源字典補》，頁65～66。

〔註681〕段玉裁《說文解字注》，第14篇下，頁25上，子部「㲉」字注。

〔註682〕洪興祖《楚辭補注》，頁289。

〔註683〕邵晉涵《爾雅正義》，《皇清經解》，卷521，頁11上。

571. 17-40 鶝鶔，戴鵀。

鶔，北及反。

案：本條佚文輯自陸德明《經典釋文・爾雅音義》。

董、馬、黃本引均同。余、嚴、葉、王本均未輯錄。

《廣韻》未見「鶔」字。按《釋文》出「鶝」，注云：「彼及反，郭房汲反。」
又出「鶔」，注云：「皮及反，郭北及反。」「彼及」與「北及」音同（幫紐緝韻），「房
汲」與「皮及」音同（並（奉）紐緝韻），然則「鶝」、「鶔」二字，僅聲紐清濁不同，
而郭、陸二氏音讀互異。《說文》鳥部：「鶔，鶔鶝也」，與《爾雅》作「鶝鶔」不同，
段玉裁云：

> 按《說文》倒之曰「鶔鶝」，疑當從《爾雅》。〔註684〕

今從郭、陸二氏音讀視之，則「鶝鶔」、「鶔鶝」實亦無別。郝懿行云：

> 《說文》：「鶔，鶔鶝也」，今《爾雅》作「鶝鶔」，段氏注謂當從《爾雅》，
> 今謂俱通。〔註685〕

其說可從。

《廣韻》緝韻幫紐「鶝」音「彼及切」；又並紐有「躬」字音「皮及切」，釋云：
「躬鶝，亦鶔。」然則郭璞「鶝」音「房汲反」、陸德明「鶔」音「皮及反」，俱與
「躬」通。

572. 17-42 鷧，鶿。　郭注：即鸕鷧也，觜頭曲如鉤，食魚。

鶿，懿、翳二音。

案：本條佚文輯自陸德明《經典釋文・爾雅音義》。

董、馬、黃本引均同。余、嚴、葉、王本均未輯錄。

《廣韻》「鶿」音「乙冀切」（影紐至韻）。郭璞音「懿」，與「乙冀」音同。李
時珍《本草綱目》卷四十七〈禽之一・鸕鷧〉云：

> 案韻書「盧」與「茲」並黑也。此鳥色深黑，故名。鶿者，其聲自呼也。

然則郭璞音「翳」，即是讀「鶿」爲「黳」。《說文》黑部：「黳，小黑子。」引申而
有色黑之義，《廣雅・釋器》：「黳，黑也。」按《廣韻》「黳」、「翳」二字同音「烏
奚切」（影紐齊韻）。

573. 17-43 鶛，鶝。其雄鶛，牝庳。

庳，音卑。

〔註684〕段玉裁《說文解字注》，第4篇上，頁48下。
〔註685〕郝懿行《爾雅義疏》，《爾雅廣雅方言釋名清疏四種合刊》，頁312上。

案：本條佚文輯自陸德明《經典釋文·爾雅音義》。

董、馬、葉本引均同。黃本「庳」譌作「痺」。〔註686〕余、嚴、王本均未輯錄。

《廣韻》「庳」音「便俾切」（並紐紙韻），注云「又音卑」（非紐支韻，《廣韻》音「府移切」）。郭璞音「卑」，與《廣韻》又音同；施乾音「婢」，與「便俾」音同。

574. 17-44 鷈，沈鳧。　郭注：似鴨而小，長尾，背上有文，今江東亦呼為鷈。音施。

似鴨而小，長尾，背上有文，今江東人亦呼爲鷈。〔注〕

案：慧琳《一切經音義》卷五十七〈佛說分別善惡所起經〉「鷄鳧」注引郭注《爾雅》云：「鳧似鴨而小，長尾，背上有文，今江東人亦呼爲鷈。」今本郭注脫一「人」字，據補。

王本「呼」作「評」，餘同。其餘各本均未輯錄。

575. 17-44 鷈，沈鳧。　郭注：似鴨而小，長尾，背上有文，今江東亦呼為鷈。音施。

鷈，音施，尸支反。

案：本條佚文輯自陸德明《經典釋文·爾雅音義》。宋本《爾雅》郭注末亦有「音施」二字。

馬、黃本引並同。董本未輯「尸支反」三字。余、嚴、葉、王本均未輯錄。

《廣韻》「鷈」字凡二見：一音「式支切」（審紐支韻），一音「武移切」（微紐支韻）。郭璞音「施」，與「尸支反」並與「式支」音同。

576. 17-45 鴢，頭鵝。

鴢，音杳。

案：本條佚文輯自陸德明《經典釋文·爾雅音義》。

董、馬、黃本引均同。余、嚴、葉、王本均未輯錄。

《廣韻》「鴢」字凡二見：一音「烏皎切」（影紐篠韻），一音「於絞切」（影紐巧韻）。郭璞音「杳」，與「烏皎」音同；謝嶠音「烏卯反」，與「於絞」音同。

〔註686〕《釋文》出「庳」，唐石經、宋本《爾雅》經字亦作「庳」。阮刻本《爾雅》譌作「痺」，阮元云：「注疏本同，誤也。《釋文》、唐石經、單疏本、雪牕本皆作『庳』，當據以訂正。」（《爾雅挍勘記》，《皇清經解》，卷1036，頁17下。）其說可從。段玉裁云：「《左傳》曰：『宮室卑庳』，引伸之凡卑皆曰庳。」（《說文解字注》，第9篇下，頁16下～17上，广部「庳」字注。）王念孫云：「若『庳』字即取卑小之意。」（《爾雅郝注刊誤》，頁31下。）然則《爾雅》此訓，當以「庳」字爲正。

577. 17-45 鷉，頭鵁。　　郭注：似鳧，腳近尾，略不能行，江東謂之魚鵁。音髐箭。

鵁，音髐，虛交反，又音交。

案：本條佚文輯自陸德明《經典釋文・爾雅音義》。宋本《爾雅》郭注末亦有「音髐箭」三字。

黃本引同。董本未輯「虛交反」及又音。馬本亦未輯又音。余、嚴、葉、王本均未輯錄。

《釋文》出「鵁」，注云：「本或作鷕。」按《廣韻》「鷕」音「許交切」（曉紐肴韻），與郭璞音「虛交反」同，釋云：「鷗鵁，似鳧，腳近後不能行。」梅膺祚《字彙》鳥部亦云：「鵁，同鷕。」又「鵁」音「古肴切」（見紐肴韻），與郭璞又音「交」同。《廣韻》未見「髐」字，《集韻》爻韻：「髇，鳴鏑也。通作髐。」是「髐」與「髇」通。《廣韻》「髇」音「許交切」（曉紐肴韻），與郭璞音「虛交」同。

578. 17-46 鷈鳩，寇雉。　　郭注：鷈大如鴿，似雌雉，鼠腳，無後指，岐尾，為鳥憨急群飛，出北方沙漠地。

鷈大如鴿，似雌雉，鼠腳，無後指，岐尾，為鳥憨急群飛，出北方沙漠地。肉美，俗名突厥雉。生蒿萊之間，形大如鶉。憨音呼濫反。〔注〕

案：玄應《一切經音義》卷十四〈四分律第五十卷〉「鷈鳥」注引「《爾雅》：『鷈鳩，寇雉』，郭璞曰：『鷈大如鴿，似雌雉，鼠腳，岐尾，為鳥憨急群飛，出北方沙漠地。肉美，俗名突厥雉。生蒿萊之間，形大如鶉。憨音呼濫反。』」〔註 687〕又卷十六〈薩婆多毗尼毗婆沙第七卷〉「鷈鶉」注引「《爾雅》：『鷈鳩，冠雉』，郭璞曰：『大如鴿，似雌雉，鼠腳，岐尾，為鳥憨急群飛，出北方沙漠地。俗名突厥雉。憨音呼濫反。』」今本郭注脫「肉美」以下十六字及音，據補。又玄應《音義》卷十五〈十誦律第十二卷〉「鷈肉」注引《爾雅注》云：「今鷈大如鴿，似鷈雉，鼠腳，無後指，岐尾，為鳥憨急群飛，出北方沙漠地。肉美，俗名突厥雉。生蒿萊之間，大如鶉。憨音呼濫反。」又卷十八〈成實論第七卷〉「鷈鳥」注引《爾雅注》云：「今鷈大如鴿，亦言如鶉，似雌雉，鼠腳，無後指，岐尾，為鳥憨急群飛，出北方沙漠地。肉美，俗名突厥雀。生蒿萊之間。憨音呼濫反。』」卷十五及十八所引《爾雅注》亦與卷十四引郭璞語近同。

王本「鷈」上有「今」字，「間」作「閒」，「形」上有「或言」二字，餘同。嚴、

〔註 687〕洪亮吉校云：「今本《爾雅》郭注『鼠腳』下有『無後指』，又自『出北方沙漠地』以下無『肉美』云云共十六字，此引較為完善。但『生蒿萊之閒』句原誤作『牛高來之間』，不可解，因據文義改正，惜無他處可較也。」

黃、葉本均據玄應《音義》卷十八（嚴本出處標注譌作十五，黃、葉本譌作十九）輯錄，嚴本云是舊註，「岐」作「歧」，「生」下有「於」字，又脫「為鳥憨急」四字及音；黃、葉本「岐」亦作「歧」，「出北方沙漠地」句作「出於北方沙漠地也」，無音，又葉本「鴳」作「鷃」。余、董、馬本均未輯錄。

《廣韻》「憨」字凡二見：一音「呼談切」（曉紐談韻），一音「下瞰切」（匣紐闞韻）。郭璞音「呼濫反」（曉紐闞韻），與「呼談」聲調不同（談闞二韻平去相承），亦與「下瞰」聲紐略異。《釋文》陸德明亦音「呼濫反」。

579. 17-51 翠，鷸。　郭注：似燕，紺色，生鬱林。

似燕，紺色，生鬱林。**鄭子臧好鷸冠，以此鳥之羽飾冠。**〔注〕

案：孔穎達《左氏·昭公十二年傳·正義》引「〈釋鳥〉云：『翠，鷸』，……郭璞曰：『似燕，紺色，生鬱林。鄭子臧好鷸冠，以此鳥之羽飾冠。』」今本郭注脫「鄭子臧」以下二句，據補。「好」下疑脫「聚」字。

王本引同。其餘各本均未輯錄。

鄭子臧事見《左氏·僖公二十四年傳》：「鄭子華之弟子臧出奔宋。好聚鷸冠，鄭伯聞而惡之，使盜誘之。」孔穎達《正義》云：「鷸羽可以飾器物，聚此鷸羽以為冠也。」

580. 17-57 鶼，蟁母。

蟁，本或作鷗，皆古蚊字，音文。

案：本條佚文輯自陸德明《經典釋文·爾雅音義》。《釋文》出「蟁」，注云：「本或作鷗，郭云皆古蚊字，音文。案《說文》蟁正字，蚊俗字，或作蚻。」黃焯云：

> 此所引郭云，係郭《音義》文。又引《說文》云云，與今本小異。今《說文》正作「蟁」，或作「蟲」，俗作「蚊」，無「蚻」字。唐石經「蟁」避諱作「蟲」。《藝文類聚》九十七引作「蚊」。〔註688〕

又《說文》亦無「鷗」字，《集韻》文部：「鷗，鷗母，鳥名。」是「鷗」與「蟁」通。

董、黃本並照錄《釋文》語，董本未輯音。葉本僅輯「皆古蚊字，音文」六字。余、嚴、馬、王本均未輯錄。

《廣韻》「蟁」、「文」二字同音「無分切」（微紐文韻）。

〔註688〕黃焯《經典釋文彙校》，頁291。

581. 17-59 鼯鼠，夷由。　郭注：狀如小狐，似蝙蝠，肉翅，翅尾項脅毛紫赤色，背上蒼艾色，腹下黃，喙頷雜白，腳短爪長，尾三尺許，飛且乳，亦謂之飛生，聲如人呼，食火烟，能從高赴下，不能從下上高。

　　鼯鼠一名夷鷂，狀如小狐，似蝙蝠，肉翅，**四足**，翅尾項脅毛**皆**紫赤色，背上蒼艾色，腹下黃**白色**，喙頷雜白**色似鼠**，腳短爪長，尾**如狐尾，**長三尺許。飛且乳**子，子即隨母後**，亦謂之飛生。聲如人呼，食火烟，能從高赴下，不能從下上高。**性喜夜鳴。**〔注〕

　　案：《文選》卷十八馬融〈長笛賦〉：「猨蜼晝吟，鼯鼠夜叫」，李善注引郭璞《爾雅注》曰：「鼯鼠一名夷鷂，狀如小狐，似蝙蝠，肉翅，亦謂之飛生，聲如人呼。」慧琳《一切經音義》卷八十八〈釋法琳本傳卷第四〉「鼯鼠」注引「《尒雅》云：『鼯鼠，夷鼠也』，郭璞注云：『狀如小狐，肉翅，翅尾頸脅毛紫色，背上蒼黃，腹下黃白，觜頷似鼠，腳短爪長，尾如狐尾，飛行且生，故名飛生，音如小兒。』」李時珍《本草綱目》卷四十八〈禽之二・鸓鼠〉引郭氏註《爾雅》云：「鼯鼠狀如小狐，似蝙蝠，肉翅，四足，翅尾項脅毛皆紫赤色，背上蒼艾色，腹下黃色，喙頷雜白色，腳短爪長，尾長三尺許，飛而乳子，子即隨母後，聲如人呼，食火烟，能從高赴下，不能從下上高，性喜夜鳴。」今參酌諸書所引輯補。

　　王本僅在今本郭注「狀如」之上輯錄「鼯鼠一名夷由」六字。其餘各本均未輯錄。「由」與「鷂」通，段玉裁云：

　　　〈釋鳥〉：「鼯鼠，夷由」，「鼯」或作「鶹」，「由」或作「鷂」。郭云：「狀
　　　如小狐，似蝙蝠，肉翅，飛且乳」，其飛善從高集下。〔註689〕

《藝文類聚》卷九十五〈獸部下・鼠〉引《爾雅》作「鼯鼠，夷鷂」。

582. 17-62 鷹，鶆鳩。　郭注：鶆當為鷞字之誤耳。《左傳》作「鷞鳩」是也。

　　鶆當為鷞字之誤耳。《左傳》作「鷞鳩」是也。**善擊，官於代郡捕之。**〔注〕

　　案：《太平御覽》卷九百二十六〈羽族部十三・鷹〉引《爾雅》曰：「鷹，鶆鳩」，下引郭璞注曰：「鶆當為鷞字之誤也。《左傳》作「鷞鳩」是也。善擊，官於代郡捕之。」今本郭注脫「善擊」以下八字，據補。

　　王本引同。其餘各本均未輯錄。郝懿行亦云：

　　　《御覽》引此注「是也」下有「善擊，官於代郡捕之」八字，今本蓋脫去
　　　之。〔註690〕

〔註689〕段玉裁《說文解字注》，第4篇上，頁55上，鳥部「鸓」字注。
〔註690〕郝懿行《爾雅義疏》，《爾雅廣雅方言釋名清疏四種合刊》，頁315上。

583. 17-62 鷹，鶆鳩。　郭注：鶆當為鵜字之誤耳。《左傳》作「鷞鳩」是也。來，所丈反。

案：本條佚文輯自陸德明《經典釋文‧爾雅音義》。《釋文》出「來鳩」，注云：「來字或作鶆，郭讀作爽，所丈反。」是陸氏所見郭本《爾雅》字作「來」，注作「爽」，今本二字均从鳥旁。唐石經、宋本《爾雅》字亦作「鶆」。《說文》無「鶆」字。

馬本「來」作「鶆」，下有「讀為鵜」三字。黃本「來」亦作「鶆」，下有「郭讀作爽」四字。余、嚴、董、葉、王本均未輯錄。《釋文》云「郭讀作爽」，係據郭注「鶆當為鵜字之誤」而言，非郭璞另有佚文如此。

《廣韻》「爽」音「疎兩切」（疏紐養韻），與郭璞音「所丈反」同。郭注云「鶆當為鵜字之誤」，其說恐非。按《左氏‧昭公十七年傳》：「爽鳩氏，司寇也」，杜預注云：「爽鳩，鷹也，鷙故為司寇，主盜賊。」孔穎達《正義》引「〈釋鳥〉云：『鷹，鶆鳩』，樊光曰：『來鳩，爽鳩也。《春秋》曰「爽鳩氏司寇」，鷹鷙，故為司寇。』」樊光以「爽鳩」釋「來鳩」，可知樊本《爾雅》字作「來」，且不以「來鳩」為誤。郝懿行云：

> 《左‧昭十七年‧疏》引樊光曰：「來鳩，爽鳩也。《春秋》曰『爽鳩氏司寇』，鷹鷙，故為司寇。」是樊本作「來」，不云是誤。《爾雅釋文》亦作「來」，云「或作鶆，眾家並依字」，則「來」為正文，「鶆」為或體。〔註691〕

潘衍桐云：

> 據《釋文》所見眾家本皆不破字，則知來鳩、爽鳩命名各取其誼。郭注不解而破「鶆」為「鵜」，誤矣。〔註692〕

說皆可參。李時珍《本草綱目》卷四十九〈禽之四‧鷹〉云：「其性爽猛，故曰鶆鳩。」

584. 17-63 鶼鶼，比翼。

案：陸德明《經典釋文‧爾雅音義》出「鶼鶼」，注云：「眾家作兼兼。」是陸氏所見眾本《爾雅》字皆作「兼兼」。《釋文》引李巡注云：「鳥有一目一翅，相得乃飛，故曰兼兼也。」江藩云：

> 《說文》無「鶼」字。一鳥兼兩體，故名兼。从鳥後人所加。〔註693〕

〔註691〕郝懿行《爾雅義疏》，《爾雅廣雅方言釋名清疏四種合刊》，頁315上。
〔註692〕潘衍桐《爾雅正郭》，卷下，頁26下～27上。
〔註693〕江藩《爾雅小箋》，卷中，《續修四庫全書》，冊188，頁38下。

585. 17-65 鴷，斲木。　郭注：口如錐，長數寸，常斲樹食蟲，因名云。

斲木虫，因名。今斲木亦有兩三種，在山中者大而有赤毛冠。〔音〕

案：杜臺卿《玉燭寶典》卷五引「《尒雅》云：『鴷，斲木』，……《音義》曰：『今斲木亦有兩三種，在山中者大而有赤毛冠。』」所引當即郭璞《音義》佚文。《太平御覽》卷九百二十三〈羽族部十・斲木〉引《爾雅》：「鴷，斲木也」，下引郭璞注曰：「斲木虫，因名。今斲木有兩三種，在山中者大有赤色。」按《御覽》所引當亦郭璞《音義》。今據《御覽》輯錄首五字，餘據《玉燭寶典》輯錄。

黃本據《御覽》輯錄，「虫」作「蟲」，「者大」二字互乙。王本亦據《御覽》輯「今斲木」以下二句於今本郭注「名云」之下，「者大」二字亦互乙。余、嚴、董、馬、葉本均未輯錄。

劉玉麐云：

> 又名啄木鳥，褐色者雌也，斑色者雄也。有大有小，小者如雀，大者如鴉。
> 山中一種大者，青黑色，頭上有紅毛，王元之詩云：「淮南啄木大如鴉，
> 頂似仙鶴堆丹砂」是也。〔註694〕

可爲郭璞此說補證。

586. 17-66 鷑，鵧鷑。

鷑，古狄反。

案：本條佚文輯自陸德明《經典釋文・爾雅音義》。

董、馬本引並同。黃本「鷑」誤作「鷑」。余、嚴、葉、王本均未輯錄。

《廣韻》「鷑」字凡三見：一音「古弔切」（見紐嘯韻），一音「古歷切」（見紐錫韻），一音「胡狄切」（匣紐錫韻）。郭璞音「古狄反」，與「古歷」音同。

587. 17-69 鷂雉。

鷂，音遙。

案：本條佚文輯自陸德明《經典釋文・爾雅音義》。

董、黃本引並同。馬本「遙」下有「下同」二字。余、嚴、葉、王本均未輯錄。

《廣韻》「鷂」字凡二見：一音「餘昭切」（喻紐宵韻），一音「弋照切」（喻紐笑韻，宵笑二韻平去相承）。郭璞音「遙」與「餘昭」同。

588. 17-69 鳪雉。

鳪，方木反，又方角反。

〔註694〕劉玉麐《爾雅校議》，卷下，頁31上。

案：本條佚文輯自陸德明《經典釋文・爾雅音義》。

馬、黃本引並同。董本未輯又音。余、嚴、葉、王本均未輯錄。

《廣韻》「鳪」音「博木切」（幫紐屋韻）。郭璞音「方木反」（非紐屋韻），與「博木」音同；《釋文》陸德明音「卜」，亦同。郭璞又音「方角反」（非紐覺韻），與「方木」音當近同，晉代「角」、「木」二音同屬屋部。〔註695〕《集韻》覺韻「鳪」音「北角切」，當即本郭璞又音。

589. 17-69 **鷩雉。**

鷩，方世反。

案：本條佚文輯自陸德明《經典釋文・爾雅音義》引呂、郭。

董、馬、黃本引均同。余、嚴、葉、王本均未輯錄。

《廣韻》「鷩」字凡二見：一音「必袂切」（幫紐祭韻），一音「并列切」（幫紐薛韻）。郭璞音「方世反」（非紐祭韻），與「必袂」音同；謝嶠音「必滅反」，與「并列」音同。

590. 17-69 **鸐，山雉。**　**郭注：長尾者。**

長尾者，**今俗呼山鷄是也。**〔注〕

案：邢昺《爾雅疏》云：「云『鸐，山雉』者，山雉一名鸐。郭云：『尾長者，今俗呼山鷄是也。』」今本郭注脫「今俗」以下七字，據補。

王本「呼」作「評」，「鷄」作「雞」。其餘各本均未輯錄。

591. 17-69 **鵫雉，鵗雉。**

鵫，音罩，陟孝反，又音卓。

案：本條佚文輯自陸德明《經典釋文・爾雅音義》。

馬、黃本引並同。董本未輯「陟孝反」及又音。余、嚴、葉、王本均未輯錄。

《廣韻》「鵫」字凡二見：一音「都教切」（端紐效韻），一音「直角切」（澄紐覺韻）。郭璞音「罩」，與「都教」音同；「陟孝反」（知紐效韻）與「都教」聲紐略異，參見3-39「爞爞，炎炎，薰也」條案語引周祖謨語。又音「卓」（知紐覺韻，《廣韻》音「竹角切」），與「直角」聲紐略異。

592. 17-69 **伊洛而南，素質，五采皆備成章曰翬。**　**郭注：翬亦雉屬，言其毛色光鮮。**

翬亦雉屬，言其毛色光鮮，**王后之服以為飾。**〔注〕

〔註695〕參見周祖謨《魏晉南北朝韻部之演變》，頁27，517。

案：邢昺《爾雅疏》引郭云：「翬亦雉屬，言其毛色光鮮，王后之服以爲飾。」今本郭注無「王后」以下七字。邵晉涵云：

舊疏引郭註此下多「王后之服以爲飾」七字，檢諸本俱無之，未知邢氏所據。〔註696〕

阮元云：

按邢《疏》有引《周禮》申釋之辭，則爲郭注無疑。〔註697〕

今從阮說輯錄。

嚴、王本引並同。余、董、馬、黃、葉本均未輯錄。

593. 17-69 江淮而南，青質，五采皆備成章曰鷁。　郭注：即鷁雉也。

即鷁雉也，**亦王后之服以為飾**。〔注〕

案：邢昺《爾雅疏》引郭云：「即鷁雉也，亦王后之服以爲飾。」今本郭注脫「亦王后」以下八字，據補。

黃、王本引並同。余、嚴、董、馬、葉本均未輯錄。

594. 17-69 南方曰翯。

翯，徒留反。

案：本條佚文輯自陸德明《經典釋文·爾雅音義》。

董、馬、黃本引均同。余、嚴、葉、王本均未輯錄。

《廣韻》「翯」音「直由切」（澄紐尤韻），與《釋文》陸德明音「直留反」同。郭璞音「徒留反」（定紐尤韻），與「直由」聲紐略異。參見3-39「爞爞，炎炎，薰也」條案語引周祖謨語。

595. 17-69 西方曰鷷。

鷷，音遵。

案：本條佚文輯自陸德明《經典釋文·爾雅音義》。

董本引同。馬、黃本「遵」並譌作「尊」。余、嚴、葉、王本均未輯錄。

《廣韻》「鷷」字凡二見：一音「將倫切」（精紐諄韻），一音「昨旬切」（從紐諄韻）。郭璞音「遵」，與「將倫」音同。馬、黃本並作「尊」，按《廣韻》「尊」音「祖昆切」（精紐魂韻），在郭璞之時諄、魂二韻已分立。〔註698〕

〔註696〕邵晉涵《爾雅正義》，《皇清經解》，卷521，頁20下。

〔註697〕阮元《爾雅挍勘記》，《皇清經解》，卷1036，頁21上。

〔註698〕周祖謨云：「晉代真魂分爲兩部：真部包括真臻諄文欣五韻，魂部包括痕魂兩韻。」（《魏晉南北朝韻部之演變》，頁23。）

596. 17-72 鶛鶌醜，其飛也翪。　　郭注：竦翅上下。

醜類也。翪，竦翅上下翪也。〔注〕

案：《太平御覽》卷九百二十一〈羽族部八・鶛〉引《爾雅》曰：「鶛鶌鶌〔案：「鶌」字誤重。〕醜，其飛翪〔案：「翪」原譌作「㩴」，注同，今逕改正。〕」，下引郭璞注曰：「醜類也。翪，竦翅上下翪也。」（鮑刻本作「醜類也，但竦翅上下而已」。）今本郭注脫「醜類也翪翪也」六字，據補。

王本據鮑刻本輯爲郭注。其餘各本均未輯錄。

597. 17-72 鳧鴈醜，其足蹼。　　郭注：腳指間有幕，蹼屬相著。

腳指間有幕，蹼屬相著也。音卜。〔注〕

案：《初學記》卷三十〈鳥部・鴈第七〉引「《爾雅》曰：『鳧鴈醜，其足蹼』，郭璞曰：『腳間幕蹼相連也。音卜。』」今據補「也」字及音。

王本引同。其餘各本均未輯錄。

《廣韻》「蹼」、「卜」二字同音「博木切」（幫紐屋韻）。

〈釋獸〉

598. 18-1 麇，牡麔，牝麎。

麎，音辰，又音腎。

案：本條佚文輯自陸德明《經典釋文・爾雅音義》。《毛詩・小雅・吉日》：「瞻彼中原，其祁孔有」，鄭玄《箋》云：「祁當作麎。麎，麇牝也。」《毛詩音義》出「其祁」，注云：「鄭改作麎，音辰，郭音脤。」按「脤」與「腎」音同，今據《爾雅音義》輯錄。

馬、黃本並兼據《爾雅音義》及《毛詩音義》輯錄。董、葉本並未輯又音。余、嚴、王本均未輯錄。

《廣韻》「麎」音「植鄰切」（禪紐眞韻）。郭璞音「辰」，與「植鄰」音同；又音「腎」（禪紐軫韻，《廣韻》音「時忍切」），與「植鄰」聲調不同（眞軫二韻平上相承）。

599. 18-1 其跡躔。

躔，直連反，又持展反。

案：本條佚文輯自陸德明《經典釋文・爾雅音義》。

黃本引同。董本未輯又音。馬本「直」譌作「卓」。余、嚴、葉、王本均未輯錄。

《廣韻》「躔」音「直連切」（澄紐仙韻），與郭璞音切語全同；郭又音「持展反」

（澄紐獮韻），與「直連」聲調不同（仙獮二韻平上相承）。

600. 18-2 鹿，牡麚，牝麀，其子麛。

江東亦呼鹿子為麠。

案：杜臺卿《玉燭寶典》卷一引「《尒雅》曰：『麋子麠』，……郭璞云：『江東亦呼鹿子為麠。』」所引疑為《爾雅》此訓注語，今本郭注此下無注。惟此語疑有誤字，且究屬郭璞《音義》或《注》之佚文，實難遽定，今暫存疑。

601. 18-2 絕有力麉。

麉，音堅，又音牽，又音磬。

案：本條佚文輯自陸德明《經典釋文・爾雅音義》。

馬、黃、葉本引均同。董本未輯二又音。余、嚴、王本均未輯錄。

《廣韻》「麉」字凡三見：一音「古賢切」（見紐先韻），一音「苦堅切」（溪紐先韻），一音「苦定切」（溪紐徑韻）。郭璞音「堅」與「古賢」同；又音「牽」與「苦堅」同；又音「磬」與「苦定」同。

602. 18-3 麔，牡麚。　郭注：《詩》曰：「麀鹿麌麌。」鄭康成解即謂此也，但重言耳。

麔，或作麎，或作麠。

案：孔穎達《毛詩・小雅・吉日・正義》云：「〈釋獸〉云：『麔，牡麚，牝麛』，是麔牡曰麚也。郭璞引『《詩》曰「麀鹿麌麌」，鄭康成解即謂此也，但重言耳。』《音義》曰：『麔，或作麎，或作麠。』是為麋牡曰麚也。」所引《音義》應即郭璞《爾雅音義》。

嚴、黃本引並同。余、董、馬、葉、王本均未輯錄。黃本出處標注譌作「《詩・召南・疏》」。

《說文》鹿部：「麋，麔也。从鹿、囷省聲。麔，籀文不省。」《玉篇》鹿部：「麋，麔也。麎，同上。麔，籀文。」又陸德明《經典釋文・爾雅音義》出「麔」，注亦云：「本又作麋，亦作麎。」

603. 18-3 絕有力豜。

豜，音堅，又音牽，又音磬。

案：陸德明《經典釋文・爾雅音義》出「豜」，注云：「郭音與上麉字同。」今據「麉」下引郭音輯錄。

董、馬、黃本均照錄《釋文》語。余、嚴、葉、王本均未輯錄。

《說文》「豜」、「麎」俱从开聲，〔註699〕是二字音同可通。〔註700〕郝懿行云：

> 《詩》：「獻豜于公」，謂豕三歲者。「豜」、「麎」聲同，疑鹿麎俱名「麎」，
> 借作「豜」，又通作「肩」。《詩》「並驅從兩肩兮」，《說文》引「肩」正作
> 「豜」。「豜」之言堅，謂堅彊有力也。〔註701〕

王樹枏云：

> 豜者，〈豳風‧七月〉：「獻豜於公」，《傳》云：「三歲曰豜。」〈齊風‧還〉：
> 「並驅從兩肩兮」，薛君《傳》云：「獸三歲曰肩。」《說文》「豜」下引作
> 「並驅從兩豜兮」，蓋豕之三歲者稱「豜」，因可通爲凡獸之稱。「豜」與
> 「麎」亦同音字，郝氏謂「豜」爲「麎」之借字，麎與鹿之有力者蓋同名
> 「麎」也。〔註702〕

黃侃云：

> 《詩‧騶虞‧疏》〈釋獸〉麎鹿皆云「絕有力者麎」，〈七月‧疏〉〈釋獸〉
> 釋鹿與麎皆云「絕有力麎」，是孔沖遠所見《爾雅》此「豜」字亦作「麎」
> 也，是名同物異之例也。 《釋文》：「豜，郭音與麎字同。」據此，是郭
> 意與上「麎」爲聲通義近。〔註703〕

諸說皆可從。

《廣韻》「豜」字凡二見：一音「古賢切」（見紐先韻），一音「吾甸切」（疑紐
霰韻）。「古賢」與「堅」音同。

604. 18-7 虎竊毛謂之虦貓。　郭注：竊，淺也。《詩》曰：「有貓有虎。」
　　竊，淺也。**或曰竊毛，麄毛也。**《詩》曰：「有貓有虎。」〔注〕

案：鮑刻本《太平御覽》卷九百一十二〈獸部二十四‧貓〉引《爾雅》曰：「虎
竊毛謂之虦貓」，下引郭璞注云：「竊，淺也。或曰竊毛，麄毛也。」（《四部叢刊三
編》本「麄」譌作「鹿」。）今本郭注脫「或曰」以下七字，據補。

黃本輯「或曰」以下七字，又誤輯「虦，土盞切」四字（見本章第三節）。王本
輯「或曰」以下七字於今本郭注「淺也」之下，「麄」作「麤」。余、嚴、董、馬、
葉本均未輯錄。「麄」、「麤」俱與「麤」同。《玉篇》鹿部：「麄，疎也。本作麤。」

〔註699〕《說文》豕部：「豜，三歲豕，肩相及者也。从豕、开聲。《詩》曰：『並驅從兩豜兮。』」
　　　　又鹿部：「麎，鹿之絕有力者。从鹿、开聲。」
〔註700〕嚴元照云：「案豜、豜、麎皆从开聲，故可通用。」（《爾雅匡名》，卷18，《皇清經解續
　　　　編》，卷513，頁1下。）
〔註701〕郝懿行《爾雅義疏》，《爾雅廣雅方言釋名清疏四種合刊》，頁320上。
〔註702〕王樹枏《爾雅說詩》，卷22，頁2下～3上。
〔註703〕黃侃《爾雅音訓》，頁304。

《集韻》姥韻:「粗,《說文》疏也。或作麤。」

605. 18-7 虎竊毛謂之虦貓。

虦,昨閑反。

　　案:本條佚文輯自陸德明《經典釋文‧爾雅音義》。宋本《釋文》「昨閑」誤作「昨閑」。盧文弨云:「注疏本昨誤作。」〔註704〕

　　董、馬本引並同。黃本「昨」誤作「作」。余、嚴、葉、王本均未輯錄。

　　《廣韻》「虦」字凡四見:一音「士山切」(牀紐山韻),一音「昨閑切」(從紐山韻),一音「士限切」(牀紐產韻),一音「士諫切」(牀紐諫韻)。郭璞音「昨閑反」,與山韻切語全同。

606. 18-8 貘,白豹。　郭注:似熊,小頭,庳腳,黑白駁。能舐食銅鐵及竹骨。骨節強直,中實少髓,皮辟濕。或曰豹白色者別名貘。

似熊,小頭,庳腳,黑白駁。能舐食銅鐵及竹骨**等**。骨節強直,中實少髓,皮辟濕。**人寢其皮,可以驅溫瘴。**或曰豹白色者別名貘。**音陌。**〔注〕

　　案:希麟《續一切經音義》卷四〈大乘本生心地觀經卷第五〉「虎豹」注引郭註《爾雅》云:「豹似熊,小頭,庳腳,黑白駁。能舐銅鐵竹骨等。白色者別名貘,音陌。」《證類本草》卷十七〈獸部中品‧豹肉〉引《圖經》引「《爾雅》云:『貘(音與豹同),白豹』,郭璞注云:『似熊,小頭,痺腳,黑白駿。能舐食銅鐵及竹。骨節強直,中實少髓,皮辟濕。人寢其皮,可以驅溫瘴。或曰豹白色者別名貘。』」今本郭注脫一「等」字、「人寢其皮,可以驅溫瘴」二句及音,據補。

　　王本「溫」作「瘟」。其餘各本均未輯錄。

　　《廣韻》「貘」、「陌」二字同音「莫白切」(明紐陌韻)。

607. 18-13 貍子貖。

　　案:陸德明《經典釋文‧爾雅音義》出「貖」,注云:「以世反,施餘棄反。眾家作肆,又作隸。沈音四。舍人本作貖。」(宋本《釋文》「隸」誤作「肆」。)是陸氏所見除舍人本《爾雅》字作「貖」外,其餘各本或作「肆」,或作「隸」。按《爾雅》此訓,其正字當作「㣇」,《說文》㣇部:「㣇,脩豪獸。」亦通作「㣇」,《說文》㣇部:「㣇,㣇屬,从二㣇。」《玉篇》㣇部:「㣇,貍子也,脩豪獸也。」是貍子與脩豪獸同名。〈釋獸〉18-31「貄,脩毫」,《釋文》出「貄」,注云:「本又作貖,亦作肆,音四。」然則作「貖」、「貄」者係後出之字,「肆」、「隸」等字均係通借字。

〔註704〕盧文弨《經典釋文攷證‧爾雅音義下攷證》,頁10下。

胡承珙云：

《說文》無「貄」字，亦無「豭」字。貍子貄，貄當作「豯」。《說文》：「豯，豸屬。从二豸。」至貄脩豪，只當作「希」，《說文》：「希，脩豪獸」是也。「豯」字經典通作「肆」，遂與《說文》之「隸」訓極陳者混爲一字，故本又作「隸」，皆字之誤耳。〔註705〕

黃侃云：

貄與脩豪同名，皆以其能殺。《說文》：「希，脩豪獸」，《玉篇》：「希，貍子也，脩豪獸也」，是此「貄」與「希」通，與脩豪同名矣。又與「豯」通，《說文》：「豯，从二豸。」案「豯」之言殺也，《說文》引《書》「豯類于上帝」，今《書‧堯典》作「肆」。〔註706〕

說皆可參。

608. 18-14 貀子貙。　郭注：其雌者名豰。今江東呼貉爲狹獌。

其雌者名豰。豰，**乃刀反**。今江東**通**呼貉爲狹獌。〔注〕

案：孔穎達《毛詩‧魏風‧伐檀‧正義》引「〈釋獸〉云：『貀子貙』，郭璞曰：『其雌者名豰。豰，乃刀反。今江東通呼貉爲狹獌。』今本郭注脫一「通」字，據補。又「豰」字之音或亦郭璞所注，今仍輯錄，並存疑之。

嚴本引同。王本末句作「今江東通評貉爲狹獌」。余、董、馬、黃、葉本均未輯錄。

《廣韻》未見「豰」字。《集韻》皓韻「豰」音「乃老切」（泥紐皓韻），與《釋文》陸德明音切語全同。郭璞音「乃刀反」（泥紐豪韻），與「乃老」聲調不同（豪皓二韻平上相承）。

609. 18-14 貀子貙。

貙，音暄。

案：本條佚文輯自陸德明《經典釋文‧毛詩音義‧魏風‧伐檀》「貙」注引郭音。

馬本「暄」作「暅」。黃本「瑄」下有「貉子也」三字。余、嚴、董、葉、王本均未輯錄。

《廣韻》「貙」字凡三見：一音「況袁切」（曉紐元韻），一音「胡官切」（匣紐桓韻），一音「呼官切」（曉紐桓韻）。郭璞音「暄」，與「況袁」音同。馬本作「暅」，音亦同。《釋文》陸德明音「桓」，與「胡官」同；又音「懽」，與「呼官」同。

〔註705〕胡承珙《爾雅古義》，卷下，頁14下。

〔註706〕黃侃《爾雅音訓》，頁311。

610. 18-15 貓子獳。

獳，其禹反。

案：本條佚文輯自陸德明《經典釋文・爾雅音義》。

董、馬、黃本引均同。余、嚴、葉、王本均未輯錄。

《廣韻》「獳」音「其矩切」（群紐麌韻）。郭璞音「其禹反」，與「其矩」音同。

611. 18-16 貙，白狐，其子縠。　郭注：一名執夷。虎豹之屬。

豹屬也，出貉國也。

案：慧琳《一切經音義》卷七十五〈迦葉赴佛經〉「貍貚」注引郭注《尒雅》：「豹屬也，出貉國也。」所引與今本郭注不同。

王本輯「出貉國也」四字於今本郭注「之屬」之下，又據《御覽》輯「縠，許卜反」四字（見本章第三節）。其餘各本均未輯錄。按此語究屬郭璞《音義》或《注》之佚文，實難遽定，今暫存疑。

陸德明《經典釋文・爾雅音義》出「貙」，注引《字林》云：「豹屬，出貉國。一曰白狐。」與郭氏說同。

612. 18-19 麝父，麝足。　郭注：腳似麞，有香。

如小麋，雄者臍中有香，雌者即無。轉注字也。〔音？〕

案：慧琳《一切經音義》卷二十九〈金光明最勝王經卷第七〉「麝香」注引「《尒雅》：『麝父，麝足』，郭注云：『如小麋，雄者臍中有香，雌者即無。轉注字也。』」所引與今本郭注不同。按希麟《續一切經音義》卷五〈菩提場所說一字頂輪王經卷第三〉「甲麝」注引「《尒雅》曰：『麝父，麝足』，郭註云：『腳似麞而有香也。』」《太平御覽》卷九百八十一〈香部一・麝〉引《尒雅》曰：「麝父，麝足」，下引郭璞注曰：「腳似麞，臍有香。」所引郭注均與今本近同，然則慧琳《音義》所引，或為郭璞《音義》佚文。又據《御覽》所引，可知今本郭注亦脫一「臍」字。

王本輯「如小麋，雄者臍中」七字於今本郭注「有香」之上，「雌者」以下八字於「有香」之下。其餘各本均未輯錄。

613. 18-19 貙獌，似狸。　郭注：今山民呼貙虎之大者為貙豻。音岸。

今貙虎大於虎豹，文如狸。山民呼貙虎之大者為貙豻。音岸。〔注〕

案：《太平御覽》卷九百八〈獸部二十・貙〉引《爾雅》曰：「貙，似狸」，下引郭璞曰：「今貙虎大於虎豹，文如狸。山民呼貙虎大者為貙豻。」今本郭注脫「貙虎」以下九字，據補。

黃本僅輯錄「今貙」至「如狸」十字。其餘各本均未輯錄。

614. 18-20 羆，如熊，黃白文。　郭注：似熊而長頭，高腳，猛憨多力，能拔樹木。關西呼曰豰羆。

似熊而長頭，**似馬有髦，**高腳，猛憨多力，能拔樹木。關西呼曰豰羆。〔注〕

案：玄應《一切經音義》卷二〈大般涅槃經第十六卷〉「熊羆」注引「《爾雅》：『羆，如熊，黃白文』，郭璞曰：『似熊而長頭，似馬有髦，高脚，猛憨多力，能拔木。關西名豰羆。』」又卷二十四〈阿毗達磨俱舍論第九卷〉「羆驢」注引「《爾雅》：『羆，如熊，黃白文』，郭璞曰：『似熊而長頸，似馬有髦，高脚，猛憨多力，能拔木。關西名豰羆。』」今本郭注脫「似馬有髦」四字，據補。

黃本據玄應《音義》卷二輯錄，「羆」譌作「熊」。王本輯「似馬有髦」四字於今本郭注「長頭」之下，又在注末輯錄「憨呼濫反，豰音加」七字（見本章第三節）。余、嚴、董、馬、葉本均未輯錄。

615. 18-28 羱，如羊。　郭注：羱羊似吳羊而大角，角橢。出西方。

羱羊似吳羊而大角，**山羊也，**角橢。出西方。〔注〕

案：慧琳《一切經音義》卷十六〈大方廣三戒經卷上〉「羱羝」注引「《爾雅》：『羱羊如吳羊』，郭璞云：『似吳羊而大角，山羊也。』」今本郭注脫「山羊也」三字，據補。

王本引同。其餘各本均未輯錄。

616. 18-30 猶，如麂。

猶，音育。

案：本條佚文輯自陸德明《經典釋文‧爾雅音義》。

董、馬、黃、葉本引均同。余、嚴、王本均未輯錄。

郭音「育」，是讀「猶」爲「鬻」。《釋文》出「猶」，注云：「舍人本作鬻。」郝懿行云：

今按「鬻」與「猶」音相轉，「鬻」亦聲借字耳。〔註707〕

按《廣韻》「鬻」、「育」二字同音「余六切」（喻紐屋韻）。

617. 18-36 狒狒，如人。

狒，簿昧反，又音備。

案：本條佚文輯自陸德明《經典釋文‧爾雅音義》。

馬、黃、葉本引均同。董本未輯又音。余、嚴、王本均未輯錄。

〔註707〕郝懿行《爾雅義疏》，《爾雅廣雅方言釋名清疏四種合刊》，頁 325 下。

《廣韻》「狒」音「扶沸切」（奉紐未韻）。郭璞音「簿昧反」（並紐隊韻），與「扶沸」韻母稍異。在兩漢時期，「沸」、「昧」二音同屬脂部；〔註708〕晉代以後，前者仍屬脂部，後者則轉爲皆部，〔註709〕然則郭璞此音可能採用了某地方音或較早的音切。郭璞又音「備」（並紐至韻，《廣韻》音「平祕切」），不詳所據。

618. 18-38 蒙頌，猱狀。

　　猱，女救反。

　　案：本條佚文輯自陸德明《經典釋文・爾雅音義》。

　　董、馬本引並同。黃本輯作「猱，本或作獿，郭女救反」。余、嚴、葉、王本均未輯錄。「本或作獿」四字係陸德明校語，黃氏誤輯。

　　《廣韻》「猱」字凡二見：一音「奴刀切」（泥紐豪韻），一音「女救切」（娘紐宥韻）。郭璞此音與宥韻切語全同。

619. 18-39 猱蝯，善援。　　郭注：便攀援。

　　蝯似獼猴而大臂長便捷也。

　　案：本條佚文輯自慧琳《一切經音義》卷九十七〈廣弘明集卷第五〉「猱蝯」注引郭注《尒疋》。所引與今本郭注不同。

　　王本「蝯」作「猿」，且輯入今本郭注「攀援」之下。其餘各本均未輯錄。按此語究屬郭璞《音義》或《注》之佚文，實難遽定，今暫存疑。

620. 18-39 玃父，善顧。　　郭注：貑玃也。似獼猴而大，色蒼黑，能玃持人，好顧眄。

　　貑玃也。似獼猴而大，色蒼黑，能攫持人，**故以為名**。好顧眄。〔注〕

　　案：慧琳《一切經音義》卷二十九〈金光明最勝王經卷第九〉「狐玃」注引郭注《尒雅》云：「玃似獼猴而大，蒼黑色，能攫持人，故以爲名。好顧眄。」今本郭注脫「故以爲名」四字，據補。

　　王本「色蒼黑」作「蒼黑色」，餘同。其餘各本均未輯錄。

　　今本郭注「玃持」應作「攫持」。段注本《說文》犬部：「玃，大母猴也，善攫持人，好顧盼」，字即从手旁作「攫」。阮元云：「此『玃持』爲『攫持』之訛。」〔註710〕

621. 18-42 豔，有力。　　郭注：出西海，大秦國有養者。似狗，多力獷惡。

〔註708〕參見羅常培等《漢魏晉南北朝韻部演變研究》（第一分冊），頁162～163。

〔註709〕參見周祖謨《魏晉南北朝韻部之演變》，頁10～11。

〔註710〕阮元《爾雅挍勘記》，《皇清經解》，卷1036，頁30下。

出西海，大秦國有養之者。似山狗，多力獷惡**也**。〔注〕

案：《太平御覽》卷九百一十三〈獸部二十五・雜獸・贙〉引《爾雅》曰：「贙，有大力」，下引郭璞注曰：「出西海，天〔案：應作「大」。〕秦國有養之。似山狗，多力獷惡也。」今本郭注脫「之山也」三字，據補。

王本引同。其餘各本均未輯錄。周祖謨云：「今本『養』下當有『之』字。」〔註711〕

622. 18-44 蜼，卬鼻而長尾。　郭注：蜼似獼猴而大，黃黑色。尾長數尺，似獺尾，末有岐。鼻露向上，雨即自縣於樹，以尾塞鼻，或以兩指。江東人亦取養之。為物捷健。

蜼似獼猴而大，黃黑色。尾長數尺，似獺尾，末有**兩**岐。鼻露向上，**天**雨即自**倒**縣於樹，以尾塞鼻，或以兩指。江東人亦取養之**捕鼠**。爲物捷健。〔注〕

案：玄應《一切經音義》卷六〈妙法蓮華經第二卷〉「狖貍」注云：「《山海經》：『鬲山多蜼』，郭璞曰：『似獼猴而大，蒼黑色。尾長四尺，似獺尾，頭有兩岐。天雨即倒縣於樹，以尾塞鼻。江東養之捕鼠。爲物捷健。』《爾雅》『蜼，卬鼻而長尾』是也。」慧琳《音義》卷二十七〈妙法蓮花經・譬喻品〉「狖」注引「《山海經》：『鬲山多蜼』，郭璞云：『似獼猴而大，蒼黑色。尾長四五尺，似獺尾，頭有兩岐。天雨即倒懸於樹，以尾塞鼻。江東養之捕鼠。爲物捷健。』《尒雅》：『蜼，昂鼻而長尾。』」〔註712〕又卷三十八〈金剛光燄止風雨陀羅尼經〉「狖貍」注引「《爾雅》云：『蜼，卬鼻而長尾』，郭注云：『似獼猴而大，蒼黑色。尾長數尺，未有雨峻〔案：應作「末有兩岐」。〕。鼻露向上，天雨則倒懸於樹，以尾掩鼻。」李賢《後漢書・馬融傳・注》引「《爾雅》曰：『蜼，卬鼻而長尾』，郭璞注曰：『似獼猴而大，黃黑色。尾長數尺，末有兩歧。雨則自懸於樹，以尾塞鼻。』」今據諸書所引，補「兩天倒捕鼠」五字。

王本引同。其餘各本均未輯錄。

623. 18-44 蜼，卬鼻而長尾。　郭注：蜼似獼猴而大，黃黑色。尾長數尺，似獺尾，末有岐。鼻露向上，雨即自縣於樹，以尾塞鼻，或以兩指。江東人

〔註711〕周祖謨《爾雅校箋》，頁360。

〔註712〕王樹枏云：「〈譬喻品〉音義引郭注係於《山海經》之下，《爾雅》之上。案其注與今本《山海經》不同。蓋《爾雅注》也。」（《爾雅郭注佚存補訂》，卷19，頁15上。）按《山海經・中次九經》：「鬲山……其獸多犀象熊羆，多猨蜼」，郭璞注云：「蜼似獼猴，鼻露上向。尾四五尺，頭有岐。蒼黃色。雨則自縣樹，以尾塞鼻孔，或以兩指塞之。」與《爾雅注》義同而語序略異。今檢玄應、慧琳所引，應係本《爾雅注》而以《山海經注》更易數字。

亦取養之。為物捷健。

零陵南康人呼之音餘，建平人呼之音相贈遺之遺也，又音余救反，皆土
俗輕重不同耳。〔音？〕

案：李賢《後漢書・馬融傳・注》引「《爾雅》曰：『蜼，卬鼻而長尾』，郭璞
注曰：『似獼猴而大，黃黑色。尾長數尺，末有兩歧。雨則自懸於樹，以尾塞鼻。
零陵南康人呼之音餘，建平人呼之音相贈遺之遺也，又音余救反，皆土俗輕重不
同耳。』」「零陵」以下四句未見於今本郭注，據其文意，疑係郭璞《音義》佚文。
郝懿行云：

　　《後漢書・馬融傳・注》引此注「以尾塞鼻」下有「零陵⋯⋯」三十四字，
　　為今本所無，蓋郭《音義》之文也。〔註713〕

葉本引同。黃本「贈遺」二字互乙。王本「呼」均作「評」，且輯入今本郭注「捷
健」之下。余、嚴、董、馬本均未輯錄。

　　《廣韻》「蜼」字凡三見：一音「力軌切」（來紐旨韻），一音「以醉切」（喻紐
至韻），一音「余救切」（喻紐宥韻）。郭璞音與宥韻切語全同。建平人音相贈遺之「遺」，
與「以醉」音同；《山海經・西次四經》：「崦嵫之山⋯⋯有鳥焉，其狀如鴞而人面，
蜼身犬尾」，郭璞注云：「蜼，獼猴屬也，音贈遺之遺，一音誄。」即取建平人之音。
「誄」音與「力軌」同。零陵南康人音「餘」（喻紐魚韻，《廣韻》音「以諸切」），
不詳所據。

624. 18-49 鼳鼠。　郭注：以頰裏藏食。

或作嗛，兩通。胡簟反也。〔音〕

案：杜臺卿《玉燭寶典》卷一引「《尒雅》：『鼳鼠』，⋯⋯郭璞曰：『以頰裏藏
食。』《音義》云：『或作嗛，兩通。胡覃反也。』」「覃」應為「簟」字之譌，今
逕改正。

　　《廣韻》「鼳」音「胡殄切」（匣紐殄韻），與郭璞音「胡簟反」同。《釋文》陸
德明音「下簟反」，亦同。又《廣韻》「嗛」音「苦簟切」（溪紐殄韻），與「胡殄」
聲紐略異。〈釋獸〉18-60「寓鼠曰嗛」，郭璞注云：「頰裏貯食處」，故云「鼳」、「嗛」
兩通。

〔註713〕郝懿行《爾雅義疏》，《爾雅廣雅方言釋名清疏四種合刊》，頁328上。劉玉麐云：「《後
　　漢書・馬融傳・註》引郭註與此正同，惟末云：『南康人呼之音餘，建平人呼之音相贈
　　遺之遺，又音全救反，皆土俗輕重不同耳。』疑此皆郭氏《音義》之文。」（《爾雅校
　　議》，卷下，頁35。）與郝氏說同，惟所引稍有脫誤。葉蕙心亦云：「《馬融傳・注》
　　所引，郭《音義》文也。」（《爾雅古注斠》，卷下，頁39上。）

625. 18-50 鼳鼠。　郭注：有螫毒者。

有螫毒者。**食人及鳥獸，雖至盡而不知，亦不痛。今謂之甘口鼠也。**〔注〕

案：玄應《一切經音義》卷六〈妙法蓮華經第二卷〉「鼳鼠」注引「《爾雅》：『鼳鼠』，郭璞曰：『有螫毒也。食人及鳥獸，雖至盡而不知，亦不痛。今謂之甘口鼠也。』」又卷二十二〈瑜伽師地論第三十八卷〉「鼳鼠」注引「《爾雅》：『鼳鼠』，郭璞曰：『有螫毒也。食人及鳥獸，雖至盡而不知，亦不痛。今謂之甘口鼠。』」慧琳《音義》卷二十七〈妙法蓮花經・譬喻品〉「鼳鼠」注引「《尒雅》：『鼳鼠』，郭璞、《玉篇》：『有螫毒。食人及鳥獸，雖至盡亦不覺痛。今謂甘口鼠也。』」今本郭注脫「食人」以下云云，今據玄應《音義》引補。

王本「痛」上有「覺」字。其餘各本均未輯錄。

《玉篇》鼠部：「鼳，小鼠也，螫毒，食人及鳥獸皆不痛。今之甘口鼠也。」與郭璞說同。

626. 18-52 鼪鼠。　郭注：今鼪，似鼬，赤黃色，大尾，啖鼠。江東呼為鼪，音牲。

鼪，音生。〔音〕

案：本條佚文輯自陸德明《經典釋文・爾雅音義》。宋本《爾雅》此訓注末有「音牲」二字，然則陸氏所引，當出自郭璞《音義》。

馬本引同。其餘各本均未輯錄。

《廣韻》「鼪」字凡二見：一音「所庚切」（疏紐庚韻），一音「所敬切」（疏紐映韻，庚映二韻平去相承）。郭璞《音義》音「生」，與《廣韻》「鼪」字二音並同。《注》音「牲」，與「所庚」音同。

627. 18-56 鼺鼠。　郭注：形大如鼠，頭似兔，尾有毛，青黃色，好在田中食粟豆。關西呼為鼰鼠，見《廣雅》。音雀。

鼰，音雀，將略反。

案：本條佚文輯自陸德明《經典釋文・爾雅音義》。《釋文》出「鼰」，注云：「郭音雀，將略反。《字林》音灼，云鼰鼠出胡地。郭注本雀字或誤為瞿字，沈旋因云：『郭以為鼰鼠，音求于反』，非也。」是陸氏所見郭注已有「音雀」、「音瞿」二本；沈旋所見郭注「鼰鼠」作「鼰鼠」，「求于反」即「瞿」字之音。宋本《爾雅》作「鼰鼠」「音瞿」，與陸氏所謂誤本同。按「鼰鼠」當作「鼰鼠」，「音瞿」當作「音雀」。

《廣雅・釋獸》：「鼰鼠，鼺鼠」，字正作「鼰」；陸璣云：

> 今河東有大鼠，能人立，交前兩腳于頸上跳舞，善鳴。食人禾苗，人逐則

走入空樹中。亦有五技，或謂之雀鼠。〔註714〕

「雀鼠」即是「鼩鼠」。邢昺《爾雅疏》云：

> 「鼩」，今本作「鮑」，誤也。

邵晉涵《正義》、郝懿行《義疏》亦改作「鼩鼠」「音雀」，邵晉涵云：

> 鼩者，《説文》云：「鼩，从鼠、勺聲。」《廣雅》云：「鼩，爵鼠。」鼩、
> 爵聲相近，故郭云「音雀」。諸本誤作「鮑鼠」，復改「雀」爲「瞿」，其
> 誤蓋始於沈旋《集註》，而諸家本俱因之。陸德明既定作「鼩」字，以「鮑」
> 字爲非，而復爲「瞿」字作音，尚疑未能定也。今改正。〔註715〕

郝懿行云：

> 郭云「鼩鼠」者，《廣雅》云：「鼩鼠，鼪鼠。」《釋文》「鼩」，郭音雀，《字
> 林》音灼，然則鼩鼠即雀鼠也。《釋文》又云郭注「雀」字或誤爲「瞿」
> 字，今檢宋雪窗本及吳本並作「瞿」，因而改「鼩」爲「鮑」，以就「瞿」
> 音，皆《釋文》所謂誤本也。〔註716〕

說均可從。

馬本引同。葉本未輯「將略反」三字。董本引郭注無音，下注云：「據《釋文》，
『《廣雅》』下仍當有『音雀』二字。『雀』，本亦誤作『瞿』。」〔註717〕余、嚴、黃、
王本均未輯錄。

《廣韻》「鼩」字凡四見：一音「北教切」（幫紐效韻），一音「之若切」（照紐
藥韻），一音「即略切」（精紐藥韻），一音「都歷切」（端紐錫韻）。郭璞音「雀」，
與「將略反」並與「即略」音同。

628. 18-59 鸓鼠。　郭注：今江東山中有鸓鼠，狀如鼠而大，蒼色，在樹木
上。音巫覡。

鸓，音覡，戶狄反。

案：本條佚文輯自陸德明《經典釋文·爾雅音義》。宋本《爾雅》此訓注末即有
「音巫覡」三字。

黃本引同。馬、葉本「鸓」並譌从具旁。余、嚴、董、王本均未輯錄。

郭音「覡」，是讀「鸓」爲「䶅」，或郭本《爾雅》字本作「䶅」。王引之論之甚

〔註714〕陸璣《毛詩草木鳥獸蟲魚疏》，卷下，頁5下。
〔註715〕邵晉涵《爾雅正義》，《皇清經解》，卷522，頁15下。
〔註716〕郝懿行《爾雅義疏》，《爾雅廣雅方言釋名清疏四種合刊》，頁329下。王念孫亦云：「雀
　　　　與鼩通。」（《廣雅疏證》，《爾雅廣雅方言釋名清疏四種合刊》，頁724上。）
〔註717〕董桂新《爾雅古注合存》，朱祖延《爾雅詁林》，頁4502上。

詳：

> 郭曰：「今江東山中有鼯鼠，狀如鼠而大，蒼色，在樹木上。音巫覡。」《釋文》：「鼯，古闃反，郭音覡，戶狄反。」引之謹案：「鼯」皆當爲「䶂」，《釋文》「古闃反」當爲「戶結反」，後人依唐石經改之也。《玉篇》：「鼯，吉役切，鼠身長須，秦人呼爲小驢也。」《廣韻》：「鼯，古闃切」，引《爾雅》「鼯，鼠身長須，秦人謂之小驢。」皆不以爲鼠名，亦不音覡。唯「䶂」字，《玉篇》：「胡旳、胡姪二切，似鼠而白也。」《廣韻》：「胡狐〔案：應作「狄」。〕、胡結二切，鼠名。」《集韻》：「奚結切，鼠名，色蒼。」「胡狄」之音，正與「覡」同；「色蒼」之訓，又與注合。而其字從頁，戶結反。不從昊。古闃反。然則䶂鼠之「䶂」，戶狄、戶結二反。與上文鼠身長須之「鼯」，古闃反。字體不同，音讀亦異。且經文「鼯」字在前，「䶂」字在後，而郭音「巫覡」在後不在前，明是「䶂」字之音，非「鼯」字之音也。自唐石經誤涉上文而書作「鼯」，後人遂改《釋文》之音以從之，《初學記·獸部》引《爾雅》作「鼯」，疑亦後人所改。於是《集韻》二十三錫「刑狄切」下，既收「䶂」之正體，又採「鼯」之譌字；「局闃切」下，既以「鼯」爲獸名，又誤以爲鼠名矣。邵謂鼠身長須之鼯即鼠屬之鼯鼠，亦沿俗本之誤。〔註718〕

《廣韻》「䶂」、「覡」二字同音「胡狄切」（匣紐錫韻），「戶狄反」音亦同。又《廣韻》「鼯」音「古闃切」（見紐錫韻），與「胡狄」聲紐略異。

629. 18-60 牛曰齝。

齝，音笞。

案：本條佚文輯自陸德明《經典釋文·爾雅音義》。

董、馬、黃本引均同。余、嚴、葉、王本均未輯錄。

《廣韻》「齝」字凡二見：一音「書之切」（審紐之韻），一音「丑之切」（徹紐之韻）。郭璞音「笞」，與「丑之」音同。

630. 18-60 羊曰齥。　郭注：今江東呼齝為齥，音漏洩。

齥，音泄，息列反。

案：本條佚文輯自陸德明《經典釋文·爾雅音義》。《釋文》出「齥」，《說文》

〔註718〕 王引之《經義述聞·爾雅釋獸·鼯鼠》，《皇清經解》，卷1207上，頁29。按《釋文》出「鼯」，音「古闃反」，疑陸德明所見郭本經字已譌作「鼯」，其經字及音未必爲後人所改。

齒部：「齛，羊粻也。从齒、世聲。」唐石經、宋本《爾雅》字均作「齨」，阮元云：

> 按當作「齛」，注「洩」當作「泄」，皆唐人避諱改也。〔註719〕

是《爾雅》此訓古本作「齛」，今從《說文》及《釋文》作「齛」。

董本「齛」作「齨」，未輯「息列反」三字。馬、黃本「反」下並有「一音曳」三字，黃本「齛」亦作「齨」。余、嚴、葉、王本均未輯錄。按「曳」音當係陸德明所注，非郭璞之音。

《廣韻》「齛」、「泄」二字同音「私列切」（心紐薛韻）；「息列反」音亦同。

〈釋畜〉

631. 19-1 騊駼，馬。　郭注：《山海經》云：「北海內有獸，狀如馬，名騊駼。」色青。

騊駼，音淘塗。

案：司馬貞《史記・匈奴列傳・索隱》引郭璞注《爾雅》云：「騊駼馬，青色，音淘塗。」今本郭注無音。

王本輯「音淘塗」三字於今本郭注「色青」之下。其餘各本均未輯錄。按此音究屬郭璞《音義》或《注》之佚文，實難遽定，今暫存疑。

《廣韻》「騊」音「徒刀切」（定紐豪韻）。郭璞音「淘」，《廣韻》未見，《集韻》「淘」亦音「徒刀切」。又《廣韻》「駼」、「塗」二字同音「同都切」（定紐模韻）。

632. 19-4 騉蹄，趼，善陞甗。

甗，音言，又魚輦反。

案：本條佚文輯自陸德明《經典釋文・爾雅音義》。

馬、黃本引並同。董本未輯又音。余、嚴、葉、王本均未輯錄。

《廣韻》「甗」字凡三見：一音「語軒切」（疑紐元韻），一音「魚蹇切」（疑紐獮韻），一音「魚變切」（疑紐線韻，獮線二韻上去相承）。郭璞音「言」，與「語軒」音同；又音「魚輦反」，與「魚蹇」音同。

633. 19-8 膝上皆白，惟馵。

馬膝上皆白為惟馵，後左腳白者直名馵。〔音〕

案：《詩・秦風・小戎》：「文茵暢轂，駕我騏馵」，毛《傳》云：「左足白曰馵」，孔穎達《正義》云：「〈釋畜〉云：『馬後右足白，驤；左白，馵』，樊光云：『後右足

〔註719〕阮元《爾雅校勘記》，《皇清經解》，卷1036，頁33下。

白曰驦，左足白曰騱。』然則左足白者，謂後左足也。〈釋畜〉又云：『膝上皆白，
惟驤』，郭璞曰：『馬膝上皆白爲惟驤，後左腳白者直名騱』，意亦同也。」今本郭注
此下無注。按〈釋畜〉「左白，騱」條郭璞注已云「後左腳白」，然則「馬膝」以下
二句應係郭璞《音義》佚文。〔註720〕

嚴本脫一「者」字，輯入今本郭注「骹，膝下也」句（〈釋畜〉「四骹皆白，驓」
條注語）之上。黃本脫「馬」、「後」二字，輯入〈釋畜〉「左白，騱」條下。王本亦
將本條輯爲「左白，騱」條注語。余、董、馬、葉本均未輯錄。

634. 19-8 膝上皆白，惟驤。

驤，式喻反。

案：本條佚文輯自陸德明《經典釋文·爾雅音義》。《釋文》出「驤」，唐石經、
宋本《爾雅》字均作「驤」，同。嚴元照云：

> 「驤」，石經作「驤」，單疏本作「驤」，隸變各從便耳。〔註721〕

董、黃本引並同。馬本「反」下有「下同」二字。余、嚴、葉、王本均未輯錄。

《廣韻》「驤」音「之戍切」（照紐遇韻）。郭璞音「式喻反」（審紐遇韻），與「之
戍」聲紐略異。

635. 19-8 前足皆白，騱。

騱，音奚，又音雞。

案：本條佚文輯自陸德明《經典釋文·爾雅音義》。《釋文》云：「音奚，郭又音
雞。舍人本作雞。」「郭」下有「又」字，是「音奚」二字亦爲郭璞所注。

馬本引同。董、黃本並未輯「音奚又」三字。葉本未輯「音奚」二字。余、嚴、
王本均未輯錄。

《廣韻》「騱」音「胡雞切」（匣紐齊韻）。郭璞音「奚」，與「胡雞」音同；又
音「雞」（見紐齊韻，《廣韻》音「古奚切」），與「胡雞」聲紐略異。邵晉涵云：

> 《釋文》引舍人本「騱」作「雞」，……蓋假於他畜以爲名也。〔註722〕

嚴元照云：

> 案《說文》：「騱，驒騱馬也」，義不合，當從舍人作「雞」。「雞」、「騱」

〔註720〕邵晉涵云：「《詩疏》引郭氏云：『膝上皆白爲惟驤，左腳白者直名騱』，蓋郭氏《音義》
之文也。」（《爾雅正義》，《皇清經解》，卷523，頁3上。）郝懿行亦云：「《詩·小戎·
疏》引郭氏曰：『馬膝上皆白爲惟驤，後在〔案：應作「左」。〕腳白者直名騱』，蓋郭
《音義》之文。」（《爾雅義疏》，《爾雅廣雅方言釋名清疏四種合刊》，頁332上。）

〔註721〕嚴元照《爾雅匡名》，卷19，《皇清經解續編》，卷514，頁2上。

〔註722〕邵晉涵《爾雅正義》，《皇清經解》，卷523，頁3上。

皆从奚聲。〔註723〕

說皆可參。

636. 19-8 後足皆白，狗。

狗，音劬，又音矩。

案：本條佚文輯自陸德明《經典釋文·爾雅音義》。

馬、黃本引並同。董、葉本並未輯又音。余、嚴、王本均未輯錄。

《廣韻》「狗」字凡二見：一音「其俱切」（群紐虞韻），一音「俱雨切」（見紐麌韻，虞麌二韻平上相承）。郭璞音「劬」與「其俱」同，又音「矩」與「俱雨」同。

637. 19-8 左白，踦。

踦，去宜反。

案：本條佚文輯自陸德明《經典釋文·爾雅音義》。

董、馬、黃本引均同。余、嚴、葉、王本均未輯錄。

《廣韻》「踦」字凡二見：一音「去奇切」（溪紐支韻），一音「居綺切」（見紐紙韻，支紙二韻平上相承）。郭璞音「去宜反」，與「去奇」音同。顧野王音「居綺反」，與紙韻切語全同。

638. 19-9 驪馬白跨，驈。

驈，音術。

案：本條佚文輯自陸德明《經典釋文·爾雅音義》。又《毛詩音義·魯頌·駉》出「有驈」，注引「郭音述」。「述」與「術」音同。

董本據《爾雅音義》輯錄；馬本據《毛詩音義》輯錄；黃本兼據二者輯錄。余、嚴、葉、王本均未輯錄。

《廣韻》「驈」字凡二見：一音「食聿切」（神紐術韻），一音「餘律切」（喻紐術韻）。郭璞音「術」，與「食聿」音同；顧野王音「餘橘反」，與「餘律」音同。

639. 19-11 逆毛，居馻。

馻，兖、允二音。

案：本條佚文輯自陸德明《經典釋文·爾雅音義》。

董、馬、黃本引均同。余、嚴、葉、王本均未輯錄。

《廣韻》「馻」字凡二見：一與「允」同音「余準切」（喻紐準韻），一與「兖」同音「以轉切」（喻紐獮韻）。

〔註723〕嚴元照《爾雅匡名》，卷19，《皇清經解續編》，卷514，頁2。

640. 19-14 駵馬黃脊，騝。

騝，音虔。

案：本條佚文輯自陸德明《經典釋文‧爾雅音義》。

董、馬、黃本引均同。葉本「虔」作「乾」。余、嚴、王本均未輯錄。

《廣韻》「騝」字凡二見：一音「居言切」（見紐元韻），一音「渠焉切」（群紐仙韻）。郭璞音「虔」，與「渠焉」音同。葉本作「乾」，應係音同致誤。《廣韻》仙韻「乾」亦音「渠焉切」。

641. 19-14 青驪，騧。

騧，火玄反。

案：本條佚文輯自陸德明《經典釋文‧爾雅音義》。

馬、黃本引並同。董、葉本「玄」並避諱作「元」。余、嚴、王本均未輯錄。

《廣韻》「騧」字凡二見：一音「火玄切」（曉紐先韻），一音「許縣切」（曉紐霰韻，先霰二韻平去相承）。郭璞音與先韻切語全同。

642. 19-14 青驪驎，駰。　　郭注：色有深淺，班駁隱粼，今之連錢驄。

毛色有深淺，班駁隱粼，今之連錢驄也。〔注〕

案：陸德明《經典釋文‧毛詩音義‧魯頌‧駉》出「驎」，注云：「郭良忍反，毛色有深淺，班駁隱粼，今之連錢驄也。」「毛色」以下三句應即郭璞注語，今本郭注脫「毛也」二字，據補。

嚴本無「也」字，又「深淺」作「淺深」，「班」作「斑」。王本「班」亦作「斑」。余、董、馬、黃、葉本均未輯錄。

643. 19-14 青驪驎，駰。　　郭注：色有深淺，班駁隱粼，今之連錢驄。

粼，良忍反。

案：本條佚文輯自陸德明《經典釋文‧爾雅音義》。《釋文》出「粼」，注云：「本或作驎。郭良忍反，注同。……郭云『斑剝隱粼』也。或音鄰。」是陸氏所見郭本《爾雅》及注均作「粼」。《毛詩音義‧魯頌‧駉》出「驎」，注亦引郭音「良忍反」。

董、黃、葉本「粼」均作「驎」，黃本「反」下又有「或音鄰」三字。馬本「粼」譌作「鱗」。余、嚴、王本均未輯錄。「鄰」音當係陸德明所注，非郭璞音，黃氏誤輯。

《廣韻》「粼」音「力珍切」（來紐眞韻），注下有又音「力刃切」（來紐震韻）。郭璞音「良忍反」（來紐軫韻），與「力珍」、「力刃」二音聲調不同（眞軫震三韻平

上去相承）。《釋文》陸德明或音「鄰」，與「力珍」同。

644. 19-14 陰白雜毛，駰。　　郭注：陰，淺黑。今之泥驄。

陰，淺黑。今之泥驄。**或云目下白，或云白陰，皆非也。**〔注〕

案：孔穎達《毛詩‧魯頌‧駉‧正義》云：「〈釋畜〉云：『陰白雜毛，駰』，……
郭璞曰：『陰，淺黑。今之泥驄。或云目下白，或云白陰，皆非也。』璞以『陰白』
之文與『驪白』、『黃白』、『倉白』、『彤白』相類，故知『陰』是色名，非目下白與
白陰也。」是「或云」以下十二字亦爲郭注，今本脫去，據補。

嚴本引同。王本「驄」下有「也」字。余、董、馬、黃、葉本均未輯錄。

645. 19-14 陰白雜毛，駰。

駰，央珍反。

案：本條佚文輯自陸德明《經典釋文‧爾雅音義》。

董、馬、黃本引均同。余、嚴、葉、王本均未輯錄。

《廣韻》「駰」字凡二見：一音「於眞切」（影紐眞韻），一音「於巾切」（影
紐眞韻），二音僅開合不同。郭璞音「央珍反」，與「於眞」音同。《釋文》云：「《字
林》乙巾反。郭央珍反。今人多作因音。」按「因」音與郭音「央珍反」同，吳
承仕云：

　　《廣韻》：「因，於眞切。」「䠠，於巾切。」陳澧以爲兩類。《釋文》說「今
　　人多作因音」，蓋以郭音爲世所行之音，而《字林》則舊音也。〔註724〕

646. 19-14 蒼白雜毛，騅。　　郭注：《詩》曰：「有騅有駓。」

即今騅馬也。

案：孔穎達《毛詩‧魯頌‧駉‧正義》引「〈釋畜〉云：『倉白雜毛，騅』，郭璞
曰：『即今騅馬也。』」所引與今本郭注不同。

嚴、王本引並同，且皆輯入今本郭注「《詩》曰」之上。余、董、馬、黃、葉本
均未輯錄。按此語究屬郭璞《音義》或《注》之佚文，實難遽定，今暫存疑。

647. 19-17 犪牛。　　郭注：即犂牛也。領上肉犪胅起高二尺許，狀如橐駝，
肉鞍一邊。健行者日三百餘里。今交州合浦徐聞縣出此牛。

即犂牛也。領上肉犪胅起高二尺許，狀如橐駝，肉鞍一邊。健行者日三百餘里。
今交州合浦徐聞縣出此牛。**今俗謂之峰牛是也。**〔注〕

案：慧琳《一切經音義》卷四十一〈大乘理趣六波羅蜜多經卷第一〉「犂牛」

〔註724〕吳承仕《經籍舊音辨證》，頁179～180。

注引郭注《尒雅》云：「領上纝胅起如駝，鞍之一邊。出合浦縣。今語訛俗謂之峰牛是也。」希麟《續一切經音義》卷一〈大乘理趣六波羅蜜多經卷第一〉「犎牛」注引郭璞註〈釋畜〉云：「領上纝胅起高二尺許，如駝，肉鞍。今俗謂之峰牛是也。」今本郭注脫「今俗」云云。「語訛」二字詞義不明，疑係衍文，今據希麟所引補。

王本「今」下有「語訛」二字。其餘各本均未輯錄。

《後漢書・孝順皇帝紀》：「疏勒國獻師子、封牛」，李賢注云：「封牛，其領上肉隆起若封然，因以名之，即今之峰牛。」與郭璞說同。

648. 19-19 犩牛。

犩，魚威反。

案：本條佚文輯自陸德明《經典釋文・爾雅音義》。《釋文》出「犩」，盧文弨云：

案《說文》無此字，注疏本皆同《釋文》，惟單注宋本作「魏」。攷《中山經注》引《爾雅》作「魏」，知郭本作「魏」，宋本誠足爲珍。〔註725〕

按《山海經・中次九經》：「岷山……其獸多犀象，多夔牛」，郭璞注云：

今蜀山中有大牛，重數千斤，名爲夔牛。晉太興元年，此牛出上庸郡，人弩射殺，得三十八擔肉，即《爾雅》所謂魏。

郝懿行云：

注「射殺」下當脫「之」字。今本《爾雅》作「犩」，注引此經作「犩」，並加牛，非。〔註726〕

是《爾雅》此訓古本作「魏」，今從牛旁作「犩」者當係後人因義而添注偏旁。今仍從《釋文》從牛作「犩」。

董、馬、黃本引均同。葉本「魚」譌作「於」，「於」屬影紐，與「犩」聲紐不合。余、嚴、王本均未輯錄。

《廣韻》「犩」字凡二見：一音「語韋切」（疑紐微韻），一音「魚貴切」（疑紐未韻）。郭璞音「魚威反」，與「語韋」音同。

649. 19-23 角一俯一仰，觭。

觭，去宜反。

案：本條佚文輯自陸德明《經典釋文・爾雅音義》。

董、馬、黃、葉本引均同。余、嚴、王本均未輯錄。

《廣韻》「觭」字凡二見：一音「去奇切」（溪紐支韻），一音「墟彼切」（溪紐

〔註725〕盧文弨《經典釋文攷證・爾雅音義下攷證》，頁 13 上。
〔註726〕郝懿行《山海經箋疏》，卷 5，〈中山經〉，頁 34 下。

紙韻，支紙二韻平上相承）。郭璞音「去宜反」，與「去奇」音同。

650. 19-23 皆踴，觢。

觢，常世反。

案：本條佚文輯自陸德明《經典釋文・爾雅音義》。

董、馬、黃本引均同。余、嚴、葉、王本均未輯錄。

《廣韻》「觢」音「時制切」（禪紐祭韻），與郭璞此音正同。

651. 19-25 其子，㺁。　郭注：今青州呼㺁為狗。

今青州人呼㺁爲狗，音火口反。〔注〕

案：希麟《續一切經音義》卷五〈不動使者陀羅尼祕密法〉「㺁狢」注引「《尒雅》曰：『其子，㺁』，郭註云：『今青州人呼㺁爲狗，音火口反。』」今本郭注脫一「人」字及音，據補。

王本「呼」作「評」，餘同。其餘各本均未輯錄。周祖謨亦云：「今本『青州』下脫『人』字。」〔註727〕

《廣韻》「狗」音「呼后切」（曉紐厚韻），與郭璞此音正同。《釋文》陸德明亦音「火口反」。

652. 19-29 夏羊，牡羭。

羭，羊朱反。

案：本條佚文輯自陸德明《經典釋文・爾雅音義》。

董、馬、黃、葉本引均同。余、嚴、王本均未輯錄。

《廣韻》「羭」音「羊朱反」（喻紐虞韻），與郭璞此音切語全同。

653. 19-30 角三觠，羷。

觠，音權。

案：本條佚文輯自陸德明《經典釋文・爾雅音義》引呂、郭。

董、馬、黃、葉本引均同。余、嚴、王本均未輯錄。

《廣韻》「觠」字凡二見：一音「巨員切」（群紐仙韻），一音「居倦切」（見紐線韻）。郭璞音「權」，與「巨員」同；謝嶠音「居轉反」，與「居倦」同。

654. 19-32 未成羊，羜。　郭注：俗呼五月羔為羜。

今俗呼五月羔爲羜。〔注〕

案：孔穎達《毛詩・小雅・伐木・正義》引「〈釋畜〉云：『未成羊曰羜』，郭璞

〔註727〕周祖謨《爾雅校箋》，頁366。

曰『今俗呼五月羔爲羜』是也。」今本郭注脫一「今」字，據補。

王本「呼」作「評」，餘同。其餘各本均未輯錄。

655. 19-36 長喙，獫。

獫，力占、況檢二反。

案：本條佚文輯自陸德明《經典釋文‧爾雅音義》。《通志堂經解》本《釋文》「檢」作「儉」，同。又宋本、《通志堂經解》本《釋文》「力」原並作「九」，《通志堂經解》本「況」作「沈」，吳承仕云：

> 通志本、盧本、邵本並作「郭九占、沈儉二反」，九屬見紐，沈屬澄紐，聲類殊遠。承仕按：「九」應作「力」，「沈」應作「況」，皆形近之譌。《類篇》有「離鹽」、「虛檢」二切，正與郭「力占」、「況儉」二反相應，茲正之。〔註728〕

今二字均從其說改正。宋本《釋文》作「沈檢」，正是「況」之壞字。

董、馬本並據《通志堂經解》本輯作「九占、沈儉二反」。黃本作「九古、沈儉二反」。余、嚴、葉、王本均未輯錄。

《廣韻》「獫」字凡四見：一音「力鹽切」（來紐鹽韻），一音「良冉切」（來紐琰韻），一音「虛檢切」（曉紐琰韻），一音「力驗切」（來紐豔韻，鹽琰豔三韻平上去相承）。郭璞音「力占反」（來紐鹽韻，或來紐豔韻，《廣韻》「占」有「職廉」（鹽韻）、「章豔」（豔韻）二切），與「力鹽」、「力驗」音同；「況檢反」與「虛檢」音同。

656. 19-37 絕有力，狆。

狆，音兆。

案：本條佚文輯自陸德明《經典釋文‧爾雅音義》引呂、郭。宋本《釋文》「狆」譌作「桃」。

董、馬、黃本引均同。余、嚴、葉、王本均未輯錄。

《廣韻》「狆」、「兆」二字同音「治小切」（澄紐小韻）。

657. 19-40 未成雞，健。　郭注：江東呼雞少者曰健，音練。

健，音練，力見反，又力健、力展二反。

案：本條佚文輯自陸德明《經典釋文‧爾雅音義》。宋本《釋文》「健」作「健」。宋本《爾雅》此訓注末即有「音練」二字。

〔註728〕吳承仕《經籍舊音辨證》，頁180。